Anne Perry

Wer auf Rache sinnt

Roman

Aus dem Englischen
von Peter Pfaffinger

GOLDMANN

Die Originalausgabe erschien 2016 unter dem Titel
»Revenge in a Cold River« bei Headline Publishing, London.

2. Auflage
Deutsche Erstveröffentlichung April 2017

Published by Arrangement with Anne Perry Ltd.
Dieses Werk wurde vermittelt durch die Literarische Agentur
Thomas Schlück GmbH, 30827 Garbsen.
Umschlaggestaltung: UNO Werbeagentur, München
Umschlagmotiv: © Arcangel/Mark Owen
Redaktion: Ilse Wagner
EM · Herstellung: kw
Satz: omnisatz GmbH, Berlin
Druck und Bindung: GGP Media GmbH, Pößneck
Printed in Germany
ISBN: 978-3-442-48535-2
www.goldmann-verlag.de

1

Monk stieg aus dem Boot und erklomm die Steinstufen zum Kai. Das Vertäuen überließ er Hooper, der ihm gleich darauf folgte. Obwohl es ein klarer, sonniger Tag war, schlug Monk ein eisiger Novemberwind entgegen. Oder war er sich der Kälte deshalb so eindringlich bewusst, weil der Zollpolizist McNab mit einem seiner Untergebenen oben auf ihn wartete?

Wie lange kannten sie einander schon? Monk hatte nicht die leiseste Ahnung. Bei seinem Unfall vor dreizehn Jahren, als er 1856 von einer Kutsche überfahren worden war, hatte sich sein ganzes Leben bis zu jenem Zeitpunkt schlagartig in Nichts aufgelöst. Was er später darüber in Erfahrung gebracht hatte, verdankte er einzig seinen eigenen Schlussfolgerungen und den Erinnerungen anderer. Seine Gedächtnislücken hatte er immer meisterhaft überspielt, und nur eine Handvoll enger Vertrauter wusste Bescheid. Von diesen wenigen hielt also gewissermaßen jeder Einzelne sein Leben in Händen.

McNab hasste ihn. Warum, das war Monk nicht klar. Sehr wohl wusste er dagegen, weshalb *er* diesen Mann verabscheute. McNab steckte hinter dem Fehlschlag der Razzia gegen die Gewehrschmuggler, die zu einem Kampf an Deck des Schiffs der Bande ausgeartet war und Orme das Leben gekostet hatte. Leider wusste er nicht genug darüber, wie weit McNab sich mit den Schmugglern eingelassen hatte, um irgendetwas zu beweisen. Das Ganze lag nun schon Monate zurück, doch er trauerte immer noch um Orme, der seit dem Tag, da Monk zum Kommandanten der Thames River Police ernannt worden war, ihm als sein Mentor, seine rechte Hand und vor allem als Freund zur Seite gestanden hatte.

Und jetzt wartete McNab hier auf ihn, ein schwerer Mann, der breitbeinig dastand, während der Wind an seinem schweren Mantel zerrte. Sobald er Monk bemerkte, wandte er sich ihm zu, und sein stumpfes Gesicht nahm einen gespannten Ausdruck an.

»Morgen, Mr Monk«, sagte er laut genug, um das Rasseln von Ketten, die eingeholt wurden, das Klatschen der gegen die Stufen schwappenden Wellen sowie die Rufe der Lastkahnführer und Leichterschiffer auf dem Fluss draußen zu übertönen. »Ich hab einen für Sie!«

»Guten Morgen, Mr McNab.« Monk stellte sich neben ihn und senkte den Blick auf einen von einer Plane bedeckten Klumpen zu seinen Füßen. Das war der Grund, warum er gekommen war. Ihn hatte die Nachricht erreicht, dass die hereinströmende Flut einen Toten angespült hatte.

Monk schlug die Plane über dem Oberkörper der Leiche zurück. Es handelte sich um einen Mann mittleren Alters in abgetragener Arbeitskleidung. Er war nur wenig vom Wasser aufgebläht und hatte nach Monks Schätzung höchstens ein paar Stunden im Fluss gelegen. Sein Gesicht wirkte leer, war aber – abgesehen von ein, zwei Blutergüssen und geringfügigen Schwellungen – nicht weiter entstellt. Offenbar waren ihm diese Verletzungen vor seinem Tod zugefügt worden. Um das zu erkennen, brauchte Monk keinen Polizeiarzt. Wenn das Herz aufhörte zu schlagen, floss kein Blut mehr, auch nicht in die Prellungen.

Monk beugte sich über den Toten und befühlte das triefend nasse, dichte Haar. Langsam tasteten sich seine Finger über den Kopf, auf der Suche nach einer Wunde, die sich als Beule oder als weiche Vertiefung bemerkbar machen konnte, falls der Schädelknochen gebrochen war. Ohne Erfolg. Dann öffnete er eines der Lider. Der weiße Augapfel wies winzige rote Punkte auf, ein Hinweis auf Ersticken.

Schließlich blickte Monk zu McNab auf. Hatte dieser die Einblutungen ebenfalls bemerkt? Einen Moment lang verriet ihm McNabs Miene unverhüllte Genugtuung, bevor sie wieder glatt und ausdruckslos wurde.

Erdrosselt also? An der Kehle fehlten jegliche Würgemale. Der Kehlkopf war weder gebrochen noch gequetscht. Ertrunken? Das war in der Themse nichts Ungewöhnliches. Das Wasser war tief, schmutzig und eiskalt, die Strömung schnell und tückisch.

»Warum bin ich hergerufen worden, Mr McNab?«, fragte Monk. »Wer ist das überhaupt?«

»Weiß nicht«, erwiderte McNab mit leicht schnarrender Stimme. »Noch nicht. Hab mir bloß gedacht, dass Sie ihn sehen sollten, bevor wir tätig werden. Würde doch nicht wollen, dass Beweismittel beschädigt …« Er ließ die Bemerkung unvollendet. Schließlich bedachte er Monk mit einem kleinen, zufriedenen Lächeln. »Wollte Ihnen so etwas wie einen Blick aus der Nähe gönnen.«

Jetzt begriff Monk, dass hinter dieser Sache mehr steckte, als er geahnt hatte. McNab wartete darauf, dass er es herausfand oder – besser noch – darauf aufmerksam gemacht werden musste.

Er zog die Plane vollständig von dem Toten herunter. Seine Augen wanderten über Hände und Füße des Mannes. Die unverletzten, weichen Hände waren frei von Schwielen, die Fingernägel säuberlich geschnitten. Demnach kein

Handwerker oder Lastenträger. Durch das Wollhemd hindurch befühlte er die Oberarme. Keine ausgeprägten Muskeln.

Die Stiefel des Toten waren aus gewöhnlichem braunem Leder, billig, aber durchaus zweckdienlich. Keine Risse in der Hose. Der Mantel schien zu fehlen – oder vielleicht hatte der Mann in dem Moment, da er ins Wasser gefallen war, keinen getragen.

Um McNabs Lippen spielte immer noch ein winziges, lauerndes Lächeln. Sein Anblick weckte in Monk eine lange zurückliegende Erinnerung an Bussarde, die auf hohen Zaunpfosten hockten und kleines Getier im Gras beobachteten.

Was war Monk entgangen? Ein Ertrunkener mit weichen Händen ... Ohne dass McNab oder dessen Kollege ihm halfen, drehte er den Mann mühsam um, bis er mit dem Gesicht nach unten zu liegen kam. Und da endlich bemerkte er es: das Einschussloch im Rücken. Sollte es Blut oder Verbrennungen durch das Schießpulver gegeben haben, hatte der Fluss alle Spuren weggewaschen. War das die Wunde, die zu seinem Tod geführt hatte? Nein, denn die winzigen roten Einblutungen in den Augen zeugten davon, dass er um Luft gerungen hatte. Hatte man ihn schon beinahe erstickt, und war er dann doch noch entkommen und schließlich erschossen worden, als er sich am Ufer der Themse oder darin befand?

Monk blickte zu McNab auf. »Interessant«, murmelte er mit einem zustimmenden Nicken. »Dann sollten Sie am besten rasch herausfinden, wer das ist.«

»Allerdings«, bestätigte der Zollpolizist. »Nachdem das kein schlichter Unfall war, liegt hier offensichtlich Mord vor. Und für Mord sind Sie zuständig. Ich würde Ihnen natürlich helfen, wenn ich könnte. Kooperation, nicht wahr?

Nur leider habe ich nicht die geringste Ahnung.« Er zuckte kaum merklich mit den Schultern. »Für Mord sind Sie zuständig. Ihr Fall, nicht meiner.« Damit wandte er sich ab und ließ Monk stehen.

Hooper hatte inzwischen das Boot, in dem er und Monk gekommen waren, gesichert und wartete am Rande des Kais. Nun beobachtete er die beiden Zollpolizisten, bis sie um die Ecke einer Lagerhalle verschwanden und er mit Monk allein war. Von den Docks in ihrer Nähe drang der Lärm der mit Be- und Entladen beschäftigten Schauermänner herüber. Sie schrien einander Anweisungen zu, Ankerketten schepperten, und über dem leisen Schmatzen des Wassers hörte man das dumpfe Knallen der Warenballen, die auf die Steinplatten aufschlugen, und das Poltern rollender Holzfässer.

»Ich traue diesem Hurensohn kein Stück weit über den Weg«, knurrte Hooper und senkte dann den Blick auf den Toten.

Nach Ormes Tod hatte Hooper dessen Funktion als Monks rechte Hand übernommen. Freilich war er in vielerlei Hinsicht das Gegenteil seines Vorgängers. Orme mit seinem weißen Haar war von gedrungener Statur gewesen und hatte außer im Hochsommer stets eine hüftlange Seemannsjacke getragen. Von Natur aus ein Mann der leisen Töne und gutmütig, hatte er den Fluss besser gekannt, als die meisten seiner Kollegen ihre Westentasche. Seine Tochter und sein neues Enkelkind liebte er hingebungsvoll und hatte kurz davorgestanden, aus dem Arbeitsleben auszuscheiden und sich in ein Haus am Flussufer zurückzuziehen, um seine letzten Jahre mit seinen Angehörigen zu verbringen, mit alten Freunden das eine oder andere Pint Ale zu genießen und wilde Vögel bei ihrem Flug in Richtung Themse-Mündung zu beobachten.

Hooper hingegen war groß und schlaksig und hatte einen Hang zur Unordnung. Dem Aussehen nach war er mindestens dreißig Jahre jünger als Orme. Auch er war ruhig, meistens jedenfalls, besaß aber einen erfrischenden Sinn für Humor. Orme hatte Monk einst unter seine Fittiche genommen, als er erkannte, dass Monk als Anfänger keinerlei Erfahrung mit dem Fluss hatte und viel lernen musste. Auch Hooper war loyal – sogar bis zum Tod, wie sich in einer gefährlichen Auseinandersetzung erwiesen hatte –, doch dass er sich keineswegs kritiklos unterordnete, hatte Monk erst vor Kurzem am eigenen Leib erfahren.

Nachdem sie den Toten gemeinsam wieder auf den Rücken gelegt hatten, betrachtete Hooper dessen Hände und untersuchte sie näher. Vor allem die Finger schienen ihn zu interessieren.

Unterdessen bemerkte Monk, der ihn bei seiner Totenschau beobachtete, einen Fleck auf der Hand des Toten, der sich so tief in die Haut gegraben hatte, dass ihn das Wasser nicht hatte wegwaschen können. »Tinte?«, fragte er neugierig.

»Nun, Schwerarbeit hat er gewiss nicht verrichtet«, brummte Hooper. »Und seinen Kleidern nach zu urteilen war er auch nicht unbedingt ein Schreiber oder Geschäftsinhaber.«

»Wie auch immer, wir sollten zusehen, dass wir denjenigen ausfindig machen, der ihn aus dem Wasser gezogen hat.« Monk wandte sich ab und spähte angestrengt stromabwärts und -aufwärts den schier endlos breiten, von vielen Booten bevölkerten Fluss entlang. In ihrer Nähe lagen Drei- und Viermaster mit eingeholten Segeln vor Anker, die darauf warteten, entladen zu werden. Weiter draußen glitt ein Verband von Frachtkähnen den Fluss hinauf. Dazwischen hindurch schlängelten sich Fähren von Ufer zu Ufer.

»Ich nehme an, dass McNab sich nicht dazu herablassen wollte, uns auf diesen Umstand hinzuweisen«, murmelte Hooper düster. Er äußerte sich nur selten darüber, aber auch er hielt McNab für denjenigen, der die Schießerei auf dem Schmuggelschiff und damit auch Ormes Tod zu verantworten hatte. Allerdings hatte er die Hoffnung nicht aufgegeben, dass es ihnen eines Tages gelingen würde, das zu beweisen. Um private Rache ging es ihm ebenso wenig wie Monk, doch sehr wohl um Gerechtigkeit. Orme war mehr als nur ein guter Mann gewesen, der praktisch sein ganzes Erwachsenenleben bei der Wasserpolizei gedient hatte. So einem Mann wahrte man die Treue – auch über den Tod hinaus.

»Bestimmt nicht«, bestätigte Monk verdrießlich. »Aber immerhin hat er nach dem Polizeichirurgen geschickt. Schauen Sie, der Mann, der da über den Kai auf uns zukommt, könnte es sein.« Grüßend nickte er dem sich ihnen nähernden Mann zu. »Ich werde mit ihm sprechen. Sie kümmern sich in der Zwischenzeit um die Hafenarbeiter auf den Kaistufen dort drüben. Vielleicht können Sie ihnen etwas aus der Nase ziehen.«

»Jawohl, Sir.« Mit erstaunlicher Geschwindigkeit trabte Hooper los und erreichte die Gruppe von Schauermännern und Leichterschiffern, noch bevor der Leichenbeschauer bei Monk angekommen war.

»Was haben Sie denn diesmal?«, fragte er mit einem beiläufigen Blick auf den Toten. Der Polizeichirurg, ein gewisser Hyde, war ein Mann in den Sechzigern, von gedrungener Statur und mit blondem Haar, das sich über der Stirn allmählich lichtete. Monk, der bereits öfter mit ihm zusammengearbeitet hatte, mochte seinen schwarzen Humor.

»Ein Mann mit weichen Händen, der erstickt ist und einen

Schuss in den Rücken abbekommen hat«, erwiderte Monk mit einem schiefen Grinsen.

Hyde starrte ihn, die Augenbrauen hochgezogen, an. Dann nickte er bedächtig. »Kurz und bündig. Kennen Sie schon seinen Namen?«

»Fragen Sie mich was Leichteres. Er wurde aus dem Wasser gefischt, nachdem ihn die Flut angespült hat. Falls einer der Bootsmänner etwas gesehen hat, hält er sich bedeckt. Hooper ist unterwegs und versucht, jemanden aufzutreiben, der bereit ist zu sprechen.«

Hyde kniete sich neben die Leiche und untersuchte sie behutsam. Nachdem er Kopf, Hals, Hände und Füße und die Handgelenke eingehend betrachtet hatte, drehte er den Mann um und nahm sich wie schon Monk die Schusswunde im Rücken vor.

»Es war McNab von der Zollpolizei, der nach mir geschickt hat«, erklärte Hyde und richtete sich mit einem leisen Stöhnen auf. Wieder einmal erinnerten ihn seine entzündeten Gelenke daran, dass er ihnen nicht zu viel zumuten sollte. »Darf ich annehmen, dass er Ihnen nichts Brauchbares mitgeteilt hat, Mr Monk?«

Hyde wusste also von der gegenseitigen Abneigung zwischen McNab und Monk.

»Vielleicht weiß er wirklich noch nichts«, erwiderte Monk diplomatisch.

Hyde bedachte ihn mit einem scharfen, wissenden Blick. »Vielleicht. Und vielleicht kommt die Flut heute dreimal herein, statt wie sonst immer zweimal.«

Offensichtlich konnte Hyde McNab auch nicht leiden.

»Eines steht fest«, fuhr Hyde fort. »Das Zollamt kennt den Mann nicht. Sonst hätte McNab Sie nicht geholt. Und er hat nicht am Fluss gearbeitet, denn er hat Hände wie ein

Künstler. Aber ich würde eine Flasche besten Single Malt darauf wetten, dass seine Kunst, worin sie auch immer bestand, illegal war.«

Eine Frage beschäftigte Monk noch: »Wurde der Schuss auf ihn abgegeben, bevor er im Wasser landete, oder danach?«

»Keine Ahnung, aber ich werde Ihnen meine Erkenntnisse mitteilen, sobald ich welche habe«, antwortete Hyde fröhlich. Damit marschierte er zum Ende des Kais und signalisierte seinen Männern, mit einer Bahre für den Toten nach oben zu kommen. Die Leichenhalle befand sich am Ufer gegenüber und war mit dem Boot am einfachsten zu erreichen.

Monk wartete, bis sie losgerudert waren, dann lief er zu Hooper hinüber, um sich nach den Ergebnissen seiner Befragung zu erkundigen. Der Wind frischte auf, und er fröstelte.

Mehrere Stunden lang führten die beiden Männer Vernehmungen durch, doch eine in sich schlüssige Geschichte ergab das nicht. Ein Leichterschiffer hatte die Leiche früh am Morgen beim Verlassen seiner Anlegestelle entdeckt. Sie hatte sich in einem Gewirr aus verknäulten Seilen und verfaulten Holztrümmern in der Nähe einer der vielen Treppen verfangen, die vom Wasser zu den Kais führten und bisweilen zum Be- und Entladen benutzt wurden. Wesentlich öfter nahmen die vielen zwischen den Ufern hin und her pendelnden Fähren dort allerdings Passagiere auf oder setzten sie ab.

Nach dem Fund des Toten hatte der Leichterschiffer die nächste Fähre abgewartet, die binnen weniger Minuten vorbeikam. Da er selbst seinen Verband von Kähnen nicht verlassen konnte, hatte er den Kapitän gebeten, die Behörden zu benachrichtigen. Kurz darauf trafen zwei völlig unfähige Zollbeamte ein, die gerade damit beschäftigt gewesen waren, die Fracht eines in der Nähe vor Anker liegenden Schoners zu inspizieren. Um diese Jahreszeit durfte keine Minute Tageslicht vergeudet werden. Und da niemand anders von ausreichend hohem Rang erreichbar war, musste McNab sich mit der Sache befassen.

Trotz aufwendiger Befragungen fand sich kein Einziger, der den Toten kannte. Offenbar handelte es sich nicht um einen Kahnführer, Fährschiffer oder Hafenarbeiter welcher Art auch immer. Keine dieser Erkenntnisse überraschte Monk. Das alles hatte er schon aus dem Äußeren des Toten geschlossen.

Die Abenddämmerung kündigte sich an; er und Hooper saßen im hinteren Bereich ihres Hauptquartiers, der Wache der Wasserpolizei in Wapping, als die Meldung eintraf, dass ein, zwei Meilen stromabwärts am Südufer ein Boot gestohlen worden war. Laut Auskunft der örtlichen Polizei handelte es sich um ein Ruderboot, das problemlos von einer Einzelperson benutzt werden konnte. Diese Information brachten sie sofort mit einem anderen Vorfall in Zusammenhang: Während eines Verhörs durch die Zollpolizei war ein Insasse des Zuchthauses von Plaistow geflohen, ein Meisterfälscher namens Blount, dessen Beschreibung exakt mit dem Toten im Fluss übereinstimmte.

»Ach ja?«, fragte Hooper sarkastisch. »Und McNab wusste nichts davon?«

»Ich könnte mir vorstellen, dass er genau das behaupten wird«, brummte Monk. »Der Mann ist gestern getürmt, heißt es.«

Hooper fuhr zu ihm herum, doch im Schatten der Gaslampe war Monks Gesichtsausdruck kaum zu erkennen. »Ich würde McNab nicht einmal dann glauben, wenn er mir sagte, welcher Tag heute ist.«

»Ich fahre morgen früh zum Gefängnis hinaus«, erklärte Monk. »Mal sehen, was sich über diesen Blount in Erfahrung bringen lässt.«

»Soll ich mit den Männern vom Zollamt sprechen, die ihn haben entkommen lassen?«, erbot sich Hooper.

Monk dachte einen Moment nach. »Nein, das erledige ich. Es wird leichter sein, sobald ich etwas über den Mann weiß. Ich frage mich, wer wohl den Schuss auf ihn abgegeben hat …«

Hooper grunzte, erwiderte aber nichts.

Bei einer Tasse heißem Tee mit einem Schuss Whiskey fertigte Monk einen Bericht über seine Arbeit am heutigen Tag an. Darin ging es nicht nur um die Leiche, sondern auch um mehrere Diebstähle und einen Fall von Schmuggel. Schreibarbeiten waren der Teil seiner Aufgaben, den er am wenigsten mochte, aber er hatte gelernt, dass es ihm umso schwerer fiel, sich an möglicherweise wichtige Details zu erinnern, je länger er das Schreiben der Protokolle hinausschob. Schlampige Notizen und unleserliches Geschmier hatten mehr als einmal Ermittlungen zunichtegemacht.

Zwei Stunden später wünschte er dem diensthabenden Beamten eine gute Nacht und stapfte über den dunklen, vom Wind umtosten Kai, um die Fähre nach Hause zu erreichen, wo Hester ihm erzählen würde, was sie heute alles erlebt hatte. Das war immer die schönste Zeit des Tages: wenn er heimkam.

Das Zuchthaus von Plaistow am Rande der Stadt lag fast genau nördlich gegenüber dem Albert Dock. Da es von dort nur ein Katzensprung zur Eisenbahnlinie war, benötigte Monk weniger als eine Stunde für den Weg. Dem Direktor, Elias Stockwell, hatte der Ausbruch von Blount die

Laune gründlich verhagelt. Da konnte sogar die Meldung, dass Blounts Leiche entdeckt und identifiziert worden war, seine Stimmung nur geringfügig aufhellen.

»Schön, dass dieser Nichtsnutz tot ist«, erklärte Stockwell freimütig, als Monk sich in seinem kleinen, sehr ordentlichen Büro einfand. »War erst seit ein paar Wochen bei uns. Verdammt guter Fälscher, aber ein Kerl von der übelsten Sorte. Und gerissen obendrein.«

Monk machte es sich auf dem Stuhl, der ihm angeboten worden war, so bequem wie möglich. Damit gab er zu verstehen, dass er so lange zu bleiben beabsichtigte, wie es eben erforderlich war, bis er die benötigten Antworten erhalten hatte.

»Beim Fälschen oder ganz allgemein?«, hakte Monk nach. Hinsichtlich der Frage, wer auf Blount geschossen hatte, bot sich eine Vielzahl an Möglichkeiten. Es konnte sich um eine persönliche Angelegenheit handeln – in den meisten Fällen Rache – oder um ein Zerwürfnis bei einem geplanten Verbrechen oder bei der Verteilung der Beute nach einem bereits erfolgreich durchgeführten Coup. Vielleicht hatte die Sache auch mit dem Zollamt zu tun, mit dem Verrat von Informationen oder mit einem früheren oder neuen Streit.

Stockwell seufzte. »Beides. Er war einer der besten Fälscher, denen ich je begegnet bin, und das nicht nur bei Dokumenten. Er konnte einen Fünf-Pfund-Schein fabrizieren, der den meisten nicht einmal bei näherem Hinschauen aufgefallen wäre.«

»Na ja, wer weiß denn schon, wie ein Fünf-Pfund-Schein aussieht?«, wandte Monk ein. Das war mehr, als ein Arbeiter durchschnittlich im Monat verdiente!

»Gutes Argument«, räumte Stockwell ein. »Aber er verstand sich auch auf Lieferscheine, Zollbescheinigungen und

Ladungsverzeichnisse. Das ist auch der Grund, warum das Zollamt so erpicht darauf war, ihn dingfest zu machen.«

»Komplizen?« Monk hoffte, diese Frage würde zu jemandem führen, der ein Interesse daran hatte, Blount zum Schweigen zu bringen.

»Gewiss«, bestätigte Stockwell. »Aber es ist nie einer verhaftet worden. Er verstand es, den Mund zu halten.« Er zog leicht die Augenbrauen hoch. »Glauben Sie, dass einer von denen ihn ermordet hat, um dafür zu sorgen, dass er sich nicht verplappert? Das wäre zumindest vorstellbar.«

»Wofür wurde er verurteilt?«, fragte Monk.

Stockwell schilderte ihm Blounts Betrug mit gefälschten Frachtbriefen und entsprechend geringeren Zollgebühren.

Monk hörte gespannt zu.

»Demnach war der Kapitän des Schiffs fast mit Sicherheit daran beteiligt«, schlussfolgerte er.

Stockwell nickte. »Zweifellos. Aber als sie Blount schnappten, war der Kapitän längst über alle Berge. Außerdem war er Ausländer. Spanier, Korse oder etwas in dieser Art.«

»Und der Importeur?«

»Bestritt, irgendetwas von Änderungen an den Papieren gewusst zu haben. Stellte es so dar, als hätte Blount selbst den Gewinn eingesteckt. Elender Lügner. Doch sie konnten ihm nichts nachweisen. Hatte sich gründlich abgesichert.«

»Aber Blount wusste, dass er am Betrug beteiligt war, und hätte ihn jederzeit verraten können?«

»Er muss es gewusst haben, hielt allerdings den Mund. Ich wage zu behaupten, dass später eine hübsche Belohnung auf ihn gewartet hätte. Er musste ja nur für fünf Jahre hinter Gitter.«

»Wann wurde er verurteilt?«

»September.«

»Name des Importeurs?«

»Haskell & Sons. Haskell war derjenige, über den sie Blount ausquetschen wollten. Sie sind schon seit Jahren hinter ihm her.«

»Sie? Das Zollamt?«

»Ja.« Stockwells Miene verriet Interesse. »Sie sagen, sie konnten nichts aus Blount herauskriegen.«

»Da ich schon mal hier bin, verraten Sie mir doch bitte, was Sie über Blount wissen. Kennen Sie seine Freunde, Feinde, irgendwen, der ihn lieber tot gesehen hätte? Oder der ihn gefürchtet hat, als er noch lebte?«

»Er war gerissen«, wiederholte Stockwell nach reiflichem Überlegen. »Im Gefängnis war die Rede davon, dass er einer ganzen Reihe von Insassen einen Gefallen erwiesen hat. Nicht dass er das kostenlos machte, wohlgemerkt. Aber wenn jemand darauf angewiesen war, dass für ihn ein Brief geschrieben, eine Erlaubnis gefälscht oder ein Dokument erstellt und von einem Anwalt oder Aufseher nach draußen geschmuggelt wurde – gegen eine kleine Aufmerksamkeit natürlich ...« Er verzog das Gesicht. »Blount brauchte nichts außer Papier, und damit fabrizierte er Dokumente, die die meisten für echt hielten. Auf diese Weise schuf er sich ein ganz hübsches Netz aus Personen, die ihm Gefälligkeiten schuldeten oder ihn eines Tages vielleicht wieder brauchen würden. Ja, gerissen, das war er unbedingt. Tat nie etwas, ohne abzuwägen, was es ihm einbringen würde.«

Monk musste an die glatten Hände des Toten denken; es fiel ihm leicht, Stockwell zu glauben. »Ging es dabei vor allem um Schmuggel?«, fragte er.

»Bei dem, wovon ich gehört habe, ja. Aber es könnte auch haufenweise andere Sachen gegeben haben – Verkaufsurkunden, eidesstattliche Erklärungen, was weiß ich.«

»Wer hat ihn zu der Stelle gebracht, wo ihn die Leute befragten und von wo er dann entkam? Warum wurde das Verhör nicht hier durchgeführt? Weniger Fluchtgefahr.«

»Wir glaubten doch nicht, dass die Möglichkeit dazu bestand!«, blaffte Stockwell. »Er trug die ganze Zeit Handfesseln und wurde von zwei Aufsehern bewacht.«

»Aber wieso diese Fahrt an einen anderen Ort? Wozu auch nur den Hauch eines Risikos eingehen?«

»Weil es dort Dokumente und bestimmte Gegenstände in einer großen Kiste gab, die man nicht hierherbringen konnte. Geräte, die er hätte identifizieren können.«

Monk nickte. »Ich verstehe. Wie hießen die Aufseher, die ihn begleiteten?«

»Clerk und Chapman. Beide wurden während der Flucht verletzt. Clerk kam glimpflich davon. Nur ein paar Prellungen. Chapman dagegen wird eine Weile außer Gefecht sein. Ein Mann mit gebrochenem Arm ist hier nicht von großem Nutzen.«

»Na, Blount wird sich nicht mehr bei ihnen bedanken können«, bemerkte Monk trocken. »Erschossen und ertrunken. Fällt Ihnen dazu etwas ein?«

Blount schnitt eine Grimasse, die Resignation und Abscheu verriet. »Da wollte jemand ganz sichergehen.«

»Wie lange war das Verhör außerhalb Ihrer Anstalt vorbereitet worden?«, wollte Monk wissen.

»Nur einen Tag.« Stockwell richtete sich auf. »Interessant. Sie glauben, jemand witterte eine Gelegenheit und ergriff sie beim Schopf?«

»Das, oder jemand wusste von dem geplanten Verhör und hat die Sache in die Wege geleitet.«

Stockwell blickte Monk nachdenklich an. »Denken Sie an das Zollamt? Oder an Haskell selbst? Wollen Sie am Ende überprüfen, ob es eine Verbindung zu jemandem bei uns gab?«

»Allerdings«, knurrte Monk. »Und ich werde ganz gewiss die betroffenen Zollpolizisten aufsuchen und ermitteln, was genau geschehen ist, wer Blounts Überstellung beantragt hat und wer darüber informiert war.«

»Gut. Ich werde unser gesamtes Wissen mit Ihnen teilen.« Stockwell erhob sich. »Ein übler Patron, dieser Blount, aber wir können nicht dulden, dass Häftlinge umgebracht werden – genauso wenig wie wir es dulden, wenn sie ausbrechen.«

»Das ist ja nicht hier passiert.«

Stockwell starrte Monk aufgebracht an. »Er ist meinen verdammten Männern entkommen, Sir!«

Darin stimmte Monk ihm so taktvoll zu, wie er konnte.

Es war vier Uhr, und die bereits tief am Horizont stehende Sonne sandte lange Schatten auf das Wasser hinaus, als Monk Wapping erneut verließ und beschloss, die verhältnismäßig kurze Strecke zum Zollamt in der Thames Street zu Fuß zurückzulegen. Es war nur knapp über eine Meile, und er brauchte trotz der Kälte frische Luft und auch etwas Zeit, um sich genau zurechtzulegen, was er sagen wollte. Von der Art und Weise, wie er die Zollpolizisten, denen Blount entkommen war, behandelte, würde abhängen, was er von ihnen erfuhr.

Monk benötigte Informationen von ihnen. Es stand ihm nicht zu, sie zur Rechenschaft zu ziehen, nicht einmal dann, wenn sie einen Fehler begangen hatten, was aber noch gar nicht sicher war.

Weil dichter Verkehr herrschte und auch der Bürgersteig von Menschen wimmelte, dauerte der Marsch etwas länger, als er erwartet hatte. Doch als er das nach dem Brand von 1825 in seiner alten Pracht wiederhergestellte Gebäude erreichte, war er bereit, den Männern gegenüber einen geduldigen Ton anzuschlagen, in der Hoffnung, er würde so auf freiwilliger Basis erhalten, was er nicht erzwingen konnte.

Nach einer zurückhaltenden Begrüßung wurde Monk in einen kleinen Privatraum – leider ohne Blick auf die Themse – geführt, den man ihm freundlicherweise zur Verfügung stellte. Es dauerte nur wenige Augenblicke, bis ein junger Mann zu ihm gebracht und ihm als Edward Worth vorgestellt wurde. Dies war einer der zwei Zollpolizisten, die Blount vernommen hatten. Der andere namens Logan, der bei Blounts Flucht schwer verletzt worden war, lag noch im Krankenhaus.

»Setzen Sie sich, Worth.« Monk deutete auf den Stuhl an der anderen Seite des Schreibtischs. »Blount ist tot. Das bedeutet keinen großen Verlust – außer wenn er tatsächlich gegen Haskell aussagen wollte. Das trifft doch zu, nicht wahr?«

Worth ließ sich auf der Stuhlkante nieder. Er sah aus wie höchstens fünfundzwanzig und wirkte äußerst verlegen, weil er und sein Kollege es irgendwie zugelassen hatten, dass ein Gefangener entkam und – schlimmer noch – getötet wurde. Er schien immer noch unter Schock zu stehen.

Monk konnte sich nicht mehr an die Zeit erinnern, als er so jung gewesen war. Sie gehörte zu seinen verlorenen Jahren. Hatte er sich seinen Vorgesetzten gegenüber jemals so verletzlich gezeigt? Nach allem, was er sich aus einigen Hinweisen zusammengereimt hatte, musste er ziemlich arrogant und in jedem Fall selbstbewusster gewirkt haben, als er tatsächlich gewesen war.

»Eigentlich nicht, Sir, nicht nach dem, was ich mitbekommen habe«, murmelte Worth. »Die ganze Angelegenheit war im Grunde Zeitverschwendung.« Er errötete und sah zu Boden. »Verzeihung, Sir.«

»Wer hat Sie beauftragt, ihn zu verhören?«, wollte Monk wissen.

»Befehle, Sir.«

»Das bezweifle ich nicht, Worth. Von wem?«

»Mr Gilles, Sir. Er ist mein Vorgesetzter, muss aber seine Anweisungen ebenfalls von höherer Stelle erhalten haben.« Worth blickte bekümmert drein – wie ein Schuljunge, den man zwang, einen Kameraden zu verpetzen.

»Ich verstehe. Hatten Sie den ausdrücklichen Befehl, Blount dazu zu bringen, Ihnen von Haskell zu erzählen, oder sollten Sie aufs Geratewohl herumstochern und sehen, was dabei herauskommt?«

»Wir sollten rausfinden, wer ihn bezahlte, Sir. Und dann gab es eine ganze Kiste voll mit Fälscherwerkzeug und bestimmten Dokumenten, die er identifizieren sollte … wenn er dazu bereit war.«

»Und tat er das? Ich meine, identifizierte er sie?«

»Nein, Sir, nicht wirklich. Er sagte bloß, das sei die richtige Sorte für Frachtbriefe … solche aus dem Ausland.«

Monk war klar, dass er Worth weder zu sehr in Verlegenheit bringen noch sich seine Vorbehalte gegen die Zollpolizei anmerken lassen durfte, sonst bekam er gar nichts aus dem jungen Mann heraus. Ein solches Verhalten wäre nicht nur hart, sondern vor allem zwecklos. Wenn Worth Fehler begangen oder weniger als sein Bestes gegeben hatte, würde er darauf brennen, den Schaden wiedergutzumachen. Und ein guter Vorgesetzter würde ihm das auch ermöglichen. Monk selbst lernte diese Lektion gerade, wenn auch langsam. In dem Maße, in dem er Fortschritte machte, taten ihm die Officer leid, die es mit ihm zu tun bekommen hatten, als er jung, neunmalklug und von rascher Auffassungsgabe gewesen war. Solche Jungspunde waren der Prüfstein eines jeden Kommandanten. Teilweise waren gerade sie diejenigen, deren Entwicklung den größten Erfolg versprach, wenn man ihnen ein guter Lehrer war und sich ihren Respekt verdiente. Ihre guten Eigenschaften konnten sich jedoch auch ins Gegenteil verkehren, wenn sie Opfer der persönlichen Schwäche ihres Kommandanten wurden.

»Beschreiben Sie mir genau, was geschehen ist, so weit Sie es in Erinnerung haben«, wies Monk den Zollpolizisten an.

Gehorsam schilderte Worth Blounts Ankunft und die zwei Gefängniswärter, die ihn eskortiert hatten.

»Sind die beiden mit Blount bis in den Verhörraum gekommen?«, hakte Monk nach.

»Nein, Sir. Sie blieben draußen. Es gab ja nur eine einzige Tür, und mein Kollege und ich waren mit ihm in dem Zimmer. Die anderen haben nebenan gewartet.«

»Klingt eigentlich sicher genug«, sagte Monk. »War Blount während des Verhörs gefesselt?«

»Mit dem linken Handgelenk an den Stuhl, Sir. War ein ziemlich kalter Tag. Hab ihm eine Tasse Tee besorgt.« Blount senkte verlegen den Blick, als hätte er mit seiner kleinen freundlichen Geste einen entscheidenden Fehler begangen.

»Und dann haben Sie ihn vernommen?«

»Ja, Sir.«

»Sagen Sie mir …« Monk wählte seine Worte vorsichtig. »Haben Sie den Eindruck gewonnen, dass Blount auf diese Fragen gefasst oder in irgendeiner Form darauf vorbereitet war?«

Worth überlegte einen Moment lang. »Nein, Sir.« Nun sah er Monk direkt an. »Ich glaube nicht, dass er wusste, warum er vor Ort war. Zumindest wirkte er völlig überrascht. Damals nahm ich an, dass er mir was vormacht, aber im Nachhinein glaube ich eher, dass er wirklich völlig ahnungslos war.«

»Interessant. Fahren Sie fort.«

»Wir redeten ungefähr eine halbe Stunde miteinander, ohne dass dabei irgendetwas herausgekommen wäre, was wir vom Zoll nicht schon vorher in Erfahrung gebracht hatten. Dann wurden wir auf einmal unterbrochen. Ein Mann platzte herein und erklärte, er sei Mr Blounts Anwalt. Wir hätten kein Recht, ohne sein Beisein weiterzumachen. Daran ließ sich nichts ändern, und wir mussten den Anwalt hereinlassen … sofern er das wirklich war …«

»Warum zweifeln Sie daran?«

Worth war die Sache sichtlich peinlich. Er lief feuerrot an. »Weil in dem Moment die Probleme anfingen. Draußen war auf einmal die Hölle los. Zwei weitere Männer drangen ein und griffen den Gefängniswärter an, der vor der Tür stand …«

»Nur einer?« Monk beugte sich weit vor. »Sie haben gesagt, es wären zwei gewesen.«

»Einer war rausgegangen, weil er ein menschliches Bedürfnis verspürt hatte, Sir.« Worth' Miene wurde immer trübseliger.

»Und die zwei Eindringlinge nutzten das aus?« Monk konnte sich das gut vorstellen. Eine interessante Entwicklung. Das klang nach einer Mischung aus Planung und günstigen Umständen.

Worth nickte. »Ja, Sir. Das haben sie allerdings.«

»Waren sie bewaffnet?«

»O ja, Sir, mit dicken, schweren Knüppeln. Damit haben sie dem Wärter den Arm gebrochen.«

»Beide Männer haben angegriffen?«

»Ja, Sir, und mich haben sie am Kopf getroffen. Was sie mit Logan angestellt haben, weiß ich nicht, aber als ich wieder zu mir kam, lag er auf dem Boden. Und der Stuhl, an den wir Blount gefesselt hatten, war zertrümmert, als hätte einer mit der Axt darauf eingeschlagen.«

»Und Blount war verschwunden?«

»Ja, Sir.«

»Hat noch jemand diese Vorgänge beobachtet, oder wenigstens einen Teil davon? Entweder die zwei Männer beim Hereinstürmen oder bei ihrer Flucht mit Blount?«

»Ja, Sir. Blount wurde gesehen, als er mit einem von ihnen davonlief. Leider hatten sie aber die gleiche Größe und Statur wie die Gefängnisaufseher, und weil sie sich wegen dem Regen in ihre Mäntel gehüllt hatten, dachten alle, das wäre bloß wieder die Eskorte. Der zweite Mann hatte sich offenbar aus dem Staub gemacht.« Worth rutschte unbehaglich auf dem Stuhl hin und her.

»Und der Mann, der sich als Anwalt ausgegeben hatte?«, fragte Monk ruhig.

»Behauptete, er sei auch niedergeschlagen worden, Sir.«

»Behauptete? Hatten Sie Zweifel daran?«

»Wenn ich es recht bedenke, ja, Sir. Ich weiß genau, wie ich mich in dem Moment gefühlt habe. Und er sah ganz und gar nicht nach einem Advokaten aus.«

Monk nickte. »Sehr gut. Jetzt denken Sie bitte noch einmal scharf nach. Ich bitte Sie nur um Ihre Eindrücke. Glauben Sie, dass Blount damit gerechnet hatte, gerettet zu werden? Versuchte er während der Vernehmung, Zeit zu schinden? Wirkte er nervös, als würde er etwas erwarten? Hatte er Angst?«

Worth blinzelte, sichtlich darum bemüht, Monk eine hilfreiche Antwort zu geben.

»Er saß bereits im Gefängnis«, half Monk nach. »Haben Sie ihm mit irgendetwas gedroht? Bitte seien Sie ganz aufrichtig, Mr Worth. War er in irgendeiner Weise erregt?«

»Nein. Er war sogar ziemlich frech«, antwortete Worth vorsichtig. »Als wüsste er, dass wir ihm nichts anhaben konnten. Um ehrlich zu sein, ich hielt das Ganze ja selber für Zeitverschwendung. Dieser Blount war gerissen. Ich konnte mir nicht vorstellen, dass wir was aus ihm rauskriegen würden.«

»Aber er war nicht gerissen genug, um sich nicht erschießen und ertränken zu lassen!«, erwiderte Monk düster. »Danke, Mr Worth. Sie haben mir sehr geholfen. Ich nehme an, dass Sie keine Vorstellung davon haben, welcher Ihrer Vorgesetzten glaubte, Blount würde Mr Haskell verraten? Oder wer es gewesen sein könnte, der ihn bezahlte?«

»Nein, Sir. Es tut mir leid, Sir.«

»Das hatte ich auch nicht angenommen.« Monk erhob sich. »Das ist alles. Vielen Dank.«

»Jawohl, Sir.« Worth sprang auf und salutierte. »Danke, Sir.«

Ein guter Mann, dachte Monk. Vielleicht würde er ihn eines Tages von McNab abziehen. Er würde eine fähige Verstärkung der Wasserpolizei abgeben. Und sie brauchten neue Rekruten.

Auf dem Heimweg durch die dunkler werdenden Straßen ließ sich Monk noch einmal alles durch den Kopf gehen, was Worth ihm erzählt hatte. Als er den Anlegesteg von Greenwich erreichte und den von Lampen beleuchteten Hügel erklomm, hinter dem sein Haus in der Paradise Place lag, hatte er bereits mehrere Schlussfolgerungen gezogen. Für eine ganz bestimmte Person stellte Blount eine Gefahr dar. Und die musste derjenige sein, der ihn für sich hatte arbeiten lassen. Vermutlich Haskell. Blount war ein Mann, bei dem das eigene Wohlergehen immer an erster Stelle stand, aber er hatte einfach zu viel gewusst.

Seine Ermordung war mit einiger Raffinesse betrieben worden. Dabei hatte man sich geschickt der Zollbeamten und des Anwalts bedient. Es musste allerdings noch einen anderen Helfer geben, einen, der möglicherweise von Haskell als Gegenleistung für die eine oder andere Gefälligkeit schon seit einiger Zeit – wenn nicht sogar seit Jahren – Geld erhielt.

Es war McNab, der Monk in den Fall hineingezogen hatte. War er schuld an Blounts Ausbruch und möglicherweise auch an seinem Tod und verwischte nun seine Spuren? Das war ein Umstand, den Monk unbedingt klären wollte. McNab war gefährlich. In jenem kurzen Moment, als McNab sich nicht unter Kontrolle gehabt hatte, hatte Monk diesen gewissen Ausdruck in seinen Augen bemerkt. Was zwischen ihnen herrschte, war mehr als berufliche Rivalität, mehr als gegenseitige Abneigung. Es war Hass, ein tiefer, giftiger Hass.

Er hatte nur eine Möglichkeit, und zwar, McNab zur Rede zu stellen, was er gleich am nächsten Tag tun wollte. Monk widerstrebte diese Befragung zutiefst, denn er wusste schon jetzt, dass McNab aggressiv reagieren würde. Vor allem widerstrebte dieser Schritt Monk aber deshalb, weil er ahnte, dass er von vornherein im Nachteil sein würde: Er wusste einfach nicht, was die Ursache der Feindseligkeit zwischen ihnen war. McNab hingegen schien den Grund sehr wohl zu kennen, und das versetzte ihn in die Lage, immer einen Schritt voraus zu sein. McNab agierte, und Monk reagierte. Das war ihm zuwider.

Doch wenn er mit dem, was er von Worth erfahren hatte, nicht zu McNab ginge, würde er durch sein Schweigen nur dessen Vorteil untermauern und allen vor Augen führen, dass er es nicht wagte, sich mit ihm anzulegen. Das wäre erst recht unerträglich!

Untragbar wurde die Situation allerdings ohnehin, als er am nächsten Tag ins Zollamt zurückkehrte und man ihn warten ließ, bis McNab an einem der Docks eine geschäftliche Angelegenheit erledigt hatte. Immerhin dauerte das eine halbe Stunde, die Monk für sich zu nutzen wusste. Er las mehrere Mitteilungen über Haskell & Sons und konnte sein Wissen über die Größe und Geschichte dieses Unternehmens erweitern.

Er saß noch in dem engen, kahlen Wartezimmer, als McNab hereinstolziert kam. Als er Monk erkannte, verdüsterte sich seine Miene sofort. Einen Moment lang baute er sich vor Monk auf, kaum in der Lage, seine Gefühle zu beherrschen, ehe es ihm schließlich gelang, einen einigermaßen gleichgültigen Ton anzuschlagen.

»Was ist es denn, Monk?«, fragte er, die Augenbrauen hochgezogen. »Sie können uns den Fall nicht zurückgeben, bloß weil er ein einziges Durcheinander ist! Oder ist es ein Freundschaftsbesuch, und Sie wollen uns nur mitteilen, was geschehen ist? Nun denn: Wer hat Blount umgebracht?«

Geschickt verbarg Monk seine Überraschung über McNabs Offenheit, sofern es das denn war. Er stand nicht auf, sondern sah stattdessen zu, wie McNab ihm gegenüber Platz nahm, ohne ihn auch nur eine Sekunde aus den Augen zu lassen.

Blitzartig beschloss Monk, seine Strategie zu wechseln, und begann ganz anders, als er es sich vorgenommen hatte.

»Wahrscheinlich nicht Haskell selbst«, antwortete er. »Aber mit einiger Sicherheit jemand, der für ihn gearbeitet hat.« Zu seiner Genugtuung huschte ein Ausdruck der Verblüffung über McNabs Gesicht, bevor der Mann im nächsten Augenblick wieder seine Maske aufsetzte.

»Da könnten Sie recht haben«, gestand McNab ihm zu. »Wir haben ihn nie auf frischer Tat ertappt, und er hat Freunde …« Bedeutungsvoll verstummte er.

»Kunden vielleicht«, korrigierte Monk ihn. »Mit Sicherheit Verbündete oder Angestellte. Nicht das Gleiche wie Freunde.«

»Ach, Loyalität, die gekauft und bezahlt wird, ist das Zuverlässigste überhaupt.« McNab lockerte die zur Faust geballte Hand. »Sie wissen, wer die Zügel in Händen hält?«

»Haskell?«, fragte Monk.

McNab verzog spöttisch den Mund. »Ihr Fall, Monk. Blount wurde erschossen, ermordet. Selbstmord ist ausgeschlossen. Einen Unfall müssten Sie nachweisen. Wer schießt schon jemandem versehentlich eine Kugel in den Rücken, hm?« Er wahrte eine ernste Miene.

»Jemand, der will, dass er zum Schweigen gebracht wird«, erwiderte Monk. »Möglicherweise ist er um seiner Sicherheit willen darauf angewiesen.«

McNab nickte zufrieden. »Möglicherweise.«

Monk beugte sich etwas weiter vor. »Wie nahe waren Sie dran, Haskell zu schnappen?«

»Für den Mord an Blount?«, fragte McNab in verwundertem Ton. »Gar nicht. Wie gesagt, das ist Ihr Fall, Commander Monk.«

»Natürlich würden Sie nie in meinem Fall herumpfuschen, McNab«, entgegnete Monk sarkastisch. »Nein, ich meinte: wegen Schmuggels oder wegen gefälschter Dokumente. Das sind doch die Gründe, warum Sie hinter ihm her sind, nicht wahr?«

Schweigend überlegte sich McNab seine Antwort.

Plötzlich wurde Monk klar, dass der andere Mann nicht wusste, was Worth ihm gestern Abend berichtet hatte. Und so sollte es auch bleiben. Monk wollte Worth nicht in Schwierigkeiten bringen, indem er McNab aufklärte. Er blickte den Zollbeamten an und wartete geduldig.

»Nun, da Blount tot ist, bin ich etwas von der Spur abgekommen«, ließ McNab ihn schließlich wissen. »Es sei denn natürlich, Sie können diese Geschichte einem von Haskells Männern anhängen, und der fängt dann an zu reden … was nicht sehr wahrscheinlich ist.« Um seine Lippen spielte ein dünnes Lächeln, das offen ließ, ob er Monks Erfolg auf der Jagd nach Blounts Mörder meinte oder den Mann, der bereit war auszusagen. Er atmete tief ein und hob den Blick zu Monks Augen. »Ich denke, ein solcher Mann würde Ihnen eine gute Jagd liefern, Monk. Am Ende hätte der arme Teufel nur noch die Wahl, entweder auf der Stelle von Haskell umgebracht oder langsam von Ihnen gefoltert zu werden.«

Monk stand auf und streckte den Rücken durch. »Dann ist es ja ein Jammer, dass Sie Blount haben entwischen lassen. Es wäre so viel leichter gewesen, wenn Ihr Mann die Wahrheit aus ihm herausgeholt hätte. Aber dafür ist es jetzt zu spät.« Er erwiderte McNabs Lächeln nicht minder schmallippig. Dann, sobald er den Zorn im Gesicht des anderen Mannes registriert hatte, marschierte er zur Tür hinaus und schloss sie wortlos.

2

Beata York dankte ihrer Zofe freundlich. Sobald sie allein war, stellte sie sich vor den Spiegel und musterte nachdenklich ihr Gesicht. Was sie sah, war eine Frau in den Fünfzigern, die in ihrer Jugend wunderschön gewesen war und jetzt, da die Zeit nicht sehr freundlich mit ihr umgesprungen war, einen komplexeren charaktervollen Ausdruck angenommen hatte. Um die Schlacht gegen die von außen in ihr Leben brechenden Turbulenzen überstehen zu können, hatte sie sich bewusst um inneren Frieden bemühen müssen.

Natürlich hatte sie all die wirklich schrecklichen Ereignisse in ihrem Leben für sich behalten, und so musste es auch bleiben. Alle kannten sie als heitere Frau, die sich und ihre Emotionen unter Kontrolle hatte. Ihre Haut glich makellosem Porzellan. Die vereinzelten silbernen Fäden, von denen sie wusste, dass sie existierten, waren in den blassgolden schimmernden Wellen ihres Haars nicht auszumachen.

Das Kleid, das sie trug, wies eine dunkle Grünschattierung auf und war ganz schlicht, weder mit Pelz verbrämt noch mit Schmuck geziert. Sie war im Begriff, zu einem Besuch aufzubrechen, zu dem die Pflicht sie zwang und vor dem ihr graute. Ihn zu vermeiden war jedoch nicht möglich, und ihn ständig aufzuschieben hätte die Sache nur noch schlimmer gemacht. Außerdem war diesmal nach ihr geschickt worden.

Sie wandte sich vom Spiegel ab, dankte noch einmal dem

Dienstmädchen, verließ dann das Zimmer, überquerte den Treppenabsatz und stieg die eleganten Mahagonistufen hinunter. Der Diener wartete im Foyer auf sie, den Rücken durchgestreckt, die Haltung respektvoll. Seine Schuhe waren blitzblank poliert. Bestimmt stand die Kutsche längst abfahrbereit vor der Tür. Sie würde niemandem Anweisungen erteilen müssen.

Den Butler hatte sie schon wissen lassen, dass sie ihren Mann besuchen wollte. Ingram York lebte jetzt in einer Nervenheilanstalt. Vielleicht würde er sie erkennen, wenn sie sein Zimmer betrat, aber sicher war das nicht. Offenbar hatten seine Ärzte den Eindruck, dass sein Befinden sich verschlechterte; sie sollte ihn noch einmal besuchen, bevor er in einen komatösen Zustand verfiel, in dem er sie überhaupt nicht mehr wahrnahm.

Beim letzten Mal, vor zwei Wochen, hatte er sie zunächst nicht erkannt, nur um sich plötzlich doch noch zu erinnern. Die Situation war schrecklich gewesen. Und welche Worte er benutzt hatte! Allein schon beim Gedanken daran errötete sie beschämt.

Ingram hatte auf Kissen gestützt halb aufrecht im Bett gelegen, als der leere Ausdruck in seinem fleischigen Gesicht jäh blankem Hass gewichen war.

»Hure!«, hatte er gezischt. »Du bist gekommen, um dich an meinem Zustand zu weiden, gib's zu! Nun, sosehr du dich auch bemüht hast, noch bin ich nicht tot!« Er war aschfahl, die Wangen hingen schlaff herunter, und die Augen waren tief in die Höhlen eingesunken, während groteskerweise das weiße Haar immer noch üppig um das gespenstische Gesicht wucherte.

Dann war der Moment ebenso plötzlich, wie er entstanden war, vorüber. Dem Arzt, der Beata hereingeführt hatte und im Zimmer geblieben war, um sie nach bestem Wissen aufzuklären, war das alles fürchterlich peinlich gewesen.

»Er meint es nicht so«, murmelte er hastig. »Er … deliriert. Ich versichere Ihnen …«

Aber sie hörte nicht hin. Ingram hatte jedes Wort so gemeint. Sie wusste es, denn sie war seit über zwanzig Jahre mit ihm verheiratet. Dieser Angriff war kein zusammenhangloses Gerede eines Unzurechnungsfähigen gewesen, wie der Arzt sich das vorgestellt hatte.

Bei der Erinnerung an diese Szene überlief sie ein Schauder. Dann hielt ihr der Diener die Tür auf, und sie trat ins Freie. Draußen herrschte bittere Kälte. Noch vor Anbruch der Nacht würden alle Straßen vereisen. Aber sie hätte ebenso gezittert, wenn es warm gewesen wäre – es war einfach der Gedanke an das, was ihr bevorstand, der sie regelrecht in Panik versetzte.

Immer noch überlegte sie, ob es nicht eine Möglichkeit gab, sich der Verantwortung zu entziehen. Ein Spaziergang im Park? Ein Besuch bei einer Freundin, ein Gespräch am Kamin bei Tee und Gebäck und Lachen statt trüber Gedanken? Aber natürlich würde sie das nicht tun! Nachdem sie all die Jahre bei Ingram geblieben war, würde sie auch nicht in diesen letzten Tagen weglaufen. Sie hatte eine Pflicht, und die würde sie bis zum Schluss erfüllen.

Der Diener hielt ihr die Kutschentür auf. Sie ergriff die ihr dargebotene Hand und ließ sich hinaufhelfen.

Insgeheim fragte sie sich, wie viele der Bediensteten von den Tobsuchtsanfällen des hohen Richters York wussten, von den üblen Beschimpfungen, mit denen er sie überzogen hatte. Vielleicht hatten sie sogar das Blut auf den Laken und bisweilen auch auf ihren Handtüchern bemerkt. Es waren Dinge vorgefallen, die ihr sogar bei der Erinnerung daran noch die Fassung raubten. Wie konnte sie so ruhig am Esstisch sitzen, während der Butler ihre Suppe auftrug und ihr nur allzu klar war, dass er sehr wohl wusste, wie brutal York sie missbrauchte, sobald er die Schlafzimmertür hinter ihnen zugesperrt hatte?

Es hatte binnen Wochen nach ihrer Hochzeit begonnen. Zunächst hatte er auf einer gewissen Grobheit bestanden, die ihr Schmerzen bereitete. Mit der Zeit war es schlimmer geworden, die Erniedrigungen immer widerlicher und demütigender, die Beschimpfungen hässlicher und die Gewalt von Mal zu Mal unberechenbarer.

So war es jahrelang weitergegangen. Zwischendurch hatte es Zeiten gegeben, in denen er monatelang nichts von ihr wollte und sie schon zu hoffen gewagt hatte, ihre Qual wäre vorbei.

Wie naiv von ihr! Freilich zeigte er sich in diesen Phasen des Aufschubs charmant, ja, geistreich und behandelte sie – zumindest in der Öffentlichkeit – respektvoll, so als hätte er die Grausamkeiten gegen sie in Momenten der Geistesverwirrung begangen. Wenn dann all das Schreckliche doch wieder über sie hereinbrach, war es umso grausamer und schwerer zu ertragen.

An dem Tag, als Oliver Rathbone bei ihnen zu Gast war, fanden Beatas Qualen schließlich ein Ende. Ingram hatte die Kontrolle über sich verloren und blindwütig mit seinem Spazierstock auf Oliver eingeschlagen. Hätte er ihn an der Schläfe getroffen, wäre Oliver tot gewesen. Zum Glück hatte Ingram in seiner Raserei einen Schwächeanfall erlitten und war besinnungslos zu Boden gestürzt. Ihm hatte buchstäblich der Schaum vor dem Mund gestanden.

Als die Kutsche mit dem Arzt eintraf, um ihn in eine Nervenheilanstalt zu bringen, hatte er das Bewusstsein immer noch nicht wiedererlangt. Es wäre eine Gnade gewesen, wenn er damals einfach ins Koma gefallen und gestorben wäre. Leider war es nicht so gekommen. In den langen Monaten danach hatte York irgendwo zwischen Bewusstsein und Wachkoma geschwebt, unterbrochen lediglich von flüchtigen Momenten geistiger Klarheit. Und so ging das nun schon seit bald einem Jahr.

Damit war Beata praktisch in jeder Hinsicht Witwe, nur in einer nicht: Zu heiraten war nicht möglich. Sie trug immer noch Yorks Namen, lebte in seinem Haus und zwang sich pflichtbewusst zu Besuchen bei ihm, wenn ihr Gewissen sie nicht mehr in Ruhe ließ oder der Arzt nach ihr sandte.

Geistesabwesend starrte sie aus dem Fenster, betrachtete die anderen Kutschen und die Damen mit Pelzkrägen und Capes, die darin saßen.

Es war keine lange Fahrt, aber der Weg führte am Regent's Park vorbei. Die kahlen Bäume dort erschienen Beata wie ein schwarzes Flechtwerk. Heute hätte man dort gut spazieren gehen können. Doch schon hielten sie vor dem Krankenhaus. Der Diener sprang leichtfüßig vom Kutschbock herab und hielt ihr die Tür auf. Da die Luft schrecklich kalt war, wünschte sie sich für eine Sekunde, sie hätte ihren Pelz mitgenommen. Dann fiel ihr wieder ein, dass Ingram ihn ihr einmal zu Weihnachten geschenkt hatte, und sofort verbot sie sich jedes Bedauern. Lieber wollte sie frieren! Entschlossen überquerte sie den Bürgersteig und stieg die breite Treppe zum Haupteingang der Anstalt hinauf.

Der für York zuständige Arzt erwartete sie bereits. Sie hatte den Ruf, pünktlich zu sein, sodass er sie gleich hinter der Tür in Empfang nahm. Mit einem ernsten Lächeln trat er ihr entgegen und begrüßte sie mit einer angedeuteten Verbeugung. Das war sie als Frau eines angesehenen Richters am High Court gewöhnt. Und in stillschweigendem Einverständnis bezeichnete keiner von ihnen Yorks veränderte Umstände als unumkehrbar.

»Guten Tag, Lady York«, begrüßte der Arzt sie. »Wie kalt es geworden ist!«

»Allerdings«, bestätigte Beata. Natürlich bedeutete ihnen das Wetter nicht das Geringste; es war nur wesentlich leichter, sich an das Ritual zu halten, als sich ein echtes Gesprächsthema ausdenken zu müssen.

»Wie geht es meinem Mann?« Diese Frage stellte sie auch jedes Mal.

»Leider hat es eine geringfügige Veränderung gegeben.« Der Arzt drehte sich um und schritt voran zu dem inzwischen vertrauten Zimmer, das Ingram, soweit Beata wusste, seit seiner Einlieferung nicht mehr verlassen hatte. »Es tut mir sehr leid … aber vielleicht wird er bald weniger leiden«, fügte er in bemüht zuversichtlichem Ton hinzu.

Er konnte nicht wissen, wie inständig Beata sich Ingrams Tod wünschte. Nicht nur um ihretwillen, sondern auch seinetwegen. Sie hatte ihn nie geliebt, obschon sie sich das vor Jahren eine Zeit lang eingebildet hatte. Damals hatte er noch eine gewisse Würde besessen und hohe Intelligenz. Allein schon deswegen hätte sie niemandem gewünscht, dass er das erleiden musste, was Ingram widerfahren war – der Absturz aus den geistigen Höhen in die Abgründe der Unzurechnungsfähigkeit und zu den verzweifelten Versuchen, dorthin zurückzuklettern, wo er einmal gewesen war. Da konnte sie bei allem Bedürfnis nach Rache keine Schadenfreude empfinden.

Sie erreichten sein Zimmer, Gott sei Dank ohne weitere bedeutungslose Konversation. Der Arzt öffnete die Tür und hielt sie ihr auf.

Sie atmete tief durch, gab sich einen Ruck und trat ein.

Wie immer war der Geruch das Erste, was sie bemerkte. Eine Mischung aus menschlichen Ausdünstungen, ätzend stinkender Waschlauge und Desinfektionsmitteln. Wie immer war alles zu weiß, zu zweckmäßig.

Ingram war gegen die Kissen gelehnt worden. Auf den ersten Blick wirkte alles unverändert, als wäre sie erst gestern hier gewesen; dabei war ihr letzter Besuch schon Wochen her.

Dann, im Nähertreten, konnte sie seine Augen erkennen. Sie lagen tiefer in den Höhlen als beim letzten Mal und wirkten umwölkt, er schien sie nicht mehr sehen zu können.

»Guten Tag, Ingram«, sagte sie sanft. »Wie geht es dir?«

Er reagierte nicht. Hatte er sie nicht gehört? Eigentlich war sie sicher, dass er bei Bewusstsein war.

Sie berührte die auf der Bettdecke ruhende Hand mit den dicken Fingern. Halb erwartete sie, dass sie kalt sein würde, doch sie war wärmer als ihre eigene.

»Wie geht es dir?«, wiederholte sie, jetzt etwas lauter.

Plötzlich schloss sich seine Hand um die ihre und drückte fest zu. Sie schnappte nach Luft. Für einen kurzen Moment dachte sie daran, ihre Hand wegzuziehen, entspannte sich dann aber mit einer gewaltigen Anstrengung und ließ ihn gewähren.

»Du siehst etwas besser aus«, log sie. In Wahrheit machte er einen verheerenden Eindruck.

Er starrte sie weiter aus umwölkten Augen an. Man hätte meinen können, zwischen ihnen befände sich ein Milchglasfenster, durch das keiner hindurchschauen konnte.

»Bist du wiedergekommen, Beata?« Seine Stimme war nicht mehr als ein Flüstern, doch der Zorn darin war unüberhörbar. »Das musst du ja auch, solange ich am Leben bin, nicht wahr? Und das bin ich! Noch bist du nicht frei …«

»Das weiß ich, Ingram.« Sie starrte ihn an. »Aber du bist es ebenso wenig.« Die Worte waren kaum über die Lippen geschlüpft, als sie sie auch schon bereute. Wie hatte sie damals so blind sein und ihn heiraten können? Niemand hatte sie dazu gezwungen. Sie war schon einmal verheiratet gewesen, doch ihr erster Mann war nach ein paar Jahren gestorben. Irgendwann schien es an der Zeit zu sein, sich noch einmal für eine Ehe zu entscheiden. Sie hatte gesehen, was sie hatte sehen wollen, so wie vielleicht auch er. Sie waren beide nicht mehr ganz jung gewesen. Einen Unterschied gab es allerdings: Er hatte ihr etwas bedeutet, sie ihm dagegen überhaupt nichts. Womöglich hatte er überhaupt nie etwas für andere empfunden. Seiner Laufbahn zuliebe war es ratsam erschienen, eine Frau an seiner Seite zu haben. Und sie brachte eine gute Mitgift mit in die Ehe, die ihre Freunde für sie gesammelt hatten, nachdem ihr Vater in Ungnade gefallen war. Zum Glück war San Francisco weit entfernt, sodass diese Nachricht sich nicht bis nach England verbreitet hatte.

Ingrams Gesicht verzerrte sich geringfügig. Versuchte er, in einem Moment von Wärme oder Bedauern zu lächeln? Oder war das ein höhnisches Feixen, weil sie ebenso Gefangene war wie er, zumindest bis auf Weiteres? Vielleicht klammerte er sich deshalb an sein Leben, so erbärmlich es auch war: wegen des Drangs, sie ebenfalls leiden zu lassen?

Sie hatte etwas wiedergutzumachen. Darum wollte sie ihn nicht verurteilen. Sie drückte seine Finger etwas fester.

Zur Antwort schloss sich seine Hand wie ein Schraubstock um die ihre, und das tat weh.

»Schlampe!«, knurrte er deutlich vernehmbar, nur um gleich darauf an dem Wort schier zu ersticken. Er keuchte, und aus seinem Mund drang ein Rasseln. Der Griff um ihre Hand lockerte sich, gab sie jedoch nicht frei.

Beata zog und zerrte, doch ihre Kraft reichte nicht aus.

Gleichzeitig war sie sich dessen bewusst, dass der Arzt sie beobachtete; gewiss nahm er an, ihre von Anstrengung verzerrte Miene zeuge von Liebe und Kummer. Nun, sie musste den Schein wahren. Also beherrschte sie sich und ließ die Hand wieder schlaff in Ingrams ruhen.

Seine Fingernägel bohrten sich in ihre Haut. Er war immer noch stark genug, um ihr Schmerzen zuzufügen.

Dann plötzlich öffnete er die Augen und starrte sie mit überraschend klarem Blick an. Und atmen konnte er auch wieder.

»Es hat dir gefallen, nicht wahr?«, zischte er. »Das weiß ich doch, so wie du geheult hast. Hure! Billige Dreckshure!«

Ihr lag schon ein Schimpfwort auf der Zunge, aber in der Gegenwart des Arztes konnte sie sich nicht gehenlassen! Sein Mitleid war schlimm genug, aber noch ärger wäre ihr seine Abscheu gewesen! So zwang sie sich – so schwer es ihr auch fiel – Ingram anzulächeln.

Jedes Wort betonend sagte sie: »Zu mehr warst du offenbar nicht imstande.« Jetzt konnte sie ihm das endlich entgegenschleudern. Er war hilflos und nicht mehr in der Lage, sie zu schlagen.

Er begriff sofort. Sein Gesicht lief vor Wut rot an, und er schien zu einem Schlag ausholen zu wollen, zuckte jedoch nur. Seine Augen traten hervor, er bekam erneut keine Luft mehr, keuchte und würgte immer verzweifelter. Vergeblich versuchte er, mit den Armen zu rudern, er konnte sie jedoch nicht einmal heben. Noch einmal überlief ihn ein Zucken, seine Zähne schnappten über der Zunge zusammen, dann erstarrte er, und aus seinem Mund rannen Speichel und Blut.

Auf einen Schlag war alles vorbei. Regungslos lag er da. Seine Hand, die Beata nicht losgelassen hatte, erschlaffte und glitt endlich zur Seite.

Der Arzt trat vor und legte die Finger an Yorks Hals. Beata blickte ihrem Mann in die verhangenen Augen und verstand: Er sah nichts mehr, weder sie noch sonst etwas.

»Lady York«, murmelte der Arzt, »er ist nicht mehr. Es … tut mir leid.«

»Danke«, sagte sie leise. »Sie waren … sehr freundlich.«

»Es tut mir so leid«, wiederholte er in sanftem Tonfall, wohl aus Sorge, sie könnte hysterisch reagieren. Das hätte in der Tat geschehen können. Und doch war seine Vermutung grundfalsch. Am liebsten wäre sie in Lachen ausgebrochen, in ein wildes, verrücktes Lachen, das nicht mehr aufhörte. Ingram war tot! *Sie war frei!*

Aber sie musste sich zügeln, durfte jetzt keinen Skandal heraufbeschwören. Sie konnte doch nicht neben ihrem toten Mann sitzen und lachen!

Sie schlug sich die Hände vors Gesicht. Den Arzt musste sie glauben machen, sie stehe unter Schock, verzweifelt, alles – nur nicht unendlich erleichtert. An ihren Händen haftete immer noch der Geruch seiner Finger. Der penetrante Krankenhausgeruch, der in ihr einen Brechreiz auslöste. Ihr Magen verkrampfte sich, und einen Moment lang glaubte sie, sich auf der Stelle übergeben zu müssen.

Langsam ließ sie die Hände wieder sinken und atmete mehrmals tief durch.

»Danke, Herr Doktor«, flüsterte sie mit zitternder Stimme. »Sie brauchen sich nicht zu sorgen. Mir … mir geht es trotz der Umstände durchaus gut. Wenn Sie im Moment nichts weiter von mir benötigen, würde ich gern heimgehen. Natürlich stehe ich zur Verfügung, falls Sie …« Sie wusste nicht, wie sie den Satz vollenden sollte. Monatelang hatte sie sich auf diese Situation vorbereitet, doch jetzt, da sie eingetreten war, hatte sie alles, was sie sich zurechtgelegt hatte, wieder vergessen.

»Natürlich«, sagte er sanft. »So gut man auch darauf vorbereitet sein mag, ist es dann doch ein entsetzlicher Schock. Möchten Sie sich eine Weile im Arztzimmer erholen? Ich kann nach einer Schwester schicken, die …«

Sie fiel ihm ins Wort. »Nein, danke. Ich werde viele Freunde und Bekannte in Kenntnis setzen müssen. Und dann gilt es wohl auch, einen Gedenkgottesdienst zu organisieren. Es wird … ich muss das Hohe Gericht informieren … die Anwälte … seine Kollegen.«

Der Arzt nickte. »Natürlich.« Sie hörte die Erleichterung in seiner Stimme. Er musste sich heute noch um andere Patienten kümmern, die auf ihn warteten. Und für Ingram York konnte er nichts mehr tun.

Unbegleitet verließ Beata das Krankenhaus. Am Straßenrand wartete immer noch der Kutscher bei seiner Droschke. Sie vermied es, ihm in die Agen zu schauen. Er sollte ihren Gesichtsausdruck nicht lesen können, wenn sie ihm sagte, dass Ingram York tot war. Vielleicht war das feige von ihr, aber ihre Gefühle waren nun mal ein einziger Wirrwarr aus Erleichterung und Betroffenheit, denn trotz seiner hässlichen Worte war Ingram zum Schluss erbarmungswürdig gewesen. Wenn die letzten Worte eines Menschen auf Erden sich in einer Hasstirade erschöpften, konnte man nur noch Mitleid mit ihm haben. Zugleich war ihr Innerstes durchsetzt mit brodelndem Zorn wegen all der Jahre mit ihm – und mit grenzenloser Freude, da es ihr zu guter Letzt gelungen war, eine Last abzuwerfen, die sie bedrückt und bisweilen regelrecht gelähmt hatte. Ihre neue Freiheit war berauschend – herrlich und beängstigend! Was würde sie damit anfangen, nun, da sie keine Ausrede mehr hatte, um einfach das auszuprobieren, was sie schon immer tun wollte? Es gab niemanden mehr, der sie hindern oder zurückhalten konnte. Von jetzt an war sie für alle Fehler selbst verantwortlich. Ingram war nicht mehr da.

Der Diener hielt ihr die Tür auf.

»Sir Ingram ist verstorben«, erklärte sie ihm. »Friedlich eingeschlafen.« Das war natürlich eine Lüge. Sie hatte immer noch seine hasserfüllte Stimme im Ohr.

Kurz trat Schweigen ein.

Sie hatte dem Diener nicht ins Gesicht schauen wollen, tat das jetzt aber doch. Und was sie darin erkannte, bevor sich das angemessene Mitgefühl ausbreitete, war Erleichterung.

»Das tut mir sehr leid, Mylady. Kann ich irgendetwas für Sie tun?« Sein Ton verriet Sorge um sie.

»Nein, danke, John.« Sie bedachte ihn mit einem äußerst knappen Lächeln. »Es gilt, sehr viele Personen in Kenntnis zu setzen, Briefe zu schreiben und so weiter. Ich muss sofort damit anfangen.«

»Sehr wohl, Mylady.« Er reichte ihr die Hand, um sie beim Einsteigen zu stützen.

Die Heimfahrt nutzte sie, um über die Beerdigung nachzudenken. Die Entscheidung lag allein bei ihr. Ingram war unter Umständen gestorben, die man der Öffentlichkeit nicht preisgab. Denjenigen, die sich nach ihm erkundigt hatten, hatte sie gesagt, dass er in einer Klinik lag. Wenn jemand die Vermutung geäußert hatte, er könnte einen Schlaganfall erlitten haben, hatte sie ihn das glauben lassen. Niemand aus ihrem Bekanntenkreis hatte jemals spekuliert, er könne den Verstand verloren haben. Und Oliver Rathbone hatte gewiss niemandem erzählt, dass York auf ihn losgegangen war, außer vielleicht seinem Freund Monk.

Log man bei der Todesursache einer bedeutenden Persönlichkeit? Oder ließ man stillschweigend zu, dass die Leute falsche Schlüsse zogen? Manche Menschen starben in der

Tat unter höchst peinlichen Umständen wie zum Beispiel in einem fremden Bett neben der falschen Person! Nun, Ingram war wenigstens in einer Klinik verschieden.

Wenn er keine große Beerdigung bekam, würde das Spekulationen über die Umstände seines Todes Vorschub leisten. Als hoher Richter am High Court hatte Ingram immer im Blickfeld der Öffentlichkeit gestanden. Da erwartete man ein feierliches Begräbnis. Sie hatte keine andere Wahl.

Außer ihr wusste niemand, wie er sich in seinem eigenen Zuhause verhalten hatte, sobald die Türen geschlossen waren und die Bediensteten sich für die Nacht zurückgezogen hatten. Wie konnten sie das auch ahnen? Reichte denn die Phantasie anständiger Bürger so weit, dass sie sich derart schreckliche Dinge vorstellen konnten? Ihre jedenfalls nicht.

Beata fragte sich, wie viele andere Frauen es geben mochte, die die gleichen Ängste, Demütigungen und Schmerzen erlitten hatten wie sie – und es für sich behielten. Dann stellte sie sich ihr eigenes Auftreten in schwarzer Kleidung vor – bescheiden und schön mit ihrem blassen, schimmernden Haar die perfekte Witwe –, wie sie die leisen Beileidsbekundungen entgegennahm und wie sie jemandem in die Augen blickte, der genau wusste, was Ingram ihr angetan hatte, ohne dass sie sich je gewehrt hätte.

Als die Kutsche in einer Kurve auf dem Eis ins Schlittern geriet, befürchtete sie einen Moment lang, sie müsse sich übergeben.

Letztlich fand innerhalb der kürzest möglichen Frist ein sehr förmliches, sehr düsteres Begräbnis statt. Ingram, der südlich der Themse aufgewachsen war, hatte in seinem letzten Willen um eine Beerdigung in der Kirche St. Margaret's in Lee am Rande von Blackheath gebeten. Edmond Halley, nach dem ein Komet benannt worden war, lag auf demselben Friedhof, wie Ingram in Gesprächen oft erwähnt hatte. Beata richtete sich nach seinem Wunsch. Es war eine Ehre, die man einem Toten einfach erwies. Für sie bedeutete es eine Erleichterung, die Sache rasch hinter sich zu bringen; nicht einmal eine Woche, und schon war es vorbei.

Natürlich hatte sie die wenigen noch lebenden Mitglieder von Ingrams Familie informiert. Dazu gehörten auch zwei Söhne aus seiner ersten Ehe. Es war eine höfliche Geste. Ingram hatte die Verbindung zu seinen Verwandten nicht gepflegt. Mit den Jahren hatten sich seine Söhne immer weiter von ihm entfernt. Dennoch erwartete Beata, einen oder alle beide zu sehen. Wenn schon sonst keine Gefühle vorhanden waren, würden sie doch wenigstens Respekt bekunden. Ihre Nachbarn würden alles genau registrieren.

Das Wetter am Tag der Beerdigung war freundlich. Schon früh erreichte Beata die prächtige, dem gotischen Stil nachempfundene Kirche mit ihrem Ehrfurcht erweckend in den Himmel ragenden Turm und den kunstvollen Fialen an den Seiten. Davor standen mehrere alte Bäume, die die schroffen Konturen des steinernen Gebäudes abmilderten und ihm noch mehr Schönheit verliehen.

Beata wurde vom Pfarrer empfangen und ins Innere geführt. Unter anderen Umständen hätte sie die gewölbte Decke gern länger auf sich wirken lassen, die erhabenen Steinbögen über dem Portal und vor dem Altar, die herrlichen Buntglasfenster. Die Kirche roch förmlich nach Andacht und Frömmigkeit, ganz so, als ob Gebete eine sinnlich wahrnehmbare Gestalt annehmen könnten, so wie sich auch der Duft von Blumen noch einige Zeit nach ihrem Verwelken hielt. Dieser Gedanke hätte Beata trösten können, wäre es ihr nicht so schwergefallen, ihn zuzulassen.

Es gab eine kühle Begrüßung durch Ingrams Söhne und seinen einzigen anderen anwesenden Verwandten, der selbst schon Witwer war. Man sprach gerade so viel miteinander, wie es die guten Sitten verlangten.

Natürlich fanden sich die meisten von Ingrams Kollegen aus seinen vielen Jahren im Rechtswesen entweder persönlich ein oder sandten ein stattliches Gebinde. Bei der Begrüßung der Trauergäste und dem Austausch höflicher, ernster Worte des Dankes und der Anerkennung fühlte sich Beata, als wären die langen Monate seit Ingrams Zusammenbruch zu einem einzigen Tag verschmolzen. Sein vollständiger Verlust der Kontrolle über sich selbst war eine sehr private Angelegenheit gewesen. Die meisten hatten ihn aus seiner Zeit als Gerichtspräsident in Erinnerung. Mehr brauchten sie nicht zu wissen. Das musste genügen.

Einem vornehmen Ehepaar nach dem anderen reichte Beata die schwarz behandschuhte Hand: Lordrichtern vom High Court, vom Kanzleigericht, von sämtlichen juristischen Vereinigungen, denen Ingram angehört hatte. Sie hatte sie bei förmlichen Einladungen kennengelernt, höfliche Konversation mit ihnen betrieben, vor allem aber zugehört.

»Ein hervorragender Mann. Welch ein Verlust für unser Rechtswesen«, sagte Sir James Farquhar gedämpft.

»Vielen Dank für Ihren Trost«, hauchte Beata.

»Mein tief empfundenes Beileid zu Ihrem Verlust. Ein ausgezeichneter Mann. Eine Zierde der Richterschaft.« Ein weiterer hoher Richter ergriff ihre Hand und ließ sie erst nach einem langen Moment wieder los.

»Vielen Dank«, wiederholte Beata. »Sie sind sehr freundlich.«

Ihr fiel auf, dass der Justizminister nicht anwesend war. Außerdem fehlten ein, zwei Juristen, die sie gern gemocht hatte.

Sie nickte jedes Mal, als stimmte sie den Kondolierenden

zu, und zeigte ein trauriges Lächeln – das Signal dafür, dass sie trotz ihres Kummer die Kraft fand, die gemurmelten Sätze der Gäste zur Kenntnis zu nehmen. Ihre Gedanken überschlugen sich indes, und sie wagte es nicht, die Gesichter danach abzusuchen, ob die Beileidsbekundungen wirklich aufrichtig gemeint waren. Sie gaben alle die richtigen Floskeln von sich, die erwarteten Artigkeiten, ehe sie sich wieder abwandten. Wie viele meinten wohl auch nur ein einziges Wort aufrichtig?

Glaubten sie der Einfachheit halber das, was sie glauben wollten? Wenn man akzeptierte, dass Ingram York genau das gewesen war, was er zu sein schien, dann war man von der Pflicht befreit, sich näher mit ihm zu befassen. Er war und blieb der kluge, beredte, gelegentlich aufbrausende Richter, als der er galt. Sein Privatleben wurde nicht infrage gestellt. Warum auch? Seine Gattin war über jeden Zweifel erhaben. Wie, um alles in der Welt, sollte jemand auf die Idee kommen, sich zu fragen, ob hinter der Fassade vielleicht etwas ganz anderes steckte?

»Danke«, murmelte Beata ein ums andere Mal. Niemand versuchte ein längeres Gespräch mit ihr anzuknüpfen. Von ihr wurde erwartet, dass sie unter Schock stand, trauerte.

Schließlich begann der offizielle Teil der Zeremonie. Die Ehrengäste erklommen die Kanzel, wo einer nach dem anderen ausführlich Lobeshymnen auf den Verstorbenen anstimmte. Er war ein guter Mann gewesen, eine Säule der Gesellschaft, ein Gelehrter, ein Gentleman, einer, dem Gerechtigkeit für alle am Herzen lag.

Während Beata, den Blick nach oben gerichtet, den Worten lauschte, fragte sie sich, was die Sprecher wohl gesagt hätten, wenn sie ehrlich hätten sein dürfen. Ob ihn wohl irgendeiner der Anwesenden näher gekannt hatte?

Nach dem Gottesdienst, der herrlichen Musik, den Worten des Trosts, die allen längst bekannt waren, selbst denjenigen, die nur in die Kirche gingen, um gesehen zu werden, musste Beata im kunstvoll aus Stein gehauenen Gewölbegang noch mehr Beileidsbeteuerungen entgegennehmen. Einige stammten von Männern, die älter als Ingram waren und Mühe hatten, aufrecht zu stehen. Es rührte sie, dass sie die Strapazen auf sich genommen hatten, um Ingram auf seinem letzten Gang zu begleiten. Gern hätte sie gewusst, ob ihre Betroffenheit nicht eher dem Tod an sich galt und den Angehörigen und Freunden, die sie bereits verloren hatten. Die Anteilnahme dieser alten Männer war das Einzige, was ihr echte Tränen in die Augen trieb.

Erst jetzt bemerkte sie plötzlich einen Mann und eine Frau, die beisammen standen und sehr vertraut miteinander sprachen, offenbar ein Ehepaar. Es verblüffte sie, dass sie die beiden übersehen hatte. Er war von weit überdurchschnittlicher Größe und einer der stattlichsten Männer, die sie kannte. Das war er schon immer gewesen, auch damals, vor zwanzig Jahren in den frühen Tagen des Goldrauschs, als sie einander im Tausende von Meilen entfernten San Francisco zum ersten Mal begegnet waren. Das war eine ganz andere Welt gewesen: wild, brutal, aufregend und an einer der schönsten Küsten gelegen, die man sich vorstellen konnte.

Aaron Clive mit seinen markanten Zügen und den dunklen Augen hatte damals die Blicke aller Frauen auf sich gezogen und wirkte auch heute kaum verändert. An seinen Schläfen schimmerte vielleicht eine Spur von Grau, und die Weichheit seiner Jugend war durch größere Kraft ersetzt worden. Ihm hatten einige der ergiebigsten Goldfelder an der gesamten Küste gehört, buchstäblich ein kleines Imperium.

Und wie stets war Miriam an seiner Seite. Auf eine Weise, wie nur wenige Frauen es je erreichen konnten, war sie immer noch wunderschön. Sie besaß dieselben hohen Wangenknochen wie damals, denselben sinnlichen Mund, die Leidenschaft und die Wildheit, die das Auge bannten. Das Haar unter dem Hut war noch vom selben Kastanienbraun und wies nach wie vor die leuchtend hellen Stellen auf.

Beatas Wissen nach hatten sie Ingram nicht gekannt, und dennoch traten sie und Aaron jetzt vor, um ihr in ihrer mutmaßlichen Trauer Trost zu spenden, als wären nicht Jahre, sondern nur Wochen vergangen, seit sie sich zuletzt gesehen hatten.

»Beata«, sagte Miriam tröstend, »das tut mir entsetzlich leid. Sie müssen ihn schrecklich vermissen.« Sie sah Beata in die Augen, eindringlicher als sonst jemand, aber das war schon immer ihre Art gewesen. Ihre Augen waren von einem dunklen Grau, das manche für braun hielten.

»Wie lieb von Ihnen, dass Sie gekommen sind«, sagte Beata und lächelte aufrichtig. »Es ist wunderbar, Sie wiederzusehen. Ich freue mich sehr! Ich wusste, dass Sie in London sind, hatte allerdings gehofft, Sie bei einer freudigeren Gelegenheit zu treffen.«

Das war die Wahrheit, keine höfliche Lüge. Als die drei einander in einem – wie es Beata jetzt erschien – anderen Leben kennengelernt hatten, war Miriam mit ihrem ersten Mann, Piers Astley, verheiratet gewesen. Dieser hatte in Aarons Imperium einen Großteil der Geschäfte geführt und war am äußeren Rand eines von Aaron Clives Goldfeldern auf tragische Weise ums Leben gekommen. Das waren damals wilde Zeiten gewesen. Das Goldfieber hatte eine ganze Stadt, bevölkert von verwegenen Abenteurern, ergriffen. Aus allen Winkeln der Erde waren gute und schlechte Männer herbeigeströmt, angezogen von der Verheißung sofortigen, traumhaften Reichtums.

Beata hatte Piers Astley nur flüchtig gekannt und bei den wenigen Anlässen, da sie einander begegnet waren, nur ein paar Worte mit ihm gewechselt. In den abgelegenen Bergen, wo das Leben hart war und man binnen Tagen ein Vermögen erwerben und wieder verlieren konnte, war der Tod leider nur allzu gegenwärtig. Miriam wusste also, was es bedeutete, den eigenen Mann zu verlieren; und ihre Erinnerungen mussten wahrlich schmerzhaft sein.

Im nächsten Moment wandte sich Beata Aaron zu. Hinsichtlich Aussehen und Statur war er nicht mehr so einzigartig, wie er es in San Francisco gewesen war, doch die magnetische Anziehungskraft, die er anscheinend besaß, verblüffte sie immer noch. Ihr war bewusst, dass Männer herüberschauten und einige davon ohne Zweifel versuchten, ihn in Bezug auf seine Macht und seinen Rang in der Gesellschaft zu taxieren. Ihre Bemühungen würden vergeblich sein.

Die Frauen, die ihn anstarrten, hatten dafür natürlich andere Motive, die noch nie hatten erklärt werden müssen und die so alt waren wie die Menschheit selbst.

Beata lächelte Aaron an, wobei sie darauf achtete, einen Gesichtsausdruck zu wahren, wie er sich für eine Frau ziemte, deren Mann gerade zu Grabe getragen worden war. Sie durfte nie vergessen, dass es immer jemanden geben würde, der sie scharf beobachtete.

»Es ist schön, Sie wiederzusehen, auch wenn der Anlass wahrlich kein froher ist«, sagte sie freundlich. »Ich bin Ihnen sehr dankbar, dass Sie gekommen sind. Ingram wäre gewiss überrascht gewesen, dass sich so viele Kollegen hier versammelt und so wunderbare Worte für ihn gefunden haben.«

Auch das war frei erfunden. Ingam York hätte jeden Einzelnen erwartet. Aaron Clive natürlich ausgenommen, denn ihn hatte er nicht gekannt. Zeit seines Lebens war er weder in San Francisco noch sonst einem Teil von Amerika gewesen. Mehr noch, soweit Beata wusste, hatten ihn seine Reisen überhaupt nie in ein Land jenseits der Küsten Großbritanniens geführt. Er bevorzugte es, dort zu bleiben, wo er sich seiner und des ihm entgegengebrachten Respekts sicher war und wo ihn die Mächtigen persönlich kannten – während die Machtlosen entsprechend Angst vor ihm hatten.

»Ich hoffe, dass er sich gefreut hätte«, sagte Aaron. Er machte sich nicht die Mühe, die anderen Trauergäste anzusehen. Kannte er die Leute bereits? Wahrscheinlich nicht. Er war schlichtweg zu gerissen, um sein Interesse auch nur ansatzweise erkennen zu lassen.

»Er wäre *bestimmt* gerührt gewesen«, erwiderte Beata. Nun, vielleicht hätte Ingram sich tatsächlich gefreut. Betrübt stellte sie fest, dass sie aufgrund seines Zorns und ihrer Schutzhaltung, die eine wachsende Barriere zwischen ihnen gebildet hatten, so gut wie keine Vorstellung davon besaß, woran er glaubte oder was er wirklich empfand. Diese Barriere war zu einer Gewohnheit geworden, und in den letzten Jahren hatte sie nach und nach aufgehört, Anteil an seinem Leben zu nehmen. Es war nur noch darum gegangen, die Verbitterung auf ein Minimum zu reduzieren, und so beschränkte sich ihr Kontakt auf betont zivilisierte Gespräche mit dicht unterhalb der Oberfläche schwelender Barbarei.

Aaron lächelte sie an. Eine Hand hatte er leicht auf Miriams Arm gelegt. Es war eine Geste der Wärme, fast des Schutzes. Einen Moment lang beneidete Beata Miriam. Wie konnten ausgerechnet Miriam und Clive auch nur den Hauch einer Ahnung davon haben, was es bedeutete, mit einem Mann verheiratet zu sein, vor dem man Angst hatte und für den man ansonsten bloß Mitleid gemischt mit Verachtung empfand? Gewiss stellte Miriam sich vor, dass Beata in tiefer Trauer war, so wie einst sie selbst beim Verlust von Piers. Sie ahnte nichts von Beatas neuer Freiheit. Einer Freiheit, die Beata allerdings auch erschreckte – oder besser: die sie vor neue Herausforderungen stellte.

»Hoffentlich sehen wir uns bald einmal wieder«, sagte Aaron gerade. »Wenn die Zeit der Trauer vorbei ist natürlich. Wir waren viel zu lange nicht mehr in Verbindung. Unsere Schuld, fürchte ich …«

»Vielleicht finden wir ja schon früher etwas Passendes«, schlug Miriam vor. »Ein Spaziergang im Park? Eine Gemäldegalerie oder eine Ausstellung von Fotografien? Zu viel allein zu sein, das ist … sehr schwer.« Ihre Augen ruhten auf Beata. Erinnerungen an andere Zeiten, andere Orte durchströmten sie plötzlich: gleißendes Sonnenlicht, trockene Hitze, die einem die Haut verbrannte, die Geräusche von Pferden und über ungepflasterte Straßen holpernden Rädern, salzige Luft.

Dann war es wieder vorbei. Beata stand ganz allein vor dem Kirchenportal. Aaron und Miriam waren weitergegangen und unterhielten sich mit anderen Leuten. Langsam gingen die Trauergäste zum Grab. Einige der Frauen zogen es vor, zurückzubleiben. Eine Bestattung war in einem bitteren, physischen Sinne endgültig. Eigenartig. Frauen gebaren Kinder, pflegten die Kranken, wuschen die Toten und richteten sie für die Beerdigung her – und doch galt es als unangemessen, dass sie auch am offenen Grab standen, so als ob sie emotional zu zerbrechlich wären, leicht die Fassung verlören und damit gegen die guten Sitten verstießen.

Beata entschloss sich, hier am Portal zu warten, statt sich

einen Weg durch die düstere Schönheit des Friedhofs mit seinen Gräbern und Gedenksteinen zu bahnen.

Mehrere Leute gingen an ihr vorbei, die Frauen auf dem Weg zu ihren Kutschen, wo sie, vor der Kälte geschützt, warten konnten. Beata beneidete sie darum, aber es war nun einmal Sitte, dass sie hier ausharrte und mit allen sprach, die sich ihr näherten.

Im nächsten Moment bemerkte sie wenige Yards vor sich Oliver. Eigentlich war es das Winterlicht auf seinem Haar, das ihr ins Auge stach; erst als er sich umdrehte, erkannte sie ihn. Sie hatte schon damit gerechnet, dass er kommen würde, hatte aber nicht nach ihm Ausschau gehalten. Jetzt, da er sich von dem Mann verabschiedete, mit dem er gesprochen hatte, und sich in ihre Richtung in Bewegung setzte, stockte ihr plötzlich der Atem. Sie kannten einander so gut – zumindest in mancher Hinsicht. Ingram persönlich hatte ihm den Fall übertragen, der das vorläufige Ende von Olivers Karriere so kurz nach seiner Ernennung zum Richter bedeutet hatte. Hatte Ingram gewusst, dass die Umstände Oliver dazu verleiten würden, das Gesetz selbst in die Hand zu nehmen und so den Prozess gegen sich selbst mitsamt Berufsverbot herbeizuführen?

Sie erinnerte sich an Gesprächsfetzen, vor allem aber an den Ausdruck in Ingrams Augen. Tatsächlich, er hatte es gewusst und in voller Absicht alles getan, damit die Dinge den von ihm gewünschten Lauf nahmen.

Rathbone war vielleicht der brillanteste Anwalt von London, wenn nicht ganz England gewesen. Er war wortgewandt, geistreich und unkonventionell. Und er hatte den Mut, Fälle anzunehmen, vor denen viele Kollegen zurückschreckten. Er hatte Prozesse sogar dann gewonnen, wenn die Lage aussichtslos schien. Gekrönt wurde seine Laufbahn mit der Beförderung zum Richter. Und er hatte sich in Ingram Yorks Frau verliebt. Obwohl Beata von ihm bisher noch nicht ein Wort dazu gehört hatte, wusste sie es.

Und Ingram hatte es gewusst! Das war wahrscheinlich der Anlass, der bei ihm den vollständigen Kontrollverlust über sich selbst auslöste. Ein Krampfanfall hatte ihn gelähmt, ihm Teile seines Verstandes geraubt und seine Verlegung in eine Klinik nötig gemacht. Und nun, da Ingram tot war, würde es Rathbone nach einer angemessenen Phase der Trauer freistehen, zu … ja, was zu tun? Sie zu heiraten? Natürlich! Er würde um ihre Hand anhalten. Auf eine verquere Weise hatte er ihr das bereits signalisiert. Zumindest glaubte Beata, es so verstanden zu haben.

Andererseits war es nun, da sie beide frei waren, sich ihren Wunsch erfüllen zu können, auch möglich, dass gerade diese plötzliche Entscheidungsfreiheit ihre Gefühle veränderte. Solange etwas nur ein Traum war, konnte man sich ihm ohne Verpflichtungen hingeben.

Rathbone hatte eine unglückliche Ehe hinter sich. Eine Ironie des Schicksals hatte es gewollt, dass Ingram ihr Ende beschleunigt hatte – wenn auch unbeabsichtigt. Margaret Rathbone hatte Oliver zu diesem Zeitpunkt bereits verlassen, nachdem er ihren Vater nach bestem Wissen und Gewissen vor Gericht verteidigt, es aber nicht vermocht hatte, ihn vor einer Verurteilung wegen Mordes zu bewahren. Trotz erdrückender Beweise hielt Margaret ihren Vater weiterhin für unschuldig und warf Rathbone vor, ihn an den Galgen gebracht zu haben. Rathbones spätere Verfehlung, seine Bloßstellung in der Öffentlichkeit und das Verbot, seinen Beruf am Gericht auszuüben, hatten Margaret einen von der Gesellschaft akzeptierten Vorwand geliefert, die Scheidung einzureichen, wogegen Rathbone nichts unternahm.

Jetzt stand er vor Beata, schlank und wie immer elegant gekleidet, heute – anlässlich der Bestattung eines hohen Richters – in schwarzem Anzug. Unter all den Trauergästen war er wahrscheinlich der Einzige, der wusste, wie Ingram in Wahrheit gestorben war: völlig isoliert im Chaos seines eigenen Bewusstseins.

»Bitte akzeptieren Sie mein Beileid, Lady York«, murmelte Rathbone ernst. Sein Blick begegnete dem ihren, suchte in ihren Augen einen Hinweis darauf, wie sie sich fühlte, und verrieten ihr den Wunsch, ihr eine Stütze zu sein und eine Wärme zu schenken, die er nicht offen zeigen durfte. »Der heutige Tag muss extrem schwer für Sie sein.«

»Danke, Sir Oliver«, antwortete sie. »Alle waren heute sehr freundlich. Dafür muss man dankbar sein.« Nach Ingrams Tod hatte sie diese Begegnung schon mehrfach in Gedanken durchgespielt – immerhin markierte sie den Beginn einer neuen Zukunft. Allerdings hatte sie es sich leichter vorgestellt. Als feine Dame beherrschte sie formvollendet die Etikette der Gesellschaft, zeigte sich jedermann gegenüber liebenswürdig und verstand es, gleichgültig, wie sie sich in Wahrheit fühlte, eine Maske charmanter Würde zu tragen. Und sie war sich sicher, dass ihre Fassade nie Risse gezeigt hatte. Wäre das je der Fall gewesen, dann hätte irgendjemand einen Kommentar dazu abgegeben, der ihr früher oder später zu Ohren gekommen wäre.

In Rathbones Gegenwart war sie immer ein Muster an Beherrschung gewesen, auf ihre eigene Weise wunderschön, doch für ihn unerreichbar. Wieso, um alles in der Welt, war sie dann gerade jetzt unsicher und hatte auf einmal Angst?

»Er wurde allseits respektiert«, hörte sie Rathbone sagen.

Stimmte das? Oder hatte nicht zumindest ein Teil seiner Kollegen gewusst, wie er in Wahrheit war? Hatte er womöglich herumerzählt, was er alles mit ihr angestellt hatte? Männer taten das doch – manche zumindest. Sie war nicht vollkommen naiv.

Rathbone blickte sie unverwandt an. Er wartete auf eine Antwort, wie nichtssagend sie auch sein mochte. Waren etwa *ihm* solche Geschichten zu Ohren gekommen? Das Blut schoss ihr siedend heiß ins Gesicht.

»Ich … ich glaube, ja«, murmelte sie stockend. »Aber die Leute sind bei Anlässen wie diesem ja sehr nachsichtig …«

Jetzt lächelte Rathbone. »Natürlich sind sie das. Entweder haben sie große Stücke auf ihn gehalten, oder sie sind insgeheim unendlich erleichtert, dass er gegangen ist.« Er deutete ein Schulterzucken an. »Oder aber sie haben die höchste Achtung vor Ihnen und würden Ihnen gern Trost und jede Hilfe zukommen lassen, zu der sie in der Lage sind. Warum sollte jetzt noch irgendjemand unter uns schlecht über ihn reden? Dadurch lässt sich nichts mehr ändern. Aber Ihnen gegenüber wäre das eine unverzeihliche Grobheit.«

»Ist das der Grund, warum Sie hier sind, Sir Oliver? Mir Ihre Hilfe anzubieten … wegen …«

Ihr hatte »wegen eines Mannes, den Sie verachten« auf der Zunge gelegen. Aber das wäre gemein gewesen – und erbärmlich. Tränen brannten ihr in den Augen. Sie benahm sich unglaublich albern! War sie etwa in Oliver Rathbone verliebt? Ja, das war sie. Und wie! Dieses Warten, dieses So-tun-als-ob waren lächerlich! Und jetzt, da der Zeitpunkt gekommen war, oder kurz bevorstand, klopfte ihr Herz zum Zerspringen und ihr Mund war wie ausgetrocknet. Sie musste sich zusammenreißen, sonst sagte sie noch etwas, das sie beide in Verlegenheit brachte. Und sie hatte so viel zu verbergen, zumindest jetzt noch.

»Natürlich«, antwortete Rathbone, »diese Tage müssen extrem schwer für Sie sein. Und trotzdem wirken Sie vollkommen gefasst. Es muss sehr anstrengend sein, sich nichts anmerken zu lassen.«

Sie hob die schwarz behandschuhten Hände zu einer unscheinbaren Geste. »Es ist nun einmal nötig.«

Lordrichter Savidge trat auf sie zu. Er war allein, und jäh fiel Beata ein, dass er seit ein paar Jahren Witwer war.

»Bitte nehmen Sie mein herzliches Beileid entgegen, Lady York«, sagte er feierlich. »Guten Morgen, Sir Oliver.« Er warf Rathbone einen mäßig interessierten Blick zu. Ihm war nicht entgangen, was sich zwischen Rathbone und York abgespielt hatte, aber selbst wenn es seine Neugier geweckt hatte, gab seine Miene nichts preis.

Beata lächelte ihn an. »Danke, Mylord. Ich bin dankbar, dass er jetzt nicht mehr leiden muss.« Vielleicht hätte sie sagen sollen, dass sie ihren Mann vermisste, aber das war eine Lüge, die ihr im Hals stecken geblieben wäre.

Kurz flackerte ein wissender Ausdruck über Savidge' Gesicht. Schweigend wechselte Beata einen Blick mit Rathbone und erkannte, dass auch er es bemerkt hatte. Wussten die beiden Männer, was für ein Mensch Ingram gewesen war? Hatten sie in einem ihrer Clubs bei Brandy über ihn gesprochen? Die bloße Vorstellung war unerträglich. Sie hob das Kinn.

»Jedenfalls hätte ich mir das gewünscht, wäre ich an seiner Stelle gewesen«, fügte sie hinzu.

»Das wären Sie nie gewesen«, erwiderte Rathbone unwillkürlich. Er sprach nur selten, ohne zu überlegen, aber dieser Satz war ihm herausgerutscht, und seine Augen verrieten, dass er sich dessen bewusst war.

Savidge blickte von Rathbone zu Beata, die Augenbrauen ein wenig nach oben gezogen.

Beata überbrückte die plötzlich eingetretene Stille. »Ich

glaube, wir alle würden in einem solchen Fall lieber früher als später gehen.« Ihr Blick flog von einem zum anderen.

»Hoffentlich wird das erst in vielen Jahren spruchreif, Lady York«, meinte Savidge mit einem verbindlichen Lächeln. »Aber wir alle werden Ingram vermissen, sowohl persönlich, wie auch als Kollegen.«

»Danke, Mylord«, antwortete Beata in einem Ton, der nahelegte, dass das Gespräch, was sie betraf, gern ein Ende nehmen konnte.

»Es tut mir sehr leid«, versicherte Rathbone ihr, sobald Savidge außer Hörweite war. »Ich bin des leeren Geredes aus reiner Höflichkeit derart überdrüssig, dass ich vergesse, wer etwas weiß, das der Wahrheit nahekommt, und wer nicht.«

»Was Lordrichter Savidge betrifft, kann ich ihm stundenlang ins Gesicht schauen und habe doch nicht die leiseste Ahnung«, erwiderte Beata. »Glauben Sie, dass …?« Sie verstummte abrupt. Es wäre zu viel verlangt gewesen, Rathbone direkt zu fragen. Was könnte er denn schon sagen, wenn Ingram tatsächlich über sie gelästert hatte? Er würde gewiss nicht die Art von Ausdrücken in den Mund nehmen wollen, mit denen Ingram sie beschimpft hatte. Sie schauderte unwillkürlich. Wie vulgär, wie erniedrigend seine Tiraden gewesen waren! Warum nur hatte sie nie den Mut aufgebracht, sich zu wehren, ihm anzudrohen, sie würde ihn bloßstellen, ja, verlassen?

Die Frage ließ sich leicht beantworten. Wer hätte ihm so etwas zugetraut? Genau das hatte er ihr entgegengehalten. Verhöhnt hatte er sie damit! Was für widerwärtige Ausdrücke, was für ekelhafte Vorstellungen das gewesen waren. Wer hätte für möglich gehalten, dass eine so stille und würdevolle Frau wie sie Praktiken wie im Bordell über sich ergehen lassen würde?

»Beata?«, fragte Rathbone besorgt und ergriff sie am Arm. »Ist Ihnen nicht wohl? Sie sind so blass. Vielleicht war das heute alles zu viel für sie. Es wäre vollkommen vertretbar, wenn Sie jetzt heimgingen. Das alles muss eine ungeheure Belastung gewesen sein …«

Nicht auf die Art und Weise, wie er dachte. »Nein, danke, Oliver«, sagte sie sanft, löste sich aber nicht von ihm. Seine Wärme, seine Kraft taten ihr gut. »Das hier ist meine Pflicht, und ich werde mich besser fühlen, wenn ich sie erfülle. Es wird ja nicht mehr viel länger dauern als ein paar Minuten.« Sie spähte in Richtung des Grabes, wo sie hinter den Bäumen eine Gruppe von Trauergästen ausmachen konnte, die mit gesenkten Köpfen vor einem Erdloch standen. Die Männer hielten die Hüte in den Händen, während ihnen der Wind durchs Haar wehte. »Ich glaube, es ist so gut wie vorbei.«

»Dann haben Sie wirklich alles getan, was von Ihnen verlangt werden kann«, versicherte Rathbone ihr. »Kommen Sie, ich geleite Sie zu Ihrer Kutsche.« Er legte die freie Hand auf die ihre, sodass sie keine Wahl hatte, als sich ihm anzuschließen, wenn sie nicht unhöflich sein wollte. Nun, eigentlich behagte es ihr, so fürsorglich behandelt zu werden, und erst jetzt bemerkte sie, wie durchgefroren sie vom langen Stehen in der Kälte war.

Ihre Worte hatten ihn nicht zu beruhigen vermocht. »Kommen Sie denn allein zurecht? Gibt es jemanden, der eine Weile bei Ihnen bleiben kann? Eine Verwandte oder eine Freundin? Oder soll ich Sie begleiten?«

Sie wich seinem Blick aus. »Danke, aber es macht mir nichts aus, allein zu sein. Das Schlimmste war für mich, mir all die Lobeshymnen anhören zu müssen und mir vorzustellen, was die Leute gesagt hätten, wenn sie ehrlich gewesen wären.«

Er führte sie behutsam um eine Wegbiegung. »Die meisten davon sind Anwälte, meine Liebe. Die sind es gewohnt, je nach Mandant die verschiedensten Plädoyers überzeugend vorzutragen.«

Wie gern hätte sie jetzt schallend gelacht, aber eine anständige Frau hatte bei der Beerdigung ihres Mannes in jedem Moment Ernst und Würde zu wahren. Und sie wollte keinesfalls als hysterisch gelten.

Sie entdeckte Aaron und Miriam Clive, die auf einem parallel verlaufenden Weg zum Ausgang gingen. In vertrauter Art neigte er den Kopf und hörte ihr zu. Erneut beneidete Beata Miriam, die fast ihr ganzes Erwachsenenleben mit Aaron verbracht hatte. Er war offensichtlich noch genauso sehr in sie verliebt wie am ersten Tag. Wie fühlte sich das wohl an, wenn man so sehr geliebt, so sehr bewundert wurde? Wenn man so ... *geborgen* war?

Sie wollte bei Oliver Rathbone geborgen sein. Aber hielt er sie wirklich für ruhiger, als Margaret es gewesen war? Für sanfter im Umgang mit ihm, für loyaler? Hatte er die leiseste Ahnung von dem Wirbel in ihrem Inneren, von der Frau, die sie war, von der Frau, die sie gern gewesen wäre? Würde er sie verachten, wenn er wüsste, was sie Ingram York hatte tun lassen, ohne dass sie sich mit Zähnen und Klauen dagegen wehrte? War sie klug, gehorsam, loyal gewesen ... oder schlicht und ergreifend feige? Vielleicht würde Oliver ja Verständnis haben, aber trotzdem angewidert sein von den Bildern, die ihre Worte bei ihm entstehen ließen. Der Gedanke, dass sie dann in seinen Augen für immer befleckt sein würde, war unerträglich.

Rathbone war in seiner Karriere sowohl als Ankläger wie auch als Verteidiger aufgetreten, auch bei einigen üblen Prozessen. Er war also vertraut mit dem Bodensatz des Lebens, mit den hässlichsten und brutalsten Verbrechen. Aber bloße Worte, mit denen man in juristischen Auseinandersetzungen konfrontiert wurde, waren nichts im Vergleich mit den tatsächlichen Ereignissen, die man in seine Lebenswirklichkeit hineinlassen musste.

Viele Männer zeigten sich entrüstet, wenn sie von einer Vergewaltigung hörten. Für den Täter hatten sie nichts als Abscheu übrig und für das Opfer Mitleid. Doch wenn es ihre eigene Frau traf, dann spürten sie deren Beschmutzung, ja Zerstörung, am eigenen Leib.

Natürlich konnte man seine eigene Frau nicht vergewaltigen, wie Ingram ihr wieder und wieder vorgehalten hatte. Sie war Eigentum ihres Mannes, der mit ihr machen konnte, was er wollte. Er konnte sogar ihre Seele töten, solange er dem Körper nicht die Fähigkeit nahm weiterzuatmen. Tatsächlich hatten die Verletzungen, die er ihr zugefügt hatte, keine sichtbaren Spuren hinterlassen.

Doch Oliver würde es erfahren müssen. Freilich war es töricht von ihr, dass ihr das ausgerechnet jetzt einfiel. Ingram war tot. Er lag hinter den Eiben, keine zweihundert Yards von ihr entfernt in einem zugenagelten Sarg unter der Erde.

»Danke für Ihr Angebot«, sagte sie abrupt, wenn auch in sanftem Ton. »Aber das würden nicht alle wohlwollend auffassen, selbst wenn diejenigen, die uns am Herzen liegen, sehr wohl wissen, dass Sie mir nur einen Gefallen erweisen wollen. Ich bin durchaus in der Lage, allein nach Hause zu fahren, wo mich dann meine Zofe versorgen wird. Die Kamine werden überall eingeheizt sein, und in den Zimmern ist es warm. Ich denke, in den nächsten Tagen wird mich niemand mehr mit seiner Anteilnahme belästigen.« Sie lächelte ihn freundlich an. Sie hatte sich wieder im Griff, bis auf Weiteres jedenfalls.

»Sind Sie sicher?«

Sie standen vor der am Straßenrand wartenden Kutsche. Beatas Diener hielt ihr die Tür auf.

»Danke, ja, ich bin mir vollkommen sicher. Aber ich hoffe, Sie werden sich zu gegebener Zeit, wenn kein Schatten mehr auf Ihren Ruf fallen kann, so frei fühlen und mich besuchen.«

Rathbone nickte. »Natürlich. Ich möchte nur alles richtig machen.« Er blickte sie einen Moment länger an als notwendig, und als sie die Wärme in seinen Augen sah, verstand sie genau, was er meinte.

Sie schluckte schwer. »Danke, Oliver.« Gern hätte sie noch etwas hinzugefügt, aber es gab nichts, was in dieser Situation nicht missverstanden werden konnte.

Eine Kutsche fuhr an ihnen vorbei. Durch das Fenster erkannte Beata Miriam Clive. Kurz begegneten sich ihre Blicke, dann entfernte sich die Kutsche. Beata ließ sich vom Diener in ihre eigene helfen und blickte der anderen nach, bis sie in der Ferne verschwand.

3

Monk und Hooper waren wieder einmal auf dem Fluss unterwegs. Es war einer jener seltenen, beinahe wolkenlosen Novembertage, an denen man meinen konnte, die Themse sei aus grauem Glas. Die einzige Bewegung bestand aus gelegentlichen Bugwellen eines Bootes, das durchs Wasser glitt. Und dann war es vorbei mit der Stille. Dann dröhnten die Stimmen von Leichterschiffern über die Themse.

Ab und an tauchte ein Wasservogel nach Fischen. Nahezu lautlos durchbrach er die glatte Oberfläche, um wenig später mit seiner Beute wieder aufzusteigen. Es war Flut. Bald würde das Wasser seinen Höchststand erreichen und an den Ufern lecken, ehe es sich erneut zurückzog.

Sie ruderten im *Randan*-Stil: jeder auf seinem eigenen Sitz und an nur einem Ruder, einer etwas weiter vorn, der andere dahinter. So kamen sie rasch voran und konnten das Boot mühelos manövrieren. Wenn Ruderer gut aufeinander eingespielt waren, ließ sich der gleiche, stetige Rhythmus stundenlang beibehalten.

Hooper war ein guter Partner, und da seine Verletzungen, die er bei der Schießerei auf dem Schiff der Gewehrschmuggler erlitten hatte, praktisch verheilt waren, war er obendrein bärenstark. Mit ihm mitzuhalten stellte eine Herausforderung dar, die Monk jedoch durchaus genoss. Im Augenblick befanden sie sich auf dem Rückweg von der erfolgreichen Klärung eines Raubüberfalls.

»Haben Sie noch etwas über den Ertrunkenen erfahren?«, erkundigte sich Hooper neugierig. »Dem sie in den Rücken geschossen haben?«

Monk schüttelte den Kopf. »Nein. Ich habe Laker darauf angesetzt. Aber was immer mit Blount gemacht wurde, hat wahrscheinlich mit Schmuggel zu tun. Oder er hat es sich mit jemandem verscherzt, der ihn dann gestellt hat. Ich wage zu behaupten, es ging darum, ihn zum Schweigen zu bringen, bevor er der Zollpolizei zu viel erzählen konnte.« Um Monks Lippen flackerte ein düsteres Lächeln. »Wer immer etwas über Schmuggel weiß, ist McNabs Problem, nicht meines.«

»Sehr richtig«, bestätigte Hooper.

Da Hooper mit dem Rücken zu ihm saß, konnte Monk sein Gesicht nicht sehen, doch die Genugtuung in seinem Ton entging ihm nicht. Er empfand das Gleiche.

Fünf Minuten später legten sie an den Stufen zum Kai ihrer Wache in Wapping an. Oben stand Laker. Sie konnten sehen, dass er auf sie wartete. Leichtfüßig sprang er mit seinem in der Sonne golden schimmernden Blondschopf zu ihnen herab. Er war Ende zwanzig, übermäßig selbstbewusst, elegant, von rascher Auffassungsgabe und eindeutig ein bisschen zu arrogant. Nur ein Mal, bei der Schießerei auf dem Schiff der Schmuggler, hatte Monk seine verwundbare Seite erkennen können. Das hatte er nie vergessen. Diese wenigen Momente waren auch der Grund dafür, dass er es damals bei einer nicht allzu strengen Verwarnung hatte bewenden lassen.

»Sir!«, rief Laker, als Monk sein Ruder an Bord zog und sich von der Bank erhob.

»Was gibt's?«

»Schon wieder ein Häftling entlaufen.« Ein schadenfrohes Grinsen brachte Lakers Gesicht zum Leuchten. »Und wieder hängt es mit der Zollpolizei zusammen. Der Mann war gerade erst verurteilt worden. Die Strafe wurde heute Morgen verhängt. Er ist entkommen, als sie ihn zu dem Wagen zurück ins Gefängnis brachten.«

»Aber was hat das mit der Zollpolizei zu tut?« Monk kletterte aus dem Boot auf die erste Steinstufe. Hooper machte sich unterdessen daran, das Boot zu vertäuen.

»Er ist einer, den die Zollbehörde gejagt und überführt hat, Sir. Ein gewisser Silas Owen. Übler Bursche.«

»Owen?« Der Name ließ Monk aufhorchen. »Ist das nicht dieser Sprengstoffexperte? Der Mann, der mit Gelatinedynamit auf frischer Tat ertappt wurde?«

Sie standen jetzt auf dem Kai im Sonnenlicht.

»Ja, Sir«, antwortete Laker. »Sie hatten ganz schön Glück, dass sie ihn überhaupt schnappen konnten. Er ist Abbruchexperte und hat sich auf diesem Gebiet durchaus mit legaler Arbeit hervorgetan: Tunnelsprengungen, Abriss alter Gebäude und dergleichen. Aber diesmal war es eine krumme Sache, und er ist getürmt.«

»Gibt es einen Grund dafür, dass er ausgerechnet uns in die Hände fallen könnte?« Monks Interesse war zwar geweckt, aber natürlich war es viel wahrscheinlicher, dass die städtische Polizei den Mann einfangen würde. Er würde ins Landessinnere fliehen oder versuchen, sich zum Marschland rund um die Themsemündung durchzuschlagen, und hoffen, dass ihn eine Barge oder ein Kohleschiff auf dem Weg nach Norden mitnahm.

Laker wirkte hochzufrieden mit sich selbst. »Nun, in der Tat. Gewissermaßen. Ein Stück weiter stromabwärts habe ich von einem Spitzel einen Hinweis erhalten. Der Mann meinte, Owen könnte nach Frankreich wollen, aber nicht auf der üblichen Route, mit der jeder rechnet, also mit dem erstbesten Boot durchs Mündungsgebiet und dann mit dem Schiff über den Ärmelkanal. Dort dürften ihn wohl alle suchen. Offenbar liegt weiter oben am Fluss ein Schoner vor Anker, Sir. Ein schneller Zweimaster. Windschnittig. Wir haben nicht viele Schiffe, die da mithalten können, und schon gar nicht ausreichend gute Seeleute.«

»Und wo genau liegt dieser Schoner?«

»Hab mir schon gedacht, dass Sie das interessieren könnte.« Laker grinste selbstzufrieden. »Gleich hinter Millbank, Sir. Um dorthin zu gelangen, wird er einen Umweg machen müssen. Südufer. Direkt unter der Vauxhall Bridge durch.«

»Skelmer's Wharf!«, rief Monk wie aus der Pistole geschossen. Er kannte die Stelle. Gegen eine geringe Gebühr konnte ein hochseefähiger Zweimaster dort auch länger liegen, ohne Anstoß zu erregen. Und niemand würde ihn suchen. Raffiniert. »Und wie kommen Sie darauf, dass es ausgerechnet dieser ist, Laker?«

Der junge Mann biss sich auf die Lippe. »Einer meiner Spitzel hat es mir versichert. Es verhält sich folgendermaßen, Sir: Die Leute vom Zoll kennen den Schoner auch. Ich kann es nicht garantieren, aber wenn wir sofort zur Skelmer's Wharf rausfahren, können wir ihnen zuvorkommen. Sie kennen diesen Flussabschnitt nicht. Zu weit landeinwärts, als dass sie regelmäßig hinkämen. Wir könnten über die London Bridge zum anderen Ufer gelangen, Sir …«

»Schön! Dann besorgen Sie uns einen schnellen, leichten Hansom, und …«

»Hab ich schon. Wartet dort hinten …« Laker beschleunigte seine Schritte. Die anderen überquerten im Laufschritt hinter ihm die Straße, die am Kai vorbeiführte. Statt die Polizeiwache zu betreten, stürmten sie weiter, geradewegs auf den am Randstein wartenden Hansom zu. Das Pferd, das die Erregung der Männer spürte, scharrte unruhig mit den Hufen.

Hooper erreichte die Droschke als Erster, schwang sich hinein und rutschte zur Seite, um Platz für Monk zu machen.

»Danke, Laker«, keuchte Monk. »Gute Arbeit.« Dann wies er den Fahrer an, sie auf schnellstem Wege zu ihrem Ziel zu bringen. Dabei stellte er ihm ein großzügiges Trinkgeld in Aussicht, wenn er es innerhalb von dreißig Minuten erreichte.

»Vierzig, wenn der Verkehr nich' zu dicht is'«, erwiderte der Kutscher. »Aber hinter der London Bridge dürfte um diese Zeit nich' allzu viel los sein. Festhalten, Gentlemen!«

Sie lehnten sich zurück, und Monk richtete sich auf eine lange, rasante Fahrt ein. Das war ihre einzige Chance, Owen zu schnappen, vorausgesetzt, Laker hatte recht und ihr Vorsprung auf den Gesuchten war tatsächlich so groß, wie sie annahmen. Aber mit Skelmer's Wharf hatten sie wahrscheinlich richtig geraten. Der zur Werft gehörende Kai war eine schwer einsehbare Anlegestelle, wo nicht einmal ein großer Ozeanschoner so schnell auffallen würde. Und um diese Stunde waren nur wenige Leute unterwegs, in der Regel Arbeiter, Schiffszimmerer, vielleicht ein paar Schauermänner, aber sie alle hatten genug mit ihrer eigenen Arbeit zu tun.

Wenn ein mit einer Angelrute und ein, zwei belegten Broten fürs Mittagessen ausgestatteter Mann kam, würde das niemandem verdächtig erscheinen. Und wenn dann ein Freund auf ihn zuruderte, war dies das Normalste von der Welt. Selbst wenn sie nichts fingen, wäre es einfach ein schöner Tag am Fluss. Angeln, ein nettes Gespräch, zwei Pasteten und dazu die eine oder andere Flasche Ale gut geschützt in Papier gewickelt – was wollte man mehr, selbst wenn es etwas kühl war? Daran war wirklich nichts Verdächtiges.

Sie hatten dort schon öfter jemanden verhaftet. Allerdings keine flüchtigen Straftäter, sondern lediglich Personen, die sich äußerst unbequemen Fragen entziehen wollten.

Zwischen den beiden Männern fiel kein Wort. Monk dachte daran, was für ein Triumph es in dem ständigen Kleinkrieg mit McNab wäre, wenn es ihnen gelänge, *seinen* Mann zu fangen und ihn ihm dann zu präsentieren. Innerhalb einer einzigen Woche waren McNab damit schon zwei Verbrecher entwischt. Nie würde er die Häme in McNabs Gesicht vergessen, als er, Monk, Blounts Leiche umgedreht und das Einschussloch in seinem Rücken entdeckt hatte.

Sobald sie die London Bridge überquert hatten, lichtete sich der Verkehr, und die Droschke kam schneller vorwärts. Der Kutscher nahm Monk ganz offensichtlich beim Wort, und es sah so aus, als würde Monk die versprochene Prämie tatsächlich zahlen müssen. Für eine Weile preschten sie auf einer Abkürzung landeinwärts, ehe sie das Albert Embankment erreichten und längs des Flusses weiterjagten.

Nach wenigen Minuten überquerten sie die Vauxhall Bridge, an deren Ende sie zum Kai abbogen und kurz davor anhielten. Am Rand des Kais saß ein alter Mann mit einer Angelrute, die übers Wasser ragte. Es war ein sonniger, windstiller Vormittag; kein Hauch kräuselte das spiegelglatte Wasser. Grimmig wie eine Festung erhob sich über ihnen das riesige, düstere Millbank Prison und tauchte seine Umgebung in dunkle Schatten. Auch dort regte sich nichts.

Der im Windschatten vor Anker liegende Zweimaster wirkte schnell, schien perfekt ausbalanciert und bestens fürs Meer geeignet. Monk zollte ihm unwillkürlich seine Bewunderung, ehe er aus der Droschke stieg und den Fahrpreis mitsamt Prämie bezahlte.

Der Fahrer musterte die Münzen, schätzte ihren Wert und

steckte sie ein. »Soll ich hier auf Sie warten?«, fragte er hoffnungsvoll.

»Nein, danke«, erwiderte Monk, obwohl er befürchtete, diese Entscheidung noch zu bereuen. Doch wenn er aus dem, was Laker hinterbracht worden war, die richtigen Schlüsse gezogen hatte, dann war Owen auf dem Weg hierher. Vielleicht befand er sich, unter einer Persenning versteckt, auf einem der Schiffe eines völlig unverdächtigen Verbandes von schwer beladenen Lastkähnen. Er konnte sich an irgendeinem Kai weiter unten am Fluss unter die Lastenschlepper mischen und sich an dem Löschen einer Ladung beteiligen. Einmal kurz die Kleider gewechselt, und er sah aus wie ein beliebiger Hafenarbeiter oder Fährmann. Wahrscheinlicher war allerdings, dass er auf den Schoner und das offene Meer zustrebte. Wie auch immer, ein in der Nähe des Schiffes herumstehender Hansom konnte als Hinweis auf die Anwesenheit der Polizei oder sonstiger Beobachter verstanden werden.

»Sicher?«, fragte der Kutscher.

»Ganz sicher«, bekräftigte Monk. »Es könnte Ärger geben. Sie haben ein gutes Pferd. Schaffen Sie es fort von hier, bevor die Lage ernst wird.«

Schlagartig verdüsterte sich die Miene des Mannes. »Da haben Sie recht, Sir.« Ohne jedes weiteres Wort trieb er sein Pferd an, und binnen Minuten waren Tier und Kutscher verschwunden.

Monk blickte sich um. Die Stelle schien recht übersichtlich zu sein: der Kai, zwei alte Pfosten zum Vertäuen und mehrere baufällige Steinstufen zum Fluss hinunter, die jetzt, da das Wasser kurz vor dem Gezeitenwechsel fast seinen Höchststand erreicht hatte, halb überschwemmt waren.

Am Ufer reihten sich mehrere verlassene Bootsschuppen

aneinander. An den vordersten war eine Werkstatt angebaut worden, an deren Tür ein aufgebrochenes Vorhängeschloss baumelte. Weiter hinten entdeckte er Holzbänke, Lagerhäuser und Gleitbahnen, auf denen Boote zum Fluss hinunterbefördert wurden. Etwa hundert Yard hinter der wuchtig aufragenden Brauerei befanden sich noch mehr Werkstätten. Sie bildeten die einzige Werft im Umkreis von mehr als einer halben Meile.

Monk wandte sich zu Hooper um. Auf den ersten Blick wirkte dieser mit seiner abgetragenen Hose, seinem schweren Seemannsmantel und seiner Schiffermütze wie ein x-beliebiger Flussarbeiter. Wenn jemand hinsichtlich seiner Kleidung auffiel, dann Monk. Seine Hose war von elegantem Schnitt und sein Mantel neu. Eine Kopfbedeckung trug er nicht, und seine Haare wurden gut gepflegt.

Auf keinen Fall durfte er seinen Mantel ausziehen, denn ein Mann mit blütenweißen Hemdsärmeln hätte an einem kühlen Novembervormittag sofort Aufsehen erregt.

»Sie bleiben hier«, befahl Monk. »Ich nehme mir die Werkstatt vor. Die Tür wird sich mühelos aufbrechen lassen. Halten Sie sich bedeckt.« Weitere Erklärungen waren nicht nötig.

Hooper nickte, dann wandte er sich ab und schlenderte bedächtig wie jemand, der tief in Gedanken versunken war, Richtung Ufer.

Monk huschte unterdessen zu der geborstenen Tür und sprengte das Schloss mit einem einzigen harten Tritt. Er machte nur einen Schritt in den Schuppen hinein und blieb direkt neben dem Türrahmen stehen. Von dort konnte er beobachten, was draußen vorging, ohne selbst gesehen zu werden.

Der Angler achtete nicht auf die zwei Männer. Womöglich war er eingeschlafen.

Zehn Minuten verstrichen, in denen zwei Kähne lautlos stromaufwärts vorbeiglitten und lediglich ein Plätschern verursachten, als die Bugwelle auf die Stützstreben des Kais traf. Ein aus der anderen Richtung kommendes Ruderboot zog vorüber. Der Ruderer, ein junger Mann, legte sich mächtig in die Riemen. Seinem Gesichtsausdruck nach zu urteilen genoss er die Geschwindigkeit und das damit einhergehende Gefühl von Macht. Der Fluss war ruhig, aber die Gezeiten konnten jeden Moment wechseln.

Irgendwann stand der Angler auf und entfernte sich.

Die Minuten krochen dahin.

Rastlos trat Monk von einem Fuß auf den anderen. Hooper war am Ufer außer Sichtweite verschwunden.

Plötzlich tauchte auf der Straße ein kleiner, schmächtiger Mann auf und rannte geradewegs auf den Kai zu.

Und just in dem Moment, als Monk aus dem Geräteschuppen sprang, näherte sich von links ein zweiter Mann. Dieser, ein Bartträger, war größer und kräftiger als der Erste.

In dem Moment, als die beiden zusammenstießen und ins Stolpern gerieten, erschien Hooper am Ufer.

Gleichzeitig tauchte aus westlicher Richtung ein schwer beladener, mit einer Plane verdeckter Lastkahn auf, der tief im Wasser lag.

Der kleinere der zwei Männer hob die Faust und versetzte dem Bärtigen einen Kinnhaken. So, wie er sich bewegte, schien er etwas vom Kämpfen zu verstehen. Der Größere wankte zurück, wahrte jedoch das Gleichgewicht, schwang wild die Faust – und schlug ins Leere.

Hooper eilte auf die zwei Männer zu, als der Kleinere erneut traf, diesmal aber nur die Schulter. Heftig aufeinander einschlagend und tretend torkelten die beiden Männer dem Wasser entgegen.

Der Kahn war jetzt ganz nahe. Der Leichterschiffer stand reglos am Ruder.

Endlich hatte Monk die zwei Streithähne erreicht und griff nach dem Größeren, als dieser auf ihn zustolperte. Er bekam ihn an einem Arm zu fassen und wirbelte ihn zu sich herum.

Hooper war jetzt bei dem Kleineren angelangt, packte ihn und drehte ihm einen Arm auf den Rücken.

Vor Wut brüllend trat der Größere mit aller Kraft nach Monk, doch der wich geschickt aus, sodass der Angreifer vom eigenen Schwung mitgerissen wurde und fast gestürzt wäre.

Ein-, zweimal bekam Monk die Faust seines Gegners zu spüren, aber meistens streiften die Schläge nur seine Arme und Schultern. Er selbst konnte zwar ein paar Treffer landen, doch der Mann schien aus Fels gebaut zu sein.

Unterdessen traf der Kleinere Hooper ausgerechnet an dessen Narbe, woraufhin der Polizist unwillkürlich seinen Griff lockerte. Wie ein Aal entwand sich der Kerl Hoopers Griff und rannte los. Hooper setzte ihm nach, musste aber den verwundeten Arm mit der anderen Hand stützen.

Monk ließ sich durch den anderen Kampf ablenken, und das brachte ihm einen schweren Hieb in die Magengrube ein, der ihm vorübergehend die Luft aus der Lunge presste. Wenn er nicht besser aufpasste, entkam ihm der Mann noch. Zum Lastkahn auf dem Fluss waren es nur wenige Yards.

Er bearbeitete den Bärtigen erneut mit den Fäusten und registrierte aus dem Augenwinkel, dass der Kahn sich langsam vom Ufer entfernte und der Leichterschiffer, der am Ruder stand, den Frachter mit der bei seinesgleichen üblichen Anmut wendete.

In diesem Augenblick ertönte ein lautes Klatschen. Offenbar war der kleine Mann ins Wasser gefallen. Erschrocken starrte Monk hinüber. Auch Hooper war verschwunden.

Der große Kerl nutzte die Gelegenheit aus, riss sich, eine Serie von Beschimpfungen brüllend, los und rannte zum anderen Ende des Kais.

Monk stürzte hinterher, sprang dem anderen mit seinem ganzen Gewicht gegen den Rücken und krachte mit ihm auf die Holzplanken. Wütend aufeinander eindreschend rollten sie über den Kai.

Über das eigene Keuchen und die Flüche des Bärtigen hinweg konnte Monk hören, wie Hooper und der Kleine sich im Wasser einen erbitterten Kampf lieferten. Hooper war ein guter Schwimmer, aber mit dem geschwächten Arm befand er sich womöglich im Nachteil.

Dann musste Monk sich wieder auf den Bärtigen konzentrieren, der ihm alles abverlangte. Monk täuschte an, änderte dann blitzartig sein Ziel, beschrieb eine halbe Drehung und versetzte dem Mann einen wuchtigen Hieb an die Schläfe.

Für einen Moment erschlaffte der Kerl, was es Monk erlaubte, sich aufzurappeln. Sofort hetzte er zu den anderen beiden Männern hinüber. Gerade war der Kleine nach einem Treffer untergetaucht und kam jetzt benommen und nach Luft ringend wieder nach oben.

Monk wollte schon eingreifen, als er hinter sich ein wüstes Brüllen hörte. Mit gesenktem Kopf kam der Bärtige auf ihn zugelaufen.

Monk wartete bis zum letzten möglichen Moment, ehe er zur Seite auswich. Er spürte den Luftzug, als der Mann vorbeirannte, ins Stolpern geriet und mit einem gewaltigen Platschen ins Wasser stürzte.

Die Welle, die er dabei erzeugte, traf Hooper mitten ins Gesicht und schwappte über den Kleinen hinweg.

Der Kahn hatte sich mittlerweile hundert Yards von ihnen entfernt, und der Abstand wurde immer größer.

Prustend und wild mit den Armen rudernd tauchte der Große wieder auf. Es war klar zu erkennen, dass er nicht schwimmen konnte, und der Fluss war hier bereits so tief, dass selbst ein Hüne wie er nicht mehr stehen konnte. Abgesehen davon versank man ohnehin im Schlamm.

Langsam bewegte sich Hooper auf den Kleinen zu, der ebenfalls in Schwierigkeiten zu stecken schien und hustete und spuckte. Der Art und Weise nach zu urteilen, wie er den Großen angegriffen hatte, musste der kleinere Mann der Polizist sein und der andere der Geflohene.

»Helfen Sie ihm!«, rief Monk Hooper zu und wedelte aufgeregt mit dem Arm in Richtung des Kleinen. Der Mann durfte keinesfalls ertrinken. Und – was noch wichtiger war – er konnte den geschwächten Hooper nicht dem viel schwereren Hünen hinterherschicken, der jetzt schon zum zweiten Mal, den Mund weit aufgerissen und das Gesicht vor Entsetzen verzerrt, im Wasser versank.

Hastig zog Monk seinen Mantel aus und sprang in den Fluss. Der Aufprall war ein Schock. Monk hatte das Gefühl, in eine Wand aus Eis gerannt zu sein. Und als das Wasser über seinem Kopf zusammenschlug, befiel ihn jäh eine grässliche, beinahe lähmende Angst.

Keuchend kam er wieder an die Oberfläche und kraulte auf den großen Mann zu, der sieben oder acht Fuß von ihm entfernt verzweifelt gegen ein erneutes Versinken ankämpfte. Doch als Monk die Stelle erreichte, befand der Mann sich schon wieder unter Wasser. Monk tauchte und bekam ihn am Arm zu fassen. Jetzt musste er schleunigst wieder nach oben. Den Mann zog er, so gut er konnte, mit. Doch der Kerl war schwer wie Blei.

Wieder oben, blickte Monk um sich. Hooper war nur wenige Yards von ihm entfernt. Im nächsten Moment schaffte es auch der Hüne, den Kopf aus dem Wasser zu strecken, doch ehe Monk wusste, wie ihm geschah, packte ihn der Mann. Erst dachte Monk, der Kerl wolle ihn erdrosseln, aber dann begriff er, dass das nichts als die Panik eines Ertrinkenden war.

»Lass los!«, brüllte Monk. »Lass los, du Narr. Dann kann ich dir helfen!«

Für einen Moment lockerte sich der Griff des Mannes, als er hektisch nach Luft schnappte und dabei Wasser schluckte. Er spuckte und würgte, nur um sofort wieder den Arm wie einen Schraubstock um Monks Hals zu legen. Auf diese Weise würde er Monk mit sich in die Tiefe ziehen.

Mit der Kraft der Verzweiflung rammte Monk ihm den Ellbogen gegen den Oberarm, und tatsächlich ließ der Druck nach. Monk nutzte die Schwächung des Hünen, und es gelang ihm, sich zu drehen und dem Mann einen Schlag gegen die Schläfe zu versetzen.

Der Bärtige erschlaffte, was es Monk ermöglichte, ihn unter dem Kinn zu fassen und den Kopf an der Oberfläche zu halten, während er den Mann in Richtung der Rettung verheißenden Kaistufen schleppte.

Doch noch hatte er sie nicht erreicht. Und der Kerl half einfach nicht mit. Im Gegenteil, er war totes Gewicht und rutschte Monk immer wieder aus dem Griff. Monks Kräfte ließen in dem eisig kalten Wasser bereits spürbar nach. Wie von fern nahm er jetzt andere Stimmen wahr. Erst dachte er, sie kämen vom Kai, doch der war noch sieben, acht Yards entfernt und schien einfach nicht näher kommen zu wollen.

Dann hatte ihn Hooper plötzlich erreicht und packte den Bärtigen am anderen Arm. Aber auch zu zweit benötigten sie mehrere Minuten, den leblosen Mann zu den Stufen zu befördern, wo sich ihnen helfende Hände entgegenstreckten und sie nach oben zogen.

Erschöpft krabbelte Monk an Land. Beim Versuch, sich aufzurichten, geriet er ins Taumeln und konnte nur mit Mühe das Gleichgewicht wahren. Hooper folgte ihm, auch er war leichenblass und schlotterte am ganzen Leib.

Monk starrte den Arbeiter an, der ihm geholfen hatte. Wie der Mann neben ihm, der Hooper über die letzte Stufe hochgezogen hatte, sah er aus wie ein Arbeiter, der am Fluss seinen Lebensunterhalt verdiente. Woher, um alles auf der Welt, waren die beiden so schnell gekommen? Und wo steckte der kleine Mann, den Hooper hatte retten wollen? Er war doch nicht etwa ertrunken?

»Wie …?«

Der erste Helfer schüttelte lächelnd den Kopf. »Ein Leichterschiffer hat's uns zugerufen. Und das war auch verdammt gut so. Wickeln Sie sich mal besser in was Trockenes.« Er winkte seinen Gefährten zu sich. »Bert, bringst du uns mal den Mantel dort drüben?«

Bert war so freundlich und reichte Monk kurz darauf dessen lange Jacke und Hooper, dessen Sachen allesamt tropfnass waren, eine grobe Arbeiterjacke. Hooper hatte keine Zeit gehabt, sich seiner Kleider zu entledigen, bevor er dem Kleinen ins Wasser gefolgt war. Der Kleine … Was war eigentlich aus ihm geworden?

Abrupt drehte Monk sich um und spähte über den Fluss.

Auch Hooper wirbelte herum.

Sie sahen ihn gleichzeitig: Sechzig Yards vor ihnen schwamm er auf den Schoner zu. An Deck konnten sie eine Gestalt ausmachen, die ein zusammengeknotetes Seil ins Wasser hinabließ.

Wenig später erreichte der Kleine den Schoner, zweifellos erschöpft und durchgefroren, aber am Leben. Wäre der Fluss nicht wegen des Gezeitenwechsels praktisch ohne Strömung gewesen, hätte der Mann keine Chance gehabt.

So aber stieß Monk einen Seufzer der Erleichterung aus, als er sah, wie der Schwimmer sich an das Seil klammerte und der Mann an Deck begann, ihn zu sich hochzuziehen. Den Rest wartete er erst gar nicht ab.

Beide kehrten nun zu dem bärtigen Hünen zurück, der auf dem Kai lag und kaum eine Regung zeigte. Einer der Hafenarbeiter, Bert, kümmerte sich um ihn und versuchte sein Möglichstes, doch ohne Erfolg. Sein Freund war verschwunden.

»Nich' weit von hier gibt's 'nen Arzt«, klärte Bert Monk auf. »Guter Mann. Verlangt kein Geld, wenn man keins hat. Dieser Bursche hier sieht wirklich übel aus. Schätze, dass er den halben Fluss geschluckt hat. Wie kann man nur so dämlich sein!« In seine Verachtung schien sich aber auch ein wenig Mitleid zu mischen.

Monks Mitgefühl galt dem verpfuschten Leben eines Mannes, der sich aufs Schmuggeln verlegt hatte, zu einer Gefängnisstrafe verurteilt wurde und aus der Verwahrung geflohen war, nur um jetzt im Fluss zu sterben. Dabei war er von mächtiger Statur. Bei dem Versuch, ihn zu retten, hatte Monk seine Kraft durchaus zu spüren bekommen. Hätte er ihn nicht bewusstlos geschlagen, hätte der Mann ihn mit sich in den Tod gerissen. Merkwürdigerweise konnten von denjenigen, die an einem Gewässer arbeiteten, ob Fluss oder Meer, nur die wenigsten schwimmen. Matrosen, die ihr Leben auf den Weltmeeren verbrachten, waren häufig Nichtschwimmer, ebenso Fährmänner, Lastkahnführer und auch die Mehrheit der Wasserpolizisten. War das Mut, der diese

Männer am Leben erhielt, ihre Dummheit oder der Glaube an ihre Unsterblichkeit?

Monk beugte sich über den Mann, der immer noch reglos auf den Holzplanken des Kais lag. Was er von seiner Haut sehen konnte, war kreideweiß.

»Atmet er?«, fragte er Bert.

Dieser schüttelte fast unmerklich den Kopf. »Schwer zu sagen. Könnte sich tot stellen, seine Chance abwarten und dann plötzlich aufspringen, jemand niederschlagen und sich aus dem Staub machen.«

Monk kniete sich neben den Mann und betastete die klamme Haut. »Das glaube ich nicht«, murmelte er. Vorsichtig legte er ihm die Finger an den Hals. Nach ein paar Sekunden glaubte er, einen schwachen Puls zu spüren. »Hoffentlich kommt dieser Arzt bald.«

Von hinten fiel ein Schatten auf ihn. Jemand war herangetreten. Monk sah auf.

»Kann ich behilflich sein?«, bot der neu Hinzugekommene an. Er war groß und mit der Adlernase und den dunklen Augen außerordentlich gutaussehend. »Mein Name ist Aaron Clive. Ich bin der Eigentümer des Warenlagers hinter Ihnen unmittelbar am Fluss.« Er warf dem Schauermann einen Blick zu. »Bert, hast du einen Arzt holen lassen?«

»Ja, Mr Clive, einen aus dem Viertel, ganz in der Nähe.«

Clive nickte knapp und wandte sich wieder Monk zu, in der Erwartung, dieser würde sich vorstellen. Er strahlte eine entspannte Ruhe und eine natürliche Autorität aus.

Monk erhob sich. Unter dem trockenen Mantel war er immer noch nass und fror entsetzlich. »Monk«, sagte er, »Kommandant der Wasserpolizei. Sehr erfreut, Mr Clive.«

»Wer ist das?«, fragte Clive, den Blick auf den Mann zu ihren Füßen gerichtet.

»Ein auf dem Weg zum Gefängnis entlaufener Sträfling«, antwortete Monk. »Der Zollbeamte oder Polizist, der ihn verfolgte, hat es bis zu dem Schoner dort hinten geschafft.« Er wies in die Richtung, ohne zu dem immer noch vor Anker liegenden Schiff hinüberzuschauen.

»Dummer Teufel«, murmelte Clive. »Trotzdem sollten wir wohl zusehen, dass wir ihm helfen, so gut wir können.« Er drehte sich um und ließ den Blick suchend über den Fluss bis zu seiner Lagerhalle wandern. Von dort näherten sich längs des Ufers ein Mann und ein schlaksiger Halbwüchsiger von etwa fünfzehn, sechzehn Jahren. Der Mann trug eine schwarze Tasche. Das musste der Arzt sein, nach dem Bert seinen Gefährten hatte schicken lassen.

Monk, der Clives Blick folgte, erkannte den Jungen auf Anhieb. Er wäre ihm an jedem Ort der Welt sofort ins Auge gestochen. Es war Scuff, der obdach- und elternlose Junge vom Flussufer, der sich vor Jahren seiner und Hesters angenommen hatte. Damals war Scuff dürr, viel zu klein und unterernährt gewesen, aber als Straßenjunge längst mit allen Wassern gewaschen. Er selbst hatte sich auf elf Jahre geschätzt, was aber wahrscheinlich übertrieben war. Der hagere, schwarzhaarige und schwarz gekleidete Mann an seiner Seite wiederum konnte nur Crow sein, der Scuff auf dessen hartnäckiges Drängen hin als Lehrling aufgenommen hatte. Seinen Namen – *Krähe* – verdankte er einerseits dem Ausdruck der Londoner Unterschicht für »Doktor« und andererseits dem ebenfalls schwarzen Rabenvogel.

Atemlos kamen sie an, und Crow kniete sich sofort neben den großen Mann. Die Umstehenden bedachte er dabei lediglich mit einem kurzen Blick, um sich zu vergewissern, dass sie unverletzt waren. Mit geübten Fingern ertastete er die Halsschlagader seines Patienten und fühlte den Puls, dann hielt er ihm die flache Hand unter die Nase, um festzustellen, ob er überhaupt noch atmete.

Mit Scuffs Hilfe, der sich dabei geschickter anstellte, als Monk erwartet hatte, wendeten sie den Mann. Als er auf dem Bauch lag, drehten sie den Kopf zur Seite, damit jegliche Flüssigkeit ablaufen konnte, und begannen, mit rhythmischem Pressen das Wasser aus der Lunge zu befördern. Tatsächlich tröpfelte etwas Flüssigkeit aus seinem Mund. Kurz hielt Crow inne und spähte dem Mann hoffnungsvoll ins Gesicht, dessen Lider flatterten. Von Neuem begann er, ihn kraftvoll zu bearbeiten; sein Patient war schließlich sehr groß und muskulös. Crow selbst war hochgewachsen, wies ungefähr Monks Größe auf. Er hatte ein ausdrucksstarkes Gesicht, das seine Gefühle deutlich verriet. Diesmal verhieß seine Miene nicht viel Gutes.

Scuff kauerte neben Crow und verfolgte jede der Maßnahmen aufmerksam, bereit mitzuhelfen, sobald er darum gebeten wurde.

Kein Wort fiel.

Schließlich gab Crow auf. Resigniert sank er zurück auf die Fersen. »Tut mir leid«, sagte er leise. »Er hat es nicht geschafft. Die Kälte und zu viel Wasser. Was ist geschehen?« Er blickte Monk an, nicht Clive.

Monk hätte nicht überrascht sein dürfen. Dennoch ließ die Tatsache, dass er darum gekämpft hatte, diesen Mann zu retten, und bereits wieder Leben in ihm gespürt hatte, seinen Tod umso schrecklicher erscheinen – obwohl er vor dem Gesetz geflohen war.

Monk räusperte sich. »Er ist ein entlaufener Sträfling. Der Polizist oder Zollbeamte, der ihn verfolgte, hat ihn hier am Kai gestellt. Als wir hinzukamen, versuchte er gerade, ihn niederzuringen. Hooper und ich wollten sie trennen, doch dann sind beide auf uns losgegangen. Im Lauf der Auseinandersetzung sind sie ins Wasser gefallen. Hooper ist mit dem anderen gestürzt, und ich bin diesem hier nachgesprungen. Hooper hat lange mit dem anderen mitgehalten, aber der Mann scheint ein vorzüglicher Schwimmer zu sein. Glücklicherweise war gerade keine Strömung, die ihn hätte in die Tiefe ziehen können. Der hier ist in Panik geraten. Schlug wild um sich. Ich habe versucht, ihn an Land zu ziehen.« Erst jetzt dämmerte Monk, wie heftig der Mann ihn getroffen hatte. Tatsächlich dröhnte ihm noch der Kopf von den vielen Hieben.

»Mussten Sie zurückschlagen?«, fragte Crow in teilnahmslosem Ton, als handelte es sich um etwas Alltägliches. Vielleicht war es das ja auch.

»Ja … zweimal. Sonst hätte er mich runtergezogen.«

»Der Tod ist nun mal mächtiger als wir alle«, kommentierte Crow düster und rappelte sich auf. »Dem hier ist nicht mehr zu helfen. Ertrunken. Letztlich war es seine Panik, die ihn getötet hat.« Er bedachte Monk mit einem mitfühlenden Blick. Sie kannten sich seit Jahren. Gemeinsam hatten sie mehr als einmal größten Gefahren getrotzt. »Tut mir leid«, wiederholte er. Dann wandte er sich zu Scuff um und legte ihm einen Arm um die Schultern. Beide schwiegen. Scuff, der selbst Arzt werden wollte, würde sich an den Tod gewöhnen müssen. Und Crow wollte ihm die Peinlichkeit ersparen, wie ein Kind behandelt zu werden.

Scuff straffte sich, hob das Kinn und blickte Monk fest in die Augen. Schließlich brachte er ein schiefes Lächeln zustande.

»Tut mir leid«, sagte er mit einem fast unmerklichen Flackern in der Stimme. »Dem ham wir nich' mehr helfen gekonnt.« In Momenten hoher Anspannung vergaß er alle

Grammatik, die Hester ihm beigebracht hatte, und sprach wie in seinen Zeiten als Straßenkind.

Monk wünschte sich, er könnte Scuff vor solchen Erlebnissen schützen, doch er wusste es besser. »Wir haben es versucht«, antwortete er mit rauer Stimme. »Danke fürs Kommen.«

Crow schien lächeln zu wollen, beließ es dann aber bei einem Nicken. »Und der andere, der Polizist?«, fragte er.

»Er hat es zum Schoner dort drüben geschafft«, erklärte Monk ihm. »Ist dann am Seil hochgeklettert. Ich nehme an, der Kapitän – wenn der Mann an Deck tatsächlich der Skipper war – hat ihm inzwischen einen steifen Grog spendiert und warme Kleider gegeben und wird ihn dann irgendwo absetzen.«

Crow starrte ihn verwirrt an. »Was für ein Schoner?«

Monk drehte sich um und hob den Arm, um ihm das Schiff zu zeigen, als ihm das Gesicht gefror. Dort, wo das Schiff vor Anker gelegen hatte, schimmerte nur noch eine leere Wasserfläche, die jetzt, da die Ebbe einsetzte, allmählich absank. Das Schiff war ebenso schnell wie lautlos verschwunden. Vielleicht hatten sie auf dem Kai auch nur deshalb nichts mitbekommen, weil ihre ganze Konzentration der Rettung des Hünen gegolten hatte.

»Vielleicht bringt man ihn zum nächsten Arzt«, spekulierte Clive. »Oder, wenn ihm nichts fehlt, zu einer Anlegestelle, wo er an Land gehen und zu seiner Polizeiwache zurückkehren kann. Er wird Feuer speien, weil er seinen Mann verloren hat. Sie werden der städtischen Polizei mitteilen müssen, dass der geflohene Sträfling tot ist. Das wird die Männer dort wenigstens ein wenig trösten.« Lächelnd streckte er Monk die Hand entgegen.

Monk ergriff sie und bedankte sich.

Zu Fuß gingen Monk und Hooper in Richtung Hauptstraße zurück. Sie würden die Dienststelle, die mit der Flucht des Häftlings befasst war, über seinen Tod in Kenntnis setzen müssen. Vermutlich würde man dort dennoch auf der Aushändigung der Leiche bestehen; schließlich musste irgendjemand sie bestatten. Dafür waren freilich weder Crow noch Clive zuständig.

Als sie die Hauptstraße erreichten, näherte sich ihnen ein Hansom in schneller Fahrt. Er hielt in ihrer Nähe an, zwei uniformierte Polizisten sprangen heraus und liefen in ihre Richtung. Kaum hatten sie bemerkt, dass Monk und Hooper tropfnass waren, blieben sie abrupt stehen.

Der ältere der beiden musterte Monk von oben bis unten. »Haben Sie hier zwei Männer entlanglaufen sehen? Einen großen, bärtigen Kerl, der einen Mann verfolgte, der älter war als er und kleiner.«

»Sie sind hinter dem entflohenen Sträfling her«, schlussfolgerte Monk. »Wasserpolizei. Wir waren vor Ort, als die zwei auftauchten. Der Sträfling ist tot. Leider. Die zwei lieferten sich eine Schlägerei, in deren Verlauf sie ins Wasser fielen. Wir haben versucht, sie rauszuholen, aber der Sträfling geriet in Panik. Es gelang uns nicht, ihn zu retten. Ihr Mann hat es allerdings geschafft – ein wahrer Überlebenskünstler. Es war die Zeit zwischen Flut und Ebbe, sodass der Fluss keine Strömungen auswies. Ihr Kollege erreichte das andere Ufer, und jemand half ihm an Bord eines dort liegenden Schoners.« Monk deutete auf den Fluss hinaus. »Er hat dann schnell den Anker gelichtet und abgelegt. Da die Ebbe gerade eingesetzt hatte, nehme ich an, dass die Reise stromabwärts ging. Bestimmt wird er an einem Kai an Land gehen, wo er trockene Kleider bekommen kann. Und womöglich braucht er ärztliche Hilfe.«

Der ältere der Polizisten starrte ihn mit weit aufgerissenen Augen an, das Gesicht kreidebleich. »Gott verdammt! Pettifer kann nicht schwimmen! Hat grässliche Angst vor dem Wasser, obwohl er bei der Zollpolizei ist!«

Plötzlich bekam Monk ein flaues Gefühl in der Magengrube. »Pettifer? Ein kleiner, schmächtiger Mann, aber drahtig?«

»Zum Teufel, nein! Ein großer, stämmiger Bursche, gebaut wie ein Ochse, und einen Bart …« Der Mann kniff die Augen zusammen. »Sagen Sie bloß nicht, dass er tot ist und dass Owen, dieser Dreckskerl, davongekommen ist! Bitte sagen Sie das nicht!«

Der Polizist hinter ihm stieß einen unflätigen Fluch aus. »McNab bringt uns um! Pettifer war einer seiner Männer.«

»Kümmer dich jetzt nicht darum!«, bellte der Ältere. »Owen ist uns entwischt. Er wird ein anderes Schiff finden, und bis morgen ist er in Frankreich. Das ist jetzt schon der Zweite, der innerhalb einer Woche getürmt ist. Erst Blount und jetzt Owen. Und McNab wird die Verantwortung für den Verlust der beiden nicht auf seine Kappe nehmen.«

»Wie ich ihn kenne«, knurrte sein Gefährte, »steht er für gar keinen Verlust gerade!« Er sah Monk in die Augen. »Der Erste, der uns entwischt ist, hatte einen ausgeklügelten Fluchtplan, auch wenn wir ihn am Ende trotzdem geschnappt haben – der hier wird Ihnen direkt vor die Füße fallen.«

4

Die ganze Angelegenheit setzte Monk erheblich zu. Er war in der Hoffnung aufgebrochen, McNab zuvorzukommen und Owen selbst zu stellen, auch wenn die Gründe nicht unbedingt die edelsten waren. Und er hatte gehofft, etwas über diese Flucht und vielleicht eine Reihe ähnlicher Vorkommnisse zu erfahren, die womöglich in Zusammenhang damit standen. Zunächst war da Blounts Ausbruch gewesen, der anscheinend mit seiner Ermordung beendet worden war. Kurz darauf folgte Owens Flucht. Waren beide Vorkommnisse Teil eines ausgeklügelten Plans? Auf den ersten Blick konnte man sie für Zufallsereignisse halten, aber waren sie das wirklich? Schließlich hatten beide mit der Zollpolizei zu tun. Monk war sich immer noch sicher, dass die Gewehrschmuggler, die die Schießerei an Deck ihres Schiffs gegen ihn und seine Männer angezettelt hatten, von McNab vor Monks Razzia gewarnt worden waren und dass McNab deshalb auch eine Mitschuld an Ormes Tod trug. Ob es ihm um Geld gegangen war, um Prestige oder schlichtweg darum, Monk aus alter Feindschaft eins auszuwischen, das konnte Monk nicht beurteilen. Ebenso wenig konnte er sich erinnern, woher ihre Feindschaft eigentlich rührte. Aber er wollte alles in Erfahrung bringen und auch beweisen.

Monk grübelte darüber nach, ob er in eine Falle getappt war, die McNab ihm gestellt hatte. Eine quälende Vorstellung! Ausgerechnet McNab … Hatte Monk zugelassen, dass eine gewisse Überheblichkeit sein Urteil getrübt und ihm diese Katastrophe beschert hatte?

Siedend heiß fiel ihm wieder der Moment ein, als er begriffen hatte, dass McNab über seine besondere Verletzlichkeit Bescheid wusste. Vor zwei Wochen war das gewesen. Sie hatten in McNabs Büro gesessen und eine belanglose Angelegenheit erörtert, die sie beide betraf – mehrere vermisste Brandyfässer, bei denen sich vermutlich jemand verzählt hatte.

Mitten in einem Satz hatte McNab sich plötzlich unterbrochen und Monk in die Augen gestarrt.

»Erinnern Sie sich an Rob Nairn?« Er betonte den Namen demonstrativ.

Monk hatte keine Ahnung, wer das sein sollte. In der darauffolgenden Stille hatte McNab ihn aufmerksam beobachtet. Monk hatte versucht, seinem Gesicht keine Emotion anmerken zu lassen – ohne Erfolg. Eindeutig ging es da um eine extrem wichtige Angelegenheit, über die Monk hätte Bescheid wissen *müssen*, woraus er schloss, dass sie vor seinem Unfall geschehen war.

»Mit dieser Sache hat das nichts zu tun«, hatte Monk erwidert, weil er irgendetwas sagen musste.

Erst jetzt wurde ihm klar, dass es dafür schon zu spät gewesen war. Für den Bruchteil einer Sekunde waren seine Augen leer gewesen, und das hatte McNab bemerkt. Er wusste Bescheid.

Nun, da Monk und Hooper die Werft verließen und sich auf den langen Rückweg in die Stadt begaben, gelangte Monk zu dem Schluss, dass er sich eine Erklärung für McNab einfallen lassen musste, wie er und seine Männer in einen Fall verwickelt worden waren, der Monk eigentlich überhaupt nichts anging.

Inzwischen hatte er keinen Zweifel mehr daran, dass McNab ihn viel besser kannte als umgekehrt. Am Anfang war ihm das ganz logisch erschienen: McNab war farblos. Man begegnete ihm, und einen Tag oder eine Woche später konnte man sich kaum noch an seine Züge erinnern. Seine Arbeit verrichtete er allem Anschein nach gründlich, ohne dass er dabei spektakuläre Erfolge vorzuweisen hatte. Nie hatte er Fälle aufgeklärt, die einem in Erinnerung geblieben waren.

Monk dagegen hatte sich einen legendären, wenn auch nicht immer guten Ruf erworben. Er war scharfsinnig und früher obendrein nachweisbar rücksichtslos und egoistisch gewesen. Wegen seines Verhaltens war er einmal in den Verdacht geraten, jemanden totgeschlagen zu haben. Sogar er selbst hatte damals geglaubt, der Mörder zu sein. Sein Entsetzen darüber, diese grässliche Angst, hatte einen anderen Menschen aus ihm gemacht. Am Ende hatte sich zu seiner unendlichen Erleichterung seine Unschuld herausgestellt, doch gelegentlich drang die Vergangenheit in Form von Albträumen immer noch in sein Leben ein und warf dunkle Schatten auf seine Gegenwart.

Dennoch hatte er sich verändert. Gewiss, scharfsinnig war er geblieben, und er kleidete sich nach wie vor um einiges besser als seine Vorgesetzten, aber er hatte einen Widerschein des früheren Monk in den Augen anderer Menschen gesehen, und er hasste ihn.

Außerdem war er heute ein glücklicher Mann und erlebte dieses Glück in einer Vollkommenheit, die den entscheidenden Unterschied zu seinem früheren Dasein ausmachte. Trotzdem hatte er zu viele Feinde, die ihn für sein früheres Verhalten hassten – ohne dass er wusste, wer sie waren. Deshalb würde er zeit seines Lebens auf der Hut bleiben müssen und sein Glück nie vorbehaltlos genießen können. Aber er hatte Hester – und Scuff! Und er hatte Freunde: Rathbone, Crow, Hooper und sogar Runcorn. Letzterer ein Überbleibsel aus der Vergangenheit, der Monk jedoch heute tatsächlich als verändert wahrnahm und den Monk selbst nicht mehr verachtete, wie er es früher getan hatte.

Und natürlich hatte es Orme gegeben. Falls McNab Ormes Tod verschuldete, lag das dann womöglich an Monk, an etwas, woran er sich nicht zu erinnern vermochte?

In den letzten dreizehn Jahren war eindeutig nichts vorgefallen, was McNabs Gesichtsausdruck bei der Fundstelle von Blount hätte erklären können.

Als sie durch die nassen grauen Straßen zurück ins Herz von London fuhren, ließ sich Monk die Geschehnisse auf dem Kai und im Wasser wieder und wieder durch den Kopf gehen. Er fror entsetzlich, die nasse Hose klebte ihm an den Beinen, und die Füße in den Stiefeln fühlten sich taub an. Hooper erging es sicherlich nicht besser.

Monk versuchte, sich die Reihenfolge der Geschehnisse vor Augen zu halten. Sie hatten darauf gewartet, dass der entflohene Strafgefangene – dicht gefolgt von einem von McNabs Männern – auftauchen würde. Tatsächlich waren die beiden aus verschiedenen Richtungen gekommen und auf dem Kai aufeinandergeprallt. Owen, der kleinere und schnellere der beiden, hatte seinen Vorsprung genutzt und war geradewegs auf den Kai zugerannt, als der Größere, Pettifer, aus der anderen Richtung auftauchte. Dann folgte der Kampf. Die Frage war nur: Hatte Owen Pettifer angegriffen, oder war es umgekehrt gewesen?

Fest stand, dass sie miteinander gekämpft hatten und im Eifer des Gefechts immer näher an die Kaimauer gerieten. Im Rückblick kam es Monk so vor, als wäre sein erster Eindruck falsch gewesen und tatsächlich Pettifer der Verfolger und Owen der Flüchtige gewesen.

Himmel, was für ein Durcheinander!

Als Pettifer in Panik geraten war, hätte er Monk beinahe mit in die Tiefe gezogen. Auch in diesem Fall wäre Owen die Flucht gelungen. Wer, zum Henker, konnte damit rechnen, dass der Kerl so gut schwimmen würde?

Vielleicht der Kapitän des Schoners? Er war an Deck gewesen. War das Zufall oder Absicht? Vielleicht war er wegen der Schreie an die Reling getreten, um nachzuschauen, was los war. Zur Besatzung eines Schiffs dieser Größe gehörten wohl höchstens zwei oder drei Mann; mehr waren bei einem Zweimaster nicht nötig.

Monks Gedanken schweiften ab. Woher wusste er das alles eigentlich? Hatte er sich vor seinem Gedächtnisverlust mit Segelschiffen ausgekannt? Er war an der Küste von Northumberland aufgewachsen, so viel hatte er immerhin aus alten Briefen seiner Schwester erfahren, die er aufgehoben hatte. Er kannte die See, war vertraut mit ihrem Geruch, dem Schaukeln und Ausbalancieren, wenn man in einem kleinen Boot stand, und war den rhythmischen Schlag der Ruder gewohnt. Darum hatte er sich auch so mühelos mit den schnellen Strömungen der den Gezeiten unterworfenen Themse angefreundet.

Doch zurück zu dem Schoner: Wo mochte der jetzt sein? Kannte irgendjemand seinen Namen? Er hätte die örtlichen Polizisten am Kai fragen sollen. Oder war das Schiff vielleicht Aaron Clive aufgefallen? Immerhin war es schöner als viele andere Kähne und hatte in der Nähe von Clives Lagerhallen vor Anker gelegen. Auf dem Hin- und Rückweg war es zwangsläufig daran vorbeigekommen.

Jeder Seemann half, wenn jemand im Wasser in Not geriet. In Pettifers Fall war das nicht geschehen. Schon allein deshalb würden sie das Schiff finden und die Sache verfolgen müssen, was immer das bringen mochte. Alle – ob zu Wasser oder zu Lande – würden nach Owen, dem Sprengstoffexperten, dem flüchtigen Verbrecher fahnden.

Was Pettifers Tod betraf, trug Monk keine Schuld daran, es sei denn auf äußerst indirekte Weise. Zwar hatte er den Mann bewusstlos geschlagen, aber doch nur, um sie beide vor dem Ertrinken zu bewahren. Oder hatte er so fest zugeschlagen, dass die Wucht des Hiebs Pettifer tötete? So viel Kraft traute Monk sich gar nicht zu, zumal nicht im Wasser, das alle Bewegungen abbremste. Bestimmt hatte er ihn nur vorübergehend betäubt, so wie es seine Absicht gewesen war. Allerdings war der Mann trotzdem ertrunken, obwohl Monk sein Möglichstes getan hatte, um ihn zu retten!

Woran genau er gestorben war, würden sie erst bei der Autopsie erfahren. Crow hatte jedoch bereits die Vermutung geäußert, dass es nicht an der Wucht des Schlages gelegen haben konnte. Sicherheitshalber hielt Monk es dennoch für angebracht, den Polizeichirurgen aufzusuchen und ihn zu bitten, einen Bericht zu verfassen, der keine Fragen offenließ.

McNab würde Freudensprünge vollführen, falls sich Monks Schuld erweisen sollte. Als Motiv würde er Rache für Ormes Tod vermuten. Monk konnte immer noch Ormes Gewicht in seinen Armen spüren und überall das Blut sehen. Er erinnerte sich an das Hämmern seines eigenen Herzens, während sie Orme in Panik an Land hievten, an Männer, die bis zur Brust im Wasser standen, an all die helfenden Hände und an die vor Sorge verzerrten Gesichter. Den ganzen Tag und den größten Teil der Nacht hatte Monk hoffend und betend bei Orme gesessen. Als Orme schließlich starb, fühlte er sich wie betäubt und unsagbar erschöpft.

McNab würde all das für sich ausnutzen und behaupten, Monk sei nach der Schlacht mit den Piraten außer sich und darauf versessen gewesen, allen anderen die Schuld an dem Fiasko auf dem Schiff der Gewehrschmuggler zu geben, allen außer sich selbst. Dennoch stand weiterhin die Frage im Raum, ob McNab Monk und seine Männer an die Verbrecher verraten hatte.

Als der Hansom anhielt und sie den Kutscher bezahlten, nahm Hooper einen Pferdebus zur Wache, während Monk weiter zur Leichenhalle ging. Dort hatte Hyde gerade den Autopsieraum verlassen und trocknete sich die Hände mit einem groben weißen Handtuch ab.

»Ha! Wollte gerade nach Ihnen schicken«, rief Hyde zufrieden. »Ihr Freund, dieser Blount … was, zum Henker, ist eigentlich mit dem?«

»Nichts Besonderes«, erwiderte Monk. Im Moment interessierte ihn nur Pettifer. Er musste Hyde bitten, sich sofort um ihn zu kümmern und Monk – wenn möglich – einen Hinweis auf den Obduktionsbefund zu geben. Er brauchte dringend die Gewissheit, dass Ertrinken die unmittelbare Todesursache gewesen war und nicht einer seiner Schläge.

Durch sein Grübeln hatte er den Gesprächsfaden verloren.

»Wie bitte? Was haben Sie gesagt?«

Hyde musterte Monk nun eingehender. »Himmel, Sie sehen schrecklich aus, Mann! Ihre Hose und die Stiefel triefen ja förmlich! Wo, zum Henker, waren Sie? So stark regnet es draußen doch gar nicht.« Er schritt zu seinem Büro und hielt Monk die Tür auf. Wie immer war hier jedes Regal mit Büchern vollgestopft, und auf sämtlichen freien Flächen stapelten sich Dokumente. Aber ein munter knisterndes Feuer im Kamin sorgte für eine herrliche Wärme.

»Nehmen Sie Platz«, befahl Hyde. »Sie sehen schlimmer aus als einige meiner Leichen. Was ist denn passiert?«

Monk räumte einen Stuhl frei und setzte sich. »Mir ist gerade ein Strafgefangener entwischt, und der Mann von der Zollpolizei ist bei seiner Verfolgung in die Themse gefallen«, murmelte er bedrückt.

»Und Sie sind selbstverständlich zu seiner Rettung auch ins Wasser gesprungen«, schlussfolgerte Hyde mit einem düsteren Lächeln. »Hoffentlich ist man Ihnen entsprechend dankbar dafür.« Aus einem Wandschränkchen, das er mit einem Schlüssel, der an der Kette seiner Taschenuhr hing, öffnete, nahm er zwei Gläser und eine Flasche exzellenten Brandy heraus. Sobald er großzügig eingeschenkt hatte, reichte er eines der Gläser Monk.

Monk nahm es entgegen, lehnte sich zurück und trank einen großen Schluck. Der Alkohol rann ihm angenehm brennend die Kehle hinab.

»Dankbar?« Monk ließ sich das Wort auf der Zunge zergehen. »Nun, der verdammte Sträfling ist ganz bestimmt dankbar. Er ist über alle Berge. Der Mann von der Zollpolizei ist wohl nicht so froh. Ich fürchte, er ist tot. Fürs Erste ist er Ihr Problem.«

Hyde holte tief Luft. »Was? Wie ist das geschehen? Hat ihn der Sträfling umgebracht?«

»Nein. Das haben entweder der Fluss oder ich bewerkstelligt.«

»Hören Sie auf, in Rätseln zu sprechen!«, knurrte Hyde.

»Er ist ins Wasser gefallen und in Panik geraten. Da musste ich ihm einen Schlag versetzen, sonst hätte er mich mit in die Tiefe gezogen, und wir wären beide ertrunken. Wir konnten ihn zwar noch nach oben ziehen und auf den Kai hieven, aber er ist trotzdem gestorben. Kennen Sie Crow?«

Hydes Augenbrauen hoben sich. »Natürlich kenne ich Crow. Vollkommen verrückt, aber gleichzeitig ein mehr als anständiger Arzt. Ihr Junge geht jetzt bei ihm in die Lehre, richtig?«

»Ja.«

»Gute Entscheidung. Doch warum erwähnen Sie ihn? Hat Crow den Mann vom Zoll untersucht?«

»Ja. Er traf ein, unmittelbar nachdem wir den Mann aus dem Wasser gezogen hatten.«

»Was hat er dazu gesagt?«

»Nicht viel. Nur dass es für jede Hilfe zu spät war.«

»War er tot, als Sie ihn rauszogen?«

»Das glaube ich nicht. Seine Augenlider flatterten, und für mich sah es so aus, als würde er Wasser ausspucken. Kann aber auch sein, dass ich mir das nur eingebildet habe, weil ich mir so sehr wünschte, er würde am Leben bleiben.«

»Haben Sie gehofft, etwas Nützliches von ihm zu erfahren?«

»Nein, verdammt noch mal! Ich wollte bloß nicht an seinem Tod schuld sein.« Monk genehmigte sich einen weiteren Schluck von dem Brandy, der ihn beruhigte. »Es tut mir leid. Zu dem Zeitpunkt hielt ich ihn für den Strafgefangenen, aber trotzdem habe ich mein Möglichstes getan, um ihn zu retten.«

»Und dann stellte er sich als der Zollpolizist heraus?« Hyde schüttelte betrübt den Kopf. »War wohl nicht Ihr Tag, hm? Ich werde ihn mir sorgfältig anschauen, wenn er angeliefert wird. Einer von McNabs Männern, nicht wahr?«

»Natürlich …«

»Schlägt sich dieser Tage nicht allzu gut, unser McNab, was?«, stellte Hyde genüsslich fest. »Waren es nicht auch seine Männer, die Blount verloren haben? Nun, was ihn betrifft, habe ich eine Neuigkeit für Sie. Der arme Kerl war längst tot, als der Schuss auf ihn abgegeben wurde. Mindestens zwei, drei Stunden. Jetzt stellt sich die Frage: Aus welchem Grund schießt jemand einem armen Teufel in den Rücken, obwohl der mausetot ist? Eine hübsche, kleine Denksportaufgabe für Sie, Monk.«

Monk spürte, dass Hyde ihn aufmerksamer beobachtete, als sein beiläufiges Gebaren erahnen ließ. Worauf hatte er es abgesehen?

»Sind Sie sicher? Könnte er nicht bereits im Wasser von dem Schuss bewusstlos gewesen sein, aber immer noch geatmet haben, sodass er tatsächlich ertrunken ist?«

»Himmelherrgott, Monk! Wie lange, glauben Sie, dauert es, bis ein bewusstloser Mann ertrinkt? Minuten. Höchstens drei oder vier. Der Schuss auf ihn wurde aber erst lange danach abgegeben.«

»Woher wissen Sie das?«, beharrte Monk.

»Wäre er im Wasser gewesen, angeschossen, aber am Leben, hätte er gekämpft und angesichts einer Wunde wie dieser geblutet wie ein abgestochenes Schwein.« Hyde schien am Ende mit seiner Geduld. »Die Kugel hat mehrere größere Blutgefäße zerfetzt. Er hat aber nur wenig Blut verloren. Wirklich, es stört mich nicht, wenn Sie an meinen Ergebnissen zweifeln, Monk, aber wie wenig Ihnen meine Antwort auch gefällt, so verhält es sich nun einmal. Er war bereits tot, als ihm in den Rücken geschossen wurde. Kein Herzschlag und schon vom Wasser aufgedunsen. So wie die Wunde aussah, würde ich sagen, dass er drei, vier Stunden im Wasser getrieben hatte, als er an Land gezogen wurde und jemand ihm in den Rücken schoss. Ich würde zwar keinen Eid darauf leisten, dass er danach nicht mehr ins Wasser geworfen wurde, bin mir dessen aber so sicher, dass ich alles, was ich habe, darauf verwetten würde.«

Darauf erwiderte Monk nichts. Seine Gedanken drehten sich mittlerweile um die Frage, warum McNab nach ihm geschickt hatte, statt sich damit zu befassen, dass Blount seinen eigenen Leuten entkommen war, nur um zu ertrinken und nach seinem Tod erschossen zu werden. McNab war doch wohl nicht bereit, seine Männer vor Monk bloßzustellen, außer er hatte einen triftigen Grund.

Blitzartig kehrte eine höchst unangenehme Erinnerung zurück. Wieder sah Monk McNabs Augen vor Zufriedenheit aufleuchten, als er das Einschussloch im Rücken des Toten entdeckte, und hörte ihn sagen: *Für Mord sind Sie zuständig. Ihr Fall, nicht meiner.* Er hatte gewollt, dass Monk sich darum kümmerte. Warum?

Wie er es drehte und wendete, jetzt kannte er die scheußliche Tatsache, dass Pettifer für McNab gearbeitet hatte; und nun war er tot, wahrscheinlich wegen Monks Versuch, ihn zu retten. Hätte er andererseits vom Kai aus zugeschaut und ihn ertrinken lassen, wäre das ebenfalls seine Schuld gewesen.

War das alles wirklich Zufall? Sah es nicht vielmehr nach sorgfältiger Planung aus?

Nein, das war absurd. Genauso gut hätte Hooper derjenige sein können, der Pettifer zur Hilfe eilte. Doch selbst wenn jemand Hooper die Schuld gegeben hätte, würde man trotzdem Monk Vorwürfe machen. Hooper war Monks Mann – seit Ormes Tod sogar sein bester – und obendrein jemand, dem Monk einen persönlichen Dienst schuldete.

Abgesehen davon hätte McNab wohl kaum dafür gesorgt, dass sein eigener Mann ertrank, selbst wenn er gekonnt hätte.

Wie Monk allmählich begriff, war er drauf und dran zuzulassen, dass seine Besessenheit von McNab sein gesundes Urteilsvermögen trübte.

Er gab sich einen Ruck und besann sich wieder auf das

Gespräch mit Hyde. »Vielen Dank. Wenn Pettifer hereingebracht wird, was jeden Moment geschehen dürfte, wäre ich Ihnen sehr dankbar, wenn Sie besondere Sorgfalt darauf verwenden könnten festzustellen, ob Ertrinken die Todesursache gewesen ist oder der Schlag, den ich ihm ins Gesicht versetzte, um zu verhindern, dass er mir das Genick bricht oder mich mit in den Tod reißt. Wenn Ihr Befund irgendwelche Fragen offenlässt, wird sich McNab auf den Fall stürzen und allen außer sich selbst die Schuld geben – bei mir angefangen.«

Hyde nickte, schürzte aber zweifelnd die Lippen. »Lassen Sie den Mann ja nicht aus den Augen. Er wühlt und schnüffelt ständig herum und stellt in einem fort Fragen. Ich weiß nicht, was er vorhat, aber er hegt seit Langem einen tiefen Groll gegen Sie. Doch darüber dürften Sie Bescheid wissen, oder?«

»Ja …« Monk ließ das Wort in der Luft schweben, ohne den Satz zu vollenden. Mit der Tatsache an sich war er vertraut, nur war ihm nicht so recht klar, welcher Grund dahintersteckte. Am Anfang hatte er lediglich eine Rivalität zwischen den verschiedenen Behörden vermutet: Wasserpolizei gegen Zoll. Doch mittlerweile hatte er gezwungenermaßen akzeptieren müssen, dass die Ursache tiefer lag und um einiges persönlicher war. Ging sie auf die Zeit vor seinem Gedächtnisverlust zurück? Auf die Jahre vor 1856? Sollte ihm der Name Rob Nairn irgendetwas sagen?

Warum hatte McNab so lange mit seiner Rache gewartet? Das ergab einfach keinen Sinn – außer er hatte sich vor Monk gefürchtet, bis ihm endlich dessen Gedächtnisverlust klar wurde. Plötzlich war Monk verletzlich – ein Mann ohne Erinnerung an eine Vergangenheit, die tausend Überraschungen bereithalten konnte, war nicht mehr dazu geeignet, die Wasserpolizei zu befehligen. Zu leicht konnte er manipuliert und für fremde Zwecke benutzt werden.

Monk dankte Hyde und verließ die Leichenhalle mit ihrer übermäßigen Reinlichkeit und ihren Gerüchen, die die Ausdünstungen des Todes überdeckten und sie auf diese Weise umso schlimmer machten.

Auf der Straße war es bitterkalt. Der durchdringende Geruch von Karbol und Lauge wurde verdrängt von dem nach Ruß und Pferdedung und gelegentlich einem aus der Kanalisation aufsteigenden, Übelkeit erregenden Gestank.

All diese Eindrücke vermochten Monk jedoch nicht von seinen Gedanken an McNab abzulenken. Mit ein paar diskreten Erkundigungen über Dinge, die sich vor der Zeit des Unfalls ereignet hatten, hatte sein Erzfeind wohl nach und nach genügend Einzelteile gesammelt, um sich zusammenreimen zu können, wie viel Monk vergessen hatte. Wie ein Hai, der Blut witterte und wusste, dass seine Beute verwundet war, zog McNab nun immer engere Kreise um Monk.

War es da wirklich so lächerlich, wenn Monk seiner Phantasie freien Lauf ließ? Oder warnte sie ihn nicht vielmehr jetzt endlich vor der Wahrheit?

Er hatte keine andere Wahl, als sich einem Gespräch mit McNab über Pettifers Tod zu stellen und mehr über Owen zu erfahren. Am liebsten hätte er schon heute von Hyde gehört, woran genau Pettifer gestorben war, aber da würde er sich noch ein, zwei Tage gedulden müssen. Die Fahndung nach Owen dagegen konnte nicht warten. Ebenso wenig die nach dem Kapitän des Schoners. Vorausgesetzt, die beiden segelten nicht schon längst weit draußen über den Atlantik.

McNab saß an seinem Schreibtisch, als Monk am nächsten Tag bei ihm eintrat. Ständig waren Verwaltungsangelegenheiten zu erledigen, die sich wie Ratten vermehrten, wenn man sie liegen ließ.

McNab blickte auf. Er hatte ein schönes Büro mit Blick auf den Pool of London. Selbst in dieser Jahreszeit war das vom Wasser reflektierte Licht noch hell, und die schwarzen Masten von Hunderten von Schiffen ragten schwankend in den Horizont.

McNab blieb auf seinem Stuhl sitzen. Ein halbes Jahr zuvor hätte er das noch nicht getan.

Sein kantiges Gesicht war starr, ohne jeglichen Ausdruck, doch seine Augen schienen zu leuchten.

Darauf bedacht, keine Tintenflecken auf dem wertvollen Möbel zu hinterlassen, legte er seine Feder ab. Das Leder wirkte neu.

»Sie sind gekommen, um sich zu entschuldigen, stimmt's?« Er blickte zu Monk auf. Anstalten, ihm eine Sitzgelegenheit anzubieten, machte er nicht.

Dennoch zog Monk den mit Leder gepolsterten Stuhl vor dem Schreibtisch zu sich heran und ließ sich behaglich nieder – zumindest bemühte er sich um diesen Eindruck.

»Nicht, um mich zu entschuldigen«, erwiderte er mit perfektem Gleichmut. »Der Mann geriet in Panik. Er hätte mich mit in die Tiefe gezogen und ertränkt. Leider nichts Unübliches. Trotzdem: mein Beileid. Es ist immer traurig, einen Mann zu verlieren.«

McNab hob ganz leicht die schmalen Augenbrauen. »Soll ich Ihnen jetzt dankbar sein?«

»Sie sollten höflich sein«, entgegnete Monk. »So wie ich es bin. Gibt es schon Neuigkeiten über Owen? Er muss für Sie von einigem Wert gewesen sein; sonst hätten Sie ihn nicht verhört. Bestand zwischen ihm und Blount eine Verbindung?«

»Danke, dass Sie den armen Pettifer ertränkt haben«, zischte McNab. »Owen hat die Flucht geschafft. Der verdammte Kapitän von diesem Schoner hat ihn mitgenommen. Wir haben ihn verhört, aber er gab nur an, er hätte Owen am nächsten Kai abgesetzt. Ob er das wirklich getan hat, lässt sich allerdings nicht überprüfen.«

»Sie haben ihn verhört?« Monk konzentrierte sich auf den einzigen Punkt, der für ihn von Belang war.

»Natürlich habe ich ihn vernommen«, blaffte McNab. Er schien noch etwas hinzufügen zu wollen, verkniff es sich aber.

Monk lächelte. »Also ist der Mann wenigstens noch nicht am anderen Ende der Welt. Ich nehme an, Sie haben den Schoner durchsucht?«

»Selbstverständlich!«

»Dann ist es wohl in der Tat am wahrscheinlichsten, dass der Kapitän Owen irgendwo abgesetzt hat«, schlussfolgerte Monk. »Dennoch könnte er mittlerweile irgendwo in Frankreich sein. Was wissen Sie eigentlich über ihn?«

Kurz verriet ein Glimmen in McNabs Augen seine Genugtuung. »Haben Sie das etwa vergessen, hm?«

Jäh befiel Monk Angst, und er fühlte sich in die Zeit unmittelbar nach dem Unfall zurückversetzt, als er bei den Leuten um sich herum, die er nicht einordnen konnte, Abneigung und Misstrauen spürte, ohne zu wissen, warum. Doch sofort tat er den Gedanken ab. McNab trieb doch nur sein Spielchen mit ihm, höchstwahrscheinlich aus Rache für Pettifers Tod. Und dazu gehörte es eben auch, Monk unter die Nase zu reiben, dass er von seiner Schwäche wusste. Vielleicht war Pettifer ja, abgesehen von seiner panischen Angst vor dem Ertrinken, ein guter Mann gewesen. Er wäre nicht der Einzige, der sich vor dem Wasser fürchtete.

Monk blickte McNab direkt in die Augen, und das Glimmen erlosch. »Ich kenne Owens Akte«, log er. »Ich möchte wissen, was Ihnen an ihm aufgefallen ist. Sie haben doch sicher mehr über ihn als nur die Liste seiner Verurteilungen.« Er beugte sich etwas weiter vor. »Ist er intelligent, oder hat er nur Glück gehabt? Ist er einer, der spontan von Gelegenheiten profitiert, oder plant er von langer Hand? Hat er Freunde, oder ist er ein Einzelgänger? Was hat er für Schwächen? Leichtsinn? Treulosigkeit und darum zu viele Feinde? Ist er gierig und weiß daher nicht, wann er aufhören und seinen Gewinn einstecken muss? Gibt es etwas, wovor er Angst hat – so wie zum Beispiel Pettifer vor dem Wasser?«

Zorn flammte in McNabs Gesicht auf. Für einen Moment verlor es seine Maskenartigkeit und nahm einen hässlichen Ausdruck an.

»Wie bezeichnend für Sie, dieses Fragen«, zischte er. »Er hat keine Angst vor Höhen oder Abstürzen, wenn es das ist, was Sie meinen.« Er fixierte Monk, als wollte er ihn mit der Macht seines Willens dazu zwingen, die Augen abzuwenden. In seinem Inneren verbarg sich ein Gefühl, von dem Monk nichts zu erkennen vermochte, außer dass es mit Schmerz zu tun hatte – einem brennenden Schmerz, der sich mit keiner Maske verdecken ließ.

Monk antwortete nicht sogleich, und McNab wartete stumm.

Wie konnte es Monk gelingen, nicht preiszugeben, dass er von dem blitzartigen Auftauchen einer offenbar wilden Vergangenheit verunsichert war? Eines stand für ihn jetzt freilich fest: Was immer es war, das zwischen ihm selbst und McNab vorgefallen war, der andere Mann hatte eine klare Erinnerung daran – und er überhaupt keine.

»Ich will den Mann fassen«, erklärte Monk schließlich ruhig. »Je mehr ich über ihn weiß, desto besser sind meine Erfolgsaussichten. Wer ist der Kapitän des Schoners? Was wissen Sie über ihn?«

»Fin Gillander.« McNabs Stimme klang rau, als kostete es ihn eine gewaltige Anstrengung, sogar nur eine so einfache Frage zu beantworten. »Amerikaner, glaube ich; jedenfalls klingt er ganz so. Gutaussehend. Entsetzlich arrogant. Bildet sich ein, die Meere gehörten ihm, bloß weil er ein schnelles Schiff hat. Verdammter Narr, wenn Sie mich fragen. Owen hat ihm weisgemacht, er sei der Polizist und Pettifer der Verbrecher. Zumindest behauptet Gillander das. Ich glaube, er ist so etwas wie ein Glücksritter. Wie ich das sehe, hat Owen ihm ein paar Guineen zugesteckt, damit er ihn den Fluss hinunterfährt.«

»Ach ja?« Monk konnte nicht anders, als mit beißendem Sarkasmus zu reagieren. »Und woher hatte Owen die ›paar Guineen‹, nachdem er eben erst vor Gericht schuldig gesprochen worden und auf dem Weg ins Gefängnis geflohen war? Oder ist das auch nicht wahr?«

NcNab zögerte. Er war beim Lügen ertappt worden, und das wussten sie beide. Einen Moment lang war ihm das auch anzusehen, und plötzlich überlief Monk ein eisiger Schauer. Er befürchtete, seinen Trumpf zu schnell ausgespielt zu haben. Er musste das Schweigen überbrücken. Vielleicht konnte er so tun, als wäre nichts gewesen.

»Sie trauen Gillander nicht? Vielleicht hat er Owen tatsächlich an Land abgesetzt, ob vorher vereinbart oder nicht. Hatte Owen bei seiner Flucht Helfer?«

Über McNabs Lippen kroch ein Lächeln, und die Spannung ließ nach.

»Dachte schon, Sie würden es überhaupt nicht mehr ansprechen. Sieht in der Tat so aus, als hätte er welche gehabt.

Von Freunden ist uns nichts bekannt, aber er vermietet seine Dienste gegen das höchste Gebot. So viel zu seinen Verbündeten.« Er holte tief Luft, zögerte kurz, dann fuhr er fort und wählte seine Worte jetzt noch vorsichtiger. »Eine Zeit lang hat er ziemlich viel für Aaron Clive gearbeitet. Ist der Name Ihnen ein Begriff? Großes Tier in der Import-Export-Branche. Besitzt an dem Teil des Flussufers, zu dem Owen wollte, ein Warenlager neben dem anderen. Das ist dort, wo Gillanders Schiff lag. Na, jetzt, da Sie einen Grund dazu haben, können Sie Clive ja fragen – freundlich natürlich –, was er Ihnen über Owen zu erzählen hat. Vielleicht weiß er über mehr Bescheid, als nur über dessen Fähigkeiten. Äußerst mächtiger Mann, steinreich. Ich glaube, er ist über jeden, mit dem er Handel treibt, genauestens unterrichtet. Er selbst ist ja einer von denen, die ihr ganzes Vermögen an einem einzigen Ort erworben haben.« Das Lächeln war in seine Augen zurückgekehrt. »Aber das werden Sie ja bereits wissen … besser als ich.«

Monk verstand nicht, wovon der Mann da redete. »Ich habe von ihm gehört«, sagte er langsam. »Habe ihn kennengelernt, als Owen entkam.«

McNabs Augen weiteten sich. Er grinste. »Und das war Ihre erste Begegnung? Wirklich?«

Das war eindeutig eine Falle. Und doch wusste Monk nicht, worin sie bestand. Er konnte ja nicht behaupten, er hätte den Mann noch nie gesehen. Aaron Clive war nicht einer, den man so schnell vergaß.

»Er kommt der Polizei nie in die Quere«, brummte Monk.

»Nun … auf dem Fluss vielleicht.« McNabs Grinsen wurde immer breiter. »Dort wohl eher nicht, könnte ich mir vorstellen. Aber ich dachte an eine länger zurückliegende Zeit.«

»Ich hörte, er wäre erst seit zwei Jahren in London.« Monk

wusste, dass er in diesem Punkt recht hatte. Er kannte sämtliche größeren Unternehmer und Grundstückbesitzer an beiden Ufern. Das gehörte zu seinem Beruf.

»O ja, das ist schon richtig«, feixte McNab. »Ich dachte an … früher. Kalifornien vielleicht? Ich habe gehört, dass San Francisco vor dem Goldrausch eine hübsche, kleine Stadt war – nur ein paar hundert Einwohner.«

Jetzt spürte Monk eine plötzliche Eiseskälte, die ihm bis ins Knochenmark drang, als hätte man ihn gerade erst aus dem Fluss gezogen. McNab trieb irgendein absurdes Spiel mit ihm. Das war schon an seiner Miene zu erkennen, an dem Ausdruck von Schadenfreude und an jener Tollkühnheit, die die Augen eines Mannes funkeln lässt, wenn er beim Kartenspiel genau weiß, dass er sich den eingesetzten Betrag nie wird zurückholen können, falls er verliert. Monk hatte diesen Gesichtsausdruck schon einmal gesehen.

Wie sollte er antworten? Was konnte er sagen, damit er sich nicht verriet? Der Goldrausch von Kalifornien hatte sich 1848 angebahnt, als beim Bau einer Mühle Gold entdeckt wurde. Es gehörte jedoch zum Allgemeinwissen, dass der große Ansturm erst 1849 begonnen hatte. Wurde von ihm erwartet, dass er mehr wusste? Diese Ereignisse fielen in die Zeit vor seinem Unfall.

McNab beobachtete ihn.

Er musste etwas sagen.

»Was, um alles auf der Welt, hat Owen mit dem Goldrausch zu tun?«, gab er in dem ungläubigsten Ton zurück, den er zustande brachte. »Gold wurde damals meistens aus dem Boden ausgewaschen. Sprengstoffe wurden bestimmt nicht benutzt.« Er verkündete das im Brustton der Überzeugung, der keinen Zweifel daran zuließ, dass er nur riet. »Wie auch immer«, fuhr Monk fort. »Man hebt Minen aus und sprengt sie nicht in die Luft. Da denken Sie wohl eher an Steinbrüche.« Auch hier tat er so, als wüsste er Bescheid. Hatte er sich vielleicht tatsächlich einst damit ausgekannt?

McNab blickte ihn überrascht an. »Wirklich?« Ihn schien das Ganze nicht im Geringsten aus dem Konzept bringen. »Ah.« Er lehnte sich bequem in seinem Stuhl zurück. »Sprengstoff wird aber auch bei der Rettung verwendet. Manchmal. Ich glaube, dass Aaron Clive ihn dafür eingesetzt hat. Wie auch immer, Sie können ihn ja jederzeit aufsuchen und fragen. Vielleicht kann er Ihnen etwas über Owen erzählen.«

»Danke für die Auskunft.« Monk erhob sich. »Vielleicht gelingt es mir ja, Owen zu Ihnen zurückzubringen.«

»Vielleicht, ja.« McNabs Grinsen reichte immer noch von einem Ohr zum anderen.

An diesem Abend suchte Monk Aaron Clive in dessen Haus in Mayfair auf. Es war ein prächtiges Gebäude unmittelbar an der Ecke zum Berkely Square. Er sprach früh vor, kurz vor dem Dinner, und bat darum, mit Mr Clive über die unselige Episode am Vortag sprechen zu dürfen. Außerdem wollte er ihn um seine Unterstützung bitten und natürlich seinen Dank ausdrücken.

Er musste eine halbe Stunde warten, aber dafür stellte man ihm das hübsche und angenehm warme Frühstückszimmer zur Verfügung. Sogar eine Auswahl an alkoholischen Getränken wurde ihm angeboten. Monk hätte gern angenommen, doch da er dienstlich hier war, lehnte er dankend ab. Die Wartezeit verbrachte er damit, die Titel der Bücher, die auf den Regalen neben dem Kamin aus poliertem Marmor standen, zu studieren und die Verzierungen am Kaminsims und in den Mauernischen zu betrachten. Die Bücher stellten die bunte Mischung dar, die er fast schon erwartet hatte, doch ein Teil der Verzierungen stammte von Eingeborenen: geschnitzte Bären und einer in Amerika beheimateten Hunderasse. Diese Werke begeisterten ihn nicht nur durch ihre Schönheit, sondern auch, weil sie Gedanken an helleres Sonnenlicht auslösten, an in der Hitze flimmernde Luft und an endlose Straßen. Nichts davon konnte er einordnen. Einbildung oder Erinnerung?

Mit einem diskreten Klopfen an der Tür meldete sich der Butler zurück und bat Monk, ihm in Clives Arbeitszimmer zu folgen.

Als sie eintraten, stand Clive vor einem großen Bücherschrank, gefüllt mit in Leder gebundenen Folianten, die nach Themengebieten und nicht nach ihrer Größe geordnet waren. Damit war Monk sofort klar, dass sie da waren, um gelesen zu werden, und nicht, um als Zierrat zu dienen. Clive liebte sie und scherte sich nicht darum, was andere davon hielten. Das machte Monk den Mann auf Anhieb sympathisch. Diese Bibliothek, die auf Effekthascherei verzichtete, hatte etwas Ehrliches. Hier bestand die Dekoration aus einem Goldklumpen und mehreren kleinen Schnitzarbeiten aus Türkis, Malachit und Bergkristall.

Clive wandte sich zu Monk um und trat ihm mit ausgestreckter Hand entgegen. »Tut mir leid, dass ich Sie habe warten lassen, Commander Monk.«

Monk schlug ein. Clives Händedruck stellte sich als angenehm und kräftig heraus. »Es ist freundlich von Ihnen, dass Sie mich empfangen, obwohl ich unangekündigt hereinschneie. Die letzten zwei Tage waren ein wenig … unselig.«

»Ein wenig«, bestätigte Clive mit einem breiten Grinsen und lud Monk mit einer Geste ein, Platz zu nehmen. »Hoffentlich haben Sie Ihr Bad im Fluss gut überstanden. Es muss schrecklich kalt gewesen sein.«

»Ging mir durch Mark und Bein«, bestätigte Monk mit Nachdruck. »Aber ich glaube nicht, dass ich einen Schaden davongetragen habe. Anders als der arme Pettifer.«

»Pettifer?« Clives Augen weiteten sich für einen Moment. »Der Name des Ertrunkenen? Sehr traurig. Viele geraten im Wasser oder bei Feuer in Panik. Das ist die gefährlichste Begleiterscheinung so vieler Katastrophen – und vermutlich ganz natürlich. Aber was für eine Ironie des Schicksals! Da bewerkstelligt jemand eine aufsehenerregende Flucht aus dem Gefängnis, nur um mehr oder weniger durch Ihre Hand zu ertrinken.«

»Das habe ich auch gedacht«, gestand Monk betrübt. »Aber wir haben uns vom äußeren Anschein täuschen lassen: Pettifer war der Mann von der Zollpolizei.«

Clive stöhnte auf. »Verdammt, das ist ja schrecklich! Es tut mir entsetzlich leid. Also ist der Flüchtige der Mann, der die ganze Strecke zum Schoner geschwommen ist?«

»Ja. Der Name ist Silas Owen. Er war Experte für Sprengstoffe, und die Zollpolizei hatte ihn bei der Vorbereitung eines ernsthaften Verbrechens ertappt. Die Einzelheiten kenne ich allerdings nicht.«

Clive blickte ihn überrascht an. »Owen? Was machte der denn hier? Ich habe ihn schon seit – ach, bestimmt einem Jahr oder noch länger nicht mehr eingesetzt. Und das war damals nur eine Bergung im Mündungsgebiet der Themse. Ein Schiff war gesunken, und der Laderaum ließ sich nicht öffnen. Da half nur noch Sprengstoff. Und dafür brauchten wir einen Experten. Hochgefährliche Angelegenheit – ein halbes Schiff unter Wasser zur Explosion zu bringen. Aber Owen war gut in seinem Metier – hervorragend sogar. Nun, wie kann ich Ihnen helfen?« Er deutete auf eine Karaffe Sherry, die zusammen mit einer Reihe Gläser aus geschliffenem Kristall auf dem Bücherschrank stand. »Wenn Ihnen das lieber ist, ich habe auch Brandy.«

»Nein, danke.«

»Ach, kommen Sie, Mann! Draußen ist es ein ekelhafter Abend, und Sie haben bestimmt einen harten Tag hinter sich. Bei mir war es jedenfalls so.«

Monk dachte, dass ein Nein sehr undankbar wirken musste, und nahm an.

So füllte Clive zwei Gläser mit Sherry und reichte eines Monk.

Der nippte daran – und konnte sich nicht erinnern, je einen so weichen Sherry gekostet zu haben. Geschmack war schon etwas Merkwürdiges. Er brachte Erinnerungen zurück, die sonst kaum durch etwas anderes wachgerufen werden konnten. Durch das reiche Aroma des schweren Weins fühlte sich Monk in eine andere Zeit zurückversetzt, ohne sagen zu können, wohin.

»Vielleicht fällt Ihnen noch etwas zu Owen ein, das uns weiterhelfen könnte«, antwortete er auf Clives erste Frage. »Wissen Sie zum Beispiel, wer der Eigentümer des Schoners ist, der an dem Ufer gegenüber lag? Wie lange hielt er sich dort schon auf? Kann es sein, dass er eine Verabredung einhalten wollte? Sie haben mir ja bereits bestätigt, dass Owen ein Experte auf seinem Gebiet war. Arbeitete er gewöhnlich an Deck, oder stand er für unterschiedliche Aufgaben zur Verfügung? Erwähnte er jemals Verbindungen, die er zu anderen hatte? Würden Sie mir erlauben, mit dem einen oder anderen von Ihren Männern zu sprechen, der vielleicht mit ihm zusammengearbeitet hat?«

Clive lächelte belustigt, seine Miene hellte sich auf, und die Linien seines Gesichts wurden weicher. »Wo soll ich anfangen? Was den Schoner betrifft, bezweifle ich, dass etwas anderes als Zufall im Spiel war. Er heißt *Summer Wind* und gehört einem gewissen Fin Gillander – so etwas wie ein Abenteurer. Schon seit Jahren habe ich gelegentlich mit ihm zu tun. Ich bezweifle, dass er sich darauf eingelassen hat, einen entlaufenen Strafgefangenen aufzulesen, es sei denn, er hält ihn für unschuldig. Und nach allem, was ich über Owen und über die Gesetze in England weiß, ist das höchst unwahrscheinlich.«

»Gegen Geld vielleicht?«, regte Monk an.

»Glaube ich nicht. Hatte Owen überhaupt Geld? Ich dachte, er wäre direkt aus der Kutsche entwischt, die ihn vom Gericht zurück ins Gefängnis transportieren sollte. So stand es jedenfalls in den Zeitungen, was immer das wert ist.« Clive blickte Monk verwirrt an.

Der nickte nachdenklich. »Falls Gillander Owen gegen Bezahlung geholfen hat, dann muss jemand anders dem Mann das Geld dafür gegeben haben. Möglich, aber nicht wahrscheinlich. Sieht so aus, als hätte der Kerl einen Pakt mit dem Teufel geschlossen: Erst die Flucht, dann ertrinkt Pettifer, und Gillander ist exakt zur richtigen Zeit am richtigen Ort …«

Clive biss sich auf die Lippe. »An so viele Zufälle glauben Sie doch bestimmt nicht, und ich ebenso wenig. Ich weiß nicht, wo der Zusammenhang ist, aber irgendeinen muss es offensichtlich geben.«

»McNab von der Zollpolizei hatte kurz zuvor einen anderen Strafgefangenen auf dem Weg vom Gefängnis zum Verhör im Zollamt verloren«, erwiderte Monk zögernd. »Der Mann hätte irgendetwas identifizieren sollen, glaube ich. Sein Name war Blount. Die Sache ist eine gute Woche her.«

Clive starrte ihn verblüfft an. »Ist der etwa auch entkommen?«

»Ja … und nein«, antwortete Monk mit einem Anflug von schwarzem Humor. »NcNab bekam ihn erst wieder zu sehen, als ihn jemand aus dem Wasser zog und die Zollpolizei holte. Blount war ertränkt und dann erschossen worden.« Er beobachtete Clives Gesicht aufmerksam.

Aaron Clive blinzelte. »Ertränkt und dann erschossen? Ist das nicht … etwas übertrieben? Und jetzt ist auch noch Owen entwischt?« Seine sanfte Stimme überdeckte jede Boshaftigkeit im Ton.

Monk grinste. »Es mag zwar Leute geben, die darin nichts Merkwürdiges erkennen würden, aber ich glaube nicht an eine solche Häufung von Zufällen. Blount war ein Meisterfälscher und Owen ein Sprengstoffexperte. Beide befanden sich zum Zeitpunkt ihrer Flucht im Gewahrsam der Zollpolizei. Andererseits waren offenbar in keinem der beiden Fälle Zollbeamte zugegen, denen man die Schuld an den Vorfällen hätte geben können. Wir wissen nicht, wer Blount ertränkt oder ihm in den Rücken geschossen hat. Was die Sache mit Owen betrifft, ist Pettifer derjenige, der das Leben verloren hat, und Owen … steckt weiß Gott wo. Also stellt sich da doch die Frage: Sollte Owen etwa auch getötet werden?« Er atmete tief durch. »Sie haben mir Auskunft über Owen gegeben. Dafür vielen Dank. Und nun, was wissen Sie über den Schoner? Oder über Gillander? Wie lange liegt er schon an dieser Stelle, praktisch gegenüber von Ihnen?«

Clive lächelte. »Ich habe es Ihnen schon gesagt. Wir laufen einander seit vielleicht zwanzig Jahren sporadisch über den Weg.« Er nippte erneut an seinem Sherry und lehnte sich in seinem Stuhl zurück. »Er ist in den Dreißigern oder vielleicht auch schon Anfang vierzig. Keiner weiß, woher er kommt. Er ist einfach um die Zeit des Goldrauschs herum in San Francisco aufgetaucht. ’49 müsste das gewesen sein. Damals war er kaum mehr als ein Hilfsmatrose und nahm jede Arbeit an, die er kriegen konnte. Unverschämt frecher Kerl. Mit Nerven wie Drahtseile. Wilder Spieler, wilder Trinker, Frauenheld. Sah allerdings blendend aus – und das wusste er nicht nur, sondern er setzte sein gutes Aussehen auch gezielt ein. Dazu war er ein guter Seemann, vor allem bei den kleineren Schiffen mit zwei oder drei Masten. Mit Klippern, den schnellen Segelschiffen, gab er sich nie ab. Außerdem ließ er sich nicht gern herumkommandieren.« Clives Augen verengten sich ein wenig. »Sagen Sie, wissen Sie das alles nicht noch von früher?«

Plötzlich überlief es Monk eiskalt. Ihm fiel keine Antwort ein, die zu geben er sich leisten konnte. »Er arbeitete überall, die Küste hinauf und hinunter …« Monk riet, sprach aber in einem Ton, als wüsste er es tatsächlich.

»Oder auf allen sieben Meeren«, entgegnete Clive. »Er segelte mindestens ein Mal über den Pazifik bis zu den chinesischen Meeren. Fuhr mehrere Male um Kap Horn herum nach Großbritannien zurück, und das ist eine verdammt weite Reise. Wenn Sie den Golf von Biskaya für wild halten, dann versuchen Sie mal Kap Horn zu umrunden.« Er lächelte charmant und wirkte vollkommen natürlich.

»Ja, daran hatte ich auch gerade gedacht«, murmelte Monk, darum bemüht, sich wieder auf die Gegenwart und das behagliche Zimmer zu konzentrieren. »Oder vielmehr, ich habe versucht, mich zu erinnern«, verbesserte er sich. Mit Kap Horn hatte er immer heftige, wilde Gefühle verbunden. Darum hatte er sich gefragt, ob er in dem verschwundenen Teil seines Lebens jemals im offenen Meer vor der Küste von Northumberland in einen Sturm geraten war. Doch vielleicht konnte man einen solchen Seegang überall erleben, gleich, auf welchem Meer der Welt.

Er gab sich einen Ruck und kehrte zu dem Gespräch mit Clive zurück. »Gillander ist also jemand, der sich auf beiden Seiten des Gesetzes bewegen könnte?«

Clive lachte auf. »Während der Zeit des Goldrauschs wusste San Francisco nicht viel vom Gesetz, Mr Monk. Viele der Räuberpistolen, die man immer wieder zu hören bekommt, sind wahrscheinlich genau das – aufgebauschte Märchen, aber sie haben ihre Wurzeln in der Wahrheit. Als das Gold '48 entdeckt wurde, war Kalifornien noch Teil des mexikanischen Territoriums Alta California, obwohl es bereits von den Vereinigten Staaten besetzt war. Wir hatten das Gebiet Anfang Februar '48 annektiert, nachdem wenige Tage zuvor das erste Gold aufgetaucht war. Zwei Jahre später trat Alta California dann als Teil des Kompromisses von 1850 den Vereinigten Staaten bei. Danach waren wir eine Zeit lang buchstäblich gesetzlos. Zwischen '46 und '52 wuchs die Stadt San Francisco von ungefähr zweihundert Einwohnern auf über sechsunddreißigtausend an. Das konnte niemand mehr kontrollieren.«

Monks Phantasie regte sich in dem Maße, in dem er sich bemühte, sich diese Siedlung vorzustellen, nicht größer als ein englisches Dorf, über das plötzlich Horden von Gestalten verschiedenster Arten hereinbrachen: Abenteurer, Händler, Schürfer, Glücksritter, Landstreicher, das ganze menschliche Treibgut jedes Hafens. Hier waren Vermögen gleichermaßen geschaffen wie auch verloren worden. Gold ließ sich von flachen Flussufern aus mit Waschpfannen sammeln und dann mit Hilfe von Sieben und Filtern von Steinen und Sand trennen. Schießereien, Handgemenge zwischen betrunkenen Raufbolden, Glücksspiel und Diebstahl waren wohl an der Tagesordnung. Wanderprediger strömten herbei, Verkäufer aller Arten von Lebensmitteln und Ausrüstungsgegenständen, dazu Quacksalber und echte Ärzte. Banken schossen aus dem Boden, denn all das neue Geld musste bewertet und verwaltet werden. Und um das edle Metall zu wiegen und das Katzengold vom wahren zu trennen, hatten sich auch Eichmeister angesiedelt.

Monk konnte das Land förmlich vor sich sehen: das helle Licht, die weiten Buchten, die Meeresarme mit dem klaren blauen Wasser. Natürlich war Kalifornien eine geraume Weile gesetzlos gewesen. Und das hatte gewiss auch auf den damals blutjungen Gillander abgefärbt. Monk selbst hätte sich vielleicht auch ins Getümmel gestürzt, hätte er die Möglichkeit dazu gehabt. Dem kalifornischen Gold nachjagen statt ... statt was? Fischen vor der Küste von Nothumberland, soviel er wusste. Eine wunderschöne Küste, aber ein ganz anderes Licht, andere Gezeiten und mit Sicherheit kein Land der Gewalt, des Abenteuers oder des Goldes.

»Was treibt Gillander jetzt hier?«, erkundigte sich Monk.

Clive zuckte mit den Schultern. »Ich habe nicht die leiseste Ahnung. Er schlägt sich irgendwie durch, denke ich. Wenn dieser Schoner ihm gehört, wird er gute Geschäfte damit machen. Ich habe auch mit einem einzigen Schiff angefangen. Allerdings besaß ich da bereits ein Vermögen in Form von Gold.«

»Sind Sie eigentlich ein echter Amerikaner?«

»Meine Eltern stammten aus Frankreich und Großbritannien, aber ja, ich bin Amerikaner«, antwortete Clive mit einigem Stolz.

Monk gefiel das. Seiner Meinung nach sollte ein Mann stolz auf sein Erbe sein; nicht arrogant, als hätte es ihn zu etwas Besserem gemacht, aber glücklich, weil er in der Lage war, dem Versprechen, das es darstellte, gerecht zu werden.

Monk erhob sich. »Danke für die Auskünfte. Ich werde

mein Bestes tun und noch mehr in Erfahrung bringen. In mancherlei Hinsicht geht es an der Themse zu wie in einem Dorf: Jeder kennt jeden. Es wird sich zeigen, was bei meinen Befragungen herauskommt. Gillander werde ich persönlich aufsuchen, aber wenn er wusste, wer Owen war, und es geplant war, dass er ihn aus dem Wasser ziehen würde, wird er mir das wohl kaum sagen.«

»Viel Glück«, erwiderte Clive mit einem schiefen Grinsen, stand nun ebenfalls auf und reichte Monk erneut die Hand. »Lassen Sie es mich wissen, wenn ich Ihnen noch einmal behilflich sein kann.«

Zwei weitere Tage voller Nachforschungen und Vernehmungen erbrachten bruchstückhafte Informationen über Gillander, aber nichts vermochte das zu ergänzen, was Clive berichtet hatte.

Owen blieb spurlos verschwunden; nichts wurde in Erfahrung gebracht, was in Blounts Richtung wies, außer den Protokollen, die die Zollpolizisten über die Verhöre der beiden Männer erstellt hatten.

McNab warf dieses Thema erneut auf, als er die Wache von Wapping um halb acht Uhr abends, lange nach Sonnenuntergang, aufsuchte und Monk zu dieser späten Stunde noch antraf. Wie immer lagen alle möglichen Dokumente auf Monks Schreibtisch herum, Berichte von seinen Untergebenen, verschiedenerlei Anzeigen und eidesstattliche Erklärungen zu allen Arten von Fällen. Als Briefbeschwerer diente ihm eine leere Tasse.

Bei seiner Ankunft spazierte McNab lässig in den Vorraum, nickte dem Constable an der Tür zu und würdigte Hooper im Vorbeigehen allenfalls eines kurzen Blicks. Es war Laker, der sich ihm vor Monks Bürotür in den Weg stellte.

»Haben Sie Neuigkeiten für uns, McNab?«, fragte er forsch.

Monk legte die Akte, die er gerade studierte, auf den Schreibtisch zurück und lauschte.

»Nein, keine Neuigkeiten«, blaffte McNab mit einem Anflug von Verärgerung. »Sie waren diejenigen, die Owen verloren haben. Hätten Sie sich nicht eingemischt, wäre er jetzt sicher hinter Schloss und Riegel. Da muss ich mich doch fragen, wer Ihnen den Hinweis gegeben hat, in welche Richtung er flüchtete. Wir sollten uns diejenige Person etwas genauer anschauen.« Er musterte Laker scharf. »Ich darf wohl annehmen, dass Sie nicht das Geringste wissen, hm? Dabei haben Sie durchaus ein bisschen herumgeschnüffelt, wie ich gehört habe.«

»Wir hatten ihn zu keinem Zeitpunkt bei uns in Gewahrsam, *Sir*!« Laker legte die Betonung auf das letzte Wort und sprach es etwas härter aus als nötig. »Wenn Ihr Mann ihn nicht angegriffen hätte und mit ihm ins Wasser gefallen wäre, wage ich zu behaupten, dass er weder ertrunken wäre noch Owen hätte davonkommen lassen. Ich kann mir beim besten Willen nicht vorstellen, dass irgendetwas davon seine Absicht war. Es war einfach ein schlimmes Unglück. Oder vielleicht hat er Owen tatsächlich mit Absicht hineingestoßen, wusste aber nicht, dass der Mann schwimmen konnte wie ein Fisch.«

Monk erhob sich so abrupt, dass ein Papierstoß zu Boden rutschte, stürmte zur Tür und riss sie auf.

McNab stand mit blassem Gesicht da und starrte Laker böse an. Der wiederum schien die Situation zu genießen. Aber so war Laker nun einmal: auf lässige Weise unverschämt. Eines Tages würde er sich damit aber Schwierigkeiten einhandeln.

»Sie haben Ihre Männer ja nicht gerade gut unter Kontrolle, was?«, fauchte McNab wütend und stapfte an Monk vorbei in dessen Büro, wo er unaufgefordert Platz nahm.

Monk folgte ihm und schloss die Tür. Die Frage ignorierte er, zum Teil deswegen, weil McNab recht hatte. Monk hatte sich Respekt verschafft, aber noch gehorchten ihm nicht alle, zumindest nicht Laker. Immerhin waren sie sich seit Ormes Tod nähergekommen. Die Tragödie hatte ein Band zwischen ihnen geschmiedet, das zu schaffen der tägliche Dienst nicht vermocht hatte. Die momentane Situation barg also durchaus eine gewisse Ironie, zumal Monk nach wie vor davon überzeugt war, dass es McNab gewesen war, der sie an jenem schrecklichen Tag an die Gewehrschmuggler und möglicherweise auch an die Piraten verraten hatte.

»Wissen Sie irgendetwas?«, fragte er, ohne sich zu setzen.

McNab kippte seinen Stuhl nach hinten und faltete die Hände über dem Bauch. Schräg zu Monk aufblickend meinte er: »Gewissermaßen. Pettifer war meine rechte Hand, verstehen Sie? Fleißig. Loyal. Die anderen hatten großen Respekt vor ihm. Er ist ein schwerer Verlust. Vor allem wegen der Art und Weise, wie es geschah.« Seine Miene war unergründlich. Seine Worte schienen von Trauer zu sprechen, doch in seinen Augen glomm ein kaltes Licht. Monk fühlte sich unwillkürlich an ein Raubtier erinnert, das Beute gewittert hatte. »Aber ich nehme an, dass Sie das verstehen, nicht wahr? Eines kann ich Ihnen jedenfalls schon jetzt sagen, noch dazu kostenlos: Dieser junge Mann da, der mit dem blonden Haar, wird Ihnen noch Ärger machen. Den werden Sie nie so unter Ihre Kontrolle bringen, wie es Ihr Mann, Orme, vermocht hätte. Er wird immer gegen Sie aufbegehren, Sie provozieren, auf eine Kraftprobe aus sein, die *er* gewinnt, nach einer Schwäche bei Ihnen suchen. Und sobald er eine spürt, wird er sich darin verbeißen wie ein Wiesel.«

Jetzt zeigte er ein breites Lächeln, das kalte Freude verriet.

Seine Worte enthielten ein Körnchen Wahrheit, das groß genug war, um zu schmerzen.

Ein Wort hatte in McNabs Ansprache allerdings gefehlt: Liebe. Auf ihre eigene, stille Weise hatten die Männer Orme geliebt, in ihm so etwas wie einen Vater gesehen. Monk würden sie nie auf diese Weise betrachten.

»Wie aufmerksam von Ihnen, dass Sie den ganzen Weg vom Pool of London zu mir herauskommen, um mir das zu sagen«, entgegnete Monk sarkastisch. »Nun, wenn Sie einen Ersatz für Pettifer gefunden haben, sollten Sie ihm besser das Schwimmen beibringen!« Kaum hatten diese Worte seinen Mund verlassen, als er sie auch schon bereute. Wenn er auf solche Weise zurückschlug, war das ein untrügliches Zeichen, dass es McNab gelungen war, ihn zu verletzten. Und er sah dem anderen an, dass er das sehr wohl erkannt hatte.

»Ich werde ihm gewiss so einiges beibringen müssen«, erwiderte McNab. »Aber ich bin aus einem anderen Grund gekommen. Wir sind uns fast sicher, dass Blount vorhatte, das Meer zu erreichen, vermutlich mit dem Ziel Frankreich. Und der Schuss erfolgte offenbar erst nach seinem Tod. Was Owen betrifft, würde ich die Vermutung wagen, dass er es inzwischen nach Frankreich geschafft hat. Zurzeit findet eine ziemlich massive Schmuggeltätigkeit statt. Bin mir nicht sicher, wie verlässlich meine Quellen sind, aber es heißt, dass Gold im Spiel sein könnte. Gestohlenes, natürlich.«

Monk gab keine Antwort. Nach was suchte McNab? War er wirklich hier, um ihm von gestohlenem Gold zu berichten? Warum? Hoffte McNab, Monk würde dem Verdacht nachgehen und er könnte den Ruhm ernten?

Schließlich brach Monk das Schweigen. »Ich habe mit Aaron Clive gesprochen. Er hat den Goldrausch damals in

Kalifornien erwähnt. Er meinte, Gold würde die Leute allesamt ein bisschen verrückt machen.«

McNab lächelte, als wäre er von plötzlicher, tiefer Freude durchdrungen. »Das hat er gesagt, ja? Soso. Der muss es ja wissen. Hat sein Vermögen während des großen Ansturms von '49 gemacht. Aber das alles werden Sie längst wissen.« Er stand auf und näherte sich der Tür. »Versuchen Sie am besten, den Burschen mit dem Schoner aufzuspüren, diesen Gillander. Er könnte in der Lage sein, Ihnen das eine oder andere zu verraten. Man weiß ja nie, was man alles zutage fördert …« Grinsend verließ er den Raum, marschierte den langen Korridor zur Eingangstür hinunter und trat in die vom Wind geschüttelte Nacht, ohne auch nur ein Mal nach rechts oder links zu schauen.

Am nächsten Morgen begab sich Monk zu dem Schoner *Summer Wind*. Diesmal lag er näher beim Südufer und ließ sich direkt vom Ufer aus betreten. Es war ein herrliches Schiff, mit klaren Linien, Decks aus poliertem Teak, beschlagen mit makellosem Messing. Alles war ordentlich festgezurrt, wirkte sicher und bestens gepflegt.

»Ist es gestattet, an Bord zu kommen?«, rief Monk, wartete kurz und fragte noch einmal. Von drinnen waren Schritte zu hören. Ein Mann erklomm die Treppe und tauchte in der offenen Luke auf. Monk stellte sich vor.

Der Mann deutete zwanglos einen militärischen Gruß an. Der Beschreibung nach musste das Fin Gillander sein. Er war elegant, gelenkig, vielleicht ein, zwei Zoll größer als Monk und – wie Aaron Clive gesagt hatte – von blendendem Aussehen.

»Habe mich schon gefragt, wann Sie kommen«, bemerkte er mit einem schiefen Grinsen und streckte Monk die rechte Hand entgegen. Sein Händedruck war kurz und fest. Dann führte er Monk in seine Kajüte hinunter. Diese war klein wie alle Räume in einem Schiff, aber ebenso schmuck wie der Rest.

»Tut mir leid, dass ich diesen Mann aus dem Wasser gefischt habe«, entschuldigte sich Gillander. »Er behauptete, er sei von der Polizei und müsse schleunigst stromabwärts zu seiner Dienststelle, um zu melden, dass der große Kerl mit dem Bart ertränkt worden war.«

Monk schnitt eine Grimasse. »Das habe ich schon gehört. Und als was hat er uns bezeichnet? Dass wir von der Wasserpolizei sind, hat er wohl eher nicht gesagt, oder?«

Gillander zuckte mit den Schultern. »Stimmt. Er behauptete, Sie und der Bärtige gehörten rivalisierenden Schmugglerbanden an, und er habe Glück gehabt, dass er mit dem Leben davongekommen sei.«

Monk überlegte einen Moment und fand nichts an der Geschichte auszusetzen. Sie klang durchaus plausibel. »War er verletzt?«, fragte er.

»Er meinte, die Schulter würde ihm wehtun und er müsse zum Arzt. Ich habe ihn dann zum nächsten Kai gebracht und dort abgesetzt.«

»Und dann?«

Gillander grinste. »Überprüfen Sie jetzt *mich*, Commander Monk?«

»Ja.«

Gillander lachte laut auf. Das hatte nichts Gezwungenes; die bloße Vorstellung schien ihn einfach zu amüsieren. »Na schön. Wahrscheinlich würde ich an Ihrer Stelle genauso denken. Ich brauchte noch Vorräte und habe mir ein paar Kerzen, Leinöl und ein bisschen Terpentin besorgt.« Er legte den Kopf schief. »Kann ich Ihnen einen Schluck Whiskey anbieten? Der Wind hier am Wasser ist so kalt wie das Herz einer Hexe.«

Das hörte sich gut an, verschaffte es Monk doch etwas mehr Zeit, sich ein Urteil über diesen Mann zu bilden. Zudem wollte er sich das Schiff näher ansehen. Es war wunderschön, schnell und so solide gebaut, dass es auch einen Seegang wie am Kap Horn bewältigen konnte. Und dass es sorgsam gepflegt wurde, war deutlich zu erkennen. Ganz offensichtlich war Gillander mehr als stolz auf seinen Schoner. Er liebte ihn, als wäre er aus Fleisch und Blut.

Gillander wiederum beobachtete Monk mit einem neugierigen Funkeln in den Augen. Er führte ihn weiter in die Kombüse und die dahinterliegende Kabine, wo sich der Kartentisch und seine Seekarten befanden. Da der Fluss nur wenig Bewegung zeigte, mussten sie kaum Schwankungen ausgleichen. Es war, als würde das Wasser unter ihnen sanft atmen.

In der Kabine gab es einen Bücherschrank mit einer magnetisch verschlossenen Glastür, die auch bei stürmischem Seegang zublieb. Gern hätte Monk die Buchtitel studiert, wollte aber nicht zu neugierig wirken.

Was er ausgiebig begutachtete, war die Einrichtung. Sie bestand aus altem Teakholz von kräftiger Farbe, das im Laufe der Jahre immer wieder geölt und poliert worden war. Auch die Messinggegenstände glänzten. Kein Fleck oder Streifen war darauf zu entdecken. Es bereitete Monk Vergnügen, sich hier umzusehen, denn – so merkwürdig ihm das erschien – in dieser Umgebung fühlte er sich wohl, ja, sie war ihm vertraut. Vielleicht zeigte sich die Liebe zu Schiffen in jedem auf die gleiche Weise.

Gillander öffnete ein Fach, das eine Whiskeykaraffe und Gläser enthielt, schenkte sich und Monk großzügig ein und reichte Monk ein Glas.

Sein Gast hielt es sich unter die Nase und sog das Aroma ein, ehe er an der goldgelben Flüssigkeit nippte. Ein exzellenter *Single Malt*. Gillander war jedenfalls kein Geizhals. Monk wollte mehr über diesen Mann erfahren.

Gillander hielt sein Glas hoch, neigte es fast unmerklich in Monks Richtung und nahm einen Schluck.

Soeben musste ein schwerer Kahn sie passiert haben, denn seine Bugwelle ließ den Schoner sanft schaukeln.

»Segeln Sie dieser Tage viel?«, fragte Gillander neugierig.

Monk zögerte kurz. Mit welcher Antwort würde er am wenigsten über sich verraten? »Nicht mehr viel. Für mich ist das schon lange her.«

Gillander musterte ihn und fuhr schließlich fort. »Waren Sie je auf einem hochseetauglichen Schiff wie dem hier?« Er lächelte. »Habe mit ihm Kap Horn umschifft. Es bewältigt einfach alles: Atlantik, Pazifik, die chinesischen Meere, die Karibik ...« Er hielt inne und wartete auf Monks Antwort.

Monk betrachtete das sympathische Gesicht, das in diesem Moment nichts als Lebensfreude und aufrichtiges Interesse ausdrückte. Der Mann stellte eine einfache Frage, und er wusste keine Antwort. So log er: »Meistens Nordsee. Aber die hat unzählige Launen.«

»Die Meere sind alle gleich«, erwiderte Gillander. »Sie lieben einen, oder sie töten einen. Wenn man ihnen lang genug Zeit lässt, tun sie wahrscheinlich beides. Aber, bei Gott, solange man am Leben ist, genießt man es in vollen Zügen! Erzählen Sie mir von dem Schönsten, was Sie je gesehen haben – außer Frauen!«

Monk zerbrach sich den Kopf darüber, wie er einigermaßen ehrlich klingen konnte, ohne mehr über sich preiszugeben, als er wollte.

»Ein Sonnenaufgang auf Holy Island im Sommer«, erklärte er schließlich. »Die See war spiegelglatt, und das Licht schien alles zu erfüllen.«

»Wie recht Sie haben«, stimmte Gillander ihm leise zu. »Es ist immer das Licht, nicht wahr? Und wie bei allem, was es wert ist, besessen zu werden: Versuchen Sie, die Hand darum zu schließen, und es ist weg. Möchten Sie noch einen Whiskey?«

»Nein, danke, ich muss meine Suche nach Owen fortsetzen. Aber eher finde ich wohl eine Nadel im Heuhaufen.«

5

Beata hatte die Einladung auf den Kaminsims in ihrem Boudoir gestellt und einen ganzen Tag lang hin und her überlegt, bevor sie eine Antwort schrieb. Den Salon benutzte sie nicht mehr. Er war, ganz nach Ingrams Vorstellungen, sehr förmlich eingerichtet worden und diente ausschließlich der Bewirtung von Gästen – mit anderen Worten: Er war dazu da, um zu beeindrucken. Außerdem musste Tag und Nacht ein Feuer im Kamin brennen, um genug Wärme zu erzeugen, damit man sich hier überhaupt aufhalten konnte. Vielleicht verkaufte sie das Haus noch vor Ende der Trauerzeit. Sie hatte nicht den geringsten Wunsch, noch länger hier zu leben.

Wie bei vielen begüterten Frauen war das Boudoir nicht nur ihr Ankleideraum, sondern zugleich ein nach *ihrem* Geschmack eingerichteter Salon und lag im selben Stockwerk und Gebäudeflügel wie ihr Schlafzimmer. Die Farben waren warm und klar, die Stühle bequem. Die Regale waren mit Büchern gefüllt, die sie tatsächlich las, darunter Romane von Jane Austen und den Brontë-Schwestern, mehrere Abenteuergeschichten und sehr viel Lyrik. Die wenigen Bilder an den Wänden stellten Erinnerungen dar, die sie in Ehren hielt, oder Träume, die sie sich noch nicht erfüllt hatte. Andere Gemälde waren einfach nur schön: sanftes Licht auf Wasser, wilde Vögel im Flug, aus einem Bergsee ragendes Schilf.

Sie musste die Einladung noch heute beantworten, sonst bedeutete das, dass sie sie praktisch ignorierte. Und es war albern, das noch länger hinauszuschieben, denn sie wusste längst, was sie schreiben wollte. Sie würde ihr Kommen ankündigen. Um abzusagen, hätte sie sich schon sehr krank fühlen müssen, und nie wäre sie so tief gesunken, dass sie log. Jetzt, da sie endlich frei war, selbst zu wählen, hatte sie nicht vor, ein von Ausreden und Unwahrheiten geprägtes Dasein zu führen. Was für eine Travestie das gewesen wäre!

Aaron und Miriam Clive hatten sie zum Dinner eingeladen. Ein gesellschaftliches Ereignis war das nicht. Solange sie Trauer trug, wäre so etwas völlig unpassend gewesen; die Nachricht hätte sich in Windeseile verbreitet, und die ganze bessere Gesellschaft hätte Bescheid gewusst. Nein, auf keinen Fall durfte sie den Anschein erwecken, sie würde sich vergnügen. Von Witwen wurde erwartet, ja, verlangt, dass sie für eine beträchtliche Zeit um ihren Gatten trauerten. Die einzige Möglichkeit, diesem Zwang zu entgehen, bestand darin, sich ins Ausland abzusetzen, doch darauf war sie nicht vorbereitet – noch nicht jedenfalls. Nein, bei dieser Einladung handelte es sich um ein privates Dinner, bei dem man ein Angebot erörtern würde, das Aaron Clive einer Universität gemacht hatte, nämlich in Ingram Yorks Namen und zu seinem Gedenken eine Professur für Rechtswissenschaften einzurichten und auf Dauer zu finanzieren.

Das war eine freundliche und äußerst großzügige Offerte. Auch wenn Aaron steinreich war, erregte er mit dieser Geste dennoch einiges Aufsehen, zumal er Ingram überhaupt nicht gekannt hatte. Unwillkürlich fragte Beata sich, ob er diesen Schritt ihretwegen unternehmen wollte. Natürlich war das in gesellschaftlicher und – wenn er darauf abzielte – politischer Hinsicht ein kluger Schachzug. Allerdings hatte Aaron es nicht nötig, sich politisch in Szene zu setzen; er genoss ohnehin hohes Ansehen. Er besaß unermesslichen Reichtum und einen diskreten, aber weitreichenden Einfluss. Außerdem schien sein Charme alle zu beeindrucken. Vor der Öffentlichkeit hatte er noch nie einen Fehler begangen. Aber das hatte auch Ingram nicht getan, jedenfalls nicht offiziell.

Was konnte Beata überhaupt zu dem Angebot sagen? Sie hatte keinen Grund, es abzulehnen. Ihr Widerstreben rührte ausschließlich von ihren eigenen Gefühlen Ingram gegenüber her. Die Vorstellung, dass junge Männer beim Studium des Rechtswesens seinen Namen in Ehren hielten und bewunderten, widerte sie an. Genauso gut hätte man menschliche Exkremente in eine Pfütze werfen können, aus der dann alle trinken mussten.

Doch solche Gedanken musste sie aussperren und sich selbst dazu erziehen, nur noch an den öffentlichen Mann zu denken, der außergewöhnlich gewesen war, bisweilen schroff, doch brillant in der Auslegung der Gesetze, unermüdlich in der Bearbeitung von Fällen und der Führung von Prozessen. Bis zu seinem Ende war er ein Streiter für die Sache der Justiz gewesen – oder zumindest für seine Auffassung davon. Gelegentlich hatte er seine Urteile gnädigerweise milder ausfallen lassen; wobei Beata sich gewünscht hätte, er hätte das öfter getan.

Entschlossen setzte sie sich an ihr Pult und verfasste ein Antwortschreiben, mit dem sie das Angebot der Einrichtung eines Lehrstuhls im Namen ihres verstorbenen Mannes annahm und zusagte, sich bei einem Dinner am nächsten Abend an der Erörterung der Natur eines solchen Geschenks zu beteiligen. Als sie mit dem Geschriebenen zufrieden war, klingelte sie nach ihrem Diener und bat ihn, ihre Antwort zur Post zu bringen. Sie würde bis zum Abend bei den Clives eintreffen.

Am nächsten Abend kleidete Beata sich besonders sorgfältig. Schwarz gefiel ihr nicht. Was sie liebte, waren zarte, heitere Töne. Ihre Haut war immer noch makellos, und die vereinzelten weißen Fäden fielen im natürlichen blassen Gold ihrer Haare gar nicht auf. Flieder und sanftes Grau, Farben, die gegen Ende der Trauerzeit akzeptiert wurden, standen ihr vorzüglich. Schwarz war wirklich eine entsetzlich schroffe Farbe, oder vielmehr Nicht-Farbe, aber noch war es zu früh, diese Kleider wegzuräumen.

Natürlich musste sie den Anstand wahren. Der Hals hatte unter hohen Kragen zu verschwinden, und Schmuck zur Linderung des tristen Eindrucks durfte nur sparsam angelegt werden. Ingram wäre begeistert gewesen, hätte er sie sehen können. Er war stets stolz auf ihre Schönheit gewesen, auch wenn er ihr selten Komplimente ohne Widerhaken gemacht hatte. Irgendein Haar hatte er in jeder Suppe gefunden.

Aber was hatte Schönheit schon zu besagen? Es waren das Herz und die Seele, die den Menschen ausmachten.

Beata hatte sich von ihrer Schneiderin bereits vor Längerem zwei oder drei schwarze Kleider nähen lassen. Sie waren schon vor Monaten fertig gewesen, als Ingram gerade erst ins Krankenhaus gebracht worden war. Jetzt wählte sie das am wenigsten schmeichelhafte Kleid aus und ließ sich von ihrer Zofe beim Zubinden helfen. Der Kragen reichte ihr fast bis zum Kinn und erweckte einen Eindruck, als verzehrte sie sich vor Trauer. Und was sagte das über sie aus? Was für eine Heuchlerin sie doch war.

Um die Taille war das Kleid eng, bevor es in einem weiten Rock aufsprang. Kurz, es war sehr unbequem. Aber darauf kam es nicht an. Sie musste ohnehin aufrecht dastehen und erhobenen Hauptes einherschreiten, sonst würde der Kragen sie erwürgen.

Als Schmuck waren Ohrringe aus Gagat angebracht. Die trugen fast alle Trauernden. Diamanten wirkten viel zu frivol.

Dann war die Anprobe überstanden. Sie dankte ihrer Zofe, erhob sich und schritt zur Tür. Auf halbem Weg blieb sie abrupt vor dem Spiegel stehen. Ihr eigenes Spiegelbild verblüffte sie. Wild und einsam sah sie aus, aber durchaus attraktiv – ganz in Mondlicht und Schatten getaucht. Die perfekte Witwe. Wie absurd!

Mit der Pünktlichkeit trieb sie nie Spielchen. Wenn man zu früh kam, bereitete man den Leuten Unannehmlichkeiten; zu spät einzutreffen war unhöflich. Eine allzu verspätete Ankunft, wie sie als mondän galt, um sich vor möglichst vielen Gästen einen spektakulären Auftritt zu verschaffen, war extrem arrogant und zeugte von schier unerträglicher Affektiertheit.

So traf Beata nur wenige Minuten nach der vereinbarten Zeit ein und wurde von Miriam in der Vorhalle empfangen. Wenn man Menschen mit den Jahreszeiten vergleichen wollte, war Miriam im goldenen Oktober. Ihr Haar war von der Farbe der letzten Blätter, ihr Kleid rostrot, mahagonibraun und schwarz; tief ausgeschnitten brachte es die Weichheit ihrer Haut und das Feuer des Topas an ihrem Hals wunderbar zur Geltung. Ihr Gesicht verriet dieselbe Schönheit und Leidenschaft, die Beata von früher in Erinnerung hatte. Die Zeit hatte sie verfeinert, ohne irgendwelche sichtbaren Makel zu hinterlassen.

»Danke für Ihr Kommen«, begrüßte Miriam sie lächelnd. »Ihnen wird im Augenblick nicht nach viel Gesellschaft sein, aber gerade deshalb freut es mich aufrichtig, Sie zu sehen.« Damit wandte sie sich um und schritt voran in den Salon. So hatte Beata kaum Zeit, die prachtvolle Vorhalle mit dem im Lichterglanz erstrahlenden, grandiosen Lüster zu bewundern. Der Boden war nicht mit einem Schachbrettmuster aus Marmorfliesen bedeckt, wie das in so vielen vornehmen Häusern der Fall war, sondern wies eine geschmackvolle Mischung aus verschiedenen Creme- und weichen Erdtönen auf, die die dunkleren Nuancen der Wandpfeiler zu beiden Seiten des Kamins betonten und trefflich zu den Wänden passten. Die gewundene Treppe im hinteren Bereich der Halle bestand nicht aus dunklem Holz, sondern aus gemeißeltem, abgerundetem Marmor.

»Wir haben sehr wenige andere Gäste eingeladen«, fuhr Miriam fort. »Eigentlich nur Giles Finch von der Universität und Lordrichter Walbrook, den Sie sicher schon kennen.«

»Nur oberflächlich«, murmelte Beata, angestrengt darum bemüht, sich seine Züge in Erinnerung zu rufen.

»Er ist ebenfalls seit Kurzem verwitwet.« Miriam öffnete die Tür zum Salon. Es war ein riesiger Raum mit zwei Kaminen und so viel Platz, dass sich zwei komplette Einrichtungsgarnituren darin unterbringen ließen, die äußersten Komfort boten. Die Schattierungen von herbstlicher Wärme und poliertem Holz wurden ergänzt durch einen ins Auge springenden, leuchtenden Ton irgendwo zwischen Blau und Grün, wie man ihn im Gefieder eines Pfaus oder auf erlesenem bemaltem Porzellan entdecken mochte.

Jäh schossen Beata Bilder aus einer über zwanzig Jahre zurückliegenden Zeit in den Sinn, als sie Ingram noch gar nicht gekannt hatte. Sie hatte ihre frühen Jahre im kalifornischen San Francisco verbracht, bevor an den von Sand und Kieselsteinen bedeckten Ufern des American River Gold entdeckt wurde und auf der halben Welt Investoren, Abenteurer und Minenbauer vom Goldfieber angesteckt wurden.

Sie war in England geboren, doch nach dem Tod ihrer

Mutter hatte ihr Vater beschlossen, seiner Abenteuerlust zu folgen, und sie in die Gebiete an der Westküste mitgenommen, die damals noch zu Mexiko gehörten. Nach ihrer Rückkehr ins heimische England und ihrer Hochzeit mit Ingram war vieles von ihrer wilden Vergangenheit beinahe in Vergessenheit geraten. Allerdings hatte sie einiges, über das sie mit niemandem sprach, unter erheblichen Anstrengungen in die abgelegensten Winkel ihres Gedächtnisses verbannt.

Auf einmal fielen ihr die frühen Missionsposten ein, die die Franziskanermönche an der Küste erbaut hatten. Wie spanisch die Gebäude in dieser Gegend aussahen – überall Säulen und Arkadengänge. Und die Namen rollten einem über die Zunge wie die Worte eines Liedes.

Mit neunzehn Jahren hatte sie sich in einen der Franziskanermönche verliebt. Immer noch hatte sie seine dunkelbraune Kutte mit der um die Taille geschlungenen Kordel und sein sanftes Lächeln vor Augen. Vielleicht war das lächerlich von ihr, doch seine religiöse Inbrunst hatte sie mit einer heftigen Sehnsucht erfüllt, ebenso tief empfinden zu können.

Natürlich war nichts zwischen ihnen passiert, aber die glühende Melancholie ihrer Träume war ihr im Gedächtnis geblieben. Sie dachte daran, wie sie unter der heißen Sonne mit ihm gesprochen hatte, krampfhaft darum bemüht, irgendetwas zu sagen, das er für klug halten würde. Sie hatte ihn mit aller Macht beeindrucken wollen. Wenn sie jetzt die Augen schloss, konnte sie immer noch den Staub riechen, das Wasser auf dem Stein und das intensive Aroma zerstoßener Kräuter. Das alles hatte sie oft in sich wachgerufen, wenn Ingram sie schändete, und so versucht, die Unschuld zurückzuholen, die damals in ihr gewesen war, und mit ihr die rituellen Worte der Vergebung, die der Geistliche gesprochen hatte.

Später waren sie und ihr Vater nordwärts nach San Francisco gezogen, dem kühleren hellen Licht des Meeres entgegen. Das war kurz nach der Entdeckung des ersten Goldes beim Bau einer Mühle gewesen. In jenen Tagen hatte ihr Vater sein Geschäft gegründet. Der Reichtum und die vielen neuen Leute waren so schnell gekommen, dass er jeden Tag bis in die frühen Morgenstunden arbeitete, um alle Aufträge bewältigen zu können. So wurde er reich. Damals hatte das Leben es noch gut mit ihnen gemeint.

Sie hatte geheiratet – keine sehr gute Partie, aber ihr durchaus angemessen. Eine Frau, die ledig blieb, kam damals nicht weiter, es sei denn, sie arbeitete als Schullehrerin oder etwas Ähnliches. An einer solchen Arbeit hatte sie allerdings kein Interesse gehabt, auch wenn sie rückblickend dachte, das wäre ein schöner Beruf gewesen. Sie wollte das Leben intensiver auskosten, als es in einem Klassenzimmer möglich gewesen wäre. Wie naiv von ihr! Das Eheleben war für sie damals ein unerforschtes Gebiet voller Hoffnungen. Gemeinsam mit ihrem Gatten hatte sie gute und schlechte Zeiten erlebt – wie wahrscheinlich alle jungen Frauen in ihrem Bekanntenkreis.

Doch dann war ihr Mann bei einer Schießerei wegen eines dummen Streits um Schürfrechte getötet worden. So wurde aus ihr eine achtbare Witwe, die keinerlei Bedürfnis hatte, noch einmal zu heiraten. Ihr Vater war von seinen Geschäften zu sehr in Anspruch genommen, um sie zu einer anderen Entscheidung zu zwingen. Das wiederum war ein Thema, das erneut ans Licht zu holen und näher zu betrachten sie immer noch nicht bereit war.

Nach wie vor hatte sie lebhafte Erinnerungen an San Francisco, wie es gleichsam über Nacht wuchs. Sie sah sich noch die Straße hinuntergehen, in der ihr Vater sein Warenhaus hatte, und hörte wieder die Rufe der Bauarbeiter, Zimmerer, Dachdecker und Lastenschlepper, die das Bauholz auf Pferdefuhrwerke luden. Täglich schossen neue Häuser in die Höhe, was jedoch nie zu genügen schien, denn mehr und mehr Schiffe trafen im Hafen ein.

Jeden Morgen zog sie in ihrem Schlafzimmer die Vorhänge zurück und spähte voller Vorfreude zum Fenster hinaus. Ihr Vater machte ihr regelmäßig luxuriöse Geschenke wie Gardinen, eine Zinnbadewanne mit Füßen oder weiche Lederstiefel. In ihrer Erinnerung mischten sich Freude und Schmerz mit ihrer Dankbarkeit für all die kleinen Dinge, die ihr damals so viel bedeutet hatten. Und dann war Trauer hinzugekommen: über die Art und Weise, wie er sich verändert hatte, und über seinen Tod.

Der Goldrausch hatte den Leuten den Kopf verdreht. Bald lagen so viele Schiffe dicht aneinandergedrängt in der Bucht, dass man dazwischen kaum noch das Wasser schimmern sah. Und sie brachten immer mehr Menschen aus allen Teilen der Welt, immer mehr Goldschürfer, Glücksspieler, Abenteurer – Männer und Frauen auf der verzweifelten Suche nach einem neuen Leben.

Mit ein paar von ihnen hatte sie sich angefreundet. Sie hatte noch Polly in Erinnerung, die bei ihrer Ankunft eine dralle junge Frau mit strahlenden Augen gewesen war. Wenige Monate später war sie abgemagert, hatte ein eingefallenes Gesicht, stand endlos lange mit hochgeschlagenem Rock im Wasser und schwenkte Stunde um Stunde ihre Siebe, in der Hoffnung, Goldbrösel aus den Kieseln herauszufiltern. Sie und ihr Mann hausten am Flussufer, kochten über offenem Feuer und schliefen auf der Erde. Ob sie jemals etwas gefunden hatten, erfuhr Beata nicht.

Ein Schiff ums andere drängte in die Bucht. Allzu oft wurden ihre Besatzungen vom Goldfieber angesteckt und ließen alles stehen und liegen, um ebenfalls nach dem begehrten Metall zu schürfen. Die Kapitäne waren gezwungen, im Hafen zu bleiben. Sie hatten niemanden mehr, der die Segel bediente oder die anfallenden Arbeiten verrichtete. Am Ende gingen auch sie an Land und nahmen alles mit, was sie verkaufen konnten. Einige Schiffe wurden sogar zerlegt und die wertvollen Holzbalken für den Bau von Häusern verwendet.

Und genau in diesem Bereich hatte Beatas Vater sein Geld verdient. Später hatte Beata versucht, all das aus ihrem Gedächtnis zu streichen, doch jetzt schwappte es über sie hinweg wie eine hereinströmende Flut. Bei Aaron und Miriam lag diese Zeit noch nicht so lange zurück, während Kalifornien für ihre anderen Gäste, Finch und Walbrook, nichts weiter war als ein Phantasiegespinst.

Und nun unterhielt sich Beata in diesem prachtvollen Salon mit Miriam, als wären all die Jahre geschmolzen wie Schnee und hätten nur die spärlichen Spuren eines einzigen Winters zurückgelassen.

Zunächst bewunderte sie den Salon, dann betrachtete sie die Gemälde und erkannte den Ort wieder, den sie darstellten.

»San Juan Capistrano!«, rief sie entzückt und spürte, wie sich ihre Wangen röteten. Das war der Ort, wo sie sich einst in den Priester verliebt hatte. Die Zeit seither schien sich mit einem Mal zu einer schieren Ewigkeit auszudehnen. War sie wirklich so jung gewesen?

Lachend stellte sich Miriam neben sie, wurde jedoch schnell ernst. »Lange her, nicht wahr?«, sagte sie leise. »Denken Sie oft an damals zurück?«

Beata blickte sie von der Seite an und erkannte, dass ihrer alten Freundin Tränen in die Augen getreten waren.

Im nächsten Moment war diese Sentimentalität wieder verflogen, und sie sprachen – vielleicht ein wenig zu fröhlich – über andere Dinge, bis Aaron, Lordrichter Walbrook und Dr. Giles Finch sich zu ihnen gesellten. Sogleich verfielen alle in den üblichen Austausch von Formalitäten: Beileidsbekundungen, höfliche Bemerkungen über Ingram York und darüber, wie sehr man ihn vermissen würde, welch eine Zierde er für das Rechtswesen dargestellt habe. Barmherzig und berechenbar. Beata gab die richtigen Antworten, stets in der Hoffnung, dabei die Würde zu wahren.

Doch nahm ihr das überhaupt jemand ab?

Auch Dr. Finch bemerkte nun das Gemälde von San Juan Capistrano, äußerte seine Bewunderung und fragte, ob der Ort sich in der Nähe von San Francisco befand.

Aaron erklärte, dass er tatsächlich an der kalifornischen Küste lag, aber mehrere hundert Meilen weiter südlich, viel näher bei der Grenze zu Mexiko. Erwartungsgemäß wandte sich die Konversation dem Goldrausch zu, den Vermögen, die entstanden waren, und den Veränderungen, die so schwindelerregend schnell eingetreten waren. Man sprach über Luftschlösser, die über Nacht in sich zusammenfielen. Über Leute, die gestern bettelarm gewesen waren und mit einem Mal zu den Giganten unter den Reichen, den Industriellen, den Grundbesitzern und zu guter Letzt sogar den Regierenden zählten. Diese Verhältnisse wurden denjenigen in England gegenübergestellt, wo Reichtum und Privilegien in der Regel von einer Generation an die nächste weitergegeben wurden.

»Auch wir hier erlebten Veränderungen«, sagte Dr. Finch. »Aber das ist schon lange her.«

Aaron grinste. »Die Eroberung durch die Normannen?«

»Oh, durchaus auch noch danach«, erwiderte Finch achselzuckend. »Die Reformation. Erst die katholischen und protestantischen Märtyrer, dann andersherum, das berüchtigte Hin und Her zwischen Henry VIII., Mary der Blutigen und dann Elizabeth. Später natürlich der Bürgerkrieg. Charles I. mit seinem Sonderzoll für die Küstenstädte, seinen Steuern, dem göttlichen Recht für Könige und so weiter. Nach ihm Oliver Cromwell mit den Puritanern. Ziemlich düster für meinen Geschmack. Dieser blindwütige Hass auf jegliche Kunst. Keinerlei Humor. Ich weiß nicht, wie jemand den Mut aufbringen kann, niemals zu lachen. Und schließlich die Restauration. Charles II. – und plötzlich schlug das Pendel ins andere Extrem aus.«

»Vielleicht steht uns ja bald ein neuerlicher Umsturz bevor«, regte Lordrichter Walbrook mit einem sehr dünnen Lächeln an. »Leider ist zu bezweifeln, dass die Entdeckung von Gold dahinterstecken wird.«

»Die Entdeckung von Gold hat ihre Nachteile«, sagte Miriam leise. »Da wurden zwar in Windeseile viele Vermögen gemacht, aber es hat auch eine Menge Tote gegeben, Opfer von Gewalttaten – die meisten davon Männer, die noch jung waren. Dazu die große Armut neben dem Reichtum.«

Beata warf ihr einen neugierigen Blick zu. Ihr fiel der Schmerz in Miriams Stimme auf, ehe sie ihre Selbstbeherrschung wiedergewann.

Auch Finch betrachtete sie interessiert. Hatte er ihre Gefühle ebenfalls bemerkt, oder musterte er sie einfach, so wie viele Männer eine schöne Frau betrachteten?

Miriam senkte den Blick, und mit einem winzigen, fast entschuldigenden Lächeln fuhr sie fort: »Aaron hat seinen Cousin Zachary verloren, noch bevor der Goldrausch richtig begonnen hatte. Sie waren fast wie Brüder. Zack war einer der besten Männer, die ich je gekannt habe.« Ihre Stimme wurde leiser. »Er starb, als er einen alten Mann gegen eine Horde betrunkener Schläger verteidigte. Die Kerle wurden am Schluss gelyncht, aber Zachary war nicht mehr zu helfen. Ich glaube, die Mörder kamen erst gar nicht vor Gericht, sondern wurden gleich am erstbesten Baum aufgeknüpft. Nicht dass es irgendwelche Zweifel an ihrer Schuld gegeben hätte …«

Aller Augen ruhten jetzt auf Miriam, einzig Beata wandte sich ab und betrachtete Aaron, nur um das sogleich zu bedauern. In seinem Gesicht entdeckte sie den Ausdruck eines übermächtigen Gefühls von Verlust, als wäre die Trauer immer noch so frisch wie vor vielen Jahren. Auf einmal kam sie sich wie eine Voyeurin vor, die kein Recht hatte, hier zu sein, geschweige denn, jemanden in einem so intimen Moment zu beobachten.

Wieso um alles auf der Welt hatte Miriam diese schreckliche Sache erwähnt? Noch dazu vor Menschen, die sie kaum kannte? Wie konnte sie nur so unsensibel sein?

»Und ich habe meinen ersten Mann verloren«, erzählte Miriam weiter. Jetzt klang ihre Stimme vor Schmerz gepresst. »Er ist – auch umgebracht worden.«

»Das tut mir schrecklich leid«, sagten Finch und Walbrook fast wie aus einem Mund.

Erneut blickte Beata Aaron an, doch diesmal verriet seine Miene nichts. Ihr fiel wieder ein, wie ihr damals die Nachricht vom Tod ihres ersten Mannes überbracht worden war, welchen Schock das für sie bedeutet und welche Leere sie auf einmal empfunden hatte. Es war im Vorgebirge geschehen, wo die Claims, die jeder abgesteckt hatte, keinerlei Sicherheit boten. Das war eine Gegend, in der Gesetze nichts galten und so etwas wie Gemeinschaft praktisch nicht existierte. Miriams erster Mann, Piers Astley, war Aarons Vertrauter gewesen, ein Mann, der allseits respektiert wurde. Aber vielleicht war gerade das der Grund für seine Ermordung.

Doch wer wusste schon, wie ein Mann sich verhielt, wenn die Türen geschlossen waren und niemand ihn sah außer seiner Frau? Jetzt saßen sie im zivilisierten London um diesen reich gedeckten und eleganten Tisch, allesamt in kostbare Kleider gehüllt, und verzehrten die vorzüglichsten Speisen, die man in diesem Land bekommen konnte. Sie aßen mit silbernem Besteck von Porzellantellern und tranken erlesenen Wein, der in Gläsern aus geschliffenem Kristall schimmerte. Anlass ihres Beisammenseins war die Ausstattung eines Lehrstuhls an der Universität zu Ehren von Ingram York, Richter am High Court, gewalttätiger Ehemann, der seine Frau nicht nur brutal schlug, sondern auch seine abartigen sexuellen Gelüste an ihr befriedigte.

Einen Augenblick lang befürchtete Beata, sich gleich übergeben zu müssen, doch dann gelang es ihr, den Drang zu unterdrücken. Sittsam nippte sie an ihrem Wein, den Blick auf ihren Teller gesenkt, damit ihr niemand in die Augen schauen konnte.

Inzwischen drehte sich das Gespräch wieder um Zachary Clive und darum, was für ein wunderbarer Mensch er gewesen war. Aarons Gesichtsausdruck wurde weich bei der Erinnerung an Zachs Rechtschaffenheit, seine Großmut, all das, was er geliebt und worüber er gelacht hatte.

Wieder bemerkte Beata Tränen in Miriams Augen. Was war damals nur geschehen? Und warum hatte es auch heute noch eine so große Bedeutung?

Erst als der letzte Gang aufgetragen wurde, kehrten sie zum eigentlichen Thema zurück – Ingram York.

Finch wandte sich an Beata. »Es muss extrem schwer für

Sie sein, sich schon so früh mit dieser Angelegenheit zu befassen, Lady York«, begann er in sanftem Ton. »Aber es sind so viele Vorbereitungen zu treffen, wenn der Lehrstuhl bis Ende des nächsten Jahres fertig eingerichtet sein soll. Das Einzige, worum wir Sie bitten, ist die Genehmigung, die Professur mit dem Namen Ihres verstorbenen Mannes zu ehren. Wir glauben, das wäre ein äußerst passender Tribut zu seiner Erinnerung und von weit größerem Nutzen für die Gesellschaft als eine Marmorbüste, Gedenktafel oder irgendeine Statue. Wir haben das große Glück, dass Mr Clive sich erboten hat, die für die Verwirklichung des Projekts erforderliche finanzielle Unterstützung zu gewähren.«

Beata nickte. »Wir haben in der Tat mehr als genug Statuen und Gedenktafeln. Ich weiß nicht, warum Mr Clive sich so großzügig zeigen möchte, aber ich bin ihm zutiefst dankbar.« Um ihren Worten jede denkbare Schärfe zu nehmen, richtete sie sich lächelnd an Aaron. »Ich wusste gar nicht, dass Sie meinen Mann überhaupt kannten.«

Aaron erwiderte ihr Lächeln, und sein Gesichtsausdruck wirkte dabei so aufrichtig, offen und entwaffnend, wie Beata es selten bei jemandem erlebt hatte. »Ich kannte ihn tatsächlich nicht, Lady York. Aber ich habe einige seiner Urteile gelesen, die er vor Jahren gefällt hat. Und die haben mich so beeindruckt, dass ich jetzt diesen Lehrstuhl zu seinen Ehren stiften möchte, denn wie er glaube ich an die Weisheit des Gesetzes und an seine Klarheit. Und kommt auch noch Gnade hinzu, hat es die Macht, uns alle vor der Anarchie zu schützen, ob im industriellen oder im zivilen Bereich. Ich selbst habe keinerlei Einfluss auf das Recht – meine Geschäfte tätige ich mit Grundstücken und im internationalen Handel, und vielleicht habe ich hier ein wenig Einfluss. Ich kann aber viel mehr im Namen eines herausragenden Richters bewirken, dessen Ruf weithin in Ehren gehalten wird und der leider viel zu früh gestorben ist.«

Er warf Miriam einen Blick zu, nur um sich gleich wieder auf Beata zu konzentrieren. »Ich möchte, dass zwei Professoren für diesen Lehrstuhl berufen werden, die das Recht als hohes Ideal betrachten und es mit der Kraft eines erhabenen Schwertes schützen, das aus weiß glühendem Metall geschmiedet und im reinen Eiswasser der Logik und Unparteilichkeit gehärtet wurde. Hoffentlich betrachten Sie das als eine würdige Maßnahme, die in die Zukunft weist, und als angemessene Huldigung Ihres Mannes, damit sein Andenken fortdauert und auch in kommenden Jahren Früchte trägt.«

Miriam rutschte fast unmerklich auf ihrem Stuhl herum.

Beata hätte sie gern angeblickt, wagte es aber nicht. »Ein trefflicheres Ehrenmal könnte sich niemand wünschen«, erklärte sie. Was hätte sie sonst auch sagen können? Dass Ingram einer Ehrung absolut unwürdig war? Dass er *früher* vielleicht einmal ein guter Jurist gewesen war? Aber das Letzte, was sie wollte, war, seine widerwärtigen intimen Praktiken in der Öffentlichkeit auszubreiten! Wenn sie sich überhaupt noch einen Rest an Ehre bewahren wollte, würde sie die Lüge bis zur Perfektion leben müssen. Ihr Privatleben ging niemanden etwas an. Mehr noch, sie war um ihres Überlebens willen darauf angewiesen, es zu schützen.

Sie zwang sich, Aaron Clive anzulächeln. »Was Sie in Gang gesetzt haben, ist wirklich wunderbar. Verzeihen Sie mir, wenn ich überwältigt bin.«

Clive streckte die Hand über den Tisch aus und berührte leicht die ihre. »Aber natürlich«, murmelte er. »Es tut mir leid, dass ich Ihnen in dieser Sache eine solche Eile zumute. Ich hätte Ihnen Zeit für die Trauer lassen und erst später an

Sie herantreten sollen, aber ich möchte diese Angelegenheit so schnell wie möglich erledigen.« Er wandte sich Finch zu. »Vielleicht sogar schon bis zum nächsten akademischen Jahr, wenn das zu bewältigen ist?«

»Ich sehe nichts, was dagegen spräche«, erwiderte Finch. »Sofern Lady York ihre Zustimmung erteilt.«

Miriam erhob sich unvermittelt, die Augen fest auf Beata gerichtet. »Wollen wir die Herren ihrem Portwein überlassen? Wir könnten im Gesellschaftszimmer nebenan unseren Tee einnehmen und vielleicht ein paar Leckereien naschen, was meinen Sie? Lieben Sie Pralinen noch immer so wie früher? Trüffel? Ich habe ein paar aus Belgien hier. Die besten, nicht wahr?«

Zwanzig Jahre waren seitdem vergangen, doch Beata erinnerte sich noch gut daran, als sie mit Miriam in ihrem Haus in San Francisco zusammengesessen und beobachtet hatte, wie der Wind die Bucht aufwühlte und die Schatten einander übers Wasser jagten. Angeregt miteinander über ihre Geheimnisse tuschelnd und immer wieder lachend hatten sie zu zweit eine Schachtel Pralinen geleert. Wieder fühlte sich Beata in jene wilden und unschuldigen Tage zurückversetzt, als wäre das alles erst eine Woche her.

Sie erhob sich ebenfalls und stützte sich für einen Moment auf die Tischplatte, ehe sie mit einem Lächeln erwiderte: »Allerdings, und ich liebe sie immer noch.«

Der Raum nebenan war geheizt, kleiner und intimer und für eine zwanglose Plauderei unter Frauen genau das Richtige. Beata tat es gut, dass sie nur zu zweit waren. Was die Trauerzeit betraf, hatte man schlichtweg keine Wahl, und gleichgültig, wie schrecklich man sich dabei fühlte, man musste sich den Konventionen fügen. Beata hätte sich gern eine richtige Beschäftigung gesucht, und sei es auch nur

Handarbeiten, das Arrangieren von Blumen oder das Ausbessern von Stickereien.

Oliver Rathbone hatte ihr oft von Hester Monks Klinik in der Portpool Lane erzählt, und jetzt, da Miriam sich danach erkundigte, wie sie ihre Tage ausfüllen wollte, antwortete sie aufrichtig: »Lieber würde ich Böden schrubben, als überhaupt nichts tun. Vielleicht suche ich mir eine Aufgabe, die als *achtbar* gilt.« Sie betonte das Wort leicht ironisch, meinte es aber ernst. Was war man denn schon, wenn man nichts zu tun hatte?

»Wirklich?«, rief Miriam ungläubig. »Den Boden bei Ihnen daheim werden Sie wohl kaum schrubben. Welche Art von Gebäude schwebt Ihnen denn vor?« Ihre Augen lachten, doch sie versuchte tapfer, das zu verbergen. Hatte sie Beata schon jetzt so gründlich durchschaut? Vor zwanzig Jahren hatten sie einander gut gekannt, aber das war in einer anderen Welt gewesen, Tausende Meilen von London entfernt – und in einem anderen Zeitalter.

»Eine Frau, die ich zwar nicht persönlich kenne, von der ich aber viel gehört habe, betreibt eine Klinik für Straßenmädchen, die verletzt oder krank sind …«

»Das klingt ja entsetzlich!«, rief Miriam kopfschüttelnd. »Unterbricht sie zu jeder vollen Stunde die Arbeit, um zu beten oder ihnen eine Predigt über die Tugend zu halten?«

»Lieber Himmel!« Fast hätte Beata laut aufgelacht. »Das glaube ich nicht. Im Krimkrieg war sie Krankenschwester bei der Armee. Wie ich gehört habe, soll sie sehr streitbar sein. Ich würde bezweifeln, dass Tugend in ihren Augen Abstinenz bedeutet. Wie ich das sehe, versteht sie etwas ganz anderes darunter: Mut, Mitgefühl und Integrität – damit meint sie uneingeschränkte Aufrichtigkeit sich selbst, aber auch anderen gegenüber.«

»Na, jetzt brauche ich aber einen Leckerbissen.« Miriam nahm sich eine Praline und schob die Schachtel zu Beata hinüber, die sich ebenfalls bediente.

Das Gespräch zwischen den zwei Frauen plätscherte angenehm dahin. Sie tauschten Erinnerungen aus und sprachen über Dinge, die sie gegenwärtig beschäftigten. Ohne sich bewusst zu sein, wie es dazu gekommen war, erzählte Beata Miriam unversehens von Oliver Rathbone und William Monk. Auf Miriams Rückfrage berichtete sie ihr alles, was sie über Monk wusste, also im Wesentlichen das, was sie von Oliver gehört hatte.

Miriam lauschte mit großem Interesse, als wäre es ihr tatsächlich wichtig. Das ging weit über die Aufgaben einer höflichen Gastgeberin hinaus. Oder vielleicht wollte sie Beata einfach nur von ihren trüben Gedanken ablenken. Jedenfalls bedeutete es für Beata eine Erleichterung, über etwas sprechen zu können, das keine persönlichen Gefühle betraf. Daher beschrieb sie Monk so lebhaft sie konnte, auch wenn sie sich größtenteils auf Olivers Beschreibung von Monks Natur, seiner Hartnäckigkeit und seiner Fähigkeit, Schlussfolgerungen zu ziehen, stützte.

»Das klingt ja furchterregend«, stellte Miriam vergnügt fest. »Vor ein paar Tagen hat es am Fluss unten in der Nähe von Aarons Warenlager eine Verfolgungsjagd auf einen geflohenen Strafgefangenen gegeben. Vier Männer sind dabei ins Wasser gefallen, der Geflohene, ein Beamter von der Zollpolizei und zwei Mitglieder der Thames River Police. Nach Aarons Schilderung war es eine ziemliche Katastrophe. Der Flüchtige ist entkommen, der Zollbeamte ertrunken, und die zwei Polizisten mussten unangenehme Fragen beantworten. Dabei soll einer von den beiden sogar der Kommandant gewesen sein. Ich glaube, Aaron hat gesagt, sein Name sei

Monk. Könnte das derselbe Mann gewesen sein, von dem Sie gerade gesprochen haben? Anscheinend war er derjenige, der ins Wasser gesprungen ist und den Mann vom Zoll an Land gezogen hat, ihn am Ende aber trotzdem nicht retten konnte.«

Beata nickte. »Das klingt ganz nach ihm.«

Lächelnd erwiderte Miriam: »Nicht jeder würde im November in die Themse springen, um einen Wildfremden vor dem Ertrinken zu bewahren. Dieser Monk scheint wirklich hochinteressant zu sein. Irgendwie erinnert er mich an einen jungen Mann, den ich vor Jahren in San Francisco kannte. Schlank, knochig und sehr kräftiges, dunkles Haar und ein intelligentes Gesicht, dazu Schlagfertigkeit und einen trockenen Humor. Ich mochte ihn, obwohl er mir fast ein wenig unheimlich war.« Sie betrachtete die Falten des Vorhangs, als blickte sie in eine andere Welt. »Bei ihm hatte ich das Gefühl, dass ihn nichts auf der Welt aufhalten konnte, wenn er erst einmal einen Entschluss gefasst hatte. Nach ungefähr einem Jahr verschwand er spurlos, und ich habe keine Ahnung, was aus ihm geworden ist. Er und dieser Kommandant – könnten sie wohl identisch sein?« Sie starrte Beata fragend an.

»Das glaube ich nicht«, erwiderte Beata. »Ihre Beschreibung trifft wahrscheinlich auf eine ganze Menge von Abenteurern zu, die damals nach Kalifornien strömten. Kam es Ihnen denn so vor, als könnte er einen guten Polizisten abgeben?«

Miriam lachte. »Nicht im Geringsten! Ich fand ihn lediglich interessant. Gefährliche Männer habe ich schon immer gemocht.«

»Nun, soweit ich mich erinnere, wimmelte es in San Francisco von Kerlen dieser Sorte.«

Beide Frauen lachten noch, als der Butler eintrat, um Miriam mitzuteilen, dass ein gewisser Mr McNab draußen war und fragte, ob sie ein paar Minuten für ihn erübrigen könne.

Überrascht und etwas verunsichert sah sie auf. »Sie sind sicher, dass es nicht Mr Clive ist, den er sprechen will?«

»Absolut, Ma'am«, erwiderte der Butler. »Er drückte sich sehr deutlich aus. Soll ich ihn ins Frühstückszimmer führen? Ich fürchte nur, dass das Feuer dort erloschen ist und der Raum nun abgekühlt ist.«

Miriam zögerte.

Beata nutzte die Pause, um aufzustehen. »Bitte entschuldigen Sie mich für ein paar Minuten. In der Zwischenzeit können Sie Mr McNab ja hier empfangen. Leider haben wir offenbar fast alle Pralinen gegessen! Ich komme zurück, wenn er fort ist.« Ohne Miriams Antwort abzuwarten, schritt sie zur Tür.

Der Butler hielt sie ihr auf, und sie trat in die Vorhalle. Noch war ihr nicht so recht klar, was sie in der Zwischenzeit tun sollte, aber die Vorhalle war hübsch, und die Bilder und Gegenstände dort bargen auch für sie viele Erinnerungen.

Als sie an dem Mann, der McNab sein musste, vorbeikam, nahm sie ihn mit einem knappen Nicken zur Kenntnis.

Gleich darauf stand sie in der Vorhalle und bewunderte eine kunstvolle Silberarbeit in einer Nische. Dann bewegte sie sich auf ein Bild zu, das in der Nähe der angelehnten Tür zum Gesellschaftszimmer hing. Als Beata von drinnen Stimmen hörte, verharrte sie regungslos. Es war der Name Monk, der ihre Aufmerksamkeit auf sich zog und sie schamlos lauschen ließ.

»Ich brauche mehr Informationen!«, forderte der Besucher mit lauter Stimme. Das konnte nur McNab sein. Der Mann klang wütend und eindringlich.

»Warum?«, fragte Miriam. Ihr Ton war ruhig, verriet aber

Ungeduld. Selbst dieses kurze Wort ließ Beata bereits ahnen, dass Miriam den Besucher nicht ausstehen konnte. Miriam war höflich, nicht mehr, obwohl sie eine Frau war, die Menschen mit einem einzigen Blick verzaubern und die mit ihrem Lachen Herzen zum Schmelzen bringen konnte.

»Für Ihre Zwecke ist das doch sicher ausreichend.«

»Beantworten Sie einfach meine Frage«, entgegnete McNab gelassen.

»Ich weiß nicht, was Sie noch wollen. Ich habe es Ihnen doch schon gesagt: überdurchschnittlich groß, gertenschlank, aufrechte Haltung, dunkles Haar, Augen von einem so dunklen Grau, dass sie mir manchmal schwarz vorkamen.«

»Sein Name, Frau!«, bellte McNab. »Diese Beschreibung könnte auf Hunderte von Männern passen und auf die Hälfte aller Spanier und Italiener dieser Welt!«

»Ich wiederhole es noch einmal«, entgegnete Miriam mit kaum verhohlener Ungeduld. »Ich glaube, dass er Monk hieß, bin mir aber nicht sicher. Es hätte auch etwas ähnlich Klingendes sein können. Um Himmels willen, er war Seemann, Kapitän eines kleinen Schoners, ein Glücksritter, der darauf aus war, ein Vermögen zu machen.«

»Und Sie haben ihn zusammen mit Ihrem ersten Mann, Astley, gesehen?«, beharrte McNab.

»Ja, wenn auch nur kurz und aus der Ferne.«

»Wie oft?«

»Achten Sie auf Ihr Benehmen, Mr McNab!« Miriams Stimme klang jetzt hart. Wenn er glaubte, sie würde sich einschüchtern lassen, hatte er sich gründlich getäuscht. Miriam hatte schon andere niedergestarrt, die von größerem Format waren als dieser McNab.

»Vergessen Sie nicht, was Ihnen selbst wichtig ist, Mrs Clive«, knurrte McNab, doch er klang bei Weitem nicht mehr so aggressiv. »Wenn er dort war, ist Ihnen damit genauso geholfen wie mir.«

»Und war er dort?«, fragte sie. »Sind Sie sicher?«

»Noch nicht«, gab McNab zu. »Aber ich werde es noch herausfinden. Glauben Sie mir, Mrs Clive, bald werde ich sicher sein. Übrigens: Wer ist diese Frau in Trauerkleidung? Welche Rolle spielt sie in dieser Angelegenheit?«

»Lady York ist eine Freundin von mir. Sie hat gerade erst ihren Mann verloren. Sie hat mit alldem nicht das Geringste zu tun. Und wenn Sie auch nur über ein bisschen Einfühlungsvermögen verfügen, gehen Sie einfach höflich an ihr vorbei, wünschen ihr einen angenehmen Abend und entschuldigen sich für die Störung. Ich habe Ihnen bereits erzählt, was sie gesagt hat. Wenn ich mehr höre, erfahren Sie es. Und jetzt gehen Sie!«

Beata entfernte sich eilig und – wie sie hoffte – lautlos von der Tür. Als sie McNab in die Vorhalle treten hörte, tat sie so, als betrachtete sie das Gemälde einer Frau mit einem Korb voller Blumen, deren helle Blüten sich über das geflochtene Stroh zu beugen schienen. Beim Klang seiner Schritte drehte sie sich zu ihm um, wie das wohl jeder getan hätte.

Er hielt inne und trat dann auf sie zu.

Sie schluckte. Er durfte nicht einmal den Hauch eines Verdachts schöpfen, dass sie gelauscht hatte.

»Guten Abend, Lady York«, sagte er etwas steif. »Mein Name ist McNab. Ich möchte mich dafür entschuldigen, dass ich in Ihre Abendgesellschaft hineingeplatzt bin. Ich versichere Ihnen, hätte es sich nicht um eine Angelegenheit von einer gewissen Dringlichkeit gehandelt, hätte ich Sie gewiss nicht gestört.«

Sie schenkte ihm ein unschuldiges Lächeln. »Ich bitte Sie, das war doch keine Störung.«

»Außerdem habe ich erfahren, dass Ihr Mann verstorben ist«, fügte er leise hinzu. »Darf ich Ihnen mein Beileid aussprechen? Es gibt nichts Grausameres im Leben als den Verlust eines geliebten Menschen.«

Sein Gesichtsausdruck verriet tiefen Schmerz, was Beata jeden Wind aus den Segeln nahm. In kühlem Ton konnte sie ihm jetzt nicht mehr antworten.

»Da haben Sie vollkommen recht, Mr McNab«, erwiderte sie leise. »Ich sehe, dass Ihre Anteilnahme von Herzen kommt, und bin Ihnen sehr dankbar dafür.«

Er neigte den Kopf gerade tief genug, dass es als höflich gelten konnte. »Ma'am.« Damit schritt er zur Tür, wo der Butler schon darauf wartete, ihn hinauszulassen.

Am nächsten Tag zog Beata zu einem schlichten schwarzen Kostüm einen schweren Paletot an, um unter all den anderen Passantinnen in der Gray's Inn Road nicht weiter aufzufallen, wo sie aus der Droschke stieg und die kurze Strecke zur Portpool Lane zu Fuß zurücklegte. Es war ein Versuch aufs Geratewohl, denn es war ihr nicht gelungen, sich vor ihrem Aufbruch zu vergewissern, dass Hester Monk am späten Vormittag tatsächlich in der Klinik sein würde. Aber sie war zuversichtlich. Selbst wenn sie umsonst kam und den gleichen Weg später noch einmal antreten musste, störte sie das nicht. Sie hatte ohnehin nichts Wichtiges zu tun. Genau das gehörte ja zu den größten Ärgernissen der Trauerzeit: die fürchterliche Langeweile.

An der Ecke zur Portpool Lane angekommen, überprüfte sie zunächst, ob die Straße wirklich die richtige war. Der Bürgersteig war so schmal, dass keine zwei Personen nebeneinander gehen konnten, und die Pflastersteine waren nicht nur uneben, sondern obendrein mit Eis bedeckt, nachdem

Wasser von den überstehenden Dachsparren herabgetropft und über Nacht gefroren war. Überall hingen die Gerüche von faulendem Holz und Abwässern in der Luft. Doch sie durfte jetzt nicht aufgeben. Dafür war es ihr einfach zu wichtig, Hester kennenzulernen. Wenn sie Oliver liebte und davon träumte, ihn eines Tages zu heiraten, sofern er sie darum bat, musste sie mehr über jene Frau erfahren, für die er einmal tiefe Gefühle gehegt hatte. Vor Margaret Ballinger hatte sie keine Angst. Sie hatte einen Schmerz in sich getragen, in dem das Ende der Ehe mit Oliver von Anfang an angelegt gewesen war. Mit ihr brauchte Beata wahrlich den Vergleich nicht zu scheuen.

Hester war anders. Oliver sprach immer noch viel von ihr, und das nicht nur mit Respekt, sondern voller Bewunderung. Allein schon wenn er an sie dachte, leuchteten seine Augen. Ihre Schönheit lag in ihrem Inneren, nicht im Äußeren, und das bedeutete, dass sie nie verblassen würde. Mehr noch, wahrscheinlich gewann sie mit der Zeit noch zusätzlich an Tiefe.

Äußerlich war Beata schön; das wusste sie, was immer Ingram auch gesagt haben mochte. Es war ihr Inneres, das sie im Stich gelassen hatte, diese Schwäche, aufgrund derer sie nachgegeben hatte, statt sich zu wehren, was dann zu noch mehr Gewalt, noch mehr Demütigungen geführt hatte. Und warum hatte sie diese Erniedrigungen überhaupt ertragen? Weil sie keinen Weg gesehen hatte, ihnen zu entgehen und unbeschadet zu überleben. Hester hingegen hatte auf dem Schlachtfeld überlebt! Ihr Mut musste unbezwingbar, ja, übermächtig sein. Wie konnte eine andere Frau sich jemals mit ihr messen?

Beata blieb einen Moment lang stehen. Gewaltig und düster ragte die Brauerei vor ihr auf. Die gegenüberliegende

Straßenseite wurde von einem Gebäudekomplex beherrscht, der einst ein Bordell gewesen war und jetzt die Klinik beherbergte.

Beata trat durch die Eingangstür und steuerte auf das kleine Empfangspult zu. Würde man sie für ein in Not geratenes Straßenmädchen halten? Der Gedanke belustigte sie. Trotz ihrer Situation musste sie lächeln. Ingram würde einen Tobsuchtsanfall bekommen, könnte er sie jetzt sehen.

Eine einfach wirkende Frau mittleren Alters kam aus einer von mehreren Türen und näherte sich ihr. Aus ihrem ruhigen Blick und ihrer souveränen Haltung sprach eine einzigartige Würde.

»Kann ich Ihnen helfen?«, fragte sie, ohne irgendwie zu erkennen zu geben, dass sie sich bereits ein Urteil darüber gebildet hatte, wer Beata sein mochte.

»Danke …« Jetzt, da es so weit war, blieben Beata auf einmal die Worte im Hals stecken. Das war doch absurd! Sie war gekommen, um Hilfe anzubieten, und nicht, um darum zu betteln. Sie räusperte sich. »Mein Name ist Beata York. Ich möchte Mrs Monk sprechen und sie fragen, ob ich in irgendeiner Weise von Nutzen sein kann. Ich bin seit Kurzem verwitwet und habe jetzt sehr viel Zeit.«

Die Frau lächelte, ohne überrascht zu wirken. »Claudine Burroughs«, stellte sie sich vor, und ihr Lächeln wurde herzlicher. »Mrs Monk wird Sie sicher gern empfangen. Begleiten Sie mich bitte zum Medikamentenraum, wir überprüfen gerade die Vorräte.«

»Natürlich«, antwortete Beata und folgte Claudine durch ein Labyrinth von Korridoren, die sich durch alle drei Häuser wanden, aus denen die Klinik entstanden war. Der Weg führte sie treppauf und treppab und um zahllose Ecken, bis sie endlich das Medikamentenlager erreichten, das ziemlich groß war und eine Tür hatte, die von außen nur mit einem Schlüssel geöffnet werden konnte.

Hester war gerade dabei, irgendwelche Angaben auf einem großen Papierbogen nachzuprüfen, als Claudine mit Beata im Schlepptau eintrat.

»Das ist Mrs York«, sagte Claudine knapp, als wäre eine förmliche Vorstellung nicht nötig. Vielleicht genügte schon die Tatsache, dass Beata von oben bis unten Schwarz trug.

Auch wenn Beata sich keinerlei Vorstellung von der Klinik gemacht hatte – mit der schlanken Frau, die jetzt mit einem Stift in der einen Hand und Papier in der anderen vor ihr stand, hatte sie nicht gerechnet. Schön in einem traditionellen Sinn war Hester nicht, doch noch mehr als eine natürliche Würde strahlte sie eine Lebendigkeit und Tatkraft aus, die sofort die Aufmerksamkeit auf sie zogen. Und trotz ihrer natürlichen Autorität, wurde ihr Gesicht von einem Ausdruck der Sanftmut und Verletzlichkeit beherrscht.

»Guten Tag, Lady York«, begrüßte sie Beata herzlich, während Claudine, offenbar von dem Titel beeindruckt, nickte. »Sir Oliver hat so viel Gutes über Sie berichtet, dass ich das Gefühl habe, Sie bereits zu kennen, wenigstens ein bisschen.«

Beata fiel ein Stein von Herzen. Oliver hatte Hester von ihr erzählt. Und anscheinend nur Gutes!

»Der allgemeine Brauch verlangt, dass ich eine angemessene Zeit in Trauer verbringe«, erklärte Beata. »Aber ich glaube nicht, dass es verboten ist, etwas Nützliches zu tun. Das ist gewiss sinnvoller, als tatenlos zu Hause herumzusitzen. Für die Pflege bin ich leider nicht ausgebildet, aber ich habe mein Leben nicht immer mit Müßiggang verbracht. Als ich vor etlichen Jahren in Kalifornien lebte, habe ich die verschiedensten Tätigkeiten ausgeübt. Denken Sie, es gibt etwas, das ich hier tun kann?«

Als hätte sie Beatas Notlage verstanden, die in den tieferen Schichten unter diesen Worten lag, antwortete Hester, ohne zu zögern. »Ach, ganz gewiss! Wenn es Ihnen nichts ausmacht, Betten zu beziehen, Böden zu wischen, Mahlzeiten in die Krankenzimmer zu bringen und bestimmten Patientinnen beim Essen zu helfen, sind wir Ihnen für jede Unterstützung, die Sie gewähren können, sehr dankbar. Und falls Sie auch nach dem Ende der Trauerzeit bereit sind, bei uns zu bleiben – wir haben immer Bedarf an Personen in höherer gesellschaftlicher Stellung, die uns dabei helfen, um Spenden für den Kauf von Medikamenten sowie den dringend benötigten Lebensmitteln und Kohle zu werben.« Sie bedachte Beata mit einem wehmütigen Lächeln. »Ich selbst bin darin fürchterlich schlecht. Wenn ich Heuchlern gegenüberstehe, habe ich nur sehr wenig Geduld und eine zu scharfe Zunge. Bei meinen Bemühungen habe ich wahrscheinlich mehr Verständnis verloren als gewonnen.«

Beata musste unwillkürlich lächeln. »Ich fürchte, ich habe gelernt, immer und überall höflich zu sein, unabhängig davon, was ich fühle. Leider. Ich bin mir nämlich ganz und gar nicht sicher, ob das eine Tugend ist …«

Sie verstummte peinlich berührt; da entschuldigte sie sich für Dinge, die Hester nie kennengelernt hatte und bei ihr auch nicht vermuten würde!

Hester schüttelte dezent den Kopf. »Ich glaube, man nennt das einfach gute Manieren. Nun, Mitgefühl kenne ich, aber Taktgefühl habe ich nicht immer. Wenn Sie wirklich helfen möchten, wären wir Ihnen sehr dankbar. Als Erstes werde ich für Sie eine Schürze zum Schutz Ihrer Kleider auftreiben und Sie dann denjenigen Mitarbeiterinnen vorstellen, die Sie kennen müssen.«

Hester lächelte Beata an, und diese erwiderte das Lächeln.

Claudine übernahm nun das Zählen der Medikamente, sodass Hester mit Beata zum Buchhalter der Klinik, einem gewissen Squeaky Robinson, hinuntergehen konnte. Er war ein aufbrausender Herr in fortgeschrittenem Alter, hager und mit schwarzem Frack bekleidet, der Kopf von einer grauen Mähne bedeckt, die dem Aussehen nach noch nie einen Kamm zu spüren bekommen hatte. Die schiefen Zähne machten es unmöglich zu beurteilen, ob er lächelte oder zu einem Knurren ansetzte.

Er musterte Beta von oben bis unten, als müsste er sie begutachten. »Frau des Richters?«, fragte er Hester.

»Witwe des Richters«, korrigierte sie ihn.

Squeaky funkelte Beata böse an. Sie hielt seinem Blick stand, bis er schließlich nickte. Seiner Miene entnahm sie, dass er etwas über Ingram wusste, und plötzlich spürte sie, wie ihr das Blut ins Gesicht schoss. Welche Schnapsidee hatte sie nur hierhergeführt? Das war ja schrecklich!

»Dann schätze ich, dass Sie das eine oder andere wissen«, brummte Squeaky zu guter Letzt. »Sie haben bestimmt nicht den Kopf in den Wolken, in der einen Hand die Bibel und in der anderen einen Staubwedel.«

Bei dieser Vorstellung lachte Beata laut auf, vielleicht ein wenig zu laut und nahe daran, die Selbstbeherrschung zu verlieren. Sie verstummte abrupt.

Hester trat dazwischen. »Verzeihen Sie bitte. Sie sehen schon, wie dringend wir jemanden brauchen, der unabhängig von seinen persönlichen Gefühlen und Vorstellungen gute Manieren zeigt. Ich bringe das hin und wieder fertig, rutsche dann aber wie Squeaky oft genug auf dem glatten Parkett aus.« Lächelnd streckte sie Beata die Hand entgegen. »Ich war Krankenschwester bei der Armee, und gelegentlich gewinnt mein Realitätssinn die Oberhand.«

Hesters Lächeln und ihr offener Blick befreiten Beata von ihrer Befangenheit. Sie entspannte sich. »Ich könnte mir vorstellen, dass praktisches Denken oft das ist, was den Patienten am meisten hilft.« Sie ergriff Hesters Hand und drückte sie herzlich. In diesem Moment verstand sie, was Oliver an dieser Frau liebte, und mit einem Schlag löste sich ihre Angst vor ihr auf. Hesters gute Eigenschaften waren schwer erkämpft und echt. Gern wollte sie dieser Frau nacheifern. Und dazu war sie in der Lage, denn sie wusste jetzt, auf welchen Feldern sie ihre Schlachten schlagen und gewinnen konnte. Morgen würde sie in der Klinik nicht mehr Schwarz tragen; Grau war praktischer.

6

»Ertrunken«, erklärte Hyde und schnitt eine Grimasse. Er und Monk standen in seinem kleinen Büro im Leichenschauhaus. »Allerdings kann ich nicht beurteilen, inwieweit Ihr Schlag dazu beigetragen hat. Tut mir leid. Würde Ihnen gern Genaueres mitteilen, aber ich könnte beim besten Willen keinen Eid darauf leisten, schon gar nicht im Zeugenstand. Sie haben ihn eindeutig bewusstlos geschlagen. Das könnte genügt haben, die natürliche Atemfunktion so zu schädigen, dass sie eingestellt wurde. Das einzig Tröstliche, was ich mit Sicherheit sagen kann, ist, dass ich diesen Bericht höchstwahrscheinlich Ihrem Nachfolger erstatten würde, wenn Sie den Mann nicht niedergeschlagen hätten.«

»Danke«, murmelte Monk mit matter Stimme. »Ich nehme an, dass Sie McNab die gleiche Auskunft gegeben haben?«

»Es ist die Wahrheit. Er war nicht allzu erbaut davon, aber das lässt sich nicht ändern.«

Darauf erwiderte Monk nichts. Er verließ die Leichenhalle und trat wieder auf die Straße hinaus. Freilich war er sich bei Weitem nicht so sicher wie Hyde, dass McNab in dieser Sache die Hände gebunden waren. Immer noch in tiefes Grübeln versunken nahm er einen Hansom zurück nach Wapping. Hatte er wirklich sein Möglichstes getan, um Pettifer zu retten? Oder war er in der Annahme, es handelte sich um den geflohenen Strafgefangenen, nur allzu bereit gewesen, ihn sterben zu lassen?

Während der ganzen Fahrt durch die geschäftigen grauen Straßen drehten sich seine Gedanken darum. War es eine entschuldbare Entscheidung gewesen, wie sie jeder andere auch getroffen hätte, ja, hätte treffen müssen? Oder hatte sie auf einer Fehleinschätzung beruht, die den anderen Mann das Leben gekostet hatte?

Er hatte wirklich gedacht, Owen sei McNabs Mann und Pettifer der Gefangene. Lag das an der Art und Weise, wie die zwei aufeinander losgegangen waren? Es hatte ja so ausgesehen, als wäre Owen hinter Pettifer her gewesen, obwohl er eigentlich nur von der anderen Seite gekommen war. Pettifer hatte wegen seiner Größe und des Vollbarts ungeschlacht gewirkt und überdies einige unflätige Kraftausdrücke benutzt. War Monk einem Vorurteil erlegen, herbeigeführt durch seine oberflächlichen Beobachtungen?

Wenn er sich jetzt in die Lage eines Zollpolizisten versetzte, dem gerade ein Gefangener entwischt war – zudem der zweite innerhalb einer Woche –, war es da nicht zu erwarten, dass er vor Wut kochte? Jeder, der Monk verurteilen wollte, würde darauf hinweisen.

Allen voran McNab.

Monk stieg aus dem Hansom, zahlte und wanderte den Kai auf der Windseite entlang. Schreiend kreisten Möwen über ihm, der Fluss wurde von der steigenden Flut aufgewühlt, und hier und dort hatten die Wellen weiße Schaumkronen. Es war einer von den Tagen, an denen eine Patrouillenfahrt auf der Themse nicht nur größte Kraftanstrengungen erforderte, sondern daneben auch Ausdauer und Seefahrtskunst.

Orme kam ihm erneut in den Sinn und mit ihm ein immer wieder zurückkehrendes Gefühl von Leere und Verlust. Obwohl Orme bereits auf die siebzig zugegangen war, hatte er beim Rudern gut mitgehalten, weil er sich seine Kräfte stets sinnvoll eingeteilt und die Strömungen des Wassers, das Gewicht des Boots und seine Triebkraft zu nutzen gewusst hatte. Schon zu seinen Lebzeiten hatte Monk Orme zu schätzen gelernt, jetzt aber, nach seinem Tod, begriff er erst so richtig, welchen Verlust er erlitten hatte. Wie oft hatte er ihn nach seiner Meinung gefragt, sich auf seine Beurteilung einer Situation verlassen, auf seine warnenden Worte, auf sein Beispiel im Umgang mit Menschen!

Und es war nicht nur Ormes Wissen, das Monk bewundert hatte, sondern seine Weisheit, sein seltenes Lachen, seine Liebe zu den wilden Vögeln am Himmel über dem Gebiet, wo die Themse in die Nordsee floss. Er hatte sie alle anhand ihrer Flugmuster erkannt. Und Monk hatte es Freude bereitet, sein eigenes Wissen über solche Dinge zu vertiefen.

Über all das hinaus hatte Orme die Fähigkeit besessen, anderen die härtesten Wahrheiten zu sagen, ohne dass sie sich nach Kritik anhörten. Orme selbst hatte sein Geschick als Polizist im Laufe der Jahre erworben und Vergnügen daran gefunden, seine Erfahrung weiterzugeben. Söhne hatte er nicht gehabt, nur eine Tochter, und es war sein Vermächtnis, dass er zwei Generationen der Wasserpolizei gelehrt hatte, was er wusste. Insbesondere Monk hatte sehr davon profitiert.

Jetzt wünschte Monk sich sehnlich, Orme wäre bei ihm und könnte ihm dabei helfen, sich ein Urteil über McNab zu bilden. McNab setzte sein intrigantes Spiel so ein, wie ein erfahrener Kämpfer den Schwung seines Angreifers benutzt, mit dem dieser gegen ihn anrennt. Was – außer persönlicher Abneigung – mochte wohl dahinterstecken?

Er blieb stehen und starrte auf das graue Wasser hinaus, angestrengt darum bemüht, jede ihrer Operationen zu rekonstruieren, die irgendwelche Auswirkungen auf das Zollamt im Allgemeinen oder auf McNab im Besonderen hätte haben können. Nichts fiel ihm ein. Normalerweise profitierten beide Dienststellen von der Zusammenarbeit. Aber vielleicht hatte es eine Aktion gegeben, bei der McNab womöglich das Gefühl gehabt hatte, die Arbeit geleistet zu haben, während Monk den Ruhm erntete? Konnte tatsächlich etwas derart Banales dahinterstecken? Das klang doch eher nach Balgereien kleiner Jungen auf dem Spielplatz!

Oder gab es womöglich einen verborgenen Konflikt zwischen den zwei Behörden? Orme hätte das gewusst. Monk versuchte, sich zu erinnern, ob Orme diesbezüglich je etwas erwähnt, ihn vielleicht sogar mal gewarnt hatte, wie diskret auch immer.

Nichts fiel ihm ein.

Hooper danach zu fragen widerstrebte ihm. Vielleicht, weil ihm jetzt mehr an Hoopers Meinung über ihn gelegen war. Oder er fürchtete Hoopers Urteil, da er ihm in mancherlei Hinsicht weniger vertraute als Orme. Hooper war jünger als er, wenn auch nicht viel, wohingegen Orme fast eine Generation älter gewesen war und Monks Schwäche seit den Anfängen gekannt hatte, als Monk der Wasserpolizei nur vorübergehend zur Seite gestellt worden war. Das waren die entsetzlichen Tage des Ausbruchs der Pest gewesen. Er hatte noch vor Augen, wie jenes albtraumhafte Schiff mit Kommandant Devon am Steuer in den Untergang segelte und dieser sein Leben opferte, um alle anderen zu retten.

Derartige gemeinsam überstandene Tragödien schmiedeten die Betroffenen mit einem einzigartigen Band zusammen, und darum trauerte Monk auch jetzt noch um den verlorenen Freund.

Nach wie vor beschäftigte ihn die Frage: War McNab Ormes eigentlicher Mörder, weil er die Gewehrschmuggler vor der Razzia gewarnt hatte, oder versuchte Monk, dem anderen etwas anzulasten, das im Grunde er selbst verschuldet hatte?

Es war wirklich höchste Zeit, dass er zweifelsfrei klärte, ob es sich bei der Schießerei an Deck um eine Verkettung unglücklicher Umstände gehandelt hatte oder ob sein Verdacht gegen McNab begründet war.

Warum nur hatte er das nicht schon längst mit aller Konsequenz verfolgt? Ormes Tod lag Monate zurück, und doch hatte Monk sich noch nicht um die Untersuchung des Überfalls der Flusspiraten auf das Schmugglerschiff gekümmert, bei dem die Verbrecher genau in der Stunde an Bord gestürmt waren, als die Wasserpolizei dort ihre Razzia durchführte!

Monk und seine Männer waren unmittelbar vor Morgengrauen im Schutz der Dunkelheit aus westlicher Richtung gekommen und hatten die Gewehrschmuggler vollständig überrumpelt. Bei rasch zunehmender Helligkeit war dann an Deck der Kampf ausgebrochen. Alles sprach für einen Sieg der Wasserpolizei, als die Flusspiraten das Schiff plötzlich von Osten her enterten. Damit wendete sich das Blatt, und die Piraten waren drauf und dran, die Auseinandersetzung für sich zu entscheiden.

Erst ganz am Schluss gelang es Monk und seinen Männern, die anderen zu überwältigen, doch der Sieg wurde mit Ormes Leben allzu teuer erkauft. Er war so schwer verletzt, dass er trotz ihrer verzweifelten Bemühungen verblutete. Auf seinen eigenen Armen hatte Monk ihn an Land getragen. Wie leicht Orme ihm vorgekommen war … Dass er selbst erschöpft war, darauf hatte Monk nicht geachtet. Sie hatten ihr Möglichstes getan, jeder Einzelne von ihnen, doch am Ende blieb Monk nichts anderes übrig, als die ganze Nacht an Ormes Bett im Krankenhaus zu sitzen und zuzuschauen, wie das Leben aus seinem Freund heraussickerte und eine überraschend leichte, leere Hülle zurückließ.

Es fiel Monk zu, Ormes Tochter und deren kleiner Familie persönlich mitzuteilen, dass es Orme nicht vergönnt sein würde, in wenigen Wochen friedlich aus dem Berufsleben auszuscheiden und zu ihnen zu ziehen. Noch immer sah er den Schock in ihren Gesichtern, die fassungslosen Blicke. Sie hatten ihm keine Vorwürfe gemacht, zumindest nicht offen. Aber er gab sich selbst die Schuld für seine Versäumnisse – sich und McNab, weil für ihn feststand, dass dieser mit den Schmugglern und den Piraten unter einer Decke gesteckt hatte. Was ihm noch fehlte, waren die Beweise …

In der Polizeiwache von Wapping angekommen begrüßte er seine Männer mit einem knappen Nicken und verschwand sogleich in seinem Büro. Dort machte er sich an sämtliche Berichte über die Schmugglerbande, die vor der Razzia verfasst worden waren. Wer hatte als Erster von der geplanten Gewehrlieferung erfahren? Was genau hatte er gemeldet? Ein Mann vom Zollamt, ein gewisser Makepeace, hatte die Wasserpolizei gewarnt und dabei mit Laker gesprochen. Wer hatte die Sache weiter verfolgt? Was genau hatte Makepeace gewusst und von welcher Stelle? Nach Laker hatte Hooper die neuesten Meldungen von McNab erhalten. Damals hatte noch niemand an deren Wahrheitsgehalt gezweifelt.

Was konnte McNab über die geplante Razzia gewusst haben und zu welchem Zeitpunkt? Was hatte er Monk mitgeteilt? Das war freilich nicht sehr konkret.

Monk las jeden einzelnen Zeitungsbericht und hielt die zeitliche Abfolge schriftlich fest. Überdies vermerkte er, wer welche Informationen von wem erhalten hatte und wann genau das geschehen war.

Als er die Stellungnahme des Zollamts zum dritten Mal las, fiel ihm eine Ungereimtheit auf. Sie war unscheinbar – nur zwei widersprüchliche Zeitangaben. Zunächst war von einer zeitlichen Einschätzung des Gezeitenwechsels die Rede gewesen, von dem abhing, wann die Piraten angreifen würden. Der Verfasser konnte sich natürlich verschrieben und aus einer Drei irrtümlich eine Fünf gemacht haben. Monk selbst war das auch schon mal passiert – er wusste, wie leicht solche Versehen zustande kamen.

Doch wenn hier kein solcher Flüchtigkeitsfehler vorlag, hatte einer von McNabs Männern über die Schmuggler Bescheid gewusst und ein als Vernehmung getarntes Treffen mit den Piraten zwei Stunden früher abgehalten, als er offiziell zu Protokoll gegeben hatte. Zwischen fünf Uhr und drei Uhr morgens bestand ein himmelweiter Unterschied! Wenn die Zollpolizei schon um drei bei ihnen gewesen war, hatten die Piraten danach genügend Zeit gehabt, ihren Überfall vorzubereiten.

Der Mann hieß Makepeace. Nun, wenn sie ihm eine Falle stellen wollten, mussten sie mit äußerster Sorgfalt zu Werke gehen, und Monk musste über sämtliche Informationen verfügen, bevor er zuschlug.

Monk faltete die Abschrift der Aussage zusammen und sperrte sie in den Safe. Dann rief er Hooper zu sich.

Dieser kam mit seinem lässigen Gang und einem schiefen Grinsen herein.

»Sir?«

»Ich glaube herausgefunden zu haben, von wem in McNabs Truppe die Flusspiraten informiert worden sind.« Monk reichte Hooper seine Aufzeichnungen. »Das Original liegt im Safe«, fügte er hinzu. »Sagen Sie mir, was Sie davon halten.«

Hooper setzte sich und überflog Monks Notizen. Dann sah er auf. »Wenn das richtig ist und wir der Sache nachgehen können, dann haben wir Gewissheit«, sagte er, ohne zu zögern. »Aber mir ist nicht klar, welchen Wert das Wort eines Flusspiraten vor Gericht hat.«

»Ich brauche es nicht für das Gericht. Es geht mir darum, dass *ich* es weiß.« Mit einem Schlag erkannte Monk, dass er soeben ehrlicher gesprochen hatte, als er beabsichtigte. »Na ja, später könnte es vielleicht auch mehr Gewicht bekommen«, räumte er ein. »Wenn McNab dahintersteckt und so etwas womöglich schon einmal getan hat, könnte er es wieder versuchen. Und er wird wissen, dass ich es weiß. Allerdings wird er uns ein zweites Mal nicht aufs Glatteis führen.«

Ein eigenartiger Ausdruck huschte über Hoopers Gesicht. »Sind Sie sicher, dass Sie es auf diese Art angehen wollen? Manchmal ist es besser, sich nicht in die Karten schauen zu lassen. McNab ist … gefährlich.«

Hoopers Miene ließ keine Angst erkennen. Monk starrte ihn an, entdeckte aber nichts als Verwirrung und Vorsicht. Noch nie hatte er erlebt, dass Hooper einer Konfrontation auswich. Wenn der Mann jemals zurückgescheut war, dann davor, sich in schlecht geplante, törichte Aktionen zu stürzen. Er war ein guter stellvertretender Kommandant, ein besserer, als Monk glaubte, es je gewesen zu sein. Besser auch, als Monk es unter Runcorn gewesen war, zumindest in jenen Tagen, an die er sich erinnern konnte. Hooper war innerlich ausgeglichen und bewies ein Wissen über sich selbst, das Monk erst allmählich zu würdigen begann.

»Ich brauche mehr Indizien«, erklärte Monk. »Ich möchte mit Makepeace' Informanten sprechen, Torrance. Kennen Sie ihn?«

Hooper bedachte ihn mit einem säuerlichen Lächeln. »Ein

Flusspirat, Sir – wenn es ihm gerade zupasskommt. Geht in der Regel keine Risiken ein; verkauft seine Informationen lieber. Aber gute Kapitäne nehmen ihn trotzdem gelegentlich mit auf die Fahrt, einfach um dafür zu sorgen, dass er ehrlich bleibt. Man verrät niemanden, wenn man genau weiß, dass man dann auch dabei sein wird, wenn die Polizei zuschlägt. Denn man könnte leicht selbst zu den Opfern gehören.«

»Allerdings«, stimmte Monk zu. »Wo muss ich ihn suchen? Jacob's Island? Das wäre zumindest eine Gegend, wo er sich herumtreiben könnte.«

Hooper nickte. »Ja, Sir, da haben Sie recht. Und ich komme mit.«

Monk hatte selten versucht, mit Hooper zu streiten, da dieser nie aufs Geratewohl drauflos redete, sondern seine Worte sorgfältig überlegte, bevor er sie aussprach. Und wenn er auf etwas beharrte, hatte er bisher immer recht gehabt – mit einer einzigen Ausnahme, und da hatten sie sich beide getäuscht. Keiner hatte die Sache je wieder angesprochen; gelegentlich hatten sie wissende Blicke gewechselt – in dem stillschweigenden Einverständnis, dass sie mehr Glück als Verstand gehabt hatten.

Um eine Insel in dem Sinne, dass sie mitten im Fluss lag, handelte es sich bei Jacob's Island nicht. Vom Festland nur durch einen Morast aus tiefem, hungrigem Flussschlamm getrennt, war es eines der unwirtlichsten Gebiete im Hafen, das mit Hunderten von verfallenden Warenlagern, Kontoren und einem labyrinthartigen Geflecht von Passagen bebaut war. Und all das versank allmählich im Schlamm. Wohin man auch trat, lief man Gefahr, auf Ratten zu treffen, sowohl auf die menschliche Variante, als auch auf die eigentlichen Namensträger, die hier zu Millionen hausten. Und wohin man den Fuß auch setzte, überall drohten morsche Holzböden unter dem Gewicht schwerer Männer einzubrechen, sodass der Schlamm sie für immer in die Tiefe ziehen würde. Von diesem Ort kam keine Leiche an die Oberfläche, um irgendwo im Fluss zu treiben. Das Wasser stieg und fiel wie überall sonst, aber es floss nicht. Es fehlte die Strömung. Der Gestank war unerträglich.

Monk und Hooper vertäuten ihr Boot und gingen zu Fuß weiter. Beide trugen geladene Waffen bei sich. Sie befanden sich im Niemandsland, wo man mit allem rechnen musste.

Es war einer jener bleiernen Novembertage, an denen ständig Regen drohte. Zudem herrschte ein Wind, der ihnen durch Mark und Bein ging.

Hooper schlug den Kragen seiner Seemannsjacke hoch. »Glauben Sie, McNab hat hier was für uns geplant, Sir?«, fragte er in beiläufigem Ton, als wäre es ihm eben erst eingefallen. Er hatte einen sehr trockenen Humor, und Monk wartete auf einen Nachsatz.

Der blieb allerdings aus. So fragte Monk schließlich: »Sie nicht?«

»Ich halte ihn für jemanden, der die Gelegenheiten ergreift, wie sie sich ergeben«, erwiderte Hooper. »Er ist ein Schmarotzer, der sich die Arbeit von anderen zu eigen macht und sie für sich zurechtbiegt. Von ihm selbst stammt nichts.«

Monk verglich diese Einschätzung mit seinen eigenen Erinnerungen. »Da könnten Sie recht haben«, knurrte er. »Springt im rechten Moment auf die Leute auf und lässt sich tragen.«

Hooper nahm das grinsend zur Kenntnis und schwieg.

Monk erschauerte, als sie sich über eine der baufälligen Brücken über den Schlamm zur eigentlichen Insel vorantasteten. Das morsche Gebilde knarzte und bog sich unter ihrem Gewicht noch tiefer durch. Der faulige Geruch schien in ihren Mund einzudringen; jedenfalls hatten sie nun den gleichen Geschmack auf der Zunge. Hooper, der Monk folgte, spähte nach links und rechts und hielt nach Zeichen menschlicher Bewegungen Ausschau. Der Wind wirbelte weggeworfene Lumpen und Fetzen von alten Zeitungen auf. Jetzt, da die Flut kam, schwappte das Wasser über die Planken und erzeugte die Illusion, der Boden sinke so schnell ab, dass man dabei zuschauen konnte.

Als sie das erste Gebäude erreichten, bemerkten sie beim Eintreten ein Bündel Sackleinen und eine alte Decke in einer Ecke. Darunter schien sich etwas zu rühren. Dann erkannten sie, dass die Decke sich regelmäßig hob und senkte: dort schlief jemand.

Monk war unendlich erleichtert, dass er nicht allein gekommen war. Ein Einzelner konnte nicht zugleich nach vorn, zur Seite und nach hinten schauen, sodass jederzeit die Gefahr bestand, dass sich jemand anschlich. Die beiden Männer ignorierten die zu Tausenden herumhuschenden Ratten stoisch. Man verschwendete keine Kugeln darauf, ein paar davon zu töten. Außerdem hätten die Schüsse jeden gewarnt, der sich hier verbarg.

Hundert Fuß weiter entdeckten sie den Mann, den sie suchten. Hooper kannte ihn vom Sehen. Inzwischen befanden sie sich tief in dem Wirrwarr aus Gängen und miteinander verbundenen Räumen. Der Mann, der hier offenbar lebte, hatte sogar einen Holzofen eingeschürt. In der Wärme wirkte der Gestank allerdings noch schlimmer und schien ihnen regelrecht Luftröhre und Lunge zu verätzen.

Torrance war ein hagerer Mann mit großem Mund, dichtem schwarzem Bart und einem mächtigen Schnauzer, der seinen Kopf übergroß erscheinen ließ. Er blickte auf, als sie näher traten. Sein Blick verriet weder Neugier noch Furcht. Das hatte Monk auch gar nicht erwartet. Jacob's Island hatte seine Augen überall. Torrance war wohl schon in dem Moment auf sie aufmerksam geworden, als sie die Brücke betreten hatten.

Monk hatte einen Beutel mit einem halben Dutzend frischen Schinkensandwiches dabei, die er am Kai bei einem Straßenhändler gekauft hatte. »Essen«, verkündete er und zeigte Torrance den Beutel. Danach fiel fürs Erste kein Wort mehr. Monk ließ sich im Schneidersitz auf dem Boden nieder. Hooper blieb stehen, locker und entspannt, doch ein Bein blieb angewinkelt, sodass er sofort zuschlagen oder beim geringsten Geräusch in seinem Rücken herumwirbeln konnte.

Torrance wartete schweigend, bis Monk etwas sagte.

»Ich brauche ein paar Informationen«, begann Monk mit leiser Stimme. »Alte Geschichte. Die Gewehrschmuggler, die wir vor ungefähr drei Monaten geschnappt haben. Großer Kampf. Ich bin sicher, dass Sie sich erinnern …«

»Da erinnert sich jeder dran«, erwiderte Torrance vorsichtig. »Sie haben sie ja alle eingebuchtet. Die werden das Wasser so schnell nich' wiedersehn; und den Himmel genauso wenig. Hart für 'nen Mann, der aufs Meer gehört.«

»Richtig«, bestätigte Monk. »Es sei denn, ihnen gelingt die Flucht. Aber das ist nicht sehr wahrscheinlich. Wir werden sie nicht zum Verhör rausholen.«

Torrance zeigte grinsend seine Zahnlücken.

»Schlägt sich nich' allzu gut, unser Mr McNab, was? Jetzt hat er in zehn Tagen zwei Männer verloren! Ein Freund von Ihnen war er noch nie. Das weiß hier jeder.«

Monk setzte schon zu der Frage an, ob auch der Grund dafür bekannt war, überlegte es sich dann aber anders. Damit hätte er nur seine eigene Ahnungslosigkeit offenbart und

Torrance einen Hebel an die Hand gegeben, den er mit Sicherheit gegen ihn benutzen würde.

»Ich weiß«, sagte er stattdessen. »Und von wem haben Sie es gehört?« Er riet aufs Geratewohl. »Von Mad Lammond?« Das war ein weithin bekannter Flusspirat.

Torrance starrte ihn überrascht an, fasste sich aber gleich wieder, in den Augen ein zufriedenes Glitzern. »Bestimmt nich'. Selbst wenn Sie mir Geld dafür geben, in Mad Lammonds Nähe bringen mich keine zehn Pferde!«

»Wer war es dann, von dem Sie es gehört haben?« Monk widerstand der Versuchung, ihm den Namen in den Mund zu legen.

»McNabs eigener Mann. Großer Kerl mit Vollbart. So schön wie meiner.« Wieder stellte er mit einem breiten Grinsen seine Zahnlücken zur Schau.

Monk beschlich das unbehagliche Gefühl, dass er hier nur mit Teilwahrheiten abgespeist und an der Nase herumgeführt wurde, verstand aber nicht, worin der Trick bestand.

»Name?«

»Hab ihn nich' gefragt. Wie sieht's jetzt mit einem von den Sandwiches aus?«

Monk reichte Torrance eines, das dieser sich in den Mund stopfte und mit zwei Bissen hinunterschlang, nicht ohne sich fürchterlich zu verschlucken und eine ganze Weile vor sich hin zu husten.

»Name?«, wiederholte Monk.

»Der Kerl, der ertränkt worden is'.« Torrance schielte Monk von der Seite an und streckte die Hand nach einem zweiten Sandwich aus. »Schätze, dass Sie das alles sowieso wissen. Sie haben uns mal 'nen Gefallen getan; drum bin ich diesmal gnädig. Mehr als die ganzen Sandwiches da verlang ich heute nich'.«

Monk wechselte einen Blick mit Hooper.

In der Nähe blubberte eine Gasblase aus dem Schlamm empor, zerplatzte und setzte einen bestialischen Gestank frei.

Hooper spähte mit schmalen Augen in alle Richtungen, bevor er sich wieder Torrance zuwandte.

Der stöhnte auf. »Das is' nich nett von Ihnen, Mr Hooper! Glauben Sie etwa, ich hätt irgendwo 'nen Kumpel versteckt, der sie gleich anspringt? Außer mir is' keiner da, wenigstens nich' in diesem Teil der Insel.«

»Wir sind ohnehin lange genug hier gewesen«, sagte Monk leise. Damit reichte er Torrance die restlichen Sandwiches, der sie ihm aus der Hand riss.

Unvermittelt trat Hooper einen Schritt auf Torrance zu. Der wich zurück. »Warum?«, fragte Hooper leise. »Was ist für McNab dabei herausgesprungen, dass er den Piraten den Hinweis gegeben hat?«

Torrance blinzelte.

Monk stand auf, dann blickte er sich um, ehe er Torrance fixierte. Auch er trat nun einen Schritt näher. »War es einfach bloß Geld?«

Torrance umklammerte das Sandwich mit beiden Händen und knurrte: »Woher, zum Teufel, soll ich das wissen? Vielleicht kann ich's rausfinden, aber das kostet extra!«

Bedrohlich beugte Monk sich vor. »Übertreiben Sie es nicht, wenn Sie wissen, was gut für Sie ist. Sie wollen es sich mit uns doch nicht verscherzen.«

Ein unverschämtes Grinsen kroch über Torrance' Gesicht, und sarkastisch erwiderte er: »Ach, ich weiß, wo's langgeht, Mr Monk, Sir. Ich weiß, wer zuletzt lacht und wer nich'. Mr McNab mag Sie nich', das steht schon mal fest. Und ich will nich' zwischen Sie beide geraten. Ich werd dafür sorgen, dass das, was Mr Orme und Mr Pettifer zugestoßen is', nich' auch mir passiert.«

Irgendwo außerhalb ihrer Sichtweite fiel ein Gegenstand ins Wasser. Monk war sofort klar, dass es höchste Zeit war zu verschwinden. Jedenfalls war er froh, die Pistole in seiner Tasche zu spüren. Er gab Hooper ein Zeichen.

Ohne ein weiteres Wort wandten sie sich ab und entfernten sich. Dabei achteten sie auf jeden Schritt und vermieden es, auf demselben Weg zurückzukehren, auf dem sie gekommen waren. Überall schien Wasser herabzutropfen. Der Boden unter ihren Füßen war hier noch unsicherer. Versank er, oder spülte die steigende Flut darüber hinweg? Oder bildeten sie sich das in ihrer Angst womöglich nur ein?

Der Gestank von Flussschlamm und Abwässern stieg ihnen in die Nase und legte sich auf die Zunge.

Wieder fiel irgendwo eine Ratte ins Wasser.

Als sie endlich unter freiem Himmel angelangt waren, fühlten sie sich wie befreit. Es hatte aufgehört zu regnen, und in der Wolkendecke über ihnen zeigte sich der blaue Himmel. Auf der Wasseroberfläche schimmerte sogar ein schwaches Licht.

Monk nickte Hooper zu, dann schritt er zügig voraus. Er musste sich beherrschen, um nicht loszurennen. Sofern Torrance die Wahrheit gesagt hatte, begann die Sache zu guter Letzt Sinn zu ergeben. Hinter der Sabotage ihrer Razzia durch die Piraten steckte kein anderer als McNab, so wie Monk es von Anfang an vermutet hatte. Das Motiv konnte Geld sein oder eine bestimmte Absicht, die McNab verfolgte. Was genau es war, musste noch ermittelt werden, doch fürs Erste fühlte sich Monk dank seines Wissens erleichtert. McNab zog also tatsächlich die Fäden, welchen Grund er auch immer haben mochte, und unabhängig davon, ob

Makepeace gewusst hatte, was er tat. Das Fiasko bei der Razzia war nicht auf Monks Inkompetenz zurückzuführen. Diese Sorge – die die ganze Zeit an ihm genagt hatte – war er nun los. Makepeace, der seine Befehle von McNab erhalten hatte, war schuld an den Verletzungen, die Monks Männer davongetragen hatten, und an Ormes Tod.

Sie erreichten ihr Boot und stiegen ein, erleichtert, sich auf dem Weg stromaufwärts nach Wapping in die Riemen legen und den Rücken kräftig durchstrecken zu können. Hier draußen war die Luft erfrischend klar. Ihnen stiegen die Gerüche nach Salz und Fischen in die Nase. Sogar das aufgewühlte Wasser des angeschwollenen Flusses war besser als der abgestandene Schlamm mit seinem penetranten Gestank.

Sie ruderten schweigend. Allerdings war es in den Polizeibooten grundsätzlich schwierig, ein Gespräch zu führen, denn die Ruderer saßen hintereinander und schauten in die gleiche Richtung.

Erst als sie auf Wapping Stairs und das flachere Wasser in Ufernähe zuhielten, ergriff Hooper das Wort. Er stemmte das Ruder gegen die Strömung, bis das Boot auf der Stelle verharrte, dann drehte er sich um und schwang die Beine über seine Bank, sodass er Monk gegenübersaß.

»Warum tut McNab das alles, Sir? Wenn er so versessen darauf ist, müssen wir unbedingt den Grund erfahren. Mr Orme können wir zwar nicht mehr zurückholen, aber wenigstens können wir den Nächsten, den McNab im Visier hat, retten.« Er beugte sich leicht vor, die dunklen Augen fest auf Monks Gesicht gerichtet.

Monk holte tief Luft. Es war McNab, der den Hinterhalt geplant und ermöglicht hatte, und wenn sein Motiv in dem Hass auf Monk begründet war, dann hatte Monk kein Recht, Hooper anzulügen.

»Ich weiß es nicht«, gab er zu. »Sie erinnern sich doch noch daran, was ich Ihnen über meinen Unfall erzählt habe, bei dem ich mein Gedächtnis und meine Vergangenheit verloren habe?«

»Natürlich. Schon da deuteten Sie an, dass McNab womöglich einen Groll gegen Sie hegen könnte.«

»Ja, und jetzt bin ich mir dessen sicher, obwohl ich mich immer noch nicht an irgendetwas erinnern kann, was vor dem Moment geschehen ist, als ich im Krankenhaus zu mir kam.«

»Und Ihre Erinnerungen seitdem?«

Monk wählte seine Worte mit Bedacht, und doch klangen sie unbeholfen. »Als ich mich so weit erholt hatte, dass ich das Krankenhaus verlassen konnte, bekam ich meine Kleider zurück. Sie waren von besserer Qualität, als ich erwartet hatte – teurer. Aber sie passten ganz gut. Hier und dort waren sie vielleicht etwas zu weit, weil ich im Krankenhaus abgenommen hatte.«

Hooper beobachtete ihn schweigend. Das Ruder hielt er weiter ins Wasser und bewegte es lediglich leicht hin und her, um das Boot an Ort und Stelle zu halten.

»Ich wusste nicht einmal mehr, wo ich wohnte«, fuhr Monk fort, der sich insgeheim wünschte, Hooper würde irgendeine Reaktion zeigen. »Rein zufällig fand ich es dann doch heraus. Meine Vermieterin erkannte mich natürlich. Nun, ich nahm meine Arbeit wieder auf; mir blieb ja nichts anderes übrig. Rechnungen mussten bezahlt werden – größtenteils stammten sie von meinem Schneider!«

Später hatte er amüsiert an die Szene beim Schneider zurückgedacht, aber während er jetzt in Arbeiterhose und Seemannsjacke dasaß und Hooper alles erzählte, kehrte die Verlegenheit von damals zurück, als er so gut wie nichts über sich gewusst hatte.

Hooper gestattete sich ein Lächeln, unterbrach ihn aber nicht mit Nachfragen.

»Sie gaben mir einen noch ungeklärten Fall. Es ging um einen Offizier, einen Gentleman, der auf der Krim und hier in England gedient hatte und bei sich zu Hause totgeschlagen worden war.«

Hooper nickte, die Augen weiter auf Monk gerichtet.

»Ich untersuchte das Verbrechen Detail für Detail und konnte letztlich den Mörder ermitteln«, fuhr Monk fort, gerade laut genug, um die Geräusche des Flusses zu übertönen. »Und während ich daran arbeitete, fand ich sehr viel über mich selbst heraus – vieles davon war nicht schön – und begriff, warum andere mich fürchteten. Außerdem erkannte ich viele Tatorte wieder. Zwischendurch dachte ich sogar, ich selbst hätte den Mann getötet …«

Hooper starrte Monk eindringlich an. Dieser erwiderte den Blick und erkannte Mitleid und Milde darin, keinerlei Verurteilung.

Er lächelte ihn an, wohl auch, um die jäh aufwallende Dankbarkeit zu verbergen.

»Ich hatte den Mann nicht umgebracht, war aber nahe daran gewesen, es zu tun. Er war einer der übelsten Kerle, mit denen ich es je zu tun hatte. Nun ja, nach dem Abschluss dieses Falles kehrte ich in den Dienst bei der städtischen Polizei zurück, überwarf mich aber mehr und mehr mit meinem Vorgesetzten. Ihm erzählte ich damals nichts von meinem Gedächtnisverlust. Irgendwie gelang es mir, die Erinnerungslücken zu überspielen. Inzwischen weiß er Bescheid, und wir sind sogar wieder Freunde geworden, wie wir es vor zwanzig Jahren waren, als ich anfing.«

»Wer weiß noch davon?«, fragte Hooper nach einer langen Pause.

»Unter meinen Kollegen nur besagter Kommandant, Superintendent Runcorn von der Metropolitan Police. Er arbeitet jetzt in der Umgebung von Blackheath.«

Monk hielt es für höchst unwahrscheinlich, dass er sein Amt behalten würde, wenn sein Geheimnis ans Licht käme. Aber das war Hooper wohl auch klar.

Während er auf der Ruderbank saß und das Boot leicht schaukelte, befiel Monk auf einmal das Gefühl, einem Hinrichtungskommando mit angelegten Gewehren gegenüberzustehen. Nur war hier entgegen dem üblichen Brauch jede Waffe geladen, nicht nur eine und ohne dass die Schützen wussten, welche.

»Es könnte also tausend Gründe geben, warum McNab Sie hasst«, folgerte Hooper leise.

»Ja. Möglicherweise sogar gerechtfertigte …«

»Oder auch nicht. Ein guter Mann hätte Sie einfach zur Rede gestellt.«

»Vielleicht hat er das ja sogar getan«, erwiderte Monk. »Oder es war so offensichtlich, dass es keiner Erklärung bedurfte. Ich habe keine Ahnung.«

Hooper biss sich auf die Lippe. »Weiß er, dass Sie sich nicht erinnern können?«

»Ich glaube, ja.« Monk schluckte. Sein Mund war wie ausgetrocknet. »Er hat ein paar Andeutungen gemacht, außerdem grinst er viel zu oft.«

Hooper sah Monk fest in die Augen. »Dann müssen wir davon ausgehen, *dass* er es weiß.«

Monk hörte das Wort *wir*, nicht *Sie*. War Hooper sich dessen bewusst, und meinte er es ernst? Dann schoss es Monk in den Sinn, dass Hooper natürlich in erster Linie an die Sicherheit aller Mitglieder der Wasserpolizei denken musste, nicht nur an Monks Überleben. Und plötzlich verspürte er eine derart allumfassende Einsamkeit, dass er darin zu ertrinken glaubte.

»Wir sollten zusehen, dass er keine weiteren Informationen bekommt«, riet Hooper, »aber gleichzeitig mit dem Schlimmsten rechnen. Wenigstens haben wir jetzt die Gewissheit, dass er es auf Sie abgesehen hat. Trauen Sie ihm also auf keinen Fall, gleichgültig, was er sagt oder tut.« Behutsam das Ruder bewegend, damit das Boot nicht wieder in die Strömung zurücktrieb, starrte Hooper auf das Wasser hinaus. »Ich frag mich nur, wie viel er mit voller Absicht betrieben hat und inwieweit er die Umstände einfach bloß verdammt geschickt ausgenutzt hat. Mit Ihrer Erlaubnis würde ich die zwei Ausbrüche gern genauer untersuchen, Sir. Waren sie wirklich so unprofessionell, wie sie wirkten? Ist McNab dazu fähig, dass er seinen eigenen Mann, Pettifer, in die Falle lockt? Vielleicht sollten wir mehr über ihn in Erfahrung bringen.«

Monk griff Hoopers Vorschlag sofort auf. »Sie meinen: war Pettifer loyal, oder hätte er sich gegen McNab wenden und zu einem Risiko werden können? Ein Lieutenant, der zu viel wusste?«

Hooper nickte, um die Mundwinkel ein angespanntes Lächeln. »Wäre wohl keine gute Idee, McNab als Dummkopf abzutun, Sir.«

Monk warf Hooper einen warmen Blick zu. Er war ihm unendlich dankbar für seine stille Loyalität, die er vielleicht nicht notwendigerweise ihm, Monk, gegenüber bewiesen hatte, aber auf jeden Fall den Werten, die Monk vertrat.

»Dann lassen Sie uns die Sache weiter verfolgen«, willigte er ein. »Ich muss genauso viel über McNab wissen wie er über mich.«

»Oder mehr.« Hooper grinste, setzte sich wieder in korrekter Haltung auf seinen Platz und tauchte sein Ruder tiefer ins Wasser, bereit, das Boot gemeinsam mit Monk zum Kai zu bugsieren.

In dem geheizten Büro in der Polizeiwache von Wapping fühlte sich Monk immer noch völlig durchgefroren. Der glühende Ofen hätte genauso gut ein offenes Fenster sein können, so wenig wärmte er.

Einmal mehr zermarterte Monk sich das Gehirn nach einer Erinnerung an irgendetwas, das McNab über ihre Beziehung in früheren Zeiten gesagt oder angedeutet haben mochte, ob Gutes oder Schlechtes. Nichts Konkretes kam ihm in den Sinn, außer der Moment, als ihm ein Funkeln in McNabs Augen verriet, dass der andere Mann etwas begriffen hatte und Bescheid wusste. Im Alltag drehte sich zwischen ihnen alles um Schmuggel, Streit um Zuständigkeiten, um die Frage, welche Informationen von beiden Behörden gemeinsam hätten genutzt werden sollen, ohne dass das geschehen war. Und nicht zuletzt darum, wer was wann gesagt hatte und zu wem.

Doch NcNab hatte ihn auch schon in der weiter zurückliegenden Vergangenheit gekannt und war ihm gegenüber zwangsläufig im Vorteil.

Dieser Tatsache musste Monk sich stellen, sonst würde ihn das teuer zu stehen kommen. Andererseits durfte er vor allem McNab seine Schwäche nicht gerade dadurch verraten, dass er das Thema zur Sprache brachte.

Den Rest des Nachmittags verbrachte er mit dem Studium von Meldungen über andere Gefängnisausbrüche in den letzten sechs Monaten, über Schmuggel oder größeren Diebstahl, der in irgendeinem Zusammenhang mit Blount oder Owen stehen mochte. Das Ergebnis war ein Schock für ihn. Es gab noch mindestens zwei weitere Verbrecher, die geflohen waren, ohne eine Spur zu hinterlassen, und die jeweils außergewöhnliche Fähigkeiten besaßen. Möglicherweise waren sie Teile desselben Puzzles, das sich irgendwann zu einem großen Ganzen fügen würde.

Sein Entschluss stand fest. Morgen würde er gleich in der Früh McNab aufsuchen.

Monk kam erst spät nach Hause und erzählte Hester nichts von der Angelegenheit mit McNab. Sie war nach einem langen Tag in der Portpool-Lane-Klinik müde. Die Opfer der Kälte und des Lebens auf den Straßen hatten ihr alles abverlangt. So stellte er seine eigenen Sorgen hintan, in der Hoffnung, damit eine Ausrede zu haben, sie für eine Weile vergessen zu können. Vor allem wollte er es sich ersparen, mit Hester über die in seinem tiefsten Inneren brennende Furcht zu sprechen, dass der Mann, der er einst gewesen war, McNab Anlass gegeben haben könnte, ihn zu hassen.

Außerdem wollte er Neuigkeiten über Scuff hören. Er hoffte, dass der Junge sich wacker schlug, Freude daran fand, bei Crow zu lernen, sich nützlich machte und dass Crow mit seinem Schützling zufrieden war.

Nach einem schweigend verzehrten Abendbrot setzten sie sich im Wohnzimmer an den Kamin. Dieser Raum war in jeder Hinsicht behaglich: mit seinen weichen Farben, den schon etwas abgenutzten Möbeln, dem vertrauten Tapetenmuster, dem wenigen Zierrat, der mehr von emotionalem als finanziellem Wert war – ein handgestickter Sinnspruch, eine Kupfervase, die Monk Hester vor Jahren geschenkt hatte, ein Gemälde von Bäumen nahe am Wasser.

Monk musterte Hesters Gesicht, das deutlich von ihrer Müdigkeit sprach. Vielleicht war sie nicht wirklich schön, zumindest nicht in einem konventionellen Sinn. Doch in ihr steckte eine Kraft, die viele Männer als unangenehm, ja, als anstrengend empfunden hätten. Sie war jetzt in den frühen Vierzigern, und die Reife machte sie für ihn noch liebenswerter. Vermutlich war sie schon als Kind anstrengend und lernbegierig gewesen und hatte sich nie mit weniger als dem zufrieden gegeben, was ihrem Begriff von Wahrheit entsprach.

Bei der Erinnerung an einige ihrer Konfrontationen zu Beginn ihrer Beziehung musste er unwillkürlich lächeln. Er hatte sie für aggressiv, scharfzüngig, besserwisserisch und unfeminin gehalten. Damals war er es gewohnt gewesen, dass Frauen einem Mann nicht widersprachen oder höchstens anfänglich Skepsis vorgaben, ehe sie sich dann doch fügten. Hester hatte diese Verhaltensweisen verachtet. Den Frauen warf sie vor, dass es ihnen an Mut oder an Selbstachtung mangelte. Noch strenger ging sie mit den Männern ins Gericht, die derart billige Bestätigung suchten. Das hatte sie unmissverständlich zu verstehen gegeben.

Erst als Monk in Schwierigkeiten geraten war, die zu real und zu ausweglos waren, um mit Belanglosigkeiten kaschiert zu werden, hatte er gelernt, Hesters kompromisslose Art zu schätzen und ihren Mut als diejenige Eigenschaft zu erkennen, auf die es ankam.

Er unterdrückte einen Seufzer. Obwohl es ihm im Allgemeinen gut ging, hatte er Angst. Doch damit wollte er sie nicht behelligen. Natürlich wäre es so viel leichter gewesen, diese Sorgen mit Hester zu teilen, denn sie würde ihm den Ausweg vielleicht deutlicher aufzeigen, als er das vermochte.

Angst! Das Wort war tatsächlich in seine Gedanken eingeflossen. Nur äußerst selten gestand er sich ein solches Gefühl ein. Offen Angst zu empfinden, das hieß ja, das Unbekannte zuzulassen. Fiel darunter nicht alles, was sein Leben ausgemacht hatte, bevor er im Krankenhaus aufgewacht war? Mit der Zeit hatte er Indizien verschiedenster Art über sein früheres Leben gesammelt. Diejenigen, die ihm Respekt zollten, sagten ihm, er sei seit jeher extrem intelligent, ja, bisweilen sogar brillant, zäh, furchtlos und kompromisslos denjenigen gegenüber gewesen, die ihn nicht mochten. Andere – und das waren deutlich mehr – gestanden ihm zwar eine hohe Intelligenz zu, bemängelten aber, dass er zu arrogant gewesen war, um Furcht zu empfinden, zu zornig, um Müdigkeit zuzulassen, und zu streng, um Kompromisse zu akzeptieren.

Und jetzt? Er hatte zu viele Fehler begangen, um sich ein schnelles Urteil anmaßen zu können. Angst kannte er inzwischen nur zu gut. Vielleicht war das auch früher so gewesen, nur hatte er sie damals besser verborgen. Jetzt wusste er nicht nur, dass er andere Menschen brauchte, sondern es fiel ihm auch leicht, das zu akzeptieren; es war ihm sogar angenehm.

So begann Monk nun doch, Hester von seinem Problem zu erzählen. »Wir haben Indizien dafür, dass McNabs Männer mit den Flusspiraten zusammengearbeitet haben, und das ging mindestens so weit, dass sie sie in unsere Razzia-Pläne eingeweiht haben.«

»Könnt ihr das auch beweisen?«, fragte Hester, einen Funken Hoffnung in der Stimme.

»Noch nicht.«

»Hat er es denn für Geld getan? Dann ließe sich vielleicht ein Zusammenhang zwischen den Indizien herstellen. Wissen andere erst einmal, dass irgendwo Geld sein muss, und suchen danach, muss man wirklich raffiniert sein, wenn man dieses Geld, das man nicht selbst ehrlich verdient hat, verstecken will.« Aufmerksam beobachtete Hester Monks Gesicht. »Oder war das nicht der Grund?«

»Der Mann, der bei Skelmer's Wharf ertrunken ist – Pettifer –, war anscheinend an dieser Sache beteiligt. Wie viel er wusste, ist natürlich eine andere Frage …«

»Du meinst, nur McNab wusste, was gespielt wurde? Aber er hat eine gute Stellung, ist wohlhabend und genießt Respekt. Und in seinem Beruf ist er kaum Gefahren ausgesetzt. Warum sollte er all das riskieren?«

Genau das war es, was Monk beunruhigte. Was hatte er McNab angetan, das diesen Mann dazu veranlasste, seine ganze Existenz aufs Spiel zu setzen, nur um Monk Schaden zuzufügen? Er hatte schlaflose Nächte mit Grübeleien darüber verbracht – ohne Erfolg. Sein Gedächtnis gab einfach nichts her.

»William …?«, fragte Hester sanft.

Er blickte auf. »Ich weiß es nicht«, stöhnte er. Es fiel ihm schwer, die Worte auszusprechen, selbst Hester gegenüber. »Ich habe keine Erinnerung an ihn, nicht an seinen Namen, nicht an sein Gesicht, an nichts.«

»Hast du womöglich vorher schon einmal am Fluss gearbeitet?«, fragte Hester. »Und ich frage jetzt nicht nach deinen Erinnerungen; aber du musst doch amtliche Akten eingesehen haben. Schließlich weißt du, wo du bei der Polizei eingesetzt wurdest.«

Das war gefährliches Terrain – zu nahe an den Erinnerungsfragmenten, die Aaron Clive in ihm wachrief, und auch Kapitän Gillander.

»Ich war ab 1852 bei der Metropolitan Police«, erklärte er stockend. »Die Akten sind eindeutig. Was davor war, weiß ich nicht, aber am Fluss war ich keinesfalls. Und auch sonst ist kein Ort dokumentiert.« Das war es, was ihn in solche Angst versetzte: die klaffende Lücke. Ja, er hatte bei der Polizei gearbeitet. Aber in welchem Bereich? Intelligent, erfolgreich, gnadenlos ... und was noch?

»Hast du in den alten Einträgen auch nach dem Namen McNab geforscht?«, fuhr Hester sanft fort zu fragen; sie wusste, dass er sich vor dem fürchtete, was er vielleicht entdecken würde.

»Noch ... noch nicht«, gestand er. »Aber ich muss, nicht wahr?«

»Auch wenn du's nicht tust, sein Name wird trotzdem drinstehen und auf dich warten.« Sie machte ihm nicht vor, dass es schmerzlos werden würde. Sie selbst war nie davor zurückgeschreckt, sich dem zu stellen, was Schmerzen bereitete, aber sie wollte ihn nicht bedrängen. Stattdessen verließ sie ihren Sessel, sank vor Monk auf die Knie, schlang die Arme um ihn und drückte ihn mit aller Kraft an sich.

»Hast du in letzter Zeit mit Crow gesprochen?«, fragte Monk schließlich und löste sich von ihr.

Sie sah mit einem Lächeln zu ihm auf, das die Müdigkeit aus ihren Zügen vertrieb und die dunklen Schatten milderte. »Ja. Scuff macht natürlich Fehler. Andererseits meint Crow, dass er ein gutes Gespür hat und mit Feuereifer lernt. Außerdem ist er geduldig, was mich überrascht, wie ich zugeben muss.«

Dann stellte Monk die Frage, die einfach nicht aus seinem Hinterkopf weichen wollte.

»Ist er für Crow überhaupt von irgendwelchem Nutzen? Wenn er uns nur einen Gefallen tut, indem er uns den Jungen abnimmt und Scuff ihn nicht wirklich unterstützt, dann muss ich ihn bezahlen.«

Hester lächelte. »Crow geht behutsam mit ihm um, aber er verschweigt ihm nicht die Wahrheit. Das würde dem Jungen auch nicht helfen, weder jetzt noch später. Scuff muss ein guter Arzt werden – oder er wird eben keiner.«

Monk erwiderte Hesters Lächeln. »Ich denke, er will das unbedingt.«

Hester nickte. »Ganz bestimmt, das ist sein größter Wunsch. Und ich weiß, dass du ihm den Schmerz ersparen möchtest, falls er scheitert. Das möchte ich auch. Aber ich halte mir auch immer wieder vor, dass ich für meinen Teil wohlmeinende Lügen niemals akzeptieren würde. Ich brauche nicht vor dem Leben geschützt zu werden.«

Monk schnitt eine Grimasse. »Ich hätte es nie gewagt, so etwas bei dir auch nur zu versuchen!« Er lachte, aber nur halb im Scherz. Natürlich war er gerade im Begriff gewesen, genau das zu tun. Er liebte Hester und hatte gesehen, wie sie ihren Schmerz vor anderen verbarg. Sie wirkte so entschlossen, ihrer selbst so sicher! Merkte ihr überhaupt irgendjemand an, wie verletzlich sie in Wahrheit war, wie oft sie ihre Selbstzweifel vor den Patientinnen überspielte, weil diese an sie glauben mussten? Und ohne sich dessen bewusst zu sein, lehrte sie jetzt Scuff womöglich exakt dieselben Prinzipien.

Sie blickte ihn ein wenig verzagt an.

Für einen kurzen Moment legte er die Hand auf die ihre, dann lehnte er sich in seinem Sessel zurück und ließ die Stille sich ausbreiten. Bis auf das leise Knistern des Kaminfeuers und das Plätschern der Regentropfen gegen die Fenster war kein Laut zu hören.

»William …«, sagte Hester leise.

Er richtete sich wieder auf. »Ja?«

»Dieser Mann … Blount. Er wurde doch ertränkt, vielleicht versehentlich, vielleicht nicht. Und nachdem man ihn aus dem Wasser gefischt hatte, wurde ihm in den Rücken geschossen.«

»Ja.«

»Weißt du, von wem?«

Monk bemerkte die Sorge in Hesters Gesicht. »Nein. Warum?«

»Das habe ich mich gerade gefragt … warum? Was hat das für einen Sinn, auf jemanden zu schießen, der ganz offensichtlich schon tot ist?«

»Glaubst du, das diente dazu, mich in den Fall hineinzuziehen? Daran habe ich auch gedacht. McNab hat immerhin nach mir persönlich geschickt.«

»Er ist ein Problem für dich, nicht wahr? Ein langsamer, bedächtiger Mann, aber ist er auch intelligent?«

Monk lief es eiskalt den Rücken hinunter. »Ja.«

»Dann führt er etwas im Schilde«, murmelte Hester. »Bist du sicher, dass Owen seine Flucht dem Zufall verdankte? Sei vorsichtig … bitte! Du musst ins Archiv gehen und die alten Akten durchsehen, so schwer dir das auch fällt. Du kannst es dir nicht leisten, darauf zu verzichten.«

Monk seufzte. »Du hast ja recht.«

Am nächsten Morgen fuhr Monk in der Dämmerung über den Fluss. Ende November bedeutete das ungefähr acht Uhr, und insbesondere bei bedecktem Himmel war es um diese Zeit noch ziemlich dunkel. An sämtlichen vor Anker liegenden Schiffen brannten die Positionslichter, und auch die Straßenlampen am Ufer waren noch nicht gelöscht. Doch auch bei Dunkelheit galt: Verschiebe nicht auf morgen, was du heute kannst besorgen.

Monk bezahlte den Fährmann und stieg die Stufen zum Kai hinauf. Kurz sah er in der Wache nach dem Rechten und wechselte ein paar Worte mit dem Polizisten, der gerade seinen Nachtdienst beendet hatte. Danach lief er weiter zur Hauptstraße, winkte einen Hansom herbei und ließ sich zum Polizeiarchiv fahren, in dem die alten Akten gelagert wurden. Er wusste selbst, dass er ziemlich grimmig wirkte, aber das konnte er nicht ändern. Lange hatte er mit sich darüber debattiert, ob er irgendjemandem die Wahrheit über sich sagen sollte, und war zu dem Schluss gelangt, dass das tatsächlich notwendig war, sosehr ihn das auch verdross. Also galt: Keine Lügen mehr, zumindest keine direkten.

»Guten Morgen«, begrüßte er den Archivar und brachte sogar einen freundlichen Ton zustande, wenngleich er selbst hörte, wie scharf seine Stimme klang. »Ich habe jemanden vor Gericht gebracht, der mir Ärger bereitet. Leider kann ich mich nicht daran erinnern, vor dieser Sache mit ihm zu tun gehabt zu haben, aber er scheint einen tiefen Groll gegen mich zu hegen. Ich würde mich sicherer fühlen, wenn ich es wüsste.«

»Sehr wohl, Sir. Wenn Sie mir bitte folgen möchten. Nur Ihre eigenen Akten, sagen Sie?«

»Danke, ja.«

Monk schaute alles durch, was er über die Zeit zwischen seinen Anfängen bei der Polizei und dem Unfall finden konnte. Aber da war nichts, was auf Unredlichkeit hinwies, und an keiner Stelle wurde McNab erwähnt. Bis zum frühen Nachmittag studierte er die Unterlagen. Um zwei Uhr, nach beinahe sechsstündigem Brüten über den Berichten, bekam er Kopfschmerzen und einen steifen Nacken, war aber ansonsten so schlau wie zuvor. Nichts hatte er erfahren, außer dass er fast noch tüchtiger gewesen war, als man ihm berichtet hatte, und dass seine und McNabs Wege sich nie offiziell gekreuzt hatten.

So kehrte er nach Wapping zurück und begann, die aktuellen Fälle zu überprüfen. Dann trank er eine Tasse brühend heißen Tee, der viel zu stark und zu süß war, und verspeiste zwei recht gute Schinkensandwiches, ehe er die Wache wieder verließ, um wieder einmal mit NcNab persönlich zu sprechen.

Er traf den Zollpolizisten an seinem Schreibtisch an, vor ihm eine große Tasse mit Tee, dessen Farbe an Schlamm erinnerte. McNab blickte von den Dokumenten auf, die er gerade bearbeitete. Zunächst wirkte er erschrocken, doch dann entspannten sich seine Züge, und seine Lippen verzogen sich zu einem Grinsen.

»Wie lustig, dass Sie mich besuchen. Ich wollte morgen zu Ihnen rausfahren.«

Es kostete Monk Mühe, sich zwanglos zu geben, denn er befand sich in McNabs Territorium und war sich dessen nur zu bewusst. Mit einem knappen Nicken bedankte er sich bei dem Mann, der ihn zu McNab geführt hatte, und trat vor. »Ich habe einige Schlussfolgerungen vorzubringen und noch mehr Fragen«, kündigte er an.

McNab bot ihm keinen Tee an. »Worüber?«, fragte er unschuldig, als hätte er tatsächlich keine Ahnung.

Monk nahm unaufgefordert Platz. »Es geht um Blount, Owen und zwei weitere Strafgefangene, die in den letzten sechs Monaten aus dem Gefängnis geflohen sind.«

»Ach, wirklich?« McNab gab sich interessiert. »*Uns* sind sie nicht entkommen. Wem dann? Und warum kümmert Sie das überhaupt? *Sie* haben doch keinen verloren, oder?« Seine Stimme klang hoffnungsvoll, fast schon schadenfroh.

Damit hatte Monk gerechnet. »Nein. Sie sind aus einem Zuchthaus etwas weiter oben im Norden geflohen. Weniger als eine Tagesreise von hier entfernt. Einer hieß Seager. Schon mal von ihm gehört?«

»Nein. Was geht uns die Sache an?«

»Ein Geldschrankknacker. Ist aus dem Gefängnis von Lincoln ausgebrochen, stammt aber aus London. Es wird angenommen, dass er hierher unterwegs ist. Gilt als einer der Besten in seinem Fach.«

»Ah ja?« McNab beobachtete Monk nun äußerst aufmerksam. »Das bringt ihn in einen Zusammenhang mit dem, was ich Ihnen mitteilen wollte. Keine Spur von Owen, aber ein paar Gerüchte. Haben Sie nicht davon gehört? Dann trifft es sich gut, dass Sie gekommen sind. In Calais soll gerade ein verdammt guter Fachmann für Sprengstoffe aufgetaucht sein. Es heißt, er sei auf dem Weg hierher.« Er sah Monk fest in die Augen. »Und dann gibt es noch Applewood …«

»Applewood?« Es ärgerte Monk, dass McNab ihn dazu zwang, Fragen zu stellen.

»Ein weiterer Fachmann«, ließ McNab ihn genüsslich wissen. »Chemiker. Kann unter anderem alle möglichen Arten von Gasen mischen.«

Monk wartete.

»Allesamt uns bekannte Beteiligte«, ergänzte McNab.

Für einen Moment trat Schweigen ein. Im Flur waren Schritte zu hören und verhallten wieder.

»Aha.« Monk atmete tief durch. »Beteiligt woran?«

Aus McNab quoll die Genugtuung geradezu heraus. »Größerer Raub. Goldbarren. Die ganze Bande wurde verhaftet. Aber mehr aufgrund eines Missgeschicks als wegen besonderer Tüchtigkeit der Polizei.«

»Polizei. Es hat also nichts mit dem Zollamt oder der Wasserpolizei zu tun.« Monks Gedanken überschlugen sich. McNab genoss das Gespräch mit ihm sichtlich. Warum nur? »Wofür brauchten sie einen Chemiker, einen Experten für Sprengstoffe, einen Fälscher und einen Tresorknacker?«, fragte er. »Oder wissen Sie das nicht?«

»Ich habe ein paar Ideen«, sagte McNab gedehnt. »Aber wir müssen erfahren, hinter was die Bande her ist. Da sie Blount durch jemanden ersetzen müssen, der die gleichen Fähigkeiten hat, könnte das unser Ansatzpunkt sein. Es sei denn, Blount hatte sein Werk bereits verrichtet, und sie haben ihn getötet, weil sie ihn nicht mehr brauchen.«

»Dann sollten wir auf Leichen achten, die sich womöglich als diejenigen der anderen zwei Bandenmitglieder herausstellen könnten«, meinte Monk. »Woher wusste Pettifer eigentlich, dass Owen stromaufwärts flüchtete und nicht in die entgegengesetzte Richtung zur Isle of Dogs und zum Meer?«

McNab erstarrte.

Monk gab sich alle Mühe, jegliche Gefühlsregung aus seinem Gesicht zu tilgen. Er witterte eine Gelegenheit, mehr über Pettifer und vielleicht auch über McNabs Plan in Erfahrung zu bringen, ein Plan, der offensichtlich zu groß war, als dass der Zollpolizist ihn ohne Monks Männer verwirklichen konnte. Zweifellos würde McNab kooperieren, bis die Verhaftung bevorstand, nur um Monk im letzten Moment im Stich zu lassen und ihn – wenn möglich – vor der Öffentlichkeit zu blamieren. Es kam also ganz auf die Wahl des richtigen Augenblicks an.

Schon hatte sich McNab wieder im Griff und straffte sich. »Wie schade, dass wir ihn nicht fragen können«, sagte er in einem rauen Ton, der mit Sicherheit beabsichtigt war.

»Vielleicht hat er mit jemandem gesprochen?«, sinnierte Monk, als hielte er das für wahrscheinlich. Er musste unbedingt den ganzen Plan kennen, insbesondere die Teile, die Pettifer betrafen.

Mehrere Sekunden lang saß McNab vollkommen regungslos da, höchst zufrieden, und schließlich begegnete er Monks Blick mit einer für ihn ungewöhnlichen Offenheit.

»Skelman's Wharf ist ziemlich nahe bei Aaron Clives großen Lagerhallen, nicht wahr?« Das war eigentlich keine Frage, eher eine Erinnerung, etwas, das Monk sich merken sollte. »Ein wichtiger Importeur und Exporteur. Viele wertvolle Sachen dürften durch seine Hände gehen. Ein Teil der Waren ist so klein, dass sie ziemlich mühelos gestohlen werden können, oder was meinen Sie?«

Das stand zu vermuten. Vorsichtig stimmte Monk zu. »Ja …«

McNab fixierte ihn immer noch. »Und dann war da noch dieser Schoner, der am Südufer vor Anker lag. Hochseefähig, finden Sie nicht?«

»Zweifellos.«

»Und Owen ist darauf zugeschwommen. Der Kapitän hat ihm an Bord geholfen. Ihnen hat er später gesagt, er hätte Owen ein Stück flussabwärts gefahren und dann abgesetzt. Haben Sie ihm das geglaubt?«

Monk zögerte. Was immer er jetzt antwortete, er würde in eine Falle tappen. Gab er zu, Gillander geglaubt zu haben, würde er naiv wirken. Und im umgekehrten Fall würde er sich den Vorwurf einhandeln, ihn nicht hartnäckig genug verhört zu haben. Ehrlichkeit war das Einzige, woraus ihm später kein Strick gedreht werden konnte.

»Zu dem Zeitpunkt glaubte ich Gillander«, gab er zu.

McNab schürzte in gespieltem Bedauern die Lippen. Seine Augen leuchteten. »Tja, wie dumm. Jetzt ist es zu spät. Der Vogel ist ausgeflogen. Vielleicht sollten Sie ein bisschen mehr über diesen Aaron Clive und seine Geschäfte in Erfahrung bringen, hm? Ich kann Ihnen Abschriften von unseren Unterlagen geben. Ein reicher Mann … steinreich sogar.« Sein Grinsen wurde breiter. »Scheint auf den Goldfeldern von Kalifornien Geld gescheffelt zu haben. Kam dann hierher, um am angenehmen Londoner Leben teilzuhaben. Er ist Amerikaner. Was er vor seiner Zeit in Kalifornien getrieben hat, ist nicht bekannt.« McNab lehnte sich in seinem Stuhl zurück. »Wenn Sie noch etwas Interessantes herausfinden und uns das wissen lassen, würde die Zollpolizei das als gelungenes Beispiel von guter Zusammenarbeit betrachten.« Seine Augen glitzerten vor Genugtuung – ein Ausdruck, der Monk alles andere als behagte.

Monk nickte knapp. »Selbstverständlich. Wenn Sie uns Abschriften der Ladungsverzeichnisse der letzten Lieferungen an Clives Unternehmen schicken könnten, wäre das ebenfalls ein Zeichen guter Zusammenarbeit.« Er stand auf. »Guten Tag, Mr McNab.«

»Guten Tag, Commander Monk. Bin ja so froh, dass Sie hier waren.«

Monk traf Clive in dessen Büro am Flussufer an, das sich nicht weit von der Stelle befand, wo Owen die Flucht gelungen und Pettifer gestorben war. Das Büro war wunderschön und hatte mehr von der Bibliothek eines Gentleman als von einem Geschäftsraum. Die Möbel waren allesamt aus massivem, poliertem Teak- und Kirschholz, die Stühle mit Leder bezogen. Die aufwändig gerahmten Gemälde zeigten hübsche Landschaften.

»Guten Morgen, Commander«, begrüßte Clive ihn. Er war ein Mann von unaufdringlichem Charme. Die Herzlichkeit, die er so mühelos ausstrahlte, schien nicht um Gunst zu heischen. Wäre er Engländer gewesen, hätte Monk ihn für einen Adeligen von beträchtlicher Macht gehalten, einen aus alter Familie, die den Genuss von Privilegien, aber auch das Tragen von Verantwortung seit Jahrhunderten gewohnt war und mit einiger Sicherheit an ihrem Stammsitz über gewaltige Ländereien verfügte. Es sprach für Clive, dass er diese Aura der Macht mit solcher Eleganz verströmte.

»Guten Morgen, Mr Clive«, antwortete Monk ebenso selbstsicher, obwohl er sich ganz und gar nicht so fühlte. »Es tut mir leid, dass ich Sie schon wieder belästigen muss, aber seit dem letzten Mal hat sich die Lage geringfügig geändert. Ich habe inzwischen ein Gespräch mit Mr McNab von der Zollpolizei geführt. Wenn Sie sich erinnern, war es einer seiner Männer, der ertrunken ist …«

Clive deutete auf einen der zwei gepolsterten Stühle vor dem Kamin und nahm Monk gegenüber Platz.

»Ich erinnere mich«, sagte er interessiert. »Fällt die Sache nun doch unter Schmuggel? Ich dachte, der Mann, der geflohen ist, sei ein Experte für Sprengstoffe? Hieß er nicht Owen?«

Monk wählte seine Worte mit Bedacht, nicht ohne Clive auf dessen Reaktion hin zu beobachten. »In den letzten sechs Monaten sind vier Strafgefangene entflohen. Der Erste, von dem ich erfuhr, war der Fälscher, den ich Ihnen gegenüber erwähnt habe – Blount. Er wurde bei seiner Festnahme auf frischer Tat ertappt. Er war gerade dabei gewesen, Dokumente zu Schiffsladungen zu fälschen. Die Polizei wollte ihn wegen einer ganzen Reihe von Delikten ausgiebig verhören.«

»Ich bin mir so sicher, wie man nur sein kann, dass keine meiner Ladungen davon betroffen ist«, erklärte Clive.

»Gewiss nicht, Sir. Aber mir geht es nicht nur um seine früheren Verbrechen, sondern vor allem auch um seinen Tod. Das ist der Grund, warum McNab nach mir geschickt hat.«

Clive erstarrte, entspannte sich aber so schnell wieder, dass man an eine optische Täuschung hätte glauben können.

»Natürlich … McNab«, murmelte er. »Jetzt fällt es mir

wieder ein. Sie haben eine Schusswunde erwähnt … Demnach wird der Tod dieses Mannes nun von der Wasserpolizei untersucht?«

»Ja.«

Einen langen Moment saß Clive regungslos da. Er überlegte.

Monk musterte ihn. Da er auf eine Antwort wartete, durfte er das tun, ohne gegen die Etikette zu verstoßen. Clive war ziemlich groß, massiv und zugleich elegant. Das Bewusstsein von Macht, das er ausstrahlte, war nicht physischer Natur, sondern entsprang seinem tief in seinem Inneren verwurzelten Selbstvertrauen. Monk fragte sich, ob er jemals echte Angst empfunden hatte. Wenn ja, hatte das keine Spuren in ihm hinterlassen.

»Vielleicht eine Warnung an jemanden?«, regte Clive schließlich an. »So ergeht es zumindest denjenigen, die mich betrügen.«

Monk starrte ihn überrascht an, denn Clive schien wenig vertraut mit jeder Form von Gewalt oder Brutalität zu sein. Und doch musste er beides sehr wohl kennen. Ohne besondere Fähigkeiten, Glück, Mut und eine gewisse Menge Stahl in der Seele hätte kein Mensch den Goldrausch überlebt, geschweige denn so fabelhaft davon profitiert.

Als hätte er Monks Gedanken gelesen, lächelte Clive, seine Miene hellte sich auf, und er wirkte sofort deutlich jünger. »Wüssten Sie über die Goldfelder von '49 Bescheid, würden Sie mich nicht für so zivilisiert halten, Commander. Unsere Vornehmheit war nur Firnis und dünner als jede Lackschicht, das kann ich Ihnen versichern. San Francisco wurde praktisch über Nacht aus dem Boden gestampft.«

»Ja«, murmelte Monk, »entschuldigen Sie meine Ahnungslosigkeit.«

»Glauben Sie, dass Blount ermordet wurde, weil er seine Helfer verraten hatte?«, fragte Clive.

»Möglicherweise«, erwiderte Monk. »Aber wenn, dann an seine Rivalen, nicht an die Polizei oder das Zollamt.«

»Sind Sie sicher?«, fragte Clive, in den Augen ein schalkhaftes Funkeln. »Selbst falls Sie McNab persönlich trauen sollten, würden Sie dann auch für seine Männer die Hand ins Feuer legen? Oder für Ihre eigenen?«

Monk sah ihm fest in die Augen. »Zu meinen eigenen Männern habe ich blindes Vertrauen. Würden denn Sie Ihre Laufbahn, ja, Ihr Leben in die Hände von Männern legen, zu denen Sie kein Vertrauen hätten?«

Jäh ließ Clive jeden Anschein von Liebenswürdigkeit fallen. »Männer, denen ich nicht vertraue, würde ich vielleicht benutzen«, knurrte er. »Aber ich würde verdammt gut darauf achten, dass sie das nicht umgekehrt mit mir machen.«

»Eben«, erwiderte Monk mit einem aufrichtigen Lächeln. Sein Respekt vor Clive war ungebrochen, und er hatte das Gefühl, dass er ihn sogar mögen könnte. »Ich weiß nicht, wer Blount in den Rücken geschossen und wer ihn ertränkt hat. Sein Ertrinken könnte auch ein Unfall gewesen sein …«

»Und der Schuss?« Clive verhehlte seine Belustigung nicht, auch wenn sein Ton einen seltsam bitteren Nachklang hatte.

»Wie ich das sehe, könnte er abgefeuert worden sein, damit der Fall McNab aus den Händen genommen und der städtischen oder der Wasserpolizei übergeben wurde.«

»Weil Sie besser dafür ausgerüstet sind, ihn zu klären? Oder weil das Zollamt ihn einfach loswerden wollte? Oder sollten Sie von etwas anderem abgelenkt werden?«

»Letzteres ist sehr gut möglich«, erwiderte Monk. »Vielleicht sollte ich einfach darin verwickelt werden. Im letzten halben Jahr hat es wie gesagt zwei weitere Fluchtfälle gegeben, die von Belang sind – ein gewisser Seager, der sich darauf versteht, Tresore zu knacken, und ein Chemiker namens Applewood, der sich auf Gase spezialisiert hat, insbesondere solche, die einen blenden oder ersticken können.«

Er hielt inne, um zu beobachten, wie Clive die Bedeutung der Informationen verarbeitete.

»Alle vier Flüchtigen hatten bereits zusammengearbeitet«, fuhr Monk mit leiser Stimme fort. »Bei einem großen Goldraub. Sie könnten noch andere Verbrechen begangen haben, aber ihr Spezialgebiet sind extrem wertvolle Frachten. Nun befürchten wir, dass auch in Ihren Lagerhallen Güter gelagert werden, auf die sie ein Auge geworfen haben, und dass sie nur noch einen Ersatz für Blount finden müssen, ehe sie zuschlagen.«

Es schien eine Weile zu dauern, bis Clive den Sinn von Monks Worten erfasst hatte. »Bestimmte Fähigkeiten, die nur wenige haben«, murmelte er schließlich. »Was Fälschung damit zu tun hat, ist ja leicht zu verstehen. Für jedes Schiff sind Dokumente erforderlich. Gas braucht man, um jemanden außer Gefecht zu setzen; das leuchtet auch auf Anhieb ein. Was das Knacken von Safes betrifft, bin ich mir allerdings nicht so sicher. Ich lagere weder Gold- oder Silberbarren noch Juwelen. Und gegenwärtig auch keine Kunstwerke.«

»Eigentumsurkunden, Kaufbelege, Echtheitsbestätigungen?«, half Monk nach.

Clive biss sich auf die Lippe. »Ja … wobei sich Diebe mit so etwas normalerweise nicht abgeben. Sie bringen gestohlene Waren nach Europa, um sie zu verkaufen. Dort haben sie eine größere Auswahl an Sammlern und können höhere Preise erzielen, solange die Legalität der Waren nicht infrage gestellt wird. Das alles mag noch einleuchten – aber wozu die Sprengstoffe?«

»Um eine Wand einzureißen«, erklärte Monk. »Muss ja keine große Explosion sein. Mit einem Experten von Owens Kaliber könnte man eine sehr sorgfältig kontrollierte Sprengung bewerkstelligen. Das ist nur eine Möglichkeit von mehreren, Mr Clive. Eine Art Vorwarnung, sozusagen.«

»Und wer könnte dahinterstecken?«, fragte Clive in unvermittelt dringlichem Ton. »Wissen Sie das? Oder gehört das auch zu den ›Möglichkeiten‹, von denen wir noch nichts Genaues wissen?«

Nun merkte Monk Clive doch eine gewisse Anspannung an, als sähe der Mann sich mit einem ganzen Knäuel von Gefahren konfrontiert und überlegte fieberhaft, welche Fäden sich entwirren ließen.

»Es ist ja nur eine Möglichkeit«, wiegelte Monk ab. »Wenn wir die Kerle haben, lasse ich es Sie wissen.«

7

Es war längst dunkel, als Monk zu Hause in der Paradise Place eintraf, sodass er die etwa fünfzig Fuß hinter ihm am Randstein wartende Kutsche nicht weiter beachtete. Er bezahlte den Hansom-Fahrer und lief zur Haustür, froh, der Kälte zu entkommen.

Hester empfing ihn im Flur. Ohne den Mantel auszuziehen, schloss er sie in die Arme. Sie schmiegte sich an ihn und küsste ihn zärtlich auf den Mund.

Sie standen immer noch eng umschlungen im Flur, als scharf an die Vordertür geklopft wurde. Hester löste sich von Monk, um zu öffnen, doch er hielt sie am Handgelenk zurück.

»Ich mache auf. Wer immer es ist, ich will jetzt niemanden sehen. Ich bin müde und hungrig und freue mich auf einen langen Abend zu Hause.«

Sie schenkte ihm ein kurzes Lächeln.

Monk öffnete die Tür und starrte die Person, die ihm gegenüberstand, völlig überrascht an. Auf der obersten Stufe stand eine Frau, ganz allein, ihr Körper ein Schattenriss vor der Lampe ihrer Kutsche, die herangefahren war und hinter ihr am Straßenrand aufragte. Im Licht des Flurs konnte er ihr Gesicht sehen. Es wirkte aufgewühlt und war von einer über jeden Geschmack erhabenen, verstörenden Schönheit. Monk wusste nicht, wer sie war oder warum sie ausgerechnet zu ihm kam. Vermutlich hatte sie sich verirrt und suchte nach einer bestimmten Adresse.

Sie bemerkte seine Verwirrung und bedachte ihn mit einem winzigen, freudlosen Lächeln. »Ich bin Miriam Clive«, sagte sie. »Bitte verzeihen Sie, dass ich so spät und noch dazu unangemeldet hereinplatze, aber ich glaube, mein Anliegen ist dringend. Und ganz gewiss ist es vertraulich. Ich muss mit Ihnen sprechen, Commander Monk.« Sie machte keine Anstalten vorzutreten, sondern wartete auf eine einladende Geste. Der Wind zerrte an ihrem schweren Mantel und versprühte Wassertropfen von der pelzbesetzten Kapuze auf ihre Schulter.

Die Regeln der Höflichkeit ließen Monk keine andere Wahl. Er trat einen Schritt zurück und bat sie herein. Als sie an ihm vorbeiging, schloss er die Haustür und bot ihr an, ihr den nassen Mantel abzunehmen, ehe er seinen eigenen auszog und aufhängte.

»Danke«, sagte sie ernst.

Er führte sie ins Wohnzimmer, wo er sie kurz allein ließ, um Hester zu erklären, dass das Abendessen warten musste, und sie zu bitten, Tee zu kochen und ihnen ins Wohnzimmer zu bringen. Was sonst konnte man einer Dame anbieten, wenn sie zu so später Stunde unbegleitet und unangemeldet vor der Tür stand? Woher hatte sie überhaupt gewusst, wo er wohnte? Und warum war sie nicht zur Polizeiwache von Wapping gegangen?

Als er ins Wohnzimmer trat, hatte sie entgegen seiner Erwartung nicht Platz genommen, sondern stand in der Nähe des Kamins. Ihr schlichtes dunkelgrünes Kleid wurde von keinerlei Schmuck geziert, den ihr aufregend schönes Gesicht allerdings auch gar nicht nötig hatte. Sie fragte nicht, ob sie beim Essen störte. Sie hatte einfach draußen auf der Straße in ihrer Kutsche gewartet und wusste daher, dass er gerade erst heimgekehrt war.

Sie starrte ihn an, so wie das normalerweise nur Männer taten.

»Sie waren heute Vormittag bei uns, um mit meinem Mann zu sprechen. Er hat mir von Ihrer Unterhaltung berichtet, davon, was Sie gesagt haben, und auch, was er geantwortet hat.« Sie stand reglos da, die Schultern gestrafft, das Kinn leicht vorgereckt. Falls sie es tatsächlich darauf anlegte, größer zu wirken, als sie war, hatte sie das angesichts ihrer überdurchschnittlichen Größe eigentlich gar nicht nötig. »Was er Ihnen gesagt hat, war alles vollkommen wahr, aber da er bestimmte Dinge ausgelassen hat, war es letztlich trotzdem unaufrichtig.«

Monk verschlug es die Sprache. Er hatte Clive als durchaus offen eingeschätzt. »Was hat er denn weggelassen?«, fragte er schließlich.

»Haben Sie ihn gefragt, ob er Feinde hat, bestimmte Personen, die ihm übelwollen?«

»Indirekt.« Fieberhaft versuchte Monk, sich den Wortlaut des Gesprächs ins Gedächtnis zu rufen. »Er hat mir erklärt, er hätte nicht die leiseste Ahnung, wer hinter irgendwelchen möglichen Überfällen stecken könnte, vor denen ich ihn gewarnt habe. Auch wüsste er nichts von Waren in seinen Frachtschiffen, für die irgendwelche Verbrecher sich interessieren könnten. Sind Sie anderer Meinung, Mrs Clive?«

»Was das Frachtgut betrifft, kenne ich mich nicht aus.« Sie tat die Frage leichthin ab. »Über das Geschäft weiß ich nicht das Geringste. Ich erfahre lediglich ein wenig über die verschiedenen beteiligten Länder, wenn wir von dort entsandte Handelsvertreter bewirten. Einige von ihnen sind äußerst interessant, vor allem diejenigen aus dem Fernen Osten. Ihre Kultur ist so anders als unsere. Doch das ist irrelevant. Ich halte es nämlich für viel wahrscheinlicher, dass ein Überfall, wenn denn einer auf meinen Mann geplant sein sollte, rein persönlicher Natur und der Raub nur ein Vorwand wäre.« Sie vermied es, Monk ins Gesicht zu sehen, als wagte sie es nicht, ihm ihre Gefühle zu zeigen.

»Der Zweck wäre, ihn zu verletzen?«, fragte er sanft.

»Ja. Es ist gar nicht möglich, ein Vermögen oder einen guten Ruf zu erwerben, so wie ihm das gelungen ist, ohne sich Feinde zu machen. Ich denke, dass das auch Ihnen sehr wohl bewusst ist, nicht wahr, Mr Monk?« Sie trat einen Schritt auf Monk zu. »Sie sind ein Mann, der das Abenteuer nicht scheut und Entscheidungen treffen kann. Ihnen werden dort Erfolge gelungen sein, wo andere gescheitert sind.«

Mit beunruhigend offenem Blick musterte sie ihn aus äußerst geringer Entfernung, wobei sie nicht nur seinen Gesichtsausdruck abzuschätzen schien, sondern auch seine Statur, seine Körperhaltung, die Maske der Zuversicht, die seine Müdigkeit und all die Zweifel, die ihn plagten, verbarg. Es war, als würde sie ihn bereits durch und durch kennen, obwohl sie einander noch nie begegnet waren.

»Mrs Clive, wenn Sie wissen, wer seine Feinde sein könnten, dann sagen Sie es mir bitte. Und lassen Sie mich bitte wissen, warum Sie glauben, dass Ihr Mann mir nicht die ganze Wahrheit gesagt hat.«

Wieder spielte um ihre Lippen ein winziges Lächeln, das ihr Gesicht sofort ungleich weicher erscheinen ließ. Inzwischen hatte sie sich ein wenig abgewandt. Das Lampenlicht fiel auf die feinen Linien um ihre Augen und den Mund, die ihre Schönheit jedoch keineswegs beeinträchtigten, sondern ihren Zügen sogar etwas Leidenschaftliches und zugleich Verletzliches verliehen. »Ich bin mir nicht ganz sicher«, gab sie zu. »Aber ich kann Ihnen die Fakten nennen, die ich kenne. Was die Gründe betrifft, kann ich nur raten, aber vielleicht ist dies nicht die Zeit für Mutmaßungen, für die ich keine Beweise habe.«

Monk hätte ihr gern geholfen, doch sie bot ihm nichts, wo er hätte ansetzen können.

»Dann bitte die Fakten, Mrs Clive. Wer ist dieser Feind, der keine Mühe scheut, nur um eine alte Rechnung zu begleichen?« Während er sprach, kam ihm unwillkürlich McNab in den Sinn. Wie weit würde dieser Mann gehen, um Monk zu zerstören? So weit, dass er einen Einsatz der Polizei verriet und eine Situation schuf, in der mit hoher Wahrscheinlichkeit Monk, sein eigener Mann oder alle beide getötet wurden? Nun, Monk glaubte genau das.

Der Unterschied war nur, dass Aaron Clive im Besitz seines vollständigen Gedächtnisses war und nicht nur seinen Feind, sondern gewiss auch dessen Gründe für seine Pläne kannte.

»Mrs Clive?«, fragte er.

Sie nickte langsam, fast bedauernd, als hätte sie erst nach langem Zögern beschlossen, eine unvermeidbare Herausforderung anzunehmen.

»Ich habe Aaron vor bald zwanzig Jahren in San Francisco geheiratet.« Sie sprach sehr leise, wie um zu verhindern, dass jemand sie belauschte. »Davor war ich mit Piers Astley verheiratet. Er war …« Sie holte tief Luft und stieß sie wieder aus. Jetzt konnte sie nicht länger verbergen, dass dieses Gespräch ihr großen Schmerz bereiten würde. Sie nahm einen neuerlichen Anlauf. »Er war auch tapfer, aber ruhiger als Aaron, nicht so … forsch. Er war jemand, dem gegenüber sich alle loyal verhielten, weil auch er immer loyal war. Auf sein Wort war Verlass.« Sie biss die Zähne aufeinander, angestrengt darum bemüht, die Fassung zu wahren.

Monk wartete. Er wünschte sich, er könnte sie trösten, doch es gab nichts, was er im Moment für sie tun konnte.

Jetzt etwas zu sagen, sie womöglich zu berühren, das wäre ein unentschuldbares Eindringen in ihre persönliche Sphäre.

In diesem Moment kam Hester mit dem Tee, stellte das Tablett mit einem flüchtigen Lächeln ab, nickte Miriam kurz zu, als diese ihren Dank murmelte, und ging wieder.

Monk wartete immer noch.

»Doch er hatte auch dunkle Seiten«, fuhr Miriam schließlich fort. Sie seufzte, als hätte sie sich zu einer schweren, unumkehrbaren Entscheidung durchgerungen. »Dinge, die ich erst lange nach unserer Hochzeit kennenlernte. Ich glaube, die Griechen hatten ein Wort dafür: Hybris. Es steht für eine bestimmte Form der Arroganz, für die Auffassung, einem stünde nur das Beste zu und man könne es sich nach Belieben nehmen.« Nun, da sie ihren inneren Widerstand aufgegeben hatte, sprach sie frei und flüssig, ohne ständig nach Formulierungen suchen zu müssen. Dennoch vermied sie es, Monk anzusehen, und richtete ihren Blick stattdessen auf irgendeinen Punkt weit hinter ihm. Monk beschlich der Eindruck, sie spreche direkt mit der Vergangenheit.

»Er konnte charmant sein, manchmal sogar wirklich lustig. Ich erinnere mich, so ausgelassen mit ihm gelacht zu haben, dass mir die Tränen übers Gesicht flossen. Er liebte das Leben, das Abenteuer, die Schönheit der Welt. Sie war dazu da, um genossen zu werden, so wie sie war. Das betrachtete er fast schon als Pflicht. Er starrte zu den Mammutbäumen hinauf und betete sie förmlich an. Sie waren viele Jahrhunderte alt, verstehen Sie? Riesen, die den Kopf in den Sternen oben haben, sagte er gern.« Sie sprach mit erstickter Stimme, und ihre Augen schwammen in Tränen.

Monk nickte. An *dieses* Gefühl konnte er sich erinnern. »O ja. Ihnen gegenüber kommen wir uns vor wie winzige Kreaturen, die für immer an die Erde gebunden sind.«

»Er liebte sie über alles«, murmelte Miriam. »Aber so merkwürdig das ist – ich bin mir gar nicht so sicher, ob er jemals einen *Menschen* geliebt hat. Er war ein wahrhaftig guter Mann, großzügig und von Natur aus liebenswürdig.« Sie erschauderte leicht und blinzelte Tränen weg. »Aber das war vor langer Zeit. Und es hat gedauert, bis ich mir endlich eingestehen konnte, dass mein Mann tatsächlich auch eine dunkle Seite hatte. Ich werde nicht darüber sprechen. Dafür schäme ich mich zu sehr. Und ich habe weder den Wunsch noch das Bedürfnis, die Details dieser … anderen Wirklichkeit vor Ihnen auszubreiten. Es muss Ihnen genügen zu wissen, dass er in einen heftigen Streit um einen Claim geriet und ich später von seinem Tod erfuhr …«

Jetzt konnte Monk die ganze Trauer in ihrem Gesicht sehen, wenn auch nur für einen kurzen Moment. Sie war verheerend und so allumfassend, dass es ihn bestürzte. Doch sogleich gewann Miriam Clive die Selbstbeherrschung zurück und wurde wieder ruhig.

»Mein Traum von dem, was hätte sein können, von dem, woran ich glaubte, starb mit ihm. Es war Aaron, der mir in diesen dunklen Tagen half und mich vor denjenigen schützte, die mir Übles wollten. Nachdem mein erster Mann offiziell für tot erklärt worden war und eine angemessene Zeit vergangen war, bat mich Aaron, seine Frau zu werden, und ich willigte ein.«

Monk wartete darauf, dass sie zum Wesentlichen kam. Was sie bisher gesagt hatte, war alles andere als klar. Aber noch wollte er keine Mutmaßungen anstellen.

»Fahren Sie fort«, ermunterte er sie.

Sie wirkte verzweifelt, als hätte sich soeben ihre letzte Hoffnung auf Rettung zerstört. Jetzt schlug sie die Augen nieder. Sie konnte es offenbar nicht ertragen, ihm ins Gesicht zu sehen. »Ich habe Piers Astleys Leiche nie gesehen«, wisperte sie. »Falls er doch noch lebt, dann wäre er Aarons schrecklichster Feind. Er war ein Mann, der niemals vergab.«

Jetzt verstand Monk: ihre Trauer, ihre Furcht und vielleicht auch ein Gefühl von Schuld.

»Sie glauben, er würde auf Rache an Ihrem jetzigen Mann sinnen«, schloss er. »Doch wie könnte Aaron schuldig sein? Was ihn oder sonst wen betraf, waren Sie Witwe. Was hätte es Ihnen verbieten können, erneut zu heiraten?«

»Manche Menschen sind sehr besitzergreifend, Commander Monk. Piers würde davon ausgehen, dass ich zu ihm gehöre, und zwar mein Leben lang, gleichgültig, ob er tot wäre oder nicht.«

»Fürchten Sie auch um sich selbst?« Ohne sich dessen bewusst zu sein, trat er einen Schritt auf sie zu.

In einem Ton, als wäre es für sie ohne Bedeutung, antwortete sie erschöpft: »Überhaupt nicht. Was nützt es ihm denn, wenn mir etwas angetan wird? Man macht sein Eigentum nicht kaputt, Mr Monk. Doch wenn jemand es einem stiehlt, holt man es sich zurück. Vielleicht zerstört man dabei den Dieb, aber das tut man nicht, weil es einem Freude bereitet. Sondern um zu zeigen, dass man es sich nicht gefallen lässt, wenn Leute sich an fremdem Eigentum vergreifen. Und Strafen sind die beste Abschreckung. Dann kann man sicher sein, dass es nicht wieder geschieht.«

Monk schenkte den Tee ein und reichte Miriam die Tasse. Dankbar nippte sie an dem heißen Getränk, allerdings ohne sich zu setzen. Die andere Tasse nahm er.

»Beschreiben Sie mir Ihren ersten Mann, Mrs Clive. Sie haben gesagt, er sei gutaussehend und ruhig gewesen. Einige Details mehr wären hilfreich. War er blond oder dunkelhaarig, wie klang seine Stimme, gab es irgendwelche Auffälligkeiten, wie bewegte er sich, wie sprach er – Dinge, die sich im Laufe der Jahre vielleicht nicht geändert haben. Und falls er diese Verbrechen begangen hat und weitere plant: Wie würden Sie seine Mentalität charakterisieren, seine Denkweise?«

Miriam starrte Monk an. Sie überlegte.

»Hatte er irgendwelche Leidenschaften oder Ängste?«, fügte Monk hinzu. »Wenn ich ihn aufspüren soll, muss ich so viel wie möglich über ihn wissen. Wie gesagt, vor allem das, was sich nicht ändert. Man kann Haare verlieren oder sich einen Bart wachsen lassen, zu hinken beginnen, eine neue Gewohnheit annehmen. Aber die Liebe zur Natur, zu Hunden vielleicht, eine Vorliebe für Schokolade, ein Zwang zum Niesen in der Nähe von Katzen, Angst vor Spinnen – das sind Dinge, die immer gleich bleiben.«

»Ich verstehe.« Ihr war anzumerken, dass sie Monks Worte abwog und angestrengt nachdachte.

Monk wartete geduldig. Er wollte sie nicht bedrängen. Prompt bekam er ein schlechtes Gewissen, als ihr Tränen in die Augen traten, die sie gar nicht zu bemerken schien. Wie auch immer, er fühlte sich schuldig, solch eine tiefe Trauer in ihr geweckt zu haben. Doch falls dieser Piers Astley, der sie offenbar sehr verletzt hatte, tatsächlich noch lebte und jetzt plante, ihr neues Glück zu zerstören, indem er ihr Aaron Clive wegnahm oder den Mann anderweitig ruinierte, kam er mit zu viel Rücksicht nicht weiter.

»Er war Engländer«, begann sie schließlich. »Suchen Sie nicht nach einem Amerikaner. Seinen Akzent wurde er nie los. Er stammte aus einer besseren, wenn auch nicht adeligen Familie. Sie lebten im Norden von England … in der Nähe der Yorkshire Dales. Er liebte das offene Land, wo die Berge weit auseinanderstehen und scheinbar den Himmel berühren. Dort kann man meilenweit gehen, ohne einer

Menschenseele zu begegnen. Und natürlich liebte er auch die Stadt York, die nicht weit entfernt liegt. Sie ist das genaue Gegenteil von den Dales. Es wimmelt dort von Menschen. Die Straßen sind eng und gewunden, und die alten Mauern stehen noch alle. Wussten Sie, dass York schon unter den Römern eine Stadt war? Es hieß Eboracum und ist für die Kirche bis heute ein heiliger Ort.«

Monk konnte aus Miriams Schilderung sehr viel Zärtlichkeit heraushören. »Angenommen, er lebt noch, glauben Sie, dass er dorthin zurückgegangen ist?«, fragte er.

Miriam schüttelte den Kopf. »Das glaube ich nicht. Er würde vermutlich befürchten, jemand könnte ihn erkennen. Zur Zeit seines mutmaßlichen Todes hatte er sich im Vergleich zu seiner Jugend gar nicht sosehr verändert. Seine Wangenknochen, der Mund, der Haarschnitt waren noch so wie früher. Vor allem seine Stimme.«

Monks Neugier war geweckt. Wäre es wirklich so gefährlich für diesen Mann gewesen, wenn man ihn erkannt hätte?

Mit erstickter Stimme fuhr Miriam fort: »Er erzählte nicht viel von seiner Heimat. Er liebte es, meilenweit übers Land zu wandern …« Sie geriet ins Stocken, Tränen rannen ihr über die Wangen. »Verzeihen Sie. Nichts von alledem wird Ihnen weiterhelfen. Mit Glücksspiel gab er sich nie ab, aber in anderer Hinsicht stürzte er sich in abenteuerliche Risiken. Mit Pferden kannte er sich gut aus, und wenn er auf dem Kutschbock oder im Sattel saß, trieb er sie zu aberwitzigen Geschwindigkeiten an. Ich nehme nicht an, dass er sich darin verändert hätte.«

»Hatte er beim Sprechen irgendwelche Gewohnheiten?«, erkundigte sich Monk. »Eigenarten, die jemandem auffallen könnten?«

»Er konnte lateinische Bücher lesen, aber ich bin mir nicht

sicher, ob er auch ein Gespräch auf Latein hätte führen können. Er kannte viele von den Wörtern. Sagte, so viele englische Begriffe würden aus dem Lateinischen stammen, dass es einfach nützlich sei, es zu beherrschen. Ach ja, Spinnen störten ihn überhaupt nicht, aber er hatte Angst vor Motten. Dieses Flattern regte ihn auf. Er verbarg das zwar, aber man konnte sehen, dass er sie überhaupt nicht mochte. Sie wissen ja, wie das ist: Wenn man eine Aversion gegen ein solches Insekt hat, schaut man unablässig hin. Wenn eines im Zimmer ist, will man wissen, wo genau es sich aufhält.« Sie zwang sich zu einem Lächeln. »Und dann achtete er immer auf seine Füße. Gleichgültig, wie krank oder arm er war, auf gute Stiefel legte er den größten Wert.«

»War er aufbrausend?«, fragte Monk. »Oder trank er viel?«

»Nun, er hatte ein hitziges Temperament. Aber er trank sehr wenig. Er …« Erneut holte sie tief Luft. »Er konnte extrem nachtragend sein. Und er war klug. Er konnte diese Rätsel mit Wörtern und Gedanken lösen, bei denen ich nicht einmal weiß, worum es geht.«

Monk war sich bewusst, dass sie ihn sogar jetzt, da er an seinem Tee nippte, scharf beobachtete.

»Glauben Sie wirklich, dass er nach all den Jahren noch am Leben sein könnte? Warum sollte er so lange warten, bis er zurückkehrt, um Rache zu üben? Warum hat er es nicht gleich getan, als Sie alle in San Francisco waren?«

Sie antwortete mit einem kaum sichtbaren Schulterzucken, fast ein Eingeständnis ihrer Niederlage. »Ich weiß es nicht. Sie haben Aaron gefragt, ob es jemanden geben könnte, der ihn hasst. Er hat das verneint, doch ich mache mir Sorgen um ihn. Jemand scheint ihn sehr wohl zu hassen, und der Einzige, bei dem ich mir das vorstellen kann, ist Piers. Als Aarons Cousin Zachary noch lebte, begegneten sie einander auf Augenhöhe. Doch das ist lange her.« Ihre Züge wurden weich, und einen Augenblick lang verlor sie sich in Erinnerungen.

Monk wartete geduldig und nippte wieder an seinem Tee.

»Zachary gehörte zu den wunderbarsten Menschen, die ich in meinem ganzen Leben gekannt habe«, murmelte sie schließlich. »Zu ihm hatte jeder Vertrauen, allen voran Aaron. Als Aaron auf Gold stieß, war es Zack, der ihm half, seine Eigentumsansprüche rechtlich zu sichern, und der dafür sorgte, dass all seine Helfer ihre Belohnung erhielten.« Sie hielt abrupt inne, als wäre ihr ein neuer Gedanke in den Sinn gekommen.

War irgendetwas von dem, was Monk gerade erfahren hatte, relevant, was einen möglichen Anschlag auf Aaron Clives Unternehmen betraf?

Miriam biss sich auf die Unterlippe. Erneut traten ihr Tränen in die Augen, doch sie blinzelte sie weg. »Als Zack gestorben ist, kannte Aarons Trauer keine Grenzen. Plötzlich war er wie verwandelt, fast so, als hätte er einen Teil von sich selbst verloren …« Unvermittelt begann sie zu schwanken.

Monk bekam es mit der Angst zu tun. »Mrs Clive …? Ist Ihnen nicht gut?«

Sie straffte sich und schaute ihn wieder an. »Doch, doch, danke … Das alles ist ja wirklich lange her. Zack wurde getötet, als er einen hilflosen Mann gegen eine Meute von Betrunkenen verteidigte. Kalifornien war damals ein gesetzloses Land und Zacks Tod ein grausamer Verlust. Es war, als wäre plötzlich ein Licht erloschen und etwas Gutes für immer verloren gegangen. Ohne ihn kam uns – oder einigen von uns – buchstäblich die Orientierung abhanden.«

Monk suchte verzweifelt nach Worten. Schließlich rettete er sich in sachliche Überlegungen.

»Und was Piers Astley betrifft: Ist es tatsächlich möglich, dass er noch am Leben sein könnte? Obwohl er offiziell für tot erklärt wurde und es Ihnen damit freistand, Aaron Clive zu heiraten?«

»Mir wurde gesagt, dass er tot sei, und er ist nicht mehr nach Hause gekommen«, erklärte Miriam schlicht. »Eine Zeit lang hatte er für Aaron gearbeitet. Eigentlich war er seine rechte Hand.« Sie zuckte fast unmerklich mit den Schultern. »Sie verstehen nicht, wie es damals war, Mr Monk. Es war eine andere Welt dort draußen. Gold ist … Magie. Es ist, als hätte es die Macht, die Menschen zu verändern, das Leben der einzelnen, einfach alles. Eben hat man sich noch um jede Mahlzeit und wegen ein paar Dollar Schulden die größten Sorgen gemacht, und plötzlich glaubt man, alles kaufen zu können. Oder alle. Manche finden eine Handvoll Goldklumpen und sind fest davon überzeugt, dass es immer so weitergehen wird. Es hat Leute gegeben, die ihren ersten Fund verschenkten, weil sie dachten, es würde noch unendlich viel mehr Gold im Boden liegen. Allerdings täuschten sie sich. Bis auf wenige Ausnahmen genügte das Gold nie, obwohl genug herumliegt, dass man davon leben könnte. Das Beste wäre natürlich, sich ein Stück Land zu kaufen und darauf Ackerbau zu betreiben.« Sie schüttelte den Kopf. »Aber Gold ist Macht, und Macht steigt den meisten zu Kopfe.«

Monk wusste, dass Miriam die Wahrheit sagte. Er selbst hatte eine vage Erinnerung an eine Atmosphäre von Tollheit, eine Art allgemeinen Rausch.

Er bemerkte, dass Miriam ihn beobachtete, und ihn beschlich das unangenehme Gefühl, seine Gedanken lägen vor ihr ausgebreitet.

»Männer haben gespielt und ganze Vermögen verloren«,

erzählte Miriam weiter. »Viele wurden nach ihrem Goldfund von einem wahnwitzigen Übermut ergriffen, dieser typischen Euphorie, die Gold fast zwangsläufig auslöst. Die einen ließen sich nieder, andere starben arm. Manche kamen zu Wohlstand, indem sie Unternehmen, Schulen, Kirchen gründeten oder einfach Geschäfte eröffneten. Ein paar, wie Aaron, stießen auf eine reiche Goldader und wurden zu so etwas wie kleinen Königen in ihrem eigenen Reich.« Sie zuckte mit einem resignierten Seufzen die Schultern. »Wieder andere, Männer wie Piers, verschwanden einfach. Aus allen Teilen der Welt strömten Menschen ins Land und verließen es wieder. Und natürlich gab es auch die Eingeborenen, denen das Land eigentlich gehörte. Auch von ihnen sind viele verschwunden. Was bedeutet da schon ein englischer Abenteurer mehr oder weniger, außer für diejenigen, die ihn lieben?«

Monk musterte sie scharf. »Haben Sie denn einen stichhaltigen Grund zu der Annahme, dass Piers Astley noch lebt?«

Daraufhin verfiel Miriam in nachdenkliches Schweigen. Gerade wollte Monk seine Frage wiederholen, als sie schließlich antwortete, den Blick abgewandt, in Gedanken tief versunken in eine Vision, an der niemand teilhaben konnte.

»Vielleicht nicht. Aber ich sehe ihn überall, wenn auch womöglich nur deshalb, weil ich ihn sehen will. Flüchtige Blicke auf ein Profil, das seines sein könnte, einmal in San Francisco, und dann wieder, erst vor einem Monat, hier in London. Ich weiß nicht. Vielleicht habe ich es mir nur eingebildet. Dann waren Sie bei Aaron und haben ihm eröffnet, dass es jemanden geben könnte, der es womöglich darauf abgesehen hat, seinen Geschäften zu schaden, und einen raffinierten Einbruch plant. Wie kann ich da noch schweigen, wenn ich solche Visionen habe?«

»Ich verstehe«, antwortete Monk. »Ich werde die Augen offen halten, sollte ich auf irgendwelche Spuren von ihm stoßen oder einen Zusammenhang mit einem der geflohenen Verbrecher herstellen können.«

Entschlossen stellte sie ihre leer getrunkene Tasse ab und wandte sich Monk halb zu. Anscheinend hatte sie für sich eine Entscheidung getroffen. »Glauben Sie, dass dieser Schoner rein zufällig gegenüber dem Warenlager meines Mannes vor Anker liegt, Mr Monk?«

»Das weiß ich nicht, aber solange sich keine Beweise für das Gegenteil finden lassen, gehe ich davon aus, dass es kein Zufall ist. Gleich morgen werde ich meine Ermittlungen zu Piers Astleys Verschwinden und seiner möglichen Rückkehr nach England aufnehmen.«

Ein strahlendes Lächeln war die Antwort. Und jäh sah Monk die schöne Frau so vor sich, wie sie gewesen sein musste, als sie noch ein Leben in Sicherheit und voller Glück führte.

Als sie gegangen war, blieb er noch im Flur stehen und dachte über das nach, was er gerade erfahren hatte. So fand ihn Hester, die die Haustür hatte zufallen hören, und jetzt in den Flur trat.

Beim Abendessen erzählte Monk ihr von dem Gespräch mit Miriam Clive.

»Sie hat Angst vor dem, was du herausfinden wirst«, sagte Hester, als Monk geendet hatte. »Aber ihre Angst wird wohl noch größer sein, wenn deine Untersuchung im Sande verläuft. Es muss schrecklich sein, in Furcht vor jemandem zu leben, den man früher geliebt hat, ohne zu wissen, ob er wirklich noch lebt, und wenn ja, inwieweit er sich verändert hat.«

Monk sah die Anteilnahme in ihrem Gesicht und erkannte, dass eine Antwort weder nötig noch erwünscht war.

Am nächsten Tag machte sich Monk auf den Weg zu allen möglichen Leuten, darunter auch Kollegen in anderen Polizeibehörden, bei denen er sich darauf verlassen konnte, dass sie Informationen diskret behandelten. Falls Piers Astley in London war, musste irgendjemand an irgendeiner Stelle davon wissen.

Es war eine langwierige, mühsame Aufgabe, denn jeder, den er ansprach, brauchte neben einer Begründung, warum sich Monk nach Astley erkundigte, auch eine möglichst exakte Beschreibung des Mannes und der Tätigkeiten, die er vermutlich ausübte.

Es gab Leute, die Monk einen Gefallen schuldeten, und auch wieder andere, die ganz versessen darauf waren, dafür zu sorgen, dass er *ihnen* einen schuldete, und Monk wusste genau, dass sie ihn sehr bald einfordern würden.

Ein Vertreter des letzteren Typs, den er am frühen Abend ansprach, war ein Hehler, der sich auf Diebesgut aus dem oberen Marktsegment spezialisiert hatte. Leute wie er wurden in einschlägigen Kreisen auch gern beschönigend als »wohlhabende Schieber« bezeichnet. Die Waren, mit denen er handelte, waren nicht nur die besten und teuersten, sondern mussten auch klein und leicht zu transportieren sein. Dazu gehörten Schmuck, Figurinen aus Gold und Silber, geschnitztes Elfenbein oder Jade. Dieser Hehler hatte den Spitznamen »Velvet Boy« – Samtjunge –, was an seinem kindlich weichen Gesicht und seinen ebenso weichen Körperrundungen liegen mochte.

»Ein Engländer«, sagte er sarkastisch. »Der müsste ja leicht zu erkennen sein – ein Engländer in London! Sie sind gekommen, um sich über uns lustig zu machen, Mr Monk. Daran nehm ich Anstoß. Und wie!« Seine himmelblauen Augen bohrten sich empört in die von Monk.

»Ursprünglich ein Gentleman aus Yorkshire«, korrigierte Monk sich selbst, »der aber die letzten zwanzig Jahre des Goldrauschs in Kalifornien verbracht hat. Ziehen Sie keine voreiligen Schlüsse, Velvet Boy.«

Velvet schob eines seiner dicken Beine ein, zwei Zoll weiter vor. »Voreilig! Es is' lange her, dass ich mich beeilt hab. Sie wissen genau, dass ich weder laufen noch springen kann. Es is' nich' nett von Ihnen, dass Sie so mit mir sprechen. Sie machen sich über meine Gebrechen lustig. Auch daran nehm ich Anstoß.«

»Schlussfolgerungen sind geistige Leistungen«, konterte Monk. »Und Ihr Verstand ist meines Wissens einer der beweglichsten. Damit können Sie sogar zum Mond springen, wenn Sie wollen.«

Für einen Moment glätteten sich Velvet Boys Züge, und der Schmollmund verschwand. »Is' es also das, was Sie von mir verlangen, Mr Monk? Dass ich zum Mond springe? Was hab ich denn davon?«

»So einiges. Zum Beispiel, dass ich Sie eine ganze Weile nicht mehr belästigen werde.«

»Sie belästigen mich sowieso nich'. Ich lebe zu weit vom Fluss entfernt, als dass meine Angelegenheiten Sie was angehen würden.«

Monk zog seine Augenbrauen ein Stück nach oben. »Aber Sie wollen doch, dass das so bleibt und ich mich daran halte?«

Velvet Boy überlegte.

Monk wartete. In dem Zimmer war es drückend warm. Und es standen viel zu viele Möbel herum. Jede freie Fläche war vollgestopft mit Zierrat, praktisch alles davon Plunder. Darunter verbargen sich zwar auch ein paar echte Schmuckstücke, doch hätte es eines Sachverständigen bedurft, um sie als solche zu identifizieren. Monk machte sich gar nicht erst die Mühe, Interesse vorzugeben. Velvet Boy hätte sich ohnehin nicht täuschen lassen. Auch wenn er sich nur selten aus seinem Sessel bewegte, kannte er seine Meisterwerke und seine Diebe wie ein Konzertgeiger sein Repertoire. Wenn etwas Größeres anstand, bekam er jedes Mal Wind davon. Er zog die Informationen an wie ein Magnet.

»Wenn ich es recht bedenke«, ließ sich Velvet Boy schließlich vernehmen, »hab ich tatsächlich von jemandem gehört, der demnächst mit ein paar interessanten Artefakten vorbeikommen könnte. Wirklich hübsche Stücke aus geschnitztem Türkis und sogar Elfenbein. Meisterwerke der Indianer, die dort als magisch gelten.« Ohne zu blinzeln, beobachtete er Monk und wartete auf dessen Reaktion.

Unvermittelt stellte Monk fest, dass er genau wusste, wovon Velvet redete. Er sah die Stücke sogar vor sich: grob konturierte Miniaturen von Tieren: Bären, Fische, Frösche, Kojoten. Und er erinnerte sich sogar daran, sie berührt zu haben – die glatte, fast makellose Oberfläche von durchsichtigem Türkis. Die Klarheit der Bilder verblüffte ihn. Die Kunst der Indianer unterschied sich stark von der europäischen Schnitzwerks. Die Europäer versuchten eher, den Geist, den Wesenskern des dargestellten Geschöpfs zu erfassen und nicht sosehr seine äußere Schönheit zu zeigen. Bei der Schnitzerei, die er vor Augen hatte, handelte es sich um ein Totem, an dem nichts auf die Identität des Künstlers hinwies. Daraus sprach keinerlei Eitelkeit – im Gegenteil, sie war ein Akt der Anbetung. Vielleicht war es das, was dem Totem seine wahre Schönheit verlieh.

»Wenn so ein Stück Ihr Totem ist, überträgt die Schnitzerei den Geist des Wesens auf Sie, solange niemand anders sie berührt«, sagte Monk, ohne sich erklären zu können, woher er das wusste.

Eine zarte Röte färbte Velvet Boys Wangen. »Wer hat Ihnen das denn eingeflüstert, Mr Monk? Sagen Sie bloß, Sie sind ein Sammler! Is' es das, was Sie wollen: Den Burschen, den Sie suchen, verhaften und seine Kunstwerke an sich reißen?«

Monk überlief es eiskalt. Woher wusste Velvet so gut Bescheid? Und warum konnte er sich selbst die kleinen Tiere so genau vorstellen, statt sich nur daran zu erinnern, wie jemand sie ihm geschildert hatte? Er hatte sie nur zu deutlich vor Augen. Sie waren aus Türkis, Knochen, Silber und einige sogar aus Gold.

Er schluckte und atmete tief durch. »Ich möchte einen sehr großen Raub verhindern«, erklärte er. »Einen Racheakt. Dieser Mann ist den ganzen Weg von San Francisco gekommen, nur um jemanden zu zerstören, den er beneidet. Wenn Sie mir dabei helfen, ihn aufzuspüren, dann bin ich gern bereit, über sämtliche Artefakte, die er Ihnen verkauft oder ›geliehen‹ hat, den Mantel des Schweigens zu breiten.«

Velvets Augen glitzerten. »Sagen Sie bloß, Sie sind käuflich, Mr Monk? Sie lassen mich mit gestohlenen Gütern aushelfen? Das passt so gar nich' zu Ihnen. Wieso sollte ich Ihnen glauben? Wie ich das sehe, sind Sie dabei, mir eine Falle zu stellen.« Velvet Boy starrte Monk misstrauisch an. »Daran nehm ich Anstoß, jawohl!«

»Und ich nehme daran Anstoß, dass Sie mich für korrupt halten, Velvet«, konterte Monk. »Ich habe daran gedacht, dass ich zu viel zu tun habe, um Ihr Anwesen zu durchsuchen. Muss größere Fische jagen. Aber vielleicht habe ich doch mehr Zeit – ein hübsches Stück Elfenbein, übrigens, das da hinter Ihnen an der Wand hängt.«

Velvet Boy schürzte die Lippen. »Das hängt dort, um mich daran zu erinnern, dass man Fälschungen nie für Originale halten sollte. Glauben Sie wirklich, ich würde auf die Art ein echtes Meisterwerk ausstellen, damit jeder Dahergelaufene es anglotzen kann? Wofür halten Sie mich?« Er blickte drein wie ein geprügelter Hund.

»Für einen sehr schlauen Mann«, erwiderte Monk wahrheitsgemäß. »Bluff, Doppel-Bluff, dreifacher Bluff. Aber wenn es eine Fälschung ist, haben Sie sicher nichts dagegen, wenn ich es beschlag...?«

Für einen Moment flackerte Erschrecken in Velvet Boys Blick auf, nur um sofort wieder zu erlöschen. »Ich nehme ...«

»Anstoß«, vollendete Monk den Satz für ihn. »Ich weiß.« Er tat so, als machte er Anstalten aufzustehen, den Blick auf das Elfenbein an der Wand gerichtet.

»Vor etwa einem Jahr war ein Kerl bei mir und hat es mir verkauft. Dazu noch ein paar Sachen mehr. Ungefähr zwei Dutzend Ohrringe. Ein paar davon waren richtig groß. Gut aussehender Bursche. Aber aus Yorkshire war er genauso wenig wie ich. Amerikaner, nur hin und wieder konnte man einen irischen Akzent heraushören. Nich' viel, bloß einen Hauch, als wäre er schon lange nich' mehr dort gewesen.«

»Beschreiben Sie ihn.«

»Groß, elegant, sehr einnehmend, und das wusste er auch.«

»Glatt rasiert?«

Velvet strich sich über die Oberlippe. »Nein, Schnauzer.«

»Dunkel?«

»Kann man nich' sagen.«

»Name?«

Velvet schüttelte den Kopf. »Ich frag die Leute nie nach ihrem Namen. Das müssten Sie eigentlich wissen, Mr Monk. Die Stücke waren echt. Das is' das Einzige, worauf es mir ankommt.«

Gillander vielleicht? Jedenfalls nicht Piers Astley. Monk blieb noch eine Weile, doch als er aufbrach, drehten sich seine Gedanken nicht darum, wer der Verkäufer gewesen sein mochte, sondern darum, wie deutlich er sich an die geschnitzten Tiere erinnert hatte. Woher wusste er das alles nur?

Auch nach einem zweiten mit Recherchen verbrachten Tag hatte Monk nichts Brauchbares über Piers Astley herausgefunden. Doch immerhin hatte er mehr über den toten Blount erfahren und auch über die anderen beiden Männer, die schon vor einiger Zeit geflohen waren: den Panzerknacker Seager und den Chemiker Applewood.

»Der schlimmste Fehler, den wir je gemacht haben«, stöhnte ein Polizist zerknirscht, als Monk ihn in der Wache von Bethnal Green befragte, wo Applewood verhaftet worden war. Dem Mann stieg die Schamröte ins Gesicht. »Der Kerl sah so gewöhnlich aus, dass er genauso gut der Postbote oder ein Bankangestellter hinter dem Schalter hätte sein können. Wirkte irgendwie … kurzsichtig, harmlos. Die Sorte, die jederzeit über die eigenen Schnürsenkel stolpern könnte. Aber schlau. Das reinste Wiesel. Überprüfte in einem fort die Lage. Wusste immer sofort, was woraus bestand. Und auch, was wonach roch. Trug eine Brille mit dunklen Gläsern, und wenn er sie abnahm, hatte er Augen, von denen man richtige Albträume bekommen konnte.«

Seager, der im nahegelegenen Hoxton gelebt hatte, unterschied sich laut dem dortigen Sergeant in jeder Hinsicht von Applewood. Er wirkte ruhig und unscheinbar, war aber offenbar krankhaft um seine Finger besorgt. Um sie zu schützen, trug er selbst im Sommer Handschuhe und gab niemandem die Hand. Erstaunlicherweise spielte er gern Klavier, und das sogar vorzüglich.

Blount wirkte gemäß der Schilderung des Mannes von

der Zollpolizei weniger eigenartig. Auch er war in seinem Fach – wenn man es denn als solches bezeichnen konnte – hochangesehen. Ihn zu ersetzen musste schwer sein. War am Ende das der Grund, warum Aaron Clive noch nicht ausgeraubt worden war? Oder war jemand anders als Opfer vorgesehen, und das Verbrechen stand unmittelbar bevor? Monk hielt es für an der Zeit, sich bei McNab zu melden, bevor dieser zu ihm kam.

Sollte er die Wahrheit sagen? Er konnte es sich auf keinen Fall leisten, als unaufrichtig zu gelten. Am Ende würde er sich noch gezwungen sehen, sich zu rechtfertigen, wenn der Einbruch – oder was immer geplant war – gelang.

McNab blickte auf, als Monk die Treppe erklomm, die von Worth' Räumlichkeiten zu ihm hinaufführte. Einen derart unkomplizierten Zugang zu McNab war Monk nicht gewohnt. Für seine Verhältnisse begrüßte ihn der Mann fast freundlich.

»Ah! Morgen, Monk.« McNab brachte so etwas wie einen herzlichen Ton zustande. Mit einem Nicken bedankte er sich bei dem Beamten, der Monk zu ihm geführt hatte, und entließ ihn dann mit einer knappen Geste.

Monk nahm auf dem Besucherstuhl vor McNabs säuberlich aufgeräumtem und poliertem Schreibtisch Platz und berichtete ihm in einer verkürzten Version von Miriam Clives Angaben über Piers Astley. »Wenn er noch lebt und sich in dieser Gegend aufhält, wird er nicht auffallen wollen«, sagte er zum Abschluss. »Aber ich hatte ein Gespräch mit einem wohlhabenden Schieber, der vor über einem Jahr indianische Kunstwerke von einem Mann gekauft hat, der der Beschreibung Gillanders entsprechen könnte.«

»Nicht unserem Goldbaron, Mr Clive?«

»Nein. Außerdem passt es meiner Meinung nach nicht zu

Aaron Clive, dass er kleine Stücke importiert und sie über einen Hehler, ob wohlhabend oder nicht, verkauft. Nein, das war jemand, der eine hübsche Summe einstreichen wollte, ohne irgendwelche Aufmerksamkeit auf sich zu lenken.«

»Interessant.« McNab nickte bedächtig. Dann sagte er ernst: »Passt zu dem, was ich herausgefunden habe. Alles bestärkt mich in dem Verdacht, dass jemand es auf Clive abgesehen hat. Was mich auch überhaupt nicht wundert. Der Mann ist steinreich. Ich würde sogar so weit gehen und behaupten, dass er sich drüben in San Francisco ein paar Feinde zugelegt hat. Keiner kann so reich werden, ohne hin und wieder jemandem auf die Füße zu treten. Jetzt mag er ja ehrenwert sein und eine reine Weste haben, aber hatte er die schon immer?«

»Ich glaube nicht, dass wir das schnell genug herausfinden werden«, wandte Monk ein. »Es kann Monate dauern, nach Kalifornien und zurück zu segeln. Natürlich kann man es auch über New York oder Panama versuchen und von dort über Land reisen, aber das ist beschwerlich und gefährlich. Die dritte Möglichkeit wäre, um Kap Horn herumzufahren und sich von Süden nach San Francisco durchzuschlagen. Aber auch das ist weit und riskant.«

McNab zog eine skeptische Miene. »Zu weit«, bestätigte er. »Aber sicherer. Man bleibt am besten unter Deck und wartet einfach …«

»Haben Sie jemals das Horn umsegelt?«, fragte Monk scharf. McNabs Ahnungslosigkeit und sein verächtlicher Ton ärgerten ihn. »Der Südatlantik hat bei schlechtem Wetter Wellen, die hundert Fuß und mehr hoch sind.«

McNabs Augen weiteten sich. »Wirklich?« Seine Stimme verriet Faszination.

»O ja«, bestätigte Monk mit der Inbrunst desjenigen, der sich an jedes Detail erinnert.

Mit einem bei ihm seltenen, breiten Lächeln entblößte McNab seine Zähne.

Monk überlief es eiskalt. Er starrte einem Wolf ins Gesicht. Er durfte sich nicht das leiseste Zögern erlauben, denn das käme dem Geruch von Angst gleich, den jedes Raubtier sofort wittert.

»Das war vor langer Zeit«, antwortete Monk mit gespielter Ruhe. »Das Einzige, woran ich mich noch erinnere, sind die Angst und die Kälte. Aber wenn Sie wirklich mehr darüber wissen wollen, brauchen Sie nur die Seemänner zu fragen, mit denen Sie zu tun haben. Die kommen ja regelmäßig mit ihrer Fracht vom Westen und den Gebieten noch weiter draußen im Pazifik.«

»Ach, ich höre Ihnen sehr gern zu, Monk. Da erfahre ich alles Mögliche, das ich gar nicht erwartet hätte.« Zur Bekräftigung nickte er mehrmals. »Aber Sie haben recht: Es ist eine andere Welt dort draußen, und wir wissen sehr wenig darüber. Und momentan haben wir keine Zeit, mehr in Erfahrung zu bringen. Wir sollten also davon ausgehen, dass dieser Piers Astley hier sein könnte und Clives Warenlager ins Auge gefasst hat. Ich wünschte, wir könnten Owen aufspüren. Ich habe die Kollegen von der Metropolitan Police gebeten, nach ihm Ausschau zu halten oder ersatzweise nach jedem anderen Meisterfälscher. Vielleicht sollte ich selbst losziehen und noch einmal ein paar Worte mit Mr Clive wechseln? Was meinen Sie? Er scheint ein bemerkenswertes Gedächtnis zu haben …«

Monk wartete, die Augen starr auf McNab gerichtet.

Dieser erwiderte seinen Blick und schien ihn dabei ungeniert zu studieren.

»Irgendwelche Neuigkeiten über die anderen Flüchtigen?«, fragte McNab schließlich.

Monk zuckte mit den Schultern. »Nur das, was Sie bereits wissen. Die Besten in ihrem Fach. Gefährlich, gerissen.«

McNab schürzte nachdenklich die Lippen, ohne die Augen von Monk abzuwenden. »Hoffentlich haben sie nichts von unserer Fahndung mitbekommen. Es wäre keine gute Idee, Clive zu verärgern. Er weiß von der Drohung. Schade um …« Den Rest des Satzes ließ er bedeutungsvoll in der Luft hängen.

Monk wollte den Mann scharf zurechtweisen, doch ihm fiel keine passende Erwiderung ein. Bei jeder Begegnung mit McNab war ihm bewusst, dass dieser Mann ihn besser kannte als er sich selbst. Es war wie ein Kampf mit einer hinter dem Rücken festgebundenen Hand.

Er stand auf. »Zu dumm, dass Sie nichts Brauchbares aus Blount herausbekommen haben. Oder aus Owen.«

McNabs Augen verengten sich. »Hätte ich vielleicht noch, wenn Pettifer am Leben geblieben wäre«, zischte er.

Monk kehrte nach Wapping zurück, um sich nach den Ergebnissen von Hoopers Nachforschungen bezüglich der Razzia auf dem Schiff der Gewehrschmuggler zu erkundigen, die einen solch verheerenden Verlauf genommen hatte. Während der kurzen Fahrt mit der Droschke verfolgte McNabs Gesicht ihn. Wie seine Augen aufgeblitzt hatten! Der Mann genoss es geradezu, mit ihm, Monk, Katz und Maus zu spielen.

Mit seiner Erwähnung von Kap Horn hatte er sich einen schweren Patzer geleistet. Seine Befürchtungen führten dazu, dass er Fehler beging. Er war verletzlich, und McNab erkannte das – wenn nicht mit dem Verstand, so doch instinktiv.

Das musste aufhören. Monk musste in die Offensive gehen und McNabs Aufmerksamkeit auf etwas anderes lenken.

Hooper wartete schon auf ihn, als er die Wache betrat. Er schien zufrieden mit sich selbst. Seine Miene gab zwar nichts davon preis, doch als er aufsprang und Monk entgegenging, verrieten seine Bewegungen noch mehr Energie als sonst.

Monk blickte ihn gespannt an.

»Ich habe eine ganze Menge über Pettifer erfahren«, meldete Hooper leise. »Er hat den größten Teil seines Lebens fürs Zollamt gearbeitet. Hat zahlreiche Schmuggler verhaftet, die mit allen möglichen Waren unterwegs waren, vor allem aber mit Gewehren. Dass er es war, der uns bei der Razzia die Falle gestellt hat, kann ich nicht beweisen, doch ich kann mit Gewissheit bestätigen, dass er genug wusste, um uns verraten zu können. Er hatte sich ein hübsches Leben eingerichtet, unser guter Mr Pettifer. Trank immer sein Bier im Dog and Duck unten in Shadwell. Habe durch diskretes Fragen herausgefunden, dass er der Eigentümer war. Dort kommt man mit zig Leuten ins Gespräch, und Pettifer verwöhnte seine Kunden gern. Es ist nur eine Vermutung, aber wie ich das sehe, hat er bei dem Angriff der Piraten diese und die Schmuggler gegeneinander ausgespielt.«

»Danke«, seufzte Monk. »Vielen, vielen Dank.«

Hooper sprach nun noch gedämpfter. »Allerdings habe ich keinerlei Hinweise auf McNabs Beteiligung entdeckt. Wenn auch eine ganze Menge an zusätzlichen Details zu den Ausbrüchen. Anscheinend war es Pettifer, der Blount aufgespürt hat, den Ruhm dann aber einem anderen überlassen hat.«

»Wirklich? Das ist ja interessant.« Monk berichtete Hooper nun im Gegenzug, was ihm Velvet Boy über den Erwerb der indianischen Kunstwerke erzählt hatte, und wiederholte dessen Beschreibung des Verkäufers.

»Das klingt ganz nach Gillander«, stellte Hooper überzeugt fest. »Das bedeutet also, dass er dazugehört.«

»Tut es wohl«, gestand Monk ihm widerstrebend zu. Eigentlich mochte er diesen Gillander, aber persönliche Wertschätzung hatte mit Schuld oder Unschuld nichts zu tun. Er hatte seriöse Männer gekannt, die vor Rechtschaffenheit regelrecht barsten, die er aber dennoch nicht ausstehen konnte, weil sie schnell dabei waren, andere genüsslich zu verurteilen, und weil ihnen darüber hinaus oft jeder Sinn für Humor fehlte. Dann wiederum hatte es Schurken gegeben, die ihn zum Lachen gebracht hatten und die er trotz ihrer Verbrechen bewunderte, da ihm deren Liebe zum Leben gefiel.

»Ich fahre jetzt zu Gillander hinaus«, kündigte er an.

»Ich komme mit«, erklärte Hooper und richtete sich auf.

»Das ist nicht …«, begann Monk.

»Ich komme mit«, wiederholte Hooper, straffte die Schultern und wandte sich zur Tür.

Sie trafen Gillander an Bord der *Summer Wind*, die jetzt wieder gegenüber Aaron Clives Lagerhallen vor Anker lag. Er begrüßte sie mit der gleichen lässigen Souveränität wie bei Monks erstem Besuch.

»Was kann ich heute für Sie tun? Suchen Sie immer noch nach Owen?« Er führte sie übers Deck und die steile Holztreppe hinunter zur großen Kabine. Dort war es überraschend warm, und aus der Kombüse wehte ein angenehmer Geruch herüber. Es herrschte die gleiche beeindruckende Ordnung wie letztes Mal; alles war auf Hochglanz poliert.

»Tee gibt's heute nicht«, sagte Gillander grinsend, »dafür habe ich eine vorzügliche Suppe für Sie. Was drin ist, verrate ich aber nicht. Möchten Sie eine Tasse? Das Wetter ist ekelhaft genug dafür.«

Monk war geneigt, ihm zuzustimmen. Das Wasser war

aufgewühlt, und der Wind schnitt einer Sichel gleich über die Wellen. Dankbar akzeptierte er das Angebot.

Hooper ließ einen anerkennenden Blick über die Küche wandern. Er neigte dazu, Männer danach zu beurteilen, wie sie ihre Boote und ihr Werkzeug behandelten. Hier war er bereit, auch ihre Art zu kochen als Kriterium zuzulassen.

Gillander verschwand in der Kombüse, um bald darauf mit drei Messingschalen voll dampfender Suppe zurückzukehren.

Monk bedankte sich und wartete dann kurz, bevor er den ersten Löffel voll Suppe schlürfte. Sie war immer noch zu heiß, schmeckte aber vorzüglich. Gillander hatte eine Art Rinderbrühe mit einem großzügigen Schuss Brandy gezaubert.

»Gut!«, lobte Hooper.

Monk nickte zustimmend. Inzwischen war er sich darüber im Klaren, wie er das Gespräch auf den eigentlichen Grund ihres Kommens bringen konnte.

»Von Owen gibt es kein Lebenszeichen«, erklärte er anscheinend beiläufig. »Wir glauben, dass er an einer ziemlich großen Sache beteiligt sein könnte, bei der womöglich auch der andere Flüchtige, Blount, die Hände im Spiel hatte.«

Gillander blickte ihn überrascht an, doch Monk hatte nicht erwartet, dass er sich verraten würde, selbst wenn er über alles Bescheid wusste. Ohnehin war sich Monk überhaupt nicht sicher, dass Gillander wirklich die Fäden in der Hand hielt; vielleicht war er nur derjenige, der ständig vor Ort sein konnte, ohne Verdacht zu erregen. Nach wie vor wollte er nicht ausschließen, dass Piers Astley noch lebte und womöglich einen Einbruch bei Clive plante.

»Blount war ein Fälscher«, fuhr er fort. »Im letzten halben Jahr hat es noch zwei andere Ausbrüche gegeben. Insgesamt vier Männer, die schon einmal bei einem großen Raub zusammengearbeitet haben.«

»Interessant«, murmelte Gillander. »Robin Hood und seine tollkühnen Gesellen … oder vielleicht doch nicht so tollkühn. Wer hat dann Blount umgebracht? Wollte er die anderen etwa an die Zollpolizei verraten?«

»Ich habe nur gedacht …«, sagte Monk.

Schweigen trat ein. Gillander blickte zwischen Monk und Hooper hin und her.

»Gedacht – woran? An einen neuerlichen großen Raub?« Gillander lachte laut auf. »Bei Aaron Clive! Natürlich! Und jetzt glauben Sie, ich hätte etwas damit zu tun? Weil ich Owen aus dem Wasser gefischt habe?«

Monk nickte, darauf bedacht, ebenfalls zu lächeln. »Möglich ist das. Für eine solche Rettungsaktion ist Ihr Standort doch bestens geeignet. Warum hätten Sie sich denn sonst diese Stelle ausgesucht? So weit draußen stromaufwärts und entfernt von allen Annehmlichkeiten?«

»Deswegen ist sie ja so billig.« Gillander zuckte mit den Schultern. »Das werden Sie doch sicher verstehen, Mr Monk, nicht wahr? Schließlich waren Sie auch mal im eigenen Boot unterwegs. Man spart Geld, wo man kann, außer bei der Ausstattung, richtig, Mr Hooper?«

Hooper nickte, allerdings ohne die Augen von Gillander abzuwenden. Er saß etwas abseits am kleinen Tisch, von wo er jeden Punkt des Raumes sofort erreichen konnte, falls Gillander jäh aufspringen sollte. »Richtig«, bestätigte er.

Auch Monk nickte zustimmend, als bestünde vollkommenes Einverständnis zwischen ihnen. Was Gillander gerade über ihn als Kapitän eines eigenen Bootes gesagt hatte, hatte ihn schlagartig in hochgradige Anspannung versetzt.

Hooper griff den ursprünglichen Gesprächsfaden wieder

auf. »Von wo waren Sie eigentlich gekommen?«, fragte er Gillander. »Und wenn Sie nicht auf Owen und seine Freunde warteten, auf wen dann?«

Zum ersten Mal zögerte Gillander.

Das überraschte Monk. Er hätte erwartet, dass der Amerikaner eine glatte, unverfängliche Antwort parat haben würde. Doch auf einmal wirkte er nervös.

»Ich muss Mrs Clive einen Dienst erweisen«, erklärte er nach einer Weile. »Sobald ich das erledigt habe, werde ich ... überlegen, wohin es geht. Vielleicht zu den chinesischen Meeren. Waren Sie schon mal so weit im Osten, Mr Monk?«

Monk vermochte das beim besten Willen nicht zu sagen. Außerdem hatte ihn die plötzliche Erwähnung von Miriam Clives Namen aus dem Konzept gebracht. Gillander konnte doch nicht auch auf der Suche nach Piers Astley sein, oder?

»Nein«, erklärte er mit Nachdruck, »es war immer der Westen, der mich interessiert hat. Jetzt bin ich hier an der Themse glücklich. Früher oder später kommt die ganze Welt hierher.«

Gillander nahm das mit einem breiten Lächeln zur Kenntnis – charmant und humorvoll.

»Ich liebe diese subtile Arroganz der Engländer. Sie versuchen nicht einmal, Eindruck zu schinden. Sie sind in Ihrem Stolz viel zu sicher, um sich darum zu scheren, was der Rest der Welt von Ihnen hält. Ich habe das beobachtet und versuche seither, es nachzuahmen.«

»Ich würde meinen, das gelingt Ihnen ganz gut«, erwiderte Monk vielleicht ein wenig zu schnell. »Ist das ein irischer Akzent, den ich aus Ihrer Stimme heraushöre?«

»Ah! Sie haben es bemerkt. Und es trifft zu. Allerdings habe ich mich nicht lange dort aufgehalten. Ich lebe in Kalifornien seit ... aber das wissen Sie ja ...«

Monk spürte instinktiv, dass Gillander ihn nun viel aufmerksamer beobachtete, als sein zwangloses Gebaren es vermuten ließ. Er hatte sich in seinem Stuhl zurückgelehnt; ein Ellbogen ruhte auf dem Kombüsentisch dicht neben der Schale mit der Suppe. Sein Nacken und die ganze Schulterpartie waren indes angespannt, und seine Augen erforschten Monks Gesicht.

»Sie müssten Aaron Clive recht gut kennen«, sagte Monk, wenn auch etwas zu spät. »Sie hatten ja wohl auch viel mit ihm zu tun. Vor allem um '49 herum.«

»Damals war ich noch jung«, erwiderte Gillander wehmütig. »Heuerte auf kleineren Schiffen als Matrose an, segelte die Küste hinauf und hinunter. Hin und wieder ging's über den Atlantik und dann bis weit in den Osten. Kennengelernt habe ich Clive in San Francisco, als ich dort auf der Suche nach Arbeit war und immer wieder andere Stellen annahm, so wie es sich eben ergab. Ihm gelang einer der größten Goldfunde in der Gegend. Hat sich in den letzten fünf Jahren eine Art Imperium geschaffen. Anders als so viele hat er nie einen Cent verspielt. Hat sich ein hübsches Haus gebaut und einen Teil seines Vermögens in Anlagen investiert, die sich über die Jahre ausgezahlt haben. Gold, Handel mit Waren, die die Leute brauchten, mehr Geld, noch mehr Handel – wieder Gold.« Gillanders Stimme verriet keinerlei Neid.

»Aber Sie zogen Freiheit und Abenteuer auf dem offenen Meer vor«, sagte Monk. Das konnte er nur allzu gut verstehen. Nie hatte er Macht um der Macht willen angestrebt, sondern nur gerade so viel davon, wie nötig war, damit er seinen Beruf ordentlich ausüben konnte und niemandem etwas schuldig blieb. Worauf es ihm im Leben ankam, waren Gesundheit, Kompetenz, Mut, Unabhängigkeit und Selbstständigkeit. Übermäßiger Reichtum zwang einen Menschen nur in seine Dienste.

Plötzlich befiel Monk die Erinnerung an eine Küstenlinie mit blassen Bergen im Sonnenlicht, wilden Felsen und weißer Gischt von den Wellen, die sich gegen den Strand warfen und brachen, und an dunstiges bernsteinfarbenes Licht über dem Wasser, während der Tag mit einem letzten Aufleuchten erlosch.

Gillander beobachtete ihn neugierig. Konnte er sehen, was in ihm vorging?

Rasch lenkte Monk das Gespräch wieder auf den mutmaßlichen Raub. Dabei postierte er sich so, dass er Gillanders Gesicht frontal vor sich hatte. »Dieser Raub, der unserer Meinung nach geplant wird und vermutlich Clive treffen soll, weil er die reichste und vielleicht verletzbarste Persönlichkeit an diesem Flussabschnitt ist …«

»Sie glauben anscheinend, ich wüsste etwas darüber?« Erneut stellte Gillander Monk unverblümt zur Rede und starrte ihn beinahe herausfordernd an.

»Ich glaube, dass ein Mensch dahintersteckt, der alles sorgfältig plant«, entgegnete Monk. Er spielte seine Karten jetzt offener aus als ursprünglich beabsichtigt, aber er wollte nicht bei dem Versuch ertappt werden, Gillander zu hintergehen. Je länger er mit diesem Mann sprach, desto stärker wurde seine Sorge, dass der Amerikaner mehr über ihn wusste als er selbst, zumindest was die Zeit des Goldrauschs vor zwanzig Jahren betraf. Noch einmal führte er sich die erste Vernehmung dieses Mannes vor Augen. Mit keinem Zeichen hatte Clive ihm etwas in dieser Art zu verstehen gegeben. Hatte er ihn vergessen? Oder war er ihm nie begegnet?

»Wissen Sie schon, wer?«, fragte Gillander.

»Es sind einige Andeutungen gemacht worden. Warum fragen Sie? Wissen Sie etwas?«

Gillander zuckte mit den Schultern. »Nun, Clive hat viele Feinde. Das ist unvermeidlich, wenn man so reich ist wie er. Aber die meisten hat er schon seit vielen Jahren. Die Frage ist nur: Warum würde jemand so lange warten?«

»Gelegenheit«, sagte Monk wie aus der Pistole geschossen. »Clive ist erst seit zwei Jahren in England. Und solche Aktionen müssen gründlich geplant werden. Vielleicht war er in Kalifornien zu mächtig geworden, als dass irgendjemand es gewagt hätte, ihn anzugreifen.«

Gillander grinste ihn frech an. »Dann suchen Sie also einen Kalifornier?«

»Oder einen Engländer.« Monk lächelte. »Oder einen Europäer. '49 waren in San Francisco sämtliche Nationen unter der Sonne vertreten. Sie haben die Wahl.«

»Das stimmt«, bestätigte Gillander. »Kurz, Sie fahnden nach jemandem, der glaubt, dass der ungekrönte König des San Francisco von '49 sich als Opfer eines Raubüberfalls an der Themse eignen würde – und zwar heute.«

In diesem Moment beschloss Monk, Gillander die volle Wahrheit zu sagen, so wie Miriam es vorgeschlagen hatte. »Es könnte tatsächlich Rache dahinterstecken«, erklärte er.

Gillander erstarrte kurz, sodass Monk sich fragte, ob er sich die Reaktion nur eingebildet hatte.

»Auch hier gilt: Warum so lange warten?«, brummte Gillander und bewegte die Schultern leicht, als wäre es ihm auf seinem Stuhl unbequem geworden.

Monk spürte ein aufgeregtes Prickeln. Auf einmal kam er sich vor wie ein Raubtier, das seine Beute witterte und dann in der Dunkelheit – wo etwas sich verbarg, wartete, atmete – tatsächlich eine Bewegung registrierte.

»So *lange?*«, fragte er skeptisch zurück. »So lange ist das gar nicht, wenn man sich die Dauer der Überfahrt und die erforderliche Planung vor Augen hält.«

Gillander schwieg.

Monk lächelte. »Oder dachten Sie, es geht hier um Rache für etwas, das vor langer Zeit geschehen ist, sagen wir '48 oder '49?«

Gillander war geistesgegenwärtig genug, um nicht zu lügen. Er musste die vor ihm liegenden Fallstricke sofort bemerkt haben. Ohne Zweifel fragte er sich, wie viel Monk wusste.

»Das waren die wildesten Jahre, diejenigen mit den größten Claims«, sagte er vorsichtig, ohne Monk aus den Augen zu lassen. Hooper beachtete er nicht. Lag das daran, dass Monk damals dort gewesen war und Hooper nicht?

»Sie denken an Rache für etwas, das er verloren hat?«, fragte Monk überrascht. »Ich könnte mir eher einen Anschlag vorstellen, der auf die Gefühle der betreffenden Person abzielt – ein Mordversuch vielleicht, Verführung oder Vergewaltigung einer Frau. Etwas, das dem Herzen eines Mannes näherliegt als Geld.«

Gillander gab sich alle Mühe, die Fassung zu wahren, doch winzige Details verrieten ihn trotzdem: dass ihm eine Sekunde lang der Atem stockte, die plötzliche Anspannung der Schultern, das Erblassen. »Wie sollte dann Aaron Clive das *Opfer* sein?« Er legte die Betonung auf das Wort »Opfer«, womit er Zweifel anklingen ließ. »Nun, Mrs Clive ist wohlauf und weder verführt noch vergewaltigt worden. Niemand hat einen Anschlag auf ihr oder Clives Leben verübt.« Er bemerkte seinen Fehler sofort. »Äh … soviel ich weiß, natürlich …«

»Sie kennen die beiden gut?«, fragte Monk beiläufig.

Jetzt röteten sich Gillanders Wangen. »Ich war ein junger Bursche – ein sehr junger von gerade erst zwanzig Jahren, ein Niemand, wie er im Buche steht, als ich sie '49 kennenlernte. Ich habe Botengänge erledigt.« Er deutete mit einer ausladenden Handbewegung auf das Schiff. »Das hier habe ich erst später erworben. Seien Sie mir nicht böse, aber auf der Grundlage des Wenigen, was ich über Aaron und Mrs Clive weiß, glaube ich nicht, dass Ihre Theorie Sinn ergibt.«

»Und Piers Astley?«, fragte Monk.

»Piers Astley?«

Monk wusste, dass Gillander den Namen nur wiederholte, um Zeit zum Nachdenken zu gewinnen.

»Miriam Clives erster Mann«, erklärte Monk. »Wurde überfallen, verschwand, wurde später für tot erklärt. Danach heiratete sie Mr Clive. Denken Sie nicht, dass Astley einen Groll gegen Clive hegen könnte? Miriam Clive ist eine der schönsten Frauen, die ich je gesehen habe, und wenn er noch lebt, könnte er durchaus immer noch in sie verliebt sein.«

Gillanders Augenbrauen schossen nach oben. »Piers Astley … Anstifter zu einem Komplott, um Clive *jetzt* zu ruinieren?«, rief er mit einem ungläubigen Lachen.

»Eines der ältesten Motive der Welt«, erwiderte Monk trocken, auch wenn er sich immer unbehaglicher fühlte.

»Piers Astley ist tot!«, erklärte Gillander.

»Ist mutmaßlich tot«, korrigierte Monk. »Ein gewaltiger Unterschied, ein entscheidender.«

Gillander seufzte, sein Lachen hatte sich verflüchtigt. »Er ist tot«, beharrte Gillander leise. »Ich selbst habe seine Leiche gesehen. Sie war von Kugeln durchlöchert. Mehr noch, ich war einer von den zwei Männern, die ihn begraben haben. Wenn wir in Kalifornien wären, könnte ich Sie zu seinem Grab führen. Es ist nicht gekennzeichnet, aber er liegt darin. Möge Gott ihm helfen.«

Monk war wie vom Donner gerührt. »Warum wurde sein Tod dann nie offiziell bestätigt und seine Witwe nicht entsprechend aufgeklärt?«

Gillander erhob sich mühsam. »Sie trug sein Kind in sich.« Seine Stimme brach. »Sie hat es verloren, als ihr die Nachricht überbracht wurde. Das war zu der Zeit, als Aaron Clive in ihr Leben trat, um ihr zu helfen. Sie war krank, verletzlich und litt unsäglich. Nein, glauben Sie mir, Piers Astley schmiedet keine Rachepläne, gleichgültig, gegen wen.« Er blickte Monk ernst an. »Vielleicht war sie zu bekümmert, um sich präzise an das zu erinnern, was man ihr über Piers Astleys Tod gesagt hatte. Vielleicht hoffte sie eine Zeit lang, sodass sie Wunsch und Wirklichkeit miteinander verwechselte. Ich weiß es nicht. Aber diese Angelegenheit fällt nicht in Ihren Zuständigkeitsbereich. Bleiben Sie bei der Themse, Monk! Das hier ist tiefes Wasser von einer ganz anderen Art. Da gehören Sie nicht hin.«

Monk stand nun ebenfalls auf. Gillander hatte recht. Er war nicht zuständig. Wenn Gillander die Wahrheit sprach und Astley tatsächlich tot war, brauchte er den Fall nicht noch einmal aufzurollen und nach wem auch immer zu fahnden, der Aaron Clive Böses wollte.

Als Monk und Hooper wieder zurückruderten, hatte Monk Miriam Clive vor Augen. Sie war wunderschön, bekümmert und sehr gefühlvoll. Aber sagte sie wirklich die Wahrheit? Kannte sie sie überhaupt?

Womöglich hatten ihre Trauer um ihren ersten Mann und das verlorene Kind sie den Bezug zur Realität verlieren lassen und ihr Leben in einen Albtraum verwandelt, aus dem es kein Erwachen gab.

8

Seit Beata in Trauer war, gab es nur wenige öffentliche Orte, die sie unbegleitet aufsuchen durfte. Der Park jedoch gehörte dazu. So wanderte sie oft, vielleicht allzu oft, unter den mittlerweile kahlen Bäumen über die gepflegten Kieswege. Auch heute ging sie dort spazieren. Es bereitete ihr Freude zu sehen, wie sich die nackten Äste dem Himmel entgegenreckten, gerade weil sie ihren Zustand nicht mit Blättern maskierten und so eine einzigartige Würde ausstrahlten.

Sie schlenderte ohne Eile umher, da sie keine Lust hatte, schon bald wieder nach Hause zu gehen. Da sie ganz in Schwarz gekleidet war, gemessenen Schrittes dahinschlenderte und kein einziges Mal stehen blieb, um mit irgendjemandem zu sprechen, vermittelte sie den Eindruck einer perfekten Witwe, die die traditionelle Trauerzeit einhielt: einsam unter bleiernem Himmel. Die Leute vermieden es, sich ihr zu nähern; man respektierte ihren mutmaßlichen Schmerz.

Dabei empfand sie nicht die geringste Trauer, außer um die vergeudeten Jahre, die sie voller Hass gegen Ingram verbracht hatte, ohne irgendetwas zu unternehmen, um ihr Leben zu ändern. Sie hatte ihm gestattet, ihr einzureden, dass ihr die Hände gebunden waren. Aber traf das wirklich zu?

War ihre Einkerkerung vielleicht eine Freiheit ganz anderer Art gewesen? Zwar konnte sie keine eigenen Entscheidungen treffen, doch genau das hatte es ihr erspart, selbst zu denken, zu planen und Verantwortung zu übernehmen. Die Ausrede war perfekt: Ich hatte keine Wahl; ich konnte nicht scheitern, weil es mir nicht erlaubt war, irgendetwas zu versuchen! Wenn ein Erfolg nicht möglich war, dann galt das gleichermaßen für das Scheitern. Hätte sie Ingram verlassen, wäre sie von der Polizei als geflohene Ehefrau zu ihm zurückgebracht worden, wenn er das verlangt hätte. Doch vielleicht hätte er das gar nicht getan. Sie wusste es nicht, sie hatte es nie darauf ankommen lassen.

Wie kindlich ihr dieses Verhalten jetzt erschien! Das war keine Unschuld; es war der vorsätzliche Verzicht auf Selbstständigkeit.

Vorbei an den Rhododendren – den einzigen immergrünen Blattpflanzen in diesem Park – ging sie einen leichten Abhang hinunter und überquerte die Brücke.

Immerhin konnte sie jetzt in Ruhe überlegen, wie es in ihrem Leben weitergehen sollte. In finanzieller Hinsicht hatte Ingram sie bestens versorgt hinterlassen, sodass sie sich um ihr Auskommen keine Gedanken machen musste. Sie war also nicht gezwungen, sich neu zu verheiraten. Aber sie *wollte* Oliver Rathbone heiraten ... oder etwa nicht? Es war nur Ingrams stures Festhalten am Leben gewesen, das sie getrennt hatte.

Und, wie sie sich jetzt sagte, die Furcht vor einer neuerlichen Verwicklung in Gefühle und Intimität. Hatte sie den Mut, all den Schmerz und die Erniedrigungen der Vergangenheit hinter sich zu lassen und einen neuen Versuch zu wagen?

Sie blieb stehen und blickte auf das dunkelbraune Wasser hinunter.

Sie musste mit diesen Grübeleien aufhören! Das war doch lächerlich. Mut! Ohne Mut konnte man nichts gewinnen, das es wert war, besessen zu werden. Sie verachtete Feigheit, und dennoch war sie drauf und dran, selbst darin zu versinken.

Abrupt drehte sie sich um und marschierte zügig denselben Weg zurück, den sie gekommen war.

An diesem Abend speiste sie wieder bei Aaron und Miriam Clive. Als Ausrede diente eine Beratung über die Besetzung des Lehrstuhls, der in Ingrams Namen der Universität gestiftet werden sollte. Auf diese offizielle Version mussten sie freilich nur dann zurückgreifen, falls jemand Fragen stellte oder bemängelte, dass Beata ihr Zuhause wegen eines so erfreulichen Anlasses verließ.

Natürlich trug Beata wieder Schwarz, wenn auch nicht dieselbe Robe wie beim letzten Mal. Diese war femininer, und die Seide passte besser zu ihr. Dazu hatte sie heute traditionellen Trauerschmuck aus Gagat angelegt. Er stammte aus Whitby im Norden von Yorkshire, wo die besten Steine dieser Art abgebaut und verarbeitet wurden. Diese Stadt, sinnierte Beata, musste ein Vermögen mit Tod und Trauer gescheffelt haben!

Lieber hätte sie Perlen getragen; sie schmeichelten ihrem Gesicht so viel mehr als die zerklüfteten Oberflächen von Gagat. Aber sie war nicht in der Stimmung, laut geäußerte – oder auch nur imaginäre – Kommentare zu ertragen.

Tatsächlich sah sie nichts als Bewunderung in Aaron Clives Augen, als sie in den Salon geführt wurde, wo Miriam und er vor dem Kamin standen und auf sie warteten.

Aaron verbeugte sich galant und machte ihr lächelnd Komplimente zu ihrer Robe. Miriam, die ein burgunderrotes Kleid trug, ergriff Beatas Hände und hieß sie herzlich willkommen.

Beata blickte sich um. Sie waren nur zu dritt. »Warten wir

noch auf Dr. Finch?«, fragte sie. »Ich bin ja so froh, dass ich nicht für eine Verspätung gesorgt habe. Erst befürchtete ich, zu früh zu kommen, und deshalb habe ich mir ein kleines bisschen mehr Zeit gelassen.«

Es war wirklich so gewesen. Wegen des Gagats hatte sie länger gezögert – als ob das irgendjemanden interessieren würde!

»Dr. Finch kommt nicht«, erklärte Aaron. »Wir brauchen ihm heute Abend keine Ungelegenheiten zu bereiten. Wir können ihn jederzeit in Kenntnis setzen, sobald wir eine Entscheidung treffen.«

Miriam zuckte lächelnd mit ihren wunderschönen Schultern. »Tatsächlich hatten wir nie vor, ihn um seine Meinung zu bitten. Das heutige Arrangement dient eigentlich nur als Vorwand für ein nettes gemeinsames Essen. Er ist zwar angenehm und freundlich, aber wenn er dabei wäre, müssten wir nur wieder über den Lehrstuhl oder die Anforderungen an die Studenten und so weiter sprechen.« Sie musterte Beata aus halb zusammengekniffenen Augen. »Sie sehen schrecklich müde aus, meine Liebe. Sie müssen sich in Ihrem Haus ja zu Tode langweilen. London ist zwar wirklich hübsch, aber sehnen Sie sich nicht manchmal nach den wilden Tagen in San Francisco zurück? Ich kann mich nicht erinnern, dass man dort jemals getrauert hätte; es gab einfach keine Tränen.« Jäh brachte ein Lächeln ihr bildschönes Gesicht zum Leuchten. »Hätten Sie nicht mal Lust, mit einer Droschke aus der Stadt hinauszufahren und die Sonne zu genießen oder eine dieser Wie-heißen-sie-noch anzuziehen und auf einer Draisine die Hügel in der Umgebung zu erkunden?«

Miriam hatte nicht ganz die Wahrheit gesagt. Auch in Amerika trauerte man über den Verlust geliebter Menschen, nur zeigte man das nicht. Bei Miriam war das nicht anders gewesen. Ein derart ernstes Thema wollte Beata jetzt jedoch nicht ansprechen. Im Gegenteil, bei der Erinnerung an die unbeschwerte Zeit damals brach sie unwillkürlich in Lachen aus. Wieder konnte sie den Fahrtwind im Gesicht spüren und erlebte aufs Neue die Freiheit, in Pluderhosen unterwegs sein zu dürfen: ein Kleidungsstück so weit wie ein Rock, aber in der Mitte in der Art von Hosen geteilt – wirklich eine geniale Erfindung. »Nicht dasselbe wie im Damensitz durch die Rotten Row im Hyde Park zu reiten«, stimmte sie zu.

»Aber auch das können wir tun!«, rief Miriam. »Natürlich alle in schwarzen Kleidern. Dazu halb verschleiert. Ich finde, diese Zylinder mit halbem Schleier sind der verführerischste Kopfschmuck, den man sich vorstellen kann. Viel aufregender als die glanzvollste Tiara.«

»Das wird allerdings nicht unkommentiert bleiben«, ließ sich Aaron vernehmen, wobei Beata zunächst nicht erkennen konnte, ob das als Kritik gemeint war, bis ein Blick in seine lachenden Augen sie eines Besseren belehrte.

»Schön.« Miriam lächelte ihn an, nur um sich gleich wieder an Beata zu wenden. »Es wäre schrecklich für mich, mir solche Mühe zu machen und dann nicht mal aufzufallen.«

Beata fragte sich, ob Miriam das wirklich so meinte. Und so wie Aaron sie ansah, ging es ihm offenbar nicht anders. Wusste Miriam denn nicht, dass sie *immer* Aufsehen erregte?

Sie unterhielten sich über die neuesten Ereignisse, die in den Zeitungen standen, bis es Zeit wurde, sich in den Speiseraum zu begeben und an dem prächtigen Kirschholztisch Platz zu nehmen.

Das Essen schmeckte vorzüglich. Nach einer köstlichen klaren Suppe wurde Weißfisch in Remoulade, dann Lammkotelett mit blanchiertem Gemüse aufgetragen. Allerdings war Beata zu sehr in die Konversation vertieft, um wirklich auf die Speisen zu achten. Das Gespräch wanderte von einem Thema zum nächsten. Sie tauschten gemeinsame Erinnerungen an die Vergangenheit in Kalifornien aus, an Personen, die sie alle gekannt hatten. Strittige Punkte ließen sie selbstverständlich aus. Hitzige Debatten wurden in kultivierten Kreisen wie den ihren nicht geführt – was nichts daran änderte, dass sie sich durchaus Meinungsverschiedenheiten gestatteten.

»Er war immer sehr angenehm«, äußerte sich Aaron über einen Mann, dessen Namen im Gespräch aufgetaucht war.

»Gewiss war er das«, bestätigte Miriam mit einem Anflug von Wehmut. »Er war Bankier. Es hätte ihm erheblich geschadet, wenn du ihm das Geld, das er für dich verwahrte, entzogen hättest.«

Aaron starrte sie verdutzt an. Seine dunklen Augen weiteten sich. »Hast du ihn wirklich für einen Opportunisten gehalten?« Beata sah ihm an, dass er enttäuscht war. Ob von Miriam oder dem Bankier, falls sie recht hatte, konnte sie nicht erkennen. Den Mann selbst hatte sie noch einigermaßen deutlich in Erinnerung. Er hatte drei hübsche Töchter, die es zu verheiraten galt, und die Verantwortung dafür, eine gute Partie für sie zu finden, schien schwer auf seinen Schultern zu lasten.

»Kein großer Unterschied zu London«, meinte Beata lächelnd. »Man tut eben, was zu tun ist, um die Seinen zu versorgen.«

Miriam nickte. »Und er *war* charmant. Auch wenn Charme nur die Oberfläche berührt …« Ihr Blick wanderte zu Beata und zurück zu Aaron. »Charme ist eine Gepflogenheit, keine Eigenschaft. Ruhm, Geld und Freundschaften kann man durch Charme gewinnen – oder verlieren.«

Ein verärgertes Zucken lief über Aarons Gesicht.

»Was ist Charme eigentlich Ihrer Meinung nach?«, fragte Beata hastig, um die Situation zu entspannen. »Natürlich gibt es Leute, die einfach über diese Eigenschaft verfügen – und man mag sie. Aber warum? Was macht ihren Charme aus?«

»Es gibt auch Leute, die einen so lange blenden, bis es zu spät ist«, ergänzte Miriam. »Bis man bemerkt, dass das, was man für Charme hielt, in Wahrheit Gleichgültigkeit und Leere ist.«

Obwohl sie immer noch lächelte, hatte ihre Stimme einen rauen, fast schmerzhaften Klang angenommen.

»Ich mag charmante Menschen nicht immer«, warf Aaron ein. Seine Mundwinkel zeigten nach unten, aber böse schien er nicht zu sein, eher nachdenklich.

»Charme lässt uns glauben, dass diejenige Person uns mag, unabhängig davon, was wir von ihr halten«, erwiderte Miriam in einem Ton absoluter Gewissheit. Dabei blickte sie weder Beata noch ihren Mann an.

»Charme lässt uns glauben, dass diejenige Person uns mag?«, wiederholte Beata.

»Ja«, bestätigte Miriam, die jetzt Aarons Blick bewusst auszuweichen schien, »ob zu Recht oder zu Unrecht. Vielleicht mag sie uns in Wahrheit gar nicht. Ja, vielleicht geht die Abneigung sogar noch weiter … Aber es kann sein, dass das nie ans Tageslicht kommt. Manche Menschen lassen sich ihr ganzes Leben lang von Charme blenden. Sie merken es einfach nicht, was wahrscheinlich daran liegt, dass sie es vorziehen, nicht genau hinzuschauen.«

Aaron zuckte mit den Schultern. »Wie töricht! Und vielleicht auch eitel. Nur weil uns jemand anlächelt, bedeutet das doch nichts weiter, als dass er gute Manieren hat.«

»Es erstaunt mich, dass ausgerechnet du das sagst.« Jetzt sah Miriam ihrem Mann ins Gesicht. »Ich bräuchte alle meine Finger und Zehen, um die Menschen aufzuzählen, die geglaubt haben, du würdest sie mögen, nachdem du ihnen mit ausgesuchter Herzlichkeit begegnet bist. Das war schon immer eine der Eigenschaften, für die du bekannt warst.«

»Vielleicht habe ich sie wirklich gemocht«, erwiderte Aaron und warf Beata einen raschen Blick zu. Plötzlich wurde ihr klar, dass er sie trotz der Leichtigkeit, die er nach außen zur Schau stellte, aufmerksam beobachtete. Warum? Was hatte sich geändert, ohne dass sie etwas bemerkt hatte?

»Ich fand Sie immer zu klug und zu freundlich, als dass je Zweifel an Ihnen gerechtfertigt gewesen wären«, gestand Beata freimütig und wandte sich dann an Miriam. »Und Ihre Wärme und innere Lebenskraft haben Ihnen eine Schönheit beschert, die den Glanz aller anderen Frauen in Kalifornien überstrahlte.«

Aaron legte Miriam die Hand auf den Arm. Es war eine zärtliche, aber auch besitzergreifende Geste.

Als das Dinner beendet war, kehrten alle drei ins Gesellschaftszimmer zurück. Angeregt tauschten sie Erinnerungen aus, von denen ihnen immer mehr einfielen. Aaron wirkte sehr entspannt und zeigte sich erstaunlich witzig und war anscheinend zum Scherzen aufgelegt. Beata blieb zwar nicht allzu lange, doch als sie sich verabschiedete, klangen ihr die Ohren immer noch vom vielen Lachen. Zu ihrer eigenen Überraschung fühlte sie sich zum ersten Mal seit Langem wieder lebendig.

Miriam hielt Wort und lud Beata schon bald zu einem Ritt auf der Rotten Row ein, jenem von Erde und Kies bedeckten Weg am Rand des Hyde Park, wo neben adeligen Ladys und Lords auch wohlhabende Londoner Bürger täglich ausritten, einige auch, ohne sich um das Wetter zu scheren.

Heute war ein trockener Tag, aber es wehte ein starker, manchmal auch schneidender Wind, der mit einem Heulen durch die kahlen Baumwipfel über ihnen fuhr. Es war kein Vormittag, an dem man gemütlich plauderte, während die Pferde in gemessenem Schritt vor sich hin trotteten. Im Gegenteil, die Bedingungen waren dazu angetan, rasch aufzusatteln und in zügigem Tempo über das offene Land zu preschen. Wäre das Gelände größer gewesen, hätten sie ihre Tiere zu gestrecktem Galopp angetrieben.

Aber auch so kehrten sie mit geröteten Gesichtern zum Stall zurück. Sobald sie ihre Tiere den Pferdeknechten übergeben hatten, stiegen sie in die wartende Kutsche, die sie zu Beatas nahe gelegenem Haus brachte.

»Danke, das war herrlich!«, rief Beata überschwänglich, als sie die Reitstiefel im Flur auszogen und in ihren Strümpfen ins Frühstückszimmer liefen, wo im Kamin ein munteres Feuer prasselte. Nach wenigen Minuten brachte ein Diener zwei Paar Hausschuhe und servierte auf einem Tablett zwei Tassen mit silbernem Griff samt einer Kanne voll dampfender Trinkschokolade.

»Muss ich mehr Ernst an den Tag legen?«, fragte Beata lächelnd, sobald der Diener die Tür hinter sich geschlossen hatte und sie allein waren.

Miriam erwiderte ihr Lächeln. »Dann wäre ich enttäuscht«, gab sie zu. »Ich wollte Ihnen einfach etwas Gutes tun und hoffe doch sehr, dass Sie sich gut und beschwingt fühlen und zur Abwechslung einmal den Zwang zum Anstand vergessen und sich so geben können, wie es Ihnen am liebsten ist.«

»Das habe ich getan!«, rief Beata freimütig. Sie betrachtete

Miriam, die bequem in ihrem Sessel saß. Das Lachen und die Leidenschaft in ihrem Gesicht würden die Menschen immer in ihren Bann ziehen und vielleicht auch für Unruhe sorgen.

Noch mehr Erinnerungen an die Tage des Goldrauschs kehrten zurück, und zwar nicht nur an die Stadt und die Bucht mit dem Urwald aus Schiffen aller Arten, die größtenteils von ihrer Besatzung verlassen worden waren, weil es alle zu den Goldfeldern drängte …

Obwohl sie die heiße Schokolade längst ausgetrunken hatten, hatte Beata nicht daran gedacht, nach jemandem zu klingeln, der das Tablett hinaustrug.

Miriam, die mittlerweile die Hände um die Knie geschlungen hatte, fragte: »Erinnern Sie sich auch noch an Walt Taylor? Ein Koloss, aber sehr sanft?«

Beata kramte in ihrem Gedächtnis, doch zu dem Namen fiel ihr nichts ein – kein Gesicht, keine Stimme.

»Das macht doch nichts«, versicherte Miriam ihr eilig. »Es kann sein, dass das vor der Zeit war, als wir beide uns näher kennenlernten. Piers lebte noch …« Ihre Stimme verlor sich, als wären ihre Worte in dem warmen, vom Feuer beleuchteten Zimmer verdampft, doch allein schon die Nennung des Namens hatte alle anderen Erinnerungen beiseitegefegt. Ein verlorener Ausdruck huschte über Miriams Gesicht, der rasch wieder verschwand.

»Es tut mir leid«, sagte Miriam noch einmal. Für einen Moment senkte sie den Kopf und versuchte, sich zu sammeln. »Was für ein Trampel ich doch bin! Sie trauern um Ihren Mann, der erst vor Kurzem gestorben ist, und ich rede über Dinge, die zwanzig Jahre zurückliegen. Aber ganz vorbei ist es nie. Man mag vielleicht glauben, alles sei geheilt, aber es gibt keinen plötzlichen Schnitt, mit dem man die

Trauer hinter sich bringt.« Tatsächlich sah sie aus, als wäre der Schmerz in ihr akut und die Wunde trotz der langen Zeit noch längst nicht verheilt. »Es tut mir schrecklich leid, Beata. Ich wollte wirklich nicht so unsensibel sein.«

»Bitte … Sie brauchen sich nicht zu entschuldigen. Es ist ja nicht plötzlich geschehen wie bei Piers. Ingram war über ein Jahr lang schwerkrank. Und er war kein junger Mann mehr.«

»Aber *Sie* sind jung«, widersprach Miriam liebevoll.

Über Beatas Gesicht breitete sich ein Lächeln aus. »Danke, meine Liebe. Ich gebe zu, dass ich mich unter den Trauerkleidern durchaus lebendig fühle. Meistens freue ich mich auf die Zukunft.«

Letzteres war nur teilweise wahr, denn es graute Beata auch davor. Die Vergangenheit übte immer noch eine große Macht auf sie aus, als hätte sich Ingrams letzte Umklammerung trotz seines Todes nicht gelockert.

»Meistens? Sie durchleben eine Zeit der Trauer. Das ist doch ganz natürlich. Ich kannte Ingram nicht, aber Sie müssen bleibende Erinnerung haben, die Ihre Seele mit Trauer füllen.«

O ja! Beata konnte Ingrams Gesicht in ihren Träumen sehen, seine Berührung spüren, seine Haut riechen, als hätte er sie gerade erst freigegeben. Sollte sie Miriam das antworten, was sie erwartete? Das wäre Heuchelei.

»Die habe ich in der Tat«, sagte Beata schließlich. »Sie hätten Ingram vielleicht interessant gefunden, ihn aber wohl nicht gemocht.« War sie zu aufrichtig? Sie sehnte sich so sehr danach, sich jemandem anzuvertrauen, mit Miriam so sprechen zu können wie damals, als sie jung gewesen waren und ihre Geheimnisse wie Schwestern miteinander geteilt hatten.

Miriam starrte sie an. In ihren Augen zeichnete sich ein

erstes Verstehen ab und rief beinahe wieder ihre frühere Vertrautheit wach. War es möglich, dass Piers Astley Miriam ähnlich misshandelt hatte, wie Ingram York Beata geschändet hatte? Spiegelte sich das in Miriams Augen wider?

Sie sollte das Thema wechseln – oder wenigstens etwas sagen.

»Sein Tod war … eine Erlösung.« Sie wählte diese Formulierung mit Bedacht, bot sie doch Raum für zwei Interpretationen und ließ ihr ein Hintertürchen offen, falls sie doch noch alles zurücknehmen wollte. Sie hatte Angst, denn sie war auf dem besten Wege, ihr schreckliches Geheimnis preiszugeben, das in ihrem Inneren eingeschlossen war und an ihr fraß wie eine bösartige Krankheit. Konnte Miriam auch nur den Hauch einer Ahnung davon haben, was sie, Beata, meinte? War sie jemals besessen, aber nicht geliebt worden?

»Litt er unter Schmerzen?« Auch Miriam schien zu verhüllen, was sie in Wahrheit dachte.

»Das weiß ich nicht.« Das klang schärfer, als Beata beabsichtigt hatte. Jetzt, da die Möglichkeit zu echter Aufrichtigkeit zum Greifen nahe war, ärgerte sie sich auf einmal über ihr Zögern.

Miriams Miene umwölkte sich, und die Zärtlichkeit in ihren Augen nahm eine solche Tiefe an, dass Beata fast glaubte, ihre Freundin müsse einen eigenen Schmerz empfinden.

»Wie war er? In Wirklichkeit?« Miriams Stimme war nicht mehr als ein Flüstern.

Jetzt galt es: Wahrheit oder Lüge. Wofür immer sie sich entschied, es war unumkehrbar. Nun, sie war des Lügens müde.

»In den ersten Jahren war er ganz nett.« Wieder wählte Beata ihre Worte äußerst sorgfältig. »Dann haben sich kleine Änderungen ergeben. Zunächst war es nur hin und wieder eine Grobheit, wenn er mir in Momenten der Intimität … absichtlich wehtat. Aber das häufte sich, bis es am Ende jedes Mal geschah.« Sie war drauf und dran, sich alles von der Seele zu reden. Noch vermied sie es, Miriam ins Gesicht zu sehen, denn sie wusste, dass sie dann nicht mehr aufhören könnte zu erzählen. Dieses Gespräch war ein Versuch. Wenn Miriam sich angewidert oder ungläubig abwandte, würde Beata wissen, dass sie es niemals riskieren konnte, sich Oliver auf diese Art anzuvertrauen.

»Er begann, mir gegenüber seine speziellen Wünsche durchzusetzen«, fuhr Beata fort. »Widerwärtige Dinge, die demütigend für mich waren und entsetzlich schmerzhaft. Ich hätte den Mut aufbringen sollen, ihn daran zu hindern. Zwei-, dreimal habe ich das auch versucht, doch er fügte mir nur noch schlimmere Verletzungen zu. Natürlich war das an Stellen, die niemand jemals zu Gesicht bekam. Und ich konnte doch nicht zu einem Arzt für Frauenheilkunde gehen – noch einem Mann! – und ihm sagen, was mein Gatte mir antat.«

Sie spürte Miriams Hand auf ihrem Unterarm, die sie sanft berührte, und da endlich blickte sie zu ihr auf.

Miriams Augen schwammen in Tränen, und ihr Gesicht war weiß vor Zorn. »Das tut mir unendlich leid.«

Regungslos saß Beata da. Sie atmete kaum. In diesem Moment spürte sie nichts als das Hämmern ihres Herzens in der Brust. Miriam verstand. Beata wusste nicht, wie oder warum, aber sie *verstand*!

»Danke«, wisperte sie. »Im Grunde hat ihn zu guter Letzt die Gerechtigkeit ereilt. Vor nicht ganz einem Jahr hatte er einen Krampfanfall. Seitdem war er gelähmt und verlor immer mal wieder das Bewusstsein. Es muss ein Albtraum für ihn gewesen sein. Er konnte sich nicht bewegen und nur wenig sprechen. Er litt schreckliche Qualen. Es wäre eine Gnade gewesen, wenn der erste Anfall ihn hinweggerafft hätte.«

»Wie schwer das für Sie gewesen sein muss … dieses Warten«, murmelte Miriam. Der Zorn in ihren Augen war verschwunden, zurück blieb nur Verständnis. »Piers ist einen schnellen Tod gestorben, hat man mir gesagt. Er wurde bei einer dummen Rauferei in einem Saloon erschossen. Weiter oben im Norden war das, wo die reichhaltigen Goldminen waren. Eigentlich war er nur dort, weil er sich um Aarons Angelegenheiten kümmern sollte. Er war bei ihm als Geschäftsführer angestellt. Er versuchte lediglich, eine Schlägerei zu beenden, und kam den Kerlen in die Quere.« Sie verstummte. Ihre Stimme war immer rauer geworden.

»Und das alles … ist Ihnen nur berichtet worden?« Beata versuchte, sich auszumalen, wie es sein musste, wenn man von Dritten solche Nachrichten über einen Mann erfuhr, den man wahrhaftig geliebt hatte und dessen Tod man nicht als Erlösung empfand.

»Es muss eine Art Messerstich in den Rücken gewesen sein«, flüsterte Miriam heiser. »Ausgeführt von einem Meuchelmörder, von dem er nicht einmal wusste, dass er ihm gefolgt war. Unfassbar!«

Tränen traten Miriam in die Augen. »Sie haben ihn irgendwo draußen beerdigt. Ich bin ein paar Tage später dorthin geritten. Die Hügel sind wunderschön. Überall Frühlingsblumen. An den Ufern jedes Flusses und Bachs wuschen Leute in staubbedeckten Kleidern mit Pfannen und siebten Gold. Ich sehe sie immer noch vor mir. Frauen, die mit bloßen Händen die Erde aufgruben, damit sie Salat und Gemüse anpflanzen konnten. Hütten mit nichts anderem eingerichtet als Pritschen ohne Decken und vielleicht noch einer Art Herd oder, wenn es dazu nicht gereicht hat, einer

Feuerstelle vor der Tür.« Sie stieß ein kurzes, abgehacktes Lachen aus. »Man nennt das nicht umsonst Goldfieber. Aber diese wilden Tage hatten auch ihre Vorteile.«

Beata kannte das nur zu gut. Ihr Vater hatte zu den besonneneren Leuten gehört, die nicht nach Gold suchten, sondern ihr Auskommen darin fanden, die Schürfer mit Waren zu versorgen. Wenn es seinen Kunden schlecht ging, hatte er geringe Verluste gemacht, doch bei den erfolgreichen Goldgräbern hatte er umso größere Gewinne eingefahren. So hatte ihr Vater es gut getroffen, bis er mit dem Glücksspiel anfing. Darüber wollte Beata jetzt jedoch nicht sprechen. Dieses Gespräch hatte schon genug Wunden aufgerissen.

»Sie sind aber nicht allein dorthin geritten?«, fragte sie, wenn auch nur, um damit ihre Anteilnahme zu bekunden.

»Doch. Nur ein Mann von Aarons Siedlerhof hat mich begleitet. Ein Freund von Zack, Aarons Cousin. Anständiger Kerl. Er war sehr nett zu mir, sehr geduldig. Jetzt tut es mir leid, dass ich mir nicht einmal seinen Namen gemerkt habe oder sein Gesicht. Ich war so … benommen. Innerhalb weniger Tage war mein ganzes Leben durcheinandergewirbelt worden.« Ihr Blick richtete sich ins Leere. Ihre eigene Vergangenheit erstand vor ihr auf, und sie stellte sich einem Schmerz, der sie nie wieder ganz verlassen würde.

»Es war nicht Zack persönlich?«, fragte Beata, einfach um das Gespräch aufrechtzuerhalten.

Miriam schüttelte den Kopf. »Nein, der arme Zack war damals bereits länger als ein Jahr tot. Wir beide haben uns ja erst später kennengelernt. Zachary war grundehrlich. Im ganzen Leben bin ich keinem aufrichtigeren Menschen begegnet. Er und Aaron waren einander näher als Brüder. Er war der Einzige, an dessen Meinung Aaron wirklich gelegen war. Zacharys Vater hatte den Indianern ein gewaltiges Stück

Land abgenommen, und das war der Beginn von Aarons Erfolg. Er verstand es besser als Zachary, das Land zu verteidigen.« Miriams Worte hätten nicht klarer sein können, doch in ihrem Gesicht spiegelten sich widersprüchliche Emotionen, ein Gemisch aus Respekt und Zweifel.

Beata wusste einiges über die Geschichte des Westens. Zacks Vater hatte das Land den Indianern gewiss nicht abgekauft, sondern schlicht und ergreifend an sich gerissen.

»Zack konnte die Methoden seines Vaters nicht billigen«, erzählte Miriam weiter. »Seiner Auffassung nach hätte er das Land nicht einfach so nehmen dürfen, Gold hin oder her. Sein Vater ernannte dann Aaron zum Aufseher, und als der alte Mann umgebracht wurde, erbte Aaron den ganzen Grundbesitz.«

»Nicht Zack?«, rief Beata verblüfft.

»Nein. Aber Zack störte das nicht. Er hätte es den Indianern zurückgegeben; das wussten wir alle. Allerdings hätten die Schürfer bestimmt nicht auf diese Ansprüche verzichtet. Es hätte Krieg mit den Ureinwohnern gegeben, den die Indianer verloren hätten.«

»Und Zack?«, fragte Beata.

»Er fügte sich ins Unvermeidliche, verbrachte aber immer mehr Zeit oben im Gebiet der Indianer und versuchte, dafür zu sorgen, dass sie nicht ganz leer ausgingen. Als er umgebracht wurde, war Aaron außer sich vor Trauer. Ich glaube, das ist der Grund, warum er meinen Kummer um Piers so gut nachvollziehen konnte. Als Zack starb, war die Welt für ihn nicht mehr dieselbe. An jenem Tag verlor er einen Teil seiner selbst, einen Teil dessen, was gut in ihm war.« Sie verstummte für mehrere Minuten, gefangen in ihren Erinnerungen.

Auch Beata schwieg. Sie wollte Miriam Zeit lassen und

sie nicht mit noch mehr Fragen bedrängen, obwohl sie gern gewusst hätte, welche Rolle Miriams erster Mann gespielt hatte, von dem bisher nur wenig die Rede gewesen war.

Hatte Piers Astley vielleicht gar nicht dem Bild von ihm entsprochen, das Miriams Andeutungen bisher nahegelegt hatten? Beata nahm an, dass ihre Freundin ihr in diesem Moment der Nähe gewiss sehr viel mehr über Piers erzählt hätte, wenn sie denn gewollt hätte. Beata selbst hatte den Leuten weisgemacht, Ingram sei ein kluger, feinsinniger, gebildeter Mann gewesen, der ein ruhiges, beschauliches Leben führte. Warum sollte Miriam in dieser Hinsicht anders sein? Sie war eine wunderschöne Frau, die um Anerkennung in der Gesellschaft kämpfte. London war genau wie der Grenzposten San Francisco ein Ort, wo der Ausschluss aus der Gesellschaft eine Art Tod bedeutete. Vielleicht galt das ja für die ganze Welt.

Hatte Aaron sie vor einem häuslichen Vergewaltiger gerettet, und sie wagte jetzt nicht, das zuzugeben? Warum sollte eine Frau Angst davor haben zu bekennen, dass sie von einem Mann geschlagen oder misshandelt worden war?

Auf Aaron schien so etwas jedenfalls nicht zuzutreffen. Selbst nach zwanzig Jahren Ehe begehrte er Miriam offenbar immer noch und warb um sie. Würde sich Oliver Rathbone ihr gegenüber ähnlich verhalten? Vielleicht, solange sie ihm nicht die ganze Wahrheit offenbarte. Wäre er überhaupt in der Lage, sie so umfassend zu verstehen, wie Miriam das anscheinend vermochte? Zwischen Empathie und Mitleid klaffte ein Abgrund, und Beata würde es nicht ertragen, Oliver beim Versuch der Überquerung dieser Kluft scheitern zu sehen.

Wenn sie sich ihm aber doch offenbarte, würde er sich dann nicht ständig die Frage stellen, warum sie, Beata, ihn gewähren ließ?

»Für Sie ist es ein großes Glück, dass Sie Aaron begegnet sind«, sagte Beata leise.

Miriam maß sie mit einem langen, ruhigen Blick, ehe sie den Kopf zum Fenster drehte und hinausschaute. »Es war ein wunderbarer Ritt heute«, sagte sie mit sanfter Stimme. »Fast ein Galopp. Wer hätte gedacht, dass das hier möglich wäre, mitten in London und obendrein herausstaffiert wie für einen Empfang bei Angehörigen der Hocharistokratie …?«

»Einigen davon sind wir tatsächlich begegnet«, sagte Beata und ging auf Miriams abrupten Themenwechsel ein. »Wir haben mit einer Marquise gesprochen, einer Herzogin und zwei Viscounts.«

»Auf dem Pferd, das Sie mir geliehen haben, habe ich mich diesen hohen Herrschaften jedenfalls ebenbürtig gefühlt.« Unvermittelt schien Miriam wieder vor Lebensfreude zu sprühen. »Ich bin Ihnen wirklich dankbar – und auch ein wenig neidisch. Mit dem Schleier, den Sie trugen, hat man Sie bestimmt nicht erkannt. Wir müssen unbedingt wieder ausreiten. Bitte …«

Beata stimmte ohne zu zögern zu. Ein Stein war ihr vom Herzen gefallen.

»Aber ja. Das würde mir sehr gefallen.«

Bei der nächsten Gelegenheit, als Beata das Haus verließ, fuhr sie in die Kanzlei von Dr. Finch in Belgravia. Es ging um den Lehrstuhl, der in Ingrams Namen eingerichtet werden sollte. Beata war das Ganze unangenehm, denn zum einen war dieser Finch ihr nicht besonders sympathisch, und zum anderen fiel es ihr zunehmend schwer, ständig so zu tun, als ob Ingram ein bewundernswerter Mann gewesen wäre. Daher atmete sie auf, als unvermutet Aaron Clive in die Kanzlei kam und in das doch etwas mühsame Gespräch hineinplatzte.

Kaum hatte Aaron Beata erkannt, trat er auf sie zu, ergriff ihre Hände und musterte ihr Gesicht. »Wie geht es Ihnen? Sie sehen wunderbar aus, aber das ist bei Ihnen ja nichts Neues.«

Beata wusste, dass sie müde wirkte. Schließlich sah sie sich oft genug im Spiegel.

»Von Tag zu Tag wird es ein wenig leichter.« Das war eine hilfreiche Antwort, die auch zutraf.

An seinem offenen Lächeln erkannte sie, dass er verstand. Er war buchstäblich das absolute Gegenteil von Ingram!

Mit einem zuversichtlichen Lächeln wandte er sich an Finch. »Kommen wir voran?«

»Ganz gewiss, Sir.« Finch war sehr höflich und wahrte stets eine gewisse Distanz, doch Beata konnte sich des Eindrucks nicht erwehren, dass sein Respekt vor Aaron Ehrfurcht sehr nahekam. Lag es lediglich an Aarons Vermögen und seiner Macht, die Universität mit den Mitteln auszustatten, die erforderlich waren, um die bestmögliche Lehre zu sichern? Oder war es die Aura des Abenteurers, der weit gereist war, viel gesehen und ein Gebiet von der Größe eines kleinen Landes aufgebaut und gestaltet hatte? Ein Mann, der bei all seinem Erfolg stets Anstand und Würde gewahrt hatte?

Sie wickelten das Geschäft zügig ab, und Beata konnte den Rest des Tages für sich nutzen. Da es sich nicht gelohnt hätte, für die kurze Fahrt zum Professor die eigenen Pferde anzuspannen, war sie mit einem Hansom gekommen. Für die Heimfahrt bot ihr Aaron an, sie in seiner Kutsche mitzunehmen, mit der er später noch den Weg die Themse entlang zu seinem Büro bewältigen würde. Für Ende November war es ein schöner Nachmittag, zumal sich kein Lüftchen regte.

Beata nahm hocherfreut an.

Allerdings sollte die Fahrt unerwartet lange dauern. An einer Stelle, wo eine Bierkutsche zu schnell gewendet und einen Teil ihrer Ladung verloren hatte, gab es einfach kein Vorbeikommen, und da sich schnell ein Stau von Fahrzeugen bildete, konnten sie auch nicht zurückfahren. So mussten sie warten, bis die Straße freigeräumt war.

»Miriam hat mir erzählt, wie gut ihr der Ritt im Park gefallen hat«, begann Aaron im Plauderton. »Hoffentlich fühlen Sie sich frei genug, um bald wieder auszureiten.«

Aarons Tonfall verunsicherte Beata. Ihr war nicht so recht klar, ob er das vielleicht ironisch meinte. Hatte er womöglich etwas darüber gehört, was für ein Mensch Ingram gewesen war? Hatte ihm Miriam am Ende alles erzählt? Nein, ganz bestimmt nicht! Dieser Gedanke wäre unerträglich! Oder hatte man mehr über Ingram gewusst, als ihm lieb gewesen wäre? Sie wandte sich Aaron zu, doch in seinen Zügen war keinerlei Kritik zu erkennen, eher der Ausdruck von Humor.

»Ich habe den Ritt unendlich genossen«, gab Beata zur Antwort. »Das mir auferlegte Schweigen, der Zwang, so vieles zu meiden: Theater, die Oper, Konzerte und sogar Ausstellungen von Dingen, die als schön oder heiter gelten könnten, all das hat meinen Kummer eher verschlimmert, statt mir eine Ruhepause zu verschaffen.«

Aaron hob die Augenbrauen. »Sind Sie sicher, dass diese Art von Klausur nicht das ist, was ursprünglich mit der Zeit der Trauer gemeint war? Wir sind hier in London, nicht wahr? Altehrwürdig und erhaben, das komplizierte Herz des Empire, wo Sitten und Gepflogenheiten der Lack auf der Oberfläche der Macht sind. Der Lack ist elegant, aber kaum bekommt er Risse, sieht man den nackten Stahl darunter. Ihr Mann war Richter, meine Liebe, einer, der die Urteile untergeordneter Gerichte auf ihre Korrektheit hin überprüfte.«

Sie sah ihm fest in die Augen. »Mir fällt auf, dass Sie bei Urteilen von ›Korrektheit‹ sprechen, aber nicht von ›Gerechtigkeit‹.«

»Richtig. Haben Sie etwas daran auszusetzen?« Aaron hatte die ganze Zeit gelächelt, unvermittelt war er jedoch todernst geworden.

»Nicht das Geringste. Mich überrascht nur Ihre Offenheit.«

Wie um das Thema zu wechseln, schaute Aaron auf das Treiben in der Straße hinaus. »Ich mag London. Es ist der Nabel der Welt. Hier biegt man um eine Ecke und stößt mit jemandem zusammen, der aus irgendeinem entfernten Winkel der Erde stammt, ohne dass das irgendwen wundert.« Er zögerte kurz. »Denken Sie nur an diesen Polizisten, Monk, der diese elende Angelegenheit mit der Flucht des Verdächtigen vor der Zollpolizei und das Ertrinken von deren eigenem Mann untersucht. Er könnte genauso gut auch in San Francisco zu Hause sein. Die Bedingungen in den beiden Städten gleichen sich, und die Gesetze sind auch nicht so unterschiedlich. Er scheint mit den Frachten der Handelsschiffe vertraut zu sein und auch mit den Seeleuten, ganz zu schweigen von den Dieben und Glücksrittern. Obendrein ist er in der Lage, sie ziemlich schnell richtig einzuschätzen. Das ist jedenfalls mein Eindruck von ihm. Trifft es zu, was meinen Sie?«

»Er ist ein sehr guter Polizist«, erwiderte Beata vorsichtig. Zwar kannte sie Monk nicht persönlich, doch sie wusste, dass er Olivers engster Freund war. Als Oliver in Schwierigkeiten geraten war, hatte er zu ihm gehalten. Nichts war ihm zu mühsam oder zu gefährlich gewesen, als es galt, Oliver zu helfen. Und was Monks Frau, Hester, betraf, hatte Oliver mehr Achtung vor ihr als vor irgendjemandem auf der Welt. Zum Glück hatte sie Hester inzwischen persönlich kennen- und schätzengelernt. Nach allem, was Oliver ihr über diese Frau erzählt hatte, wäre Hester gleichwohl nie so schwach gewesen, sich von irgendwelchen Männern Misshandlungen gefallen zu lassen, schon gar nicht die Art von Dingen, die Ingram ihr, Beata, angetan hatte.

Nun, da Aaron Clives Augen auf ihr ruhten, spürte Beata, wie ihr bei dieser Erinnerung das Blut ins Gesicht stieg.

»Er ist ohne Zweifel ein hervorragender Polizist«, bestätigte Clive. »Wissen Sie, ob er früher zur See fuhr?«

Da war Beata überfragt. Kein einziges Mal hatte Oliver Monks Jugend oder Ausbildung erwähnt, ganz zu schweigen von anderen Berufen, die er ausgeübt hatte. »Das kann ich Ihnen nicht sagen. Möglich ist es wohl, weil er ja bei der Wasserpolizei ist. Warum fragen Sie?«

»Reine Neugier«, erwiderte Aaron mit einem breiten Lächeln und lehnte sich zurück. »Der Mann wird gewissermaßen mein Schicksal in Händen halten, wenn sein Verdacht zutrifft. Ich frage mich bloß, ob tatsächlich ein Plan geschmiedet wird, mich auszurauben, wie er glaubt, und wenn ja, ob er dazu in der Lage ist, die daran Beteiligten festzunehmen. Nun, wenn sie vom Fluss aus operieren, dürften sie aufs offene Meer fliehen, und dann wären meine Waren wohl für immer verloren – vorausgesetzt, Monk war sein Leben lang eine Landratte.«

»Fragen Sie ihn doch einfach.« Beata erwiderte sein Lächeln, um ihrem Vorschlag jede Schärfe zu nehmen.

»Er erinnert mich irgendwie an einen Seemann in San

Francisco, den ich vor zwanzig Jahren oberflächlich kannte«, sagte Aaron leichthin. Oder vielmehr: Sein *Gebaren* wirkte beiläufig, wohingegen er die Worte sorgfältig zu wählen schien. »Ein junger Bursche war das. Hatte etwas von einem Abenteurer, der sein Glück suchte. Piers sagte mir damals, er müsse wegen seines singenden Tonfalls aus dem Norden von England stammen, Northumberland vielleicht.«

»Ach, wirklich?«, sagte Beata. »Davon habe ich bei Monk nichts bemerkt. Andererseits habe ich ihn nur ein paarmal gesehen, und meistens vor Gericht.«

»Vor Gericht?«

»Wenn er aussagte. In seiner Eigenschaft als Kommandant der Thames River Police. Er hat einige große Fälle aufgeklärt.«

»Natürlich. Ich dachte, ein Offizier seines Ranges verrichtet keine einfachen Polizeiaufgaben und kann darum auch nichts bezeugen.«

»O doch.« Das wusste Beata aufgrund von Monks Aussagen im Old Bailey und Rathbones Schilderungen ganz genau. »Er ist keiner, der bloß am Schreibtisch sitzt und Anweisungen erteilt.«

»Ein interessanter Mann«, bemerkte Aaron völlig emotionslos. Betrieb er höfliche Konversation, um die Wartezeit zu überbrücken, bis die Straße endlich frei war? Seine Kommentare legten das nahe, doch seine angespannte Körperhaltung und die starren Gesichtszüge sprachen eher dafür, dass das Thema irgendetwas in ihm auslöste.

»Glauben Sie denn, dass der Seemann, den Sie in San Francisco kannten, mit Monk identisch ist?«, fragte Beata schließlich unverblümt.

»Hoffentlich nicht.« Mit einem Mal zeigte Aaron sehr wohl Gefühle – er knurrte fast. »Er entspricht nämlich Punkt für

Punkt der Beschreibung des Mannes, der Piers Astley ermordet hat.«

Beata nahm den Ruck kaum wahr, als die Kutsche sich ohne jede Vorwarnung wieder in Bewegung setzte und sie gegen die Rückenlehne gepresst wurde. Zum Glück sorgte die anfahrende Kutsche für so viel Lärm, dass es ihr erspart blieb, gleich zu antworten. War Monk tatsächlich in San Francisco gewesen? War es das, was Aaron unterstellte? Glaubte er das wirklich? Und wusste Oliver davon?

Oder wollte Aaron Clive, aus welchem Grund auch immer, für Ärger sorgen?

Erst als sie schon fast vor ihrer Haustür waren, brachte sie den Mund wieder auf. »Haben Sie das Miriam erzählt?«

Aaron hatte die ganze Zeit nach vorn gestarrt. Jetzt wandte er sich wieder ihr zu. »Verzeihen Sie, ich war mit meinen Gedanken ganz woanders. Was war Ihre Frage?«

»Haben Sie Miriam gesagt, dass Monk der Mann sein könnte, der Piers ermordet hat? Oder dass er den Täter zumindest kennen könnte?«

Um Aarons Mundwinkel spielte ein leichtes Lächeln. »Nein. Mittlerweile kann in dieser Sache ja ohnehin nichts mehr getan werden. Der Mord ist fast zwanzig Jahr her und geschah in einem anderen Land, Tausende von Meilen von hier entfernt.«

»Ja …«, sagte Beata nachdenklich, ohne irgendetwas Bestimmtes zu meinen, aber was hätte sie auch antworten können? »Ich verstehe.«

Beata pflegte weiterhin ihre Gewohnheit, jeden Tag allein durch den Park zu streifen, mochte das Wetter sein, wie es wollte. Ein windiger Tag lieferte ihr einen willkommenen Vorwand, sich einen Schal um die Schultern und bis knapp unter das Kinn zu wickeln. Ein für solches Wetter geeigneter Hut trug zusätzlich zu ihrer Verhüllung bei, sodass andere Spaziergänger sie kaum erkannten und sie sich viel leichter den bedeutungslosen Beileidsbekundungen entziehen konnte. Auch die anderen hatten somit die schönsten Ausreden parat – *Oh, Verzeihung, ich hatte gar nicht gesehen, dass Sie es sind* – und konnten an ihr vorbeieilen.

Beata war erleichtert. Es fiel ihr immer schwerer, sich höfliche Floskeln einfallen zu lassen und die aufgesetzten Artigkeiten über Ingram zu wiederholen. *Ob sie ihn vermisste? Oh, so sehr!* Aber tatsächlich fühlte sie sich, als hätten sich der mit Ruß und Rauch gefüllte Nebel und der Gestank der Straßen verzogen und sie könnte wieder frische Luft einatmen.

Die ganze Zeit hatte sie sich sosehr danach gesehnt, Oliver zu treffen, dass sie mehrere Male daran gedacht hatte, ihm einen Brief mit der Bitte um einen Besuch zu schreiben. Dann hatte sie sich allerdings vorgehalten, dass das übereilt war und er sie leicht missverstehen könnte. Sie hatte es als selbstverständlich betrachtet, dass ihre Gefühle füreinander auf Gegenseitigkeit beruhten und sie dies nur des Anstands halber nicht in Worte gefasst hatten.

Rathbone seinerseits hatte keine Möglichkeit, sie zu besuchen, ohne Anstoß zu erregen; das wäre nur denkbar gewesen, wenn es um eine rechtliche Angelegenheit gegangen wäre und sie krankheitsbedingt nicht zu seiner Kanzlei hätte fahren können. Doch da er auf Strafrecht spezialisiert war, nicht auf Erb- oder Liegenschaftsrecht, hatte sie keinerlei Grund, seine Dienste in Anspruch zu nehmen.

So ging sie einfach jeden Tag bewusst um dieselbe Zeit auf immer dem gleichen Weg spazieren, in der Hoffnung, dass er sich vielleicht einmal in einem freien Moment die Füße vertrat und ihr zufällig begegnete.

Und tatsächlich hörte sie eines Morgens hocherfreut und mit vor Aufregung beschleunigtem Herzschlag hinter sich wohlvertraute Schritte – seine.

Er holte sie rasch ein. »Guten Morgen, Lady York. Ich hoffe, es geht Ihnen gut«, begrüßte er sie, just als ihnen zwei Männer entgegenkamen, beide mit schwarzem Frack und gestreifter Hose bekleidet und mit einem Regenschirm ausgestattet, den sie als Spazierstock benutzten. Zu Beatas Erleichterung waren sie zu sehr in ihr Gespräch vertieft, um auf sie zu achten.

Engländer, wie sie im Buche standen. Unwillkürlich musste Beata schmunzeln, doch dann wandte sie sich Rathbone zu. »Mir geht es gut, danke. Und Ihnen?«

»Sollen sich unsere Gespräche wirklich auf ein solch banales Niveau beschränken?«, fragte Oliver unverblümt.

Beata spürte, dass sie errötete. All die unausgesprochenen Worte schienen auf einmal mit Macht in ihr nach oben zu drängen. Doch natürlich konnte sie nicht als Erste die Initiative ergreifen. Undenkbar, erst recht, wenn sie sich getäuscht hätte. Wie demütigend das wäre!

Sie musste sich jetzt wirklich zusammennehmen und Rathbone sagen, was gesagt werden musste, allein schon um Monks willen. Oliver musste wissen, was sie von Aaron Clive gehört hatte.

»Ich hatte ein, zwei Unterredungen mit Aaron Clive wegen der Stiftung eines Lehrstuhls in Ingrams Namen an die Universität«, begann sie, nur um sich abrupt zu unterbrechen, als sie Olivers angewiderte Miene bemerkte. Sie verstand seine Reaktion nur zu gut. »Ich weiß«, murmelte sie mit einem schiefen Lächeln. »Aber ich konnte schließlich nichts Schlechtes über ihn sagen.«

»Doch es bedrückt sie«, stellte er fest. »Streiten Sie es nicht ab. Ich höre es in Ihrer Stimme und sehe es in Ihren Augen.«

Sie war sich nur zu deutlich bewusst, dass er sie eingehend musterte. Sie versuchte, noch beherrschter zu wirken. Mit einer abwehrenden Geste fuhr sie fort: »Gewiss, aber darum geht es mir im Augenblick nicht. Er hat mich gestern darauf angesprochen, als er mich in seiner Kutsche nach Hause brachte. Er erwähnte den Tod von Miriams erstem Ehemann, Piers Astley …«

»Was ist damit? Liegt das nicht schon Jahre zurück?« Rathbone runzelte verwirrt die Stirn.

Unvermittelt blieben sie einander zugewandt stehen. Ein Windstoß blähte Beatas Röcke auf. Rathbone hatte seinen Hut schon vorher in die Hand genommen, damit er ihm nicht davongeweht wurde. Es gab nichts Komischeres, als einen würdevollen Herrn, der seiner Kopfbedeckung hinterherjagte.

Beata nickte. »Fast zwanzig Jahre. Und mehr als fünftausend Meilen von hier entfernt …« Sie stockte. Warum hatte sie auf einmal Hemmungen, ihn aufzuklären? Vielleicht weil er denken mochte, sie wolle ihn darum bitten, sich einzumischen? Nun, ihr wurde klar: Genau das tat sie!

»Beata? Was ist es?« Seine Stimme verriet Sorge.

Sie zögerte noch immer.

»Was ist es?«, wiederholte er dringlicher.

Sie spürte, wie ihr heiß wurde. »Er sagte, es gebe einen Mann, der in allem dem Bild entspreche, das Mr Monk vor zwanzig Jahren abgegeben haben muss. Er soll damals in San Francisco gelebt haben und ein Seemann und Abenteurer gewesen sein.«

»Oh …«

Warum wirkte Rathbone auf einmal so beunruhigt?

»Wahrscheinlich war er es gar nicht«, fügte Beata eilig hinzu. »Der junge Mann damals hatte einen leicht nordenglischen Akzent. Aaron dachte an Northumberland oder etwas in der Gegend.«

»Monk stammt aus Northumberland«, sagte Rathbone leise.

Beata schüttelte ungläubig den Kopf. »Davon ist aber nichts in seiner Stimme zu hören.«

»Er ist ehrgeizig und wird seinen Zungenschlag ausgemerzt haben«, erklärte Rathbone mit einem winzigen Lächeln, doch zwischen seinen Augenbrauen hatte sich eine Falte gebildet.

Beata kannte diesen Gesichtsausdruck. Sie wurde nervös. »Glauben Sie denn, das könnte er tatsächlich gewesen sein?«

»Das weiß ich nicht. Was hat Clive über ihn gesagt?«

Jetzt musste sie es aussprechen. »Dass er der Beschreibung des Mannes entspricht, der Piers Astley getötet hat.«

»*Getötet?* War es ein Unfall … oder Mord?«

»Mord …«

Plötzlich befiel sie der Drang, es auf einen Versuch ankommen zu lassen, auch wenn sie sich vor dem Ergebnis fürchtete. Langsam setzte sie sich wieder in Bewegung. Der Wind trieb ihnen kleine Eiskörner entgegen, der gewundene Weg führte jedoch über eine leichte Anhöhe zu einer Gruppe von Bäumen, die ihnen Schutz bieten würden.

Rathbone holte Beata ein und ergriff sie am Arm. »Das ist absurd! Monk würde nie jemanden ermorden!« Sein Ton war so entschieden, ja aufgebracht, dass Beata sich unwillkürlich fragte, ob nicht er selbst es war, den er zu überzeugen suchte.

Beata atmete tief durch, was ihr half, sich zu beruhigen. »Nicht einmal dann, wenn der Betreffende seine Frau missbraucht hätte?«

»Hat er sie geschlagen?«, fragte Rathbone. »Dann hätte Miriam etwas gesagt.«

Endlich fasste Beata sich ein Herz. Sie musste mit der Sprache herausrücken, sonst wäre alles andere eine Halbwahrheit und damit eine Lüge. »Ich meine nicht Schläge, sondern die Art von Missbrauch, die manche Männer nur in intimen Momenten begehen.« Sie brachte es nicht über sich, ihm ins Gesicht zu sehen, konnte sich aber den Abscheu in seinen Augen vorstellen.

»Von so etwas hat sie Ihnen erzählt?«, fragte Rathbone leise.

Beata versuchte, eine Art von Anteilnahme aus seiner Stimme herauszuhören – vergeblich.

»Von solchen Dingen erzählt man niemandem«, erklärte sie.

Darauf erwiderte Rathbone nichts. Schweigend gingen sie ein paar Schritte weiter. Sie hatten jetzt die Anhöhe erreicht, und er ließ Beatas Arm los. Hier oben pfiff der Wind durch das Gras und drang auch durch ihre Schals und Beatas Schleier, ja selbst durch die Wolle ihrer Mäntel.

»Nein«, sagte Rathbone schließlich, »darüber spricht man wohl nicht.« Sein Ton war sanft, und vielleicht schwang auch eine Erinnerung an Schmerz darin mit. Er konnte Miriams Gefühle aus tiefstem Herzen nachempfinden. Lag das daran, dass sie so schön war? Dabei kannte er sie so gut wie nicht. Und was würde er bei Beata empfinden? Wie auch immer, eines wusste er: Nach Mitleid heischte sie nicht. Glücklicherweise hatte sie ihn heute nur mit den Nöten von jemand anderem auf die Probe gestellt!

»Und die Schande!«, stieß sie erbittert hervor, nur um sich sofort zu wünschen, sie hätte geschwiegen.

Er fasste sie erneut am Arm, und sie entzog sich ihm nicht. »Es ist doch nicht *ihre* Schande«, sagte er. »Es ist seine.«

Auf einmal füllten ihre Augen sich mit Tränen. Was, wenn

Rathbone das bemerkte? Nun, Gott sei Dank ließen sich die Tränen mit dem eisigen Wind erklären. »Trotzdem ist es auch ihre«, entgegnete sie heiser. »Weil sie nicht schon vor der Heirat erkannte, was er tun …«

»Beata, niemand trägt solche Absichten auf der Zunge.«

»*Und* weil sie es erduldet hat«, beharrte Beata. Sie musste es einfach sagen. Danach wollte sie nie wieder darüber sprechen.

»Aber das tun wir doch alle«, widersprach Rathbone ihr sanft. »Wir ertragen alles Mögliche, nur weil wir hoffen, dass es besser wird, dass so etwas nie wieder geschieht – oder dass wir irgendwie eine Möglichkeit finden, etwas dagegen zu unternehmen.«

»Glauben Sie? Woher wollen Sie das wissen?« Sie blinzelte. So weit hätte sie nicht gehen dürfen. »Verzeihung, Oliver. Das war zu …« Sie fand keine Worte.

Er lächelte. »Soll ich ganz ehrlich sein? Ich bin als Anwalt im Strafrecht tätig, Beata. Ich habe eine Reihe von Personen verteidigt, die in Notwehr zum Töten gezwungen waren. Und gegen andere habe ich Strafverfolgung betrieben, die den Tod verdient hatten, obwohl man bei ihren Geschichten in Tränen hätte ausbrechen können. Die meisten von uns machen sich hin und wieder eines Wechsels auf die andere Seite schuldig. Vorsichtig ausgedrückt. Wir alle erleben Tage, an denen wir nur zu bereit sind, auszuloten, was wir ertragen können.«

»Und Sie verachten diese Menschen nicht dafür, dass sie es ertragen haben?« Das war die schwierigste Frage, diejenige, die ihr am meisten auf den Nägeln brannte.

»Genau so wirkt sich die Angst auf die Menschen aus«, erwiderte Rathbone. »Sie ertragen Schmerzen und Erniedrigungen, bis sie glauben, das alles zu verdienen, und es für unvermeidlich halten. Am Ende findet sich das Opfer damit ab, dass es keinen Ort gibt, wohin es flüchten kann.«

Schweigend gingen sie weiter, bis Beata die Stille nicht mehr aushielt. »Sie müssen schreckliche Dinge gesehen haben – aber sie haben nicht weggeschaut. Mitleid ist auch schmerzhaft …«

»Sehr schmerzhaft. Aber manchmal gewinnt man. Glauben Sie mir, es hilft, wenn man kämpft.«

»Und wenn man verliert?«

»Ich verliere nicht oft.«

Sie blickte ihn eindringlich an. »Das weiß ich. Aber wenn Sie trotzdem verlieren?«

»Dann tut das entsetzlich weh«, gestand Rathbone, und als er die Furcht in Beatas Augen bemerkte, fügte er eilig hinzu: »Aber, dem Himmel sei es gedankt, ich lerne daraus.«

Beata hätte ihm am liebsten gesagt, dass Ingram York nie dazugelernt hatte, aber damit hätte sie diesen Moment der Nähe zerstört, und das wollte sie auf keinen Fall.

Scheu ließ sie ihre Hand unter seinen Arm gleiten.

Sie blieben stehen. Kurz legte er die freie Hand auf die ihre und ließ sie dann wieder los. Es wäre nicht klug gewesen, von anderen in einer so vertrauten Pose beobachtet zu werden. Beata, die den Blick nicht von Rathbone abwandte, sah, dass er lächelte. Schließlich setzten sie sich wieder in Bewegung.

9

Langsam erklomm Monk den Hügel, hinter dem sein Haus lag. Es war eine stockdunkle Nacht. Die Lichter entlang des Flussufers schienen von Nebelschwaden verhüllt zu sein, während Wolken den Mond verdeckten.

Doch Monk kannte den Weg so gut, dass ihm sogar die Lücken zwischen den Pflastersteinen vertraut vorkamen.

Piers Astley war also tot, und zwar schon seit beinahe zwanzig Jahren, ermordet in dem Zeitraum, an den Monk sich nicht mehr erinnern konnte. Mehr noch, es war durchaus möglich, dass Monk damals in San Francisco gewesen war. Astley war offenbar Aaron Clives Oberstleutnant gewesen. Zwar mochte ein militärischer Ausdruck wie dieser im Zusammenhang mit einem zivilen Aufgabengebiet unangemessen sein, aber in jenen Jahren, als Macht alles bedeutete, kam man mit den alten Maßstäben nicht mehr weiter. Gold brachte innerhalb von Wochen, ja, Stunden Vermögen ein. Gewalt war an der Tagesordnung, und die Gesetze galten nichts, es sei denn, man vereinbarte untereinander so etwas wie einen Ehrenkodex, der nicht von Profitdenken korrumpiert war.

Was für ein Mann mochte Aaron Clive damals gewesen sein? Hatte er seine Ungezwungenheit und seine feinen Manieren erst zusammen mit seiner Macht erworben? Alles, was Monk über ihn gehört hatte, wies darauf hin, dass er schon immer so gewesen war. Seine außergewöhnliche Stellung, die er in der Zeit des Goldrauschs innehatte, schien einen kleinen Schatten darauf zu werfen; ebenso wurde eine offenbar natürliche Bescheidenheit von einem gewissen Anspruchsdenken getrübt. Aber konnte ein Mensch ganz frei von Hochmut sein, wenn alles, was er anfasste, zu Gold wurde? Der alte englische Landadel war es jedenfalls nicht. Einige seiner Mitglieder empfanden ihre Stellung zwar als Aufruf zu verantwortungsvollem Handeln, doch andere betrachteten sie als Geburtsrecht, das sie nach Gutdünken für ihre Zwecke nutzen konnten.

Nach einer letzten Biegung führte der Weg weiter bergauf zu Monks Haus. Bald würde Monk die erleuchteten Fenster sehen. Hester wartete sicher schon auf ihn. Er würde sie fragen, wie sie den Tag in der Klinik verbracht hatte, und alles andere eine Weile ruhen lassen – seine eigene Entscheidung bezüglich McNab, die Frage eines Komplotts, Clive auszurauben, und die Tatsache, dass Astley nicht daran beteiligt sein konnte.

Obwohl er müde war, beschleunigte er seine Schritte.

Hester öffnete ihm die Tür, bevor er dazu kam, den Schlüssel zu zücken. Lächelnd trat er ein. Er freute sich immer wieder, sie zu sehen. Kaum hatte er die Tür geschlossen, nahm er Hester in die Arme und drückte sie fest an sich, bis sie nach Luft schnappte und ihn eine Handbreit von sich schob. Doch als sie wieder zu Atem gekommen war, zog sie ihn genauso ungestüm an sich, ehe sie sich von ihm löste, um ihn zu mustern.

Sie hatte sich seit einiger Zeit vor diesem Thema gedrückt, aber jetzt sprach sie es auf die ihr eigene unverblümte Weise an: »Was ist mit dir, William?« Sie biss sich auf die Lippe. »Du befürchtest, dass bald etwas passiert, nicht wahr? Um was geht es?«

Sie hatte den Nagel auf den Kopf getroffen. An ihm nagte tatsächlich eine diffuse Angst. Vor etwas, das bevorstand? Jetzt hieß es entweder lügen oder die ganze Wahrheit sagen. Seit er sie kannte, hatte sie ihm immer vertraut, selbst dann, wenn es ihm unmöglich erschienen war, einen Sachverhalt absolut wahrheitsgetreu zu schildern. Dieses Vertrauen war vielleicht das Wertvollste, was er in seinem Leben besaß. Zumindest kam es ihm in diesem Moment so vor. Eine einzige Lüge konnte es zerbrechen. Und was würde ihm dann noch bleiben?

»Ich kann mich an nichts erinnern, was bis vor zwanzig Jahren geschehen ist …« Warum fing er ausgerechnet so an? Das wusste sie doch längst. »Es sieht ganz so aus, als wäre ich während des Goldrauschs in San Francisco gewesen, wenn auch nur für eine kurze Zeit, ein Jahr oder weniger. Und nicht wegen des Goldes! Sondern als Seemann. Ich weiß nicht, ob ich mir die Dinge, von denen ich höre, nur vorstelle oder ob das tatsächlich Erinnerungsfetzen sind. Nur hin und wieder ein Aufblitzen; die Art und Weise, wie das Licht aufs Wasser fällt; leuchtende Blumen, die es in England nicht gibt; Orte, die ich vor mir sehe, obwohl ich meines Wissens nie dort war; ein Hafen voller Schiffe.

»Ist San Francisco denn so?«, erkundigte sich die immer praktisch denkende Hester. Als Erstes wurden die Fakten erfasst.

»Das war vor zwanzig Jahren«, erwiderte Monk. »Es wird sich seitdem gewaltig verändert haben. Sogar in London hinterlassen zwanzig Jahre ihre Spuren.«

»Ein paar«, bemerkte Hester in einem Anflug von trockenem Humor. »Aber warum ist das so wichtig?«

»Weil mein Gedächtnis leer ist …« Monk hatte nicht so verzweifelt klingen wollen, aber er war es nun einmal. Sie standen immer noch nahe beieinander im Flur. »Und weil ich befürchten muss, dass Aaron Clive sich sehr wohl erinnern kann – und vielleicht auch Fin Gillander, der Kapitän des Schoners.«

»Oh …« Hester runzelte die Stirn. Sie hatte verstanden. Eine Zeit solcher dunkler Unsicherheit hatten sie schon einmal durchlebt.

Dabei hatte Monk den gefährlichsten Teil seiner Offenbarungen bisher vermieden, aber auch das musste auf den Tisch. »Ich habe meine Akten, oder das, was noch davon vorhanden ist, im Archiv eingesehen, aber mir ist immer noch nicht klar, warum McNab mich so sehr hasst. Es steckt mehr dahinter als berufliche Rivalität. Das sehe ich ihm bei jeder Begegnung an. Und ich fürchte …« Da! Jetzt hatte er das Wort ausgesprochen, das schwächste, das hässlichste. »Ich fürchte, er hat erkannt, dass ich mich nicht an den Grund dafür erinnern kann. Und falls er tatsächlich weiß, dass alles, was vor '56 geschehen ist, in meinem Gedächtnis ein weißer Fleck ist, wird er das genau dann gegen mich benutzen, wenn es die schlimmsten Folgen für mich hat und mich ruiniert.« Monk hielt inne. Hatte er wirklich beabsichtigt, so viel zu sagen? Er hörte selbst die Verzweiflung in seiner Stimme.

»Dann müssen wir der Sache auf den Grund gehen«, entgegnete Hester sanft. »Vielleicht kommt ja dabei heraus, dass es gar nicht so sehr für ihn und gegen dich spricht. William, du kannst nicht kämpfen, ohne Bescheid zu wissen! Das hieße, schon vor der Schlacht all deine Waffen wegzuwerfen.«

Im weichen gelben Lichtschein der Gaslampe betrachtete er nachdenklich ihr Gesicht, ihre von Sorge umschatteten Augen. Doch falls sie Angst hatte, konnte er das nicht erkennen. Und sie war wütend, bereit, ihn zu verteidigen, denn sie hatte begriffen, dass die Bedrohung echt war.

»Komm mit und iss eine Kleinigkeit«, schlug sie vor und wandte sich zur Küche um.

»Ich habe keinen Hunger …«, begann er.

»Natürlich nicht«, bestätigte sie. »Heißen Tee und ein Sandwich mit einer Scheibe kaltem Rinderbraten. Mit leerem Magen kann man nicht kämpfen.«

Er war müde, so müde, dass ihm der ganze Körper wehtat. Und in den Augen spürte er ein Brennen. Sie füllten sich mit Tränen. Gerade jetzt überkam ihn Rührung. Sie hatten schon einmal den Kampf gegen riesige schwarze Löcher aufgenommen und waren fest entschlossen gewesen zu siegen. Doch diesmal hatte ein Schatten aus der Vergangenheit sie überholt und war im Begriff, sie zu verschlingen. Und er hatte nicht den Schimmer einer Ahnung, worum es überhaupt ging!

Hester lief ihm voraus in die warme Küche. Im Kessel auf dem Herd simmerte das Wasser. Hester bereitete Tee zu, und Monk nippte daran, während sie Brot und Rindfleisch in Scheiben schnitt. Vielleicht war er ja doch hungrig.

»Was willst du als Nächstes unternehmen?«, fragte sie und stellte den Teller vor ihn auf den Tisch. »Es muss doch eine riesige Menge von Berichten im Polizeiarchiv geben.«

»Ja …« Es dauerte einen Moment, bis er verstand. »Du meinst, wenn es etwas gäbe, das mir peinlich wäre, dann hätte ich es damals verschwinden lassen?«

Sie schnitt eine Grimasse, wich aber seinem Blick nicht aus. »Hättest du?«

»Wahrscheinlich schon«, murmelte er. »Aber ich habe nur nach den Unterlagen gesucht, wo sein Name erwähnt wurde. Und der tauchte nirgends auf.«

Sie überlegte eine Weile, ehe sie ihr Schweigen brach. »Der Einzige, der dich damals schon kannte und mit dir zusammenarbeitete, ist Runcorn. William, du musst dich kundig machen. Es wäre zu gefährlich, diese Sache zu vernachlässigen – wie immer die Wahrheit aussieht. Sie nicht zu kennen, das wird dir nicht helfen. Im Gegenteil, das würde nur noch mehr Munition für McNab bedeuten, die er gegen dich einsetzen kann.«

Sie hatte recht. Natürlich hatte sie recht.

»Das ist mir klar.« Monk seufzte. »Ich werde ihn fragen. Ich habe mich viel zu lange davor gedrückt, mich meiner Vergangenheit zu stellen. Vielleicht habe ich einfach gehofft, ich müsste nie daran rühren und könnte sie auf sich beruhen lassen.«

Lächelnd legte Hester die Hand auf seine. Es bedurfte keiner Worte mehr.

Am nächsten Morgen brach Monk früh zu Superintendent Runcorn auf. Dessen Büro befand sich im nahegelegenen Blackheath, sodass Monk dort bereits vor neun Uhr eintraf. Als er eintrat, saß Runcorn an seinem Schreibtisch, vor sich eine große Tasse Tee und einen Stoß Akten, die nicht mehr ganz so ordentlich wie in früheren Zeiten aufeinandergestapelt waren. Offenbar ließ Runcorn es endlich etwas ruhiger angehen. Sein Lebensglück hatte seine alten Dämonen verbannt.

Als sie in jüngeren Jahren gemeinsam bei der Metropolitan Police gedient hatten, waren sie Freunde gewesen, aus denen nach und nach Feinde geworden waren. Runcorn war seit jeher ein unflexibler Beamter gewesen, der sich buchstabengetreu an die Vorschriften hielt, weil er sich nur dann sicher fühlte, wenn er an Weisungen gebunden war. Monk hatte ihn deswegen aufgezogen und seine Schwächen genüsslich ausgeschlachtet.

Monk war intelligent, schnell von Begriff, ein Meister der Improvisation und der geborene Rebell. Schließlich war er wegen Unbotmäßigkeit entlassen worden, während man Runcorn beförderte. Inzwischen war jedoch Monk derjenige, der den höheren Rang bekleidete.

Nach seinem Unfall hatte sich Monk dazu gezwungen gesehen, sich eingehend mit dem Mann zu befassen, der er gewesen war und der immer noch irgendwo in ihm steckte. Was er dabei an sich entdeckt hatte, gefiel ihm ganz und gar nicht, und er war wahrlich nicht stolz darauf, so respektlos mit Runcorn umgesprungen zu sein.

Später hatte sich Runcorn unsterblich in eine Zeugin in einem gemeinsamen Fall verliebt. Obwohl sie hinsichtlich Hintergrund, Bildung und gesellschaftlicher Schicht Welten trennten, hatte Melissa Runcorns Sanftmut gesehen, die aufrichtige Liebe, die er für sie empfand – und hatte sie zur Überraschung aller erwidert. Jetzt war Runcorn glücklicher, als er das in seinen kühnsten Träumen für möglich gehalten hätte. Kurz, er war ein anderer Mann. Für Monk genügte das, um sich ihm mit derjenigen Frage anzuvertrauen, die er jetzt klären musste.

Runcorn sah überrascht auf, als Monk eintrat und sogleich die Bürotür hinter sich schloss. Dann wurde sein Gesichtsausdruck besorgt. Mit einer einladenden Geste deutete er auf den freien Stuhl vor dem Schreibtisch.

»Tee?«

Monk schüttelte den Kopf. »Noch nicht – danke. Ich muss Ihnen viele Fragen stellen und kenne sonst niemanden, der …«

Runcorn lehnte sich in seinem Stuhl zurück und blickte Monk aufmerksam an, während dieser von seinem letzten Fall berichtete. Wie sich herausstellte, kannte Runcorn, dessen Einsatzgebiet ja auch in der Nähe der Themse lag, bereits einige der Fakten und die betroffenen Personen.

»Wenn ich etwas Nützliches wüsste, hätte ich es Ihnen längst mitgeteilt«, versicherte er Monk mit leiser Stimme, als dieser geendet hatte. »Bis zu der Episode, in der McNabs Mann ertrunken ist, hatte ich von Aaron Clive praktisch nichts gehört. Und ich weiß auch nicht, was Blount und dieser Owen trieben. Ich habe mich umgehört, aber bisher nichts erfahren.«

»Was wissen Sie über McNab?« Monks Nerven waren zum Zerreißen gespannt, und er kam direkt zur Sache. »Warum hasst er mich?«

Runcorn starrte ihn an. Wie betäubt saß er da, als hätte ihn gerade eine schreckliche Erkenntnis getroffen. »O Gott«, flüsterte er. »Ich habe nie eines zum anderen gefügt ...«

Monk gefror das Blut in den Adern. »*Was wozu* gefügt? Was habe ich dem Mann angetan?«

Runcorn fuhr sich mit der Hand durch sein dichtes, drahtiges Haar. »Sie konnten eigentlich gar nichts dafür, aber leider beurteilen wir die Dinge nicht immer gerecht ...«

Am liebsten hätte Monk ihn angeschrien. »Welche Dinge? Um Himmels willen, sagen Sie es mir!« Nur mit äußerster Anstrengung gelang es Monk, sich zu beherrschen. Er konnte es sich nicht leisten, Runcorn zu verärgern, einen der wenigen Freunde, die er hatte. Und er war *immer noch* ein Freund, obwohl er so viel über ihn wusste.

»Welche Dinge?«, wiederholte Monk ruhiger.

Runcorn fixierte Monk sehr ernst. »Erinnern Sie sich an Robbie Nairn?«

Vergeblich wühlte Monk in seiner Erinnerung. Er konnte nichts mit diesem Namen verbinden, auch wenn er glaubte, ihn erst kürzlich gehört zu haben. Ob der Mann ein anderer

Polizist war, ein Freund oder ein Feind, er wusste es einfach nicht. »Nein. Wer ist das?«

Runcorn seufzte. »Es war vor beinahe sechzehn Jahren. Ein junger Mann von Anfang zwanzig. Sehr gewalttätig. Aber auch charmant – auf seine Art. Und gutaussehend. Ähnelte wohl ein bisschen McNab, auch wenn einem das nicht aufgefallen wäre, wenn man sie nicht nebeneinander stellte.«

»Wer war er?« Monk wollte es nicht wissen, aber es musste sein. »McNabs Sohn?«

»Nein, nein. McNab war damals erst dreißig und Nairn lediglich sechs, sieben Jahre jünger.« Runcorn beobachtete Monk weiterhin scharf. Seine Augen, sein Gesicht verrieten nicht die geringste Freude. »Nairn geriet in eine üble Schlägerei mit einem anderen jungen Mann. An deren Ende war Nairn verletzt und der andere tot – mit aufgeschlitzter Kehle.«

»Eine Schlägerei? Wer hatte angefangen?«

»Das weiß niemand. Nairn trug einige schlimme Wunden davon. Und er behauptete, der junge Mann wäre schuld gewesen. Eine Zeit lang neigten wir dazu, ihm zu glauben. Sie waren es, der die Beweise für das Gegenteil entdeckte …«

»Hatte ich unrecht?«

»Wahrscheinlich nicht. Nichts deutete darauf hin. Die Geschworenen haben Ihnen geglaubt.«

»Und Sie?«, setzte Monk nach.

Runcorn nickte. »Auch ich hatte keinen Zweifel. Und glaube Ihnen immer noch. Nairn war ein übler Kerl.«

»Was verschweigen Sie mir?«

»Sie haben die Beweissuche mit großem Aufwand betrieben.«

Monk schnitt eine Grimasse. »Habe ich sie aus ihm herausgeprügelt? Ihn eine ganze Nacht lang verhört? Ihn an den Pranger gestellt, unter Druck gesetzt? Was?« Er wollte nicht daran denken, wusste jedoch inzwischen, dass er damals zu alldem fähig gewesen war.

»Ich weiß es nicht«, gab Runcorn zu. »Ihnen wurde vieles unterstellt. Sie haben das Verhör allein geführt. Das war töricht, zumal bei Ihrem Ruf.«

»Aber – es muss doch Beweise gegeben haben. Mehr als nur mein Wort. Wenn es eine Schlägerei war, die außer Kontrolle geriet …«

»Es steckte mehr dahinter, Monk. Ein Mädchen. Ihretwegen prügelten sie sich. Sie war tot. Auch ihr war die Kehle aufgeschlitzt worden. Es sah ziemlich übel aus. Nairn behauptete, der andere wäre es gewesen. Es war dann Ihre Aussage, die den Ausschlag gab.«

»Aber hatte ich unrecht?«, beharrte Monk und beugte sich angespannt vor. »Gab es irgendwelche Zweifel an den Tatsachen? Warum hätte ich lügen sollen?« In seinem Kopf kreisten noch viel drängendere Fragen: War er damals wirklich so anders gewesen als heute? Die Vorstellung, jemand könne lügen, nur um einem anderen Mann einen Mord anzuhängen, widerte ihn an. Das war Meineid, ein Verbrechen gegen die Gesetze und gegen alles, wofür sein Ehrbegriff stand!

Er zwang sich zur Ruhe. »Was habe ich Nairn angetan?«, fragte er erneut. »Und was hatte das mit McNab zu tun?«

»Nairn war sein Halbbruder«, antwortete Runcorn leise. »Dieselbe Mutter. Wuchsen zusammen auf. McNab entschied sich für den richtigen Weg, Nairn geriet auf die schiefe Bahn.«

»Und dafür macht er mich verantwortlich?«, fragte Monk ungläubig. »Hat Nairn auch die Frau umgebracht? Ging es am Ende darum?«

»Das konnte nie bewiesen werden. Aber die Geschworenen sahen es so.«

»Habe ich behauptet, dass er ihr Mörder war?«, fragte Monk weiter.

»Nein. Sie haben sich in dieser Hinsicht zurückgehalten. Nairn stritt es ab, und McNab glaubte ihm. Er flehte Sie an, um Gnade für Nairn zu bitten. Sie lehnten ab.«

»Wie ging es dann weiter?« Monk musste diese Frage stellen, obwohl ihm Runcorns bedrückte Miene bereits die Antwort gab.

»Sie haben ihn gehängt«, sagte Runcorn. »Nach Ablauf der üblichen Frist von drei Sonntagen nach dem Urteil. McNab versuchte sein Möglichstes. Er lief von Pontius zu Pilatus und flehte um Nairns Leben – es half nichts.«

»Ich war also nicht der Einzige, der unerbittlich …«

Runcorn fiel ihm ins Wort. »Sie waren der für den Fall zuständige Beamte. Auf Sie hätte der Richter vielleicht gehört und die Strafe in Lebenslänglich umgewandelt. Es tut mir leid, aber so verhielt es sich nun einmal.«

»Wäre das besser gewesen?« Monk stellte sich vor, dass er selbst lieber durch den Strang gestorben wäre, statt den Rest seines Lebens in einem der grässlichen englischen Zuchthäuser zu verbringen. Das war ein schleichender Tod, langsam und erbarmungslos.

Runcorn starrte Monk in die Augen. »McNab glaubte immer, dass Nairns Unschuld beizeiten hätte bewiesen werden können. Nun ja, eine Berufung hat nicht viel Sinn, wenn man tot ist. Außerdem: Wenn sie einen bereits gehängt haben, sind die Richter Ihrer Majestät noch weniger willens, in Erwägung zu ziehen, dass sie sich getäuscht haben könnten.«

Dagegen gab es nichts einzuwenden. In quälender Stille blieb Monk sitzen.

Schließlich brach Runcorn das Schweigen. »Er war nicht unschuldig. Es lagen noch andere Anklagepunkte vor, die wir nicht zur Sprache bringen konnten, aber wir wussten, dass er schuldig war. Er hatte einen schlechten Ruf, was Frauen betraf. Hatte einige geschlagen und war ungestraft davongekommen. McNab wusste das nicht und wollte es auch gar nicht wissen. Nichts davon konnten wir im Prozess verwenden, aber wir wussten es einfach.«

»Ich wusste es?« Monk klammerte sich an diesen Strohhalm.

»Natürlich.«

Die nächste Frage *musste* Monk einfach stellen. Ließe er die Gelegenheit verstreichen, würde sie ihn immer verfolgen.

»Habe ich ihn wegen früherer Delikte vorverurteilt? Ich meine – hätte ich Indizien manipulieren können, um dafür zu sorgen, dass er diesmal büßte?« Er stieß das voller Abscheu hervor, denn ein solches Verhalten war nicht nur selbstgefällig, sondern schändlich. Und womöglich hätte der Mann, der er gewesen war, sich zu so etwas herablassen können, um für sich selbst einen Vorteil zu erlangen.

»Nein«, widersprach Runcorn mit einem schiefen Grinsen. »Sie waren wichtig, aber nicht so bedeutend, dass ein Geschworenengremium ihr Wort ohne Beweise akzeptiert hätte. Wenn Sie so töricht gewesen wären, das zu versuchen, hätte der Richter Ihnen den Mund verboten, sofern der Verteidiger Sie nicht schon vorher zu Hackfleisch verarbeitet hätte.«

»Sind Sie sicher?«

Runcorn nickte knapp. »Ganz sicher. Nairn wurde ausschließlich auf der Grundlage von Beweisen verurteilt.«

»Warum hätte ich dann für ihn um Gnade bitten sollen? Er hatte die Frau und den anderen Mann umgebracht. Was hätte ich in seinem Namen vorbringen können?«

»Es hätte auch sein können, dass der andere Kerl die Frau

ermordet hatte und Nairn ihn dafür umbrachte«, entgegnete Runcorn.

»Aber das war nicht der Fall.«

»Wahrscheinlich nicht.«

»Wahrscheinlich!«, schnaubte Monk erregt. »Zum Teufel! Mit einem ›Wahrscheinlich‹ kann man niemanden hängen!«

»Die Geschworenen glaubten Ihnen, als Sie die Beweise vorlegten. Ich übrigens auch.«

»Besteht eine Möglichkeit, dass ich mich getäuscht habe?«

»Eine Möglichkeit? Kann schon sein. Aber ein vernünftiger Zweifel? Nein, es gab keinen Zweifel, schon gar keinen vernünftigen.«

»Aber McNab glaubte das!«

»Nur weil er nichts über die anderen Fälle wusste.«

»Die Geschworenen doch auch nicht«, gab Monk zu bedenken. »Warum sprachen sie den Mann schuldig?«

»Weil sie Ihnen glaubten und nicht ihm. Er war ein arroganter Dreckskerl.«

»Ich doch auch, nach allem, was ich gehört habe.«

Runcorn grinste. »Allerdings. Aber *Sie* waren das Gesetz.« Der Satz schwebte zwischen ihnen und mit ihm alle Möglichkeiten, ihn auszulegen. Erst nach einer Weile fuhr er fort: »Sie hatten recht damals. Er war schuldig. McNab wollte es nur nicht wahrhaben. Und ich wage zu behaupten, er wollte sich nicht eingestehen, dass er den Jungen auch nicht besonders gemocht hatte. Doch er hatte wohl die Blutsverwandtschaft im Kopf. Und die Erinnerung an ihre Kindheit. Das tun die Menschen immer, wenn es zu spät ist: Sie erinnern sich an das Kind, das sie einmal waren.«

Darüber dachte Monk lange nach. Er glaubte Runcorn und musste sich auf ihn verlassen, weil sein eigenes Gedächtnis ihn völlig im Stich ließ. Was hatte er damals empfunden? War er von dem Urteil überzeugt gewesen? Von Selbstgerechtigkeit beseelt? Von der Genauigkeit des Gesetzes? Oder hatte er womöglich um einiges mehr gewusst als die Beweise, die Runcorn eben erwähnte? Gab es noch andere Umstände, Einzelheiten? Wer war das Mädchen gewesen? Hatte sie Eltern gehabt, Freunde, war sie vielleicht sogar Mutter eines eigenen Kindes gewesen? Und der tote junge Mann?

»Wer war das Mädchen?«, fragte er. »Eine Prostituierte?«

»Ein obdachloses Mädchen«, antwortete Runcorn. »Ihre Mutter hatte sich neu verheiratet und sie rausgeworfen. Wer weiß, was sie um des Überlebens willen bereit war zu tun.« In seiner Stimme schwang Mitgefühl mit, und Monk spürte, dass er von ähnlichen Empfindungen ergriffen wurde.

Doch schnell holte ihn die Gegenwart wieder ein. Was wollte McNab jetzt noch von ihm? Für Nairn war es doch seit Jahren zu spät. Monk zu schaden würde seinen Namen nicht mehr reinwaschen, falls das überhaupt noch von Belang war. Ging es ihm schlichtweg um Rache? Hatte Orme etwa deswegen sterben müssen?

Oder hatte McNab – ein ganz neuer Gedanke – es auf Monks Arbeitsplatz abgesehen? Vielleicht hatte er das Fiasko bei der Razzia auf dem Schmugglerschiff deswegen herbeigeführt!

Und dann gab es noch das komplizierte Rätsel um Piers Astleys Tod. Das konnte nun wirklich nichts mit McNab zu tun haben. Er mochte es vielleicht für seine Zwecke benutzen, auch wenn Monk nicht einleuchtete, warum und wie. Er wusste lediglich, dass McNab Aaron Clive kannte, zumindest beruflich.

Das wiederum warf die nächste Frage auf, auf die Monk unbedingt eine Antwort finden musste: War er selbst in der

Zeit des Goldrauschs von '49 in San Francisco gewesen, wenn auch nur kurz? Hatte er Piers Astley persönlich kennengelernt?

Er tappte im Dunkeln, stolperte über alle möglichen Hinweise und Andeutungen und drehte sich letztendlich aber nur im Kreis. So konnte er weitermachen, bis er stürzte und nicht mehr in der Lage war aufzustehen. In Wahrheit verhielt er sich genau so, wie McNab es wollte – passiv, zu ängstlich, um zu handeln. Wenn er seine Strategie nicht änderte, würde er die entscheidenden Antworten erst dann erhalten, wenn es zu spät war.

Er stand auf.

»Danke«, sagte er leise. Seine Gefühle reichten zu tief, als dass er weitere Worte hätte finden können.

»Wohin gehen Sie?«, fragte Runcorn besorgt.

Monk bedachte ihn mit einem düsteren Lächeln. »Keine Angst, nicht zu McNab, um ihn zur Rede zu stellen. Nein, ich will zu Fin Gillander. Er könnte etwas über die Zeit damals in San Francisco wissen, das mir bei der Untersuchung zu Astleys Tod weiterhilft.«

»Oder er könnte es noch schlimmer für Sie machen«, ergänzte Runcorn. »Und zwar dann, falls er dahintergekommen ist, dass Sie das Gedächtnis verloren haben. Und das ist gut möglich, wenn Sie tatsächlich in San Francisco waren.«

»*Falls* er die Wahrheit schon kennt? Wenn er mich aus welchen Gründen auch immer ablehnt, wird er so oder so danach trachten, mir zu schaden.«

»Wer weiß sonst noch Bescheid?«

»Nur diejenigen, zu denen ich absolutes Vertrauen habe. Hester, Oliver Rathbone und jetzt auch Hooper.«

»Welche Interessen verfolgt Gillander wohl in dieser Angelegenheit? Schien ja ein äußerst passender Zufall zu sein, dass sein Schiff an einer für Silas Owens Flucht so günstigen Stelle vertäut war.«

»Das ist ein Aspekt, nach dem ich mich gern genauer erkundigen möchte. Zusammen mit der Frage, wer Blount umgebracht hat, welchen Grund er dazu hatte, was aus Owen geworden ist und wie viel genau Pettifer über diese zwei Männer wusste. Ich muss in Erfahrung bringen, ob das alles zu einem geplanten großen Raub gehört oder ob es sich um einzelne Episoden ohne jeden Zusammenhang handelt.«

»Könnte es sein, dass McNab Sie dazu provozieren will, sich wegen irgendwelcher Lappalien zu blamieren?« In Runcorns Stimme schwang mehr als nur ein Hauch von Sorge mit.

»Gut möglich. Trotzdem habe ich nicht vor, mir von ihm vorschreiben zu lassen, wo ich nachforsche. Ich fahre zu Gillander raus und versuche noch einmal mein Glück.«

»Seien Sie auf der Hut«, warnte Runcorn.

»Das bin ich.« Monk wandte sich zu Tür. »Und danke.«

Monk blieb südlich des Flusses, nahm einen Hansom und bat den Kutscher, ihn zu der Stelle zu bringen, wo Gillanders Schoner vor Anker lag. Sollte der Amerikaner nicht an Bord sein, würde Monk warten müssen. Es war eine lange Fahrt durch volle Straßen, und er verbrachte einen beträchtlichen Teil der Zeit damit, die gesicherten Fakten in dieser Angelegenheit zu überdenken.

Er fing damit an, wie McNab ihn dazu aufgefordert hatte, die Ermittlungen zu Blounts Tod zu übernehmen.

Der Schuss in den Rücken war kein Mord, da Blount zu dem Zeitpunkt bereits tot war, aber wozu, um alles auf der Welt, konnte er gedient haben? Und überhaupt: War der Tod durch Ertrinken Folge eines Unfalls, oder war das der eigentliche Mord gewesen? Blount hatte sich seine Dienste als Meisterfälscher gut bezahlen lasen. McNab hatte berichtet, Blount wäre im Verhör danach gefragt worden, wer sein Hauptauftraggeber gewesen war, und nichts erreicht, außer dem Mann die Flucht zu ermöglichen. Oder von jemandem gerettet zu werden, der ihn dann womöglich umgebracht hatte.

War Blount dazu bereit gewesen, seinen Auftraggeber zu verraten? Hatte er das sogar getan, nur dass McNab sein Wissen Monk vorenthalten hatte? Denkbar war das durchaus.

Und dann gab es die Episode mit Owen und Pettifer. Hooper hatte noch ein bisschen mehr dazu herausgefunden, aber das bezog sich größtenteils auf Pettifers Ruf als McNabs rechte Hand. Die Verbindung der beiden schien seit vielen Jahren bestanden zu haben. Monk hatte Pettifer natürlich nur ein Mal gesehen – als der Mann in Panik geraten und ertrunken war. Unter solchen Umständen war es unmöglich, sich eine Meinung über einen Menschen zu bilden. Laut Hooper war Pettifer bei seiner Arbeit offenbar sehr effizient, rücksichtslos und gewiss sehr tüchtig gewesen.

Allem Anschein nach lag es an einer Verkettung von äußerst unglücklichen Umständen, dass Owen entkommen und Pettifer ertrunken war. Dass McNab sich wieder einmischte und seinerseits ermittelte, bot Monk eine Ausrede, Gillander ein zweites Mal aufzusuchen und noch mehr Fragen zu stellen, auch wenn der wahre Grund Monks Vergangenheit in San Francisco war. Dessen eingedenk stand er nun nervös am Ufer und winkte zur nur wenige Yards entfernt vor Anker liegenden *Summer Wind* hinüber.

Er musste dreimal rufen, bis Gillander sich an Deck blicken ließ. Sobald er Monk erkannte, grinste er, kletterte zum

Ruderboot hinunter, löste es aus seiner Verankerung und erreichte den Ufersteg mit einem Dutzend kraftvoller Schläge.

»Wollen Sie an Bord kommen?«, rief er fröhlich. »Lust auf heißen Tee, der so stark ist, dass sich der Löffel verbiegt? Zucker? Rum?«

Monk nickte lächelnd und stieg die Leiter hinunter, um im Heck seinen Platz einzunehmen. Während der Fahrt im Hansom hatte er sich zurechtgelegt, was er sagen wollte. Jetzt kamen ihm die Worte auf einmal künstlich vor. Nein, er brauchte einen anderen Ansatz. Also wartete er, bis sie sich in der Kabine befanden. Gillander machte sich in der Kombüse zu schaffen und bereitete einen starken Tee mit Zucker und Rum zu, von dem er eine Tasse vor Monk stellte, ehe er sich ihm gegenüber niederließ.

»Sind Sie wirklich die ganze Strecke von Kalifornien bis hierher gesegelt?«, erkundigte sich Monk.

»Ja. Das Wetter war die meiste Zeit recht gut.«

»Wie viel Mann Besatzung?«

»Wir sind zu dritt. Eigentlich sind nur zwei Männer nötig, aber es ist immer gut, einen Ersatzmann zu haben, falls man mal eine Pechsträhne hat oder einer sich verletzt.«

»Wird wohl nicht allzu schwer sein, jemanden zu finden, der bereit ist, sich seine Passage mit Arbeit zu verdienen«, bemerkte Monk. Wieder blitzte eine Erinnerung in ihm auf, die er nur nicht einordnen konnte. Sie hatte mit strahlender Sonne zu tun, mit schwerer See, Wellen mit weißen Schaumkronen. Und Wind, immer Wind, manchmal so heftig, dass die Segel rissen, bevor man sie reffen konnte. Ein solches Geräusch vergaß man nicht.

Woher kamen diese Bilder?

Gillander blickte ihn an. Er wartete.

»Sie haben mir gesagt, dass Sie Aaron Clive seit den Zeiten

des Goldrauschs kennen«, begann Monk. »Haben Sie selbst auch Gold geschürft?«

»Ich? Können Sie sich mich vorstellen, wie ich bis zu den Knien im Fluss stehe und eine Pfanne schwenke, nur um zu sehen, was darin schwimmt?« Gillander lachte. »Nein, ich ziehe das Meer vor. Meistens jedenfalls. Der Goldrausch war eine schöne Gelegenheit, etwas zu erleben, neue Gegenden kennenzulernen, mal aus dem Mittelmeer rauszukommen, wo ich ein paar Freundschaften geschlossen und mir auch einige Feinde gemacht hatte. Ich sagte mir, dass ich mit etwas Glück eines Tages Eigentümer eines Schiffs sein würde. Und das ist mir gelungen.« Er musterte Monk aufmerksam. »Wieso fragen Sie? Was hat das mit etwaigen Plänen, Clive auszurauben, zu tun?« Er nahm einen großen Schluck Tee aus seiner Tasse. »Wer das versuchen würde, wäre ein Dummkopf. Ein paar Leute haben es gewagt, kein Einziger ein zweites Mal.«

War das eine Warnung?

»Sind sie im Gefängnis?«, fragte Monk. »Oder tot?«

Gillander schnaubte. »Die meisten sind tot. Das waren schwere Zeiten – aber das wissen Sie ja selbst. Auch wenn es zwanzig Jahre her ist, Sie können es nicht vergessen haben.«

Monk erstarrte. Die Sekunden tickten. Er musste irgendetwas sagen. »Seitdem ist viel Wasser die Themse hinuntergeflossen. Was genau hat Sie eigentlich so sehr an Kalifornien angezogen?«

Gillander lächelte. »Geheimnisse«, sagte er amüsiert. »Damals erkannte ich das nicht, aber so war es. Kalifornien faszinierte mich wie der Krieg bestimmte Männer fasziniert oder Afrika die Forscher, die nach den Quellen des Weißen Nil suchen. Aber Afrika bedeutet mir nichts. Ebenso wenig würde ich mich auf eine Expedition zum Nordpol begeben.

Ich mag den Wettkampf mit anderen und wahrscheinlich auch mit dem Meer.« Er schien noch etwas hinzufügen zu wollen, überlegte es sich dann aber anders.

Mehrere Sekunden lang blickten sie einander an. Es war Monk klar, dass es jetzt galt, ehrlich zu sein, sonst verpasste er die Gelegenheit, mehr zu erfahren.

»Ich liebe Wettkämpfe auch«, erwiderte er. »Und London ist ein Dschungel ganz eigener Art.« Er gab sich einen Ruck. »Kannten Sie mich damals – in San Francisco?«

Gillanders haselnussbraune Augen bohrten sich in die von Monk. Nicht einmal seine Lider zuckten. »Ein bisschen. Gut genug, um zu wissen, aus welchem Holz Sie geschnitzt sind, und um gelegentlich mit Ihnen zu segeln. Einige Male haben wir auch um einen Transportauftrag konkurriert. Sie haben sich gar nicht so sehr verändert. Zumindest nicht auf den ersten Blick.«

Jetzt waren Monks letzte Zweifel ausgeräumt. Er war tatsächlich dort gewesen.

»Und dann?« Zu einer präziseren Formulierung war er nicht in der Lage.

»Und dann?« Gillander lächelte. »Und dann kann ich sehen, dass Sie immer noch gefährlich sind, wenn auch auf ganz andere Weise. Sie jagen nicht mehr, jedenfalls nicht so wie damals.«

Es war an der Zeit, zur Sache zu kommen. »Ich jage denjenigen, der plant, Aaron Clive auszurauben. Ich habe nicht vor, so einen Überfall an meinem Flussabschnitt zuzulassen.«

Gillander brach in Lachen aus – Ausdruck ungetrübter Heiterkeit. »Nein, Sie haben sich wirklich nicht verändert. Ihnen ist es wohl völlig gleichgültig, wenn es woanders geschieht, hm?«

Dieser Frage wich Monk aus. »*Wissen* Sie etwas darüber? Arbeiten Sie für oder gegen Clive?«

Gillander zögerte. In Sekundenschnelle veränderte sich sein Mienenspiel. Tiefe Gefühle wurden abgelöst von einer unergründlichen Maske, die einem Ausdruck von Spott über sich selbst wich. »Beides«, sagte er schließlich. »Meistens arbeite ich *für* Clive.«

Plötzlich hatte Monk einen neuen Erinnerungsfetzen vor Augen. Er sah Gillander, wie er Miriam anstarrte, ein junger Bursche, der zum ersten Mal im Leben einer wirklich schönen Frau begegnete. »Weiß er das?«, fragte er.

Die Röte stieg Gillander ins Gesicht, obwohl er das gewiss nicht wollte. »Sie waren schon immer schnell von Begriff.«

Monk sah noch mehr Fragmente vor sich aufblitzen. Im Weitersprechen versuchte er, alles gleichzeitig zu erfassen und einzuordnen. »War ich das?«, murmelte er nachdenklich. »Ich hätte gedacht, ich hätte mich in dieser Hinsicht verbessert.«

»O ja.« Einmal mehr lächelte Gillander charmant.

Monk beäugte sein Gegenüber argwöhnisch, ließ sein attraktives Gesicht auf sich wirken, seine lässige Art. War er damals wirklich so gewesen, wie Gillander sagte? Nun, er bezweifelte, jemals vergleichbar charmant gewesen zu sein, was bei diesem Mann offenbar weit mehr war als nur Berechnung. Gillanders Charme zeugte von Witz, Selbstironie und vielleicht auch von echten Gefühlen.

Monk zögerte. Musste er den Mann, der er gewesen war, denn wirklich kennenlernen? Eigentlich wollte er das gar nicht. Doch dann würde sein altes Ich ständig im Verborgenen gegenwärtig sein.

»Hatte Clive etwas gegen mich?«, fragte er, einem Impuls folgend. Warum er das nicht selbst wusste, erklärte er nicht.

Die Frage schien Gillander zu verwirren. »Ich bin mir nicht sicher, ob er nach Zacharys Tod überhaupt jemanden mochte oder ablehnte. Er veränderte sich damals sehr. Am Anfang war es nicht so deutlich, aber in seinem Inneren war ein Licht erloschen.« Der Amerikaner hielt inne. Offenbar rang er um die richtigen Worte. »Er vertraute Astley, aber so nahe wie Zachary stand er ihm nie. Ehrlich gesagt habe ich nie einen Grund zu der Annahme gesehen, dass er sich aus Ihnen etwas machte, ob im Guten oder im Schlechten. Und was hätte das jetzt noch zu bedeuten?«

»Vielleicht nichts.« Monk sehnte einen Themenwechsel herbei. Er mochte Gillander, aber es wäre töricht gewesen, ihm mehr anzuvertrauen, als er unbedingt musste. »Schildern Sie mir bitte noch einmal ganz genau, was Owen zu Ihnen sagte, als Sie ihn aus dem Wasser zogen. Auch jede noch so belanglose Bemerkung könnte uns helfen, das Bild von demjenigen zusammenzufügen, der hinter alldem steht.«

»Gleich zu Beginn sagte er, er heiße Pettifer und sei Zollbeamter«, erklärte Gillander mit einem bedauernden Lächeln.

Monk nickte, zog aber gleichwohl eine skeptische Miene. »Und welchen Grund gab er dafür an, dass er quer über den Fluss zu Ihnen geschwommen war, statt dabei zu helfen, den angeblich Geflohenen zu fangen und wieder einzusperren?«

»Natürlich habe ich ihn danach gefragt«, erwiderte Gillander ein wenig spöttisch. »Er hat sich nicht mal umgedreht, um zu sehen, was mit Ihnen ist.«

»Und was hat er geantwortet? Es muss überzeugend gewesen sein, wenn Sie ihm geglaubt haben.«

»Es *war* überzeugend«, knurrte Gillander. »Er sagte, ›Owen‹ sei viel größer als er und auch stärker. Und während des Verhörs hätte er, der angebliche Pettifer, begriffen, dass Blount ermordet worden war, und zwar von diesem ›Owen‹, der ihn offenbar kaltblütig im Fluss ertränkt hatte, weil Blount ihren gemeinsamen Plan verraten hätte. Worin dieser Plan bestand, sagte er mir allerdings nicht. Umso mehr erzählte er mir darüber, warum er zu mir rausgeschwommen war. ›Pettifer‹ – nein, ich nenne Ihnen die Leute jetzt lieber bei ihren richtigen Namen, sonst komme ich noch ganz durcheinander. Also: Owen behauptete mir gegenüber, Pettifer habe sich auf ihn gestürzt, und zwar in dem Moment, als Sie eingriffen. Pettifer sei im Begriff gewesen, ihn umzubringen. Angesichts des Größenunterschieds zwischen den beiden erschien mir das durchaus glaubwürdig.«

Das konnte Monk nachvollziehen. Der echte Owen war in der Tat ein vorzüglicher Schwimmer, aber in einem Zweikampf wäre er Pettifer unterlegen gewesen, denn der andere wog gewiss das Eineinhalbfache und verfügte über eine weitaus größere Reichweite.

»Ließ er auch verlauten, wo Pettifer Blount getötet haben soll? Und verlor er vielleicht auch ein paar Worte über diesen ›Plan‹?«

»Er sagte, Pettifer hätte den Mann bei Deptford getötet, bei der Isle of Dogs.«

»Hat er ihn ertränkt?«

»Ja, warum fragen Sie?«

»Hat Owen auch verraten, wer den Schuss abgegeben hat?«

Gillander starrte Monk überrascht an. »Schuss? Der Mann wurde doch ertränkt – oder etwa nicht?«

»Doch, doch. Aber erst später, als er schon tot war, hat jemand ihm in den Rücken geschossen.«

»Warum denn das, zum Kuckuck?«

»Mich beschleicht allmählich der Verdacht, dass dieser Jemand unbedingt sicherstellen wollte, dass es wie ein Verbrechen aussah, um auf diese Weise mich in den Fall hineinzuziehen. Aber es ist hochinteressant, dass Owen in dem Punkt offenbar völlig ahnungslos war.«

»Glauben Sie, dass der echte Pettifer Bescheid wusste?«, fragte Gillander.

Monk überlegte kurz. »Nun, wenn Owen mit seiner Flucht quer über die Themse Kopf und Kragen riskierte, um Pettifer zu entkommen, dann vielleicht deshalb, weil ihm klar war, dass Pettifer ihn tatsächlich ermorden wollte. Vielleicht hatte Pettifer ihn deshalb so weit stromaufwärts zu dieser abgelegenen Stelle gebracht, um ihn ungestört erdrosseln zu können. Was meinen Sie?«

»Dann würde das, was geschehen ist, allerdings Sinn ergeben. Aber wozu das Ganze?«

»Das bedeutet, dass der echte Pettifer Blount umgebracht hat und dasselbe auch mit Owen vorhatte.« Monk dachte laut nach, ohne auf Gillanders Frage einzugehen. »Offensichtlich ist Owen nicht zu McNab oder irgendeinem anderen Mitglied der Zollpolizei zurückgekehrt. Er könnte also inzwischen in Frankreich sein. Wenn es andererseits tatsächlich einen Plan gibt und er daran beteiligt ist, könnte er sich genauso gut irgendwo am Fluss aufhalten.«

Gillander nickte bedächtig. »Dann frage ich mich allerdings, wer noch alles in diesen Plan eingeweiht ist.«

»Mir stellt sich eine andere Frage«, sinnierte Monk. »Wer hat Pettifer beauftragt, erst Blount und dann Owen zu ermorden? Könnte das McNab gewesen sein? Oder jemand anders? Und hat Aaron Clive irgendetwas damit zu tun?«

Gillander kratzte sich nachdenklich am Kinn. »Ich weiß, wo Blount getötet wurde. Oder zumindest kenne ich die Stelle, wo es laut Owen geschehen ist. Vielleicht treiben Sie ja jemanden auf, der etwas gesehen hat. Wäre hilfreich für

Ihre Verteidigung, falls Ihnen jemand die Schuld an Pettifers Tod gibt.«

Monk überlegte fieberhaft. Sollte er Gillander vertrauen? Es war ein Risiko, er könnte in eine Falle gelockt werden. Aber saß er nicht schon längst darin und spürte den Atem seines Jägers im Nacken?

Blitzschnell traf er seine Entscheidung. »Gute Idee.«

Gillander erhob sich abrupt. »Das ist mein Schiff. Ich befehle, Sie gehorchen. Verstanden?«

Monk zauderte nicht eine Sekunde. Das war das Gesetz der See: Dem Kapitän widersprachen nur Narren.

Im Nu war der Anker gelichtet, und ohne überlegen zu müssen, hantierte Monk mit den Seilen. Erst als er sich der nächsten Aufgabe zuwandte, dem Hissen des Vorsegels, schoss ihm in den Sinn, dass er bei den komplizierten Seemannsknoten nicht eine Sekunde gezögert hatte. Hielte er jetzt inne, um die einzelnen Schritte zu überdenken, würden ihn seine Instinkte garantiert im Stich lassen. Aber er durfte nichts erzwingen, indem er sich die einzelnen Handgriffe bewusst machte.

Zwei Stunden später erreichten sie Deptford. Es war eigentlich gar nicht so weit entfernt, aber auf dem Fluss herrschte reger Verkehr, sodass sie sich immer wieder unter voller Takelage zwischen den vielen Booten hindurchmanövrieren mussten. Und dann dauerte es eine Weile, bis sie einen Anlegeplatz für die drei bis vier Stunden fanden, die sie sich an Land aufhalten würden.

Monk genoss das Segeln in vollen Zügen. Nach einer kurzen Phase der Verunsicherung stellte er überrascht fest, wie leicht ihm die einzelnen Handgriffe fielen. Er musste schon mal einen Zweimaster wie diesen gesteuert haben. Wie bei der Arbeit als Polizist waren auch hier seine Fertigkeiten nie verloren gegangen. Mühelos wahrte er auf dem schwankenden Schiff das Gleichgewicht, handhabte ganz selbstverständlich die Seile, postierte sich nie an den falschen Stellen und vermied es vor allem, auf dem Seilende zu stehen – eine tödliche Falle. Ohne dass es einer Erklärung bedurfte, hielt er respektvollen Abstand zu den Spieren, die jederzeit ausschlagen konnten, und achtete darauf, nicht zu hart am Wind zu segeln. Das alles machte er instinktiv richtig. Bei aller Anspannung fühlte er sich freudig erregt, ja, regelrecht euphorisch.

Schließlich gingen sie an Land, und Gillander marschierte voraus durch das Hafengebiet, bog in einen Durchgang ein, dann in eine Gasse von nur wenigen Fuß Breite. Monk hätte die Arme ausbreiten und mühelos beide Häuser links und rechts berühren können. Es war kalt, und die Fassaden der Steinhäuser waren nass; der Wind pfiff scharf und brauchte nicht lange, bis er einen Weg durch Monks angeblich robuste und wetterfeste Seemannsjacke fand. Monk begann zu frösteln. Jetzt bedauerte er es, keinen wärmeren Pullover angezogen, keinen dickeren Schal mitgenommen zu haben.

Schließlich erreichte Gillander ein winziges Gasthaus mit dem rätselhaften Namen *Triple Plea*. Drinnen war es warm, und die Luft war von Ausdünstungen geschwängert, die Monk mehrere Sekunden lang den Atem verschlugen.

Gillander schien hier wohlbekannt zu sein, und der einäugige Mann am Tresen winkte ihn sogleich zu einem kleinen Tisch an der Wand gegenüber.

»Nennen Sie ihn auf keinen Fall Patch«, schärfte Gillander Monk ein. »Er reagiert nur, wenn man ihn mit Pye anspricht. Wenn wir ihm etwas Respekt erweisen, wird er das zu schätzen wissen.«

»Schon verstanden.« Monk setzte sich auf einen polierten

Holzhocker, der gar nicht so unbequem war, wie er auf den ersten Blick ausgesehen hatte.

»Das Gespräch führe ich«, bestimmte Gillander. »Sie trinken einfach nur Ihr Ale und hören zu.«

Monk verbiss sich eine Erwiderung und nickte wortlos.

Über eine halbe Stunde lang saßen sie da, vor sich das Ale. Monk trank nur ab und zu einen Schluck von dem Gebräu. Das knusprige Brot und die Scheibe Käse schmeckten dagegen ausgezeichnet.

Schließlich trat ein Mann von gewöhnlichem Aussehen auf sie zu und setzte sich auf den dritten Hocker. Schön war er mit seinem dünnen Haar und dem flaumigen Bart gewiss nicht. Einzig seine Augen waren bemerkenswert. Halb verborgen unter schweren Lidern leuchteten sie in einem sehr hellen, silbrigen Grau.

Bei der Vorstellung Monks beschränkte sich Gillander auf ein knappes: »Er ist in Ordnung«, und fragte sofort: »Owen schon gesehen?«

Der Mann, der namenlos blieb, verzog das Gesicht zu einer Fratze des Abscheus und schüttelte den Kopf. »Lange verschwunden«, krächzte er. »Nach Frankreich.«

»Pettifer ist tot«, erklärte Gillander ihm.

»Glaubst du, das hätt' ich nich' gewusst«, knurrte der Mann. »Er wird ersetzt.«

Wer ihn ersetzen würde, war Monk nicht so wichtig. Stattdessen drängte es ihn, danach zu fragen, wer einen Ersatz für Pettifer benötigte. Vielleicht der Mann, der hinter diesem ominösen Plan steckte, worin er auch immer bestehen mochte? Oder jemand, der diesen Plan durchkreuzen wollte? Clive vielleicht? Oder McNab? Doch bevor er den Mund aufmachen konnte, erinnerte ihn ein fester Tritt gegen das Schienbein daran, dass er still zu bleiben hatte.

»Und Owen?«, fragte Gillander. »Wird der auch ersetzt?«

»Wozu?«, schnaubte der Mann angewidert. »Er is' nach Frankreich getürmt, um Pettifer aus'm Weg zu geh'n. Er is'n schlauer kleiner Scheißer, unser Owen, aber er hat sich vor Angst in die Hosen gemacht.«

»Angst vor Pettifer?« Gillander brachte eine amüsierte Miene zustande.

»Vor McNab, du Obertrottel!«, fauchte der Mann. »Pettifer war sein Befehlsempfänger. Er wird 'nen anderen finden. Diese Sache is' noch lang nich' zu Ende. Weiß Gott, wer da noch alles draufgeht und wer übrigbleibt.«

»Hat er den Plan ausgeheckt?« Gillander zog eine skeptische Miene.

»Was kümmert dich das?«

»Wenn sie es auf Clive abgesehen haben, will ich Bescheid wissen«, entgegnete Gillander. »Für mich könnte da nämlich auch was herausspringen.«

»Das Beste, was für dich dabei herausspringen kann, is', dass du schleunigst das Weite suchst und den Mund hältst«, zischte der Mann. Sein Blick wanderte zu Monk und wieder zurück zu Gillander. »Und nimm diesen Kerl da mit. Riecht verdächtig nach Wasserpolizei. Bei diesem Verein sind nich' so viele korrupt, aber pass trotzdem auf dich auf!« Er leerte seinen Bierkrug und torkelte zur Tür.

Monks Gedanken überschlugen sich. Pettifer hatte also tatsächlich Blount ermordet und versucht, auch Owen zu töten. In McNabs Auftrag? Oder aus irgendeinem Grund, der Monk noch gar nicht in den Sinn gekommen war? War der große Plan etwa nur ein Trugbild?

Gillander musterte ihn. Er wartete auf eine Reaktion.

»Danke«, sagte Monk leise. »Ich denke, wir sollten verschwinden.«

»Glauben Sie ihm?«, fragte Gillander, als sie sich einen Weg durch die Menge zur Tür bahnten. Draußen schüttete es mittlerweile wie aus Kübeln, und die Abflussgräben begannen überzulaufen.

»Da passt eines zum anderen«, antwortete Monk, sobald sie im Freien waren. »McNabs Pläne, worauf sie auch immer abzielten, sind durchkreuzt worden, weil Pettifer und nicht Owen ums Leben kam. Vielleicht hat das wirklich nichts mit Clive zu tun, und vielleicht ist auch Piers Astley nicht davon betroffen – das kann er auch gar nicht sein, wenn er tatsächlich tot ist.«

Sie verließen den Durchgang zum Flussufer. Vor ihnen schaukelte die *Summer Wind* an ihrer Liegestelle. Der Regen ließ ein wenig nach; es war kurz vor Gezeitenwechsel.

»Er ist mausetot«, sagte Gillander leise. »Ich habe es Ihnen doch gesagt. Armer Kerl …«

»Hat Aaron Clive Mrs Clive die Einzelheiten verschwiegen, um ihre Gefühle zu schonen?«

»Astley wurde ermordet«, stieß Gillander mit unvermittelter Heftigkeit hervor. »Ich nehme an, dass Clive ihr die Einzelheiten vorenthalten haben könnte …« Plötzlich verriet sein Gesicht tiefsten Schmerz. »Piers war ein guter Mann. Einer der besten. In mancher Hinsicht war er dort draußen in den Goldminen fehl am Platz – er war der aufrichtigste Mann, den ich je gesehen habe, und bedingungslos loyal.«

»Und man ist seinem Mörder nie auf die Spur gekommen?«, fragte Monk, der zunehmend das Gefühl hatte, in einen sehr persönlichen Kummer einzudringen.

Gillander starrte auf das Wasser hinaus. In seinen Augen spiegelte sich ein Lichtschimmer, der den Ausdruck von Unergründlichkeit zusätzlich betonte.

»Noch nicht, aber bald wird sie ihn durchschauen.«

10

Monk saß nahe beim Kaminfeuer und sah den Dampf von seinen nassen Hosenbeinen aufsteigen. Vor Erschöpfung hatte er sich nicht dazu aufraffen können, sich umzuziehen. Er hatte Hester berichtet, was er den Offenbarungen über seine Vergangenheit in San Francisco entnommen hatte, was er nun sicher wusste und was er erraten hatte. Jetzt wollte er nur noch sein Abendbrot essen und sich schlafen legen. Gerade hatte er den letzten Bissen von seinen gebackenen Äpfeln mit Sahne verspeist und gab sich alle Mühe, nicht schon am Tisch einzunicken.

»Es heißt, dass Owen mit ziemlicher Sicherheit in Frankreich ist«, sagte er.

»Und Blount ist tot«, murmelte Hester. »Owen hat es also deutlich besser getroffen. Glaubst du, dass Pettifer ihn wirklich umbringen wollte, wie Gillander gesagt hat?«

»Ich glaube, dass um Pettifer herum noch sehr vieles mysteriös ist, das ich dringend klären muss.«

»Was ist eigentlich mit den anderen Experten, die McNab dir gegenüber erwähnt hat?«, wollte Hester wissen. »Bist du sicher, dass es sie wirklich gibt?«

»Und ob ich mir sicher bin! Dachtest du etwa, ich würde das nicht überprüfen? Ich verlasse mich nicht einfach darauf, dass McNab die Wahrheit sagt, wenn ihm mit einer Lüge besser gedient wäre.« Freilich hatte Monk sogar Hester noch nicht alles über Nairn erzählt, sondern nur so viel, dass sie eine ungefähre Vorstellung von der Sache hatte. Jetzt schämte er sich dafür, andererseits befürchtete er, sie würde sich nur noch größere Sorgen um ihn machen, wenn sie wüsste, wie sehr McNab von seinem Hass zerfressen war und aus welchem Grund.

»Und wo sind sie jetzt?«, fragte sie leise.

Das hatte Monk noch nicht überprüft. Er hatte Fragen gestellt, die Sache seitdem aber nicht weiterverfolgt. »Das weiß ich nicht«, gab er zu. »Bisher war nichts von ihnen zu hören.«

Darauf erwiderte Hester nichts. Umso beredter war ihre bekümmerte Miene. Mehrere Minuten lang schwieg sie, dann wechselte sie abrupt das Thema.

»Beata York hat in den letzten Tagen in der Klinik mitgeholfen. Sie ist mir sehr sympathisch. Sie ist viel tiefgründiger, als ich ursprünglich dachte. Wahrscheinlich habe ich mich vorher nie richtig mit ihr beschäftigt. Ich war immer nur voller Abscheu für ihren Mann, weil er Oliver derart verfolgt hatte. Sie hat gar nichts Besonderes gesagt, aber ich werde das Gefühl nicht los, dass sie viel mehr Gründe hat, ihn zu verabscheuen, als ich.«

Monk starrte sie verblüfft an. »Was?«

»Sie hat nichts dergleichen erwähnt, aber ich habe es in ihren Augen gelesen, als würde sie gern über ihn sprechen. Als er diesen Anfall erlitt, war er gerade auf Oliver losgegangen. Er schlug mit seinem Stock auf ihn ein, weißt du? Er wollte ihn ins Gesicht treffen, auf den Kopf.«

»Das hat sie dir erzählt?«

»Nein, *sie* natürlich nicht. Aber Oliver.«

»Was hat dich gerade jetzt darauf gebracht?«

»Hass«, sagte Hester. »York hasste Oliver, weil er all das repräsentierte, was York nicht war. Im Inneren, meine ich. Dort, wo es wirklich zählt.«

Monk blickte sie verwirrt an. Er hatte immer noch nicht begriffen.

»McNab hasst dich aus einem bestimmten Grund«, erklärte Hester eindringlich. »Er spürt oder weiß, dass du immer besser sein wirst als er.«

Ihre Worte wärmten ihm das Herz. »Glaubst du wirklich?«

»Ja.« Sie lächelte ihn an. »Aber lass dir das nicht zu Kopf steigen! Ich sage das deshalb, weil ich nicht glaube, dass McNab damit aufhören wird. Er ist davon besessen. Er muss immer wieder versuchen, dich zu zerstören, und wahrscheinlich nicht nur dich, sondern die gesamte Wasserpolizei.« Sie beobachtete ihn aufmerksam, wollte sehen, ob er das ungeheuerliche Ausmaß der Intrige verstand, die gegen ihn im Gange war. »Du musst den Kampf gegen ihn aufnehmen, William. In Erfahrung bringen, ob dieses Komplott gegen Clive tatsächlich geplant wird oder ob er es nur erfunden hat, um euch auf eine falsche Fährte zu locken und lächerlich zu machen.«

»Das kann der Wasserpolizei nichts anhaben«, erklärte Monk.

»Vielleicht doch, wenn du die Lage falsch beurteilst. Wenn wirklich ein Anschlag vorbereitet wird und du davon wusstest, aber nichts getan hast, wird Aaron Clive dir das nie verzeihen. Umgekehrt wird er es dir genauso nachtragen, wenn er aufwendige Vorsorgemaßnahmen trifft – und sich das Ganze dann als Seifenblase herausstellt. Er lässt sich nicht zum Narren halten.«

»Woher weißt du so gut über ihn Bescheid? Sag mir nicht, dass deine Straßendamen ihn kennen. Er ist erst seit zwei Jahren in England, und sein Ruf ist makellos.«

»Natürlich ist er das«, schnappte Hester ungeduldig. »Und das wird er wohl immer sein. Selbst wenn Gerüchte über ihn in Umlauf kommen sollten, hat er die Macht, sie zum Verstummen zu bringen – und auch diejenigen, die sie verbreiten.«

»Von wem hast du denn das?«, fragte Monk mit einem dünnen Lächeln und versank etwas tiefer in seinem bequemen Sessel. »Du kennst ihn doch gar nicht persönlich.«

»Beata hat mehrere Jahre in San Francisco gelebt«, antwortete Hester. »Und sie ist alles andere als dumm, William. Sie konnte seinen Aufstieg mitverfolgen und kennt auch Miriam Clive sehr gut. Bitte sei vorsichtig. Such dir Rückendeckung bei allem, was du tust.«

Am nächsten Morgen standen Monk und Hooper gemeinsam auf dem Kai und beobachteten, wie das Licht über dem graubraunen Wasser aufstieg. Dunkel zeichneten sich davor die Silhouetten der Schiffe ab, die hier sanft schaukelnd vor Anker lagen. Vom Südufer näherten sich Fähren; rhythmisch hoben und senkten sich die Ruder. Wieder waren die zwei Männer unterwegs und darum bemüht, Wahrheit und Lügen über die geflohenen Strafgefangenen voneinander zu scheiden und zu ermitteln, ob es eine Verbindung zwischen ihnen gab.

»Das mit Applewood habe ich mir schon angeschaut«, berichtete Hooper, der in die aufgehende Sonne blinzelte. »Er sitzt wieder im Gefängnis, oben im Norden. Von Seager habe ich keine Spur gefunden. Sieht so aus, als wäre er untergetaucht. Da er aus Liverpool stammt, könnte er auch dorthin zurückgekehrt sein.«

»Interessant«, murmelte Monk gedankenverloren. »Bedeutet das, dass es gar kein Komplott gibt oder dass McNab uns einfach nur die falschen Namen genannt hat, ob absichtlich oder versehentlich?«

»Bluff oder doppelter Bluff?«, fragte Hooper mit einem sarkastischen Grinsen. »Tja, vielleicht bringen wir ihn so weit, dass er sich in den eigenen Schwanz beißt, was meinen Sie?« Seine Stimme klang hoffnungsvoll.

»Er wird sogar unsere Stärken gegen uns einsetzen«, knurrte Monk, dessen Respekt vor McNab bei aller Abneigung gewachsen war. Er hatte den Mann schon einmal unterschätzt und wollte diesen Fehler kein zweites Mal machen. »Ich würde nur gern wissen, wie weit seine Gerissenheit reicht.«

»Wir können sie ja aufeinander ansetzen und das Ganze aus sicherer Entfernung verfolgen«, schlug Hooper grinsend vor.

»Sie?«

»Ihn und Clive.«

»Sie mögen Clive nicht, hm?« Monk wunderte sich darüber, wie wichtig ihm Hoopers Meinung war, denn eigentlich war es überhaupt nicht seine Art, das Urteil anderer zu akzeptieren, nicht einmal das von Orme.

»Er ist nur durch Glück reich geworden.« Hooper spähte immer noch übers Wasser. »Und durch Schläue ist er es geblieben. Die richtigen Freunde, die richtigen Feinde. Und vergessen Sie eines nicht: Er weiß wahrscheinlich mehr über Sie als Sie über sich selbst. Solange man ihm nicht in die Quere kommt, schnurrt er wie ein Schmusekater. Aber wehe, man wird zur Bedrohung für ihn, dann wird er zum Tiger und zerfetzt einen. Da reicht bei ihm schon der bloße Verdacht.«

»Ich werde das beherzigen«, versprach Monk. Und er nahm diese Warnung tatsächlich ernst. Gleichwohl fand er Hoopers Vorschlag, Clive und McNab aufeinanderzuhetzen, amüsant.

Mit Hansom und Fähre fuhr Monk stromaufwärts und erreichte kurz nach neun Uhr Clives Büro. Dort musste er nicht länger als zwanzig Minuten warten, die er in einem bequemen Sessel verbringen konnte, während er Tee serviert bekam.

Dann kam ein gut gelaunter Clive hereinmarschiert und schloss die Tür hinter sich.

Monk erhob sich. »Guten Morgen, Mr Clive. Bitte verzeihen Sie, dass ich Ihnen noch mehr Zeit stehle.«

Clive ergriff Monks Hand mit festem Druck und ließ gleich wieder los, um sich Monk gegenüber niederzulassen und lässig die Beine übereinanderzuschlagen. »Es geht doch nicht etwa wieder um diesen Einbruchsplan? Glauben Sie mir, ich bin mir einer solchen Möglichkeit stets bewusst und habe inzwischen selbst Erkundigungen eingezogen. McNab von der Zollpolizei war in dieser Sache mehrmals bei mir, wissen Sie.«

»Ja, das habe ich in der Tat gehört«, entgegnete Monk. »Ich nehme an, Sie waren sehr höflich.«

»Ein notwendiges Übel«, bemerkte Clive trocken. »Es ist besser, man hat die Leute vom Zoll auf seiner Seite. Sie können verdammt lästig werden. Aber ich könnte mir vorstellen, Sie kennen den Fluss ebenso gut wie die Zollbeamten, wenn nicht sogar besser.«

Monk ahnte, dass Clive ihn aufmerksamer beobachtete, als er es sich anmerken ließ. Hatte er ihn noch aus der Zeit von vor zwanzig Jahren in Erinnerung?

»Die *Summer Wind* scheint ja ziemlich lange ihnen gegenüber vor Anker zu liegen.« Monk streute diese Bemerkung scheinbar beiläufig ein, einfach um sehen, wie Clive reagieren würde. Die Antwort überraschte ihn.

Clive ließ mit einem strahlenden Lächeln perfekte Zähne

aufblitzen. »Wenn man eine Frau hat, die so schön ist wie meine, gewöhnt man sich daran, in der Nähe von Männern zu leben, die in sie verliebt sind, manche davon vielleicht sogar ihr ganzes Leben lang. Ich habe Gillander kennengelernt, als er noch ein junger Spund von etwa neunzehn Jahren war. Miriam war damals dreißig. Bei ihm war es Liebe auf den ersten Blick, und ich glaube nicht, dass er da jemals herauswachsen wird. Manche Männer sind nun einmal Gefangene ihrer Träume. Miriam weiß das und ist freundlich zu ihm, mehr aber auch nicht.«

Monk widersprach nicht. Was Gillander betraf, hatte Clive sicherlich recht. Hinsichtlich Miriams Gefühlen war Monk überfragt. War sie Gillanders ständiger Anwesenheit womöglich längst überdrüssig geworden? Andererseits war sie vielleicht versucht, Gillander bei ihren Nachforschungen hinsichtlich Piers Astleys Mörder zu benutzen. Hatte Gillander nicht gesagt, dass er ihr den einen oder anderen Dienst erwies?

Und hatte Beata recht mit ihrer Meinung, dass Clive hinter der Fassade unnachgiebig war? Oder war das eher eine von der eigenen Vergangenheit getrübte Sichtweise?

»Lady York ist sehr angetan von Ihrer Frau«, sagte Monk. Erneut wollte er Clives Reaktion ausloten. Dem Mann musste klar sein, dass Beata sie alle damals viel besser gekannt hatte als Monk, Gedächtnisschwund hin oder her.

Erneut zeigte Clive sein Lächeln. Doch diesmal wirkte es etwas bemüht. »Ach ja, Beata. Arme Frau. Die Verbindung mit ihrem ersten Mann war wohl eher eine Vernunftehe und hatte nicht so sehr viel mit Liebe zu tun. Über York weiß ich zu wenig. Er war in seinem Beruf offensichtlich hochangesehen, aber nach allem, was ich gehört habe, war er kein netter Mensch. Beata hat viel Pech gehabt. Für die Verfehlungen ihres Vaters kann sie ja nichts. Keiner von uns sucht sich seine Eltern aus.«

Das klang, als wollte Clive, dass er an dieser Stelle nachfragte. Der Mann wedelte mit der Anspielung förmlich vor Monk herum, in der Hoffnung, dass er nach dem Köder schnappte.

»Ich kannte ihren Vater nicht«, murmelte Monk.

»Wahrscheinlich nicht. In San Francisco allerdings war er überall bekannt. Aber Sie segelten ja ständig die Küste hinauf und hinunter und hatten, wie ich zu behaupten wage, wenig Geld, das zur Bank gebracht werden musste.«

Nach und nach tröpfelten ein paar Informationen aus dem Mann heraus. Sein Lächeln war ihm dabei wie ins Gesicht gemeißelt, auch wenn die Herzlichkeit längst daraus verschwunden war. Unwillkürlich musste Monk an Scheingefechte vor dem wirklichen Kampf denken. Der tödliche Hieb würde ohne Warnung erfolgen.

Aber wie sollte er auf diese Anspielungen antworten? Monk überlegte. Wenn er jetzt behauptete, es sei ihm nicht um Geld gegangen, würde das nach einer kindischen Ausrede dafür klingen, dass er einfach nicht genug verdient hatte.

»Richtig, ich brauchte keinen Bankier«, erwiderte Monk beiläufig.

»Aber Sie müssen sich doch wenigstens an seinen Tod erinnern!« Clive beobachtete ihn jetzt scharf. Jede kleinste Regung würde er registrieren.

Monk blieb wachsam. Eine Lüge würde jetzt mehr Schwäche offenbaren als ein Eingeständnis. Und er konnte sich nicht einmal an den Namen des Mannes erinnern.

»Nein, vielleicht war ich zu dem Zeitpunkt zu weit oben an der Küste.«

»Zuletzt schien er dem Glücksspiel zu verfallen. Eines Abends wurde ihm Betrug vorgeworfen; daraufhin brach eine Schlägerei aus, und er wurde erschossen. Das sorgte damals für einen ziemlichen Skandal. Arme Beata – natürlich vermeidet sie es, darüber zu sprechen. Und ich bezweifle, dass York es je erfahren hat.« Eine Anspielung auf eine bewusste Täuschung ihrerseits.

Heftige Ablehnung stieg in Monk hoch. Zum ersten Mal hatte Clive etwas gesagt, das eine hässliche Seite an ihm verriet. Das war eine Warnung, ob beabsichtigt oder nicht. Monk war gut beraten, sich seinen Abscheu nicht anmerken zu lassen.

»Traurig«, seufzte er mit einem bedauernden Achselzucken. »Aber jetzt kann ich verstehen, warum sie nach England zurückgekehrt ist.«

»Die Leute sind aus den verschiedensten Gründen nach Amerika gekommen«, sagte Clive in verständnisvollem Ton. »Bei Ihnen habe ich mich oft gefragt, warum Sie nicht geblieben sind. Ihnen schien es doch recht gut zu gehen.«

Das war keine Frage, doch wenn Monk nichts entgegnete, wäre das ein Zeichen von Schwäche. Er kam sich vor wie ein mit der Nadel auf dem Brett aufgespießter Schmetterling.

Dabei lief ihre Begegnung scheinbar vollkommen zivilisiert ab: Man führte lediglich eine höfliche Konversation darüber, ob Clives Reichtum oder seiner Sicherheit Gefahr durch einen möglichen Diebstahl drohte, auch wenn diese Möglichkeit zunehmend so irreal wie eine Fata Morgana wirkte. Aber Hester hatte ihn gewarnt. Falls die Bedrohung doch echt war und Monk hatte nicht gehandelt, war er der Sündenbock. Wer spielte mit ihm? McNab? Clive? Oder alle beide, jeder aus anderen Gründen? Clives für jeden erkennbar wertvollster Besitz war seine Frau, und an sie hatte Monk sich nie herangemacht, dessen war er sich trotz seines Gedächtnisverlusts absolut sicher. Wäre irgendetwas zwischen ihnen gewesen, hätte ihm Miriams Gesichtsausdruck das sofort verraten, als sie ihn in seinem Haus aufgesucht hatte.

»Mir wurde damals ein interessantes Angebot gemacht«, log er. »Die kalifornische Küste ist herrlich, aber die hier hat auch ihre Reize.«

Clives Augen weiteten sich. »Der Fluss?« Er lehnte sich zurück. »Die Themse soll dem Vergleich mit der Barbary Coast standhalten? In den Augen eines Mannes wie Ihnen?«

Monk erwiderte Clives Blick, ohne mit der Wimper zu zucken. »Ich bin Engländer mit Leib und Seele. Dieses Land ist mein Erbe. Gehen Sie einmal langsam die Themse entlang, und Sie begegnen der Geschichte von den römischen Legionen unter Julius Caesar bis zum Observatorium von Greenwich, dem geografischen Mittelpunkt der Welt, der genau auf dem Nullmeridian liegt und den Seefahrern die Zeit vorgibt.«

»Ist es das, was Sie lieben?«, fragte Clive neugierig. »Das Herz des britischen Imperiums? Wie englisch Sie sind!«

»Nicht das«, widersprach Monk, der schlagartig eine Wahrheit über sich selbst erkannte. »Was ich wirklich liebe, ist die Abenddämmerung etwas weiter östlich, der weite Himmel über der Themsemündung, die wilden Vögel, die so entschlossen und zielsicher über das Wasser hinwegfliegen, als wüssten sie etwas, das uns verborgen ist.«

Ein Mal wenigstens schwieg Clive.

»Das ist es wert, geliebt zu werden«, fügte Monk hinzu. »Das pralle Leben mitsamt seinen guten und schlechten Seiten. Daran hängt mein Herz.«

Clive reagierte immer noch nicht. Erst nach längerem

Schweigen kam er wieder auf die Gefahr eines möglichen Raubs zu sprechen und blieb dabei, bis das Thema erschöpft war und Monk sich verabschiedete. Nun konnte ihm niemand vorwerfen, er hätte nicht alles getan, um den Amerikaner vor etwas zu warnen, an das sie beide im Grunde nicht glaubten.

Als Monk zu Fuß in Richtung Hauptstraße lief, kam ihm Miriam Clive entgegen. Sie trug ein burgunderrotes Kleid und eine mit schwarzem Pelz besetzte Jacke. Einmal mehr verblüffte ihn ihre Erscheinung. Mit ihren hohen Wangenknochen und großen Augen war sie von aufregender, beinahe exotischer Schönheit, aber es war vor allem der leidenschaftliche Ausdruck ihres Mundes, der die Aufmerksamkeit auf sich zog. Dieses Gesicht zeugte von heftigen seelischen Stürmen.

»Guten Tag, Mrs Clive«, begrüßte Monk sie höflich.

Sie blieb stehen, offenbar erfreut. »Guten Tag, Commander Monk. Hoffentlich sind es keine beruflichen Angelegenheiten, die Sie hierhergeführt haben.«

»Mein Besuch diente nur der Vorbeugung«, entgegnete er. »Mr McNab scheint es immer noch für möglich – wenn auch eher unwahrscheinlich – zu halten, dass jemand einen Einbruch planen könnte.«

Ihre Miene gab nichts preis. »Mr McNab? Wirklich?«

»Sie kennen ihn, zumindest flüchtig, wie ich glaube?«

Eine schmale Schulter bewegte sich leicht. »Ich bin mit ihm bekannt. Er kommt mir vor wie ein Mann ohne feste Prinzipien. Ich würde das, was er sagt, mit einer gewissen Skepsis zur Kenntnis nehmen. Aber das wissen Sie sicher selbst.«

Monk spürte, dass sie ihn beobachtete, als würde sie gespannt auf seine Einschätzung warten.

»Seine Äußerungen mir gegenüber lassen Ihren Eindruck

wohl zutreffend erscheinen.« Er nickte bedächtig. »Aber Ihnen gegenüber?«

Miriam holte tief Luft und atmete langsam aus. Er hatte sie in eine Lage gebracht, in der sie antworten oder ihm ausweichen musste.

»Ja«, sagte sie mit einem bezaubernden Lächeln. »Ich wollte von McNab mehr über Sie in Erfahrung bringen. Ich weiß jetzt, dass Piers tot ist, muss aber noch herausfinden, wer ihn umgebracht hat. McNab hat Sie mir als den besten Polizisten von ganz London empfohlen, und natürlich waren Sie in der Zeit, als Piers gestorben ist, in San Francisco. Darum steht für mich fest: Wenn es jemanden gibt, der in der Lage ist, die Wahrheit zu ermitteln, dann sind Sie das.«

»Aber was würde Ihnen das nach all den Jahren noch helfen?«

Sie lächelte immer noch. »Wenn ich weiß, wer Piers' Mörder ist, Mr Monk, dann weiß ich auch, wer es *nicht* ist. Das ist manchmal sogar noch wichtiger, finden Sie nicht auch?«

Sie log. Dessen war Monk sich absolut sicher. Doch andererseits traf das, was sie sagte, vollkommen zu. Wollte sie die Wahrheit wissen, nur um sie dann für immer in sich zu verschließen? Oder ging es ihr darum, jemanden zu manipulieren? Und was konnte McNab mit dieser Sache zu tun haben, außer dass er dadurch eine Möglichkeit bekam, an Monk heranzukommen?

»Es tut mir leid, dass ich Ihnen hierbei nicht helfen kann«, murmelte Monk diplomatisch.

Erneut erstarrte Miriams Miene zu einer unergründlichen Maske. »Im Gegenteil, Commander! Sie haben mir bereits dabei geholfen, sehr vieles zu verstehen. Meine alte Freundin Beata spricht übrigens in den höchsten Tönen von Ihnen, und ganz gewiss nicht zu Unrecht.« Sie spähte an

Monk vorbei zum Fluss hinüber, wo die *Summer Wind* vor Anker lag. »Und natürlich hat mir auch Mr Gillander geholfen.« Sie wandte sich wieder Monk zu. »Ich wünsche Ihnen noch einen guten Tag.«

»Guten Tag, Mrs Clive.« Gegen seinen Vorsatz blickte Monk ihr nach, bis sie auf dem Weg zu Clives Büro um die Ecke gebogen war.

Bei Monks Ankunft in der Wache von Wapping wartete Hooper schon auf ihn. Ungeduldig marschierte er im Raum auf und ab. Als Monk eintrat, wirbelte er herum, packte seinen verblüfften Kommandanten am Arm und zerrte ihn nach draußen zum Kai.

»Ich habe es herausgefunden«, flüsterte er eindringlich. »Laker hat ermittelt, dass Pettifer derjenige war, der Blount in den Rücken geschossen hat, möglicherweise auf McNabs Befehl hin. McNab ist so gut wie überführt. Vor Gericht wird das nie bestehen, aber wir wissen, wie die Sache bei den Gewehrschmugglern und bei der Razzia abgelaufen ist und dass McNab der Verantwortliche ist. Jetzt können wir die Angelegenheit auf unsere Weise abschließen.« Sein Gesicht glühte förmlich, so sicher war er sich. Fast hätte sich Monk von seiner Erregung anstecken lassen. Gleichwohl blieb er besonnen.

»Wie soll das gehen, wenn Sie es nicht beweisen können …?« Noch mehr Fragen jagten ihm durch den Kopf. Konnte er es sich leisten, McNab zur Rede zu stellen? Der Mann würde für seine Freiheit, sein Leben kämpfen. Wenn er unterging, hatte er den Willen und die Mittel, Monk mit in die Tiefe zu reißen.

Hooper setzte ein wölfisches Lächeln auf. »Mad Lammond«, erklärte er.

Monk starrte ihn perplex an. »Mad Lammond? Der blutrünstige Flusspirat?« Dieser Mann würde keinesfalls vor Gericht aussagen. Zwischen der London Bridge und dem Ärmelkanal wagte es praktisch niemand, seinen Namen laut auszusprechen.

Hoopers Wangen hatten sich gerötet. »Warten Sie's ab, warten Sie's ab«, gluckste er. »Wissen ist Macht, sogar dann, wenn man es nur begrenzt einsetzen kann. Kommen Sie mit. Er wird es Ihnen persönlich sagen.«

Monk runzelte die Stirn. »Warum, zum Teufel, sollte er das tun? Warum schlitzt er uns nicht einfach die Kehle auf?«

»Der Feind meines Feindes ist mein Freund«, zitierte Hooper. »Zumindest manchmal. Wie Mad Lammond das sieht, schuldet McNab ihm Geld, hat aber nicht vor zu zahlen.«

»Erklären Sie das näher«, forderte Monk. »Wie sollen McNab und Lammond miteinander ins Geschäft gekommen sein?« So gern er das geglaubt hätte, konnte er es sich einfach nicht vorstellen.

»Gewehre«, antwortete Hooper in einem Ton, als läge das auf der Hand.

Jäh ging Monk ein Licht auf. »Die Piraten, die uns auf dem Schmugglerschiff überfallen haben, das waren Mad Lammond und seine Männer …?«

»Richtig.«

»Und McNab hatte ihnen unsere geplante Razzia verraten?« Wieder hatte Monk die Schrecken der Schießerei vor Augen. Ihm stieg ein Kloß in den Hals, und er musste sich räuspern, bevor er weitersprechen konnte. »Das heißt: Mad Lammond hat Orme umgebracht? Wieso, zum Teufel, sollte McNab das gewollt haben? *Ich* bin derjenige, den er hasst. War er wirklich bereit, irgendwen zu töten, nur um mir zu schaden?«

»Nein«, sagte Hooper leise, »*Sie* waren es, den sie hätten töten sollen. Der Rest von uns war ihnen gleichgültig. Was mit Orme passiert ist, war Zufall. Zu guter Letzt haben wir den Kampf gewonnen. Sie bekamen keine Gewehre, und weil Sie immer noch am Leben sind, war McNab nicht bereit, Mad Lammond die zweite Hälfte des Betrags zu zahlen.«

Ganz gegen seine Gewohnheit stieß Monk einen grässlichen Fluch aus. Kurz hatte er das Gefühl, an seiner Schuld zu ersticken. Orme war nicht einfach in einem Kampf gefallen, er war *an Monks Stelle* gestorben.

»Und das alles wegen Robbie Nairn …«, flüsterte Monk. »Rache ist wahrhaftig etwas Schreckliches, eine Art Wahnsinn, der das Herz zerfrisst.«

»Ja«, murmelte Hooper.

»Und Sie glauben, dass es tatsächlich so war? Dass Pettifer an McNabs Stelle auftrat? Dass er es war, der Mad Lammond mit Informationen und Geld versorgte, damit er mich umbringen würde?«

»Und damit er die Wasserpolizei allgemein verunglimpfte«, ergänzte Hooper. »Aber wir können es nicht beweisen – zumindest noch nicht.«

»Dann helfe uns Gott«, seufzte Monk voller Inbrunst.

11

Am nächsten Morgen wurde Monk schon vor der Dämmerung geweckt. Draußen war der Himmel noch pechschwarz, und es dauerte einen Moment, bis er wusste, wo er war. Er hatte von hellem Sonnenlicht und schweren Wellen geträumt, die gegen eine felsige Küste donnerten und in brodelndes weißes Wasser zurückflossen.

Hester wälzte sich auf die andere Seite, setzte sich auf und strich sich die Haare aus den Augen. Sie war auf der Stelle hellwach. Ihre Stimme drang aus der Dunkelheit an sein Ohr.

»Was ist? Was ist los?«

Monk kletterte aus dem Bett, tapste zum Fenster und zog den Vorhang zur Seite. Im matten Schein der Straßenlaternen konnte er zwei uniformierte Polizisten ausmachen, die etwa zwanzig Fuß von ihm entfernt unmittelbar vor der Haustür standen.

»Polizei«, sagte er. »Ich drehe das Gaslicht im Treppenhaus an und gehe runter. Etwas muss passiert sein. Ich ziehe mich nur rasch an.« Fürs Rasieren reichte die Zeit nicht. Eilig spritzte er sich etwas kaltes Wasser ins Gesicht und schlüpfte in seine Kleider. Statt sich zu kämmen, strich er sich kurz mit den Fingern durch die Haare, dann stieg er die Treppe zum Hausflur hinunter, schob den Riegel zurück und öffnete die Tür.

Die zwei Polizisten warteten so dicht vor der Tür, dass

man hätte meinen können, sie wollten nicht gesehen werden. Im Lampenlicht waren ihre betretenen Mienen zu erkennen.

»Was ist los?«, fragte Monk, Bilder von schrecklichen Katastrophen mit Toten vor Augen.

»Es tut mir leid, Sir«, entschuldigte sich der größere der beiden leise, »aber wir sind hier, um Sie wegen des Mordes an James Pettifer vor Skelmer's Wharf zu verhaften. Es wäre in Ihrem Interesse, ohne Lärm mitzukommen. Wir wollen doch nicht alle Nachbarn wecken, oder?«

Monk war wie vor den Kopf gestoßen. In seinem Schock musste er sich am Türpfosten festhalten. Das war völlig absurd! Und doch waren die zwei Männer tatsächlich Polizisten. Was sie trugen, waren echte Uniformen, mit Nummern, anhand derer sie identifiziert werden konnten. Und der Kleinere hielt tatsächlich einen Haftbefehl in der Hand, auch wenn er dabei etwas täppisch wirkte, so als wüsste er selbst nicht so recht, was er damit tun sollte.

Aber sie hatten recht. Das Letzte, was Monk jetzt gebrauchen konnte, war, dass die Nachbarn aus ihren Häusern strömten, um zu sehen, was los war.

Immer noch schockiert wich Monk ein, zwei Schritte zurück.

Nervös folgte ihm der größere Polizist. Offenbar befürchtete er, Monk würde ihm die Tür ins Gesicht schlagen.

»Ich will nur meiner Frau Bescheid sagen.« Eigentlich wollte Monk den Mann anblaffen, brachte jedoch nur ein Krächzen hervor.

Der Polizist spähte an ihm vorbei zur Treppe, wo jetzt Hester auftauchte. Ihr Nachthemd um sich geschlungen und mit einer Hand festhaltend kam sie langsam zu ihnen herunter. Durch ihre offenen, über die Schultern fallenden Haare wirkte sie jünger und verletzlicher.

»Es tut mir leid, Ma'am«, murmelte der Polizist betrübt, »aber wir müssen unseren Befehl ausführen. Bitte machen Sie es nicht noch schlimmer, als es ohnehin schon ist.«

Hester starrte ihn verständnislos an. »Befehl?«

»Mr Monk zu verhaften, weil er Mr Pettifer ertränkt hat, Ma'am.«

»Er soll ihn ertränkt haben? Pettifer ist von selbst ins Wasser gesprungen! Commander Monk hat versucht, ihn zu retten!«

»Sie waren dabei?«, fragte der Beamte höflich, doch ihm stand ins Gesicht geschrieben, dass er es besser wusste.

Hester setzte schon zum Widerspruch an, sah dann aber ein, dass hier jedes Wort vergeblich war. Weder hatte der Mann ihr gegenüber diese Entscheidung getroffen, noch besaß er den Mut, den Gehorsam zu verweigern.

Sie stieg die Treppe hinunter und nahm Monks schweren Mantel vom Haken. »Ich gehe gleich in der Früh zu Oliver«, versprach sie.

Das war Hester! Mitten in der schlimmsten Krise wahrte sie die Ruhe. Die verlor sie erst, wenn es vorbei war und sie darüber grübelte, was sie hätte anders machen können.

Falls diese Angelegenheit je vorbei sein würde!

Monk nahm ihr den Mantel ab und zog ihn an. Eindringlich sah er ihr ins Gesicht. »Danke«, flüsterte er und hoffte, sie verstand, was er eigentlich damit meinte: Danke für alles – für die Vergangenheit und die Zukunft.

Sie lächelte ihn an. Einen intensiven Augenblick lang schienen ihre Blicke ineinander zu versinken, dann wandte sie sich ab.

Monk folgte den Polizisten aus dem Haus und weiter zur Straße. Sie blickten ihn nicht an. Wollten sie damit Taktgefühl beweisen, weil sie ihm gestatteten, diese schrecklichen

Sekunden halbwegs unbeaufsichtigt zu verbringen? Oder war ihnen die Situation peinlich?

Es herrschte grimmige Kälte, verschärft durch den vom Fluss heranwehenden Wind. Dazu war der Weg eisglatt. In der Straße wartete eine gewöhnliche Droschke auf sie, nicht eine *Black Maria*, die übliche fensterlose Polizeikutsche für den Transport von Verhafteten.

Monk kletterte hinein. Sobald er auf der Bank saß, an jeder Seite einen Polizisten, setzte sich das Gefährt in Bewegung. Es ging in Richtung Westen, fort von dem sich langsam aufhellenden Horizont. Der Fluss war bereits mit Schiffen und Booten gesprenkelt.

Wohin brachten sie ihn? Hier war sicher ein dummer Fehler gemacht worden! Es lag auf der Hand, dass er sein Möglichstes versucht hatte, um Pettifer zu retten. Auch wenn er ihn zu dem Zeitpunkt noch für den geflohenen Sträfling, Owen, gehalten hatte, hatte das nichts an seiner Absicht geändert, den Mann lebend an Land zu bringen. Hätte er ihn nicht mit dem Hieb gegen die Schläfe betäubt, wären sie beide ertrunken. Jeder, der an einem Gewässer arbeitete, wusste, dass ein Ertrinkender in Panik geraten konnte – mit verheerenden Folgen für sich und seinen Retter.

Einem Impuls folgend öffnete Monk den Mund, um sich lauthals zu beschweren, überlegte es sich dann aber anders. Es war zwecklos. Die zwei Beamten führten nur Befehle aus.

Seine Gedanken wanderten weiter zur Wache in Wapping. Welcher von seinen Männern würde in der Zeit seiner Abwesenheit das Kommando übernehmen? Hooper? Nein, das war doch gar nicht nötig. Spätestens nach zwei Tagen würde Monk auf seinen Posten zurückkehren. Diese Verhaftung war doch eine einzige Farce! Irgendein junger Wichtigtuer, der nur auf Ruhm aus war, hatte voreilig die falschen Schlüsse gezogen und ohne Rücksprache mit einem Vorgesetzten aufs Geratewohl gehandelt. Bis morgen war die Sache bestimmt aus der Welt geschafft, vielleicht sogar schon bis heute Nachmittag.

Rathbone würde er gar nicht erst damit behelligen müssen.

Nun sprach er doch. »Warum soll ich Pettifer eigentlich ertränkt haben?«

»Das weiß ich doch nicht«, erwiderte der größere der beiden Polizisten. »Wir haben nur die Verhaftung durchgeführt.«

»Ich hatte nie mit ihm zu tun«, fuhr Monk fort. »Ja, ich hatte noch nicht einmal von ihm gehört! Wir wussten gar nicht, wer von den beiden der Flüchtige war und wer der Polizist. Am Ende haben wir ja falsch geraten.«

»Vielleicht ist das der Grund, warum Sie ihn umgebracht haben«, mutmaßte der Beamte. »Sie dachten, er wäre aus dem Gefängnis geflohen.«

»Oder anders herum betrachtet«, meinte der Kleinere, »vielleicht wussten Sie genau, dass Pettifer vom Zoll war und der andere der Getürmte.«

»Ach ja? Und was, zum Henker, hätte ich von einem Mord gehabt?«, stieß Monk wütend hervor.

»Höchstwahrscheinlich ging's um Geld. Deswegen tun ja die meisten Dinge, die sie lieber bleiben lassen sollten.«

Daraufhin erwiderte Monk nichts mehr. Wenn Menschen derart borniert waren wie seine Häscher, war jedes Gerede zwecklos. Er verschwendete nur seine Zeit. Viel wichtiger war die Frage, wer hinter der ganzen Sache steckte. Vermutlich McNab? Pettifer war schließlich sein Mann gewesen und Owen der zweite Strafgefangene, der unter seiner Aufsicht geflohen war. Richtig, niemand anders als McNab hatte hier die Hände im Spiel.

Es gab keine Verschwörung, um Clive oder sonst wen auszurauben. Gestern war er sich dessen allerdings noch sehr sicher gewesen. Aber es ging ausschließlich um Robbie Nairn und um die Vergangenheit.

Monk war in San Francisco gewesen; daran gab es nichts mehr zu rütteln. Gott allein wusste, wo er sich noch überall aufgehalten hatte, wie viele Feinde er sich dort gemacht hatte, die sich an seine Taten erinnerten, ob gute oder schlechte, während er sich heute nicht einmal mehr an ihre Namen erinnerte oder ihre Gesichter erkennen würde. Er stolperte umher wie ein Blinder und drohte über Hindernisse zu stürzen, die alle anderen sahen.

Halt! Er musste damit aufhören, sich in solche Gedanken hineinzusteigern! Die Wahrheit war, dass Pettifer sich in seiner Panik selbst ertränkt hatte! Er hatte verhindert, dass Monk ihn rettete! Alles andere war an den Haaren herbeigezogen!

Das Rad der Zeit ließ sich nun einmal nicht zurückdrehen. Es gab nur eine Art der Bewegung: die nach vorn. Man konnte die Vergangenheit nicht ändern, sondern nur daraus lernen, und das galt sowohl für die jüngsten Ereignisse wie Pettifers Tod, als auch für lange zurückliegende Begebenheiten, wie sie sich damals in San Francisco zugetragen haben mochten.

Trotz seiner guten Vorsätze begannen Monks Gedanken erneut fieberhaft zu kreisen. Hatte womöglich auch Clive etwas mit seiner Inhaftierung zu tun? Steckten Clive und McNab unter einer Decke? Aber warum? Was hätte er Clive denn schon antun können?

Oder Miriam? War Monk in irgendeiner Weise schuldig am Tod ihres damaligen Mannes, Astley, gewesen? Nun, falls er Astley getötet hatte, dann hatte er sein jetziges Schicksal vielleicht sogar verdient.

Damals hatte es ihm an Mitgefühl, Klugheit, Geduld und Demut gefehlt, aber eines war er doch gewiss nicht gewesen: ein Auftragsmörder. Oder? Nein, kein Geld der Welt hätte ein solches Ungeheuer aus ihm machen können!

Dieser verfluchte Unfall mit der Kutsche hatte ihm seine ganze Vergangenheit geraubt und ihm nur die Konsequenzen gelassen, die er bis heute zu tragen hatte. Wie konnte man etwas, von dem man nichts wusste, bereuen oder wiedergutmachen?

Er streckte den Rücken durch. Was er hier betrieb, war doch nur Selbstmitleid, und das würde ihn nicht weiterbringen. Immerhin hatte das Auslöschen der Vergangenheit nicht nur Verlust bedeutet. Ihm war damit auch die Möglichkeit gegeben worden, von vorn anzufangen, zu ermessen und zu beurteilen, wer er gewesen war, und anhand der Indizien klarer zu erkennen, was hässlich an ihm war und verändert werden musste. Wie viele Menschen bekamen eine solche Gelegenheit? Jeder andere war Gefangener seiner Gewohnheiten, er dagegen war frei.

Hester glaubte an ihn. Scuff nicht minder. Und es gab auch noch andere. Unabhängig davon, was er sich selbst schuldete, ihnen war er es in jedem Fall schuldig, bis zum letzten Atemzug zu kämpfen.

Den beiden Beamten stellte er keine Fragen mehr. Sie wussten ohnehin nichts. So gab er bei ihrer Ankunft auf der Polizeiwache kein Wort mehr von sich außer den nötigen Antworten zur Bestätigung seiner Identität. Dem üblichen Verfahren entsprechend wurde er kurz darauf in eine der Zellen geführt.

Mit solchen Räumen war er vertraut, da er genügend Jahre im Polizeidienst absolviert und Hunderte solcher Zellen betreten hatte. Sie glichen einander wie ein Ei dem anderen: eine Seite bestand aus Eisenstangen, die vom Boden bis zur Decke reichten, die drei anderen Seiten aus weiß getünchtem Stein. Das einzige Fenster, das sich zu weit oben befand, um hinauszuschauen, ließ nur wenig Tageslicht herein. Als Bett diente eine Pritsche mit Strohmatratze und nach ranziger Butter stinkenden Decken. Die Sanitäreinrichtungen waren von primitivster Art.

Und das wurde Männern zugemutet, bei denen bis zum Beweis des Gegenteils die Unschuldsvermutung galt. Was bei denjenigen nachfolgte, die für schuldig befunden wurden, war eine ganz andere Angelegenheit.

Aber er war nicht schuldig! Zumindest nicht des ihm zur Last gelegten Verbrechens.

Es war wohl am Vormittag des nächsten Tages, als Rathbone bei ihm auftauchte. Monk kam es so vor, als wäre eine Ewigkeit verstrichen, doch nach kurzem Überlegen wurde ihm klar, dass Rathbone zuerst den Wortlaut der Klage und die Indizien, auf denen sie beruhte, hatte ermitteln müssen.

Würde er Monk glauben, dass er unschuldig war? Aber natürlich würde er das! Das ihm zur Last gelegte Verbrechen war schließlich nicht in dem Teil der Vergangenheit verübt worden, von dem er nichts wusste. Und der Vorwurf war wahrhaftig absurd. Er hatte versucht, Pettifer zu retten. Und er hatte den Mann noch nicht einmal gekannt!

Das Ganze war nichts als ein Ausdruck der Besessenheit, mit der McNab auf Rache sann.

Monk marschierte gerade in seiner Zelle hin und her – fünf Schritte vor und fünf Schritte zurück –, als er Rathbone beim diensthabenden Aufseher stehen sah. Sein Haar schimmerte blass im Lichtschein der Korridorlampe. Er wirkte schlank und wie immer elegant in seinen makellosen Kleidern. Doch er wusste, was es hieß, in einer Zelle zu sitzen. Auch er war einst angeklagt worden, seiner eigenen Kleider beraubt, seiner Würde, seines Rechts, irgendetwas selbst zu entscheiden, nicht einmal, wann er essen oder schlafen wollte.

Monk trat vor zum Gitter, wo der Sergeant stand.

»Dürfte ich bitte …?« Er deutete auf das Schloss.

Der Aufseher zögerte kurz, warf Rathbone einen Blick zu und entschied, dass längeres Hinhalten auf gar keinen Fall ratsam war. So sperrte er auf und winkte Monk heraus.

Dieser trat durch die Tür. Das allein schon vermittelte ihm eine Illusion von Freiheit. Einen wilden Moment lang wollte er losrennen. Doch so etwas taten nur Schuldige. Er verharrte regungslos. Oder war gerade das die Verhaltensweise derjenigen, die bereits wussten, dass sie verloren hatten?

Der Sergeant führte sie durch eine Passage zur Besucherzelle, einem kleinen Raum, in dem Anwälte mit ihren Mandanten vertraulich sprechen konnten. Sobald Rathbone und Monk eingetreten waren, wurde die Tür hinter ihnen zugeknallt, dann rastete mit einem lauten Rasseln das Schloss ein.

»Schön.« Rathbone bedeutete Monk, auf einem der zwei Stühle Platz zu nehmen, und setzte sich auf den anderen. Der wackelige Tisch zwischen ihnen war vernarbt von den Initialen anderer Insassen, die sie mit irgendwelchen Gegenständen hineingeritzt hatten.

Plötzlich fehlten Monk die Worte. Dabei konnte er es sich nicht leisten, die knapp bemessene Zeit zu verschwenden.

Rathbone wusste das nur zu gut, und anstatt zu warten, bis Monk zu sprechen begann, sagte er: »Laut Anklage haben Sie Pettifer ermordet, indem Sie ihn mit Fausthieben an die Schläfe und gegen den Hals betäubten und damit außerstande setzten, sich aus dem Wasser zu retten, sodass er ertrank. Die Klage stützt sich auf die Worte, die Sie gegenüber den Männern äußerten, die zum Tatort geeilt waren und Ihnen und Pettifer aus dem Wasser halfen. An Pettifers Kopf fanden sich die Spuren von Ihren Schlägen, und Sie selbst bestätigten, dass Sie ihn geschlagen hatten.«

»Das habe ich auch«, sagte Monk, der die Angst in seinem Inneren förmlich greifen konnte. »Aber Pettifer war ein großer und ungemein kräftiger Mann. Als ich versuchte, ihn in die richtige Lage zu bringen, um ihn zum Ufer ziehen zu können, geriet er in Panik und begann, auf mich einzuschlagen. Die einzige Möglichkeit, uns beide vor dem Ertrinken zu bewahren, bestand darin, ihn so weit zu betäuben, dass er mich nicht mit sich in die Tiefe ziehen konnte.« Monk hörte selbst, wie seine Stimme vor Angst immer lauter wurde.

Rathbone nickte. »Ich glaube Ihnen. Es geschieht oft, dass Leute, die im Wasser in Panik geraten, wild um sich schlagen. Leider ist Hooper, der das als Einziger bezeugen könnte, Ihr Untergebener …«

»Er ist kein Lügner!«, bellte Monk. »Und es gibt keine Zeugen, die mir widersprechen könnten. Die anderen Polizeibeamten sind viel zu spät eingetroffen, um irgendetwas zu sehen.«

»Auch das weiß ich«, sagte Rathbone leise. Sein Gesicht war jetzt sehr bleich. »Der einzige andere Zeuge, der vielleicht etwas gesehen hat – oder auch nicht –, ist Owen. Und er ist auf der Flucht. Wahrscheinlich hat er sich über den Ärmelkanal abgesetzt. Und dann kommt noch Fin Gillander infrage, der Mann auf dem Schoner am anderen Ufer. Aber wenn er die Geschehnisse nicht gerade mit einem Fernrohr verfolgt hat, wird er nichts mitbekommen haben. Dafür war er viel zu weit entfernt. Es hat noch einen Mann in einem kleinen Boot gegeben, der Hilfe angefordert hat, doch er behauptet, nichts beobachtet zu haben.«

»Pettifer und Owen haben miteinander gekämpft, aber als Hooper und ich versuchten, sie zu trennen, gingen sie plötzlich auf uns los«, erklärte Monk, angestrengt darum bemüht, die Kontrolle über seine Stimme nicht zu verlieren und die in ihm aufsteigende Angst zu bezwingen. »Hooper und Owen sind ins Wasser gefallen, dann ist Pettifer gegen mich angerannt, hat mich aber verfehlt und ist in den Fluss gestürzt. Ich bin ihm gefolgt. Owen ist über den Fluss davongeschwommen. Wäre das Wasser nicht so ruhig gewesen, wäre er wohl fortgerissen worden. Ich versuchte unterdessen, Pettifer zu retten. Eigentlich hielt ich ihn für den geflohenen Häftling. Hooper übrigens auch. Das ist der Grund, warum er zurückgeschwommen ist, um mir zu helfen, statt Owen zu verfolgen.«

Mit leiser, entschlossener Stimme erklärte Rathbone: »Wie gesagt, ich glaube Ihnen, Monk, aber Sie können nichts beweisen.«

»Ich hatte Pettifer nie zuvor gesehen noch je von ihm gehört«, schnaubte Monk aufgebracht. »Aus welchem Grund hätte ich ihm irgendeinen Schaden zufügen sollen? Ich kann McNab nicht ausstehen, dessen rechte Hand er war, aber ich habe ihm nie etwas angetan. Zumindest nicht … seit sein Bruder gehängt wurde.«

Rathbone starrte ihn entgeistert an.

Mit einem Schlag wurde Monk klar, dass er Rathbone noch gar nichts von dieser Angelegenheit erzählt hatte, ebenso wenig wie Hester. Rasch berichtete er, was er von Runcorn erfahren hatte, wobei er sich auf das Nötigste beschränkte.

»Darum also hasst McNab Sie so sehr«, murmelte Rathbone nachdenklich, als Monk geendet hatte. Dann beugte er sich vor und schaute Monk in die Augen. »Und ist das der Grund, warum er die Verhaftung der Waffenschmuggler sabotiert hat und es zu dieser Auseinandersetzung mit den Piraten kam, die Orme das Leben gekostet hat?«

»Ja. Auch hier hatte er die Hände im Spiel. Er hat sogar Mad Lammond dafür bezahlt, dass er mich umbringt. Nur hat der Kerl nicht mich, sondern Orme getroffen. Auch das kann ich nicht beweisen, aber ich weiß es. Mad Lammond ist nicht unbedingt der ideale Zeuge. Und wenn Sie glauben, dass ich McNab deswegen hasse, haben Sie vollkommen recht. Dafür will ich ihn büßen lassen. Allerdings nicht persönlich. Das sollen die Gerichte übernehmen. Hätte ich Pettifer vorsätzlich ermordet, wäre damit überhaupt nichts geklärt worden. Und abgesehen davon hielt ich wie gesagt den größeren der beiden Männer für den geflohenen Sträfling und dachte, McNabs Mann hätte sich retten können. In diesem Lichte hätte es noch weniger Sinn ergeben, Pettifer zu töten.«

Die Miene des Anwalts, der schweigend gelauscht hatte, war ernst, bot keinen Trost. Monk überlief es mit einem Mal eiskalt.

»Sie haben McNabs Bruder gegenüber weniger Gnade gezeigt, als er es für angebracht hielt, und dafür hasst er Sie bis heute«, rekapitulierte Rathbone langsam. »Das wissen Sie deshalb, weil Runcorn es Ihnen gesagt hat. Aber Sie selbst können es nicht bestreiten oder erklären, warum keine Milde geübt wurde. Mehr noch, Sie können sich an überhaupt nichts von der ganzen Affäre erinnern. Nun, wie ich das sehe, wäre uns eher damit gedient, wenn Sie diese Sache nicht erwähnten. Falls McNab die offizielle Bestätigung erfährt, dass Sie keine Erinnerung haben, sagt er das dem Strafverfolger. Nein, wir lassen besser die Finger davon.«

Monk wollte widersprechen, hatte jedoch keine Argumente parat. In dieser Schlacht ums Überleben kämpfte er mit hinter dem Rücken gefesselten Händen.

Rathbone war noch nicht fertig. »McNab begann seine Rache also mit der Schießerei auf dem Schmugglerschiff, aber Sie haben keine Beweise dafür?«

»Ich könnte vielleicht – Hooper arbeitet daran, Indizien zu sammeln.« Monk sprach wie ein Verzweifelter, der sich an den letzten Strohhalm klammerte.

»In jedem Fall stellt sich die Frage: Warum hat McNab mit seiner Rache so lange gewartet? Sein Bruder wurde vor fast sechzehn Jahren gehängt.«

»Das weiß ich nicht.«

»O doch, Monk, Sie wissen es genau.« Rathbones Gesicht war erfüllt von unsäglicher Trauer. »Er hat begriffen, dass Sie Ihr Erinnerungsvermögen verloren haben. Irgendetwas ist geschehen, das ihm seine Angst vor Ihnen genommen hat, und mit einem Schlag ist ihm klar geworden, dass Sie verwundbar sind. Und dann hat er begonnen, seinen Plan für eine umfassende und vollkommene Rache auszuarbeiten.«

Monk glaubte, in seiner Verzweiflung zu ertrinken, und einen Moment lang bekam er keine Luft mehr. McNab würde dafür sorgen, dass er wegen Pettifers Tod gehängt wurde! Was für eine ausgewogene Symmetrie! Der eine war untergegangen, der andere würde in der Luft baumeln …

»Aber das ergibt doch überhaupt keinen Sinn. Wieso hätte ich Pettifer töten sollen? Ich wusste gar nicht, wer er war!« Monk hörte selbst, dass seine Stimme immer schriller wurde.

Rathbone tätschelte ihm beruhigend den Arm. »Ich weiß, dass Sie es nicht waren. Aber können Sie das auch beweisen? Die anderen werden einfach das Gegenteil behaupten, und Ihr einziger Zeuge ist Hooper, der nicht nur Ihre rechte Hand ist, sondern sehr viel mehr als das, nämlich Ihr Freund. Mit anderen Worten, er ist nicht unbefangen. Das Beste, was er wird sagen können, ist, dass Sie Pettifer seines Wissens nach nicht kannten. Da bedarf es bloß eines einzigen Zeugen, ob er lügt oder nicht, um die Geschworenen davon zu überzeugen, dass Sie ihn sehr wohl kannten.«

Kalter Schweiß trat Monk aus allen Poren. Rathbone hatte recht. Fieberhaft suchte er nach einem Gegenargument – es gab keines.

»Und das ist noch nicht alles«, fuhr Rathbone fort. »Wenn McNabs Mann tatsächlich derjenige war, der dafür sorgte, dass die Verhaftung der Gewehrschmuggler scheiterte, und Sie das beweisen können …«

»Wir *müssen*!«, unterbrach Monk ihn.

»Gut, doch was, wenn damit nur bewiesen wird, dass Pettifer in dieser Angelegenheit einer der Hauptakteure war?«, fragte Rathbone. »Er lebt nicht mehr und ist darum nicht in der Lage, es abzustreiten und McNab zu beschuldigen oder einfach zu behaupten, es sei ihm befohlen worden.«

Den Rest dieses Gedankengangs brauchte Monk nicht mehr zu hören. Er war einfach zu offensichtlich. McNab würde alle Schuld Pettifer in die Schuhe schieben, und die übrigen Mitglieder seiner Mannschaft kannten entweder die Wahrheit nicht oder würden den armen Pettifer mit dem größten Vergnügen als Sündenbock benutzen.

»O Gott«, stöhnte Monk. »Das hieße, ich hätte Pettifer aus Rache für Orme getötet. Es sei denn, ich kann irgendwie beweisen, dass es McNab persönlich war, der Mad Lammond dafür angeheuert hat.«

Rathbone schüttelte den Kopf. »Selbst wenn Ihnen das gelingt, werden Sie trotzdem nicht beweisen können, dass Sie davon nichts wussten, als Sie Pettifer töteten.«

»Ich habe ihn doch nicht getötet! Er ist ertrunken, weil er in Panik geraten ist!«

»Das wird das Gericht als Schutzbehauptung werten. Sie haben ihn erwiesenermaßen bewusstlos geschlagen.«

Monk schluckte. »Steht im Gutachten des Pathologen, dass der Hieb tödlich war? Ich dachte, er hätte nur gesagt, dass Pettifer ertrunken ist.«

»Er *ist* ertrunken«, bestätigte Rathbone, der erneut blass geworden war. »Aber er ist mit ziemlicher Sicherheit deshalb ertrunken, weil er das Bewusstsein verloren hatte.«

»Was hätte ich demnach tun sollen? Ihn ertrinken lassen? Ich habe versucht, ihn zu retten, aber er war einfach zu hysterisch, um das zuzulassen.«

»Das weiß ich. Aber wir müssen darauf vorbereitet sein, dass die Verteidigung behauptet, Sie hätten Pettifer die Schuld für das Fiasko auf dem Schiff der Gewehrschmuggler gegeben und darum auch die Schuld an Ormes Tod. Sie wollten Rache, und das war Ihre Gelegenheit, sie zu üben. Wenn sie schlau sind, liefern sie sogar eine Beweiskette, die eine Verbindung zwischen Pettifer und dem Verrat herstellt, dabei McNab entlastet und gleichzeitig Ihnen ein überwältigendes Motiv für Pettifers Ermordung unterstellt. Manche Leute würden eine solche Tat sogar gut verstehen können. Aber so gerechtfertigt sie moralisch und emotional auch erscheinen mag, sie ist und bleibt Mord.«

»Ich hatte die Absicht, ihn zu retten«, beharrte Monk, doch seine Stimme klang hohl.

»Das weiß ich«, erwiderte Rathbone. »Aber ich muss einen Weg finden, es auch zu beweisen.

»Pettifer hat Blount umgebracht.« In seiner Verzweiflung kramte Monk alles hervor, was seinen Argumenten vielleicht mehr Gewicht verleihen konnte.

»Blount?«, fragte Rathbone. »Wer ist das?«

»Der erste Strafgefangene, der McNab entkommen ist. Das war ein, zwei Wochen vor der Sache mit Owen. Er wurde ertränkt, und danach bekam er noch einen Schuss in den Rücken. Warum, das weiß ich nicht, aber es sieht ganz danach aus, als ob man mich in den Fall hineinziehen wollte.«

»Beweise? Zeugen?«

»Niemand, dem man glauben würde. Aber ich habe einen Zeugen, der meine Angaben bestätigen würde: Fin Gillander.«

Rathbone blickte Monk erstaunt an. »Mir ist nicht ganz klar, wie uns das weiterbringen kann. Inwieweit hat er Ihnen in diesem Fall geholfen?«

»Er hat Owen aus dem Wasser gezogen. Owen hat sich dabei als McNabs Mann ausgegeben, und Gillander hat ihm geglaubt.«

»Und Gillander ist dann mit Ihnen den Fluss hinuntergefahren und hat Ihnen bei der Suche nach Spuren geholfen?«

»Ja …« Jäh tat sich vor Monk ein Loch auf. Eine weitere Falle zeichnete sich ab: Gillander konnte sich an ihn und seine Rolle in Kalifornien erinnern, wohingegen Monks Gedächtnis leer war. »Ich bin mir nicht sicher, ob Sie ihn wirklich in den Zeugenstand berufen wollen.«

Rathbone nickte. »Daran habe ich gerade gedacht. Und McNab bestimmt auch.«

Monk war, als rückten die Wände immer näher auf ihn zu. In seiner Angst, erdrückt zu werden, bekam er kaum noch Luft. Er presste die Zähne aufeinander, und mit einer gewaltigen Willensanstrengung gelang es ihm, die Vision zu vertreiben. Aber natürlich! Wenn Rathbone Gillander als Zeuge aufrief, hätte der Kläger leichtes Spiel. Im Nu würde er aus

Gillander herauskitzeln, dass er Monk in San Francisco gekannt hatte, während Monk nichts über seine Vergangenheit wusste. Hilflos würde Monk sich anhören müssen, was Gillander über ihn berichtete: über seinen Charakter, sein Gemüt, seine Fähigkeiten, die Art und Weise, wie er seinen Lebensunterhalt bestritt, ob rechtmäßig oder nicht. Und Monk würde nichts von sich weisen können. Es konnte sogar zutreffen – er würde es einfach nicht wissen.

»Welche Strategie werden Sie verfolgen?«, fragte Monk mit schwacher Stimme.

»Das kann ich noch nicht sagen«, gab Rathbone zu. »Ich brauche noch mehr Anhaltspunkte. Wir sind im Nachteil, weil Ihre Feinde so viel mehr wissen als Sie.«

»Und ich weiß nicht einmal, wer meine Feinde sind. Ich weiß überhaupt nichts mehr!«

Rathbone legte ihm beruhigend die Hand auf den Arm. »Immerhin wissen Sie, wer Ihre Freunde sind. Und Sie *haben* Freunde, Monk. Vergessen Sie das nie.«

Monk lächelte bitter. »Vielleicht verdiene ich sie gar nicht. Ich kann beim besten Willen nicht sagen, ob ich mit Piers Astleys Tod etwas zu tun hatte oder nicht. Vielleicht holt mich jetzt einfach nur die Gerechtigkeit ein.«

Rathbone seufzte. »Sagen Sie mir besser alles, was Sie wissen oder sich durch Folgerungen erschlossen haben.«

In aller Kürze kam Monk der Aufforderung nach und berichtete auch über Hoopers Begegnung mit Mad Lammond, was immer das wert sein mochte.

Rathbone unterbrach ihn kein einziges Mal.

»Und Sie können sich überhaupt nicht an Astley erinnern?«, fragte er am Ende von Monks Bericht, angestrengt darum bemüht, sich seine Entmutigung nicht anmerken zu lassen.

»Es kann durchaus sein, dass ich ihn umgebracht habe«, murmelte Monk niedergeschlagen.

»Darüber hat dieses Gericht nicht zu befinden«, erklärte Rathbone, aber auch seine Stimme klang tonlos. »Der Kläger hat keine Beweise, und selbst wenn er welche hätte, ist Kalifornien fünftausend Meilen entfernt. Außerdem liegt Astleys Tod fast zwanzig Jahre zurück.«

»Aber wenn ich ihn getötet hätte, wäre das das wahre Motiv für die Verbrechen von heute«, gab Monk zu bedenken. »Eine lange aufgeschobene Rache. Der Tod von McNabs Bruder ist fast genauso lange her.«

Rathbone schwieg. Sein Gesicht wirkte eingefallen.

»Falls ich Astley getötet habe, hätte ich tausend Gründe dafür haben können«, fuhr Monk fort. »Einer von uns hätte beim anderen Schulden haben können, die er nie zurückgezahlt hat; es kann um einen Claim gegangen sein, eine Frau, eine Beleidigung. Ich war aufbrausend, wie mir Gillander bestätigt hat. Und ich war so etwas wie ein Glücksritter. Je mehr ich über mich erfahre, desto unsympathischer wird mir der Mann, der ich damals war.«

»Es gibt nichts, was Sie von hier aus tun können«, hielt ihm Rathbone vor. »Außer sich zu erinnern. Gleichgültig, woran, an jede Einzelheit und wenn möglich auch an den größeren Zusammenhang.« Der Anwalt erhob sich. »Geben Sie nicht auf, Monk. Wir haben schon öfter in einer Zwickmühle gesteckt und haben uns jedes Mal wieder daraus befreit.«

Wie leicht sich so etwas dahinsagte!

Doch als Monk den Kopf hob, bemerkte er in Rathbones Gesicht ein Mitgefühl, das er bei ihm noch nie gesehen hatte. Er begriff: Wenn es menschenmöglich war, würde Rathbone gewinnen.

Den Rest des Tages verbrachte Monk in tiefster Trübsal. Er versuchte, die Fakten aneinanderzufügen, deren er sich sicher war, und daraus schlau zu werden. Aber es waren einfach zu wenige, und sie boten Raum für mehr als eine Interpretation.

Die Zeit sickerte dahin. Essen wurde ihm gebracht, doch er brachte es nicht über sich, es anzurühren, obwohl ihm klar war, dass er Nahrung brauchte, um bei Kräften zu bleiben, körperlich wie geistig. Sein Magen war wie zugeknotet. Das Einzige, was er zu sich nehmen konnte, war der starke schwarze Tee, der viel zu süß war. Das Zeug schmeckte widerwärtig, aber es wärmte ihn und hielt ihn einigermaßen wach.

Da er nicht vorbestraft war, stand ihm neben seinem Anwalt ein Mal täglich privater Besuch zu. Lange nach Einbruch der Dunkelheit kam endlich Hester. Der Wärter behandelte sie mit eisiger Höflichkeit und wies sie gleich zu Anfang darauf hin, dass sie nicht lange bleiben durfte.

Monk war viel zu froh über das Wiedersehen mit ihr, um sich den Moment verderben zu lassen. Allein schon ihr Gesicht war für ihn ein Licht in der Finsternis.

Hester wusste, dass sie nur Minuten hatten, und verschwendete nicht eine einzige. Was immer sie empfand, wie sehr sie auch litt, sie blieb stets sachlich. So hatte sie als Krankenschwester zu sein, so war es ihr in Fleisch und Blut übergegangen. Zur Begrüßung gab sie ihm einen flüchtigen Kuss auf die Wange, mehr nicht. Doch die Wärme dieses Moments brachte ihm den Geruch ihrer Haut zurück. Dann setzte sie sich auf den Stuhl, den Rathbone vor einer Ewigkeit – wie es Monk vorkam – benutzt hatte. Sie war bleich, sprach aber mit fester Stimme.

»Ich habe es Scuff gesagt, und er wird Crow in Kenntnis setzen. Außerdem habe ich in der Klinik Bescheid gesagt. Wir werden uns alles so genau wie nur möglich anschauen. Wir müssen uns umfassend über McNab, Pettifer und alle anderen Mitglieder der Zollpolizei informieren, die in die Sache verwickelt sein könnten. Wenn es uns gelingt, McNabs Ruf zu schädigen, umso besser, aber wir können uns nicht darauf verlassen. Eine solche Strategie ist immer ein zweischneidiges Schwert, denn je schlimmer der Kerl ist, desto mehr Grund hättest du theoretisch gehabt, ihn anzugreifen, auch indirekt über Pettifer.«

»Nun, ich *habe* Pettifer ja erwischt, vielleicht sogar getötet«, stieß Monk grimmig hervor.

»Er hat sich närrisch verhalten und seinen Tod selbst herbeigeführt«, entgegnete Hester wie aus der Pistole geschossen. »Es ist gut möglich, dass er auch schon zuvor öfter in Panik geraten ist. Irgendjemand wird das wissen. Er war ein brutaler Schläger. Er wird Feinde haben.«

»Aber es waren nicht sie, die ihn getötet haben, Hester …«

Sie streichelte ihm die Hand. »Das weiß ich doch. Damit wollen wir nur aufzeigen, dass er gewalttätig war und schnell die Kontrolle über sich verlor, sodass dir nichts anderes übrig blieb, als ihn bewusstlos zu schlagen. So wird die Sache schlimmstenfalls zu einem Unfall, den er durch seine Unbeherrschtheit selbst herbeigeführt hat.«

»Ich bezweifle ehrlich gesagt, dass es hier wirklich um Pettifer geht«, knurrte Monk, darum bemüht, so leise zu sprechen, dass der Wärter an der Tür ihn nicht hören konnte.

»McNab«, erwiderte Hester. »Natürlich. Und vielleicht auch Miriam Clive. Ich könnte sie dafür hassen, aber dann ist mir klar geworden, was ich empfinden würde, wenn du umgebracht worden wärst und ich nicht wüsste, wer es getan hat. In meiner Trauer würde ich vielleicht auch den Boden unter den Füßen verlieren.«

Monk blickte Hester an und sah die Selbstkritik in ihrem Gesicht. Damit bekräftigte sie die bittere Wahrheit. Womöglich würde sie ihn tatsächlich bald verlieren, nur wusste *sie* genau, wer das betrieb. Sie konnte förmlich dabei zusehen, wie es geschah. Tränen standen ihr in den Augen, doch sie weigerte sich zu weinen. Dafür gab es zu viel zu besprechen.

»Ja, natürlich McNab«, bestätigte er. »Gillander kennt mich aus der Zeit in San Francisco. Zumindest behauptet er das. Ich kann ihm nicht widersprechen, weil ich es nicht weiß. Zwar blitzen hin und wieder Bruchstücke von Erinnerungen auf, verschwinden aber gleich wieder. Licht auf dem Wasser, heller als in England, schärfer konturiert. Ich kann mir vorstellen, dass ich um Kap Horn gesegelt bin. Ich sehe die großen Felsen aus dem Nebel aufragen, höre das Donnern der Wellen und den Wind durch die Takelage pfeifen. Ich spüre, wie das Deck unter meinen Füßen schlingert. Kann das alles nur Einbildung sein? Ist es da nicht das Naheliegendste anzunehmen, dass ich tatsächlich dort war?«

Sie nickte. »Ja, das glaube ich auch. So wie du vor Jahren auch in Joscelyn Greys Wohnung warst. Aber du hast ihn nicht getötet. Deine Unschuld ist hieb- und stichfest bewiesen worden.«

»Aber damals hat mich niemand mit seinem Hass verfolgt«, wandte Monk ein. »Und Grey war ein Schwein! Nach allem hingegen, was mir Gillander erzählt hat, war Piers Astley ein grundanständiger Kerl.«

»Na gut, das mag er gewesen sein. Oder vielleicht auch nicht.« Hester beugte sich weiter vor. »Aber wir können es uns nicht leisten, jedes Wort, das irgendjemand von sich gibt, für bare Münze zu nehmen. Bisher stehen nichts als unbewiesene Behauptungen im Raum. Wir müssen eine Bestandsaufnahme von dem machen, was wir wissen, von dem, was sich daraus als vernünftige Schlussfolgerung ergibt, ausgehen und dann sehen, welche Antworten wir bekommen.«

Ihre Stimme klang ruhig. Was sie sagte, war vernünftig. Gleichwohl konnte Monk die Angst in ihren Augen ahnen, und er bemerkte, wie oft sie schwer schluckte, bevor sie fortfahren konnte. Sie tat das alles ihm zuliebe; das wusste er. Wenn sie heimkam, würde sie ebenfalls die Fassung wahren, solange Scuff da war. Der Junge wohnte jetzt wieder bei ihnen. Sobald er von Monks Verhaftung erfahren hatte, war er zurückgekehrt. Vor Scuff würde Hester stark bleiben. Weinen würde sie erst, wenn sie allein war.

Wie gern hätte Monk sie in den Armen gehalten, sie fest an sich gedrückt. Doch er wusste, dass der Aufseher dann sofort hereinplatzen und sie trennen würde.

»Wer war Astley?«, fragte Hester. »Was für ein Mensch war er? Wer hätte etwas von seinem Tod gehabt?«

»Er war Miriam Clives erster Mann«, begann Monk, nur um in dem Moment, da er den Mund öffnete, zu bemerken, dass er selbst kaum etwas über Astleys Tod wusste, außer dass er irgendwie alles andere zu überschatten schien.

Hester hörte sich die Fakten aufmerksam an. Dann fragte sie: »Der Fall wurde also nie geklärt? Und alle, die etwas darüber wissen, scheinen zu lügen, richtig?«

»Offenbar. Miriam hat sich sogar gefragt, ob er wirklich tot ist. Allerdings bestehen laut Gillander keine Zweifel an Astleys Tod. Aber er war ein guter Mann und Clive treu ergeben, einer, der mit ihm durch dick und dünn ging.«

»Und bald danach hat Clive seine Witwe geheiratet. Magst du Aaron Clive?«

»Was hat das schon zu bedeuten?«, gab Monk verwirrt zurück.

»Ich habe mich nur gefragt. Nach allem, was du über ihn

erzählt hast, scheint er ein bemerkenswerter Mann zu sein, nicht nur talentiert, sondern auch von einem Charme und einer Intelligenz, die die Leute in seinen Bann ziehen und ihn sympathisch erscheinen lassen.«

»Das ist richtig. Ja, ich glaube, ich mag ihn tatsächlich. Er hat etwas Einnehmendes. Andererseits – als ich zuletzt bei ihm war, habe ich eine unerwartete Härte in ihm aufblitzen sehen. Und er kann auf eine subtile Art sehr arrogant sein.«

»Und Miriam?«, fragte sie mit einem düsteren Lächeln.

»Da bin ich mir nicht sicher«, antwortete Monk freimütig. Miriam war von einer Leidenschaftlichkeit und Komplexität, mit der er nicht zurechtkam. »Ich glaube, bei irgendetwas lügt sie. Ein Gefühl sagt mir, dass sie eine bestimmte Art hat, Menschen zu manipulieren, aber ich habe keine Ahnung, wie sie das macht oder wann. Irgendetwas löst in ihr tiefe Gefühle aus, und ich glaube, dass es mit mir zu tun hat. Ich wünschte nur, ich wüsste, was es ist.«

Hester nickte nachdenklich.

Ein Schatten fiel auf Monks Züge. »Das alles geht auf den Goldrausch zurück«, murmelte er. »Es muss mit Astleys Tod zu tun haben, aber es könnte noch mehr dahinterstecken.«

»Wer war deines Wissens dort und hält sich jetzt hier auf?«

»Miriam und Aaron Clive, Fin Gillander und ich. Das sind alle, von denen ich weiß.«

»Nicht McNab?«

»Nein. Daran habe ich auch gedacht und seinen Lebenslauf überprüft. Das war nicht schwierig. Die Aufzeichnungen über seinen beruflichen Werdegang sind eindeutig: Bis auf zwei Fahrten nach Frankreich hat er England nie verlassen.«

»Dann muss noch ein weiterer außergewöhnlicher Zufall vorliegen oder irgendein Zusammenhang, von dem wir nichts wissen«, schlussfolgerte Hester. »Aber das werden wir herausfinden.«

Das war das Letzte, was sie sagen konnte. Im nächsten Moment baute sich der Wärter vor ihr auf und erklärte ihr in sehr bestimmtem Ton, dass die Zeit abgelaufen war.

Sie erhob sich, bedachte den Mann mit einem bohrenden, nicht gerade freundlichen Blick und stolzierte erhobenen Hauptes in den Korridor hinaus. Monk kam es so vor, als nähme sie alles Licht und alle Wärme mit sich, und dennoch empfand er ihre Unterstützung als eine Kerzenflamme in der sich um ihn schließenden Dunkelheit.

12

Beata erfuhr von Oliver Rathbone die alarmierende Neuigkeit über Monk. Angesichts des ihm vielleicht drohenden Galgens erschienen ihr die Fragen über ihre eigene Zukunft belanglos. Sie saß Oliver in ihrem Salon gegenüber, nachdem er unangekündigt bei ihr hereingeschneit war. Seine unglückliche Miene sprach Bände, und da sie wusste, wie tief seine Freundschaft mit Monk war, nahm sie aufrichtig Anteil.

»Was können wir tun?«

Die Worte waren ihr bereits entschlüpft, da bemerkte sie, dass sie reagierte, als ob sie einen gemeinsamen Kampf führten.

»Ich weiß es nicht.« Rathbone seufzte. »Die Indizien sind erdrückend, und ich sehe keinen Weg, sie zu widerlegen.«

»Aber sie sind falsch!«, betonte Beata.

Seine Augen leuchteten kurz auf, dann erklärte er: »Ja, das glaube ich auch, aber nur deshalb, weil ich Monk kenne. Für alle anderen sind sie der Beweis seiner Schuld – und dieser Beweis ist zwar nicht über jeden Zweifel erhaben, aber über jeden vernünftigen.« Mit leiser, fast flacher Stimme berichtete er ihr von der Feindschaft zwischen Monk und McNab, die auf die Erhängung Robert Nairns zurückging und sich bei McNab zu unversöhnlichem Hass gesteigert hatte.

Beata hörte ihm mit wachsender Sorge zu. Das war ja noch schlimmer, als sie es sich vorgestellt hatte! Sie sah den Schmerz in seinem Gesicht, ja, die Angst, nicht nur einen

Kampf, eine Schlacht oder sein Ansehen als Jurist zu verlieren, sondern einen Freund, der ihm im Laufe vieler Jahre bedingungslose Loyalität bewiesen hatte. Gelang es ihm nicht, Monk zu retten, würde Rathbone einen Teil seiner Selbstachtung verlieren. Es war in Momenten wie diesem, dass Beata erkannte, wie sehr sie Rathbone liebte. Sie wusste, sie würde ihn vor dem Scheitern bewahren, selbst wenn sie das alles kostete, was sie besaß.

Doch das erforderte Vernunft und Selbstbeherrschung.

»Ging es im Prozess gegen Nairn gerecht zu?«, fragte sie in einem Versuch, sich auf die Fakten zu konzentrieren und alle persönlichen Gefühle hintanzustellen, so wie das auch ein Anwalt tun musste.

Rathbone zögerte nicht eine Sekunde. »Ja. Der Mann war fraglos schuldig. Allerdings hätte Monk um Milde bitten können, was er nicht getan hat.«

»Warum nicht?«

Sie merkte Rathbone an, dass er mit sich kämpfte.

»Ist das eine Frage der Vertraulichkeit, Oliver?«, fragte sie sanft. »Mein Lieber, wenn es darum geht, Monks Geheimnisse zu hüten: Sind Sie wirklich bereit, ihn sterben zu lassen, nur um irgendwelche Regeln einzuhalten?«

Für einen langen Moment blickte er ihr fest in die Augen. Offenbar wog er das Für und Wider ab, bis er schließlich eine Entscheidung traf.

»1856 wurde er von einer Kutsche überfahren«, sagte er ernst. »Er ist im Krankenhaus wieder aufgewacht, allerdings ohne jede Erinnerung an sein ganzes Leben bis zu diesem Moment. Ich kann mir gar nicht vorstellen, wie schwer es für ihn war, das vor allen anderen außer vor Hester zu verbergen. Er lernte sie wenig später kennen, als er in einem Verbrechen ermittelte, von dem er sogar glaubte, dass er es womöglich selbst begangen hatte: die brutale Ermordung eines Helden aus dem Krimkrieg. Er arbeitete praktisch blind, ohne eine Vorstellung davon zu haben, wer seine Freunde oder Feinde waren.«

»Aber seine Erinnerung ist doch sicherlich zurückgekehrt?«, fragte Beata, erschüttert von der Vorstellung, welche Angst und Verwirrung Monk empfunden haben musste. Was er gelitten haben musste, das überstieg allerdings ihre Vorstellungskraft. Viele ihrer eigenen Erinnerungen waren hässlich und schmerzhaft, aber es gab keine unerforschte Finsternis mit unbekanntem Grauen, das nur darauf wartete, sie zu überfallen.

»Leider nein«, antwortete Rathbone. »Er hat zwar anhand von Hinweisen Teile davon rekonstruiert, aber wirklich erinnern konnte er sich nie. Er glaubt, dass er damals in San Francisco war und vielleicht Aaron Clive und Piers Astley kannte. Alles andere liegt im Dunkeln. Er hatte keine Ahnung, warum McNab ihn hasst, bis er eine der wenigen Personen fragte, die ihn schon vor dem Unfall gekannt hatten und denen er vertraut.«

»Demnach kann er sich überhaupt nicht an Nairn erinnern?«

»Er hat nur die Informationen aus Zeitschriften und den Akten und die Berichte von anderen«, bestätigte Rathbone.

»Und mit San Francisco verhält es sich ebenso?«

»Ja. Blitzartig kommt ihm etwas vertraut vor, aber er weiß nicht, ob es eine Erinnerung ist oder nur Einbildung. Er scheint zu wissen, wie man einen Schoner steuert, aber damit ist nicht erklärt, ob er über den Atlantik gesegelt ist oder die englische Küste entlang und in die Nordsee hinaus. Von anderen hat er erfahren, dass er an der Küste von Northumberland aufgewachsen ist.«

»Und Astley?«, fragte Beata. »An ihn kann er sich überhaupt nicht erinnern?«

»Nein. Aber das waren wilde Tage damals. Zwischen England und Kalifornien liegen buchstäblich Welten. Gillander und Clive sagen beide, dass Monk dort war, aber sie könnten natürlich lügen.«

»Oh …« Beatas Gedanken überschlugen sich. Es gab vieles, das sie nicht wusste, so viele Menschen, die ihn vielleicht gesehen hatten, so viele Möglichkeiten. Verzweifelt versuchte sie, sich an irgendetwas zu klammern, das Gewissheit bot. Sie hätte alles gegeben, hätte sie den Namen Monk nur mit irgendetwas in Verbindung bringen können, aber ihr kam nichts in den Sinn. »Er hat Pettifer doch bestimmt nicht vorsätzlich umgebracht, oder?«

»Dessen bin ich mir sicher. Aber das genügt eben nicht.«

»Nein, natürlich nicht.« Sie wollte so gern helfen, einen Vorschlag anbieten, einen Funken Hoffnung entzünden, doch falsche Hoffnung nützte nichts, war sogar gefährlich. »Wir müssen hinter die Wahrheit kommen.« Mit dem Gesetz kannte sie sich aus. Lange genug hatte sie all den Vorträgen gelauscht, die Ingram ihr gehalten hatte. Immer noch sah sie manchmal in ihren Träumen den Zorn in seinem Gesicht, wenn er ihr seine Erkenntnisse entgegengeschleudert hatte. Aber das war vorbei. Jetzt galt es, Monk zu retten. »Und wir müssen den Fall in verschiedene Bereiche aufteilen: Das, was wir beweisen können, und das, was wir annehmen, weil unsere Schlussfolgerungen uns dorthingeführt haben oder weil wir den Betroffenen glauben.«

Die Ahnung eines Lächelns flackerte über Rathbones Gesicht. »Wenn ich glaubte, ich würde die Triebfeder der Menschen für ihr jeweiliges Tun verstehen, dann wüsste ich auch, wo ich nach weiteren Fakten, Beweisen und Zusammenhängen zu suchen hätte. Ich könnte eine Linie zwischen den einzelnen, logisch begründeten Elementen ziehen, und die würde mich zu dem führen, was noch fehlt, oder zumindest genügend Anhaltspunkte aufzeigen, die sich vor Geschworenen glaubhaft darstellen ließen. Niemand tut etwas ohne Grund.«

»Nun, ich denke, ich weiß etwas, das Ihnen vielleicht unbekannt ist …«

Seine Augen weiteten sich leicht, aber er drängte sie nicht.

»Miriam und Aaron Clive sind die einzigen Menschen, mit denen ich seit Ingrams Tod verkehre, da ich aus Gründen des Anstands sonst sehr isoliert lebe. Als ich einmal dort eingeladen war, tauchte McNab auf. Aber es ging ihm nicht um eine Geschäftsangelegenheit mit Aaron, sondern um ein vertrauliches Gespräch mit Miriam.«

»Woher kennt er sie eigentlich?«, fragte Rathbone verblüfft.

»Eine Angelegenheit, die beide betrifft, irgendein gemeinsames Interesse, das sie verfolgen. Warten Sie, ich will versuchen, mich an den Wortlaut dessen zu erinnern, was ich gehört habe …«

»Sie waren dort? Wie kam es, dass Sie Zeugin des Gesprächs wurden?«

Beata errötete. »Ich stand in der Vorhalle, direkt vor der Tür. Ich hatte mich mit Miriam von Frau zu Frau unterhalten, als dieser Mann hereinplatzte. Ich entschuldigte mich, damit sie ungestört miteinander reden konnten, und ging hinaus, um in der Vorhalle zu warten. Außer mir war dort niemand, und ihre Stimmen waren gut zu hören. Es ging um Informationen, die sie voneinander haben wollten. Dabei fiel Monks Name. Auch wenn ich nicht jedes einzelne Wort verstand, verriet mir ihr Tonfall sehr viel. Miriam war die Sache ungeheuer wichtig. Ich glaube, es hatte mit San

Francisco zu tun. Wenn Monk tatsächlich dort war, würde das Sinn ergeben.«

»Aber warum kümmerte sich McNab auf einmal um Monk und San Francisco? Hat er irgendetwas darüber gesagt?«

»Ich weiß nicht mehr, warum, aber ich glaube, es hatte mit Piers Astleys Tod zu tun. Eindeutig kann ich mich jedenfalls daran erinnern, dass ich mich gefragt habe, ob Miriam sich wohl erleichtert fühlte« – Beata zögerte verlegen, doch jetzt war nicht die Zeit, sich mit sich selbst zu befassen – »und ob Astley vielleicht grausam zu ihr war und das der Grund für seine Ermordung gewesen war.«

Die Verwirrung stand Rathbone ins Gesicht geschrieben. Das verunsicherte Beata. Wusste er am Ende von den Dingen, die Ingram ihr angetan hatte, obwohl sie so wenig darüber gesprochen hatte? Sie durfte nicht zulassen, dass dies eine Rolle zwischen ihnen spielte. Andererseits war es die Wahrheit, und vielleicht würde mehr davon zur Sprache kommen müssen, Einzelheiten statt diplomatisch verbrämte Allgemeinplätze. Oliver würde es vielleicht erfahren *müssen*. Oder wollte sie ihr ganzes Leben damit verbringen, Dinge vor ihm zu verbergen, um den heißen Brei herumzureden, Erklärungen zu erfinden – ihn im Grunde zu täuschen? Außerdem würde er es ohnehin erfahren. Es war sein Beruf zu bemerken, wenn Menschen logen, Halbwahrheiten erzählten, Dingen auswichen, deren Anblick sie nicht ertrugen.

»Sie glauben also, Astleys Tod hatte damit zu tun, dass er grausam war?«, fragte Rathbone sehr behutsam. Er machte keinerlei Anstalten, sie zu berühren, und doch war ihr, als hätte er sie gestreichelt. Oft hatte sie sich gesagt, was für feine Hände er hatte, und sich vorgestellt, wie sie sich um die ihren schlossen.

»Ich glaube, Miriam hat schreckliche Schmerzen erduldet«, murmelte sie. »Und das hatte bestimmt mit Astley zu tun.«

»Wer hat ihn getötet?«, fragte Rathbone.

»Damals wurde der Fall nicht aufgeklärt, und ich bin mir nicht sicher, ob man es heute weiß. Aber vielleicht braucht sie endlich Klarheit und wollte sie mit Hilfe von Monk gewinnen.«

»Aber Monk ist völlig ahnungslos. Er kann nicht einmal sagen, ob er überhaupt dort war!«

»Davon weiß sie doch nichts.«

Rathbone biss sich nachdenklich auf die Lippe. »Das ist allerdings hochinteressant. McNab weiß nämlich sehr wohl, dass Monk das Gedächtnis verloren hat.«

»Dann täuscht er Miriam, denn er hat ihr weisgemacht, dass Monk helfen kann. Ich frage mich nur, warum? Es geht ihm darum, Monk eine Falle zu stellen, nicht wahr?«

»Sehr richtig. Vorausgesetzt, das war wirklich der Gegenstand ihres Gesprächs.«

»Will er sie irgendwie dazu bewegen, gegen Monk vorzugehen?«

»Das hat er gar nicht nötig. Die Tatsache, dass Pettifer in Panik geriet und ertrank, als Monk versuchte, ihn zu retten, liefert McNab alle Zutaten für einen Schuldspruch. Alle anderen Machenschaften kann er jetzt getrost aufgeben.«

»Aber wieso sollte McNab behaupten, Monk hätte Pettifer vorsätzlich umgebracht?« Doch noch während Beata das fragte, verriet ihr Rathbones Miene bereits die schreckliche Wahrheit.

»Weil Monk ihm die Schuld an Ormes Tod gibt«, sagte Rathbone. »Und nach allem, was Monk mir erzählt hat, trifft sein Verdacht auch zu.«

»Sollte das etwa Pettifer in die Schuhe geschoben werden? Hat McNab die Sache eingefädelt, aber Pettifer dazu benutzt, dass er ihm die Arbeit abnimmt?«

»Es sieht ganz danach aus.« Rathbone seufzte. »Ich muss noch sehr viel mehr Dingen auf den Grund gehen, bevor ich eine Verteidigungsstrategie ausarbeiten und Beweise präsentieren kann. Monk ist der Ansicht, dass Astleys Tod der Schlüssel zu dem Fall ist. Er fürchtet, dass sie es irgendwie so aussehen lassen werden, als hätte er ihn ermordet. Und er kann sich nicht verteidigen, weil er sich an nichts erinnert.«

»Aber das liegt Tausende von Meilen jenseits des Zuständigkeitsbereichs des Gerichts«, wandte Beata ein.

»Allerdings«, brummte Rathbone. »Nur, wenn die Beweismittel so gewertet werden können, dass sie auf Monk als den Schuldigen hinweisen, kümmert sich niemand mehr um Zuständigkeiten. Man führt den Fall als Motiv ein, und schon ist Monk als jemand gebrandmarkt, der bereit ist zu töten, wenn man ihn reizt. Da können die Verteidiger noch so empört Einspruch erheben und die Richter die Behauptungen aus dem Protokoll streichen lassen, die Geschworenen werden sie weder vergessen noch bei der Urteilsfindung ignorieren. Es gibt Worte und Taten, die sich einfach nicht aus dem Bewusstsein tilgen lassen.«

»Dann müssen wir eben denjenigen auf den Zahn fühlen, die den wahren Mörder besser kennen«, erklärte Beata. »Ich werde mit Miriam sprechen.«

»Beata …« Rathbone beugte sich vor, wie um ihre Hände zu ergreifen, hielt dann aber abrupt inne.

»Versuchen Sie bloß nicht, es mir auszureden, Oliver«, sagte sie leise. »Die Zeit ist zu knapp, um sie mit sinnlosen Diskussionen zu verschwenden. Als Frau kann ich mit Miriam auf eine Weise sprechen, die Ihnen nicht möglich ist. Und fangen Sie bitte nicht an, mich um meiner selbst willen aus der Sache herauszuhalten. Ich habe keinen Schutz nötig. Sie würden mir keinen Gefallen damit tun, es sei denn, daraus entstünde mehr Schaden als Nutzen.« Kämpferisch begegnete sie seinem Blick.

Eigentlich hatte sie gar nicht vorgehabt, sich mit ihm anzulegen, weder heute noch irgendwann in der Zukunft. Doch jetzt tat sie genau das. Auf ihre eigene Weise fragte sie ihn damit, ob er wollte, dass sie zu einem Teil seiner Zukunft wurde, oder nicht. Jetzt war es zu spät, um sich zurückzuhalten oder klein beizugeben.

Ohne zu überlegen, legte er seine Hand auf die ihre. »Es kann womöglich unerfreulich für Sie werden«, sagte er. »Sie werden vielleicht Dinge erfahren, von denen Sie lieber nichts wüssten.«

»Oliver, würden Sie Hester Monk auf dieselbe Weise warnen?«

Das verschlug ihm für einen Moment die Sprache.

»Lassen Sie mich für Sie antworten«, fuhr sie fort. »Nein, das würden Sie nicht tun. Sie würden erwarten, dass sie Seite an Seite mit Ihnen kämpft oder – nach allem, was ich gehört habe – manchmal sogar einen Schritt vor Ihnen, ja, vor uns allen. Und außerdem glaube ich, dass Sie sie einmal geliebt haben …« Letzteres auszusprechen fiel ihr besonders schwer, denn wie ihr in diesem Moment klar wurde, hatte sie selbst noch nie einen Menschen so wahrhaftig und umfassend geliebt wie Oliver.

Er blickte verlegen zu Boden. »Habe ich das gesagt?«

»Das mussten Sie gar nicht«, erwiderte sie. »Es steht Ihnen ins Gesicht geschrieben, wenn Sie von ihr sprechen.«

»Wir hätten einander nicht glücklich machen können«, gestand er freimütig. »Es war ein Segen, dass wir es nicht darauf ankommen ließen. Ich glaube, sie hätte immer Monk geliebt, und ich – ich werde immer Sie lieben.«

Brennende Tränen der Erleichterung stiegen Beata in die Augen. Aber jetzt war nicht die Zeit für Offenbarungen. Sie war bereit für ihn, aus tiefstem Herzen bereit, doch zuallererst galt es, Monk zu retten. Danach würde Zeit für alles andere sein.

»Dann habe ich alles, was ich will«, flüsterte sie. »Aber jetzt müssen wir dafür sorgen, dass Monk wieder sein Leben leben kann. Ich fahre am besten zu Miriam hinaus und versuche, sie so weit zu bringen, dass sie mir die Wahrheit über Piers Astley sagt und mir erzählt, was Monk in Kalifornien getan hat.«

»Bitte seien Sie vorsichtig!«

»Ich habe viel Schlimmeres überstanden als ein unangenehmes Gespräch bei Tee und Gebäck, das können Sie mir glauben.«

»Aber …«

»Ich habe mir im Laufe der Jahre eine heitere und vielleicht auch etwas verletzliche Ausstrahlung angeeignet, und diese Maske hat mir gute Dienste geleistet, aber der äußere Schein kann trügen.« Gleich im nächsten Augenblick fragte sie sich, ob sie zu viel verraten hatte. Eigentlich hätte es nur eine scherzhafte Bemerkung sein sollen, doch plötzlich war der alte Schmerz zum Vorschein gekommen. Und Oliver war zu klug, um ihn nicht zu bemerken.

Aber er war auch zu einfühlsam, um in diesem Moment darauf einzugehen. Die Zeit würde kommen, darüber zu sprechen – vielleicht sogar bald.

»Ich fahre noch heute zu Miriam Clive«, bekräftigte Beata. »Es mag schon etwas spät sein, aber Not kennt kein Gebot.«

Rathbone antwortete nicht. Dafür sagte sein Gesichtsausdruck alles.

Sobald Rathbone sich verabschiedet hatte, klingelte Beata nach ihrem Diener und bat ihn, umgehend die Kutsche vorzubereiten. Kurz erwog sie, einen Umweg zu Hester zu machen und sie mitzunehmen, damit sie ihre Eindrücke vergleichen konnten. Dann aber verwarf sie den Gedanken gleich wieder. Die Sorge um Monk würde Hester gewiss zu sehr ablenken. Und vielleicht würde sie denken, sie, Beata, nähme sich zu wichtig. Vielleicht stimmte das ja auch, aber inzwischen zerbrach sie sich nicht mehr den Kopf darüber, ob sie gemocht wurde oder nicht. Sie war in San Francisco gewesen, und sie kannte Miriam. Zwischen dem Leben dort und den Vorstellungen, die eine Londonerin davon haben mochte, bestand ein himmelweiter Unterschied, selbst wenn diese Londonerin im Krimkrieg als Krankenschwester gearbeitet hatte.

Beata verlor keine Zeit damit, sich ein Kleid anzuziehen, das für einen nachmittäglichen Besuch geeignet war. Das Äußere tat nichts zur Sache. Ein Hut genügte vollauf – und natürlich ein Mantel. Es war schließlich bitterkalt.

Als die Kutsche vor der Haustür vorfuhr, bat Beata den Diener, sie zu begleiten, und wies den Kutscher an, so schnell zu fahren, wie die Pferde es vertrugen.

Während der ganzen Fahrt über die kurvenreichen, nassen Straßen überlegte sie, was genau sie Miriam sagen wollte. Mit Sicherheit würde sie um Vertraulichkeit bitten. Und vielleicht war Miriam so freundlich und wies ihr Personal an, mögliche Besucher hinauszukomplimentieren.

Beata hätte sich gern besser vorbereitet, doch die Erfahrung hatte sie gelehrt, dass kaum je ein Gespräch so verlief, wie man es erwartete. Alles, was man sich vorher zurechtlegte, konnte sich als irrelevant oder unpassend herausstellen. Miriam hatte ihr einst sehr nahegestanden und sich die

Eigenschaften bewahrt, die Beata damals an ihr geschätzt hatte: Schlagfertigkeit und Humor, die Liebe zum Schönen, eine Leidenschaft für das Leben, die Fähigkeit, die Wunden anderer zu erspüren, als wären es die eigenen. Andererseits konnte man sich natürlich täuschen. Bei aller Zuversicht wollte Beata auf der Hut bleiben.

Trotz des Wetters war die Fahrt durchaus angenehm. Die klassischen Häuserfassaden aus der Zeit von König George sahen sogar unter dem grauen Himmel elegant aus, und die kahlen Bäume auf den Plätzen hatten ihre eigene Schönheit.

Bei ihrer Ankunft vor dem Haus der Clives in Mayfair wurde Beata vom Diener mit vollendeter Höflichkeit und sorgsam verborgener Überraschung empfangen. Im Frühstückszimmer, wo Miriam sie begrüßte, war eingeheizt. In ihrem tiefgrünen Hauskleid wirkte Miriam so schön wie eh und je.

Sie blickte Beata besorgt an. »Beata! Ihnen fehlt doch nichts? Sie sind so blass. Ist etwas passiert?«

»Ja, allerdings.« Ohne zu zögern, nahm Beata Miriams direkte Frage zum Anlass, um sogleich zu ihrem Anliegen zu kommen. »Wie feinsinnig von Ihnen, das sofort zu bemerken. Können wir ein ungestörtes Gespräch führen? Ich muss Sie dringlichst um Ihre Hilfe bitten.«

»Selbstverständlich. Möchten Sie vielleicht Tee?«

»Sehr gern, danke. Das wäre wunderbar!« Beata war eigentlich überhaupt nicht durstig, aber nach der Fahrt mit der Kutsche ziemlich durchgefroren. Und, wichtiger noch, Tee schuf eine gastfreundliche Atmosphäre.

Miriam betätigte die Glocke. Als der Diener eintrat, erklärte sie ihm, dass sie nicht behelligt werden durften, außer durch das Dienstmädchen, das den Tee servieren und sich danach sofort zurückziehen sollte.

»Sehr wohl, Ma'am.« Mit einer Verneigung ging der Diener hinaus und schloss die Tür hinter sich.

Beata begann sofort zu sprechen. »Commander Monk ist verhaftet und wegen Ermordung des Zollpolizisten Pettifer unter Anklage gestellt worden. Das ist natürlich vollkommen lächerlich. Er versuchte lediglich, den Mann zu retten, doch der geriet in Panik und ertrank mehr oder weniger von selbst. Aber die Anklage rührt von einer alten Feindschaft her, und es wird entsetzlich schwer sein, sie zu widerlegen.«

»Feindschaft mit Pettifer?«, fragte Miriam verblüfft. »Ist so etwas nicht unter Monks Würde?«

»Natürlich ist es das. Er kannte Pettifer nicht einmal.« Beata gab sich alle Mühe, ihre Gefühle zu beherrschen und sachlich zu bleiben. »Die Feindschaft besteht mit McNab.«

Miriam versuchte gar nicht erst, ihre Überraschung zu verbergen. »Wie bitte?«

Beata zögerte nur kurz. »Sie kennen ihn. Er wollte Sie sprechen, als ich bei Ihnen war. Fällt es Ihnen da wirklich so schwer, das zu glauben?«

»Ich kenne ihn nur, weil Aaron beruflich mit ihm zu tun hat. Das Import-Export-Geschäft erfordert regelmäßig die Ausstellung von Zollscheinen.« Miriams Gesicht gab so gut wie keine Regung preis. Lediglich ein winziges Flackern mochte auf Unsicherheit oder vielleicht Täuschung schließen lassen.

Beata bemerkte, dass sie so nicht weiterkam, und versuchte es mit einem anderen Ansatz. »Diese Feindschaft ist sehr alt. Vor einiger Zeit, etwa Anfang der Fünfzigerjahre, beging McNabs Halbbruder ein entsetzlich brutales Verbrechen. Er wurde von Monk verhaftet, vor Gericht gestellt und zum Tode verurteilt. McNab flehte Monk an, um Milde zu bitten, doch Monk weigerte sich. So wurde der junge Mann gehängt. Das hat McNab Monk bis heute nicht verziehen.«

Jetzt schien Miriam deutlich verwirrt zu sein, doch Beata glaubte, in ihren Augen den Schatten von noch etwas anderem zu sehen, etwas, das ihr verriet, dass Miriam sehr wohl verstand.

Das bedeutete, sie musste mit äußerster Vorsicht vorgehen. Wenn sie im falschen Moment das Falsche sagte, verwirkte sie womöglich die Chance, dass Miriam ihr half. Und wenn sie zu früh oder zu heftig auf etwas beharrte, konnte sie sich statt einer Freundin sogar eine Feindin schaffen. Vielleicht sollte sie noch einmal einen Schritt zurücktreten und ihre eigene Verletzlichkeit demonstrieren, so schmerzhaft das auch für sie war.

Wie gut kannte sie Miriam eigentlich? Es war zwanzig Jahre her, seit sie sich als junge Frauen in der Zeit des Goldrauschs kennengelernt hatten. Wären sie von Natur aus Freundinnen geworden, oder war es nur aufgrund der Umstände dazu gekommen? Sie beide hatten ihren Mann verloren, allein schon das hatte sie zusammengeführt. Und sie hatten beide die Erfahrung gemacht, dass in der alten, streng regulierten zivilisierten Welt Freiheit für Frauen einfach nicht möglich war. Miteinander waren sie in die außergewöhnlichsten Gegenden an der atemberaubenden kalifornischen Küste gereist, die von einzigartiger Schönheit waren, und es hatte sie in gottverlassene Einöden in der Wüste im Landesinneren verschlagen, wo die Gebeine von Menschen und Tieren im Sand verstreut herumlagen.

Gemeinsam waren sie erfinderisch geworden und hatten Dinge, die sie brauchten und nicht kaufen konnten, selbst hergestellt. Sie hatten mit Menschen verkehrt, mit denen sie unter anderen Umständen niemals ein Wort gewechselt hätten, zumindest nicht an der Ostküste von Amerika, geschweige denn in England.

Sobald sie aber in der Einsamkeit ihres Hauses waren, sehnten sie sich nach einem Ort, einer Heimat, wo sie es nicht nötig hatten, ständig um des Überlebens willen zu improvisieren.

Beata war schließlich nach England zurückgekehrt und hatte Ingram York geheiratet.

Miriam hatte um ihren ersten Mann getrauert, wurde aber bereits vom reichsten und charismatischsten Mann an der ganzen Küste nicht nur getröstet und beschützt, sondern bald auch umworben. Man hätte meinen können, das Schicksal hätte ihr alles geschenkt, wovon eine Frau nur träumen konnte – außer Kinder. Doch war das Zufall oder freie Wahl? Hatte sie vielleicht nach dem Verlust von Astleys Kind so sehr unter Schock gestanden, dass sie einfach nicht mehr fähig gewesen war, ein anderes zu empfangen? Nun, immerhin wurde sie geliebt.

Beata hätte gern Kinder gehabt, war aber nicht fruchtbar gewesen, zumindest nicht bei Ingram. Und bislang hatte sie es allerdings vermieden, diesen Gedanken weiterzuverfolgen.

Hatte sie also tatsächlich irgendetwas mit der Frau ihr gegenüber gemeinsam außer Erinnerungen an eine einzigartige Zeit an einem außergewöhnlichen Ort vor zwanzig Jahren? An eine aus der Not geborenen Freundschaft?

Wie auch immer – wenn sie nicht bald einen Weg fanden, Monk aus seiner Zwangslage zu befreien, wartete auf ihn der Galgen. Darum musste sie auch ihre eigenen Fragen nach einer Zukunft mit Oliver fürs Erste hintanstellen.

Sie gab sich einen Ruck. »Nun«, sagte sie in plötzlich dringendem Ton, »Monk hat Pettifer nicht vorsätzlich getötet. Er hatte keinerlei Motiv; er kannte den Mann überhaupt nicht und wusste nicht einmal, dass er für McNab arbeitete. Aber dafür gibt es nur sein Wort und das seiner Untergebenen. Und wer wäre da nicht skeptisch?«

»Aber *Sie* glauben ihm?«, fragte Miriam neugierig. »Warum?«

Beata zögerte. Was war ihre eigene Würde wert? Gewiss nicht das Leben eines Menschen!

»Weil ich Oliver Rathbone gut kenne und ihm vertraue. Er ist mit Monk seit vierzehn Jahren eng befreundet, in denen er mit ihm durch dick und dünn gegangen ist und weiß, dass er ihm blind vertrauen kann. Sie haben gemeinsam einige schwere Schlachten geschlagen und einander immer die Treue bewahrt. Monk hat Oliver nie fallenlassen, selbst dann nicht, als er in größten Schwierigkeiten steckte und vor dem Ruin stand.«

»So gut kennen Sie ihn also? Sir Oliver Rathbone?«, fragte Miriam mit einem verständnisvollen Lächeln.

»Ja«, antwortete Beata schlicht.

»Und Sie mögen ihn wohl sehr gern?«, setzte Miriam nach. Der Ausdruck ihrer Augen, ihres ganzen Gesichts, verriet deutlich, dass das keine leichtfertige Frage war.

Wieder war ihr eine Maske heruntergerissen worden, eine, die Bequemlichkeit bot, und Beata fühlte sich nackt. Jäh wich sie Miriams Blick aus, weil sie es nicht ertrug, dass diese ruhige, wunderschöne Frau, die so tief geliebt wurde, in ihre Seele schauen konnte.

»Ich finde ihn sehr angenehm«, erklärte Beata. Wie leer sich das anhörte und wie bemüht! Gewiss würde Miriam sie durchschauen und sich womöglich etwas ungleich Intimeres vorstellen. Sie spürte, wie ihre Wangen zu glühen begannen, als wäre sie bei einer Lüge ertappt worden.

Doch sie durfte nicht vergessen, weswegen sie gekommen war. »Miriam … ich möchte Oliver dabei helfen, den Prozess zu gewinnen. McNab brütet seit sechzehn langen Jahren über seiner Rache. Es war nicht Monks Schuld, dass McNabs Halbbruder ein Verbrechen beging, für das er gehängt wurde. Selbst wenn Rache jemals gerechtfertigt sein sollte, was ich bezweifle, diese ist es allerdings auf keinen Fall.«

Miriam zeigte ein winziges, trauriges Lächeln. »McNabs Rache ist nicht gerecht, aber war das etwa die Rache der Gesellschaft an seinem Bruder?«

»Monk war an Nairns Verbrechen nicht schuldig, und er trägt auch keine Schuld an Pettifers Tod. Aber er wird dafür gehängt, wenn wir nicht die Wahrheit herausfinden und beweisen. Haben Sie Monk aus der Zeit in San Francisco in Erinnerung? Ich habe den Verdacht, dass McNab versuchen wird, ihn irgendwie mit Piers' Tod in Zusammenhang zu bringen, um ein Muster von Gewaltbereitschaft aufzuzeigen.«

Miriam starrte sie mit offenem Mund an. »Aber das … das ist absurd! Wieso, um alles auf der Welt, hätte Monk Piers töten sollen?«

»Das weiß ich nicht!« Beata gab sich alle Mühe, nicht ungeduldig zu wirken. »Himmel, Miriam, an der kalifornischen Küste gab es zahllose Abenteurer, die bereit waren, *alles* für genügend Geld zu tun, um ein Stück Land kaufen zu können, auf dem es vielleicht Gold gab. Das Leben war wild, schrecklich, aufregend und intensiv. Natürlich hätte Monk gut dazu gepasst. Er war ein junger Mann auf der Suche nach dem großen Abenteuer und einer Zukunft.«

Miriam schien um die richtigen Worte zu ringen, fand aber keine. Offenbar verstand sie nicht so recht, was sie hörte.

Beata ließ den Gedanken fallen. »Na ja, das ist auch nicht so wichtig. Was erhofften Sie sich eigentlich von McNab, und was erwartete er von Ihnen?«

Miriam schwieg.

Das Dienstmädchen trat mit dem Tee ein, stellte das Tablett auf dem Tisch ab und verließ den Raum wieder.

Miriam schenkte ein. Anscheinend wusste sie noch genau, wie Beata den Tee mochte: ohne Milch, mit einem winzigen Tropfen Honig.

»Was erwarten Sie von McNab?«, wiederholte Beata.

Miriam reichte Beata eine Tasse. »Ich nehme an, Sie werden es Rathbone sagen, wenn ich es Ihnen nicht erkläre.« Sie seufzte.

Beata nahm die Tasse entgegen und stellte sie ab. Ohne Milch würde sie sich die Zunge verbrühen. »Ja«, antwortete sie. »Ich werde mit ihm sprechen. Ich werde nicht zulassen, dass McNab seine Rache bekommt.«

Miriam lächelte traurig. »Ihre Moralvorstellungen waren schon immer strenger, als Sie nach außen den Anschein erweckten. Trotzdem hat es mich überrascht, dass Sie einen Richter vom High Court geheiratet haben und bei ihm geblieben sind. Ich schätze, die Ehe mit ihm muss wie ein Korsett aus Eisen gewesen sein …«

»Rotglühendes Eisen …«

»Das tut mir leid. Sie werden denken, ich wüsste nichts von derlei Dingen, aber das trifft nicht zu. Verstehen Sie, es gibt verschiedene Arten von Schmerzen: auch solche, die der Verlust von Träumen hinterlässt, den Schmerz der Leere, der nach und nach die Seele aushungert.«

»McNab«, erinnerte Beata sie. Jetzt zählte nur die Gegenwart.

»Er wollte von mir etwas über Monk erfahren, und über die Zeit des Goldrauschs.«

Beata nickte. Das ergab durchaus Sinn. »Ich verstehe. Und was verlangten Sie von ihm als Gegenleistung?«

Miriams Wangen röteten sich.

Beata wartete.

»Informationen über Monk«, erklärte Miriam schließlich. »Ich musste wissen, welche Fähigkeiten er besitzt und was für ein Mensch er heute ist. Ich habe ihn von damals noch gut in Erinnerung. Er war wie Stahl – hart, aber auch geschmeidig und fast schön in seiner Willensstärke. Wenn er immer noch derselbe Mann wäre, den ich damals kannte, wenn er wüsste, welches Unrecht Piers angetan worden ist, und in der Lage wäre, meine Rache für mich übernehmen, dann wäre er der Richtige.«

Beata starrte sie verdattert an. »*Ihre Rache?* Wofür? An wem?«

Miriam war plötzlich kreidebleich geworden.

»An Piers' Mörder natürlich. Er ist nie gestellt, nie bestraft worden.« Rasende Wut blitzte in ihren Augen auf, doch darunter lag der unendliche Kummer über einen nie wiedergutzumachenden Verlust.

Beata setzte zu einer Erwiderung an, fand jedoch keine Worte.

»Ich habe ihn so sehr geliebt – mehr, als er gewusst hatte.«

Allmählich dämmerte Beata die Wahrheit. Diese wilde, leidenschaftliche, schöne Frau hatte wohl bei einigen Männern so etwas wie Besessenheit ausgelöst. War es möglich, dass Clive Piers getötet hatte, um Miriam zu bekommen? Nein, das war doch absurd. Aaron und Miriam – die große Liebesgeschichte? Aaron, der Schöne, der König der Barbary Coast?

»Ich muss es wissen«, stieß Miriam heiser hervor. »Ich brauche Monks Hilfe. Er soll Piers' Mörder überführen.«

»Warum? Wie? Im Moment gibt es nichts, was Sie tun können.« Es schmerzte Beata, das auszusprechen, aber es war die Wahrheit.

»Das muss ich auch nicht. Es zu wissen wird mir genügen. Ich werde der Welt zeigen, dass Piers, der aufrichtigste, treueste, tapferste Mann in jenen wilden Tagen, von seinem engsten Freund verraten wurde.«

Auch wenn der Name nicht über Miriams Lippen drang, durchfuhr Beata ein furchtbarer Schreck. Also doch Aaron? »Sind Sie sich da absolut sicher?«

»So sicher, wie ich es nur sein kann«, presste Miriam mit von Zorn bebender Stimme hervor.

»Warum haben Sie dann so lange gewartet? Warum drängen Sie erst jetzt auf Aufklärung?« Das ergab doch keinen Sinn.

»Warum hat McNab so lange gewartet?«, fragte Miriam zurück.

Darauf konnte Beata keine Antwort geben. Das war Monks Geheimnis. Es zu hüten oder preiszugeben war seine Sache, nicht ihre.

»Warum wollen Sie das wissen?«, wiederholte Beata stattdessen.

»Sie erwarten von mir, dass ich Ihnen vertraue, aber Sie trauen mir nicht!«, warf Miriam ihr vor.

»Ihr Geheimnis ist Ihre Sache, aber mir steht es nicht zu, über Monks Geheimnisse zu sprechen.«

»Wie wichtig ist es Ihnen, ihn zu retten?«, verlangte Miriam zu wissen.

Darauf ging Beata nicht ein. Sie entschied sich für den Gegenangriff. »Würden Sie ihn tatsächlich für etwas hängen lassen, das er nicht getan hat? Das wird Ihnen keine … Genugtuung für Piers bringen.«

Miriam war erstarrt, das Gesicht eine Maske. »Warum hat McNab so lange gewartet? Was ist es, das Sie mir so beharrlich verschweigen? Wenn Sie meine Hilfe wollen, dann vertrauen Sie mir!«

Beata konnte Miriam nicht länger ausweichen. Sie atmete tief durch.

»Vor etwa dreizehn Jahren erlitt Monk einen Unfall mit einer Kutsche. Seitdem kann er sich an nichts erinnern, was er davor erlebt hat. San Francisco, Kalifornien, alles ist ausgelöscht. Und McNab weiß das!«

Miriam starrte sie an. »Dann kann er mir gar nicht helfen!« Langsam sackte sie in sich zusammen. »Der arme Mann, er kann ja nicht einmal sich selbst helfen!«

»Hören Sie auf, sich zu bemitleiden!«, fuhr Beata sie an. »Wagen Sie bloß nicht, sich jetzt aus der Affäre zu ziehen! Sie haben so lange gewartet. Warum? Warum haben Sie nichts unternommen, obwohl Sie wussten, dass Aaron Piers umgebracht hat? Wofür brauchen Sie Monk überhaupt?«

»Ich habe erst vor Kurzem erfahren, dass Aaron Piers' Mörder ist. Fin Gillander hat mir den Beweis gebracht.«

»Was fehlt Ihnen dann noch?«

»Für *mich* ist es Beweis genug, aber für niemanden sonst.«

»Worin besteht der Beweis?«

»Piers' Hemd. Es ist blutgetränkt. Dazu die Urkunde zur Überschreibung eines Stücks Land am American River, wo es Gold gab, ausgestellt von Aaron zu Gunsten eines Fremden. Damit hatte Aaron den Mann dafür bezahlt, dass er schwor, Aaron sei an dem Tag, als Piers erschossen wurde, woanders gewesen.«

»Aber – was wollen Sie dann noch von Monk? Das genügt doch sicher als Beweis, oder?«

»Es könnte irgendein Hemd sein«, antwortete Miriam. »Ich wusste nur deshalb, dass es Piers gehörte, weil ich es für ihn genäht hatte. Ich erkannte meine eigenen Stiche, die hier und dort unregelmäßig waren. Aber es gibt nur mein Wort dafür. Was könnte es schon gegen das von Aaron ausrichten?«

»Und Gillanders Wort?«, schlug Beata vor.

Miriam blickte verlegen zu Boden. »Er betet mich an. Die Leute würden denken, er wäre bereit, alles zu behaupten, nur um mir zu helfen.«

Beata wollte sie noch fragen, ob sie sich wirklich sicher war, entdeckte die Bestätigung aber in Miriams Augen, in denen sich so vieles spiegelte: Schmerz, Hilflosigkeit, der bittere Verlust aller Illusionen, die Zerstörung all dessen, woran sie geglaubt hatte.

»Ich verstehe«, murmelte sie. »Und Sie dachten, Monk wüsste vielleicht die Wahrheit oder könnte durch Rückschlüsse dahinterkommen. Um was zu bewirken? Aarons Ruin?«

»Ich hatte gehofft, er wüsste genug, um – gestützt durch Fins Aussage – zu beweisen, dass Piers in Aarons Auftrag zu dieser Stelle ging und bei der Verrichtung seiner Aufgaben getötet wurde. Auf Aarons Befehl.«

»Und Sie haben keinerlei Zweifel?«

»Nicht den geringsten. Ich wünschte, es wäre nicht so. Gott im Himmel, Beata! Glauben Sie etwa, ich würde glauben *wollen*, dass der Mensch, mit dem ich jetzt verheiratet bin, meinen ersten Mann getötet hat, den Mann, den ich über alles auf der Welt geliebt habe, nur um mich zu kriegen? Ich fühle mich benutzt und schmutzig wie eine Ware, die man sich einfach kauft, weil man sie eben besitzen will. Glauben Sie, in mir sträubt sich nicht jedes Mal jede einzelne Faser meines Körpers, wenn er mich berührt?«

Beata brauchte sich etwas Derartiges gar nicht erst vorzustellen. Sie kannte dieses Gefühl aus eigener Erfahrung.

»McNab weiß von Monks Gedächtnisverlust«, sagte sie in dem Versuch, zum Thema zurückzukehren. »Das ist der Grund, warum er jetzt glaubt, seine Rache üben zu können.

Er weiß, dass Monk sich nicht verteidigen kann – er wagt es nicht einmal, in den Zeugenstand zu treten und in eigener Sache auszusagen.« Und langsam, jedes Wort betonend, erklärte sie: »Und das bedeutet, dass Aaron wahrscheinlich aussagen muss.«

»Ja, das wird er wohl müssen.« Miriam schloss die Augen. »Ich frage mich, ob er ahnt, dass ich weiß, welche Rolle er bei Piers' Tod gespielt hat, und darauf wartet, dass ich handle. Wieso musste sich nur dieser elende McNab einmischen. Verflucht soll er sein!«

»Er hat Sie benutzt«, sagte Beata bitter. »Das ist eine Tatsache. Und ich frage Sie: Was gedenken Sie nun in dieser Angelegenheit zu unternehmen?« Das war eine eindeutige Herausforderung. Sie war verzweifelt und hatte nicht vor, Miriam davonkommen zu lassen.

Miriam starrte sie wortlos an und überlegte.

»Gott mag McNab am Ende durchaus verdammen«, fuhr Beata fort. »Doch bis dahin ist es an uns zu handeln! Sie wissen eine Menge über McNab. Sie müssen mit Oliver darüber sprechen und bereit sein, alles vor Gericht zu wiederholen, wenn Monk damit geholfen ist. Machen Sie sich die Mühe und forschen Sie in Ihrem Gedächtnis. Was ist Ihnen von Ihren Gesprächen mit McNab in Erinnerung geblieben? Was wollte McNab von Ihnen?« Ihr Ton wurde eindringlicher. »Ich weiß, Sie glauben, Sie hätten *ihn* benutzt. Und vielleicht trifft das auch zu. Aber er ist gleichermaßen zu Ihnen gekommen mit der festen Absicht, *Sie* zu benutzen!«

Miriams Wangen röteten sich erneut. »Sie brauchen mich nicht ständig daran zu erinnern. Das sehe ich selbst. Er wollte Monk etwas in die Schuhe schieben, das ist mir jetzt klar geworden.«

»Und was sollte das sein?« Beata bemerkte, dass ihre Frage zu kritisch klang. An Miriams Stelle hätte sie wohl auch nicht mehr sagen können. Und sie musste Miriams unsägliche Wut berücksichtigen, die von ihr Besitz ergriffen hatte, als sie die Wahrheit über Piers' Tod erkannte. »Ich meine«, fuhr Beata sanfter fort, »was behauptete er?«

»Ich habe von Fin Gillander erfahren, dass Monk vor zwanzig Jahren in San Francisco war«, sagte Miriam leise. »Im ersten Moment konnte ich mich nicht an ihn erinnern, aber Fin hat ihn auf Anhieb wiedererkannt. Und er mochte Monk gern. Er erzählte mir, sie hätten damals viel zusammen unternommen und wären sich hinsichtlich der Arbeitsauffassung ähnlich gewesen. Ihre Wege haben sich oft gekreuzt. Und jetzt sind sie in London. Beide haben sich natürlich verändert. Das ist nach zwanzig Jahren unvermeidlich. Fin ist vierzig, und Monk muss an die fünfzig Jahre alt sein. Was bei Monk auffällt, ist, dass der Zorn, der damals in ihm steckte, verschwunden ist. Was immer er gesucht hat, er hat es gefunden.«

»Und jetzt steht er davor, es zu verlieren«, stieß Beata aus.

Miriam warf ihr einen schnellen Blick zu. Für einen Moment wirkte der Schmerz in ihrem Gesicht ganz unverhüllt. Da wurde Beata eindringlich bewusst, dass Miriam sich nie wirklich von Piers' Tod erholt hatte und Aaron ihr nie mehr als Bequemlichkeit hatte bieten können. Er war unfähig, Miriams schrecklichen Verlust wettzumachen, schlimmer noch, jetzt war auch noch ihre letzte Illusion zertrümmert worden. Alles, was an Aaron liebevoll oder gut gewirkt haben mochte, war unwiderruflich zerstört, seit Miriam wusste, dass er es war, der Astley ermordet hatte, ob eigenhändig oder indirekt als Befehlsgeber. Die Tatsache, dass er das getan hatte, weil er Miriam besitzen wollte, musste ihre Schuldgefühle und Trauer vervielfachen.

»Verzeihen Sie mir«, sagte Beata leise, »aber wir haben jetzt einfach keine Zeit für Kummer. Wir müssen einen Beweis dafür finden, dass Pettifers Tod ein Unfall war, den er in seiner Panik selbst verursachte. Monk weiß weder, wer Piers umgebracht hat, noch sonst irgendetwas über San Francisco zur Zeit des Goldrauschs. Ich werde Oliver berichten, was ich heute erfahren habe: von der Übertragung des Grundstücks am American River und von dem Hemd. Aber als Erstes müssen wir nachweisen, dass Monk keinen Anlass hatte, Pettifer etwas anzutun.«

Miriam runzelte die Stirn. »Wie soll uns das gelingen? Wir wissen ja nichts weiter über die Feindschaft zwischen McNab und Monk.«

»Das ist mir nur zu klar.« Beata seufzte. »Aber wir müssen es versuchen. Gleich im Anschluss werde ich Hester aufsuchen. Ich kenne sie noch nicht allzu lange, habe aber schon jetzt das Gefühl, dass sie Hilfe gern annehmen wird, gleichgültig, von wem. Und Sie werden versuchen, sich alles in Erinnerung zu rufen, was McNab von Ihnen über Monk wissen wollte.«

Miriam schluckte. »Ja, selbstverständlich.«

13

Die Tage vor dem Prozess waren für Hester ein einziger Albtraum. Alles, was ihr an möglichen Beweisen für Monks Unschuld auch einfiel, schien sich in Luft aufzulösen, sobald sie danach griff. In ihrer Vorstellung wuchs sich McNab zu einem Ungeheuer von geradezu dämonischer Intelligenz aus.

Als Rathbone sie eines Abends in der Paradise Place besuchte, bestürmte sie ihn mit der Frage, was sie tun könne, um ihm und Monk zu helfen. »Irgendetwas muss es doch geben!«, rief sie. Monk hatte McNab verabscheut – das bezweifelte niemand –, aber er hatte ihm doch nichts angetan!

Sie saßen im Wohnzimmer zusammen, das düster und leer wirkte. Nachdem Scuff zunächst zu ihr zurückgekehrt war, um ihr zur Seite zu stehen, hatte Hester ihm verboten, seine Lehre ihr zuliebe zu unterbrechen, zumindest bis zum Beginn des Prozesses. Seine Arbeit, bei der er sich mit den Bedürfnissen anderer beschäftigen musste, würde ihn wenigstens ablenken.

Rathbone wirkte blass, und in sein Gesicht hatten sich Falten gegraben.

»Das, was wir haben, würde selbst dann nicht genügen, um McNab als Schuldigen zu überführen, wenn wir belegen könnten, dass William bis dahin nie von Pettifer gehört hatte«, fasste er die Lage in einem möglichst ruhigen Ton zusammen, um Hester zu schonen.

»Was kann dann überhaupt noch helfen?« Hester hörte

selbst, dass ihre Stimme sich zu überschlagen drohte. »Angenommen, McNab steckt dahinter, warum hätte William dann Pettifer schaden, geschweige denn ihn töten sollen? Wenn man Pettifer zu einer Aussage gegen McNab hätte bewegen können, dann wäre doch sein Tod das Letzte gewesen, was William gewollt hätte!«

»Unsere Beweisführung greift hier nicht.« Rathbone seufzte niedergeschlagen. »Wenn wir es für heute nachweisen, sagt das nichts darüber aus, was Monk damals geglaubt haben mag, als Pettifer starb. Es zählt nur das, was er im betreffenden Moment für die Wahrheit hielt.«

»Wir haben doch Zeugen …« Hesters Stimme erstarb. Wie der Strafverfolger sofort bemängeln würde, handelte es sich bei diesen Zeugen um Monks Männer – Freunde, Kollegen bei der Wasserpolizei, alles Personen, die zu ihm halten würden. Auch Hester selbst konnte aussagen, doch ihr war klar, dass Rathbone sie nie ins Kreuzverhör schicken würde. Wenn der Anklagevertreter auch nur ein bisschen was von seinem Metier verstand, würde er binnen Minuten herausfinden, dass Monk unter Amnesie litt.

Es gab andere, die gern geholfen hätten, wenn sie es denn vermocht hätten. Scuff war regelrecht krank vor Sorgen und konnte sich kaum mehr auf seine Arbeit konzentrieren, die er so sehr liebte. Er und Crow verbrachten von Tag zu Tag immer mehr Zeit an den Flussufern, um nach Informationen zu jagen, mit denen man McNab belasten konnte. Und in der Klinik in der Portpool Lane forderte Squeaky Robinson von allen, die in seiner Schuld standen, Gefälligkeiten ein und stieß die wüstesten Drohungen aus, in der Hoffnung, sie könnten irgendetwas bewirken. Selbst Worm, das neunjährige Waisenkind, das Scuff einmal aufgegabelt und für das Hester in der Klinik eine Aufgabe und ein Zuhause gefunden hatte, war den ganzen Tag lang am Fluss unterwegs, spitzte die Ohren und stellte allen möglichen Leuten Fragen.

In der Nacht vor der Eröffnung des Prozesses konnte Monk kaum schlafen. Die Geräusche der anderen drangen auf ihn ein und rissen ihn aus seinen Gedanken. Männer husteten, fluchten, stöhnten, einer oder zwei weinten sogar. Wie er waren sie mutterseelenallein, froren und hatten schreckliche Angst. Die Hoffnung, ihr Schicksal aus eigener Kraft zu ändern, hatte wohl keiner von ihnen. Es lag in den Händen anderer, die sich jedoch manchmal überhaupt nicht darum scherten.

War es gut oder schlecht, freundliche Menschen an seiner Seite zu wissen? Menschen, die einem halfen, deren Leben sich jedoch für immer verdunkeln würde, wenn man schuldig gesprochen wurde. Es tat fast unerträglich weh, an Hester oder Scuff zu denken. Und was war mit den Männern, die von ihm bitter enttäuscht sein würden, wenn sie zu dem Schluss kämen, dass er tatsächlich schuldig war? Was war mit der Wasserpolizei selbst, mit Hooper und all den anderen, auf die dann ein Makel fiele?

Der Gedanke daran, dass McNab gewinnen würde, schnürte ihm die Kehle zu. Aber weder Wut noch Mitleid würden ihm jetzt helfen. Im Gegenteil, ein Übermaß an Gefühlen blockierte lediglich seine Gedanken. Wenn ihn etwas retten konnte, dann Klugheit und Selbstbeherrschung. Oder ein Wunder! Glaubte er an Wunder?

Woran glaubte er eigentlich? Zu spät, um das jetzt noch zu entscheiden.

Der Prozess begann mit den üblichen Formalitäten, die peinlich genau eingehalten wurden.

Er stand hoch über dem Gerichtssaal auf der Anklagebank und schaute zur Galerie hinüber, auf der sich die Zuschauer drängten. Auch wenn das zu erwarten gewesen war, brachte es ihn durcheinander. Wie viele von den Neugierigen hier hassten die Polizei und waren nur gekommen, um zu erleben, wie ein Beamter zu Fall gebracht wurde? Wie vielen war schon mal von einem Gesetzeshüter geholfen worden, die Monk jetzt einen Freispruch wünschten?

Er suchte den Saal nach Hester ab und entdeckte sie schließlich ganz an der Seite. Ein Lichtstrahl brachte ihr blondes Haar zum Leuchten. Wer würde sie lieben, falls er gehängt wurde? So wie er sie liebte – gewiss niemand! Würde sie auch nach seinem Tod an seine Unschuld glauben? Oder würde sie dem Druck auf Dauer nicht standhalten können, weil so gut wie alle sich von der Last der Beweismittel hatten überzeugen lassen?

Endlich ging es los. Sorley Wingfield führte die Anklage. Er war ein hagerer, sehr dunkler Mann von ätzendem Humor. Wahrscheinlich hatte er bei einer ganzen Reihe von Leuten, die in seiner Schuld standen, Gefälligkeiten eingefordert, um diesen Fall zu bekommen. Mit Rathbone verband ihn eine tief verwurzelte Abneigung, und er wusste genau, dass dieser Prozess Rathbone sehr viel bedeutete. Es war Rathbones erster großer Fall, seit sein Berufsverbot aufgehoben und er wieder seine vollen Rechte als Anwalt erhalten hatte. Und es war in der Tat eine Feuertaufe: Es ging um das Leben des Angeklagten.

Monk bewunderte Wingfield gewiss nicht dafür, dass er sich auf eine so eindeutige Sache stürzte, um sich an Rathbone für früher erlittene Niederlagen zu rächen. Ebenso gut konnte man einen wehrlosen Menschen als lebende Zielscheibe benutzen, die sehr wohl Angst und Schmerz empfand.

Beim Richter handelte es sich um einen gewissen Mr Justice Lyndon, über den Monk wenig wusste, außer dass Rathbone ihn einmal als Mann von tadellosem Ruf bezeichnet hatte. Aber was hätte er angesichts ihrer mehr als düsteren Aussichten auch anderes sagen können?

Der erste Zeuge, den Wingfield aufrief, war Hooper. Schwerfällig kletterte dieser in den Zeugenstand und blickte zutiefst unglücklich ins Publikum. Steif und blass stand er in der Uniform der Wasserpolizei da, als wäre ihm seine Jacke zu eng. Monk konnte sich nicht erinnern, ihn jemals darin gesehen zu haben. Normalerweise trug er seine alte Seemannsjacke.

Nachdem er vereidigt worden war, baute sich Wingfield Hooper gegenüber auf, der es seit jeher verstanden hatte, seine Verachtung mit kaum mehr als einem Wimpernzucken kundzutun.

»Mr Hooper, Sie arbeiten für die Thames River Police, deren Stützpunkt die Wache von Wapping ist, richtig?«, begann Wingfield in glattem Ton.

»Jawohl, Sir.«

»Und Sie sind kürzlich zum Stellvertreter von Commander Monk, dem Angeklagten, befördert worden?«

»Jawohl, Sir.« Hoopers Abneigung gegen Wingfield zeigte sich nun auch in seinem Tonfall.

»Das ist der Posten, den bis dahin ein gewisser Mr Orme innehatte?«

Hooper musterte Wingfield argwöhnisch. »Jawohl, Sir.«

»Ist das zufällig derselbe Mr Orme, der kürzlich in einem Scharmützel auf dem Fluss getötet wurde, an dem auch eine Bande von Gewehrschmugglern beteiligt war?«, fragte Wingfield mit Unschuldsmiene weiter.

Rathbone erhob sich. »Mylord, es bestehen weder Zweifel

bezüglich Mr Hoopers Identität noch an seinen Verdiensten, die er bei der Wasserpolizei erworben hat und aufgrund derer er nach Mr Ormes Tod befördert worden ist. Und nur für den Fall, dass Mr Wingfield geneigt sein sollte, die Zeit des Gerichts auch mit diesem Thema zu verschwenden, Mr Hooper diente auch in der Handelsmarine und erhielt exzellente Zeugnisse. Weder dort noch anderswo wurde irgendetwas über charakterliche Mängel bekannt. Im Gegenteil, er ist oftmals für seinen Mut belobigt worden.«

Einer der Geschworenen lächelte.

Wingfield schien sich über Rathbones Vorpreschen zu ärgern, doch wie Monk sogar aus der Entfernung sehen konnte, war er zu siegesgewiss, um Widerspruch einzulegen.

Achselzuckend trat Wingfield ein paar Schritte vor. »Wenn mein geschätzter Kollege erlaubt ...?«, sagte er ironisch.

Rathbone setzte sich wieder.

»Nun, Mr Hooper, an dem Tag, an dem Mr Pettifer ertränkt wurde, befanden Sie sich zusammen mit dem Angeklagten bei Skelmer's Wharf, wie ich glaube?«

»Das ist richtig«, bestätigte Hooper.

»Warum? Was haben Sie dort gemacht?« Wingfield brachte es fertig, Interesse vorzutäuschen, als wüsste er nicht längst, wie die Antwort lautete.

Durch den Saal lief ein Rascheln. Die Zuschauer beugten sich gespannt vor.

»Wir hofften, einen entflohenen Strafgefangenen festnehmen zu können«, erklärte Hooper.

»Einen bestimmten?« Wingfields Stimme troff vor Sarkasmus. »Oder nur irgendeinen, der gerade des Weges kam?«

Einer der Geschworenen lachte nervös, und Richter Lyndons Gesicht verriet einen Anflug von Ironie.

»Das war schon der Zweite, der der Zollpolizei binnen

zwei Wochen entwischt war«, sagte Hooper lauter als nötig. »Bei diesem einen hofften wir, ihn lebendig zu fassen. Im ersten Fall war der Mann bereits tot, als wir dazugeholt wurden.«

Wieder gab es ein Rascheln, lauter diesmal, und nun war das belustigte Zucken in Richter Lyndons Gesicht deutlich zu erkennen.

Wingfield zog die Augenbrauen hoch. »Auch ertrunken?«

»Jawohl, Sir. Und erschossen. In den Rücken.«

»Erscheint ein wenig maßlos«, bemerkte Richter Lyndon. »Steht das in irgendeinem Zusammenhang mit Mr Pettifers Tod, Mr Wingfield? Beschuldigen Sie Commander Monk, auch diesen Mann ertränkt zu haben?«

»Nein, Mylord«, antwortete der Anklagevertreter. »Aber es war der Tod dieses Mannes – sein Name war Blount –, durch den die Wasserpolizei in die ganze Affäre verwickelt wurde.«

Der Richter wandte sich an Hooper. »Darf ich das so verstehen, Mr Hooper, dass Sie und Mr Monk aus irgendeinem beruflichen Grund hofften, den zweiten flüchtigen Strafgefangenen lebend zu fassen?«

Hooper zog eine Miene, als erfreute es ihn ungemein, dass endlich jemand zum Wesentlichen kam.

»Ja, Mylord. Der Fall Blount wurde wegen der Kugel in seinem Rücken uns übertragen. Wir nahmen an, es könnte durchaus ein Zusammenhang zwischen seiner Flucht und der des zweiten Mannes bestehen, zumal sie derselben Behörde entschlüpft waren, genauer gesagt, der Zollpolizei.«

»Fahren Sie fort, Mr Wingfield«, befahl der Richter.

»Danke, Mylord.« Wingfield maß Hooper mit einem abschätzigen Blick. »Warum Skelmer's Wharf? Hatten Sie bestimmte Informationen erhalten, die Sie zu der Vermutung veranlassten, dass Sie ihn dort antreffen würden?«

»Es war eine abgelegene Stelle mit eigenem Kai. Das Wasser stand genau richtig: vollkommen ruhig wegen des Gezeitenwechsels. Wir vermuteten, der Flüchtige würde weiter nach Frankreich wollen. Und dann gab es einen Hinweis, dass ein schnelles Schiff weiter oben stromaufwärts vor Anker lag und womöglich zu seinem Fluchtplan gehörte. Wie sich herausstellte, hatten wir richtig geraten.«

»Nur richtig *geraten*?«, fragte Wingfield spöttisch. »Ist das Ihre Methode, entlaufene Sträflinge zu fassen, Mr Hooper?«

»Wir lassen sie normalerweise erst gar nicht entkommen, Sir.«

In der Galerie gab es gedämpftes Gelächter, und einer der Geschworen verbarg sein Grinsen hinter einem Taschentuch.

»Wer hatte die Idee, es mit Skelmer's Warf zu versuchen? Sie oder der Angeklagte?«

»Wir erhielten den Hinweis und nahmen sofort gemeinsam die Verfolgung auf.«

»Wie loyal von Ihnen! Sie sind Ihrem Kommandanten treu ergeben, nicht wahr, Mr Hooper? Sie haben mehr als einmal Ihr Leben für ihn aufs Spiel gesetzt, wenn ich Ihre Dienstakte richtig gelesen habe.«

»Steht in der Akte auch, wie oft er sein Leben für mich aufs Spiel gesetzt hat? Oder für einen von den anderen Männern?«, fragte Hooper zurück. »Ich glaube nicht, dass es zu *Ihrem* Beruf gehört, dass man für einen Kollegen Kopf und Kragen riskiert. Eher hat man wohl ein Messer in der Hand.«

»Hört, hört!«, rief jemand; zwei, drei Buhrufe und ein greller Pfiff ertönten.

»Mr Wingfield!«, blaffte der Richter. »Möchten Sie nicht wenigstens versuchen, Ihren Zeugen zu kontrollieren?«

»Kann er bitte als feindselig eingestuft werden, Mylord?«, fragte Wingfield verärgert zurück.

»Wir alle haben längst bemerkt, dass er feindselig ist, Mr Wingfield. Mir scheint, Ihnen ist das etwas spät aufgefallen.«

Mit einem düsteren Lächeln blickte der Ankläger wieder nach oben zum Zeugenstand. »Sie haben mehr als deutlich herausgestellt, wem Ihre Treue und Zuneigung in diesem Fall gilt, Mr Hooper. Doch ich warne Sie: Achten Sie darauf, die Wahrhaftigkeit Ihrer Aussagen nicht von Ihren Emotionen oder persönlichen Vorlieben trüben zu lassen! Das umfasst Ihr Erinnerungsvermögen und die Fähigkeit, die Wahrheit – und das heißt, nichts als die reine Wahrheit – zu sagen, haben Sie das verstanden?«

Hoopers Züge verzerrten sich vor Zorn, was auch den Geschworenen nicht entgehen konnte. Monk sah es jedenfalls von der Anklagebank aus mehr als deutlich.

»Ich habe keinen Anlass, Ihnen Lügen aufzutischen«, sagte Hooper leise. »Drücken Sie sich klar und deutlich aus, und ich antworte Ihnen genauso klar und deutlich.«

Zwei Geschworene nickten zustimmend.

Darauf ging Wingfield nicht weiter ein. »Sie warteten also auf Skelmer's Wharf. Was ist dann geschehen, Mr Hooper?«

»Zwei Männer sind aufgetaucht, von den entgegengesetzten Enden der Gebäudereihe. Sie bemerkten einander und begannen sofort, miteinander zu kämpfen. Es hat keinen Zweck zu fragen, wer angefangen hat, weil ich es nicht weiß. Sie droschen aufeinander ein, dass die Fetzen flogen. Und dabei kamen sie dem Wasser immer näher …«

Wingfield fiel ihm ins Wort. »Einen Moment, Mr Hooper. Muss ich das so verstehen, dass Sie und der Beschuldigte nichts unternahmen, um diesen Kampf zu beenden? Sie griffen nicht ein und taten nichts, um den geflohenen Sträfling zu fassen? Wer, glaubten Sie, war der andere Mann?«

»Städtische Polizei oder einer vom Zoll. Commander

Monk und ich griffen sehr wohl ein, aber da gingen die zwei plötzlich auf uns los. Ich nahm mir den kleineren von ihnen vor, und wir fielen ins Wasser. Während ich mit ihm beschäftigt war, stürzte auch der Größere hinein und fing sofort an, wild um sich zu schlagen. Wirklich kämpfen konnte er nicht, und wir dachten, er wäre der Sträfling.«

»Wirklich?« Ungläubig hob Wingfield die Augenbrauen. »Demnach hatten Sie weder eine Ahnung von der Identität des Flüchtigen noch von seinem Äußeren? War das nicht ein bisschen fahrlässig von Ihnen? Hätten Sie da nicht den falschen Mann ergreifen und festnehmen können?« Er lächelte. »Ach … genau das haben Sie ja getan, wie Sie behaupten, nicht wahr? Sie haben sich gründlich getäuscht und den Falschen erwischt, genauer gesagt, Sie haben den Zollpolizisten ertränkt und den Sträfling über den Fluss schwimmen und weiß Gott wohin entkommen lassen.«

Hooper presste die Lippen zu einem dünnen Strich zusammen und konnte seinen Zorn offensichtlich nur mit Mühe bezähmen.

»Der Kleinere kämpfte wie eine Furie, dann schwamm er davon. Mr Monk versuchte, dem großen Burschen mit dem Bart zu helfen, aber der geriet in Panik und schlug wie ein Wahnsinniger um sich. Hätte Mr Monk fast mit runtergezogen. Wenn einer sich so aufführt, muss man das unterbinden, sonst ertrinkt man selbst gleich mit. Man kann nicht schwimmen und den anderen retten, wenn er um sich schlägt. Aber vielleicht haben Sie das nie versucht. Es passt nicht zu Ihrer schönen Perücke und dem edlen Umhang. Darin würden Sie nämlich sofort ertrinken.«

Erneut brach auf den Zuschauerrängen Gelächter aus, doch es klang nervös, und die Geschworenen rutschten unbehaglich auf ihren Sitzen herum.

Diesmal beherrschte sich Wingfield. »In diesem Putz gehe ich in der Tat selten schwimmen, Mr Hooper. Und ich bin noch nie in die Themse gesprungen, um einen Zollbeamten zu retten – oder zu ertränken. Verraten Sie mir doch: Nachdem der kleinere der Männer auf Sie eingeschlagen hatte, um über den Fluss fliehen zu können, was haben Sie dann getan?«

»Ich habe Mr Monk geholfen, den anderen aus dem Wasser zu ziehen und auf den Kai zu wuchten. Wir haben versucht, ihm das Wasser aus der Lunge zu pumpen und ihn wiederzubeleben, aber dafür war es schon zu spät.«

»Ein hinreichend harter Schlag an die Schläfe bewirkt genau das, denken Sie nicht?«

»Wenn er nicht in Panik geraten wäre und versucht hätte, Mr Monk zu ertränken, wäre er noch am Leben und gesund.«

»Vielleicht hatte er Angst, weil er nicht schwimmen konnte und genau wusste, dass Mr Monk ihn ertränken wollte?«, regte Wingfield in sanftem Ton an.

»Wenn er den Sträfling absichtlich hatte laufen lassen, weil er es darauf abgesehen hatte, die Schuld uns in die Schuhe zu schieben, dann wäre er lebend von viel mehr Nutzen für uns gewesen«, wandte Hooper ein.

»Ihre Loyalität ist lobenswert«, bemerkte Wingfield. »Es sei denn, natürlich, Sie waren Mr Monks Komplize. Könnte das der Fall sein, Mr Hooper?«

Erneut stand Rathbone auf. »Mylord, da dies nicht Gegenstand der Anklage ist, ist die Frage hypothetisch. Mr Hooper ist nicht beschuldigt worden, und die Geschworenen sollten nicht mit der Unterstellung, das wäre der Fall, in die Irre geführt werden. Mein geschätzter Kollege bezichtigt ihn gleichzeitig der Treue … und der Untreue.«

»Der unangebrachten Treue«, korrigierte Wingfield ihn herablassend.

»Der Wahrheitstreue«, konterte Rathbone.

»Das wird sich noch zeigen«, schnappte Wingfield, entließ dann aber Hooper und überließ es Rathbone, ihn weiter zu befragen.

Rathbone zögerte nur einen kurzen Moment. Wahrscheinlich war Monk hoch oben auf der Anklagebank der Einzige, der ihn so gut kannte, dass er es bemerkte.

»Ich behalte mir das Recht vor, diesen Zeugen zu einem späteren Zeitpunkt aufzurufen, Mylord«, erklärte er.

Der Schweiß brach Monk aus allen Poren. Zögerte Rathbone das Unvermeidliche nur hinaus? Irgendwann würde Hooper aussagen und sich einem Kreuzverhör durch Wingfield stellen müssen. Monk brauchte jemanden, der ihn rettete. Dass Pettifer in Panik ausgebrochen war, konnte er nur zu gut verstehen. Zum einen konnte er nicht schwimmen, mit seinen vollgesogenen Kleidern war er auch noch schwerer geworden als ohnehin schon, sodass das Wasser ihn unerbittlich in die Tiefe gezogen hatte. Bei jedem Versuch, nach Luft zu schnappen, schluckte er unweigerlich Wasser. Aber konnte Hooper das bezeugen? Abgesehen davon wollte Monk ihn nicht mit sich in den Abgrund reißen. Er mochte Hooper, und wenn er, Monk, verurteilt wurde, würde Hooper sich wegen seiner Schuldgefühle ohnehin selbst zerfleischen.

Als nächsten Zeugen rief Wingfield Dr. Hyde auf, den Pathologen der Polizei. Nachdem sie die üblichen Formalitäten wie Identität und Qualifikationen abgehandelt hatten, kam er ohne Umschweife zur Sache.

»Wurden Sie zur Anlegestelle von Skelmer's Wharf gerufen, um den Toten, Pettifer, zu untersuchen?«

»Nein«, antwortete Hyde scharf, »er wurde zu mir gebracht. Sortieren Sie gefälligst Ihre Fakten, Mann!«

Wingfield errötete. Mit den Einzelheiten hatte er einen Assistenten beauftragt und sich darauf verlassen, dass dieser die wesentlichen Umstände korrekt zusammentragen würde. Seine Miene verhieß dem Betreffenden schlimmstes Ungemach.

»Aber Sie *haben* Pettifers Leiche erhalten, damit Sie die genaue Todesursache und etwaige Auffälligkeiten ermitteln konnten, die vielleicht noch für den Fall relevant sein würden?«

»Ja.«

»Gibt es einen Grund, warum Sie so unwillig sind, dem Gericht zu erklären, was Sie herausgefunden haben?«

»Ich erkläre Ihnen gern alles, wenn Sie mich fragen.« Hyde erwiderte den bohrenden Blick des Anklägers. »Ehemaliger Stabsarzt. Bei der Armee lernt man: Nie freiwillig vortreten.«

»Wozu, dachten Sie, sind Sie hier? Ich *frage* Sie, Dr. Hyde.«

Um Hydes Mundwinkel spielte ein Lächeln. Es wirkte amüsiert, aber nicht heiter. »Die Lunge des Mannes war voller Wasser, und das Weiß seiner Augen wies winzige Blutflecken auf, wie man sie bei Erstickungen jeglicher Art bekommt. Er war ertrunken.«

»Wies er irgendwelche Verletzungen auf, die erklären würden, warum er ertrunken und gestorben war?«

»Ertrinken hat *zwangsläufig* den Tod zur Folge!« Hyde verdrehte die Augen. »Und ja, er hatte einen sehr geringfügigen Bluterguss an der Schläfe und einen weiteren am Nacken.«

»*Sehr* geringfügig?«, erkundigte sich Wingfield sarkastisch. »Wie schwer muss eine Verletzung sein, damit sie Ihre Aufmerksamkeit weckt, Dr. Hyde? Der Mann wurde bewusstlos geschlagen!«

»Die erste Frage, die sich mir stellt, ist: Wieso springt einer in den Fluss, wenn er weiß, dass er nicht schwimmen kann«, knurrte Hyde. »Vielleicht wollte er Mr Monks Aufmerksamkeit auf sich lenken, um Owen die Flucht zu ermöglichen. Haben Sie schon einmal daran gedacht?«

»Das tut nichts zur Sache«, erklärte Wingfield mit einem verkniffenen Lächeln. »Ich bezweifle, dass er beabsichtigte, sein Leben dafür zu opfern.«

»Was darauf hinweisen würde, dass er sich darauf verließ, dass Monk ihn retten würde. Offenbar betrachtete er ihn nicht als seinen Feind.«

»Dann würde seine Leiche mit den Blutergüssen am Kopf belegen, dass er sich gründlich getäuscht hat«, schloss Wingfield triumphierend. »Danke, Mr Hyde, das ist alles.«

Nun erhob sich Rathbone.

Im Saal herrschte Stille. Die Geschworenen starrten ihn gespannt an.

Monks Herz begann zu rasen.

»Dr. Hyde, Sie haben gesagt, die Blutergüsse an Mr Pettifers Nacken und Schläfe seien sehr geringfügig gewesen. Bedeutet das, dass er nicht sehr hart getroffen wurde?«

»Nein, Sir. Es bedeutet nur, dass er fast schon tot war. Die Blutergüsse hatten keine Zeit mehr, sich auszubreiten.«

»Ich verstehe. Wo am Nacken war der blaue Fleck? Könnten Sie auf Ihr Genick zeigen, damit die Geschworenen sich ein Bild davon machen können?«

Hyde deutete auf eine Stelle knapp unter seinem linken Ohr.

»Nicht an der Kehle?«, fragte Rathbone.

»Nein, ein solcher Schlag gegen die Kehle hätte ihn töten können. Eine Tötungsabsicht lag offenbar nicht vor. Viel eher lässt sich vermuten, dass hier ein Mann versucht hat, ihn für eine kurze Weile außer Gefecht zu setzen, damit er ihn und sich selbst retten kann.«

Wingfield sprang auf.

»Ja, ja«, brummte der Richter. »Dr. Hyde, Sie kennen doch die Regeln. Wir müssen nun einmal das ganze … Brimborium korrekt abarbeiten.«

Rathbone verbarg sein Grinsen. »Dr. Hyde, was wäre denn die Folge eines Schlages, wie Sie ihn beschrieben haben?«

»Der Mann wäre eine Weile benommen und kurzfristig bewusstlos, vielleicht ein, zwei Minuten.«

»Lange genug, um ihn beispielsweise aus dem Wasser zu ziehen?«, fragte Rathbone mit übertrieben unschuldiger Miene.

Hyde nickte. »Sehr richtig.«

»Danke. Ach ja … Dr. Hyde, der Beschuldigte war auch mit dem Fall eines anderen Strafgefangenen befasst, den die Zollbehörde versehentlich verlor, einem Mann namens Blount. Haben Sie seine Leiche ebenfalls untersucht?«

»Ja.«

»Er war auch ertrunken?«

»Ja.«

»Wies seine Leiche irgendwelche anderen Spuren auf?«

»Eine Schusswunde im Rücken«, antwortete Hyde mit unbewegter Miene.

»Damit hatte Mr Monk nichts zu tun, wie ich annehme?«

»Meines Wissens nicht.«

»Danke, Herr Doktor.«

Wingfield schien in Erwägung zu ziehen, ob er bei Hyde noch einmal nachhaken sollte, entschied sich dann aber dagegen. So konnte das Gericht in die Mittagspause gehen. Am Nachmittag rief Wingfield als Erstes Fin Gillander in den Zeugenstand.

Gillander kam in einem leicht wiegenden Gang in den Gerichtssaal geschritten, der seinem Wesen entsprach, sodass er sich dessen nicht bewusst war. Er war ein gut aussehender Mann, der sich allmählich seinen besten Jahren näherte. So war es kein Wunder, dass während seiner Vereidigung einige Seufzer laut wurden, einige Zuschauer sich aufrichteten und der Person neben sich etwas ins Ohr flüsterten.

Wingfield hatte durchaus vor, diese Situation für sich auszunutzen. Zunächst vergewisserte er sich, wovon Gillander lebte, dass er der Eigentümer der *Summer Wind* war, um was für eine Art von Schiff es sich dabei handelte, dass Gillander den weiten Weg von der kalifornischen Küste gekommen war und das wilde, tückische Kap Horn umsegelt hatte. Alle im Gerichtssaal, Männer wie Frauen, hingen an seinen Lippen, wenn auch aus verschiedenen Gründen. Ein rein weiblicher Geschworenenrat hätte ihm vielleicht unbesehen jedes Wort geglaubt, das aus seinem Mund kam. Aber natürlich waren Frauen nicht als Geschworene zugelassen.

»Und Sie ankerten vor dem Ufer gegenüber Skelmer's Wharf?«, wollte Wingfield wissen.

»Ja.«

»Trotz des unwirtlichen Wetters waren Sie an Deck?«

»So schlimm war es gar nicht.«

»Beobachteten Sie Mr Monk und Mr Hooper, wie sie auf dem Kai der Werft warteten?«

»Damals wusste ich ihre Namen nicht, sondern sah dort nur zwei Männer stehen. Wer sie sind, habe ich erst später erfahren.«

»Gut, gut. Und Sie sahen auch die zwei anderen eintreffen, Mr Pettifer und Mr Owen?«

»Ja. Sie kamen von den entgegengesetzten Enden der Gebäude. Ich konnte von meiner Warte aus nicht beurteilen, wer wen jagte. Sie prallten zusammen und schlugen sofort aufeinander ein. Dann griffen Mr Monk und Mr Hooper ein.«

»Das konnten Sie sehen?« Wingfield verhehlte seine Skepsis nicht. »Vom *anderen* Flussufer aus?«

Zwei Geschworene beugten sich vor.

»Fernrohr«, erklärte Gillander grinsend.

Wingfields Züge hellten sich auf. »Aber natürlich! Was ist als Nächstes geschehen?«

»Der Kleine fiel mit Mr Hooper ins Wasser. Dann sprang oder fiel der andere hinein und fing gleich an, mit den Armen um sich zu schlagen. Wirkte ziemlich panisch. Verdammt dumm von ihm, aber das passiert oft.«

»Und der Kleinere konnte schwimmen, aber statt den Ertrinkenden zu retten, kraulte er auf Sie zu?«

»Das ist richtig.«

»Und als er Sie erreichte, halfen Sie ihm aus dem Wasser und auf Ihr Schiff? Warum haben Sie das getan, Mr Gillander?«

Gillanders Augen weiteten sich vor Überraschung. »Was hätte ich denn sonst tun sollen? Ihn im Wasser lassen, damit er ertrinkt? So etwas mache ich nicht, gleichgültig, wer es ist.«

Wingfield zuckte mit den Schultern. »Aber Sie haben ihn nicht für die Polizei festgehalten. Warum nicht?«

»Er sagte mir, er heiße Pettifer und arbeite bei der Zollpolizei. Er hätte einen geflohenen Strafgefangenen verfolgt. Äußerst gewalttätiger Mann, der versucht hätte, ihn zu töten. Aber jetzt sähe es ganz danach aus, als hätte die Wasserpolizei sich den Kerl geschnappt. Deshalb bitte er mich, ihn zu einem Kai in der Nähe einer Polizeiwache zu bringen, damit er Hilfe holen könne.«

»Und Sie haben ihm geglaubt?«

»Es sprach ja nichts gegen seine Version. Der andere Bursche war derjenige, der die Wasserpolizisten angegriffen hatte. Ich dachte sogar, er wolle den Mann umbringen, der sich bemühte, ihn rauszuziehen. Drosch auf ihn ein, als meinte er es ernst.«

Nur mit Mühe unterdrückte Wingfield seine Verärgerung. »Er war am Ertrinken, Mr Gillander. Da geriet er in Panik. Der Mann, dem Sie aus dem Wasser geholfen und ihn freundlicherweise zur nächsten Anlegestelle gebracht haben, war der entkommene Strafgefangene – der seitdem spurlos verschwunden ist.«

Gillander kämpfte gegen einen schier übermächtigen Drang zu grinsen an. Fast hatte er Erfolg. »Ja, das habe ich später erfahren.«

»Haben Sie jemanden den Ertrinkenden schlagen sehen, Mr Gillander?«

»Ich habe eine Menge Arme wild herumrudern sehen. Keine Ahnung, wer wen getroffen hat. Tut mir leid.«

Wingfield trat einen Schritt vor.

»Haben Sie anschließend Commander Monks Bekanntschaft gemacht?«, fragte er mit rauer Stimme. »Genauer gesagt: Haben Sie sich mit ihm angefreundet, und zwar in der Zeit zwischen diesem Vorfall und dem Aufruf, hier zu bezeugen, was Sie gesehen haben?«

Gillander zögerte.

Monk wusste genau, in welcher Zwickmühle er steckte. Sie kannten sich seit zwanzig Jahren. Wollte Wingfield ihn etwa zwingen, sich dazu zu äußern? Gillander hatte keine andere Möglichkeit, als sich offen dazu zu bekennen, dass sie schon einmal miteinander zu tun gehabt hatten. Wingfield war gerissen. Es wäre töricht gewesen, das zu vergessen.

»Mr Gillander?«, mahnte Wingfield. »Das ist doch sicher

keine allzu schwierige Frage. Haben Sie sich mit Commander Monk erst angefreundet, nachdem Sie den entflohenen Häftling aus dem Wasser gezogen hatten? Ja oder nein?«

Gillander zuckte flüchtig mit den Schultern. »Ich habe eine Bekanntschaft erneuert.«

Wingfields Augen weiteten sich. Er nutzte diesen dramatischen Moment nach allen Regeln der Kunst aus.

Im Saal herrschte völlige Stille.

»Haben Sie gesagt, Sie haben sie erneuert?«, fragte Wingfield, jedes Wort betonend.

Das Knarzen einer Korsettstange war in der Stille zu hören. Ein Mann hüstelte nervös.

»Ja.«

»Ach, wirklich? Wo war das?«

»An der Barbary Coast. Kalifornien, nicht Nordafrika. Zur Zeit des Goldrauschs.«

»Und doch gehört William Monk der Thames River Police an. Deren Aufgabenbereich erstreckt sich doch gewiss nicht so weit!« Jetzt zeigte Wingfield ein breites Lächeln.

Gillanders Augenbrauen schossen nach oben. »Ist das eine Frage?«

»Nein, natürlich nicht!«, bellte Wingfield. »Kannten Sie ihn damals gut, Mr Gillander?«

»Mäßig. So gut man einen Fremden eben kennen kann. Wir waren Konkurrenten in der gleiche Branche. Gelegentlich auch Verbündete.«

»Und welche Art von Geschäft betrieben Sie? Keine Polizeiaufgaben, wie ich annehme?«

»Wohl kaum. Dort draußen gab es kein Gesetz. In den frühen Tagen gehörte Kalifornien noch nicht den Vereinigten Staaten an.«

»Wie interessant. Was für Geschäfte betrieben Sie und

er also, Mr Gillander? Schwarzhandel? Waffenschmuggel? Glücksspiel? Halfen Sie gesuchten Verbrechern bei der Flucht? Vermieteten Sie Gewehre?«

Rathbone wollte sich schon zum Einspruch erheben, doch Gillander antwortete zu schnell. »Sie wissen wohl nicht viel von der Errichtung und Besiedlung einer neuen Stadt, hm?«

»Nicht das Geringste«, gab Wingfield zu. »Ich bin Londoner. Wir siedelten hier bereits, bevor Julius Caesar im Jahr 55 vor Christus hier landete. Bitte antworten Sie auf meine Frage. Was transportierten Sie die kalifornische Küste hinauf und hinunter – zusammen mit dem Beschuldigten?«

»Lebensmittel, Möbel, Werkzeug und Ausrüstungsgegenstände, Bauholz, Stoffballen, Haushaltswaren und natürlich Goldsucher. Es ist ein weiter Weg von Bristol den Atlantik hinunter, um das Horn herum und dann die Pazifikküste hinauf, über den Äquator und noch weiter bis in die San Francisco Bay hinein. Das erledigt man nicht in ein paar Wochen. Ein Mal im Jahr genügt es, den meisten jedenfalls. Im Winter, also von Juni bis August, will keiner das Kap Horn umrunden …«

»Danke, Mr Gillander, mir ist bekannt, dass Kap Horn in der südlichen Hemisphäre liegt. Sie und der Beschuldigte waren auf See also Strapazen und Gefahren ausgesetzt und das in einem Teil der Welt, von dem die meisten von uns nur träumen können?«

»Ja«, bestätigte Gillander widerstrebend.

»Soll das auch irgendwohin führen, Mylord?«, fragte Rathbone etwas müde.

»Kommen Sie zum Punkt, Mr Wingfield, wenn es einen gibt«, mahnte der Richter.

»Das wird bald offenkundig werden«, versprach der Ankläger.

Monk überlief es eiskalt. Wingfield würde tatsächlich

Piers Astleys Tod zum Thema machen. Er musste es nur geschickt genug anstellen, damit es sich wie von selbst ergab. Und dagegen würde Rathbone kein Argument finden, weil Monk nichts zu seiner Verteidigung vorbringen konnte.

Wingfield kehrte zu seiner Frage vom Anfang zurück. »Sie waren also ein guter Bekannter von Mr Monk, als er Sie über Owen, den flüchtigen Strafgefangenen, befragte?«

»Es dauerte mehrere Minuten, bis ich ihn erkannt habe«, erklärte Gillander. »Es war ja schon zwanzig Jahre her. Aber ja, ich begriff ziemlich bald, wer er war.«

»Und wer war er, Mr Gillander?«

»Kommandant der Wasserpolizei von Wapping.« Gillander grinste erneut, und bevor Wingfield ihn unterbrechen konnte, ergänzte er: »Und derselbe Mann, den ich als verdammt guten Seefahrer in Kalifornien kennengelernt hatte.«

Wingfield atmete langsam aus. »Und Sie waren damals Freunde, gewissermaßen? Sie waren alle beide Glücksritter? Oder wäre ›Glückskapitäne‹ angemessener?«

»Wenn Sie so wollen.«

»Zu manchen Zeiten Verbündete?«

»Und zu anderen Rivalen«, ergänzte Gillander.

»Von mir aus. Nun, wie genau verhielt es sich in dieser Angelegenheit: Mr Monk und wahrscheinlich auch Sie befanden sich bezüglich des geflohenen Sträflings und des gewaltsamen Todes des Zollpolizisten, Pettifer, in einer Notlage – sind Sie in diesem Fall Rivalen oder Verbündete, Mr Gillander?«

Gillander zögerte nicht eine Sekunde. »Verbündete, Mr Wingfield. Wir beide möchten die Wahrheit ermitteln und in beiden Fällen beweisen.«

»Oder zumindest die Schuld auf jemand anderen abwälzen«, entgegnete Wingfield.

»Auf den, der die Tat begangen hat!«, bellte Gillander. »Ich weiß noch nicht, wer es ist, aber Sie ja offenbar auch nicht.«

Wingfield neigte den Kopf etwas zur Seite. »O doch, Mr Gillander, es ist Mr Monk, und mit großer Wahrscheinlichkeit sind Sie sein Komplize.« Er wandte sich an den Richter. »Danke, Mylord. Das ist fürs Erste alles, was ich von diesem Zeugen benötige, auch wenn ich mir das Recht vorbehalte, ihn noch einmal aufzurufen, falls neue Beweise auftauchen.«

Der Richter vertagte den Prozess. Wer sich frei bewegen konnte, ging hinaus in den rasch dunkler werdenden Nachmittag, in Wind und Eisregen.

Monk wurde wieder in seine Zelle geführt, nur um den ganzen langen Abend tatenlos auf seiner Pritsche zu liegen und dann in der Nacht vor Kälte nicht schlafen zu können. Verzweifelt versuchte er, einen Weg zu ersinnen, mit dem sich seine Unschuld beweisen ließ. Er hatte Pettifer nicht absichtlich getötet. Das war das Einzige, dessen er sicher war. Alles andere war so undurchdringlich wie die Finsternis in dieser Zelle.

Am nächsten Morgen wurde Clive Aaron als Zeuge aufgerufen. Er wurde mit äußerstem Respekt behandelt, und sogar Richter Lyndon fasste ihn mit Samthandschuhen an.

Monk wusste, warum er geladen worden war, obwohl er zu dem Vorfall, um den es eigentlich ging, nicht das Geringste beitragen konnte. Gleichwohl hinterließ Clive einen tiefen Eindruck auf die Geschworenen. Kurz, sie waren geneigt, ihm jedes Wort zu glauben, das er von sich gab. Und Rathbone wäre ein Narr gewesen, hätte er versucht, ihn gezielt auszufragen oder gar in Widersprüche zu verwickeln. In einer Vorbesprechung hatte er Monk gewarnt. Dabei hatte er leise und mit ruhiger Stimme gesprochen, als hätte er einen bestimmten Plan, allerdings ohne zu verraten, wie dieser aussah.

Monk hatte schon öfter erlebt, wie Rathbone Angeklagte tröstete und versuchte, ihnen mehr Hoffnung zu machen, als realistischerweise bestand. Das tat er aus Mitgefühl, aber auch aus deshalb, weil ein Mann ohne Hoffnung stets schuldbewusst auf die Geschworenen wirkte. Musste ein Unschuldiger nicht fest daran glauben, dass seine Sache gerecht war und er am Ende siegen würde?

Nicht, wenn er mit dem Gesetz so viele Erfahrungen gesammelt hatte wie Monk!

Hester war heute nicht ins Gericht gekommen. Monk hatte jede Reihe nach ihr abgesucht und sich dann eingeredet, sie folge einer vielversprechenden Spur, irgendwelchen Indizien, die McNabs Schuld beweisen würden. Jeder andere Gedanke wäre unerträglich. Er durfte einfach nicht den Eindruck erwecken, er hätte den Glauben an sich verloren. Er durfte nicht schuldig wirken!

Der stattliche Clive trat auf wie ein Held. Draufgängerisch wie Gillander war er nicht. Er besaß die Art von Charme, für die sich Frauen wie Männer erwärmten. Und er sprach mit einer Autorität, als hätte er in seinem ganzen Leben noch nie lügen müssen oder wollen.

Er berichtete präzise, was ihm seine Arbeiter über die Ereignisse vor Skelmer's Wharf zugetragen hatten. Selbst Monk, der aufmerksam zuhörte, bemerkte kein ausweichendes Verhalten noch das Auslassen oder Hinzufügen unnötiger Details. Dennoch, der Bericht beschränkte sich zwar auf die größtenteils bekannten Fakten, verlieh ihnen aber eine höhere Weihe. Das *musste* einfach die Wahrheit sein!

Rathbone verzichtete auf Fragen, behielt sich allerdings das Recht vor, Clive später noch einmal aufzurufen, falls sich das als nötig erweisen sollte. Seine eigenen Worte kamen ihm vor wie leere Hülsen, die man von sich gab, wenn man keine bessere Idee hatte, und die Gesichter der Geschworenen verrieten ihm, dass sie dasselbe dachten.

Dann kam der Hauptbelastungszeuge an die Reihe: McNab. Genüsslich schritt er über die freie Fläche zwischen dem Eingang und dem Zeugenstand und erklomm die Wendeltreppe. Oben bezog er Wingfield gegenüber Position und ließ sich auf seinen Namen, Rang und Beruf vereidigen.

Wingfield schien sich immer wohler in seiner Rolle zu fühlen. Locker, fast anmutig stand er da, das dunkle Gesicht ruhig und entspannt, und verströmte aus allen Poren Zuversicht.

»Mr McNab, bisher haben wir eine Menge über die Umstände von Mr Pettifers Tod gehört, aber noch keinen wirklichen Grund, warum der Angeklagte sich so leidenschaftlich die Zerstörung eines Mannes wünschte, zu dem er keine persönliche Beziehung hatte. Da müssen wir uns fragen: Warum konnte er in einem Moment, da sich ihm die Gelegenheit bot, seinen Drang zu töten trotz der Gegenwart von Zeugen nicht im Zaum halten?«

Still stand McNab auf seinem Podest und lächelte. Seine Pose erinnerte Monk an einen hungrigen Mann, der endlich mit Messer und Gabel in den Händen am Tisch saß, vor sich seine Lieblingsspeise.

Rathbone saß steif auf seinem Stuhl; ein Sonnenstrahl fiel genau auf eine silbrige Strähne seines ansonsten blonden Haars. Seine Schultern waren angespannt. Hatte er überhaupt noch Waffen, um den Kampf aufzunehmen?

Wingfield räusperte sich. »Mr McNab, wie lange kennen Sie William Monk?«

»Mit Unterbrechungen ungefähr sechzehn Jahre.« McNab

wirkte äußerst zufrieden. Er hatte sich ordentlich herausgeputzt, das Haar nach hinten aus dem Gesicht gebürstet, wenngleich sein Anzug sehr schlicht war – ein gewöhnlicher Mann, der hart arbeitete.

»Beruflich oder persönlich?«, erkundigte sich Wingfield.

»Beruflich.«

»Und wissen Sie, ob Mr Monk auch mit Mr Pettifer, dem Opfer, bekannt war?«

»Davon ist mir nichts bekannt, Sir«, antwortete McNab höflich. »Mr Pettifer hatte mir erst vor Kurzem gesagt, dass er Mr Monk nur seinem Ruf nach kannte. Dass er als harter und intelligenter Mann gilt, der seine Aufgaben außerordentlich erfolgreich erledigt, aber dazu neigt, die Dinge etwas persönlich zu nehmen.«

Rathbone erhob sich. »Mylord, das ist Hörensagen.«

»Allerdings«, bestätigte Richter Lyndon. »Sie wissen Ihre Fragen doch besser zu formulieren, Mr Wingfield. Finden Sie einen anderen Weg, die Beziehung – oder deren Fehlen – zwischen dem Beschuldigten und dem Opfer zu ergründen.«

»Ich bitte um Entschuldigung, Mylord. Natürlich haben Sie recht.«

In diesem Moment erkannte Rathbone, dass Wingfield mit Absicht auf diese Art gefragt hatte. Jetzt konnte er die angebliche Beziehung in aller Ausführlichkeit behandeln und durch die Hintertür noch viel mehr eigentlich unstatthafte Fragen stellen.

»Sie arbeiten im Rahmen Ihrer beruflichen Pflichten viel mit der Wasserpolizei zusammen, wie ich annehme?«, fuhr Wingfield fort. »Zum Beispiel bei der Ergreifung gefährlicher Schmuggler wie etwa Waffenschieber?«

»Jawohl, Sir«, bestätigte McNab mit einem knappen Nicken.

»Hatte Mr Pettifer Ihres Wissens nach jemals bei einem solchen Fall mit Mr Monk zu tun?«

»O ja, Sir!« McNabs Gesicht glänzte fast vor Freude.

»Möchten Sie dem Gericht bitte davon berichten?«

Rathbone saß stocksteif da. Er hatte keine Möglichkeit, Einspruch zu erheben. Versuchte er es, würde er nur noch mehr Aufmerksamkeit darauf lenken.

Und Monk beschlich zunehmend das Gefühl, dass seine Verurteilung nur noch eine Frage der Zeit war.

Detail für Detail beschrieb McNab, was ihm der Zoll und die Wache der Wasserpolizei in Wapping über den Schoner mit den geschmuggelten Gewehren im Laderaum hatten zukommen lassen.

Wingfield ließ ihn reden und unterbrach ihn nur gelegentlich, um bei bestimmten Punkten oder Details wie Wasserstandsangaben eine Erklärung zu erbitten. Es war eine hervorragende Taktik, denn sie ließ McNab persönlich unbeteiligt erscheinen und hob diejenigen Fakten hervor, die ihm am wichtigsten waren.

»Und wer kannte die exakte Zeit und den Ort der Ankunft des Schmugglerschiffs, Mr McNab?«, fragte Wingfield.

»Ich erfuhr davon unmittelbar, bevor wir aufbrachen. Mr Pettifer hatte die Sache ja in die Wege geleitet. Ich weiß nicht, ob er noch jemand anderen informiert hatte. Mir sagte er, das wäre nicht der Fall gewesen.«

»Und was ist geschehen, Mr McNab?«

»Die Schmuggler enterten den Schoner von Osten her, Sekunden, nachdem die Wasserpolizei über die Westwand an Bord geklettert war, wo es dunkler war.«

»Weil es im Morgengrauen im Osten heller ist?« Das war weniger eine Frage als ein Kommentar, der zur Aufklärung der Geschworenen dienen sollte.

»So ist es, Sir. Und die Piraten sagten sich, niemand würde in dieser Richtung nach ihnen Ausschau halten.«

»Interessant. Wie ging es weiter, Mr McNab?

Sollte Rathbone protestieren, da McNab schließlich nicht dabei gewesen war und nur aus den Berichten anderer zitieren konnte? Zwecklos. Er würde nur den Eindruck erwecken, er klammere sich verzweifelt an jeden Strohhalm, von dem er glaubte, die Geschworenen ließen sich damit von der sich offenbar immer klarer abzeichnenden Wahrheit ablenken.

McNab zog eine betrübte Miene. »Es gab eine üble Schießerei zwischen drei Parteien, Sir. Die Besatzungsmitglieder des Schoners waren im Frachtraum unter Deck eingeschlossen, schafften es aber, die Luke aufzubrechen. Die Wasserpolizei befand sich auf den oberen Decks, und die Piraten schwärmten vom östlichen Teil des Rumpfes über das ganze Deck aus. Sie profitierten davon, dass die Wasserpolizei den Großteil ihrer Munition dafür verbrauchte, die unten eingesperrte Mannschaft in Schach zu halten, als die durch die Luke nach draußen drängte. Schlimm für die Polizisten war, dass sie mehr oder weniger von jeder Fluchtmöglichkeit abgeschnitten waren, weil ihre eigenen Boote beim Angriff der Piraten verloren gegangen waren. Und jetzt waren sie auf einmal von den Waffen her und zahlenmäßig unterlegen.«

»Eine verzweifelte Situation«, schloss Wingfield mit Grabesstimme. »Was geschah dann? Wie war es überhaupt möglich, dass Mr Monk und Mr Hooper am Leben blieben?«

»Sie wurden schwer verwundet«, erklärte McNab mit einem ernsten Nicken. »Und ein Mitglied der Einheit, Mr Orme, Mr Monks langjähriger Freund und Förderer, wurde getötet. Ganz schlimme Sache. Er verblutete.« Er sprach leise, als wäre er von Trauer übermannt. »Mr Monk tat sein Möglichstes, um ihn zu retten, war jedoch machtlos. Mr

Hooper wurde von einer Kugel getroffen, überlebte aber zum Glück. Er ist seit Kurzem wieder einsatzfähig. Mr Laker, ein weiteres junges Mitglied von Mr Monks Truppe, wurde ebenfalls schwer verletzt.«

»Und das alles wurde durch Mr Pettifers Verrat der Einzelheiten der Razzia an die Piraten herbeigeführt?«, fragte Wingfield verwundert. »Warum wurde er für diese abscheuliche Tat nicht gehängt?«

»Nein, nein, Sir, daran war er nicht schuld. Aber eine Zeit lang, bevor wir die Sache gründlich untersuchen konnten, sah es ganz danach aus.«

»Wessen Schuld war es dann?«

Betrübt ließ McNab den Kopf hängen.

»Eine Kette von Missgeschicken, Sir. Die Flusspiraten haben überall Spitzel untergebracht. Jemand hat nicht aufgepasst. So etwas kommt leider immer wieder vor.«

Stille breitete sich aus. Wingfield wartete einen langen Moment, ehe er sagte: »Mr Monk war also zu der Überzeugung gelangt – wie vorübergehend auch Sie –, dass Mr Pettifer der Verräter war. Ein wahrhaft übermächtiger Grund, ihn zu hassen, nicht wahr?«

Auf der Anklagebank hoch über dem Saal ballte Monk in ohnmächtiger Wut die Fäuste und presste die Zähne fest zusammen. Nicht für einen Augenblick hatte er Pettifer für den Verräter gehalten! Er wusste nur zu gut, dass es McNab persönlich gewesen war. Und er kannte auch den Grund!

»Ja, Sir. Leider! Und außerdem glaubte er, dass es Pettifer war, der Blount ertränkt und ihm dann in den Rücken geschossen hatte. Aber das stimmt natürlich nicht! Nur ist das bei Mr Monk zur Besessenheit ausgeartet. Und genau deshalb wollte er meiner Meinung nach Owen auch persönlich verhaften. Er glaubte, es gebe eine Verschwörung, eines der

Warenlager am Fluss auszurauben. Blount war ein Meisterfälscher und Owen ein Experte für Sprengstoffe. Mr Monk befürchtete, sie würden mit Hilfe von zwei, drei Komplizen einen Einbruch in Mr Clives Depot planen.«

»Und traf das zu?«

McNab blickte dem Ankläger fest ins Gesicht. »Unseres Wissens nach nicht. Abgesehen davon ist Blount tot. Überdies haben wir aus zuverlässiger Quelle erfahren, dass Owen dank Mr Gillanders Hilfe nach Frankreich entkommen ist.«

Wingfield schürzte die Lippen. »Sie haben gesagt, dass Mr Monk davon besessen war, Mr Pettifer wegen dessen Rolle beim Fiasko auf dem Schmugglerschiff zu verfolgen. Möchten Sie uns anhand eines Beispiels erläutern, was Sie damit meinen, damit das Gericht das besser verstehen kann? ›Besessen‹ ist ein starker Ausdruck. Es beschwört Bilder von unnatürlichen Verhaltensweisen herauf.«

McNab überlegte, als wäre er auf diese Frage überhaupt nicht vorbereitet. »Ja, Sir«, antwortete er schließlich. »Er hat die Beweismittel mehrmals überprüft, mindestens viermal, und hat dann zwei seiner Männer, Mr Hooper und Mr Laker, losgeschickt, damit sie meine Unternehmungen bis hin zu dem Vorfall überprüfen.«

»Vielleicht wollte er nur wissen, ob er selbst Fehler begangen hatte«, regte Wingfield an. »Oder möglicherweise einer seiner Männer. Auf ihm müssen schreckliche Schuldgefühle wegen Mr Ormes Tod lasten. Außerdem kommt noch die natürliche Trauer um einen Mann hinzu, der so viel für ihn getan hat.«

»Er forschte nach Irrtümern *meiner* Männer«, stieß McNab verächtlich hervor. »Er wusste, dass Mr Pettifer derjenige war, der Owen verfolgte. Das verrieten mir die Fragen, die er meinen Männern zu Blount gestellt hatte. Irgendwie hatte er sich in den Kopf gesetzt, dass eine große Verschwörung im Gange gewesen sein soll, an der angeblich die zwei und noch ein paar andere Verbrecher mit besonderen Fähigkeiten beteiligt waren und bei der Mr Pettifer das Bindeglied zwischen ihnen bildete. Das war offen gesagt lächerlich!«

»Sind Sie sich dessen sicher, Mr McNab?«

Der Zollpolizist nickte. »Ja, Sir. Mr Aaron Clive war darüber informiert, weil Mr Monk glaubte, Ziel dieser mysteriösen Verschwörung wäre Mr Clives Warenlager ganz in der Nähe von Skelmer's Wharf. Irgendwie soll auch Mr Gillander damit zu tun haben, zumindest in Mr Monks Vorstellung.«

»Ich verstehe. Und wer ist noch in Besitz von Beweisen für diese … Verschwörung?«

»Niemand, Sir! Ich glaube, das alles war Teil von Mr Monks Rache für Mr Ormes Tod. Er brauchte einen Sündenbock, wenn Sie so wollen.«

»Er brauchte einen Sündenbock. Ein treffendes Schlusswort, Mr McNab. Ich danke Ihnen für Ihre Mitarbeit. Sie haben uns wertvolle Erkenntnisse geliefert.« Damit beendete Wingfield die Vernehmung.

»Danke, Sir«, sagte McNab.

Monk kochte vor Wut, doch von hier oben aus konnte er nicht eingreifen. Er musste schweigend sitzen bleiben und all die dreisten Lügen, Verdrehungen und Halbwahrheiten über sich ergehen lassen.

Rathbone erhob sich und trat in die Mitte der freien Fläche vor dem Zeugenstand, die wie eine Arena wirkte. Seine Bewegungen hatten etwas Elegantes, und alle Anwesenden im Saal blickten nun auf ihn. Er schickte sich an, den Kampf aufzunehmen.

»Mr McNab, Sie haben dem Gericht gesagt, dass Sie Mr

Monk mit Unterbrechungen seit ungefähr sechzehn Jahren kennen. Ist das richtig?«

»Ja, Sir, das trifft zu.« McNab gab sich gelassen. Dieser elegante lächelnde Anwalt mit dem glatten Haar und dem entspannten Gesichtsausdruck beeindruckte ihn nicht im Geringsten.

»Demnach kannten Sie ihn nicht in seiner Zeit in Kalifornien, die ungefähr zwanzig Jahre zurückliegt?«

»Das ist korrekt«, bestätigte McNab.

»Und Sie selbst waren nie in Kalifornien? Genauer gesagt, Sie haben die britischen Gestade nie verlassen, außer für eine kurze Reise nach Frankreich?«

McNab verlagerte das Gewicht. Diese Frage gefiel ihm ganz und gar nicht, ließ sie ihn doch wie einen Mann von schlichtem Gemüt erscheinen, einen mit engem Erfahrungshorizont.

»Sie sagten, als Sie sich kennenlernten, sei Ihre Beziehung mit Mr Monk beruflicher und nicht persönlicher Natur gewesen«, fuhr Rathbone fort.

»So ist es.«

»Ging es um Ihren Beruf oder seinen?«

McNab schluckte. Er blickte Rathbone in die Augen. »Um seinen«, antwortete er schließlich. Rathbone wusste ohnehin Bescheid. McNab hatte damals weder dem Zollamt noch der städtischen Polizei angehört.

Rathbone nickte. »Eine wirklich tragische Angelegenheit, wie ich glaube …«

Wingfield richtete sich halb auf, überlegte es sich dann aber anders und ließ sich auf seinen Stuhl zurücksinken. Ihm war klar, dass sein Einspruch vergeblich gewesen wäre. Da war es besser, es gar nicht erst zu probieren, statt bei dem Versuch vor allen Leuten zu scheitern.

Rathbone war zu klug, um zu weit zu gehen und es sich mit den Geschworenen zu verscherzen. »Ein Verbrechen«, fuhr er ruhig fort, »in das Ihr jüngerer Halbbruder, Robert Nairn, verwickelt war und für das er gehängt wurde. Sie baten Mr Monk, sich für ihn zu verwenden und ein Gnadengesuch einzureichen. Dazu war Mr Monk jedoch nicht bereit. Das ist eine sehr kurze Zusammenfassung. Trifft sie zu?«

Mit gepresster Stimme bestätigte McNab das. Falls er versucht hatte, seine Gefühle zu verbergen, war ihm das nicht gelungen. Um ihn herum knisterte die Luft förmlich; sein plumpes Gesicht war blass, und an seinen Schultern wölbten sich die Muskeln.

»Und seitdem hegen Sie einen Groll gegen Mr Monk?« Rathbone seufzte. »Welch ein Irrtum. Weder hat Mr Monk Robert Nairn verurteilt, noch hatte er die Möglichkeiten, die vom Gericht verhängte Hinrichtung zu verhindern. Gleichwohl ist eine gewisse Bitterkeit verständlich. Ihr Halbbruder musste für sein Verbrechen mit seinem Leben bezahlen und Sie mit Ihrem Kummer, einem Schatten auf dem Rest Ihres Daseins.«

McNab umfasste das Geländer so fest, dass seine Knöchel weiß anliefen.

»Es wäre also zutreffend zu sagen, dass Sie Mr Monk nicht mochten, sehen Sie das nicht auch so?« Rathbone sprach immer noch sehr leise, als unterhielten sie sich zwanglos.

»Ich hasse ihn«, bestätigte McNab. Er hatte offenbar begriffen, dass es zwecklos gewesen wäre, das zu leugnen. »So wie er Mr Pettifer hasste. Der Unterschied ist nur, dass ich Mr Monk nicht umgebracht habe. Nicht, dass ich mich nicht freuen würde, wenn die Sache anders verlaufen wäre und Mr Monk ertränkt worden wäre.«

»Danke für Ihre offenen Worte, Mr McNab«, sagte Rathbone mit einer angedeuteten Verneigung. »Sie erleichtern das Verständnis der ganzen Angelegenheit ungemein. Es muss eine gewaltige Belastung gewesen sein, als Ihnen nach der Schießerei auf dem Schmugglerschiff und Mr Ormes Tod ein so fähiger und hartnäckiger Mann wie Mr Monk praktisch ständig auf den Füßen stand.«

»Damit kann ich leben. Er ist nicht so gefährlich, wie er sich das einbildet.«

»Aber haben Sie überprüft, ob etwas an seiner großen Verschwörungstheorie dran war?«

»Gehört zu meinem Aufgabengebiet.«

Wingfield erhob sich. »Mylord, das alles haben wir bereits besprochen. Mein geschätzter Kollege verschwendet nur die Zeit des Gerichts.«

Rathbone blickte ihn scharf an. In seinen Augen blitzte ein Funke Hoffnung auf. »Dann sind Sie bereit, Mr Wingfield, mir darin zuzustimmen, dass Mr McNab persönlich mit Mr Pettifers Hilfe die Möglichkeit eines raffinierten Einbruchs in Mr Aaron Clives Lagerhäusern und sonstigen Gebäuden am Flussufer untersucht hat?«

»Natürlich hat er diese Möglichkeit untersucht!«, fauchte Wingfield. »Und er hat nichts entdeckt! Hier gilt erneut: Das gehört zu seinem Beruf. Obendrein hat er sich Mr Clive erkenntlich erwiesen, was er gern getan hat.«

»Danke.« Rathbone neigte leicht den Kopf. »Damit wären seine häufigen dienstlichen und privaten Besuche erklärt, die er Mr und Mrs Clive sowohl bei Ihnen zu Hause als auch in den Lagerhäusern abgestattet hat.«

Im Saal ertönte ein Zischen, da fast alle Zuschauer nach Luft schnappten. Die Geschworenen erstarrten.

»Ihr Argument, Mr Rathbone?«, fragte Richter Lyndon, dessen Miene eindeutig Interesse verriet.

Wingfield lächelte. Die Geschworenen fixierten Rathbone, während sich Wingfields und McNabs Züge sichtlich entspannten.

Monk fuhr panische Angst in alle Glieder. Rathbone hatte anscheinend keinerlei Verteidigungsstrategie! In seiner Verzweiflung schien er nur blind im Trüben zu fischen.

»Mein Argument«, sagte Rathbone, ohne den Blick vom Richter zu wenden, »ist, dass diesem Fall sehr viel mehr zugrunde liegt, als bisher offenbar wurde. Es ist wie bei einem Eisberg, dessen größter Teil unter Wasser verborgen ist. Ich werde Zeugen aufrufen, die uns zeigen werden, dass Mr McNabs – sagen wir – höchst diskrete Besuche bei Mrs Clive in ihrem Haus und ihre Erörterungen bestimmter Ereignisse ein ganz anderes Licht auf diese Angelegenheit werfen werden. Falls nötig, kann ich auch Mrs Clive persönlich aufrufen. Die Wurzeln dieses Falles reichen bis in die Vergangenheit zurück und betreffen bei Weitem nicht nur die Verurteilung von Mr McNabs unglückseligem Halbbruder.«

Alle im Gerichtssaal waren wie elektrisiert. Gehetzt blickte McNab im Zeugenstand erst in die eine, dann in die andere Richtung, als suchte er einen Fluchtweg. Viele der Anwesenden musterten ihn forschend.

Wingfield öffnete den Mund, um zu protestieren, wusste aber nicht, was er sagen sollte.

Monk drehte sich zu dem neben ihm postierten Aufseher um. »Ich möchte meinen Anwalt sprechen. Es ist dringend.« Monk war verzweifelt. Was, zum Teufel, trieb Rathbone da nur?

»Ich werde mich darum kümmern, dass es ihm gesagt wird«, versprach der Wächter. Er war ein anständiger Mann, und mit seiner Reaktion gab er deutlich zu verstehen, dass er für Zollbeamte keine große Sympathie hatte. Mehr als einmal hatte er Monk gegenüber erwähnt, dass er gern rauchte und ihm die Abgaben für Tabak ein Dorn im Auge waren.

»Mylord!« Zu guter Letzt hatte sich Wingfield entschieden.

Lyndon blickte ihn an.

»Ich möchte um eine Unterbrechung bitten, damit ich mit meinen Zeugen, Mr und Mrs Clive, über diese ungeheuerliche Behauptung von Sir Oliver Rücksprache nehmen kann. Wie ich glaube, vergeudet er die Zeit des Gerichts, aber ich muss mich dennoch darauf vorbereiten, seiner … Taktik zu begegnen.«

Rathbone erhob keinen Einwand, sodass der Richter dem Gesuch entsprach.

Eine Viertelstunde später saß Monk mit Rathbone in dem Raum, der Angeklagten und ihren Anwälten für Gespräche unter vier Augen zur Verfügung stand.

»Was, zum Teufel, machen Sie da?«, fauchte Monk mit vor Angst gepresster Stimme. »Wenn Sie Clive oder Miriam vernehmen, werden sie mich beschuldigen, Piers Astley ermordet zu haben! Und so wahr mir Gott helfe, ich weiß nicht einmal, ob ich es getan habe. Ich kann es nicht aufrichtig abstreiten!« Er hörte die Hysterie in seiner Stimme, die immer lauter und schriller wurde und sich zu überschlagen drohte. Dieser Fall war ja noch schlimmer als die Sache mit Joscelyn Grey, als sogar er selbst sich für schuldig gehalten hatte. Doch Grey war ein Schurke von der übelsten Sorte gewesen. Er hatte die trauernden Hinterbliebenen von Opfern des Krimkriegs auf abscheulichste, niederträchtigste Weise betrogen. Dafür war er totgeschlagen worden, hätte jedoch den Strick verdient. Piers Astley hingegen war nach allem, was Monk gehört hatte, ein ehrenwerter Mann gewesen, der allgemein großen Respekt genossen hatte.

Und anders als in der Zeit von Greys Tod, hatte Monk heute alles auf der Welt, für das zu leben sich lohnte. Allem voran hatte er Hester, die er unendlich liebte. Er hatte ein Zuhause, eine Familie, Freunde, einen Beruf, der ihn erfüllte, und war von Menschen umgeben, die ihm vertrauten.

Rathbone war blass, wirkte aber gefasster, als man es in dieser ausweglosen Situation erwartet hätte. Er zeigte sein Berufsgesicht. Monk hätte ihn am liebsten geohrfeigt.

»Allmählich nimmt der Fall Gestalt an«, begann Rathbone leise. »Obwohl das Motiv keinen Sinn ergibt und …«

»Das weiß ich doch!«, blaffte Monk. »McNab konnte nicht wissen, dass Pettifer ertrinken würde …«

»Seien Sie still und hören Sie mir zu!«, befahl Rathbone. »Wir haben keine Zeit zu verlieren. Natürlich konnte er das nicht. Ihm bot sich schlicht eine Gelegenheit, die er ergriff – ein brillanter Zug. Das bedeutet, er muss davor einen anderen Plan gehabt haben.«

Plötzlich sah Monk einen hauchdünnen Lichtschimmer am Horizont. »Und den hat er geändert, als sich ihm etwas Besseres bot!«, rief er.

»Genau«, bekräftigte Rathbone. »Jetzt muss ich herausfinden, worin der ursprüngliche Plan bestand, ihn zurückverfolgen, dann seine Fundamente bloßlegen und aufzeigen, wann und wie er ihn geändert hat. Und ich glaube, Miriam Clive weiß darüber Bescheid.«

Monk erwiderte skeptisch: »Hat das mit Piers Astley zu tun? Sie wird Ihnen bestimmt nicht sagen …«

»Ich habe nicht vor, ihr eine Wahl zu lassen«, unterbrach Rathbone ihn. »Der erste Plan diente wohl dazu, Sie zum Narren zu halten und auf diese Verschwörung zu einem großen Raub anzusetzen, die es gar nicht gab. Keine schlechte Idee. Wenn Sie darauf hereingefallen wären, hätten Sie sich zum Gespött der Leute gemacht. Doch als Pettifer so freundlich war, in Ihren Händen zu sterben, ließ McNab diese Intrige fallen und griff die Idee mit Ihrer Rache an Pettifer für Ormes Tod auf. Es kann sein, dass ich den ganzen Sachverhalt um Piers Astleys Ermordung entwirren muss. Das schließt auch Miriam Clives ursprüngliche Absicht mit ein, Sie diesen Fall aufklären zu lassen, damit sie den Mörder bloßstellen kann.«

»Und mich für Astleys Tod hängen zu lassen«, stieß Monk bitter hervor.

»Sie haben Astley nicht getötet«, versicherte Rathbone ihm. »Miriam weiß, wer es war. Sie hat lediglich gehofft, Sie würden ihr helfen, den Beweis zu führen. Jetzt, da sie weiß, dass Sie sich nicht mehr erinnern können, muss es auf andere Weise geschehen.«

»Wenn ich mich in den Zeugenstand stelle, muss ich offenbaren, dass ich das Gedächtnis verloren habe.« Monk seufzte tief. »Trotzdem ist es wohl besser, die Arbeitsstelle zu verlieren als das Leben …«

»Monk, seien Sie jetzt einfach still und tun Sie, was ich Ihnen sage!« Rathbone stand auf. »Glauben Sie an mich – und an die anderen …«

»Hester …?«

»Wir *alle* arbeiten daran. Hester, Scuff, Crow, Squeaky Robinson – sogar der kleine Worm.«

Er erreichte die Tür in dem Moment, da der Aufseher sie von außen aufsperrte. Noch einmal drehte er sich um, blickte Monk einen Moment lang in die Augen, dann ging er hinaus.

»Kommen Sie!« Der Wärter funkelte Monk an. »Oder wollen Sie hier Wurzeln schlagen?«

14

Beata hatte sich in der Klinik in der Portpool Lane danach erkundigt, wann Hester dort erwartet wurde, und hatte es sich dann so eingerichtet, dass sie um die gleiche Zeit eintraf. Zunächst wollte sie ein paar Aufgaben übernehmen, wie Vorräte und Kassenstand überprüfen und Claudine bei der Versorgung von Patientinnen helfen, doch noch dringlicher war es für sie, mit Hester persönlich zu sprechen.

Sie konnte kaum ermessen, wie verzweifelt Hester sein musste, aber vielleicht konnte sie ihr in praktischen Dingen zur Seite stehen. Warum sollte sie Hester nicht ihre Kutsche leihen, damit sie sie nach Belieben benutzen konnte, um schneller und bequemer zu ihren Zielen zu gelangen, statt bei diesem unwirtlichen Wetter auf den Pferdebus angewiesen zu sein?

Wichtiger noch war ihr freilich, Hester von ihren Erinnerungen an San Francisco und von Monk zu erzählen und ihr vor allem die Wahrheit über Aaron Clive zu sagen, so wie Miriam sie ihr anvertraut hatte. Da bestand doch sicher auch irgendein Zusammenhang mit Piers Astleys Tod. Mit ihrer Phantasie und ihrem feinen Gespür würde Hester vielleicht Dinge erkennen, die Beata verborgen geblieben waren.

Schließlich fand sie eine Möglichkeit zu einem vertraulichen Gespräch. Die beiden Frauen zogen sich in die riesige Klinikküche zurück, wo sie bei einer Tasse Tee mit gedämpfter Stimme redeten.

Hester hörte aufmerksam zu und wiederholte dann die wichtigsten Aspekte, um sich zu vergewissern, dass sie alles richtig erfasst hatte.

Beata las Angst in Hesters Augen, große Angst. »Ja«, bestätigte sie, »Miriam weiß, was geschehen ist, und sie weiß auch, dass Ihr Mann nichts damit zu tun hatte.«

»Und ihre Rache an Clive?« Überwältigt von ihren Gefühlen flüsterte Hester beinahe. Sie konnte Miriams Schmerz nachvollziehen, als wäre es ihr eigener. Es war, als würde sie tief in ihrem Inneren bereits den eigenen Schmerz vorwegnehmen, der sie quälen würde, wenn sie Monk an den Henker verlor.

»Die wird warten müssen«, antwortete Beata, ohne zu zögern. Sie konnte Hester nicht verraten, wie sehr sie Ingram gehasst hatte und wie gut sie Miriams Gefühle, diese hilflose Abscheu, verstehen konnte. »Hoffentlich kann sie sich trotzdem rächen. Aber nicht auf Kosten von Monks Leben – auch wenn sie ihre Genugtuung wirklich redlich verdient hat.«

Hester hatte sich Gefahren und Seelenqualen gestellt, von denen Beata keinen Begriff hatte; zudem hatte sie auf der Krim physische Entbehrungen erlitten und zahllose Männer, die sie nicht hatte retten können, verloren – und sie selbst hatte das alles überlebt. Doch jetzt wirkte sie so schrecklich verletzbar, dass sie Beata unendlich leidtat. Angesichts der jüngsten Ereignisse schien sie den Glauben an Recht und Gerechtigkeit verloren zu haben. Nun, vielleicht war das nur zu verständlich.

Beata trank ihren Tee aus, und Hester schenkte ihr nach, nur um kurz darauf festzustellen, dass Milch fehlte. Sie stand auf, um sie zu holen, wusste aber nicht mehr, wo sie den Krug abgestellt hatte. Sie war verwirrt, weil sie wütend war, und wütend, weil sie Angst hatte.

Schließlich fand sie den Krug. Als sie nach ihm griff, glitt er ihr aus den Fingern und zerbarst auf dem Boden. Daraufhin stieß sie fürchterliche Flüche aus, die sie nur bei der Armee gelernt haben konnte, und hielt erst inne, als sie Beatas erschrockene Miene bemerkte.

Beata sprang sogleich auf, um zu helfen, und zwang sich zu einem gelassenen Lächeln. Es war das Ausmaß von Hesters Kummer, das sie erschütterte, nicht ihre Wortwahl.

»Das und noch viel Schlimmeres habe ich auf den Goldfeldern gehört«, versicherte sie Hester und bückte sich nach den Scherben. Sobald sie eingesammelt waren, holte sie vom Spülbecken ein feuchtes Tuch und wischte die vergossene Milch auf. Hilflos stand Hester daneben. Ihre Augen füllten sich mit Tränen.

Beata warf die Scherben weg, wusch das Tuch aus und hängte es am Trockengestell auf. Wieder zu Hester zurückgekehrt ließ sie alle Schicklichkeit und alles Trennende fallen und nahm sie liebevoll in die Arme.

»Wir werden gewinnen«, versprach sie – sich selbst gleichermaßen wie Hester. »Wir werden nicht zulassen, dass es so weit kommt – was immer das von uns erfordert!«

Das war ein verwegener Schwur, wie ihr schmerzhaft bewusst wurde, als Rathbone am Abend zu ihr kam. Natürlich war sein Besuch der Gipfel der Unschicklichkeit, aber sie hatte ihn darum gebeten. Sie musste ihm alles erzählen, was sie wusste, und ihm unmissverständlich klarmachen, dass sie bereit war auszusagen, wenn ihm damit geholfen war. Miriam musste man notfalls zu einer Aussage zwingen, wenn sie nicht von sich aus dazu bereit war. Für den Fall, dass Rathbone der Verstoß gegen die guten Sitten seinet- oder ihretwegen beunruhigte, hatte sie ihm vorgeschlagen, das

Haus wie ein Dienstbote durch den Hintereingang zu betreten.

Das tat er dann auch und fand sich kurz nach neun Uhr im Salon ein. Draußen goss es in Strömen, und der Wind drosch die Zweige gegen die Glasscheiben.

Rathbone war so müde, dass dunkle Schatten unter seinen Augen lagen und er vergessen hatte, sich zu kämmen, sodass ihm die Haare immer wieder ins Gesicht fielen.

»Miriam muss dazu gebracht werden, vor Gericht zu bestätigen, dass Aaron Piers ermordet hat«, sagte Beata leise.

Rathbone schüttelte betrübt den Kopf. »Auf diese Art kann sie uns nicht helfen, meine Liebe. Es gibt einen Mann, der damals an Eides Statt erklärte, zu dem Zeitpunkt, als Astley erschossen wurde, zusammen mit Aaron Clive vierzig Meilen vom Tatort entfernt in der Münzprüfanstalt in San Francisco gewesen zu sein.«

»Roger Belknap.« Beata seufzte. »Den kenne ich. Er stand übrigens wegen eines anderen Verbrechens vor Gericht – Raubüberfall –, wurde aber für unschuldig erklärt, weil Aaron schwor, Belknap hätte ihn am fraglichen Tag in die Münzprüfanstalt begleitet.«

»Wieso sollte das jetzt noch etwas bedeuten? Belknap hatte doch schon ausgesagt.«

»Weil Aaron, dem jeder vertraute, für ihn einen Eid leistete«, erklärte Beata. »Und das musste er natürlich! Belknap hatte sich schließlich für Aaron verbürgt.«

Rathbone starrte Beata überrascht an. »Wollen Sie mir sagen, dass Aaron tatsächlich Piers eigenhändig getötet hat? Warum? Er hatte doch beliebig viele Kandidaten zur Auswahl, die das für eine Handvoll Dollar erledigt hätten.«

»Doch dann wäre er ihnen sein Leben lang ausgeliefert gewesen, es sei denn, er hätte sie auch umgebracht. Und Piers war in der Gegend überaus beliebt. Unter anderem führte er auch einen großen Teil von Aarons Geschäften. Er galt als sein ›Oberstleutnant‹.«

»Clive verlor also seinen engsten Freund, als sein Cousin getötet wurde, und bald darauf mit der Ermordung von Astley seinen zweitbesten?«, fragte Rathbone.

»Dafür gewann er aber die schönste Frau an der Barbary Coast als Ehegattin«, ergänzte Beata.

Rathbone setzte zu einer Erwiderung an, schwieg dann jedoch.

Zum ersten Mal seit Beginn des Prozesses lachte Beata wieder. »Bestimmt wollten Sie gerade sagen, dass das wohl kaum ein gutes Geschäft war! Sehr klug von Ihnen, dass Sie sich rechtzeitig auf die Zunge gebissen haben.«

»Ich nehme an, sie ist wirklich sehr hübsch«, murmelte Rathbone widerstrebend. »Mit dieser Art von Schönheit kann ich allerdings nicht besonders viel anfangen. Mir geht es um die innere Schönheit, die durch die Knochen, jedes Gewebe und jede Schminke hindurch nach draußen leuchtet.« Er blickte Beata eindringlich an. »Aber sind Sie sich der Bedeutung dessen, was Sie gerade gesagt haben, wirklich sicher? Bitte seien Sie absolut ehrlich. Ich baue meine Strategie darauf auf, und wenn Sie sich getäuscht haben, hat das verheerende Folgen.«

»Ich *bin* mir sicher, Oliver. Sie hat es mir selbst gesagt. Das, was zuletzt geschehen ist, stellt eine völlige Verkehrung von McNabs ursprünglichem Plan dar. Zunächst verfolgte er die Absicht, Monk einem Schwindel aufsitzen zu lassen. Er wollte ihm vormachen, eine Bande plane einen Einbruch in Clives Geschäft, und die Wasserpolizei tüchtig blamieren, wenn sie zu einem Einsatz ausrückte. Aber in der Zwischenzeit hat er Miriam in seine Machenschaften mit einbezogen. Sie sollte ihm möglichst viele Informationen über Monks Aufenthalt in San Francisco liefern. Er hofft, ihn damit in Misskredit zu bringen. Als Pettifer ertrank, witterte McNab eine Gelegenheit, das in einen Zusammenhang mit Piers Astleys Ermordung zu bringen. Monk soll zum Täter gestempelt werden. Er und Miriam haben ihre jeweiligen Kenntnisse über Astley ausgetauscht und auch über Monk, von dem Miriam glaubte, er könne ihr helfen. Darauf ist sie nicht stolz, aber Astleys Tod hatte vieles in ihr zerstört, und ihr Bedürfnis, die ganze Wahrheit zu erfahren, war übermächtig geworden. Den endgültigen Beweis, der zum wahren Täter führt, hat ihr schließlich Gillander gebracht, und zwar offenbar erst vor Kurzem. Sie hatte gehofft, Monk könne ihr helfen, den Mörder zu stellen, aber wenn er überhaupt je etwas darüber gewusst hat, ist die Erinnerung daran und an alles andere natürlich ausgelöscht.«

»Und McNab hat so lange gewartet, weil er es nicht wagte, Monk anzugreifen. Das änderte sich erst, als er begriff, wie verletzlich Monk ist«, stieß Rathbone grimmig hervor. »Das wird …« Ihm fiel das Wort nicht ein, das seinen Gedanken zusammengefasst hätte.

»… sehr schwer werden«, vollendete Beata den Satz für ihn.

»Gelinde gesagt«, stöhnte Rathbone.

Beata hatte ihre Entscheidung schon getroffen. Jetzt musste sie es ihm mitteilen – und dazu stehen, gleichgültig, was dann geschehen würde.

»Ich werde aussagen, wenn Sie das wünschen. Allerdings ist mir nicht klar, welches Gewicht man meinem Wort beimessen wird.«

»Sie haben mein Verständnis, wenn Sie lieber nicht …«, begann Rathbone.

»Nein, Oliver, Sie haben mich nicht verstanden«, unterbrach sie ihn. »Ich bin sehr wohl bereit auszusagen – Monks und Hesters wegen. Aber Sie wissen sehr wenig über mein Leben in San Francisco. Es gibt Dinge, die ich Ihnen verschwiegen habe, weil ich mich dafür schäme.« Sie atmete ein paar Mal tief durch, um sich zu beruhigen. »Einer der Gründe, warum ich nach England heimgekehrt bin, war der Tod meines Vaters. Wie genau er gestorben ist, habe ich Ihnen nie erzählt. Eine ganze Weile ging es ihm finanziell sehr gut, bis er zu spielen anfing. Als er starb, steckte er in größten Schwierigkeiten. Er betrog beim Kartenspielen und wurde ertappt. Er hatte Karten unter den Handflächen verborgen. Es gab eine wüste Schlägerei, in deren Verlauf er erschossen wurde. Das war damals ein fürchterlicher Skandal. Da ich Witwe war, trug ich nicht mehr seinen Namen, aber natürlich wussten alle, dass ich seine Tochter war.«

Beata hatte gedacht, sie könne ihre Geschichte hinter sich bringen, ohne zu weinen, und bis zum Schluss klar und deutlich sprechen, aber dann geriet sie doch ins Stocken, und Tränen erstickten ihre Stimme.

»Es tut mir leid«, presste sie schließlich hervor. »Es ist wirklich keine erfreuliche Sache. Vielleicht hätte ich Ihnen schon längst davon erzählen müssen, aber ich habe nie gedacht, dass das einmal nötig sein würde.«

»Sie brauchen sich nicht zu entschuldigen«, sagte Rathbone leise.

»Doch. Denn wenn ich vor Gericht aussage, kann meine Lebensgeschichte womöglich gegen mich, gegen uns, verwendet werden. Aaron Clive weiß darüber Bescheid, und falls meine Aussage ihm schadet, können Sie sicher sein, dass er dieses Thema ausgräbt.«

»Heißt das, dass Sie lieber nicht aussagen möchten?«

Entschlossen sah sie zu ihm auf. »Nein, das heißt es keineswegs! Ich *werde* als Zeugin zur Verfügung stehen, wenn ich etwas Nützliches beitragen kann. Ich … ich gehöre mit dazu!« Ein eindeutiges und fast trotziges Bekenntnis, das sich vor allem aus ihrem tiefen Wunsch speiste, Teil dieser Gemeinschaft zu sein.

Sanft ließ er die Hand auf ihre gleiten. »Das weiß ich doch. Und ich möchte, dass du immer an meiner Seite bist. Sobald du findest, dass es akzeptabel ist, werde ich dich bitten, mich zu heiraten. Und ich werde so lange für meine Sache plädieren, bis du mich erhörst.«

Darauf wollte Beata eine ähnlich charmante, witzige Antwort geben, brachte aber nur steife Worte zuwege.

»Wenn Monk frei und in Sicherheit ist, müssen wir noch ein paar Monate warten, bis wir es anderen erzählen können, aber *wir* zwei können uns schon jetzt einig sein.« Sie sagte das mit ernster Stimme, aber auch mit einem Lächeln, das so zärtlich und von Hoffnung erfüllt war, dass er ihre Gefühle nicht missverstehen konnte.

Am nächsten Morgen wurde die Verhandlung weitergeführt. Gleich zu Beginn erteilte der Richter Rathbone eine scharfe Verwarnung. Er erwarte von ihm, dass er seinen ungewöhnlichen Ankündigungen vom Vortag Beweise folgen lasse. Ansonsten würde das Gericht jegliche Bemerkungen, die nur der dramatischen Wirkung halber gemacht wurden, sehr streng beurteilen.

»Sehr wohl, Mylord«, sagte Rathbone scheinbar demütig. »Würden Eure Lordschaft mir bitte gestatten, noch einmal Mr Aaron Clive aufzurufen?«

Wingfield erhob keine Einwände, auch wenn Beata ihn einen Moment lang zögern sah. Sie war sich sicher, dass er nach Gelegenheiten suchte, Rathbones Plan zu durchkreuzen und ihn aus dem Konzept zu bringen. Wenn er jetzt stillhielt, dann nur deshalb, weil ihm nichts einfiel, das nicht sofort durchschaut würde. Er war klug genug, um zu wissen, dass er sich vor den Geschworenen nicht im Geringsten unschlüssig oder angreifbar zeigen durfte. Beata hatte genügend Prozesse verfolgt, vor allem am Anfang ihrer Ehe mit Ingram. Sie hatte ihn beobachtet, als er eine mächtige Erscheinung im Vergleich zu weniger beeindruckenden Männern gewesen war, die ihm später in sein Amt nachfolgten. Das mochte mit ein Grund für seine heftige Abneigung gegen Oliver gewesen sein, denn ihn hatte er nicht in den Schatten stellen können, wie sie jetzt erkannte.

Aaron Clive postierte sich auf dem Zeugenstand. Als er an seinen Eid erinnert wurde, wirkte er ernst und traurig. Sein Gebaren war perfekt, aus seiner Stimme perlte der Charme.

Als wäre er seiner Sache vollkommen sicher, schritt nun Rathbone über die freie Fläche und baute sich vor Clive auf. Vielleicht war Beata die einzige Person im Saal, die wusste, wie weit der Anschein von der Wahrheit entfernt war.

»Guten Morgen, Mr Clive«, begann Rathbone. »Sie haben gestern in Ihrer Aussage für Mr Wingfield erklärt, dass Sie Gelegenheit hatten, Bekanntschaft mit Mr McNab vom Zollamt zu schließen. War diese Bekanntschaft persönlicher oder rein beruflicher Natur?«

Clive lächelte. »Beruflicher Natur. Aber ich ziehe keine strenge Trennlinie zwischen beiden Bereichen.«

»Meinen Sie damit, dass Sie Mr McNab auch gestatteten, Sie bei sich zu Hause zu besuchen und nicht ausschließlich an Ihrer Arbeitsstätte? Zum Beispiel, um über bestimmte größere oder wertvollere Frachten zu sprechen?«

Clive blickte verwirrt drein. »Gelegentlich, ja.«

»Wenn ich Ihnen also sagte, dass eine Zeugin in Ihrem Haus ein privates Gespräch zwischen Mr McNab und Ihrer Frau mit anhörte, würden Sie es nicht unmöglich finden, das zu glauben?«

»Unwahrscheinlich, aber nicht unmöglich«, räumte Clive ein. »Wenn es so war und ich selbst nicht an dem Gespräch teilnehmen konnte, lag das wohl an der gesellschaftlichen Verpflichtung einer anderen Person gegenüber. Man lässt seine Gäste nicht allein.« Er sprach in einem Ton, als wäre »gesellschaftliche Verpflichtung« ein Fremdwort für Rathbone.

»Hat Mr McNab mit Ihnen jemals Gespräche über Commander Monk geführt, Mr Clive?«

Clive hatte gewiss mit einer solchen Frage gerechnet, brachte es aber fertig, überrascht dreinzublicken. Ging es ihm vielleicht nur darum, sich Zeit verschaffen, um eine möglichst gute Antwort zu formulieren?

Wie alle anderen im Saal starrte Beata den Amerikaner an. Ihre Gedanken verweilten allerdings wieder bei der Leidenschaft, die sie in Miriams Gesicht bemerkt hatte, als sie über Piers Astleys Tod sprach. Merkwürdigerweise hatte Beata nie in Betracht gezogen, dass womöglich Piers, nicht Clive, ihre wahre Liebe gewesen war. Nun versuchte sie, sich im Lichte ihres neu erworbenen Wissens noch einmal die verschiedenen Momente zu vergegenwärtigen, in denen Miriam Kummer und Trauer gezeigt hatte. Ihre Stimme hatte sich verändert, sobald sie von Piers Astley erzählte. Beata hatte das für eine Art Schuldgefühl gehalten, weil sie Clive geheiratet hatte.

Doch sie hatte nur das gesehen, was sie erwartet hatte, nachdem Miriam ihre wahren Gefühle vor ihr und allen anderen verborgen hatte. Aber vielleicht hatten Miriams Erkrankung und ihre leichte Verwirrung nicht nur vom Verlust ihres Kindes hergerührt, sondern vom Verlust des Mannes, den sie immer lieben würde.

Hatte Clive auch nur die leiseste Ahnung von der Wahrheit? Davon, dass Miriam wusste, was er getan hatte?

Beata richtete ihr Augenmerk wieder auf den Gerichtssaal. Clive sagte immer noch aus. Er wirkte dem Anlass entsprechend bedrückt, doch vollkommen gefasst. Würde Oliver wirklich das Geschick besitzen, ihn zu irritieren oder wenigstens Risse in seiner perfekten Oberfläche aufzuzeigen? Clive konnte ein fürchterlicher Feind sein, wenn man ihn reizte. War Oliver die gewaltige Macht dieses Mannes bewusst? War er tapfer, oder erfasste er einfach nicht, was auf ihn zukam?

Clive sprach mittlerweile über die wenigen Anlässe, bei denen McNab Monk erwähnt hatte – vielleicht nicht unbedingt, um ihn anzuschwärzen, doch ganz gewiss, um vor seiner Unzuverlässigkeit zu warnen.

»Hat Sie das überrascht, Sir?«, fragte Rathbone in neutralem Ton.

Darauf war Clive vorbereitet.

Er zeigte ein leises Lächeln. »Nein. Ich hatte den Eindruck, dass Monk sich in den zwanzig Jahren seit der Zeit in San Francisco, als ich ihn als Abenteurer kannte, nicht sehr verändert hat. Damals war er ein Mann wie viele andere – immer auf seinen eigenen Vorteil bedacht.«

»Oh, ja. Sie kannten Monk ja schon damals.« Rathbone lächelte. »Und auch Mr Gillander, wie ich glaube?«

»Ein wenig. Er lieferte damals einiges an Fracht für mich aus.« Für einen Moment klang Clives Stimme ziemlich herablassend. Gleich darauf war dieser Ton wieder verschwunden.

»Haben Sie Mr McNab gesagt, dass Gillander für Sie gearbeitet hatte?«, wollte Rathbone wissen.

Clive gab sich unbekümmert. »Wahrscheinlich. Es war ohne Belang.«

»Für Sie vielleicht. Für Mr McNab mit seinem Hass gegen Mr Monk war dieses Detail gewiss von enormer Bedeutung.«

Clive atmete aus. Diese Reaktion verriet Beata, dass er sich über sich selbst ärgerte. Ihm war ein Fehler unterlaufen, zwar nur ein winziger, aber die Tatsache, dass ihm so etwas passieren konnte, verstand er als Warnung. Ab sofort würde er peinlich darauf achten, in allem äußerst vorsichtig und unverbindlich zu bleiben. Um ihn herum lagen Fallstricke aus, um die ein Unschuldiger sich nicht scheren musste. Beata erkannte das, und sie wusste, dass es auch Rathbone aufgefallen war.

Wingfield war die Ungeduld anzusehen. Entweder war er ein sehr guter Schauspieler, oder er hatte den Schatten nicht bemerkt, der soeben auf Clive gefallen war. Beata vermutete Letzteres. Es gab also Hoffnung! Schwach wie die Sonne im Vorfrühling, aber es gab sie.

»Nun, ich wusste nichts von seiner … Feindschaft gegenüber Commander Monk«, antwortete Clive langsam.

Rathbone nickte. »Das konnten Sie ja auch unmöglich wissen, es sei denn, er hätte es Ihnen erzählt. Und derlei gehört nicht zu den Dingen, die man in höflichen Gesprächen mit Personen, die man beeindrucken möchte, nebenbei erwähnt. ›Ach, übrigens, mein Halbbruder ist wegen Mordes gehängt worden; Monk hätte um Milde bitten können, wollte aber nicht. Dafür hasse ich ihn und möchte ihn zerstört sehen. Zu diesem Zweck beabsichtige ich, Sie zu benutzen.‹ Nicht die Art von Dingen, die man bei einer Dinnerparty erzählt.«

Wingfield war schon aufgesprungen, das Gesicht dunkelrot vor Empörung.

Lyndon winkte müde ab. »Ja, ja. Sir Oliver, ich bin in Anbetracht Ihrer verzweifelten Lage in diesem Fall durchaus geneigt, Ihnen einen gewissen Spielraum zuzugestehen, aber Sie schweifen etwas zu weit ab. Die Bemerkung, die Sie soeben geäußert haben, klingt verdächtig nach Irrelevanz.«

»Mylord, sie ist höchst relevant«, widersprach Rathbone höflich. »Ich glaube nämlich, dass Mr Clive, ohne von Mr McNabs emotionaler Investition in Mr Monks Niedergang zu wissen, unabsichtlich Informationen weitergegeben haben könnte, die Mr McNabs Aktivitäten vorangebracht haben dürften.«

»Dann müssen Sie das beweisen, Sir Oliver«, warnte Lyndon.

»Das werde ich, Mylord.« Rathbone wandte sich wieder an Clive. »Sir, wäre es möglich, dass Sie Ihren Verdacht geäußert haben, Commander Monk – oder jemand, der ihm sehr ähnlich sieht – könnte in die Ermordung von Piers Astley, Ihre rechte Hand in den frühen Tagen des Goldrauschs in Kalifornien, verwickelt gewesen sein?«

Clive stand regungslos da. Stumm starrte er auf Rathbone hinab. Wingfield zuckte, als wollte er gleich aufspringen und protestieren, fand aber offenbar keinen Grund dafür.

»Mr Clive?«, wiederholte Rathbone.

»Das bezweifle ich«, erklärte Clive. »Aber möglich ist es. Mr Monk war dort. Und leider wurde Mr Astleys Mörder nie gestellt.«

»Das ist auch mein Wissensstand«, bestätigte Rathbone. »Dieser Umstand muss eine große Belastung für Sie sein, und noch viel mehr für Ihre Frau.«

»Ist das eine Frage?«, rief Wingfield von seinem Stuhl aus.

»Ich werde es anders ausdrücken«, lenkte Rathbone ein, ohne sich zu seinem Kontrahenten umzudrehen. »Haben Sie je die Hoffnung aufgegeben, eines Tages doch noch herauszufinden, wer Mr Astley umgebracht hat, auch wenn Sie keine Möglichkeit haben, den Mörder zur Rechenschaft zu ziehen, weil er sich vielleicht in einem anderen Land befindet?«

»Ich habe die Verfolgung nicht weiter betrieben«, antwortete Clive. »Ich nahm an, dass der Täter in Kalifornien sein würde, aber nie und nimmer in London. Es ist ein schmerzhaftes Thema, und um meiner Frau willen wäre es mir sehr recht, es nicht ständig aufwärmen zu müssen, wenn kaum eine realistische Hoffnung besteht, den Fall zu klären. Und selbst wenn es Beweise gäbe, würde diese Sache hier in England nicht in Ihren Zuständigkeitsbereich fallen.«

Rathbone nickte. »Sehr richtig. Aber eine solche Untersuchung würde Rückschlüsse auf den Charakter eines Mannes ermöglichen, finden Sie nicht?«

»Natürlich.« Schon zum zweiten Mal gab sich Clive Mühe, verwirrt dreinzublicken. Ihm musste klar geworden sein, auf was Rathbone abzielte.

»Und diese Untersuchung würde vielleicht etwas ergeben, das zu Mr McNabs Begeisterung Mr Monk in den Mund gelegt werden könnte?«, fuhr Rathbone fort.

»Das werden Sie Mr McNab fragen müssen.«

»Das habe ich vor. Aber Sie haben keine Ahnung, wer Piers Astley umgebracht hat, Mr Clive?«

»Keinen blassen Schimmer. Ich war im Münzprüfamt, vierzig Meilen von dem Saloon entfernt, in dem er erschossen wurde.«

»Richtig, in Begleitung eines gewissen Mr Belknap, wie ich glaube.«

»Ganz genau.«

»Sie wiederum waren ja in der Lage, seine Anwesenheit im selben Amt unter Eid zu bezeugen, als er eines vollkommen anderen Verbrechens beschuldigt wurde. Das bedeutete natürlich, dass er auch Ihre Anwesenheit bezeugen konnte.«

Erneut zuckte Wingfield, nur um sich dann doch zurückzuhalten.

Beata verfolgte das Geschehen gebannt, und deshalb dauerte es eine geraume Weile, bis sie registrierte, dass sich ein kleiner Junge in schlecht passenden und vom vielen Waschen ausgebleichten Kleidern neben sie gezwängt hatte. Nun zupfte er an ihrem Ellbogen.

»Missus«, flüsterte er eindringlich. »Sie müssen mir zuhören, Missus.« Seine blauen Augen waren vor Angst weit aufgerissen, und vorn hatte er eine Zahnlücke. Er mochte sieben, acht Jahre alt sein.

»Worm?«, riet sie. Sie hatte ihn ein-, zweimal in der Portpool-Klinik gesehen und zudem von Oliver gehört, wie tapfer er sich geschlagen hatte, als Hester vor wenigen Wochen in ein abgelegenes Bauernhaus verschleppt worden war und sie sie befreit hatten.

»Stimmt, der bin ich.« Nun, da sie ihn erkannt hatte, schien seine Angst nachzulassen. »Dr. Crow hat mich geschickt. Sie müssen Mr … Sir Oliver sagen, dass er sich viel, viel Zeit nehmen soll. Weil wir sind nämlich dabei, 'nen Beweis zu finden, dass es nich' der Mister war, was ertrunken is', der den Piraten bei der Schießerei auf dem Schiff geholfen hat, sondern McNab selber, und dass er sich mit Mad Lammond zusammengetan hat. Und jetzt haben wir einen gefunden, der wo drauf schwören kann. Und Dr. Crow will mit ihm so schnell, wie er kann, zum Gericht kommen.«

Beata zögerte. Wie konnte sie dem Kind erklären, dass die Wahrheit allein nichts bedeutete, ja, dass es gerade Monks

Glaube an diese Wahrheit war, der ihn an den Galgen bringen würde?

»Bitte, Missus! Sie müssen's ihm sagen! Dr. Crow hat mich geschickt!«

Sie stand auf. »Ich rede mit ihm«, beruhigte sie ihn. »Ist Dr. Crow mit dem Beweis schon auf dem Weg?«

»Ja. Er sagt, dass es nix hilft, wenn Hester das macht, weil ihr keiner zuhören wird.«

Beatas Nachbar funkelte sie böse an.

»Ich werde es ihm sagen«, versprach sie.

Der Junge strahlte sie an. Einen Wimpernschlag später war er verschwunden.

Rathbone befragte Aaron Clive immer noch. »Piers Astleys Mörder ist nie überführt worden?«

Clive schüttelte den Kopf. »Leider nein.«

»Kann es sein, dass Ihre Frau nach wie vor nach der Wahrheit über Mr Astleys Tod sucht und sie deswegen so eindringlich mit Mr McNab unter vier Augen sprach?«

Wingfield erhob sich. »Mylord, hier wird längst Gesagtes doch nur wiederholt. Abgesehen davon sind diese Fragen ohne jeden Bezug zu der Anklage wegen Mordes. Ob Mr Clive wusste, wer Mr Astley getötet hat, ist völlig belanglos. Mit seinem Versuch, uns von den Fakten abzulenken, verschwendet Mr Rathbone nur die Zeit des Gerichts. Dabei ist der Fall so einfach, Mylord. Der Angeklagte ist eindeutig schuldig.«

Richter Lyndon blickte Rathbone an.

Dieser war leichenblass. Beata wusste, was es ihn kostete, die Fassung zu wahren. Zum ersten Mal spürte sie die Isolation dieses Mannes, der, beobachtet von sämtlichen Anwesenden im Saal, allein und ganz ohne Waffen eine Schlacht um das Leben eines anderen schlug. Bei Ingram hatte sie so etwas nie erlebt. Für ihn waren solche Prozesse ein Spiel gewesen, das man gewinnen oder verlieren konnte. Wenn er nach einem Sieg triumphiert hatte, war ihr das nur zu deutlich aufgefallen. Ob er wegen einer Niederlage getrauert hatte, ob sie ihn in Schuldgefühle oder Selbstzweifel gestürzt hatte, das war ihr verborgen geblieben.

Sie musste Worms Botschaft unbedingt Rathbone überbringen, nur war ihr nicht klar, wie sie das bewerkstelligen sollte. Er stand mutterseelenallein auf der freien Fläche zwischen Publikum und Zeugenstand.

»Mylord«, sagte Rathbone, »es steht nicht infrage, dass Mr Monk und Mr Pettifer im Wasser miteinander gekämpft haben. Er hatte vor Angst den Verstand verloren. So etwas passiert immer wieder. Mr Monk schlug ihn bewusstlos, um zu verhindern, dass sie beide ertranken. Wenn er seinen Tod gewollt hätte, hätte er einfach auf dem Kai stehen bleiben und ihn im Fluss ertrinken lassen können.«

Beifälliges Murmeln war zu hören. Zwei Geschworene nickten.

Rathbone war noch nicht fertig. »Die ganze Diskussion über Schuld statt Unglück beruht lediglich auf Mr McNabs Vorwurf, Mr Monk würde Mr Pettifer wegen zurückliegender Geschehnisse hassen. Um diese Beschuldigung zu widerlegen, müssen wir die Vergangenheit untersuchen. Zur jüngsten Vergangenheit gehören Mr McNabs höchst merkwürdige Besuche bei Mrs Clive. Sie umfasst aber auch diese Idee von einer Verschwörung mit dem Ziel, Mr Clive auszurauben, an die Mr Monk, wie Mr McNab beharrt, glaubte oder zu glauben vorgab. Und natürlich fällt in die jüngste Vergangenheit auch die Flucht zweier Strafgefangener aus dem Gewahrsam der Zollpolizei – Mr McNabs Männer –, von denen einer, Mr Blount, sowohl ertränkt als auch erschossen wurde! Der zweite, Mr Owen, war unmittelbar in Mr Pettifers Tod verwickelt.«

Wingfield erhob sich erneut. »Mylord, als Mr Pettifer ertrank, war Mr Owen ein gutes Stück von ihm entfernt. Wenn Sie den Aussagen von Mr Monks eigenem Mann, Mr Hooper, Glauben schenken, schwamm Mr Owen mit sehr kräftigen Zügen von Mr Pettifer fort, als dieser ertrank.«

Rathbone lächelte. »Ich sprach über die Schlägerei auf dem Kai, Mylord. Wäre Mr Owen nicht geflohen und hätte er seine Verfolger nicht zu dem Kai geführt, von wo er in den Fluss sprang, um die Auseinandersetzung im Wasser fortzuführen, dann wäre überhaupt niemand ertrunken.«

»Allerdings«, pflichtete Lyndon ihm bei. »Sir Oliver, was ist nun mit dieser … Verschwörung? Gibt es einen Beweis, dass sie existierte? Oder dass irgendjemand einen Grund zu der Annahme hatte, dass sie geplant wurde?«

Beata wünschte sich dringend, dass Rathbone Clives Verhör fortsetzte, denn sie sah seine Möglichkeiten, doch noch zu siegen, bereits entschwinden. Clive hatte Piers Astley ermordet! Das war der einzige Grund, warum Miriam sich mit McNab getroffen hatte.

Wen konnte er jetzt noch aufrufen? Was war es, was Crow berichten konnte? Wenn er nicht bald eintraf, war alles umsonst gewesen.

»Danke, Mr Clive«, sagte Rathbone mit fester Stimme. »Bitte bleiben Sie noch, falls mein geschätzter Kollege weitere Fragen an Sie hat.«

Beata war verzweifelt. Wie konnte sie Rathbone die Nachricht überbringen? Sie hatte weder Stift noch Papier dabei, um eine Notiz zu schreiben, und schon gar nicht hätte sie aufstehen, durch den Saal marschieren und sie ihm in die Hand drücken können.

Wingfield stand auf und trat vor den Zeugenstand.

»Mr Clive, Sie haben große Geduld mit uns bewiesen. Darf ich Sie fragen: Hat der Angeklagte Sie über diese seine ... Verschwörungstheorie aufgeklärt? Hat er Sie auf irgendeine Weise gewarnt?«

»Ja. Allerdings nur vage. Er schien keine Einzelheiten zu kennen, außer dass besondere Fähigkeiten im Spiel sein könnten, wie das Fälschen von Dokumenten oder der Umgang mit Sprengstoffen.«

Wingfields Augenbrauen hoben sich. »Fälschung und Sprengstoffe. Das klingt ja sehr wagemutig und gewalttätig. Glaubten Sie ihm denn, dass Sie in Gefahr schwebten?«

»Ich hielt das offen gesagt eher für unwahrscheinlich.« Clives Stimme hörte sich müde an. »So etwas Extremes wie Sprengstoffe würde die ganze Nachbarschaft aufschrecken und höchstwahrscheinlich ausgerechnet die Güter beschädigen, auf die es ein Dieb abgesehen hat.«

»Also ein bisschen weit hergeholt?« Wingfield lächelte. »Haben Sie da nicht an seinem Urteilsvermögen als Polizeibeamter gezweifelt?«

Clive zuckte mit den Schultern. »In der Tat, so leid es mir tut, das so sagen zu müssen.«

»Wäre es angemessen, festzustellen, dass Ihre Achtung vor Mr McNabs Sachverstand höher war?«

»Doch, ja.«

»Danke, Sir, das ist alles, was ich Sie zu fragen habe.«

Jetzt hielt es Beata nicht mehr auf ihrem Stuhl aus. Sie stand auf und begann, sich an den Leuten in ihrer Reihe vorbeizuzwängen. Irgendwie musste sie Rathbone erreichen und ihm endlich ihre Botschaft überbringen.

»Sie stehen auf meinem Fuß!«, beschwerte sich eine dicke Frau.

»Das tut mir schrecklich leid.« Beata versuchte, weiter durchzukommen.

»Warten Sie gefälligst, bis Sie an der Reihe sind!«, schimpfte der Ehemann der Frau. »Sie sind nicht die Einzige, die Hunger hat, wissen Sie.«

»Ich muss eine Nachricht über …«

Der Ehemann stand auf und blockierte den Weg.

Beata wollte protestieren, wusste aber, dass das zwecklos war. Als sie endlich den Gang erreichte, herrschte ein solches Gedränge, dass sie nur noch einen Gerichtsdiener ansprechen konnte.

»Ja, Ma'am?«, fragte er höflich.

»Ich bin die Witwe des verstorbenen Obersten Richters York. Möchten Sie bitte Sir Oliver Rathbone Folgendes mitteilen: Ich habe eine Nachricht erhalten, dass neue Beweise auf dem Weg sind. Sie sind extrem wichtig!«

Er glotzte sie verständnislos an.

Beata hätte sich am liebsten die Haare gerauft. Sosehr sie es hasste, den Mann auf ihren Rang als Ingrams Gattin hinzuweisen, sah sie keinen anderen Weg.

»Sie erinnern sich doch sicher an Richter York!«, blaffte sie. »Er hat in diesem Saal oft genug den Vorsitz geführt!«

»Oh! Ja, ja natürlich, Ma'am. Verzeihen Sie – ich habe Sie nicht gleich erkannt. Ich kümmere mich sofort darum.« Damit wich er zurück und verschwand ohne weitere Worte.

»Danke«, murmelte Beata erleichtert.

Die Verhandlung am Nachmittag wurde mit dem Aufruf Fin Gillanders durch den Verteidiger eröffnet.

»Mr Gillander«, begann Rathbone. »Sie haben ja schon geschworen, nichts als die reine Wahrheit zu sagen und Gerechtigkeit gegen jedermann zu üben. Würden Sie jetzt bitte dem Gericht Ihre Begegnung mit Mr Monk nach Mr Pettifers Tod und Mr Owens Flucht schildern?«

»Ja, Sir«, antwortete Gillander ergeben. Bis ins Detail beschrieb er, wie Monk an Bord der *Summer Wind* gekommen war und sich nach Owen erkundigt hatte, der sich als Pettifer ausgegeben hatte, und was er, Gillander, daraufhin gesagt und getan hatte.

Das geriet ausführlicher als nötig, und Wingfield stand mehrmals auf, um sich darüber zu beschweren, dass Rathbone die Zeit des Gerichts mit Themen verschwende, die nichts zur Sache beitragen und die Frage nach Monks Schuld oder Unschuld nicht berühren würden. Doch bei jedem Kritikpunkt begründete Rathbone sein Vorgehen, sodass sich das Verhör immer noch weiter in die Länge zog und Wingfield wesentlich mehr Zeit gespart hätte, wenn er Rathbone nicht immer wieder unterbrochen hätte. Aber das war ihm doch sicherlich von vornherein klar, überlegte Beata. Versuchte er, Rathbone aus dem Konzept zu bringen, oder ging es ihm darum, ihn verzweifelt aussehen zu lassen?

Wenn dem so war, gelang ihm sein Vorhaben vorzüglich. Beata, die den Prozess weiterhin voller Anteilnahme verfolgte, tat es im Innersten weh, zu sehen, welche Demütigung Rathbone ertragen musste. Aber immerhin bewies ihr sein Verhalten, dass ihm ihre Botschaft ausgerichtet worden war.

»Hielten Sie Mr Monk für einen guten Seemann, als Sie mit der *Summer Wind* die Themse hinunterfuhren auf der Suche nach – wie haben Sie das bezeichnet – Mr Owens Verbleib und etwaigen Helfern?«

»Ja, er war sehr gut«, antwortete Gillander leicht überrascht.

Rathbone zog die Augenbrauen hoch. »Das hatten Sie nicht erwartet?«

»Ich wusste, dass er gut ist. Mich hat nur überrascht, dass

Sie danach fragen. Natürlich ist er gut. Wir sind früher öfter in ganz schön schweren Seegang geraten.« Er grinste. Dabei hellte sich sein Gesicht auf wie bei einem Kind, das sich über ein aufregendes Abenteuer freut. Er liebte es offenbar, sich dem Kampf mit den entfesselten Naturgewalten zu stellen.

Wingfield verdrehte die Augen. »Das alles ist sicher sehr dramatisch und ein Grund mehr, alles, was Mr Gillander zur Verteidigung des Angeklagten vorbringt, mit einer Prise Skepsis zu betrachten. Sir Oliver hat mir mein Argument aus dem Mund genommen.«

In Beatas Ohren klang seine Stimme unerträglich selbstgefällig. Wo steckte Crow nur? Warum ließ er sich so viel Zeit? Sie selbst konnte nichts sagen oder tun, und diese Hilflosigkeit war schlimmer als jede Wunde. Da konnte man wenigstens die Schmerzen lindern.

»So weit bin ich noch nicht, Mylord«, sagte Rathbone, an den Richter gewandt, und drehte sich sofort wieder zu seinem Zeugen um. »Mr Gillander, hat Mr Monk mit Ihnen über diese Verschwörung gesprochen, die er laut Mr McNab und Mr Clive befürchtete?«

»Er hat etwas von einem möglichen Einbruch gesagt, Sir. Aber noch wichtiger war es ihm zu ermitteln, wer Mr Blount in den Rücken geschossen hatte und ob es eine Verbindung zwischen Mr Blount und Mr Owen gab, die über den Umstand, dass beide aus dem Gewahrsam von Mr McNabs Männern entkommen waren, hinausging. Er meinte, dass vielleicht überhaupt kein Zusammenhang existierte.«

»Nicht?«, fragte Rathbone erstaunt. »Dann glaubte er gar nicht an eine Verschwörung?«

»Wohl eher nicht. Aber es ist nun einmal seine Aufgabe, alle Eventualitäten auszuschließen. Er musste der Sache nachgehen, wie unwahrscheinlich sie auch war. Hätte es tatsächlich eine Verschwörung gegeben und er hätte sich nicht darum gekümmert, wäre er unsterblich blamiert gewesen.«

Rathbone nickte. »Allerdings. Und fand er etwas heraus?«

»Ja. Er stieß auf einen Burschen, der sich in der Deptford-Gegend in einem heruntergekommenen Gasthaus aufhielt. Der sagte, Mr Owen hätte sich schleunigst nach Frankreich abgesetzt, weil er vor Mr McNab eine Höllenangst hatte. Außerdem verriet er uns, dass es Mr Pettifer selbst war, der Mr Blount ertränkt hatte.«

Rathbone runzelte die Stirn. *»Uns?«*

»Ja, Sir. Commander Monk und mir.«

»Und er hat ihn ertränkt?«, fragte Rathbone in gespielter Überraschung nach. »Wer hat dann den Schuss abgegeben?«

»Das ist nicht klar.«

»Wie interessant«, murmelte Rathbone, als spräche er mit sich selbst. »So langsam erkenne ich eine Strategie hinter alldem.«

»Dann sieht er sehr viel mehr als ich, Mylord!«, rief Wingfield dazwischen. »Was Sir Oliver angeblich sieht oder zu sehen glaubt, ist nicht von dieser Welt. Mit Verlaub, Mylord, wie lange sollen wir diese Groteske noch ertragen?«

»Bis ich anders entscheide, Mr Wingfield!«, donnerte der Richter, doch man konnte erkennen, dass auch seine Geduld bald zu Ende war. Rathbone fasste das als Warnung auf. Er durfte nie vergessen, dass der Richter ihm jederzeit das Wort entziehen konnte.

Leise verkündete er: »Morgen werde ich einen Zeugen befragen, der zu dem zuletzt behandelten Punkt einen entscheidenden Beweis erbringen wird, aber darf ich für heute Lady York, Witwe des Obersten Richters York, in den Zeugenstand bitten? Leider hat sie diesen Prozess von Anfang an verfolgt und ist darum mit sämtlichen bisherigen Zeugenaussagen vertraut, doch mir ist eben erst mitgeteilt worden, dass sie Kenntnisse besitzt, die vieles erklären könnten.«

Eigentlich hatte er Beata schonen wollen, doch jetzt galt es dringend, Zeit zu gewinnen.

Schon schnellte Wingfields Hand in die Höhe. »Mylord, was, um alles auf der Welt, kann die ehrbare Witwe eines bedeutenden Richters über die stinkenden Slums von Deptford oder das Gestammel eines betrunkenen Herumtreibers über den Tod eines entflohenen Fälschers wissen? Das ist mehr als grotesk!«

Der Richter musterte Rathbone skeptisch. »Sir Oliver?«

Rathbone war immer noch blass und bewegte sich bei Weitem nicht mit der ihm eigenen Eleganz. »Ich bilde mir nicht ein, dass Lady York irgendetwas über Deptford weiß, Mylord, oder gar dem Gestammel eines betrunkenen Herumtreibers gelauscht hat. Das wollte ich ihr auch nicht unterstellen. Aber sie weiß sehr viel über San Francisco in der Zeit des Goldrauschs, da sie damals dort gelebt hat. Und sie war bekannt mit Miriam Astley und mit Piers Astley, dessen Tod durch diesen Prozess zu geistern scheint, des Weiteren mit Aaron Clive, dem ungekrönten König der besseren Gesellschaft dort. Sie könnte auch das eine oder andere über den jungen Mr Gillander zu berichten wissen sowie über William Monk. Ich denke, das Gericht wird ihre Kenntnisse in mehrfacher Hinsicht für relevant halten.«

»Pflegt Lady York noch die Bekanntschaft mit Mr und Mrs Clive, Sir Oliver? Und ist sie nach ihrem kürzlichen Verlust belastbar genug, um sich in den Zeugenstand zu begeben?«

»In der Tat pflegt sie diese Bekanntschaft noch, Mylord. Mehr noch, seit ihrem Verlust sind sie die einzigen Freunde, die sie regelmäßig besucht, da sie beabsichtigen, einer englischen Universität im Namen ihres verblichenen Mannes einen Lehrstuhl zu stiften und ihn mit den nötigen Mitteln auszustatten. Und ja, sie ist belastbar genug.«

»Dann fahren Sie fort. Aber ich warne Sie: Wenn Sie die Zeit des Gerichts verschwenden, werde ich das nicht wohlwollend bewerten. Es könnte einige dramatische Szenen geben, aber wir sind hier nicht im Theater, Sir Oliver. Das Leben eines Mannes steht auf dem Spiel.«

»Eben deshalb, Mylord. Vielen Dank.«

Gleich darauf wurde Beata vom selben Gerichtsdiener, durch den sie Rathbone hatte verständigen lassen, über die freie Fläche zum Zeugenstand geführt. Sobald sie ihren Platz eingenommen hatte, wurde sie vereidigt. Ein bisschen schwindlig war ihr nun doch. Sie hatte nicht geahnt, dass die Stufen so schmal und steil waren. Trotzdem gab sie dem Impuls nicht nach, sich am Geländer festzuhalten, obwohl ihr klar war, dass sie nervös wirkte.

»Lady York«, begann Rathbone in freundlichem, aber auch förmlichem Ton, denn auf keinen Fall durfte Beata mit einem Lächeln zu erkennen geben, dass sie miteinander befreundet waren. »Ich glaube, Sie haben eine Zeit lang in San Francisco gelebt, auch während der Jahre des Goldrauschs, der uns allen ein Begriff ist und 1849 seinen Höhepunkt fand. Ist das richtig?«

»Ja.«

»Kannten Sie in dieser Zeit einige der Personen, die jetzt mit diesem Prozess zu tun haben, insbesondere den Angeklagten, William Monk? Oder Piers Astley, der 1850 ermordet wurde? Oder Fin Gillander, dem der Schoner *Summer Wind* gehört, oder Miriam Clive, die damals Miriam Astley hieß, und ihren gegenwärtigen Mann, Aaron Clive?«

»Ja, ich kannte sie alle – außer William Monk, den ich nur vom Sehen und seinem Ruf nach kenne.«

»Ach ja? Und welchen Ruf hat er?«

»Er gilt als tapferer Mann, als guter Seemann und als jemand, dem man nicht in die Quere kommen möchte. Allerdings war er insofern ungewöhnlich, als er in Kalifornien Abenteuer suchte und nicht Gold. Darin ähnelte er Fin Gillander.« Sollte sie die ganze Wahrheit sagen? Rathbone hatte sie nicht darum gebeten. Aber sie gehörte zur Geschichte. Das wusste Beata inzwischen besser als Rathbone. »Nur dass Fin – wie so viele Männer – über beide Ohren in Miriam Astley verliebt war. Er war etwa zwanzig Jahre alt, und sie war wie ich einige Jahre älter. Es war eine hoffnungslose Liebe, und das wusste er auch, allein schon, weil sie außer ihrem Mann nie jemand anderen geliebt hatte.«

»Ihren damaligen Mann, Piers Astley, oder ihren jetzigen, Aaron Clive?«

»Ihren damaligen Mann, Piers Astley.«

»Derjenige, der ermordet wurde?«

»Ja.«

»Warum erwähnen Sie diese Männer, Lady York? Wollen Sie irgendwie andeuten, dass Fin Gillander bei Astleys Tod die Hände im Spiel hatte?«

»Nein. Ich bin mir sicher, dass er nichts damit zu tun hatte und Mr Monk ebenso wenig. Miriam weiß inzwischen, wer ihren Mann umgebracht hat. Und sie ist im Besitz eines Gegenstands, den sie für einen eindeutigen Beweis hält.« Sie atmete tief durch und hörte, wie um sie herum im ganzen Saal nach Luft geschnappt wurde.

Rathbone fuhr mit der Befragung fort. »Lady York, wenn sie einen Schuldbeweis in Händen hält, warum geht sie dann nicht zur Polizei und erhebt Anklage?«

»Weil der Gegenstand nur für sie ein Beweis ist. Man schießt nur dann auf einen Bären, wenn man sicher ist, dass man ihn töten wird. Verletzt man ihn nur, bringt *er* einen um.«

Nervöses Kichern perlte durch den Saal. Dann trat abrupt Stille ein.

»Darf ich annehmen, dass die Person, die Piers Astley getötet hat, enorme Macht besitzt?«, fragte Rathbone. »Und würde diese Person Mrs Clive zerstören, falls sie diese Person anklagt und dabei keinen Schuldspruch erreicht?«

»Ja«, antwortete Beata, ohne zu zögern, »das ist der Grund, warum sie Mr Monk in den Fall einbeziehen wollte. Sie glaubte, er hätte die Macht, eine Verurteilung zu erwirken. Aber natürlich wusste sie zu dem Zeitpunkt nicht, dass Mr McNab voller Leidenschaft seine Rache an Mr Monk betrieb, weil sein Halbbruder für einen Mord gehängt worden war, den er fraglos begangen hatte.« Wieder holte sie tief Luft. Jetzt musste sie alles richtig machen – Halbheiten halfen nichts. »Ich war lange mit einem Juristen verheiratet, der Anwalt und Richter wurde. Da fiel es mir nicht schwer, die Gerichtsakten zu studieren. Ich wusste, wo ich suchen und welche Fragen ich stellen musste. An Rob Nairns Schuld bestanden keine Zweifel. Mr Monk hätte um Milde bitten können, aber sie wäre nicht gewährt worden.«

»Lassen Sie mich das richtig verstehen, Lady York. Mrs Clive wollte Gerechtigkeit, oder wenn Ihnen das lieber ist, Rache für die Ermordung ihres ersten Mannes. Gleichzeitig sann Mr McNab auf Rache an Mr Monk, weil er nicht um Milde für Mr McNabs Halbbruder ersucht hatte. Und zu diesem Zweck benutzten die zwei einander?«

»Ja. Eine kurze Weile.«

»Wenn wir die zwei angesprochenen Aspekte einmal isoliert betrachten: Wie konnte Mr McNab hoffen, sich damit an Mr Monk zu rächen?«

Beata holte tief Luft und gab vor zu überlegen. Verstohlen blickte sie sich im Saal um. Sie hoffte zu Gott, Crow würde bald auftauchen. Sehr viel länger konnte sie das Gericht nicht hinhalten.

»Indem er eine scheinbar monströse Verschwörung gegen Aaron Clive erfand«, erklärte sie. »Kaum hätte Mr Monk Mr Clive davor gewarnt, hätte sie sich als Unsinn erwiesen, und Mr Monk hätte sich zum Gespött der Leute gemacht.« Sie spürte, dass die Augen der Geschworenen auf ihr ruhten.

Rathbone zog eine skeptische Miene. »Haben Sie denn irgendeinen Beleg dafür?«

»Ich nicht, aber Sie«, erwiderte Beata. »Er ist in diesem Saal bereits vorgetragen worden und betrifft Mr Blounts und Mr Owens Flucht aus Mr McNabs Gewahrsam. Die zwei Ereignisse kurz nacheinander waren kein Zufall, wie man auf den ersten Blick meinen könnte. Ebenso wenig Mr Blounts Tod und Mr Owens Flucht aus London.«

Rathbone gab sich verwirrt. »Aber was ist nun mit der Verschwörung?«

Stille trat ein. Schließlich erklärte Beata: »Als Nächstes ist Mr Pettifer in der Themse ertrunken, während Mr Monk versuchte, ihn zu retten. Das hatte Mr McNab nicht voraussehen können, aber es bot ihm eine viel einfachere und bösere Rache, als er sie hätte ersinnen können. Er ließ die Idee mit der Verschwörung fallen und beschuldigte Mr Monk der vorsätzlichen Ermordung von Mr Pettifer.«

Rathbone breitete in scheinbarer Verwirrung die Hände aus. »Aber all die Aussagen zu Mr Monks Hass gegen Mr Pettifer wegen des Fiaskos auf dem Schiff der Gewehrschmuggler und Mr Ormes Tod? Was ist damit?«

»Wir haben ja nur Mr McNabs Wort dafür, dass Mr Pettifer hinter den Ereignissen steckte, die zu Mr Ormes Tod geführt haben.« In ihrer Verzweiflung ging Beata jetzt sogar so weit, dass sie mit Rathbone stritt. Die Zeit verstrich gnadenlos, und immer noch fehlte jedes Zeichen von Dr. Crow! Wie lange würde der Richter sie noch so ausführlich berichten lassen? »Was, wenn Mr Pettifer nichts als ein braver Leutnant war, der Mr McNabs Befehle ausführte – so wie es hier offensichtlich der Fall war?«, fragte sie kampfeslustig.

»Das ergibt tatsächlich Sinn, Lady York. Aber es ist weit davon entfernt, als Beweis zu dienen. Welche Belege haben Sie denn für Ihre Behauptungen?«

Sie fühlte sich so verletzlich wie eine Fliege auf einem riesigen weißen Teller. Als sie den Mund öffnete, brachte sie nur ein heiseres Flüstern zustande. »Das werden Sie Dr. Crows Zeugen fragen müssen. Oder Miriam Clive persönlich.«

»Danke, Lady York. Ich werde beides tun.«

In diesem Moment erhob sich auch schon Wingfield. Beata erschrak. Sie hatte ganz vergessen, dass er die Gelegenheit bekommen würde, sie ins Kreuzverhör zu nehmen. Davor konnte Rathbone sie nicht bewahren.

Während er vor den Zeugenstand trat, überkam sie plötzlich das Gefühl, er wäre eine Fliegen fressende Spinne und sie das Opfer. Und dabei hatte er mit der Befragung noch gar nicht begonnen.

»Es tut mir leid, dass Sie in diese Notlage geraten sind, Lady York«, sagte Wingfield in freundlichem Ton. »Zuerst möchte ich Ihnen meine Anteilnahme zum Tod Ihres Mannes aussprechen. Er war ein wunderbarer Mensch. Ich habe ihn gut gekannt, und er wird schmerzlich vermisst werden.«

Sah sie da ein Feixen auf Wingfields Gesicht? Hatte sich Ingram etwa vor einem solchen Kerl all der Dinge gerühmt, zu denen er sie gezwungen hatte? Glühend heiß stieg ihr das

Blut in die Wangen. Hatte er Ingram absichtlich erwähnt, vielleicht als Warnung, weil er etwas über sie wusste?

Sie starrte ihn herausfordernd, ja, hasserfüllt an, als wäre er Ingram. Himmel, sie hatten sogar die gleiche Augenfarbe!

Er wartete auf ihren Dank.

»Danke«, sagte sie kalt.

»Sicher sind Sie noch in tiefer Trauer«, fuhr er in noch sanfterem Ton fort, der sogar Mitleid anklingen ließ.

Gott im Himmel! Mit einem Schlag wurde ihr klar, was er vorhatte. Er würde dem Gericht nahelegen, dass sie vor Trauer vollkommen verwirrt war und ihr Wort nicht allzu ernst genommen werden musste.

Bewusst erwiderte sie sein Lächeln. Sie durfte, sie *würde* ihn nicht gewinnen lassen.

»Zu meinem Glück hatte ich viel Zeit, mich an die Vorstellung von einem Leben ohne meinen Mann zu gewöhnen, Mr Wingfield. Ingram war schon vor seinem ersten Anfall länger kränklich, als die meisten ahnten. Genau genommen konnte ich mich fast zwei Jahre lang auf den Witwenstand vorbereiten. Und ich bin gut versorgt, sowohl finanziell als auch mit wertvollen Freunden. Ich betrachte mich als gutsituiert. Und der arme Ingram ruht endlich in Frieden. Aber während ich Ihnen für Ihre Liebenswürdigkeit danke, bin ich mir sicher, dass das Gericht sich nur für die Wahrheit an diesem Fall interessiert. Was möchten *Sie* in dieser Sache von mir wissen?« Sie schenkte ihm exakt dasselbe gönnerhafte Lächeln, mit dem er sie bedacht hatte, und hoffte, dass er das bemerkte.

»Mich haben Ihre Worte über die Person verwundert, die Sie als ›Dr. Crows Zeuge‹ bezeichnet haben«, begann Wingfield, strahlte aber nicht mehr die gleiche Zuversicht aus, die er eben noch gezeigt hatte. »Um was würde es bei dieser Aussage gehen?«

Jetzt musste sie raten. »Um den Tod von Mr Blount, der allem Anschein nach die Vorstellung von einer Verschwörung beflügelte.«

Wingfield schien zu überlegen, ob er nachfragen sollte, ließ es aber bleiben.

Beata schickte unterdessen ein Stoßgebet nach dem anderen gen Himmel, Crows Zeuge möge bald eintreffen, denn ihr fiel bald wirklich nichts mehr ein.

Wieder breitete sich quälende Stille aus – die jäh durch ein dumpfes Geräusch unterbrochen wurde. Die Tür flog auf und fiel zu, ein Gerichtsdiener durchquerte den Saal zu Rathbone und flüsterte mit ihm. Die Anspannung im Gerichtssaal stieg. Zuschauer und Geschworene fixierten Rathbone atemlos. Auf Rathbones Gesicht breitete sich ein Lächeln aus.

»Mylord, Dr. Crows Zeuge ist eingetroffen. Ich würde gern Lady York entlassen und Albert Tucker aufrufen.«

Richter Lyndon biss sich auf die Lippe und beugte sich mit strenger Miene über sein prächtig geschnitztes Pult. »Diese Aussage sollte besser relevant sein, Sir Oliver. Ich teile Mr Wingfields Abneigung gegen Theatralik!« Sein Ton war nicht ganz frei von Sarkasmus, denn Wingfields Theatralik mochte er ebenso wenig. »Wenn Mr Wingfield mit seinen Fragen fertig ist, sind Sie entlassen, Lady York. Vielen Dank.«

Der Ankläger zeigte sich einverstanden. Unendlich erleichtert bedankte sich Beata, stieg vorsichtig die Treppe hinunter und kehrte an ihren Platz zurück.

Von einem weiteren Gerichtsdiener begleitet kam Albert Tucker herein und trat in den Zeugenstand. Er war ein hagerer Mann mit blauer Seemannsjacke, wettergegerbtem Gesicht und eng beieinanderliegenden blauen Augen, die den

Eindruck erweckten, als wären sie ständig ein wenig zusammengekniffen.

Nach der Vereidigung auf seinen Namen und seinen Beruf als Leichterschiffer befragte Rathbone ihn ohne Umschweife zur Sache. Ihm war klar, dass er die Geduld des Richters genügend strapaziert hatte.

»Sind Sie es, der einen Toten aus der Themse gezogen hat, der später als Blount identifiziert wurde?«

»Ja, Sir. Ich und Willis, Sir. Wir haben das dann gleich gemeldet.«

»Der Wasserpolizei?«

»Nein, Sir. Er war ja ertrunken. Da gab's keinen Grund, nich' zur Zollpolizei zu gehen, wo er doch denen entwischt war.«

Das weckte Rathbones Neugierde. »Woher wussten Sie, dass er Blount hieß und aus dem Gewahrsam der Zollpolizei geflohen war?«

»Weil sie sich nach ihm erkundigt hatte. Außerdem hatte ich ihn schon vorher gesehen. Trieb sich am Ufer herum, wo er seine Aufgaben erledigte.«

»Und als Sie ihn aus dem Wasser zogen, war er da tot?«

»Ja. Ertrunken.«

Rathbone gab sich verblüfft. »Nicht erschossen?«

»Nein, Sir. Bloß ertrunken.«

»Sind Sie sich dessen ganz sicher, Mr Tucker? Denn als Mr McNab die Wasserpolizei holte und ausdrücklich Mr Monk verlangte, wies Mr Blount eindeutig ein Einschussloch im Rücken auf.«

»Ja, Sir. Aber er war noch nich' erschossen gewesen, als Mr Willis und ich ihn aus dem Wasser gezogen und an Mr McNab übergeben haben.«

Rathbone machte eine irritierte Miene. »Wie können Sie

sich so sicher sein? Haben Sie ihn untersucht? Trug er einen Mantel? Kann es sein, dass Sie ein Einschussloch übersehen haben, was ja möglich wäre, wenn das Wasser alles Blut weggespült hätte?«

»Nein, Sir.« Verlegen trat Tucker von einem Fuß auf den anderen.

Rathbone dagegen wirkte jetzt vollkommen ungerührt. »Woher wissen Sie das so genau?«, drängte er.

»Darf ich mich umdrehen, Mylord?«, bat Tucker den Richter.

»Wenn es dem Zweck dient.«

Daraufhin beschrieb Tucker langsam eine vollständige Drehung, bis er wieder Rathbone gegenüberstand. In der Galerie hätte man eine Stecknadel fallen hören können.

Tucker schluckte. »Das is' der Mantel«, sagte er leise. »Es war ein gutes Stück, und Blount hat ihn ja nich' für seine Beerdigung gebraucht. Willis und ich haben eine Münze darum geworfen. Ich hab gewonnen. Mir hat er sowieso besser gepasst. Dafür kriegt er den nächsten.«

»Auf alle Fälle weist er keine Löcher auf«, bestätigte Rathbone. »Es ist sehr … tapfer von Ihnen, dass Sie ihn angesichts der Umstände hier tragen. Hat es Ihnen keine Sorgen bereitet, dass Seine Lordschaft das missbilligen würde? Immerhin haben Sie eine Leiche gefleddert …«

Tucker schluckte schwer. »Doch. Und wie! Das is' ja der Grund, warum ich mich nich' schon früher gemeldet hab. Aber dann hab ich erfahren, dass Mr Monk in Schwierigkeiten steckt, und – es war eben McNab, der auf Blount geschossen hat, obwohl der längst mausetot war. Dr. Crow hat mir gesagt, dass ich alles sagen muss, was ich weiß.«

»Hat er Ihnen eine Belohnung dafür angeboten?«

»Nein, Sir.«

»Oder eine Strafe angedroht, falls Sie sich nicht melden?«

»Nein, Sir.«

»Danke, Mr Tucker. Halten Sie sich bitte noch zur Verfügung, falls mein geschätzter Kollege, Mr Wingfield, auch noch Fragen an Sie hat.«

Tucker machte einen äußerst unglücklichen Eindruck, doch ihm blieb keine Wahl.

Wingfield erhob sich und trat nahe an den Zeugenstand heran. Dann blickte er zu Tucker hinauf und musterte ihn wie Treibgut, das die Flut nicht fortgespült hatte.

»Fleddern Sie oft Leichen, Mr Tucker?«

Ein Aufkeuchen ging durch die Galerie.

»Sie waren nie arm und haben nie gefroren, sonst würden Sie nich' so daherreden«, knurrte Tucker, das Kinn nun etwas vorgereckt. »Es war wie Strandgut. Außerdem brauchte er den Mantel nich'. Er sah auch ohne ihn vollkommen anständig aus. Es is' ja nich' so, als ob ich ihm das Hemd oder die Hose ausgezogen hätt.«

»Seine Stiefel vielleicht?«, fragte Wingfield sarkastisch.

Tucker blitzte ihn empört an. »Als ob ich 'nem Mann die Stiefel klauen würde!«

»Das sagen Sie«, antwortete Wingfield in einem belehrenden Tonfall, obwohl er zu dem im Zeugenstand stehenden Tucker hinaufschauen musste. »Doch gleichzeitig kommen Sie in seinem Mantel daher und schwören vor Richter Lyndon, dass Sie den Mantel, den Sie hier tragen, dem toten Mr Blount abgenommen haben, der unmittelbar davor ertränkt und erschossen worden war?«

»Er hätt bei 'nem Unfall ertrinken können«, meinte Tucker. »Und erschossen isser erst worden, nachdem Mr McNab ihn in die Hände gekriegt hat. Ich schätze, dass er das getan hat, damit er 'nen Grund hat, Mr Monk zu holen.«

»Und ich schätze, dass Mr Monks zwielichtige Freunde an beiden Flussufern lügen wie gedruckt, weil sie hoffen, dass die Wasserpolizei sich ihnen auch einmal gefällig erweist«, blaffte Wingfield zurück.

Jetzt war Tucker in seiner Ehre verletzt. Das Gesicht zornverzerrt umklammerte er das Geländer mit beiden Händen und beugte sich weit vor. »Wenn ich das gewollt hätt, Mister, dann hätt ich nich' so lang gewartet, sondern sofort gesagt, dass McNab auf den Toten geschossen hat. Und Sie haben kein Recht, mich 'nen Lügner zu schimpfen, wenn ich die geschworene Wahrheit sag!«

»Sie würden die ›geschworene Wahrheit‹ nicht einmal dann erkennen, wenn sie Sie beißen würde!«, zischte Wingfield, schon auf dem Weg zurück zu seinem Pult, doch die Geschworenen hatten jedes Wort verstanden.

Nach kurzem Zögern stand Rathbone auf und trat vor. »Mr Tucker, sind Sie jemals des Lügens überführt und dafür bestraft worden?«

Beata schloss die Augen und hielt die Luft an.

»Nein, Sir«, antwortete Tucker mit fester Stimme. »Ich nich', aber Willis schon. Drum hat Dr. Crow gesagt, dass ich kommen und den Mantel tragen soll, damit Sie es mit eigenen Augen sehen können.«

Rathbone stieß einen Seufzer aus. »Danke, Mr Tucker. Was mich betrifft, steht es Ihnen frei zu gehen.«

Richter Lyndon musterte den Zeugen mit einem strengen Blick. Um seine Mundwinkel spielte ein düsteres Lächeln. »An Ihrer Stelle würde ich diese Gelegenheit nutzen, Mr Tucker. Bleiben Sie warm im Mantel eines Toten. Es wäre ja eine Schande, ein so gutes Stück nicht zu benutzen.«

Tucker dankte ihm und suchte eilig das Weite.

»Mylord, ich habe nur noch eine Zeugin«, sagte Rathbone

und warf einen Blick zu dem hohen Flügelfenster hinüber, hinter dem die Sonne rasch verblasste. »Und ich glaube, ich kann mich kurz fassen.«

»Dann holen Sie Ihre Zeugin, Sir Oliver«, brummte Lyndon.

»Ich rufe Miriam Clive auf!«

Zunächst geschah nichts. Schon blickten die Ersten gespannt zum Eingang. Dann schnappte jemand nach Luft. Tatsächlich: Sie erschien in der Tür. Bisher war sie für die meisten im Saal eine Legende gewesen, kein Mensch aus Fleisch und Blut. Nun endlich bekam man sie zu sehen, und sie erfüllte sämtliche Erwartungen. Schön war sie schon immer gewesen, doch mit dem vor Angst bleichen Gesicht und dem hocherhobenen Kopf war sie atemberaubend. Als ginge sie ihrer eigenen Hinrichtung entgegen, schritt sie den Gang zwischen den Sitzreihen entlang, ohne auch nur ein einziges Mal nach links oder rechts zu blicken. Nachdem sie den Zeugenstand erklommen hatte, ließ sie die Vereidigungszeremonie über sich ergehen. Erst danach wandte sie sich Rathbone zu und starrte ihn an wie eine Verurteilte den Scharfrichter, der bereits die Axt schwingt. Auf gewisse Weise passte ihr Kleid zu einem solchen Bild. Es war von einem tiefen Burgunderrot, so dunkel, dass es fast schwarz wirkte. Ihr üppiges Haar war nach hinten gesteckt, sodass es ihre hohen Wangenknochen und die aufregend schönen Augen betonte.

Sogar Rathbone war beeindruckt. Beata bemerkte das an seinem Gesichtsausdruck, was allerdings niemandem sonst im Saal auffiel. Dass ihre eigenen Hände schmerzten, weil sie sie so fest ballte, nahm sie kaum wahr. Was würde Miriam jetzt aussagen? Sie wartete doch schon seit Jahren auf diese Gelegenheit, Aaron zu verdammen!

Beata versuchte, sich daran zu erinnern, was sie gesagt hatte. Glaubte Oliver ihr überhaupt? Konnte er sich hier, im winterlich kalten London, im Old Bailey, wirklich vorstellen, wie sich die Sommerhitze und das Gold in der wilden Landschaft des Kaliforniens von vor zwanzig Jahre ausgewirkt hatten? Die Zeit des Goldfiebers – das war eine ganz andere Welt gewesen.

»Mrs Clive«, begann Rathbone würdevoll, »Ihre erste Ehe wurde in Kalifornien vor dem Goldrausch des Jahres 1849 geschlossen, wie ich glaube?«

Wie von der Tarantel gestochen sprang Wingfield auf. »Das ist irrelevant, Mylord! Sir Oliver verschwendet schon wieder unsere Zeit!«

»Sie selbst haben die Tür zur Vergangenheit in San Francisco aufgestoßen, Mr Wingfield.« Lyndon wandte sich an Miriam. »Sie dürfen die Frage beantworten, Mrs Clive.«

»Ja, vor 1849.« Miriam sprach mit beinahe ausdrucksloser Stimme, innerlich kämpfte sie allerdings darum, ihre Gefühle zu beherrschen. Beata wusste das, weil sie Miriam kannte. Sie fragte sich, welchen Eindruck Miriam auf das Gericht, insbesondere auf die Geschworenen, machte. Wirkte sie zerbrechlich? Oder reich und schön – vom Schicksal verwöhnt? Wie weit das von der Wahrheit entfernt war, dachte Beata bitter. Miriams Schönheit war wirklich kein Segen gewesen.

»Mit Piers Astley, der 1850 auf tragische Weise getötet wurde?«, fuhr Rathbone fort.

Miriam räusperte sich. »Ja. Er wurde in einem Saloon etwa vierzig Meilen von San Francisco entfernt erschossen.«

»Passierte das bei einer Schlägerei? War es ein Unfall?«

»Nein. Es geschah in einem Hinterzimmer, und er war mit seinem Mörder allein.« Jetzt waren die Emotionen in ihrer Stimme unüberhörbar.

Rathbone achtete darauf, ruhig weiterzusprechen. »Wenn Sie nicht dort waren, Mrs Clive, wie können Sie das dann wissen?«

Wieder herrschte atemlose Stille im Saal.

»Zeugen«, sagte Miriam schlicht. »In Bezug auf die Tatsache an sich, nicht darauf, wer den Schuss abgegeben hat.«

»Ich verstehe. Wissen Sie, wer es war?«

»Damals wusste ich es nicht. Jetzt schon.«

Ein Aufkeuchen ging durch den Saal. Es klang wie von einem Windstoß aufgewirbeltes Laub im Herbst.

Wingfield erhob sich halb, überlegte es sich aber blitzschnell anders, als er dem Blick des Richters begegnete. Schweigend sank er auf seinen Stuhl zurück.

»War es William Monk?«, fragte Rathbone.

»Nein. Ihn habe ich auch nie für den Mörder gehalten. Allerdings dachte ich eine Zeit lang, er könnte mir helfen, die Wahrheit zu beweisen.«

Der Richter beugte sich weiter vor, ergriff aber nicht das Wort. Die Geschworenen saßen wie erstarrt da; sie schienen nicht einmal zu blinzeln.

»Aber dann fanden Sie heraus, dass er nichts wusste?«, fragte Rathbone.

Beata hielt die Luft an. Vorsicht! Vorsicht!

»Ja …«

Bevor Miriam noch etwas hinzufügen konnte, stellte Rathbone bereits die nächste Frage: »Sprach Mr McNab Sie wegen dieser Angelegenheit an, oder wandten Sie sich an ihn?«

Miriam zuckte fast unmerklich zusammen. »Als ich von meinem Mann hörte, dass es zwischen Mr Monk und Mr McNab gewissermaßen böses Blut gab, sprach ich Mr McNab sehr diskret an.«

»Mit welcher Absicht, Mrs Clive?«

»Um Mr Monk so weit zu bringen, dass er mir mitteilte, was er über Piers' Tod wusste. Wenn er bereit gewesen wäre zu reden, hätte er das damals getan. Und ich dachte mir, falls Mr McNab etwas wüsste, das sich gegen Mr Monk verwenden ließe, könnte ich es womöglich als Hebel benutzen, um Mr Monk dazu zu überreden, mir dabei zu helfen, Piers' Mörder zu stellen.«

»Habe ich das richtig verstanden: Sie waren bereit, Mr Monk zu benutzen, um denjenigen zu enttarnen, der Ihren ersten Mann umgebracht hatte? Sie wussten zwar schon, wer es war, aber Ihnen fehlte noch der Beweis. Ist das richtig?«

»Ja«, antwortete sie mit zitternder Stimme. Sie atmete mehrmals tief durch und beruhigte sich wieder.

»Erklärten Sie das auch Mr McNab?«, wollte Rathbone wissen.

»Nur so viel, wie unbedingt nötig war. Er brauchte wirklich nicht alles zu erfahren. Bis zu Mr Pettifers Tod schien ihm sehr daran gelegen zu sein, Mr Monk davon zu überzeugen, dass eine größere Verschwörung im Gange sei, um die Warenlager meines Mannes auszurauben.«

»Bis zu Mr Pettifers Tod?«, wiederholte Rathbone mit gesteigertem Interesse. »Und danach?«

»Nach einer Weile ließ er diese Angelegenheit einfach fallen«, antwortete Miriam. »Ich glaube, dass Mr Monk ihm unbeabsichtigt einen viel besseren Ansatz für seine Rache geboten hat. Mr McNab muss das wie ein Geschenk des Himmels empfunden haben.«

»Mr McNab war also nicht mehr auf Ihre Hilfe angewiesen?«

»Das ist richtig. Und ich nicht mehr auf seine. Mr Monk hat keine Ahnung, wer Piers umgebracht hat.«

»Aber Sie wissen es.«

»Ich weiß es seit dem Tag, an dem mir das blutgetränkte Hemd überbracht wurde, das Piers am Tag seines Todes trug. Ich erkannte es wieder, weil ich es selbst genäht hatte. Die meisten Frauen erkennen ihre eigenen Arbeiten auf Anhieb. Vor allem, wenn es ein größeres Kleidungsstück ist. Sie wissen, wie sie einen Kragen wenden oder wie sie einen Ärmel annähen.«

Alle Anwesenden hingen an Miriams Lippen.

»Und das war ein Beweis?«, fragte Rathbone verblüfft.

»Nein. Der Beweis bestand darin, *wo* das Hemd gefunden wurde und in wessen Besitz es war.« Sie verstummte. Sie hatte heftig zu zittern begonnen, und jeder konnte sehen, dass sie kaum noch in der Lage war, die Fassung zu wahren.

Unwillkürlich stellte sich Beata vor, wie es für Miriam gewesen sein musste, das mit dem Blut ihres Mannes getränkte Hemd in der Hand zu halten. Beim bloßen Gedanken daran wurde ihr beinahe übel.

»Und …?«, fragte Rathbone heiser.

»Das Hemd und eine Übereignungsurkunde eines Stücks Land am American River, wo viel Gold entdeckt worden war«, antwortete Miriam heiser.

»Ich verstehe.«

»Das war der Beweis seines Todes.« Miriam erstickte schier an ihren Worten. Tränen strömten über ihre Wangen. »Und der Beweis für die Bezahlung der Überschreibung.«

»Und auch für jemandes Schuld?«, fragte Rathbone.

Atemlose Stille herrschte im Saal. Beata dröhnte ihr eigener Herzschlag in den Ohren.

»Ja. Er wurde unter den Habseligkeiten eines Toten gefunden. Sein Name war Belknap. Der Mann, mit dem zusammen mein jetziger Gatte, Aaron Clive, zum Zeitpunkt der Ermordung von Piers vierzig Meilen vom Tatort entfernt war.«

Rathbone starrte sie fassungslos an. »Wollen Sie damit sagen, dass Belknap Piers Astley umgebracht hat und dass Aaron Clive gelogen hat, um ihn zu schützen?«

»Nein, Sie … Idiot!« Miriam schrie in ihrer Verzweiflung. »Belknap hat gelogen, um *Aaron* zu schützen! Genau zu dieser Zeit beging Belknap einen Raub an einem meilenweit entfernten Ort. Er war damals vollkommen zu Recht angeklagt worden! Aaron log, als er behauptete, er sei mit Belknap zusammen gewesen. Angeblich hat er ihn geschützt. Doch es verhielt sich genau umgekehrt! Er sagte das nur, damit Belknap *ihn* schützen konnte! Ich habe das erst erfahren, als Fin Gillander mir die Nachricht von Belknaps Tod überbrachte; er hatte auch das Hemd dabei, das Piers trug, als er erschossen wurde. Fin Gillander hatte es gefunden und als Beweis mitgenommen. Darüber hinaus brachte er die Übereignungsurkunde für das Grundstück mit, das Aaron Belknap für sein Schweigen geschenkt hatte.«

»Ja«, sagte Rathbone sehr leise, »ich verstehe. Belknap hatte es als Pfand behalten, um sein eigenes Leben abzusichern?«

»Ja!« Miriam verbarg das Gesicht schluchzend in den Händen.

Rathbone wandte sich zu Wingfield um. »Ich denke, damit sind ein altes Verbrechen und eine gegenwärtige Tragödie geklärt. An Piers Astleys Ermordung können wir nichts ändern, außer den guten Namen all derer wiederherzustellen, die keine Schuld haben. Was Sie mit Mr McNab machen, ist Ihre Angelegenheit. Die Zollbehörde wird ihn zweifellos wegen der Sabotage der Razzia der Thames River Police auf dem Schiff der Gewehrschmuggler und der Ermordung von Mr Orme verhören wollen. In jedem Fall bin ich guten Mutes, dass Sie jetzt Ihre Anklage gegen Commander Monk im Zusammenhang mit dem Ertrinken des bedauernswerten Mr Pettifer zurückziehen werden, einem allem Anschein nach unappetitlichen Zeitgenossen, der von seinem Vorgesetzten wissentlich in die Irre geführt wurde und dann trotz Mr Monks Bemühungen, ihn zu retten, jämmerlich ertrank.«

Richter Lyndon nickte nachdenklich.

Nach und nach wich die Anspannung aus den Mienen der Männer auf der Geschworenenbank. Zwei lächelten sogar.

Von der Galerie wurde so manches erleichterte Seufzen hörbar. Überall raschelten Kleider, weil die Zuschauer wieder wagten, sich zu bewegen.

Wingfield erhob sich. Nun war er es, der durch seine Blässe auffiel.

»Die Krone möchte ihre Anklage gegen William Monk zurückziehen, Mylord. Die anderen Sachverhalte werde ich überprüfen, wenn das Gericht einverstanden ist.«

»Allerdings«, dröhnte Richter Lyndon, »damit ist das Gericht sehr wohl einverstanden.« Er hob den Kopf zur Anklagebank. »Commander Monk, Sie sind frei und können gehen.«

Regungslos saß Beata da und ließ ihren Tränen der Erleichterung freien Lauf. Schließlich blickte sie zu Rathbone hinüber und sah, dass er ihr zulächelte.

15

Es war dunkel, als Monk erwachte. Zunächst wusste er nicht, wo er war. Irgendwo unter sich hörte er ein Hämmern. Es klang, als wollte jemand eine Tür aufbrechen. Narr! Aus einem Gefängnis wie diesem brach doch niemand aus.

Erst allmählich dämmerte ihm, dass er nicht fror und es hier nicht nach Fäkalien und verdreckten Männern stank. Im Gegenteil, die Luft roch sehr angenehm.

Er war zu Hause. Hester lag neben ihm. Das war kein Traum. Er war eindeutig wach – oder? Das hier war doch keine Illusion, er würde nicht gleich richtig aufwachen und feststellen, dass er immer noch im Gefängnis war?

Unten wurde erneut an die Tür gehämmert.

Hester rührte sich. Das war seit Ewigkeiten die erste Nacht, in der sie sofort hatte einschlafen können. Doch allmählich durchdrang der Lärm auch die Tiefe ihres Schlummers.

Monk hörte jetzt noch ein anderes Geräusch im Treppenhaus – leichte, schnelle Schritte. Dann fiel es ihm ein. Scuff war gestern heimgekehrt, um mit ihnen zu feiern.

Das Hämmern unten hörte auf. Scuff musste die Person hereingelassen haben. Monk blieb liegen. Selbst wenn ganz London brannte, kümmerte ihn das nicht. Er hatte Kopfschmerzen, schlimmer noch, sein ganzer Körper fühlte sich zerschunden an. Aber er konnte ja schlafen, bis es hell wurde, und den ganzen nächsten Tag. Ja, vielleicht würde er das wirklich tun.

Ein scharfes Klopfen schreckte ihn auf.

»Was ist denn?«, murmelte Monk und drehte die Gaslampe an.

Scuff stürmte in seinem Nachthemd und mit einer Decke über den Schultern herein. Inzwischen war er fast genauso groß wie Monk.

»Mr Gillander is' unten«, antwortete er. »Er fragt, ob wir mitkommen und ihm helfen können. Clive hat Miriam verschleppt und is' mit ihr aufs Meer geflohen. Mr Gillander meint, dass er vorhaben könnte, sie nach Frankreich zu entführen oder sie einfach über Bord zu werfen.«

Auf einen Schlag war Monk hellwach. Ohne Fragen zu stellen, sprang er aus dem Bett. Hester war jetzt ebenfalls aufgewacht.

»Natürlich komme ich mit!«, rief Monk. »Ich ziehe mich nur an. Ich bin gleich unten. Sag ihm, dass ich mitkomme!«

»Jawohl, Sir.« Damit verschwand Scuff und schloss die Tür.

Monk drehte sich zu Hester um. »Das tut mir so leid. Sie hat die ganze Wahrheit über ihn gesagt. Das wird er ihr nie verzeihen. Er wird sie umbringen, wenn nicht jetzt, dann später, und sehr langsam. Er wird sie leiden lassen.«

Hester setzte sich auf. »Warum haben sie ihn nicht gestern Abend verhaftet?«

»Auf welcher Rechtsgrundlage?«, fragte Monk zurück.

Seufzend schloss sie die Augen. »Ach Gott, natürlich: Weil das Verbrechen nicht hier begangen wurde. Aber vermutlich war ihr das bereits klar.«

»Bleib hier.« Sachte drückte Monk Hester aufs Bett zurück und küsste sie flüchtig. »Es gibt nichts, was du jetzt tun kannst. Das Wichtigste hast du gestern geleistet, als du Tucker aufgetrieben hast.«

»Nimmst du Hooper mit?«

»Keine Zeit. Wir können die *Summer Wind* auch zu zweit steuern.« Er stieg in seine Kleider, die wärmsten, die er hatte: feste Hose, dicke Socken, Seestiefel, Wollpullover. Seine Seemannsjacke hing unten. Zeit, sich zu rasieren, hatte er nicht, aber das war in einer solchen Situation wirklich nicht nötig. Er gab Hester einen letzten eiligen Kuss, zögerte kurz und lief dann los.

Unten wartete Gillander im Licht der Gaslampe, das mit Bartstoppeln übersäte Gesicht aschfahl.

»Sie hat die Nacht bei Lady York verbracht, aber Clive ist dort eingedrungen und hat sie verschleppt.« Gillander verlor keine Zeit mit Entschuldigungen dafür, dass er sie alle aus dem Schlaf gerissen hatte. »Der Diener war vorhin bei mir und hat mich alarmiert. Sind Sie fertig?«

Bevor Monk antworten konnte, kam auch Scuff wieder die Treppe heruntergepoltert. In seiner Seemannskluft wirkte er richtig erwachsen, und die Ähnlichkeit mit Monk fiel noch mehr ins Auge. Dieser wollte ihm schon verbieten, sich an der gefährlichen Fahrt zu beteiligen, kam aber nicht mehr dazu.

»Guter Mann«, lobte Gillander den Jungen, öffnete die Haustür und trat hinaus in die Dunkelheit. Scuff und Monk folgten ihm.

Am Straßenrand stand ein Hansom. Während die drei einstiegen, wies Gillander den Kutscher an, zu dem Kai zu fahren, an dem sein Schiff lag.

Während der Fahrt fiel kein Wort. Gillander hatte alles gesagt, was er wusste. Und wer ihm die Nachricht unter welchen Umständen überbracht hatte, war wirklich nicht von Belang. Jetzt galt es nur, die *Summer Wind* so schnell wie möglich zu erreichen und die Verfolgung aufzunehmen.

Verblüffend schnell preschten sie durch die dunklen Straßen, vom Fluss her kam Wind auf. Der Kutscher, der offenbar großes Vertrauen in sein Pferd hatte, trieb es immer wieder an.

Am Kai angelangt sprang Gillander ins Freie und drückte dem Fahrer eine Faustvoll Münzen in die Hand. Das mussten über zwei Pfund sein. Der Kutscher sah das Silber im Laternenlicht glänzen und bedankte sich überschwänglich.

Die *Summer Wind* war ein Stück vor dem Kai vertäut, und das Ruderboot lag, mit einem Seil gesichert, am Fuß der Treppe zum Wasser. Vorsichtig stiegen sie die schlüpfrigen Stufen hinunter. Immer noch schweigend kletterten sie ins Boot und banden es los. Monk und Gillander ergriffen die Ruder und verfielen schnell in einen steten Rhythmus, ohne dass es einer Verabredung bedurfte.

Zügig glitten sie auf die Leeseite von Gillanders Schoner zu. Der tief im Westen stehende Mond spendete ein wenig Licht, sodass sie die anderen Schiffe auf dem schimmernden Wasser dümpeln sehen konnten.

Es würde eine stürmische Nacht werden. Clives Schiff würden sie wahrscheinlich nur an seiner Takelage erkennen – wenn sie es überhaupt fanden. Es hieß *Spindrift*, und Monk nahm an, dass es höchstens eine Meile Vorsprung hatte. Wenn der Mond vollständig hinter den Wolken verschwand, würden sie nur die Ankerlaterne erkennen können.

Abrupt wurde Monk aus seinen Gedanken gerissen. Sie hatten die *Summer Wind* erreicht. Sobald sie die Ruder gesichert hatten, galt es, an den Seilen hinauf an Bord des Schoners zu klettern. Kaum an Deck, winschten sie das kleine Ruderboot hoch und befestigten es.

»Wir setzen das Focksegel«, befahl Gillander. Sein Blick wanderte von Monk zu Scuff. »Weißt du, wie man einen Anker lichtet?«

»Nein, Sir. Ich bin Arzt und kann Wunden nähen, verstehe aber nichts vom Segeln.«

»Gebe Gott, dass wir deine Fähigkeiten nicht brauchen werden«, seufzte Gillander. »Was das Schiff betrifft, sieh zu, dass du uns nicht im Weg stehst, und ansonsten tust du, was wir dir sagen.«

Wie sich herausstellte, hatte Scuff sein eigenes Geschick unterschätzt. Während Monk und Scuff das Focksegel setzten, lichtete Gillander den Anker und manövrierte dann den Schoner in die Hauptströmung des Flusses. Das war Schwerstarbeit. Der ohnehin schon starke Wind nahm stetig an Heftigkeit zu. Mal zerrte er wütend am Segel, mal blähte er es.

»Haltet das Segel kurz!«, brüllte Gillander, doch Monk war schon dabei, die Seile zu verknoten. Das Schiff machte einen Satz nach vorn und schlug mit solcher Wucht auf dem Wasser auf, dass die Gischt aufspritzte.

Es dauerte mehrere Minuten, das Schiff auf den richtigen Kurs zu bringen. Gillander stand jetzt am Steuer, während Monk sich am Vorderdeck abmühte und hin und wieder dem anderen Mann etwas zuschrie. Beide arbeiteten zusammen, als wären alle Bewegungsabläufe durch lange Gewohnheit exakt aufeinander abgestimmt. Im Pool of London passierten sie viele vor Anker liegende Schiffe, die allesamt bereit waren, ihre Ladung zu löschen. Zwar war es um diese Zeit noch zu früh für die Verbände von Lastkähnen, die erst in der Morgendämmerung losfahren würden, aber natürlich gab es vereinzelte Fähren, die die ganze Nacht über verkehrten.

Unablässig starrte Monk in die Dunkelheit hinaus und signalisierte den anderen, was er sah. Gillander hatte ihm erklärt, dass Clive ebenfalls einen Zweimaster hatte, einen

Segler nicht minder schnell und elegant als die *Summer Wind*. Bei dieser Jagd würde sich erweisen, wer mehr Mut und das größere Geschick besaß. Wer würde härter am Wind segeln? Wer würde am besten kreuzen, wer den Wind und die Strömung besser beurteilen? Die Steuerung würde größtenteils auf Sicht erfolgen. Das bedeutete, sie mussten sich an den Lichtern der Schiffe orientieren und den Abstand zum jeweils nächsten so lange schätzen, bis sie schließlich die offene Nordsee erreichten. Dort würde es dann nur noch auf die Geschwindigkeit ankommen.

Der Wind aus Nordost wurde immer heftiger. Drehte er, würde das einen gewaltigen Unterschied bedeuten, vor allem, wenn er genau westwärts blies. Dann hätten sie ihn gegen sich, und er würde sie zurück zur Küste von England drücken, wo sie Gefahr liefen, auf Untiefen zu stranden oder an Felsen zu zerschellen.

Im Osten hellte der Himmel allmählich auf.

Monk spähte zu den unablässig dahinjagenden Schatten vor ihnen. Waren das dort die Umrisses eines Schiffs oder Muster, die der Wind in die Wellen blies? Dann entdeckte er die grüne Ankerlaterne. Das rote Navigationslicht musste sich links davon befinden. Es war aber auf der rechten Seite. Das Schiff kam ihnen also entgegen.

Heftig mit den Armen wedelnd meldete er das Gillander.

Der reagierte sofort. Mit seinem ganzen Gewicht stemmte er sich gegen das Steuer und drehte es herum. Jäh bekam der Schoner eine Schlagseite nach backbord, und Monk hatte Mühe, das Gleichgewicht zu wahren.

In einem Abstand von zwanzig Yards rauschte das andere Schiff an ihnen vorbei. Es war ein Dreimaster mit Kurs auf die flache Küste von Kent, die sie in der Düsternis nicht sehen konnten.

»Scuff!«, schrie Gillander über das Tosen von Wind und Wasser hinweg.

Der Junge wandte sich ihm zu. Er brannte sichtlich darauf zu helfen.

Gillander gestikulierte in Monks Richtung. »Hilf Monk, das Segel zu kürzen! Und sag ihm, dass er dann zu mir kommen und das Steuer übernehmen soll! Ich will versuchen, auch den Klüver zu setzen. Wir müssen schneller sein, wenn wir die *Spindrift* kriegen wollen!«

Scuff gehorchte sofort.

Monk beobachtete den Jungen. Seine steife Körperhaltung verriet ihm, dass Scuff Angst hatte. Sie alle wussten: Wer bei derart schwerer See über Bord ging, war verloren. In diesem Toben und Brausen würde kein Schiff schnell genug wenden und an die Stelle zurückkehren können, wo es einen Mann verloren hatte.

Vorsichtig tastete Scuff sich voran und atmete erleichtert auf, als er Monk endlich erreichte.

»Er sagt, du sollst das Segel kürzen!«, rief er.

Mit einem übertrieben deutlichen Nicken gab Monk ihm zu verstehen, dass er verstanden hatte. Dann führte er ihm mit Gesten und Zeichensprache vor, wie er beim Gehen und Stehen das Gleichgewicht zu wahren hatte, wie man sich gegen den Wind stemmte und wie er das Seil halten musste.

Ohne den Jungen aus den Augen zu lassen, brachte Gillander das Boot höher in den Wind, und für einen Moment erschlafften die Segel. Gleich darauf lenkte er es in die entgegengesetzte Richtung, und das Segel blähte sich. Auf diese Weise fuhren sie einen Zickzackkurs, der ihnen bei diesem starken Gegenwind die einzige Möglichkeit bot voranzukommen. Obwohl Gillander behutsam vorging, gab es bei der nächsten Wende einen jähen Ruck, der Monk beinahe über Bord geschleudert hätte. In letzter Sekunde klammerte sich Monk an Scuff. Wütend spritzte die Gischt an ihnen hoch und stach sie wie Eiskörner in die Haut. Aber die Fahrt ging weiter, mit hoher Geschwindigkeit.

Zehn Minuten später entdeckten sie vor sich die Ankerlaternen eines Zweimasters. Über dem Bug wurde das Licht jetzt mit der im Osten heraufziehenden Morgendämmerung klarer, sodass sie den anderen Schoner besser erkennen konnten. Wie sie kreuzte er gegen den Wind.

»Die *Spindrift*!« Gillander musste brüllen, um das Knattern der Segel im Wind und das Donnern der Wellen zu übertönen. »Das ist sie!«

Monk glaubte, die Zeit hätte sich aufgelöst. Wieder war er an der Barbary Coast, unter dem Kiel seines Bootes die Brandung des Pazifik, in der Ferne der sich endlos bis zum Nordmeer erstreckende Horizont und die mächtigen weißen Berge von Alaska. Jeder an Bord war bis in die Haarspitzen konzentriert, kämpfte mit all seinen Fähigkeiten gegen die See und fühlte sich doch auf eine ursprüngliche Weise eins mit ihr.

An Land konnte man in jedem Mann einen Feind sehen, einen Rivalen um Gold oder um die Liebe einer Frau. Hier draußen galten andere Gesetze. Hier waren alle Brüder im Kampf gegen das Meer.

Monk, Gillander und Scuff rackerten und kämpften gemeinsam, schwenkten die Spiere, richteten sie wieder aus und kreuzten in die andere Richtung. Nach jedem Manöver blähten sich die Segel. Sie schossen vorwärts und verringerten beständig den Abstand zur *Spindrift*. Der Wind wurde immer heftiger, peitschte die Wellen auf, sodass die *Summer Wind* auf dem Wasser rollte und stampfte. Die Frage, warum sie unter dem gewaltigen Druck nicht zerbrach, sollte sich Monk erst viel später stellen, als alles vorbei war.

Mittlerweile hatten sie die *Spindrift* fast schon erreicht. Eine Wende noch, und sie würden sich an ihrer Seite befinden. Und dann? Was, zum Teufel, würde Clive tun?

Monk wedelte mit den Armen und deutete auf das andere Schiff, das nur noch hundert Yards rechts von ihnen durchs Wasser brauste. In einer fragenden Geste drehte er die Handflächen nach oben.

Gillander nahm die rechte Hand vom Steuerrad und vollführte Bewegungen, als schwinge er ein Schwert.

Schon stieß Scuff einen Jubelschrei aus, nur um gleich darauf ein langes Gesicht zu machen, da Monk ihm erklärte: »Du bleibst zurück und achtest darauf, dass der Schoner nicht davontreibt.« Und als er Scuffs Enttäuschung bemerkte, fügte er hinzu: »Außerdem musst du das Schiff verteidigen, falls jemand es entern will. Keiner weiß, wie groß Clives Besatzung ist. Du wirst hier der einzige Mann an Bord sein.«

Scuff sah Monk ernst an und nickte.

Das zunehmende Tageslicht färbte sich über dem aufgewühlten Meer grau, während ein Gemisch aus hellen und dunklen Schatten über die Wellen raste.

Zur *Spindrift* waren es nur noch fünfzig Yards.

Gillander winkte Scuff zu sich ans Steuer. Von seiner Warte am Mast aus beobachtete Monk, wie der Amerikaner Scuffs Hände auf dem Steuerrad platzierte und der Körper des Jungen erstarrte, als er sich mit seinem ganzen Gewicht dagegenstemmte, um es an Ort und Stelle zu halten. Bald darauf war die letzte Wendung gemeistert.

Über Scuffs Schulter hinweg blickte Gillander Monk an und reckte den Daumen in die Höhe.

Jetzt stapfte Monk übers Deck zu den beiden hinüber. Als er Scuff anerkennend auf die Schulter klopfte, spürte er, wie der Junge stolz den Rücken streckte.

»Gehen Sie in meine Kabine runter und holen Sie drei Dolche aus dem Schrank unter meiner Koje«, befahl Gillander Monk. »Machen Sie schnell. Und ziehen Sie besser diese Seemannsjacke aus. Wenn die Arme in einem solchen Ding eingeklemmt sind, kann man nicht kämpfen.«

Sie kamen dem anderen Schiff unerbittlich näher. Da reichte die Zeit nicht für Diskussionen. Wenn Monk hier versagte, würde ihm Hester das nie verzeihen. Schließlich ging es auch um Scuffs Leben. Warum hatte er ihn nur mitgenommen!?

Entschlossen eilte er die Stufen hinunter, fand die Dolche und stürmte wieder auf Deck hinauf. Einen Dolch steckte er Scuff unter den Gürtel, während der Junge weiter das Steuerrad festhielt.

»Nur für den Fall, dass jemand die *Summer Wind* entert«, knurrte er.

Scuff grinste. »Und wenn du und Gillander umgebracht werdet, segle ich dieses Ding ganz allein nach Hause?«

»Sei nicht so frech!«, blaffte Monk, plötzlich zu Tode erschrocken bei der Vorstellung, der Junge müsste mutterseelenallein und völlig verängstigt … Er verscheuchte den Gedanken. Einen Menschen zu lieben machte einen zur Geisel von Schrecken.

Den zweiten Dolch reichte er Gillander, und den dritten behielt er. Er fühlte sich eigenartig fremd in seiner Hand an.

Nur noch zwanzig Yards trennten sie von der *Spindrift*. Monk konnte Clive deutlich an Deck sehen. Ihn und einen anderen Mann. Aber es konnten noch mehr Männer sein. Zumindest musste einer am Steuer stehen. Gewiss waren sie bewaffnet: mit Dolchen oder – wesentlich schlimmer – mit Pistolen. Andererseits brauchte man außerordentlich viel Glück, um bei diesem Seegang ein Ziel zu treffen.

Gillander hatte sich den Dolch unter den Gürtel gesteckt,

weil die Hände frei für den Enterhaken und ein langes Seil sein mussten. Jetzt galt es, der *Spindrift* nahe genug zu kommen, um den Enterhaken anbringen zu können. Das bedeutete, er musste ihn so werfen, dass er sich in der Reling verfing. Danach konnten sie die zwei Schiffe aneinanderseilen. Das Manöver erforderte freilich äußerste Präzision. Wenn sie pro Minute mehr als ein paar Yards auseinanderdrifteten, würde das Seil reißen und unweigerlich zu demjenigen zurückschnellen, der sich an seinem anderen Ende befand. Und das konnte dessen Tod bedeuten.

Monk, der die Gefahren kannte, lief entschlossen zu Gillander hinüber. »Sie steuern!«, rief er. »Bei diesem Seegang brauchen wir mehr als Glück zum Entern. *Ich* werfe den Haken!«

Einen Moment lang verharrte Gillander. Es waren nur noch fünfzehn Yards. Der Wind hatte nachgelassen, und die Sonne stieg schnell in den Himmel.

Zehn Yards.

Gillander ergriff das Steuer, und Monk packte den Enterhaken. Mit halb zusammengekniffenen Augen musterte er das daran befestigte Seil.

»Zurück!«, befahl er Scuff. »Geh sofort da runter!«

Der Junge blinzelte verdutzt. Dann begriff er: Er stand mit einem Fuß auf einem Tau, dessen größter Teil hinter ihm aufgerollt auf dem Deck lag. Es konnte sich jederzeit mit rasender Geschwindigkeit abspulen und ihn ins Meer reißen.

Fünf Yards.

Monk wog den Haken in der Hand, zielte und warf. Der Eisenhaken flog in hohem Bogen durch die Luft und verfing sich tatsächlich in der Reling. Sofort schlang Monk das andere Seilende um die nächste stabile Strebe und zurrte den Knoten mit aller Kraft fest.

Nun beorderte Gillander Scuff wieder ans Steuer, während er selbst die Leinen ergriff und das Segel noch weiter einholte. Sofort verlor der Schoner an Geschwindigkeit. Die zwei Schiffe waren nur noch zwei Yards auseinander, dann stießen sie seitlich zusammen und verhakten sich ineinander.

Den Dolch in der Hand sprang Gillander an Bord der *Spindrift*. Monk verstärkte den Knoten noch einmal, dann folgte er Gillander. Schwer prallte er auf dem Deck der *Spindrift* auf, da das Schiff soeben in ein Wellental gesunken war.

Nicht einen Yard vor ihm tauchte, seinen Säbel schwingend, ein Mann auf und sprang vor. Als hätte er es geübt, wich Monk aus und parierte mit seinem Dolch. Erschöpfung und Schmerzen fielen schlagartig von ihm ab. Das Blut raste ihm durch die Adern. Jeder Muskel, jede Faser seines Körpers erinnerte sich wieder an die Kämpfe, die er in seinem Leben ausgefochten hatte. Er wirbelte herum und griff seinerseits an. Leichtfüßig sprang er vor und zurück, verlagerte das Gewicht und stach zu. Dann sah er Blut. Er hatte getroffen. Gleich darauf spürte er ein Brennen am eigenen Arm, bemerkte eine dünne rote Blutspur am Ärmel und ärgerte sich, weil er nicht besser aufgepasst hatte.

Er täuschte an, stieß zu, machte einen Ausfallschritt und stach wieder auf den Mann ein. Mit einem Wutschrei stürzte der Kerl vor, obwohl sein Oberarm blutig war. Monk jagte ihm den Dolch in die andere Schulter, und der Mann kippte zu Boden.

Auf der anderen Seite des Decks erwehrte sich Gillander eines anderen Besatzungsmitglieds. Monk sah, wie die zwei einander belauerten, sich geradezu elegant um die geschlossene Kajütenluke herumbewegten und sich langsam der Reling und dem Meer näherten.

Monk konnte nicht eingreifen. Schon pfiffen Klingen durch die Luft, prallten aufeinander und streiften einander mit einem metallischen Zischen. Beide Kämpfer waren gut, gerissen und verzweifelt. Es ging um Leben und Tod.

Monk warf einen Blick auf die *Summer Wind*. Dort klammerte sich Scuff weiter ans Steuerrad, das Gesicht im kalten Licht der Dämmerung kreideweiß. Drüben machte Gillander jäh einen Satz über die Luke, wirbelte herum wie ein Tänzer und schlitzte seinem Gegner noch mitten in der Drehung die Brust auf. Der glotzte ihn im Zurücktaumeln fassungslos an, prallte gegen die Reling, kippte darüber und stürzte in die See.

Gillander gab sich nicht länger mit ihm ab – der Mann war so oder so tot. Stattdessen spähte er übers Deck und entdeckte Monk. Außer ihnen befand sich hier niemand mehr. Demnach mussten Clive und Miriam unten sein – sofern Miriam noch lebte.

Monk wusste, dass ihnen nichts anderes übrig blieb, als hinunterzugehen, doch so einfach war das nicht. Clive war gerissen und würde ihnen irgendwo dort unten auflauern. Und anders als sie kannte er das Schiff wie seine Westentasche. Es war anzunehmen, dass er eine Muskete oder eine andere Schusswaffe hatte. Und er hatte Miriam.

Würde er ihr etwas antun?

Hatte er sich in irgendeinem Winkel seiner Seele einen Rest von Liebe bewahrt? Oder stellte sie für ihn nichts als ein Objekt von besonderer Schönheit dar?

Monk blickte Gillander an.

Die Miene des Amerikaners verriet Entschlossenheit. Doch zum ersten Mal entdeckte Monk in seinen Augen auch Angst. Er wusste längst, dass Gillander sich nicht um sich selbst sorgte. Er fürchtete um Miriams Leben.

Dann fiel Monk wieder Scuff ein. »Bleib, wo du bist, und warte!«, rief er ihm zu. »Das ist ein Befehl! Wenn wir an Bord zurückkehren, brauchen wir deine Hilfe. Verstanden?«

»J…ja …« Scuff war mittlerweile sichtlich verängstigt.

Gillander erreichte die Luke vor Monk und kletterte, den Dolch in einer Hand, die Stufen hinunter. Er musste schon längst überlegt haben, wie wahrscheinlich es war, dass auf ihn geschossen würde, bevor er unten ankam. Das hätte wohl jeder getan. Doch Gillander bewegte sich beherzt weiter.

Monk folgte ihm nicht minder entschlossen.

Es dauerte einen Moment, bis seine Augen sich auf das trübere Licht hier unten eingestellt hatten, aber dann erkannte er, dass sie sich in der Kajüte befanden. Dicht vor ihm stand Gillander, das Messer angriffsbereit erhoben. Außer ihnen befand sich hier niemand.

Mehr als eine Minute lang verharrte Gillander regungslos. Vorsichtig legte er schließlich die Hand auf die Klinke der Tür zur nächsten Kabine, höchstwahrscheinlich die Kombüse. Leise öffnete er die Tür. Auch hier hielt sich niemand auf. Clive und Miriam mussten also in der Kapitänskajüte sein.

Monk erstarrte. Wenn Clive sie trotz des knarzenden Holzes und des nun wieder zunehmenden Windes hörte, würde er schießen. Wenn ein Besatzungsmitglied irgendwelche Geräusche verursachte, würde derjenige Clive etwas zurufen, um ihn zu warnen. Gillander dagegen musste still bleiben. Doch er würde es in jedem Fall riskieren, dass Clive auf ihn schoss.

Mit erhobener Hand gab Gillander Monk zu verstehen, dass er zurückbleiben sollte. Dann stieß er mit einem wuchtigen Tritt die Tür auf und sprang sofort wieder zurück – gerade noch rechtzeitig. Eine Kugel pfiff an ihm vorbei und schlug in der Wand hinter ihm ein. Unmittelbar danach ertönte der nächste Schuss.

Unbeirrt trat Monk vor, den Dolch erhoben.

Aaron Clive stand in der Mitte der großen Kajüte. Den linken Arm hatte er um Miriams Hals geschlungen und hielt sie fest an seine Brust gepresst. Jeder Versuch, ihn zu töten, würde ihr Leben gefährden. Ihr Haar hing in wilden Strähnen herab, die Augen waren weit aufgerissen, aber nicht nur vor Panik – darin lag auch so etwas wie Euphorie. Aaron war als genau das enttarnt worden, was er war: als gerissen, tollkühn und von seinem Stolz und seinen Gelüsten durch und durch verdorben. Er hatte sich für unbesiegbar gehalten und gedacht, das Schicksal würde ihm alles schenken, was immer er wollte, wenn er es nur heftig genug begehrte. Und Astley hatte ihm dabei leider im Weg gestanden.

Stille breitete sich aus. Worte waren auch gar nicht nötig. Clive und Monk starrten einander an. Monk wusste, dass der andere Mann Miriam notfalls opfern würde. Und sie alle wussten, dass Gillander es nie darauf ankommen lassen würde. Niemals würde es Gerechtigkeit um den Preis von Miriams Leben geben. Hier ging es nicht darum, Ideale gegeneinander abzuwägen. Gillander liebte Miriam, seit er sie als junger Bursche von höchstens zwanzig Jahren zum ersten Mal gesehen hatte.

Clive lächelte. Wenn man ihm nicht in die Augen blickte, zeigte sein Gesicht immer noch den Ausdruck großen Charmes.

Er selbst konnte Miriam nicht erschießen. War sie erst tot, hatte er keinen Schild mehr. Auch das war ihnen allen klar.

Dann bemerkte Monk das kleine, scharfe Segelmachermesser in Clives freier Hand. Mit seiner glitzernden kurzen Klinge schmiegte es sich an seine Handfläche.

»Gehen Sie zurück«, sagte Clive leise. »Ich werde sie nicht umbringen. Tot nützt sie keinem von uns. Aber ich werde sie schneiden, und das wird wehtun.« Wie um es zu demonstrieren, hielt er das Messer etwas höher und schlitzte Miriams Ärmel vom Ellbogen bis zum Handgelenk auf. Dann, als keiner Anstalten machte, sich zu bewegen, ritzte er ihr genauso sorgfältig ins Fleisch, woraufhin das Blut auf einer langen scharlachroten Linie hervorquoll, die mit jeder Sekunde dicker wurde. Miriam stieß ein Stöhnen aus und sackte in sich zusammen, auf einmal ein totes Gewicht, nur noch gehalten von seinem Arm.

Clive schien verunsichert. So tief hatte er offenbar nicht schneiden wollen.

Gillander reagierte schnell. Mit einem wüsten Schrei sprang er vor – und stieß prompt mit Monk zusammen, der eine ähnliche Bewegung auf Clive zu gemacht hatte.

In diesem Moment der Verwirrung explodierte Miriam plötzlich zu neuem Leben, befreite sich aus Clives Umklammerung, drehte sich blitzartig um, packte seine Hand, die das Messer hielt, und stieß sie mit aller Kraft nach oben. Die Klinge bohrte sich in seinen Oberarm knapp unterhalb der Schulter.

Während sein blutender Arm schlaff herabsank, kroch Miriam nach Luft schnappend aus seiner Reichweite. Gillander riss sie an sich, weg von Clive.

Unterdessen beugte sich Monk über den zu Boden gesackten Clive, der jetzt heftig blutete. Sein Gesicht war kalkweiß. Offenbar hatte die Klinge eine Schlagader getroffen.

Hinter sich hörte Monk Gillander nach oben klettern und nach Scuff rufen. Wäre er schnell genug gewesen, hätte er ihn daran gehindert. Er wollte nicht, dass der Junge womöglich versuchte, Clive zu verarzten.

Aber das war albern. Während seiner Ausbildung bei Crow war Scuff oft genug mit dem Tod konfrontiert gewesen. Er schaute wieder auf Clive. Für einen Moment sahen sie einander in die Augen. Verängstigt wirkte Clive nicht, nur verwirrt. Dann entwich plötzlich alles Leben aus ihm und ließ nur eine leere Hülle zurück.

Steif richtete Monk sich langsam auf. Gerade wandte er sich Miriam zu, als Gillander, gefolgt von Scuff, zurückkehrte. Noch stand dem Jungen die Angst ins Gesicht geschrieben, doch jetzt wartete eine Aufgabe auf ihn, von der er etwas verstand. Er bedachte Monk mit einem knappen Nicken und beugte sich sogleich über Miriam. In beruhigendem Ton erklärte er ihr, was er vorhatte, dann zog er aus der kleinen Stofftasche, die er mit sich trug, alles, was er für die Notfallbehandlung brauchte: ein Fläschchen mit Alkohol, eine Nadel, Leinenzwirn und saubere Mullbinden. Er schien genau zu wissen, was er tat, und einen Moment lang fühlte Monk sich an Hester erinnert. Seine schmalen, aber kräftigen Hände arbeiteten ebenso flink wie ihre; er hatte die gleiche Art, den Kopf zu neigen; und seine Miene drückte Zuversicht aus, ob sie nun angebracht war oder nicht.

Miriam lächelte ihn dankbar an.

Gillander, der aufmerksam die Vorbereitungen beobachtet hatte, drehte sich zu Monk um. »Der Wind frischt wieder auf. Bei diesem Seegang können wir keine zwei Schiffe führen.«

Monk nickte. Innerlich schickte er ein Stoßgebet gen Himmel: *Bitte, lieber Gott, gib, dass alles glimpflich ausgeht und wir unser Schiff heimbringen.* Äußerlich war er die Ruhe in Person, als er an Scuff gewandt sagte: »Tu nicht mehr als unbedingt nötig. Wir müssen auf das andere Schiff zurück. Den Rest kannst du dort erledigen.«

»Das war mir schon klar«, antwortete Scuff gelassen. »Wir sind gleich fertig.« Kurz sah er auf und schenkte Monk sein schönstes Lächeln.

Von jäher Dankbarkeit überwältigt brachte Monk kein Wort hervor. Mit brennenden Augen ging er zurück durch die Kombüse, durch die Kajüte und die Stufen hinauf an Deck.

Die Wellen schlugen gegen die Bordwand, und der Wind peitschte Gischt übers Deck. Gillander hatte recht. Zwei Schiffe konnten sie nicht retten. Mit unbemanntem Steuerrad, da zwei Männer tot an Bord lagen und ein dritter im Meer verschwunden war, würde die *Spindrift* zum Spielball der Naturgewalten werden. Sie war unrettbar verloren.

Unrettbar verloren war auch Aaron Clive gewesen, und zwar schon lange, vielleicht seit Zacharys Tod.

Fünf Minuten später half Gillander Miriam die Treppe zum Deck der *Spindrift* hinauf und von dort hinüber zur *Summer Wind*. Sie war blass, aber gefasst. Scuff hatte ihre Wunde zugenäht, und auf dem Verband war so gut wie kein frisches Blut zu sehen.

Sie lösten die Leinen und entfernten die Enterhaken. Dann ließen sie sich mit halb gesetztem Segel vom anderen Schiff forttreiben.

Miriam verschwand sofort unter Deck. Scuff kümmerte sich kurz um sie, ehe er zurückkehrte, um erneut das Steuer zu übernehmen. Unterdessen hissten Monk und Gillander das verkürzte Hauptsegel. Damit stellten sie sich wieder dem Sturm und wendeten das Schiff in Richtung London. Innerlich empfanden sie nichts außer dem überwältigenden Gefühl, auf ganzer Linie einen Sieg errungen zu haben.

Anne Perry

Die Engländerin Anne Perry, 1938 in London geboren, verbrachte einen Teil ihrer Jugend in Neuseeland und auf den Bahamas. Schon früh begann sie zu schreiben. Ihre historischen Kriminalromane begeistern ein Millionenpublikum und gelangten international auf die Bestsellerlisten. 2000 erhielt sie den renommierten »Edgar Award«. Anne Perry lebt und schreibt in Schottland. Mehr zur Autorin und ihren Büchern erfahren Sie unter www.anneperry.co.uk.

Die Inspector-Monk-Romane in chronologischer Reihenfolge:

Das Gesicht des Fremden · Gefährliche Trauer · Eine Spur von Verrat · Im Schatten der Gerechtigkeit · Dunkler Grund · Sein Bruder Kain · Die russische Gräfin · Stilles Echo · Tödliche Täuschung · In feinen Kreisen · In den Fängen der Macht · Gefährliches Geheimnis · Tod eines Fremden · Schwarze Themse · Das dunkle Labyrinth · Galgenfrist für einen Mörder · Eine Frage des anderen Schuld · Ein Pakt mit dem Teufel · Blinder Glaube · Das Grab in der Themse · Der Todesengel von London

(Alle Titel auch als E-Book erhältlich)

GOLDMANN
Lesen erleben

Unsere Leseempfehlung

480 Seiten
Auch als E-Book erhältlich

Edinburgh, 1888. Der Ermittler Ian Frey wird von London nach Schottland zwangsversetzt. Für den kultivierten Engländer eine wahre Strafe. Als er seinen neuen Vorgesetzten, Inspector McGray, kennenlernt, findet er all seine Vorurteile bestätigt: Ungehobelt, abergläubisch und bärbeißig, hat der Schotte seinen ganz eigenen Ehrenkodex. Doch dann bringt ein schier unlösbarer Fall die beiden Männer zusammen: Ein Violinist wird grausam in seinem Heim ermordet. Sein Dienstmädchen schwört, dass es in der Nacht drei Geiger im Musikzimmer gehört hat. Doch in dem von innen verschlossenen, fensterlosen Raum liegt nur die Leiche des Hausherren ...